RINGWORLD 3
THE RINGWORLD
THRONE

링월드 3
링월드의 왕좌

링월드의 왕좌

ⓒ래리 니븐 2017

초판 1쇄 인쇄	2017년 1월 26일
초판 1쇄 발행	2017년 2월 1일

지은이	래리 니븐
옮긴이	김창규

펴낸이	박대일
편집	이문영 · 임유리 · 신지연 · 박현주 · 전보라
마케팅	송재진 · 임유미
디자인	김은희
일러스트	Silvester Song

펴낸곳	새파란상상(파란미디어)
출판등록	2004년 9월 14일 제313-2004-00214호

주소	121-897 서울시 마포구 성지1길 32-36
전화	02-3141-5589(영업부) 070-4616-2011(편집부)
팩스	02-3141-5590
이메일(원고 투고)	paranbook@gmail.com
카페	http://cafe.naver.com/paranmedia
페이스북	http://www.facebook.com/paranmedia

ISBN   978-89-6371-394-6 (03840)

RINGWORLD 3
THE RINGWORLD
THRONE

링월드 3
링월드의 왕좌

래리 니븐 지음
김창규 옮김

새파란상상

THE RINGWORLD THRONE

로버트 하인라인을 기리며

§ 주요 등장인물 §

§ 기계인

발라: 발라버질린의 약칭, 파사이트 무역 제국의 대표 상인, 여성
포라: 포라나이들리의 약칭, 사바로의 딸, 케이의 동료
사바로: 사바로카레시의 약칭, 덩치 큰 남성, 케이의 동료
케이: 케이워브리미스의 약칭, 발라의 수송대원, 남성
안스: 안스란틸린의 약칭, 수송대원, 남성
타라파: 타라타라파시트의 약칭, 안스의 동료, 여성
완드: 완더노스티의 약칭, 수송대원, 남성
치타: 치타쿠미샤드의 약칭, 완드의 동료, 남성
소파시: 소파신테이의 약칭, 완드의 동료, 남성

§ 초원 거인

파룸: 남성 감시병
투를: 우두머리 남성의 호칭
문와: 투를의 아내
비지: 차리 투를 남성
와스트: 협상자(여성)
웸(여성), 트웍(여성)

§ 채집자

퍼릴랙(여성), 실랙(남성), 마낵(남성), 코리액(여성)

§ 붉은 유목인

테거 후키-탄다탈(남성), 와비아 후키-머프 탄다탈(여성),
애나크린 후키-완후후(남성), 채이친드 후키-카라식(남성)

§ 진흙 강 사람

워블리추그(여성), 보루블(남성), 루발라블(남성), 퍼드가블라들(남성)

§ 둥근 곳 사람
　　루이스 우: 지구 출신 남성
　　최후자: 거미줄 거주자, 퍼페티어 남성
　　크미: 크진 출신 남성
　　종자: 크미가 링월드에서 얻은 첫 아들

§ 직조인
　　패럴드(남성), 스트릴(여성), 사위(여성), 키다다(남성)

§ 고기잡이
　　뱀잡이 샨스, 바위잠수부 히시타레

§ 항해자
　　위크

§ 야행인/굴
　　카잡: 소년
　　음률가: 카잡의 아버지
　　하프장이: 남성
　　비탄에 젖은 관: 하프장이의 짝

§ 흘러나온 산 사람
　　사론(여성), 뎁(여성), 하리드(남성), 바라예(남성), 제나윌(여성)

§ 사막인
　　카커(남성), 한세브(여성)

§ 도시건설자
　　하르키비파롤린(여성), 카와레스크센자족(남성)

차 례

세인트헬렌스 산의 지도

AD 2882

최후자는 춤을 췄다.

얼핏 보기에 그들은 평면거울로 된 천장 아래에서 춤을 추는 것 같았다. 빽빽하게 모인 수만의 퍼페티어가 모두 한 곳을 바라보면서 머리를 꼿꼿이 세우거나 낮게 숙이고 곡선 무늬를 이루며 회전하고 있었다. 발굽들은 수십만 개의 캐스터네츠처럼 딸깍거리면서 음악의 일부를 이루었다.

다리를 잠깐 뻗었다가 뒤로 내밀고 방향을 바꿔라.

한쪽 눈으로는 짝짓기 상대를 보라.

이번 동작과 다음 동작을 마치는 동안 '신부들'이 숨어 있는 벽 쪽을 쳐다보면 안 된다.

만져서도 안 된다.

수백만 년에 걸쳐 이어져 내려온 그와 같은 경쟁 춤에 다양한 사회적 요소가 더해져 짝짓기에 성공하는 자와 그러지 못하는 자가 결정되었다.

짝짓기 춤의 환영 너머로 멀리 떨어진 곳을 보여 주는 창이 어렴풋이 떠올라 있었다. 그 창은 최후자가 '숨은 족장'호를 볼 수 있게 해 주었지만, 그와 동시에 집중을 방해하는 훼방꾼이기도 했고 규칙을 흔드는 위험 요소이기도 했고 춤을 가로막는 장애물이기도 했다.

이제 머리를 길게 뽑았다가 숙여서······.

최후자를 제외한 다리 셋 달린 춤꾼들과 광활한 바다와 천장은 '탐구의 화침'호 컴퓨터 기억장치에서 뽑아 온 영상이었다. 최후자는 춤을 통해 기량과 반사 신경과 건강을 유지하고 있었다. 올 한 해는 나른함과 회복과 사색의 해였다. 하지만 그런 상태는 언제든지 즉각 달라질 수 있었다.

지구 시간으로 일 년 전 또는 퍼페티어 세계의 구식 셈법으로 반년 전 또는 링월드의 사십 회전 전, 최후자와 그의 외계인 노예들은 화성의 지도 밑에 계류 중인 천오백미터 길이의 범선을 찾아냈다. 그리고 외계인 노예들은 배에 '숨은 족장'호라는 이름을 붙인 다음 최후자를 남겨 두고 항해에 나섰다.

최후자의 춤 영상 속에 떠 있는 창은 '숨은 족장'호의 선수 쪽 망대에 장치된 거미줄눈webeye이 보내는 광경을 실시간으로 보여 주었다. 창을 통해 보이는 모습은 춤꾼들보다 현실적이었다.

크미와 루이스 우가 영상의 전경에 편하게 누워 있었다. 반란을 일으키고 떠난 최후자의 하인들은 조금 더 나이가 들어 보였다. 최후자가 의료 설비를 이용해 그들을 회춘시킨 것이 불과 이년 전의 일이었다. 그들은 여전히 젊고 건강해 보였지만, 그와 동시에 더 유순해지고 나태해진 것 같았다.

발을 뒤로 내밀고 발굽을 부딪쳐라.

한 바퀴 돌아서 혀를 스쳐라.

'안개 바다' 밑에는 대양이 있었다. 바람이 안개를 휘젓자 엄청나게 큰 배 위로 유선형 무늬가 생겨났다. 안개는 해안과 맞닿으며 부서진 파도처럼 흩어졌다. 그 안개 위로 솟아 있는 것은 백팔십 미터 높이의 망대뿐이었다. 하얀 안개를 계속 따라간 내륙 저편에 끝이 반짝거리며 검정색에 가까운 산봉우리들이 치솟아 있었다.

'숨은 족장'호는 고향에 도착했고, 최후자가 외계인 동료와 작별할 시간도 다가왔다.

거미줄눈이 동료들의 목소리를 전송했다.

루이스 우: 저건 분명히 후드 산이야. 저쪽은 레이너 산이고. 문제는 저 산인데, 천 년 전에 정상부가 폭발해서 날아간 게 아니라면 아마 저게 세인트헬렌스 산일 거야.

크미: 링월드의 산은 운석과 충돌하지 않는 한 폭발하지 않는다.

루이스 우: 내 말이 바로 그거야. 우린 열 시간 내에 샌프란시스코만의 지도를 통과하게 돼. 착륙선을 이용하려면 대양에서 형성되는 바람과 파도를 고려해서 아주 적합한 만을 찾는 게 좋아, 크미. 남의 눈에 띄어도 상관없다면 침략을 시작하기에 적당한 곳이라 이거지.

크미: 나는 눈에 띄는 걸 좋아한다.

크진인이 일어서서 기지개를 켜며 손톱을 내밀었다. 털로 덮인 백팔십 센티미터의 거구가 사방으로 단검을 내민 것 같은 모습은 살아 움직이는 악몽 그 자체였다. 최후자는 자신이 홀로그램을 보고 있다는 사실을 애써 상기해야 했다. 크진인과 '숨은 족장'호는 화성의 지도 밑에 묻힌 우주신으로부터 오십만 킬로미터는 떨어진 곳에 있었다.

몸을 돌리고 앞발을 왼쪽으로 미끄러뜨려 왼쪽으로 걸어가라.

한눈팔지 마라.

크진인이 다시 바닥에 앉았다.

크미: 이 배가 운명적이라고 생각하지 않나? 이 배는 지구의 지도를 침략할 목적으로 건조됐다. 그리고 수호자가 된 틸라는 화성의 지도와 수리 시설을 침략하기 위해 이 배를 나포했지. 바로 그 '숨은 속장'호가 다시 지구를 침략하러 왔다는 얘기다.

최후자의 망가진 성간 여행용 우주선 안에서 시원한 바람이 불어와 선실을 통과했다. 춤은 가속이 붙고 있었다. 땀이 머리 모양으로 우아하게 달라붙은 최후자의 갈기를 흠뻑 적시면서 다리를 따라 흘러내렸다.

최후자는 창을 통해 가시광선 이상의 것을 보고 있었다. 그는 레이더를 통해 지도의 진행 방향 남쪽에 있는 거대한 만을 보았고 고대 크진인들이 해안가를 따라 세워 놓은 도시의 외형도 볼 수 있었다. 둥그런 행성 위라면 가려져 보이지 않을 모습이었다.

루이스 우: 네가 보고 싶을 거야.

잠깐이지만 크진인은 그의 말을 알아듣지 못한 것처럼 보였다. 하지만 거대한 주황색 털 뭉치가 뒤를 돌아보지도 않고 입을 열었다.

크미: 루이스, 저기에 내가 물리쳐야 할 군주와 내 아이를 가질 짝들이 있다. 저곳은 내 세상이다. 네 세상이 아니란 얘기지. 인류는 저기서 노예 취급을 당한다. 게다가 정확히 말하면 그들은 너와 동족도 아니지. 넌 저곳에 가면 안 된다. 나 역시 머물지는 말아야 하고.

루이스 우: 나도 그런다고 했잖아. 넌 가고 난 남을 거라고. 어쨌건 네가 보고 싶을 거야.

크미: 하지만 그건 네 이성에 반하는 행동이다.

루이스 우: 무슨 얘기야?

크미: 루이스, 몇 년 전에 들은 얘기가 있다. 난 진실을 알아야겠다.

루이스 우: 말해 봐.

크미: 우리는 고향 행성으로 돌아가서 각 정부가 연구할 수 있도록 퍼페티어의 우주선을 헌납했다. 그다음에 크타라─리트가 너를 초대해서 크와람브르 혈통 시市 밖에 있는 사냥터를 마음대로 돌아다닐 수 있도록 했지. 넌 거기 들어간 최초의 외계인이었다. 다른 자라면 죽었을 거다. 넌 그 지역에서 이틀 밤낮을 보냈지. 어떤 경험이었나?

루이스 우는 계속 위를 보며 누워 있었다.

루이스 우: 대부분 아주 마음에 들었어. 대부분 영예로웠던 것 같고. 하지만 인간이다 보니 툭하면 운을 시험해야 했지.

크미: 그다음 날 밤에 크타라─리트가 열었던 연회에서 들은 얘기가 있다.

루이스 우: 무슨 얘기를 들었는데?

크미: 넌 수입 물품이 있는 안쪽 구역에 들어갔지. 거기서 귀한 동물을 발견하고…….

그 즉시 루이스 우가 일어나 앉았다.

루이스 우: 하얀 벵골 호랑이 얘기군! 사방이 빨갛고 주황색인 크진 식물들 속에 멋진 녹색 숲이 있더라고. 거기서 안전하고 아늑한 기분을 느끼며 향수에 젖어 있었지. 그런데 그…… 사랑스러우면서도 사람을 잡아먹는 동물이 수풀에서 걸어 나오더니 나를 훑어보는 거야. 크미, 그놈은 덩치가 너만 했어. 체중이 삼백오십 킬로그램쯤 되고 굶은 상태였지. 아, 미안. 얘기 계속해.

크미: 벵골 호랑이라니, 그게 뭐지?

루이스 우: 지구에 사는 동물이야. 굳이 말하자면 옛 천적이랄까.

크미: 네가 씩씩하게 그놈을 지나쳐 가 나뭇가지를 집어 들었다는 얘길 들었다. 그리고 다시 그놈을 마주한 채 나뭇가지를 무기처럼 휘두르며 '이거 기억나나?'라고 했다지. 호랑이는 고개를 돌리고 떠났다면서.

루이스 우: 맞아.

크미: 왜 그런 짓을 했나? 호랑이도 말을 할 수 있나?

루이스 우가 웃었다.

루이스 우: 먹잇감이 아닌 것처럼 행동하면 가 버릴 거라고 생각했지. 그게 안 통하면 코를 후려칠 생각이었고. 거기 마침 쪼개진 나무가 있었는데, 몽둥이처럼 휘두르기에 딱 좋은 단단한 나뭇가지도 있더라고. 호랑이에게 말을 건 건, 크진인이 듣고 있을 것 같아서 그랬

던 거야. 족장의 사냥터에서 어설픈 관광객처럼 굴다가 살해당하면 최악이잖아. 먹잇감처럼 훌쩍거리다가 죽다니, 그건 아니지.

크미: 족장이 경호원을 붙여 놨다는 걸 알고 있었나?

루이스 우: 몰랐어. 카메라나 감시 장치가 있을 거라고는 생각했지만. 호랑이가 가 버리는 걸 보고 나서 뒤로 도는데 코앞에 무장한 크진인이 있더라고 기겁을 했지, 호랑이가 또 한 마리 나타난 줄 알았으니까.

크미: 경호원은 널 기절시킬 뻔했다고 말했다. 네가 그에게 덤볐으니까. 넌 몽둥이를 휘두르려고 했다.

루이스 우: 기절시키려 했다고?

크미: 그렇게 말했다.

루이스 우가 웃었다.

루이스 우: 그자는 손잡이를 덧붙인 ARM 마비 총을 들고 있었어. 크진인들은 비상상 무기를 만드는 법을 배운 적이 없잖아. 그러니 아마 국제연합 같은 곳에서 구매했겠지. 내가 몽둥이를 치켜들었더니 그자는 총을 내던지고 손톱을 내밀더라고. 난 그제야 상대가 크진인이란 걸 알고 웃었지.

크미: 이유가 뭐지?

루이스 우는 고개를 뒤로 젖히고, 입을 크게 벌리고, 이를 잔뜩 드러내며 웃었다. 크진인이 노골적인 도전으로 받아들이는 행동이었기 때문에 크미가 귀를 바짝 접었다.

루이스 우: 하하하하! 웃지 않을 수가 없었거든. 내가 아주 운이 좋았으니까 말이지. 그자는 날 기절시키려고 한 게 아니야. 손톱을 한

번 휘젓기만 했어도 난 죽었을걸. 그자가 잘 참은 거지.

크미: 어쨌든 재미있는 이야기다.

루이스 우: 크미, 질문이 하나 떠올랐어. 만약 우리가 링월드를 떠날 수 있다면 넌 크미라는 이름을 가진 채 돌아가고 싶은 거지?

크미: 그럴 가능성은 거의 없다. 최후자의 회춘 처치 때문에 내 흉터까지 사라져 버렸으니까. 나는 아마 내 소유의 영지를 맡아 운영하고 있는 맏아들과 비슷한 나이로 보이겠지.

루이스 우: 그래. 하지만 최후자가 조금만 도와준다면…….

크미: 그런 부탁을 할 생각은 없다!

루이스 우: 나한테도 부탁하지 않을 거야?

크미: 그럴 필요는 없을 거다.

루이스 우: 지금까지는 '루이스 우'의 말이 족장에게 네 신원을 보증할 수 있을 거라고 생각해 보지 못했어. 하지만 그럴 수 있는 거지?

크미: 족장은 받아들일 거다. 호랑이 통역자여. 하지만 넌 우리가 살아서 돌아갈 수 없는 길을 선택했다.

루이스 우가 코웃음을 쳤다.

루이스 우: 이봐, 크미. 내 남은 수명은 너와 비슷하다고! 아마 오십 년은 될 거야. 틸라 브라운 때문에 최후자의 마법 같은 의료 설비는 화산재가 됐으니.

그 정도 손상이면 충분하잖아! 최후자는 생각했다.

크미: 분명히 지휘실에 개인용 의료 설비가 있을 거다.

루이스 우: 우린 거기에 못 들어간다고.

크미: 주방에도 의료 프로그램이 있을 거다. 루이스.

루이스 우: 그걸 쓰려면 퍼페티어에게 애걸을 해야겠지.

　이럴 때 방해하면 엄청나게 화를 내겠지? 흥밋거리라도 던져 줄까? 퍼페티어의 언어는 인간이나 크진인이 사용하는 그 어떤 것보다 함축적이고 유연했다. 최후자는 휘파람과 비슷한 몇 마디를 중얼거렸다.

　시시한나/춤의 복집/성을/한 단계 낮춰라/그리고/'순은 족장'호의 6번 거미줄눈으로 이동하라/송수신 상태/영상과 소리는 보내고/냄새와 촉감은 차단하라/마비총은 꺼라.

　"크미, 루이스……."

　인간과 크진인이 깜짝 놀라더니 몸을 굴려 일어서며 눈을 빛냈다.

　"내가 방해를 했습니까? 보여 주고 싶은 화면이 있습니다."

　루이스와 크미는 잠깐 동안 춤만 구경하고 있었다. 최후자는 자신이 얼마나 바보처럼 보일지 알 것 같았다. 두 사람의 얼굴에 미소가 번지고 있었다. 루이스는 웃는 것이었지만 크미는 화를 내고 있었다.

　크미: 우리를 감시하고 있었군. 어떻게 한 거지?

　"위를 보십시오, 크미. 부수지는 말고 무선안테나가 달려 있는 돛대의 끝을 올려다보십시오. 손톱을 내밀면 닿을 만한 곳에……."

　엄청나게 큰 외계인의 얼굴이 화면을 가득 채웠다.

　루이스 우: 청동 거미줄처럼 생겼군. 가운데 검정 거미가 있고, 거미줄은 프랙털 무늬야. 눈에 잘 안 띄는데…… 어디가 끝인지도 모르

겠군. 난 링월드 곤충이 그물을 친 거라고 생각했는데.

"카메라고 마이크고 망원경이고 투사기고 다른 기능까지 할수 있는 장치입니다. 분무식이지요. 그 배뿐 아니라 다양한 곳에 만들어 뒀습니다. 루이스, 손님들을 불러 주겠습니까?"

최후자는 휘파람을 불었다.

지시한다/'도시 건설자'의 위치를 찾아라.

"보여 줄 것이 있습니다. 손님들도 함께 봐야 합니다."

루이스 우: 지금 네 동작은 태권도와 조금 비슷하군.

지시한다/'태권도'를 검색하라.

정보가 나타났다. 태권도는 전투 방식이었다. 최후자의 종족은 절대로 싸우는 법이 없기 때문에 터무니없는 얘기였다. 그가 말했다.

"근육긴장을 풀고 싶지 않습니다. 예상치 못한 일은 가장 곤란한 순간에 일어나는 법이니까요."

춤꾼들 사이에서 두 번째 창이 열렸다. 도시 건설자들은 아주 큰 주방에서 식사를 준비하고 있었다.

"당신들이 봐야 할 것이……."

크미가 손톱으로 퍼페티어의 눈을 할퀴었다. 6번 창이 하얗게 깜빡이더니 닫혔다.

다리를 뻗어라.

'당대의 지도자'를 지나치며 다리를 흔들어라.

멈춰라.

일 밀리미터 옆으로 이동하여 멈춰라.

끈기 있게 기다려라.

그들은 최후자를 피하고 있는 것 같았다. 벌써 열 시간째였다. 그들은 이전에도 옛 시간으로 반년 동안 최후자를 피해 왔다. 하지만 어차피 식사는 해야 했다.

무게 식탁은 크진이 연회에 쓸 수 있을 만큼 거대했다. 최후자는 일 년 전에 거미줄눈의 후각 증폭을 줄여야만 했다. 식탁에서 솟아오르는 묵은 피의 악취 때문이었다. 이제는 당시보다 냄새가 덜했다. 크진의 태피스트리와 조잡하게 새긴 벽화도 사라지고 없었다. 너무 유혈이 낭자해 인류의 취향에는 맞지 않는 물건들이었다. 그 가운데 일부는 크미의 선실로 옮겨졌다.

구운 생선 냄새가 공기를 가득 채웠다. 카와레스크센자족과 하르카비파롤린은 임시로 만든 주방에서 뭔가를 만들고 있었다.

둘 사이에서 태어난 지 얼마 안 되는 딸이 아주 행복한 얼굴을 한 채 식탁 한쪽에 있었다. 그 반대편 끝에는 거대한 날생선 반 마리가 크진인의 식욕을 돋우기 위해 기다리고 있었다.

크미가 생선을 쳐다보았다.

크미: 운이 좋았군.

칭찬을 한 그가 눈을 굴려 천장과 벽을 두리번거렸다. 그리고 원하던 것을 찾아냈다. 돔의 끝에 있는 주황색 전구 바로 밑에 프랙털 모양의 거미줄이 반짝거리고 있었다.

도시 건설자들이 손을 닦으며 들어왔다. 카와레스크센자족은 사춘기를 갓 지난 소년이었고 그의 배우자 하르카비파롤린은 그보다 나이가 조금 많았다. 두 사람 모두 정수리 부근이 대머리였고 남은 머리칼은 어깨뼈를 덮고 있었다. 하르카비파롤린이 아이를 안고 젖을 물렸다.

카와레스크센자족: 곧 떠나겠군요.

크미: 감시 장치가 있다. 그럴 거라고 생각은 했지만 이제는 확실하다. 퍼페티어가 여기에 카메라를 설치했지.

크미가 분노하는 것을 보며 소년이 웃었다.

카와레스크센자족: 입장이 바뀌었다면 우리도 그랬을걸요. 지식을 추구하는 건 자연스러운 일이라고요!

크미: 퍼페티어의 눈에서 벗어날 시각이 이제 채 하루도 남지 않았다. 카와, 하르키, 너희가 무척 그리울 거다. 동료로서도 그렇고 너희의 지식과 비뚤어진 지혜도 그리울 거다. 하지만 내 생각은 나만 알고 있어야 한다!

저들은 점점 나와 멀어지는군. 최후자가 생각했다. 생존하려면 저들이 있는 곳까지 길을 닦고 도로 데려와야 할 텐데.

그가 입을 열었다.

"여러분, 한 시간 정도 여흥을 베풀어도 되겠습니까?"

도시 건설자들이 입을 벌렸다. 크진인은 이를 드러냈다.

루이스 우: 여흥이라…… 그거 좋지.

"불을 꺼 주십시오."

루이스는 그가 시키는 대로 따랐다. 퍼페티어가 휘파람으로 노래를 불렀다. 그는 화면을 통해 다른 이들의 표정을 지켜보고 있었다.

거미줄눈이 있던 자리에 창이 열렸다. 대형 접시의 테두리 너머 아래쪽으로 비바람이 몰아치는 광경이 보였다. 그보다 훨씬 밑에서는 피부가 창백한 인간들이 수백 명가량 무리를 짓고 있었다. 아주 사교적인 모습이었다. 그들은 적대감이 전혀 없이 상대방의 몸을 문지르면서, 몸을 가릴 곳을 찾을 생각도 없이 여기저기서 짝짓기를 하고 있었다.

최후자가 말했다.

"실시간 영상입니다. 나는 링월드가 제 궤도를 되찾은 뒤로 저 지역을 계속 감시하고 있었습니다."

카와레스크센자족: 흡혈귀군요. 이런, 플럽!* 하르키, 흡혈귀가 저렇게 많이 모인 걸 본 적 있어요?

루이스 우: 무슨 얘기지?

"나는 탐사기를 대양으로 다시 가져오기 전에 거미줄눈을 뿌려 뒀습니다. 당신들이 보고 있는 곳은 우리가 처음에 탐사했던 지역입니다. 나는 전망을 최대한 확보하기 위해 가장 높은 구조물을 선택했습니다. 유감스럽게도 비와 구름 때문에 그 뒤로는 선명한 영상을 얻을 수 없었습니다. 하지만 루이스, 당신도 저 지역에 생명이 있다는 걸 알았을 겁니다."

루이스 우: 흡혈귀잖아.

"카와레스크센자족, 하르카비파롤린, 저곳은 당신들이 살던 장소의 좌현 쪽입니다. 생물이 번성하고 있는 게 보입니까? 당신

---

* 링월드에 거주하는 종족 중 일부가 빌어먹을, 젠장 등의 의미로 사용하는 말.

들은 돌아갈 수 있는 겁니다."

여인은 판단을 보류하며 기다리고 있었다. 소년은 어쩔 줄을 몰랐다. 그가 번역할 수 없는 말을 한마디 내뱉었다.

루이스 우: 보장할 수 없는 약속은 하지 마.

"루이스, 당신은 우리가 링월드를 구한 이래 계속 나를 피했습니다. 그리고 우리가 수십만 킬로미터에 이르는 거주 가능 지역을 불사른 것처럼 끊임없이 묘사했습니다. 나는 당신이 산출한 수치를 믿지 않았지요. 하지만 당신은 내 얘기를 듣지 않았습니다. 직접 보십시오. 사람들이 아직 살아 있지 않습니까!"

루이스 우: 놀라운 일이군그래. 그런 일이 있었음에도 불구하고 흡혈귀가 살아남다니!

"흡혈귀만이 아닙니다. 보십시오."

최후자가 휘파람을 불자 먼 곳에 있는 산들이 확대되었다.

약 서른 명쯤 되는 인류가 봉우리 사이에 난 길을 따라 걷고 있었다. 그중 스물하나가 흡혈귀였다. 루이스가 지난번 방문했을 때 본 적이 있는 피부가 빨갛고 체구가 작은 '유목인'이 여섯이었고, 몸집이 더 크고 피부가 검은 인류형 생물이 다섯이었으며, 머리가 작은 변종이 둘이었다. 그 둘은 지성이 없는 것 같았다. 흡혈귀의 먹잇감들은 하나같이 나체였으며, 탈출하려는 자는 아무도 없었다. 그들은 지쳐 보였으나 그와 동시에 즐거운 듯한 모습이었다. 서로 다른 종의 구성원 모두에게 흡혈귀 짝이 하나씩 붙어 있었다. 기온이 낮고 비도 내렸지만 옷을 걸친 것은 소수의 흡혈귀뿐이었다. 옷은 본래 그들의 물건이 아닌 게 분명했지만 각자의 몸에 딱 맞게 재단되어 있었다.

흡혈귀는 지성이 전혀 없었다. 적어도 최후자는 그렇게 알고 있었다. 그는 동물도 노예를 두거나 가축을 키우는지 궁금했다. 하지만 중요한 문제는 아니었다.

"루이스, 크미, 봤습니까? 다른 종도 살아남았습니다. 심지어 도시 건설자도 본 적이 있습니다."

루이스 우: 암이나 변이의 징후가 보이지는 않지만, 분명히 발생했을 거야. 저기 있는 것도 분명하고. 최후자, 나에게 정보를 준 건 틸라 브라운이었어. 틸라는 수호자였으니 너나 나보다 긍정적이었겠지. 그런 틸라가 일조 오천억 명이 죽을 거라고 했다고.

최후자가 말했다.

"틸라가 똑똑했던 건 사실이지만 그녀도 어느 정도는 인간이었습니다, 루이스. 바뀐 뒤에도 인간적인 요소가 남아 있었지요. 인간은 위험을 직시하지 못합니다. 당신들은 퍼페티어가 겁쟁이라고 하지만 직시하지 못하는 것이야말로 겁쟁이……."

루이스 우: 그만해. 이제 겨우 일 년이잖아. 암이 발병하려면 십 년에서 이십 년은 걸려. 변이는 한 세대가 지나야 하고.

"수호자는 전능하지 않습니다! 틸라는 내 컴퓨터의 엄청난 능력을 몰랐고요. 루이스, 당신은 조정을 나한테 맡겼잖습니……."

루이스 우: 그만하라니깐!

"조사를 계속하겠습니다."

최후자는 춤을 췄다.

그는 실수하기 전까지 그 마라톤을 계속하고 탈진할 때까지 스스로를 몰아붙일 생각이었다. 육체는 자연적으로 회복될 테고, 그러면 더 강해질 것이 분명했다.

그는 외계인들이 식사하는 동안 굳이 도청을 하지 않았다. 크미가 거미줄눈을 부수지는 않았지만 감시하에 비밀스러운 얘기를 나눌 것 같지도 않았다.

하지만 소용없는 일이었다. 일 년 전 조잡하게 모집한 동료들과 함께 틸라 브라운의 문제를 해결하고 링월드의 안정성을 되찾으려고 노력할 당시, 최후자는 탐사기를 띄워 '숨은 족장'호의 구석구석에 거미줄눈을 뿌려 두었다.

최후자는 춤에 집중하고 싶었다. 하지만 그건 뒤로 미룰 수 있었다.

크미는 곧 배를 떠날 예정이었다. 그러면 루이스도 다시 입을 다물 것이다. 일 년쯤 지나면 그마저 배를 떠나고 최후자의 조종 범위 밖으로 나갈 수 있었다. 도시 건설자 사서들은…… 그들에게 영향력을 행사해 볼까?

어떤 의미에서는 그들 역시 이미 최후자의 손아귀에서 벗어났다. 최후자는 '탐구의 화침'호의 의료 설비를 조종하고 있었다. 그가 강제적으로 그 설비의 사용을 막았다는 사실이 밝혀지면 도시 건설자들도 진실을 깨달을 것이 분명했다. 하지만 지금까지 최후자가 너무 노골적이었던 것도 사실이었다. 크미와 루이스는 하나같이 의료 처치를 거부했다.

루이스 우와 크미는 어두운 복도를 힘차게 걷고 있었다. 빛이 거의 없어 수신 상태가 나빴지만 그 대신 거미줄눈을 들킬 염려도 없었다. 최후자는 대화의 일부만 들을 수 있었다. 그는 그 뒤로도 문제의 대화를 여러 번 반복해서 들어 보았다.

루이스 우: ……지배하려는 거야. 최후자 입장에서는 우리를 조종해야만 하거든. 우리가 너무 가까이에 있다 보니 자신을 해칠 수도 있다고 생각하는 거야.

크미: 난 계속 방법을 찾고 있다.

루이스 우: 그리 열심히 찾지도 않던데, 뭘. 어쨌든 그건 중요한 게 아니야. 최후자는 일 년 동안 우리를 가만히 내버려 뒀잖아. 그런데 늘 하던 운동 도중에 갑자기 연락을 했다고. 이유가 뭐지? 보낸 영상도 별로 중요한 게 아니었는데.

크미: 네가 무슨 생각을 하는지는 알 수 있다. 최후자는 우리 얘기를 엿들었지. 내가 고향으로 돌아가게 된다면, 내 재산을 되찾기 위해서 최후자의 도움은 필요 없다. 네가 있으니까. 너는 대가를 요구하지 않을 거다.

루이스 우: 그래.

최후자는 끼어들까 망설였지만 딱히 할 말이 없었다.

크미: 최후자는 영지를 얻게 해 준다고 나를 조종했다. 하지만 너에게는 달랐다. 네 전류 중독을 이용하려 했지만 넌 중독을 끊었지. 착륙선에 있는 오토닥은 부서졌지만 주방에 있는 설비에는 부스터스파이스를 제작하는 프로그램이 들어 있을 거다.

루이스 우: 아마 그렇겠지. 네가 쓸 것도 만들 수 있을걸.

크미는 손을 내저었다.

크미: 그래도 네가 그냥 나이를 먹겠다고 결심하면 최후자는 넌 조종할 수단이 없다.

루이스 우가 고개를 끄덕였다.

크미: 하지만 최후자가 널 믿을까? 퍼페티어가 보기에는……. 널 모욕하려는 건 아니다. 난 네가 진실을 말한다고 확신한다, 루이스. 하지만 퍼페티어가 보기에 나이를 먹는다는 건 자살이나 마찬가지다.

루이스 우는 조용히 고개를 끄덕였다.

루이스 우: 그걸로 일조 명을 살해한 죗값이 될까?

다른 날 같았으면 거기서 대화를 끝냈겠지만 루이스 우는 말을 이었다.

루이스 우: 둘 다 벌을 받는 셈이지. 난 늙어서 죽을 테고, 최후자는 노예를 잃고…… 생활환경을 조종할 수 없을 테니까.

크미: 하지만 그 사람들이 살았다면 어떡할 거냐?

루이스 우: 만약 그 사람들이 살았다면…… 흠. 실제 프로그램을 조작한 건 최후자였지. 난 수리 시설의 해당 구역에 들어갈 수 없었어. 생명의 나무로 오염돼 있었거든. 나는, 바로 그가 링월드 인구의 오 퍼센트를 향해 항성에서 끌어온 플라스마를 퍼부을 수 있게 도왔지. 만약 퍼페티어가 그 일을 실행에 옮기지 않았다면 난…… 살아갈 수는 있겠지. 따라서 그런 경우에도 최후자는 나를 조종한 셈이 돼. 그가 나 때문에 널 조종할 수 없다는 건 그래서 중요한 거야.

크미: 내 얘기가 바로 그거다.

바람이 불어 두 사람의 목소리를 집어삼켰다.

크미: 만약…… 숫자가…….

루이스 우: ……최후자가 그걸 포기하고…….

크미: ……두뇌가 다른 사람보다 더 빨리 노화된단 말이다!

크진인이 참지 못하고 엎드리더니 네발로 갑판을 내달렸다. 하지만 최후자에겐 별 상관 없었다. 어차피 그들은 감시 범위 밖으로 나간 뒤였다.

최후자는 세상에서 가장 큰 에스프레소 기계가 제 몸을 부수는 것처럼 비명을 질렀다.

그 비명 속에는 지구나 크진에 사는 어떤 생물도 알아들을 수 없는 음조와 배음이 깃들어 있었고, 거기에 화음을 더하면 상당한 양의 정보를 담을 수 있었다. 그 안에는 간신히 나무에서 내려오고 초원에서 빠져나온 두 종족의 혈통에 관한 정보도 들어 있었고, 항성이 불을 뿜고 그 불에서 레이저를 뽑아 링월드 규모의 포격을 가할 수 있는 장비에 대한 정보도 들어 있었다. 양자 수준으로 축소한 다음 최후자의 선실 안에 도료처럼 뿌릴 수 있는 컴퓨터에 관한 사양 정보도, 엄청난 회복 능력과 힘을 지닌 프로그램에 관한 얘기도 들어 있었다.

너희는 반쯤 야만인 품종 중에서도 동족과 같이 살지 못하는 한심한 놈들이야! 그 한심한 수호자, 인공적으로 행운을 타고난 틸라 브라운은 이해할 능력도 없고 융통성도 없었지. 하지만 너희는 내 얘기를 귀담아들을 만한 재치조차 없다고. 난 그 사람들을 전부 구했어! 내 우주선에 있는 프로그램으로, 바로 내가 구했다고!

최후자는 단 한 번 소리를 지르고는 다시 입을 다물었다. 그는 한 동작도 빠뜨리지 않았다.

당대의 지도자가 신부들과 춤을 추는 동안 한 걸음 물러나 고개를 숙여라.

목이 심하게 마르다면 이때 물을 마셔라.

머리 하나는 숙여 물을 마시고, 다른 머리는 들고 춤을 볼 수도 있었다. 상황에 따라 조금 다르게 해도 괜찮았다.

루이스 우가 노망이 든 걸까? 이렇게 빨리? 최후자는 생각했다. 루이스 우는 이백 살을 족히 넘었다. 부스터스파이스를 쓰면 인간은 오백여 년 동안 건강과 현명함을 유지할 수 있다. 그보다 효과가 더 오래가는 경우도 있었다. 하지만 최후자가 의술로 돕지 않을 경우 루이스 우는 빠르게 노화할 가능성이 높았다.

그리고 크미는 곧 떠날 참이었다.

그래도 큰 문제는 없었다. 최후자는 그 어느 곳보다도 안전한 장소에 있었다. 그의 우주선은 수 세제곱킬로미터에 달하는 식은 마그마 속에 있고, 그 마그마는 링월드 수리 시설 한가운데에 있었다. 다급한 일은 없었다. 그는 기다릴 수 있었다. 그리고 사서들이 있었다. 상황이 바뀔 수 있었고…… 그에게는 춤이 있었다.

1부

그림자 둥지

| 냄새 전쟁 |

AD 2892

구름이 회색 돌 접시처럼 하늘을 덮고 있었다. 노란 풀들은 시든 것처럼 보였다. 강우량이 너무 많고 태양의 빛은 너무 부족했다. 태양이 하늘 한복판에 떠 있고 아치가 제자리에 있다는 사실은 분명했지만 발라는 이십 일째 그것들을 보지 못했다.

순찰차들은 끝없이 내리는 가랑비를 맞으며 사람 키만큼 큰 바퀴를 굴려 잔뜩 자란 수풀을 헤치고 전진했다. 발라와 케이는 조종석에 앉아 있었고 사바로는 그들의 머리 위에서 사수 역할을 맡았다. 차양 밑에는 사바로의 딸 포라가 잠들어 있었다.

언제든지…… 지금 당장이라도…….

사바로가 손가락으로 가리키며 물었다.

"당신이 찾는 게 저거야?"

발라는 자리에서 일어섰다. 눈에 보이는 거라고는 광활하던 초원이 광활한 그루터기들로 바뀌는 광경뿐이었다.

케이가 말했다.

"그자들이 남기는 흔적이군. 곧 보초나 수확조가 나타나겠지. 대장, 여기 '초원 거인'이 있다는 걸 대장이 어떻게 알았는지 모르겠어. 난 우현 쪽으로 이렇게 멀리 와 본 적이 없거든. 대장은 중앙 도시에서 왔지? 거긴 좌현 쪽으로 걸어서 백 일 거리잖아."

"소문을 들었지."

발라가 대답했다. 케이는 더 이상 캐묻지 않았다. 모든 상인에게는 저마다 비밀이 있기 마련이었다.

일행은 그루터기들 사이로 들어가 방향을 바꿨다. 순찰차가 속도를 높였다. 오른쪽에는 그루터기들이 있고, 왼쪽에는 어깨높이의 풀들이 있었다. 전방 먼 곳에서 크고 검은 새들이 선회하거나 곤두박질을 쳤다. 시체를 찾아다니는 새들이었다.

케이는 권총을 재확인했다. 전장식에 총열이 팔뚝만큼 긴 권총이었다. 사바로가 몸을 낮추고 총탑 안으로 들어갔다. 기관총은 화물칸 상단에 탑재되어 있지만 어떤 일이 벌어질지 모르기 때문이었다. 다른 차량들은 케이의 차가 안전하게 조사를 할 수 있도록 좌우로 방향을 바꾸며 호위했다. 새들이 선회하며 물러갔다. 사방에서 검은 깃털이 떨어져 내렸다. 커다란 새 스무 마리가 배부르게 먹을 수 있는 음식이란 도대체 뭘까?

시체가 잔뜩 있었다. 두개골이 뾰족하고 체구가 작은 인류의 시체였다. 시체들은 그루터기 속이나 베어 내지 않은 수풀 사이에 있었다. 살은 거의 남아 있지 않았다. 그런 시체가 수백 구나 되었다! 처음에는 어린아이들로 착각했으나 아이들의 시신은 그보다 더 작았다.

발라는 의복의 흔적을 찾아보았다. 낯선 지역에서는 어떤 인류가 지능을 가지고 있을지 짐작할 수 없었다. 사바로가 총을 손에 들고 땅에 내려섰다 케이는 머뭇거리다가 수풀에서 갑자기 튀어나오는 자가 없다는 걸 확인한 다음에야 뒤를 따랐다. 포라가 창문으로 졸린 얼굴을 내밀고 입을 쩍 벌렸다. 그녀는 나이가 육십 팔란*으로 이제 막 짝짓기 적령기가 시작된 참이었다.

이윽고 케이가 말했다.

"어젯밤부터 이랬어."

악취는 아직 그리 강하지 않았다. 새들이 굴Ghoul보다 늦게 도착했다면 피해자들이 학살당한 시간은 동이 틀 무렵이었으리라.

발라가 물었다.

"죽은 원인이 뭐지? 이 지역 초원 거인이 늘 이런 짓을 벌인다면 여기서 빠져나가야 해."

"새들이 원인일 수도 있어. 뼈가 부러진 게 보이지? 이건 새가 골수를 빼 먹으려고 큰 부리로 쫀 거라고. 대장, 이건 '채집자'들이야. 이걸 봐, 깃털로 치장하고 있잖아. 채집자는 수확조들을 따라다니지. 그리고 토끼나 붉은점박이처럼 땅굴을 파는 동물을 사냥해. 구멍을 발견하려고 풀을 베면서 이동하는 거야."

---

* 링월드가 열 번 회전하는 기간. 일 팔란은 칠십오 일이므로 육십 팔란은 지구 나이로 하면 열다섯 살가량이 된다.

깃털이라. 맞는 얘기군. 검정 깃털뿐 아니라 붉은색이나 녹자색 깃털도 있어. 발라는 혼잣말처럼 물었다.

"그럼 여기서 무슨 일이 벌어진 걸까?"

"이거 어디선가 맡아 본 냄새예요."

포라가 말했다. 부패의 악취 속에 어딘지 모르게 익숙하고 불쾌하지 않은 냄새가 섞여 있었고…… 그녀는 그 냄새 때문에 심기가 불편했다.

발라는 케이가 이 지역 원주민이고 유능해 보였기 때문에 교역단의 지휘를 맡겼다. 나머지는 그가 데리고 온 사람들이었다. 하지만 그들 가운데 어느 누구도 우현 쪽으로 이렇게 멀리까지 나온 적은 없었다. 발라는 이 부근을 누구보다 잘 알고 있었다. 이곳이 그녀가 생각하는 장소가 맞을 때의 얘기지만.

"그자들은 어디에 있는 거지?"

"아마 우리를 감시하고 있겠지."

케이가 말했다.

발라는 순찰차 앞쪽의 높은 자리에 앉아 먼 곳을 내다보았다. 초원은 평지였고 노란 풀들이 짧게 잘려 있었다. 초원 거인의 키는 보통 이 미터에서 이 미터 사십 센티미터, 수풀의 높이는 그 절반 정도였으니 그 사이에 숨기는 어려웠다. 상인들이 순찰차를 삼각형으로 정렬했다. 점심 식사는 차의 발판에 보관해 두었던 과일과 식물 뿌리였다. 일행은 근처에서 구한 식물을 뿌리와 함께 조리했다. 고기로 삼을 만한 짐승은 잡을 수 없었다.

상인들은 천천히 식사를 했다. 인류는 보통 식사를 마친 직후에 말을 걸기가 쉬웠다. 초원 거인의 사고방식이 '기계인'과 비슷하다면 이방인이 식사를 끝낸 다음에 접촉을 해 올 게 분명했다.

하지만 사절은 오지 않았다. 상인들은 이동을 계속했다.

순찰차 세 대가 천천히 평지를 가로질렀다. 쫓아갈 만한 동물은 보이지 않았다. 차는 큰 사각형 나무판의 각 귀퉁이에 바퀴가 달린 형태로, 모터가 후미 가운데에 있고 또 다른 바퀴 한 쌍이 직접 연결되어 동력을 전달받았다. 모터의 앞쪽에는 주철로 만든 화물칸이 있었다. 철로 만든 집 위에 아주 굵은 굴뚝을 얹은 모양새였다. 차의 앞부분과 운전석 밑에는 커다란 판 용수철이 있었는데, 문명과 거리가 먼 인류가 화물칸 위에 솟은 탑을 본다면 기능을 짐작하지 못할 수도 있었다. 특히 대포를 한 번도 본 적이 없는 인류라면? 위협적인 설비라고는 생각하지 못할 것이다.

멀리 떨어진 언덕마루에서 금빛 식물과 색깔이 비슷하고 사람이라기엔 너무 큰 인류 둘이 그들을 지켜보고 있었다. 그중 하나가 몸을 돌리고 천천히 달려 초원을 가로질러 멀어져 갔다. 발라는 그 뒤에야 그들의 존재를 알아챘다. 다른 하나가 언덕마루를 달려 내려오더니 순찰차의 진로를 향해 이동했다.

그 사람은 상인들의 앞길에 서서 기다리고 있었다. 그는 온몸이 풀빛이 도는 금색으로, 피부도 금색이고 털도 금색이었다. 체격이 컸으며 거대하고 굽은 칼로 무장하고 있었다. 케이가 거인을 상대하러 걸어 나갔다. 발라는 순찰차가 순한 탈것 동물이라도 되는 양 몰아 그의 뒤를 따랐다. 거주하는 지역이 크게 달랐기 때문에 교역에 사용하는 지방어의 발음도 달랐다. 케이는 다양한 발음과 낯선 단어와 뜻의 차이를 가르쳐 준 적이 있었다. 발라는 그가 상대에게 건네는 말을 알아듣기 위해 애썼다.

"우리는 평화로운 목적으로…… 교역을 하고 싶으며…… 우리 파사이트 무역 제국은…… 리샤스라를 원하는가?"

거인이 케이의 얘기를 들으며 빠르게 눈동자를 굴렸다. 그의 눈길은 포라와 발라와 케이와 사바로의 입가로 옮겨 다녔다. 그는 상황을 즐기고 있었다. 기계인 가운데 거인만큼 얼굴에 털이 많은 사람은 없었다! 예쁘장한 포라의 턱선 가장자리에는 수염이 자라고 있었다. 끄트머리가 간신히 구부러질 만한 길이였다. 발라의 수염은 턱부리 부근 두 군데가 우아하니 하얗게 변하고 있었다. 다른 인종 사람들은 기계인의 턱수염에 큰 관심을 보이는 경우가 많았다. 특히 만난 상대가 여성일 경우 관심은 더욱 컸다.

거인은 케이가 수다를 끝낼 때까지 기다렸다가 큰 걸음으로 그를 지나치더니 순찰차의 발판에 걸터앉았다. 하지만 화물칸의 격벽에 기댔다가 뜨겁게 달궈진 금속 때문에 깜짝 놀라 즉시 몸을 세웠다. 그리고 위엄을 되찾은 다음 순찰차가 전진하도록 손짓을 했다. 덩치가 큰 사바로는 거인의 위쪽에서 자리를 지키고 있었다. 포라가 아버지의 옆자리로 올라갔다. 그녀도 키가 큰 편이었지만 거인과 비교하니 부녀가 하나같이 왜소해 보였다.

케이가 물었다.

"야영지가 저쪽인가?"

거인의 지역어는 더 알아듣기 힘들었다.

"그렇다. 따라와라. 당신들은 피난처가 필요하고 우리는 전사가 필요하니까."

"리샤스라는 어떤 식으로 하지?"

교역을 하는 사람이라면 누구나 가장 먼저 궁금해하는 문제였다. 지금 마주하고 있는 초원 거인이 동족들과 비슷하다면 무리의 이 인자 남성 또한 예외 없이 그 점을 궁금히 여길 것이다.

거인이 말했다.

"빨리 움직여라. 그러지 않으면 리샤스라에 대해 너무 많이 배우게 될 거다."

"무슨 뜻인가?"

"흡혈귀가 있다는 얘기다."

포라의 눈이 휘둥그레졌다.

"냄새가 나요!"

케이는 이 상황이 위기보다는 기회가 될 거라 생각하고 미소를 지었다.

"나는 케이워브리미스라고 한다. 이쪽은 발라버질린이다. 내 후원자지. 저 두 사람은 사바로카레시와 포라나이들리, 다른 순찰차에 있는 사람들도 기계인이다. 우리는 당신네 종족이 우리 제국에 합류하기를 바라고 있다."

"나는 파룸이다. 우리 지도자는 투를이라고 불러야 한다."

발라는 케이에게 대화를 일임했다. 초원 거인들이 사용하는 낫칼은 살상반경이 너무 작았다. 반면에 파사이트 무역 제국의 총은 흡혈귀들의 공격을 단숨에 종결시킬 수 있었다. 그거라면 우두머리the Bull가 감동할 테고, 사업 얘기를 이어 갈 수 있을 것이다.

초원 거인 수십 명이 목초가 그득 담긴 수레를 끌고 흙을 쌓아 올린 벽에 난 틈새를 통과하고 있었다.

"이건 흔히 볼 수 없는 광경이야. 초원 거인은 벽을 세우지 않거든."

케이가 말했다. 파룸이 그 얘기를 듣고 입을 열었다.

"벽을 세우는 방법을 배울 수밖에 없었다. 우리는 사십삼 팔란 전에 붉은 유목인들과 전투를 벌였지. 그들에게서 벽을 세우는 방법을 배웠다."

사십삼 팔란은 별 무리가 사백삼십 번 회전하는 기간이었다. 하늘은 이레 반마다 회전했다. 발라는 사십 팔란이 지나는 동안 부자가 되었고, 짝을 찾았고, 네 아이를 낳았고, 도박으로 부를 날려 버렸다. 그리고 삼 팔란에 걸쳐 여행을 하는 중이었다.

사십삼 팔란은 긴 시간이었다.

발라가 분명하지 않은 발음으로 물었다.

"구름이 생겼을 때를 얘기하는 건가?"

"그렇다. 옛 투룰이 그때 바다를 끓였지."

그래! 내가 찾던 곳이 여기였어.

케이는 그 얘기가 지역 미신에 불과하다는 것처럼 무시해 버리고 물었다.

"흡혈귀 문제는 얼마나 계속됐는가?"

파룸이 대답했다.

"그 문제는 끊이지 않았다. 수 팔란 전부터 흡혈귀가 갑자기 사방에서 나타나기 시작했지. 하룻밤에 두 번 이상이었다. 오늘 아침에는 거의 이백 명에 달하는 채집자들이 죽어 있는 현장을 발견했다. 놈들은 오늘 밤에도 허기를 느낄 테지. 우리는 벽과 쇠뇌로 ~~놈들을~~ 막고 있다. 자, 여기다."

보초를 서는 거인이 말했다.

"당신네 수레를 벽 틈으로 끌고 들어와서 싸울 준비를 해라."

발라는 생각했다. 이자들이 쇠뇌를 쓴다고?

그리고 어둠이 덮쳐 오기 시작했다.

벽 안쪽은 인파로 북적였다. 초원 거인 남성과 여성 들은 수레에서 짐을 내리다가 자주 일손을 멈추고 풀을 먹었다. 그들은 기계인들이 무리 속으로 들어와 이동하는 모습을 보고 입을 쩍 벌렸지만 곧 다시 작업을 이어 갔다. 발라는 거인들이 자력으로 이동하는 순찰차를 처음으로 보는 건지 궁금했다.

하지만 지금은 흡혈귀 문제가 더 중요했다. 가죽 갑옷을 입은 자들이 이미 벽을 따라 정렬하고 있었다. 다른 사람들은 흙과 돌을 쌓아 올려 틈을 메꿨다.

발라는 초원 거인들의 시선이 자신의 턱수염으로 향하는 걸 알았다. 그녀가 어림하기에 초원 거인의 수는 약 천 명이었다. 하지만 여자와 남자의 수가 비슷했다. 다른 지역에 거주하는 초원 거인은 여성이 더 많았다. 어린아이가 단 한 명도 눈에 띄지 않는

것을 보면 건물 안 어디엔가 애들을 돌보는 여인들이 이삼백은
더 있을 것이 분명했다.

덩치가 크고 은빛이 나는 타 종족 사람이 발라 일행을 맞으러
비탈길을 내려왔다. 그가 장식이 달린 투구를 들어 올리자 금빛
털이 드러났다. 투를은 남성 초원 거인 가운데 가장 몸집이 컸고,
그가 입은 갑옷은 관절 부위가 하나같이 튀어나와 있었다. 발라
는 지금까지 그렇게 생긴 인류를 본 적이 없었다.

케이가 조심스럽게 말했다.

"투를, 파사이트 무역 제국에서 당신들을 도우러 왔다."

"잘됐군. 원하는 게 뭔가, 기계인이여? 말해 보라."

"우리는 강력한 제국이지만 전쟁이 아니라 교역으로 세력을
넓히고 있다. 당신들을 설득해서 우리가 쓸 연료와 빵과 기타 물
품을 만들게 하고 싶다. 당신들이 먹는 풀을 이용하면 좋은 빵을
만들 수 있다. 당신들도 맛보면 마음에 들 거다. 그 대신 우리가
만든 발명품을 제공하지. 가장 먼저 제공할 물건은 총이다. 우리
권총은 당신네 쇠뇌보다 멀리 발사할 수 있다. 근접전에 쓸 무기
로는 화염방사기가 있고……."

"살육용 무기들이지? 당신들이 와서 다행이다. 당신들도 우리
덕분에 피할 곳이 생겼으니 다행이겠지. 총을 지금 당장 벽 쪽으
로 옮겨라."

"투를, 큰 총은 순찰차에 실려 있다."

벽의 높이는 기계인 키의 두 배에 달했다. 발라는 지역어 하나
를 떠올렸다.

"경사로라는 게 있었지. 투를, 벽을 오를 수 있는 경사로가 있는가? 우리 순찰차가 그리로 돌아갈 수 있나?"

하늘의 빛이 회색 숯처럼 변했다. 그리고 비가 내리기 시작했다. 구름 위 저 높은 곳에서 밤의 그림자가 항성을 거의 가렸음에 틀림없었다. 경사로는 없었다. 하지만 투를이 명령을 내리자 덩치 큰 남녀 거인들이 하나같이 하던 일을 멈추고 흙을 날라 경사로를 만들기 시작했다. 발라는 높은 곳으로 올라가 소리치며 지휘하는 여성을 보았다. 그 여성은 몸집이 크고 나이가 들었으며 바위를 산산조각 낼 정도로 목소리가 우렁찼다. 발라는 그 여성의 이름이 문화라는 걸 알아냈다. 투를의 첫 부인인 것 같았다.

순찰차는 무거웠다. 화물칸과 모터는 금속이었고 널찍한 나무 발판의 두께가 손바닥 폭과 맞먹었다. 경사로는 순찰차의 무게를 못 견디고 부서질 것처럼 보였다. 순찰차는 한 대씩 차례로 올라갔다. 차의 오른쪽 면은 벽을 스쳤고 왼쪽 면은 초원 거인 열 명이 달라붙어 계속 들어 올리고 있었다. 발라는 나중에 차를 어떻게 내려놓을 생각인지 궁금했다. 꼭대기의 폭은 순찰차의 앞뒤 바퀴간 거리와 비슷했다. 보초들이 차를 유도했다.

"무기를 우현 방향으로 돌려라. 흡혈귀가 그쪽에서 오니까."

수송대 대장들이 주차를 마친 다음 협의를 위해 모였다.

케이가 물었다.

"완드, 안스, 당신들 생각은 어때? 포에 산탄을 넣고 쏠까? 흡혈귀들은 뭉쳐서 올 거야. 대개 그러지."

안스가 대답했다.

"거인들한테 돌을 모으라고 해. 탄약을 아끼자고. 권총이면 충분할 것 같지만 말이야. 흩어질까?"

완드가 말했다.

"그럼 거인들이 바라는 대로 하는 거잖아."

"나도 그편이 낫다고 봐."

케이의 말에 발라가 입을 열었다.

"초원 거인은 쇠뇌를 쓰는데 무슨 걱정이 있겠어? 쇠뇌는 사정거리가 총보다 짧지만 그래도 흡혈귀 냄새보다는 더 멀리 날아간다고."

각 차의 지휘자들이 서로를 돌아보았다. 안스가 입을 열었다.

"풀 먹는 자들은……."

"그건 아니지. 다른 지역의 풀 먹는 자들은 전투 시에 소심하잖아."

완드가 그의 말을 잘랐다. 달리 대꾸하는 사람은 없었다.

완드와 안스의 순찰차는 각각 반대 방향으로 굴러갔다. 비와 어둠 때문에 초원 거인 전사들이 멈춰 세우기 전까지는 순찰차를 식별하기가 어려웠다.

케이가 말했다.

"사바로, 당신이 포좌로 가. 총을 쏠 경우에도 대비하고. 난 권총을 쓸 거야. 포라, 장전해 둬."

포라는 너무 어려서 그 정도 임무밖에 맡길 수가 없었다.

"대장, 화염방사기 좋아해?"

그의 질문에 발라가 대답했다.

"흡혈귀가 그렇게 가까이 접근할 순 없을 거야. 그리고 난 투척에도 자신이 있어."

"그럼 화염방사기하고 수류탄을 맡아. 화염방사기를 쓸 일이 생겼으면 좋겠군. 알코올에 다른 용도가 있다는 걸 보여 주면 우리 일에도 도움이 될 테니까. 초원 거인은 우리 연료를 쓸 일이 없잖아, 수레를 지전 끄니까. 흡혈귀들은 지능이 없지?"

"중앙 도시 부근의 흡혈귀는 그렇지."

"대부분의 언어에서 흡혈귀는 인종 이름이 아니에요. 동물로 취급한다고요."

포라가 끼어들었지만 케이는 언어 문제에 흥미가 없었다.

"대장, 흡혈귀는 몰려서 오는 거야? 한 번에 모조리?"

"흡혈귀하고는 딱 한 번밖에 못 싸워 봤어."

"나보다 한 번 더 싸웠네. 난 소문밖에 못 들어 봤거든. 실제로는 어땠어?"

"생존자는 나밖에 없었어. 케이, 흡혈귀를 직접 만난 적이 없다는 거지? 수건과 연료를 쓰는 법은 알아?"

발라가 묻자 케이의 이마에 주름이 생겼다.

"그게 무슨 얘기야?"

그때, 경비병이 굵은 목소리로 발하는 신호가 들려와 발라는 급히 고개를 돌렸다. 보이는 거라고는 그림자들뿐이었고 들리는 거라고는 팽팽한 줄을 스치는 바람 같은 소리와 쇠뇌의 속삭임뿐이었다. 초원 거인들은 화살을 아끼고 있었다. 총알 역시 풍족하지 않았다. 총알을 제작하라고 명령할 만한 종족이 없었기 때문이다. 발라는 아직 아무것도 식별할 수 없었다. 초원 거인의 상황도 비슷하겠지만 이 지역은 그들의 생활 터전이었다.

쇠뇌를 쏘는 소리가 나더니 피부가 창백한 누군가가 일어섰다가 쓰러졌다. 바람이 일었다……고 생각했지만 그건 바람이 아니었다. 노래였다.

"하얀 걸 노려요."

포라가 불필요한 지시를 내렸다. 케이는 사격을 개시했고, 총을 바꾼 다음 다시 쏘았다.

순찰차들이 서로 멀리 떨어져 있어 다행이었다. 권총이 뿜어내는 섬광 때문에 눈이 멀 지경이었다. 발라는 눈앞에 어른거리던 잔광이 서서히 사라지는 동안 생각에 잠겼다. 그리고 순찰차 밑으로 몸을 굴려 화염방사기와 수류탄이 담긴 그물주머니를 차례로 끌어당겼다. 순찰차 차체가 섬광을 막아 주었다.

포는 어떻게 된 거야?

동료들이 주변에서 사격을 하고 있었다. 발라는 시력을 되찾았다. 그러자 창백한 사람의 모습이 눈에 들어왔다. 하나가 아니었다. 적어도 스물 이상이었다! 하나가 쓰러지자 나머지가 뒤로 물러섰다. 대부분은 애초에 쇠뇌의 사정거리 너머에 자리 잡은 것 같았다. 흡혈귀들의 노래가 발라의 귀를 끌어당겼다.

"발포한다."

사바로가 말했다.

발라는 그가 포를 쏘는 동시에 눈을 감았다. 포화 때문에 나무 그루터기 부근이 잠깐 밝아졌다. 다시 눈을 뜨자 피부가 하얀 시체가 여섯…… 여덟 구 눈에 들어왔다. 탁 트인 곳에 흡혈귀 삼사십 명이 서 있었다. 발라는 그곳도 총의 사정거리 안이라고 생각했다. 쇠뇌를 쓰는 자들이 흡혈귀를 겁내는 이유를 알았어. 이렇게 많은 흡혈귀가 떼 지어 다니는 걸 처음 보니까! 괴이하고 앞뒤가 맞지 않는 상황이었다. 이 많은 흡혈귀가 뭘 먹고 사는 거지?

사십삼 팔란 전에 특급 수색대 교역단이 사막 도시에 있는 어느 고층 건물 안에서 전멸한 일이 있었다. 그날 밤 특급 수색대가 싸웠던 흡혈귀의 수는 열다섯을 넘지 않았다. 사살한 흡혈귀는 여덟 정도였다. 다른 수색대원들은 모조리 죽었고 운이 좋았던 발라만이 살아남았다.

그녀는 그때 거리에서 흘러나왔던 노래를 떠올렸다. 흡혈귀들은 알몸이었으며 피부가 창백했고 아름다웠다. 그리고 공포스러웠다. 수색대원들은 십 층 창가에서 사격을 했고 계단 곳곳에 보초를 세웠다. 보초는 하나씩 사라졌고 결국에는…….

케이가 말했다.

"바람이 오른쪽으로 분다."

사바로의 목소리가 들려왔다.

"발포한다."

발라는 섬광에 대비해 눈을 질끈 감았다. 사바로가 쏜 포가 굉음을 내지른 다음 먼 곳에서 희미한 포성이 한 번 더 들렸다.

사바로가 작게 속삭였다.

"저놈들이 포위할지도 모르겠는데."

"저것들은 지능이 없어."

케이가 대꾸했다.

왼쪽 멀리서 작은 포성이 들렸다. 오른쪽에서도 들렸다.

흡혈귀는 도구도 쓰지 않고 옷도 걸치지 않았다. 흡혈귀 시체의 사랑스럽고 풍성한 잿빛 금발에 손을 넣어 보면 숱이 지나치게 많은 그 한가운데에 작고 납작한 두개골이 있다는 걸 알게 된다. 흡혈귀는 도시를 세우지도 않고 군대를 만들지도 않고 포위 대형을 형성하지도 않았다. 그런데도 장벽 위에 자리한 병사들은 회전 방향과 우현과 반회전 방향의 어둠을 향해 지시를 내리고 쇠뇌를 쏘면서 소란을 피우고 있었다.

"케이, 저놈들도 코가 있어."

사바로가 위에서 내려다보았다. 케이가 물었다.

"뭐라고?"

발라는 설명했다.

"저놈들은 전술을 짜는 게 아니야. 원시적인 하수 설비 속에서 살아가는 천오백 명의 초원 거인이 내는 냄새를 피하는 것뿐이라고. 처음부터 그 냄새를 따라왔던 거지! 저놈들이 바람을 등지면 그 냄새도 문제가 안 될 거야. 그 대신 저놈들로부터 우리 쪽으로 바람이 불게 되겠지."

"완드에게 순찰차를 돌리라고 얘기해야겠군."

사바로가 그렇게 말하고 달려가자, 발라는 그의 등에 대고 소리를 질렀다.

"천과 알코올을 준비해!"

사바로가 되돌아왔다.

"뭐라고?"

"연료를 수건에 부어. 아주 조금만. 그리고 수건으로 얼굴을 감아. 그러면 냄새를 막아 줄 거야. 완드에게 그렇게 전해!"

케이가 그녀의 머리 위쪽에서 말했다.

"난 아직 쏴 버릴 놈들이 조금 남았어, 대장. 저놈들은 아직 투척 무기의 사정거리 바깥에 있다고. 대장이 안스에게 이동하라고 전해 줘. 수건과 연료 얘기도 해 주고. 대장, 초원 거인들도 그건 모르고 있겠지? 아까 내가 연료의 유용성을 보여 주고 싶다고 했던 것 기억해?"

멍청한 소리 하고 있네. 발라는 자신이 쓸 수건을 적시고 두 장을 더 챙겼다. 상황이 위급해질 수도 있다는 생각이 들었다. 사방이 어두웠고 양쪽이 낭떠러지였기 때문에 발밑을 조심해야 했다. 비는 더 이상 내리지 않았다. 흡혈귀가 부르는 노래가 바람을 타고 날아다니고 있었다. 발라는 얼굴에 두른 수건에서 흘러나오는 알코올 냄새를 맡았다. 현기증이 일었다. 멀리서 발포한다는 소리가 들렸다. 발라는 눈을 감고 포성이 울리기를 기다렸다가 사각형 그림자를 향해 나아갔다. 그리고 소리를 질렀다.

"안스!"

"안스는 지금 바빠, 발라."

타라파의 목소리가 들렸다.

"앞으로 더 바빠지게 될 거야, 타라파. 흡혈귀가 우리를 포위하기 시작했어. 수건을 꺼내서 연료를 조금 묻힌 다음에 그 수건으로 입을 감싸. 그리고 트럭을 육십 도 회전시켜."

"발라, 나는 안스의 명령만 따라."

저 멍청한 여자가. 발라는 그렇게 생각하며 말했다.

"시키는 대로 하지 않으면 앞으로 당신들 둘 다 굴과 대화해야 할 거야. 안스에게도 수건을 갖다 줘. 그 전에 거인들에게 줄 연료 통부터 가져오고."

타라파가 잠시 생각하다가 대답했다.

"그렇게 하지. 수건은 넉넉하게 가져왔어?"

연료 통은 무거웠다. 발라는 자신을 지킬 무기가 없다는 사실을 뼈저리게 인식하고 있었다. 그녀는 커다란 사람이 불쑥 앞에 나타나자 부끄러울 정도로 마음을 놓았다.

초원 거인이 그녀를 보지도 않고 물었다.

"방어는 어떻게 돼 가나, 발라버질린?"

"흡혈귀들이 포위를 시작했다. 곧 놈들 냄새가 날 거다. 이걸로 입을……."

"후악! 이 지독한 냄새는 뭔가?"

"알코올이다. 우리 순찰차는 이것 덕분에 움직일 수 있다. 게다가 이번엔 우리 목숨까지 살려 줄 수 있지. 이걸 목에 감아라."

보초는 꼼짝도 하지 않았다. 그녀를 쳐다보지도 않았다. 하지만 다른 종족 손님을 모욕할 생각이 없었기 때문에 이렇게만 말했다.

"아무 말도 못 들은 걸로 하겠다."

발라는 기 싸움을 할 시간이 없었다.

"투를이 어디에 있는지 말해라."

"그 천을 내게 다오."

발라는 수건을 슬쩍 던졌다. 보초가 역한 냄새 때문에 쿵쿵거리면서 수건을 힘들게 목에 감았다. 그런 다음에야 그녀가 물어본 지점을 가리켰다. 하지만 발라는 이미 번쩍이며 빛나는 우두머리 거인의 갑옷을 포착한 뒤였다.

우두머리 거인은 자극적인 냄새에 물러서면서도 발라가 쥐고 있는 천을 바라보았다.

"왜 그런 걸 써야 하는가?"

"흡혈귀에 대해서 모르나?"

"소문은 듣고 있다. 흡혈귀는 죽이기 쉽고, 생각을 할 줄도 모른다. 그것밖에는……. 그 천으로 귀를 막아야 하는가?"

"귀를 막다니?"

"그래야 노래에 홀려서 죽지 않을 테니까."

"소리가 아니라 냄새를 막아야 한다고!"

"냄새라니?"

초원 거인들은 바보가 아니었지만…… 운이 좋지 못했다. 우선 흡혈귀에게 습격당하고 살아남은 사람이 있어야 했다. 생존자가 있다 해도 나이가 어리다면 성인들이 모조리 사라진 이유를 알 수 없을 것이다. 상황이 아무리 급해도 발라든 케이든 누구든 간에 이 문제를 얘기해 줄 필요가 있었다.

"투를, 흡혈귀는 교미를 유도하는 냄새를 뿌린다. 욕망이 두뇌를 지배하면 끌려가게 되는 거지."

"연료 냄새가 그 문제를 해결한다는 건가? 하지만 부작용이 있지 않나? 우리도 당신네 기계인들의 연료 제국에 대해 들은 바가 있다. 당신들은 다른 인류에게 당신네 수레에 쓸 연료를 만들도록 설득하고 다닌다지. 연료를 만들게 된 종족은 연료를 마시는 법도 배운다. 그다음에는 일과 놀이와 삶 자체에 흥미를 잃고 연료만 마시다가 일찍 죽어 버리지."

발라는 웃었다.

"흡혈귀 냄새를 맡으면 숨을 채 백 번도 쉬지 못하고 그렇게 될 거다."

하지만 투를의 말에도 일리가 있었다. 흡혈귀가 벽 주변을 포위하는데 궁수들을 취하게 만드는 것도 문제가 있었다.

"연료 말고 향이 강한 식물을 사용하면 안 되나?"

"그런 식물을 언제 모으려고? 연료는 내일까지 기다릴 필요 없이 지금 당장 쓸 수 있다."

우두머리 거인이 발라에게서 시선을 떼고 명령을 내리기 시작했다. 남성 거인들은 거의 다 장벽 위에 있었다. 그런데 여성들이 달리기 시작했다. 어디선가 천 뭉치가 등장했다. 여성들은 벽을 기어오르더니 순찰차가 있는 꼭대기를 향해 이동했다. 발라는 최대한 참을성 있게 기다렸다.

우두머리 거인이 소리쳤다.

"따라와라!"

그는 흙으로 지은, 두 번째로 큰 건물로 들어갔다. 흙벽의 꼭대기와 연결되고 중앙에 기둥이 세워진 건물이었다. 안에는 건초를 비롯해 여러 가지 풀들이 높다랗게 쌓여 있어 수백 가지 향이 풍겨 났다. 우두머리 거인이 발라의 코앞에서 이파리들을 짓이겼다. 발라는 뒤로 물러났다. 거인이 또 다른 잎을 내밀었고, 발라는 신중하게 냄새를 맡아 보았다. 같은 일이 반복됐다.

발라가 말했다.

"풀들을 다 확인해 보는 건 좋은데 연료도 써 봐라. 가장 좋은 걸 선택하는 거다. 이것들은 왜 보관하는 거지?"

우두머리 거인이 웃었다.

"후추파와 민치는 향기가 좋다. 여인들이 이걸 먹으면 젖이 좋아진다. 우리가 잔디만 먹는다고 생각했나? 시들거나 쉰 잔디는 뭔가를 곁들여 먹어야 한다."

그가 식물을 한 아름 안고 성큼성큼 걸으며 소리를 질렀다. 발라는 그의 목소리가 중앙 도시에서도 들릴 것 같다고 생각했다. 여인들의 목소리와 커다란 발을 끌며 장벽을 오르는 소리 또한 작지 않았다. 그녀는 가져온 연료 통을 들고 그의 뒤를 따랐다.

발라는 꼭대기에 올라서서 커다란 그림자들을 지켜보았다. 전사들은 꼼짝도 하지 않았고 여인들이 그들 사이를 누비면서 향을 묻힌 수건을 나눠 주었다.

그녀는 몸집이 크고 나이가 많은 여인에게 말을 걸었다.

"당신이 문와인가?"

"당신이 발라버질린이군. 흡혈귀들이 냄새로 우리를 죽인다는 건가?"

"그렇다. 그걸 막는 데 어떤 냄새가 가장 좋은지는 모른다. 그러니까 이미 알코올을 묻힌 수건을 받은 사람들은 그대로 두는 게 좋겠다. 투를의 식물 향을 묻힌 수건은 다른 사람들에게 주고 결과를 보도록 하지."

"어느 쪽이 죽는지 보자는 거군."

발라는 다시 걸었다. 알코올 냄새 때문에 좀 어지러웠지만 못 견딜 정도는 아니었다. 게다가 수건이 거의 다 마른 상태였다.

발라는 오늘 아침만 해도 포라가 리샤스라를 시험해 볼 만큼 나이를 먹었다고 생각했다. 짝짓기도 가능할 것 같았다. 하지만 포라는 그런 예측을 무너뜨려 버렸다. 그녀는 흡혈귀의 냄새를 기억하기는커녕 그 냄새를 연인의 향기라고 생각할지도 몰랐다! 옛 욕망과 죽음의 향기가 발라의 코로 침투해 뇌를 조금씩 잠식하고 있었다.

초원 거인 전사들의 그림자는 움직이는 여인들의 그림자 속에 여전히 섞여 있었지만…… 그 수가 아까보다 적었다. 초원 거인 여성들도 그 사실을 알고 있었다. 분노와 공포를 담은 채 숨을 몰아쉬며 비명을 지르는 자들이 둘에서 넷으로 늘어났다. 그들은 투를을 소리쳐 부르며 둑을 뛰어 내려갔다. 다른 자들은 신음 소리를 내더니 방향을 잘못 잡아 식물 그루터기가 남아 있는 들판 쪽으로 향했다.

발라는 남아 있는 사람들을 따라가면서 남녀를 가리지 않고 보이는 수건마다 연료를 뿌렸다. 허둥대면 전부 죽을 수도 있었다. 연료는 그런 상황을 막아 줄 것이다. 그럼 식물은? 투를이 고른 식물의 향기가 더 오래 지속될 것 같았다.

발라는 새하얀 사람을 사방에서 보았다. 상세한 부분은 거의 식별할 수 없었다. 실제 모습은 상상에 맡겨야 했고, 후뇌를 자극하는 향기 때문에 그 상상은 화려한 망상으로 이어졌다.

하얀 사람들이 더 가까이 다가왔다. 왜 총소리가 안 들리는 거지? 발라는 그렇게 생각하며 안스의 치기 있는 곳에 도달했다 발판을 딛고 올라서며 그녀가 말했다.

"안스, 자리에 있나?"

화물 적재 칸에는 아무도 없었다. 발라는 잠금장치를 연 다음 화물칸으로 기어 들어갔다. 안에는 역시 아무도 남아 있지 않았다. 손상된 곳도 없고 격투를 벌인 흔적도 없었다. 사람만이 사라진 상태였다. 발라는 생각했다. 수건을 적셔야 해. 그리고 포를 쏴야지. 회전 방향에 흡혈귀들이 예쁘게 모여 있잖아. 저쪽 어딘가에 안스나 포라나 힘프가 포위되어 있는 건 아닐까? 그래도 상관없어.

발라는 포를 쏘았다. 흡혈귀 절반가량이 쓰러졌다.

그날 밤 어느 때인가 반복해서 속삭이는 목소리가 있었다.

"안스?"

"안스는 사라졌어."

발라는 대답했지만 자신의 목소리가 들리지 않아 다시금 소리를 질렀다.

"안스는 사라졌어! 난 발라야!"

이 대답 소리는 간신히 들을 수 있었다. 발라의 고함과 상대방의 고함은 귀를 찢는 포성에 묻혀 속삭임으로 변했다.

순찰차를 옮겨야 할 때였다. 흡혈귀들은 물러났고, 떼 지어 다니지 말아야 한다는 점을 학습했다. 하지만 신선한 먹잇감은 다른 곳에도 있었다. 우현과 회전 방향 쪽에서는 총이 필요치 않았다. 흡혈귀 편에서 바람이 분다 해도 쇠뇌의 사정거리 안이었다.

"나 케이야. 전부 사라진 거야?"

"그래."

"이쪽은 화력이 부족한데 대장은?"

"충분해."

"아침이 되면 연료가 바닥날 거야."

"그래. 내 연료는 전부 꺼냈어. 그리고 거인 여성에게 얘기해놨지. 문와라는 여성인데…… 전사들에게 수건을 두르라고 명령을 내리더군. 그 사람에게 포 사용법을 가르치면 어떨까? 우리가 정말로……."

"안 돼, 대장! 그건 비밀이라고!"

"어차피 그 여자를 훈련시킬 만한 시간도 없을 거야."

케이가 포좌로 머리를 집어넣었다. 그리고 화약 단지를 끄집어내더니 신음을 내며 들어 올렸다.

"다시 일을 시작해 보지."

"소형 화기도 필요해?"

"돌이라면 잔뜩 있어."

케이가 그녀를 보고 얼어붙었다. 그리고 화약 단지를 내려놓았다. 발라도 미끄러져 내려갔다. 두 사람은 함께 움직였다.

"수건을 다시 적셔 놔야 했는데."

발라는 동요하면서 말했다. 그 말을 끝으로 한동안 조리 있게 생각을 할 수가 없었다. 간신히 문을 빠져나간 다음 퍼붓는 빗속에서 진흙탕으로 뛰어든 쪽은 그녀가 아니라 케이였다. 발라는 그를 낚아채기 위해 뒤를 따랐다.

케이가 그녀의 상의를 찢었다. 발라는 그에게 몸을 비볐다. 하지만 케이는 고함을 치며 옷을 마저 찢은 다음 그녀에게 안긴 채 몸을 돌렸다. 그리고 둘로 나눈, 액체를 떨어뜨리는 옷 조각을 손에 쥔 채 다시 몸을 돌리더니 하나는 발라의 얼굴에 들이밀고 다른 하나는 자신의 얼굴로 가져갔다. 발라는 알코올 냄새를 깊이 들이마신 다음 기침을 했다.

"이제 됐어."

케이가 천을 그녀에게 넘긴 다음 남은 천을 자신의 목에 감고서 말했다.

"난 돌아가야겠어. 대장은 혼자 총을 들고 싸우는 게 나을 테고, 상황을……."

"……고려해 보건대."

두 사람은 격렬하게 웃었다.

"혼자 괜찮겠어?"

"해 봐야지."

발라는 케이가 떠나는 모습을 지켜보았다.

절대로 해서는 안 되는 일이었다. 절대로. 그녀는 단 한 번도 다른 남자와 짝을 맺은 적이 없었다. 그녀의 정신은, 그녀의 자아는 욕망의 파도에 휩쓸려 잠시 제자리를 벗어나 버렸다.

타라블리리아스트가 이 사실을 알면 어떻게 생각할까? 그와는 한 번도 이토록 강렬하게 짝짓기를 해 본 적이 없었다.

하지만 이제 제정신이 돌아오고 있었다. 그녀는 분명 타라블리리아스트와 짝을 맺은 사이였다.

발라는 수건을 얼굴로 끌어 올렸다. 알코올이 곧장 뇌로 흘러들어 내부를 청소해 주었다. 혹은 그 또한 환각일 수도 있었다. 그녀는 장벽을 죽 훑어보았다. 아주 소수이긴 해도 커다란 그림자들이 아직 남아 있었다. 아까보다 적긴 하지만 어두운 영역 속에 인간의 형상을 한 그림자들이 아주 가까이 자리하고 있었다. 그들은 발라의 동족보다 키가 크고 더 날씬했다. 그들은 애원하다시피 노래를 불렀고 순찰차 밑에 근접해 모여 있었다.

발라는 위로 올라가서 포를 장전했다.

| 회복 |

희미하던 빛이 밝아지고 있었다. 빛은 회전 방향으로 갈수록 더 밝았다. 노래는 끝난 뒤였다. 발라는 언제부턴가 쇠뇌 시위가 울리는 소리를 들을 수 없었다. 흡혈귀도 볼 수 없었다. 무시무시한 밤이 어느 사이엔가 끝났던 것이다. 발라는 그 어느 때보다 피곤했다. 이 정도 피로감이라면 기억을 완전히 지워 줄 수 있을 것 같았다. 바로 그 순간 케이가 물었다.

"남은 총알 있어?"

"조금 있어. 돌을 하나도 못 받았잖아."

"순찰차에 돌아가 보니 사바로와 포라가 없던데."

발라는 눈을 문질렀다. 달리 할 말이 떠오르지 않았다. 완드와 소파시가 서로를 부축하며 올라왔다. 완드가 입을 열었다.

"끝내주는 밤이었어."

"치타는 그 노래를 너무 좋아하더라고. 어쩔 수 없이 묶어 뒀어. 그런데 수건에 연료를 너무 많이 적셔 줬나 봐. 너무 깊이 잠들어서…….”

소파시는 떨리는 몸을 진정시키며 말을 이었다.

“나도 불안하지만 않았다면 그렇게 잠들었을 거야.”

잠이 드는 순간 아마도 기다리고 있던 초원 거인 남성 수백 명이 손을 뻗어…….

“난 이제 리샤스라를 제대로 할 자신이 없어.”

발라는 그렇게 말하며 케이와 뒹굴었던 기억을 밀어냈다. 그일은 조용히 지나가지 않을 것 같았다.

“다들 순찰차 안에서 자자고. 최소한 오늘 밤만이라도…….”

케이가 말을 하다 말고 발라의 어깨에 손을 얹어 자신과 같은 방향을 보게 만들며 인사했다.

“안녕들 하신가?”

다가오는 자들이 있었다. 초원 거인이 아홉이었고 그에 더해 은빛 갑옷을 갖춰 입은 자가 있었다. 그들은 눈에 띄게 피로해 보였고 냄새도 그 사실을 말해 주고 있었다. 투를이 물었다.

“당신네 기계인의 상황은 어떤가?”

“인원 절반이 사라졌다.”

발라가 대답하자 완드가 덧붙였다.

“투를, 우린 적이 그렇게 많을 거라고 짐작도 하지 못했다. 뭐가 덤비든 우리가 가진 무기로 물리칠 수 있을 거라 생각했지.”

“여행자들이 말하길 흡혈귀는 죽음으로 이끄는 노래를 부른다고 했다.”

투클의 말에 케이가 대꾸했다.

"뭔가를 배우려면 잘못된 지식부터 가려내야지."

"우리는 준비를 잘못하고 있었다. 냄새로 공격하는 흡혈귀라니, 짐작도 못 했다. 그래도 놈들을 쫓아 버리기는 했지!"

투클이 자랑스러운 목소리로 물었다.

"수풀을 뚫고 흡혈귀를 추적해야 하는가?"

발라와 케이와 스플래시는 서로를 돌아보았다. 초원 거인에게 아직 싸울 힘이 남아 있다면…… 완드가 완전히 지쳐 버린 지금, 누군가 기계인을 대표하기는 해야 했다. 발라 일행은 거인 전사들의 뒤를 따라 축축한 그루터기 속으로 들어갔다.

장벽 하단에서 사람 형체가 어른거렸다. 아무것도 걸치지 않은 두 개의 형체였다. 사람들은 쇠뇌와 총을 급히 겨누고 둘을 옆으로 밀어내며 고함을 질렀다. 하지만 상대는 흡혈귀가 아니었다! 몸집이 큰 여성과 체구가 작은 남성이 서로를 부축하며 서 있었다. 그들은 흡혈귀가 아니었다. 초원 거인 여성과…….

"사바로!"

사바로의 얼굴은 아주 깊은 곳에 공포를 묻은 채 풀려 있었다. 그가 자신이 아니고 발라 쪽이 유령이라는 듯 쳐다보았다. 반쯤 넋이 나갔고 지저분했으며 진이 빠지고 상처투성이였지만 그는 살아 있었다. 난 죽었는 줄 알았…… 너무 지쳐서 그랬다고! 발라는 그렇게 생각하며 사바로의 어깨를 때렸다. 단단한 감각을 느낄 수 있어 기뻤다. 그런데 딸은 어떻게 된 거지? 발라는 그 질문을 입 밖으로 꺼내지 않았다. 대신에 이렇게만 말했다.

"하고 싶은 말이 많겠지만 나중에 들려줘."

투를이 궁수인 파룸에게 지시를 내렸다. 파룸이 앞장서서 사바로와 초원 거인 여성을 비탈 위로 끌어 올렸다. 투를은 벽과 거리를 유지하면서 큰 걸음으로, 우현 쪽으로 돌며 이동했다. 그의 부하들이 뒤를 따랐고 기계인들이 그다음이었다. 두려움 때문에 잠들지 못하고 거칠게 교미를 한 탓에 다들 기운이 없었다.

일행은 흡혈귀들의 시체를 지나쳤다. 죽은 뒤에도 아름다움을 유지하는 흡혈귀는 없었다. 초원 거인 한 사람이 쇠뇌에 꿰뚫려 죽은 흡혈귀를 살펴보려고 걸음을 멈췄다. 소파시도 멈춰 섰다.

발라는 사십삼 팔란 전에 그와 같은 행동을 했던 기억을 떠올렸다. 처음에는 썩은 고기 냄새가 났다. 그다음에는 머릿속에서 향기가 폭발하고…….

초원 거인이 앞으로 고꾸라졌다. 그가 고개를 숙인 채 토하더니 천천히 일어섰다. 하지만 얼굴은 들지 않았다.

소파시가 갑자기 몸을 곧게 펴고 비틀거리며 발라에게 다가와 그녀의 어깨에 얼굴을 묻었다. 발라는 말했다.

"소파시, 당신은 아무 일도 안 했어. 시체와 교미하고 싶은 생각이 들겠지만 그건 진심이 아니야."

"진심은 아니지. 하지만 발라, 저것들을 검사해 보지 않으면 아무것도 알아낼 수가 없잖아."

"그것도 흡혈귀가 무서운 이유지."

욕망과 고기 썩는 냄새는 한 사람의 머릿속에 동시에 머무를 수 없었다.

벽 부근에 있는 흡혈귀들의 몸에는 화살이 박혀 있었다. 더 멀리 있던 흡혈귀를 짓이긴 것은 포탄과 총알이었다. 발라는 기계인들이 초원 거인보다 백 배는 많은 흡혈귀를 죽였다는 사실을 알았다. 벽을 지나 이백 보쯤 가자 더 이상 흡혈귀가 보이지 않았다. 죽은 초원 거인들은 맨몸으로 또는 반쯤 옷을 걸친 채, 눈과 뺨이 푹 꺼지고 앙상한 모습으로 누워 있었다. 목과 손목과 팔꿈치 등에 잔혹한 상처가 남아 있었다.

저 맥없는 얼굴은…… . 발라는 수 시간 전에 그 여인이 어둠 속으로 내달리던 모습을 보았다. 상처가 안 보이는데? 여인의 목은 멀쩡했다. 왼팔이 활짝 젖혀져 있었지만 손목에도 상처는 없었다. 오른팔은 몸 위에 놓여 있고 주름이 잡힌 튜닉에는 핏자국이 없었다. 발라는 앞으로 걸어 나가 여인의 오른팔을 들어 보았다. 겨드랑이 피부가 찢겨 있고 피가 묻어 있었다. 남성 초원 거인이 몸을 돌리더니 비틀거리고 구역질을 하며 벽으로 물러섰다.

여자는 몸집이 컸고 흡혈귀는 작았군. 그래서 목을 물지 못한 거야. 소파시 말이 맞았어. 우린 아직 배울 게 많아.

정면 멀리 수풀이 경계를 그린 곳에 밝은색 작업복이 놓여 있었다. 발라는 뛰기 시작했지만 급하게 멈춰 섰다. 작업복은 타라파의 것이었다. 그녀는 옷을 집어 들었다. 깨끗했다. 핏자국도 없고 흙도 묻지 않았다. 타라파는 왜 이렇게 먼 곳까지 끌려왔지? 지금 어디 있는 거야?

투를은 무리보다 상당히 앞서 있었다. 그는 수확하지 않은 풀이 있는 곳에 거의 다다랐다. 갑옷의 무게가 얼마나 나가는 걸까? 그는 열 걸음 높이쯤 되는 언덕을 오른 다음 꼭대기에 서서 다른 자들이 비척거리는 동안 기다렸다. 그가 말했다.

"흡혈귀의 흔적은 없다. 어딘가로 숨어 버린 모양이다. 여행자들 말에 따르면 흡혈귀는 햇빛을 견디지 못한다고 했다."

케이가 고개를 끄덕였다.

"그건 맞는 말이다."

"그럼 흡혈귀들이 가 버렸다고 봐도 되겠군."

반대 의견을 내는 사람은 아무도 없었다. 투를이 고함을 쳤다.

"비지!"

"예, 투를."

남자 거인 하나가 빠른 걸음으로 나섰다. 그는 나이가 들고 체격이 월등하고 열의가 있고 힘이 넘쳐 가만히 있지를 못했다.

"비지, 넌 나와 함께 간다. 타룬, 너는 한 바퀴 돈 다음 반대편에서 우리와 만난다. 오지 않으면 싸움이 벌어진 걸로 알겠다."

"예."

비지와 투를이 출발했고, 다른 거인들은 반대 방향으로 이동했다. 발라는 망설이다가 투를을 따라갔다.

투를은 발라가 뒤따르는 것을 알아채고 그녀가 따라잡도록 걸음을 늦췄다. 비지도 기다리려 했지만 투를이 먼저 가라고 손짓했다. 그가 말했다.

"흡혈귀는 잔디 속에 숨지 못할 거다. 잔디는 곧게 자란다. 밤 지역이 태양 빛을 가리면서 지나가지만 태양 자체는 절대 움직이지 않으니까. 더 이상은 말이다. 그러니 흡혈귀가 햇빛을 피할 곳은 없다."

발라는 물었다.

"태양이 움직이던 때를 기억하고 있나?"

"어릴 때였다. 무시무시한 시절이었지."

상황을 제대로 알았다면 그보다 훨씬 더 겁을 먹었을걸 발라는 생각했다. 루이스 우는 이 거인들과 함께 지낸 적이 있었다. 하지만 투를의 반응을 보니 그녀에게 해 준 얘기는 전하지 않은 모양이었다. 링 모양이야. 루이스 우는 그렇게 말했다. 아치도 링의 일부지. 당신이 그 위에 서 있지는 않아도. 링의 중심이 이동하는 바람에 태양이 흔들리기 시작했어. 몇 팔란 지나면 링이 항성과 닿을 거야. 하지만 맹세할게. 내가 그런 일이 일어나지 않도록 막을 거야. 내 목숨을 바치는 한이 있더라도.

시간이 흐르고, 태양은 더 이상 흔들리지 않았다.

비지는 아직도 빠른 걸음으로 이동하다가 멈추기를 반복하며 시체들을 확인하고 있었다. 칼을 휘둘러 잔디를 베어 내며 누군가 숨어 있지는 않은지 살펴보았다. 그리고 자른 풀을 먹으면서 순찰을 계속했다. 그는 투를보다 더 많은 에너지를 소비하고 있었다. 발라는 두 사람 사이에 갈등이 있다는 느낌을 받지 못했다. 투를은 편하게 명령을 내렸고 비지는 순순히 복종했다. 하지만 발라는 비지가 다음 투를로 내정되어 있다고 확신했다.

그녀는 용기를 내어 물어보았다.

"투를, 처음 보는 종족의 사람이 와서 자신이 하늘에 있는 어딘가에서 왔다고 하지 않았나?"

투를이 그녀를 빤히 쳐다보았다.

"하늘이라고?"

투를이 그 일을 잊었을 가능성은 거의 없었다. 비밀로 삼고 있는 것 같았다.

"남자 마법사 말이다. 대머리에 얼굴이 길고 피부는 구릿빛, 뒤쪽 두발은 곧은 흑색이지. 내 동족보다 키가 크고 어깨와 골반이 좁다."

발라는 손가락 끝으로 눈가를 잡아당겼다.

"눈은 이렇게 생겼지. 그 사람이 거울꽃이 퍼져 나가는 걸 막으려고 이 일대의 바다를 끓여 버렸다."

투를이 고개를 끄덕였다.

"예전 투를이 그 루이스 우라는 자의 도움을 받아 그런 일을 했지. 그런데 당신은 그걸 어떻게 알고 있는가?"

"난 루이스 우와 함께 여행을 했다. 좌현 쪽으로 먼 지역에서. 그 사람은 햇빛이 없으면 거울꽃이 스스로를 방어하지 못할 거라고 했지. 그런데 구름이 끝내 사라지질 않았나 보군."

"그렇다. 우리는 마법사가 시킨 대로 씨를 뿌리고 풀을 키웠다. 토끼와 땅굴을 파는 동물들이 우리보다 먼저 이주해 왔지. 어디를 가든 뭔가가 뿌리를 씹어 먹은 거울꽃을 발견할 수 있었다. 여기처럼 어두운 곳에서는 풀이 잘 자랄 수 없기 때문에 처음에는 거울꽃을 먹으며 살아야 했다. 내 아버지가 살던 시절에는 우리 풀을 가축에게 먹이는 붉은 유목인들이 있었지. 우리가 그걸 막자 싸움이 벌어졌다. 그자들이 우리를 따라 새로 만든 목초지로 이주했지. 채집자들은 풀뿌리를 먹는 동물을 사냥했다. '양서인'들은 거울꽃에 빼앗겼던 강 상류로 돌아갔고."

"흡혈귀들은 어떻게 된 건가?"

"그놈들도 잘 살아남은 거겠지."

발라가 얼굴을 찡그리자 투를이 말을 이었다.

"아무도 접근하지 않는 지역이 있다. 흡혈귀에게는 햇빛을 피할 수단이 필요하지. 그게 동굴이든 나무든 뭐든지 간에 말이다. 구름이 생기자 흡혈귀들은 태양을 덜 두려워하게 됐다. 그래서인지 본래 살던 곳에서 멀리 떨어진 장소까지 여행을 했지. 우리가 아는 건 거기까지다."

"굴에게 물어봐야겠군."

"당신네 기계인은 굴과 얘기를 하는가?"

투를은 그 사실이 달갑지 않은 것 같았다.

"굴들은 다른 종족과 어울리지 않지만 죽은 자들이 어디로 가는지를 알고 있지. 그러니 흡혈귀의 사냥터 위치도 알고 낮에 숨는 장소도 알고 분명히 알고 있을 거다."

"굴은 밤에만 활동한다. 어떻게 굴에게 말을 걸 수 있지?"

"방법은 이미 알려져 있다."

발라는 그 방법을 기억해 내려 했지만 곧장 떠오르지 않았다. 피곤했기 때문이다.

"방법은 알려져 있다. 새 종교가 발생하기도 하고 사제가 죽는 경우도 있잖은가. 그게 신임 주술사에게는 시련의 의식이 되는 셈이지. 굴들은 주술사가 사자를 위해 행하는 의식이 뭔지 분명히 알고 그걸 받아들여야 한다."

우두머리 남성이 고개를 끄덕였다. 한계가 명확하긴 했지만 굴들은 어떤 종교든 상관없이 장례를 치러 줄 것이 틀림없었다.

"그다음에는?"

"굴의 주의를 끌어야 한다. 호의를 베푸는 거지. 뭐든 효과가 있지만 굴들이 부끄럼을 많이 탄다는 건 알고 있어야 한다. 그것도 일종의 시험이지. 굴을 잘 다루지 못하면 새 사제의 자질이 의심을 받으니까."

우두머리 남성이 발끈했다.

"호의를 베푼다고?"

"투를, 우린 여기 상거래를 하러 왔다. 굴들은 우리가 원하는 상품을 갖고 있지. 정보 말이다. 그런데 우리에게 굴이 좋아할 만한 게 있나? 없지. 이 세상은 굴들의 것이다. 아치뿐 아니라 모든 게 다. 한번 물어보면 알 거다."

"그래, 호의를 베풀라고. 어떻게 하란 말인가?"

투를이 이를 갈았다.

발라는 예전에 들은 이야기를 떠올려 보았다. 거래를 하면서 밤에 벌어지는 일에 대해 정보를 얻는 경우는 별로 없었다. 하지만 그녀는 굴을 만난 적이 있고 그들과 얘기를 나눈 적도 있었다.

"굴들은 공중 건물 지역 밑에 있는 '그림자 농장'에서 일한다. 좌현 방향으로 한참 떨어진 곳이지. 우리는 거기에 도구를 공급하고, 도시 건설자들은 굴에게 도서관 사용권을 준다. 굴은 정보를 받으면 거래를 할 거다."

"우린 아는 게 아무것도 없다."

"그렇다고 할 수 있겠지."

"그럼 우리가 내놓을 수 있는 게 뭐지? 아! 발라버질린, 이건 정말 역겹다."

"무슨 소리지?"

투를이 손짓으로 주변을 가리켰다. 눈에 보이는 곳에 백여 구의 흡혈귀 시체가 있었다. 흡혈귀들은 하나같이 벽 근처에 누워 있고, 쇠뇌의 사거리 바깥으로부터 수확하지 않은 풀이 있는 곳 사이에는 죽은 흡혈귀 수의 절반쯤에 해당하는 초원 거인의 시체가 있었다. 비지는 초원 거인보다 작은 시체 한 구를 발견했다. 발라가 쳐다보는 것을 알아채고 그가 얼굴을 확인할 수 있도록 시체의 머리를 들어 올렸다. 안스의 부하인 히마퍼타리였다.

발라는 척추가 부들거릴 정도로 몸서리를 쳤다. 하지만 투를의 말에 일리가 있었다. 그녀는 말했다.

"굴들은 먹을 게 필요하다. 그것만이 아니지. 여기에 천여 구의 시체를 내버려 두면 전염병이 돌 거다. 그러면 굴들이 죄를 뒤집어쓰겠지. 그러니 분명히 여길 치우러 올 거다."

"그런다고 해서 굴이 얘길 들으란 법은 없잖나?"

발라는 고개를 흔들었다. 머릿속에 솜뭉치가 꽉 찬 것 같았다.

"흡혈귀가 사는 곳을 알아낸 다음이라면 어떨까? 우리가 흡혈귀를 직접 공격한다면?"

"그것도 굴이 알려 줄 수 있을 텐데……."

투를이 갑자기 달리기 시작했다. 발라는 비지가 무언가를 붙들고 몸을 흔드는 모습을 보았다. 바로 그 순간 비지가 붙들고 있던 것을 격렬하게 흔들어 내팽개치고 다른 방향으로 달려갔다. 비지가 팽개친 것이 꿈틀거리다가 움직임을 멈췄다. 하지만 비지는 계속 고함을 쳤다. 그가 내팽개친 것은 살아 있는 흡혈귀였다.

"투를, 죄송합니다. 저놈은 부상을 입었지만 살아 있었습니다. 화살이 엉덩이를 관통한 게 전부였습니다. 뭔가를 물어볼 수도 있고 검사를 하든지 뭐든 할 수 있을 거라 생각했는데…… 그런데…… 그놈의 냄새 때문에!"

"진정해라, 비지. 냄새가 갑자기 덮쳐 온 거냐? 네가 공격하자 방어하는 것처럼?"

"방귀 같았냐는 뜻입니까? 원하는 대로 될 때가 있고 아닐 때도 있는 것처럼? 투를…… 그건 분명하지 않습니다."

"순찰을 계속해라."

비지가 거칠게 칼을 휘둘러 풀을 베었다. 투를은 계속 걸었다.

발라는 생각에 잠겨 있다가 입을 열었다.

"죽은 자들 속에 대표단을 남겨 놔야 할 거다. 천막을 세우고 부하 몇을……."

"다음 날 아침이면 한 명도 남아 있지 못할 거다!"

"아니, 내 생각엔 오늘하고 내일 밤은 괜찮을 거다. 흡혈귀들은 이 지역을 이미 습격했고 자기네 시체 냄새를 맡을 수 있을 테니까. 그래도 부하들을 무장시키긴 해야지. 그리고 음…… 남자 말고 여자도 함께 보내라."

"발라버질린……."

"나도 당신네 풍습은 안다. 하지만 흡혈귀가 노래를 부르면 당신 동족끼리 짝을 맺는 게 제일 좋잖은가."

이런 말까지 할 필요가 있나? 발라는 다른 초원 거인들이 없기 때문에 그런 말을 할 수 있었던 거라 생각했다.

우두머리 남성은 으르렁거렸지만 결국 동의했다.

"알았다. 알았단 말이다. 그리고 투를은 무슨 일이 일어났는지 전부 알고 있어야 한다. 그러니까……."

투를이 손짓으로 비지를 부르면서 그녀에게 물었다.

"파사이트 무역 제국도 우리와 함께할 건가?"

"당신들을 지원할 거다. 공동 목표를 가진 두 종족이 힘을 합치면 더 큰 효과를 볼 수 있겠지."

파사이트 무역 제국은 많은 문제들을 회피할 수 있었다. 하지만 이 문제만은 달랐다. 제국은 연료의 대부분을 수건에 퍼붓게 될 것이다.

"그럼 이제 세 종족이 될 거다. 그저께 밤에 채집자 종족이 많이 죽었으니까. 우리는 채집자 종족과 함께 기다리겠다. 다른 종족도 끌어들이는 게 좋다고 생각하나? 흡혈귀들은 붉은 유목인들도 사냥했을 거다."

"나쁘지 않은 생각이다."

비지가 다가왔다. 투를과 비지는 그녀가 알아듣지 못할 만큼 빠른 속도로 얘기를 나눴다. 비지는 이의를 제기하다가 입을 다물었다.

"낮에 잠을 자 둬야 한다."

발라는 말했다. 그녀의 신체가 수면이 필요하다고 아우성을 치고 있었다.

무언가가 발라의 손목을 건드렸다.

"대장?"

그녀는 움찔하며 깨어났다. 비명을 지르려 했지만 입 밖으로 흘러나온 건 꺅 하는 소리였다. 그녀는 몸을 굴려 일어나 앉았다. 잠을 깨운 건 그저 케이였을 뿐이다.

"대장, 우두머리 남성한테 무슨 얘길 한 거야?"

발라는 아직도 피로 때문에 몸을 제대로 가누지 못했다. 마실 것이 필요했고 목욕도 하고 싶었고……. 저게 무슨 소리지? 비가 오는 건가? 그 순간 무언가가 번쩍이더니 요란한 소리가 들렸다. 번개가 내리친 게 분명했다.

그녀는 잠들기 전에 더러운 옷을 벗어 두었다. 담요에서 빠져 나와 화물칸 밖으로 나간 그녀는 빗속으로 걸어갔다. 케이는 총 기실에서 그녀가 비를 맞으며 춤을 추는 모습을 지켜보았다.

모든 일에는 결과가 뒤따르게 마련이었다. 교역자들은 짝을 맺지 않았다. 새 종족을 만나면 리샤스라를 나눴지만, 짝을 맺는 건 별개의 문제였다. 동업자의 아이는 갖지 말아야 하고, 성적인 지배권 싸움에 말려들지 말아야 하며, 사랑에 빠지지도 말아야 했다. 하지만 고향과 멀리 떨어진 지역에서 낯선 인류와 지내다 보면 인간관계를 계속 회피할 수는 없는 것 또한 사실이었다.

발라가 손짓을 하며 소리쳤다.

"이리 와서 함께 씻자고. 지금 몇 시지?"

"곧 해가 질 거야. 다들 오래 잤지."

케이는 조금 마음을 놓으며 옷을 벗고 있었다.

"이제는 흡혈귀에 대비해서 무장을 할 줄 알았는데."

"할 거야. 사바로는 어때?"

"몰라."

두 사람은 함께 물을 마시고, 함께 몸을 씻고, 함께 말리고, 다시 한 번 안심했다. 짝을 맺고 싶은 욕구를 참아 낼 수 있었기 때문이다.

비가 그쳤다. 그루터기 사이로 마지막 돌풍이 몰아치는 광경이 보였다. 바람에 구름들이 흩어지자 감청색 하늘이 한 움큼 드러났고, 그 순간 청백색이 섞인 좁고 기다란 선이 나타났다.

발라는 입을 벌렸다. 하늘이 네 번 회전하는 동안 처음으로 보는 아치였다. 아치에서 흘러나오는 빛 덕분에 풀 그루터기 속에 있는 무늬를 알아볼 수 있었다. 흐릿한 사각형들이 모여 원호를 이루었다. 그 원호 안에 천막이 서 있었다. 초원 거인들이 오가고, 그보다 체구가 훨씬 작은 인류 몇 사람이 함께 움직이고 있었다. 그들은 사각형 물체 위에, 천으로 보이는 사각형 물체 위에 시체를 올려놓은 채 움직였다.

"대장이 지시한 거야?"

"아니. 그래도 나쁜 생각은 아니잖아."

두 사람은 버려진 안스의 순찰차 안에서 사바로를 발견했다.

사바로는 체구가 두 배는 되는 여성과 함께 있었다. 그는 이상하리만치 축 처진 것 같았지만 미소를 짓고 있었다.

"웸, 이 사람들은 내 동료인 발라버질린과 케이워브리미스다. 저기, 이쪽은 웸이라고 해."

케이가 입을 열었다.

"난 또⋯⋯."

사바로는 약간 이상한 태도로 웃었다.

"맞아, 우리가 잔 줄 안 거라면 네 생각이 맞다고."

웸이 끼어들었다.

"함께 자고, 다른 자들이 관심을 갖지 못하게 하고, 다른 자들과 리샤스라를 하지 못하도록 서로 지켜 줬다. 우리가 만난 건 행운이었다."

사바로는 지친 상태로 생각을 거듭하다가 무언가를 떠올렸다.

"포라는 어떻게 됐지? 결국 못 찾았나?"

발라가 대답했다.

"못 찾았어."

사바로는 몸을 흔드는가 싶더니 자제하지 못하고 떨었다. 그가 발라의 손목을 꼭 붙들었다.

"난 아래쪽에 있는 포라한테 소리쳤어. 장전하라고. 그런데 답이 없었어. 포라는 보이질 않았고. 난 걔를 찾으러 밖으로 나갔지. 포라가 노래를 따라가면 가로막을 생각으로. 그런데 나간 다음부터 생각이 끊겼어. 정신을 차리고 보니 장벽 아래쪽에 있고 비가 내 몸과 땅바닥을 두드려 대고 있더라고. 그때 누군가가 나와 부딪쳤어. 난 진흙탕에 쓰러졌지. 그게 웸이었어. 우린 리샤스라보다 더 격렬한 걸 나눴고…….”

웸이 사바로의 어깨를 붙들고 몸을 돌려 마주 보게 했다.

“우린 사랑을 나눴다. 짝을 맺었는지도 모른다. 하지만 우리는 리샤스라를 나눴다고 말해야 한다. 정말로 그래야만 한다.”

“……옷을 찢어 버리고 리샤스라를 반복했어. 그러다가 숨 쉴 틈도 주지 않고 갑자기 정신이 돌아왔지. 창백한 놈들이 우리를 반원형으로 둘러싸고 접근하고 있었어. 비 때문에 놈들의 냄새가 어느 정도 씻겨 내려갔을 거야. 주변에는 쇠뇌가 널려 있었어. 초원 거인 전사들이 밤새도록 벽에서 굴러떨어지면서 쇠뇌는 물론이고 가진 걸 전부 떨어뜨려서…….”

초원 거인 여성이 다시 끼어들었다.

“그래서 쇠뇌를 집어 들었다. 마키가 흡혈귀 한 놈을 끌어안은 상태로 죽어 있었다. 화살 하나가 그 둘을 한꺼번에 꿰뚫고 있었지. 그 옆에 마키의 살통이 떨어져 있었다. 나는 살통을 쏟아서 화살을 한 주먹 집어 들어 사바로에게 건네고 가장 가까운 흡혈귀를 쐈다. 계속해서…….”

“처음에는 쇠뇌를 들 수도 없었어.”

“계속해서 흡혈귀를 쐈다. 당신은 그래서 그렇게 비명을 지른 건가? 우린 한참 동안 얘길 못 했지.”

“비명을 지르고 시위를 잡아당겼다. 힘을 모으려고 비명을 지른 거지. 당신들이 쓰는 얼어 죽을 무기는 작고 힘없는 기계인이 쓰기가 힘들다.”

사바로의 말에, 발라는 물었다.

"밤새도록 밖에 있었나?"

웸이 고개를 끄덕였고, 사바로가 말했다.

"비가 뜸해졌을 때 수건을 찾았어. 쌓여 있더라고."

그가 고통스럽게 주먹을 움켜쥐며 말을 이었다.

"케이, 발라, 우린 그 이유가 뭔지 직접 목격했어."

웸이 그의 말을 받았다.

"전사들이 우리를 스쳐 지나갔다. 히르스트의 다리를 쐈지만 그는 노래가 들리는 곳으로 계속 걸어갔지. 흡혈귀들이 그에게 다가오더니 얼굴에 있는 수건을 벗긴 다음 데려갔다. 히르스트는 내 아들이다."

"흡혈귀들은 얼굴에 뭔가 덮여 있으면 벗겨 버렸어! 히르스트는 수건에 연료를 적셔 놓았는데 비 때문에 씻겨 내려갔지. 우리는 다른 수건들을 찾고 있었는데…… 웸, 그게 뭐였나?"

"후추파와 민치다."

"맞아, 그 식물들도 흡혈귀의 냄새를 막아 주더군. 우린 그 덕분에 살아남은 거야. 풀 냄새가 나는 수건하고 리샤스라 덕분에. 견디기가 힘들 때마다 리샤스라를 했지. 그런데 쇠뇌에 쓸 화살이 필요했어. 경비병들이 칼과 쇠뇌는 떨어뜨렸지만 살통은 갖고 가 버렸으니까. 그래서 찾아 나서야 했지. 시체를 뒤졌어."

웸이 다시 끼어들었다.

"이상한 광경을 봤다. 투를에게 알려 줘야 한다. 흡혈귀들은 우리 가운데 몇 사람과 리샤스라를 한 다음에 키 큰 수풀 속으로 끌고 들어가더니 멀리 가 버렸다. 그들을 왜 죽이지 않고 살려 둔 거지? 그 사람들은 아직도 살아 있을까?"

발라는 말했다.

"굴들은 이유를 알고 있을 거다."

"굴들은 비밀을 털어놓지 않는다."

웸이 말했다. 구름이 다시 하늘을 가렸다. 주변이 어두워지자 사바로가 입을 열었다.

"안스를 끌고 가던 흡혈귀를 쐈어. 두 발을 맞혔지. 다른 여자 흡혈귀가 노래를 이어 부르길래 그놈도 쐈어. 안스는 세 번째 여자 흡혈귀를 따라갔지. 그러는 동안에 쇠뇌 사거리를 벗어나 버렸어. 흡혈귀들이 안스를 수풀 속으로 데려갔고 다시는 모습을 볼 수 없었어. 안스도 쏴 버려야 했을까?"

그들은 사바로를 쳐다보기만 할 뿐 대답하지 못했다.

사바로가 말했다.

"함께 불침번은 못 설 것 같아. 당장은 리샤스라도 할 수 없고. 머리가 너무…… 이걸 어떻게 설명해야 할지 모르겠지만……."

그들은 사바로의 팔을 꽉 붙들고 충분히 이해한다고 힘겹게 설득했다. 그리고 사바로를 그곳에 남겨 둔 채 떠났다.

| 폭풍 전야 |

천막은 벽 아래에 웅크리듯 자리하고 있었지만 입구가 원호를 그리며 안쪽으로 열려 있었다.

시신들이 머리를 같은 방향으로 해서 놓여 있고, 천 한 장이 초원 거인 시체 둘 혹은 흡혈귀 시체 넷을 덮고 있었다. 거인들은 안스와 그의 동료였던 히마퍼타리의 시신을 발견하고 하나의 천을 덮어 두었다. 타라파와 포라는 여전히 실종 상태였다. 또 다른 천 아래에는 자그마한 채집자의 시신 여섯 구가 있었다.

초원 거인들은 작업 방식을 거의 완성해 가는 참이었다. 체구가 작은 인류가 거인들 근처에서 움직이고 있었다. 큰 도움은 못됐지만 식량과 가벼운 짐을 나를 수 있었다. 그들은 하나같이 구멍이 뚫린 천을 두른 채였고, 구멍으로 얼굴을 내밀고 있었다.

초원 거인 한 사람이 흡혈귀 하나를 수월하게 들 수 있었다. 거인의 시체 한 구를 들려면 두 사람이 필요했다.

하지만 비지는 죽은 초원 거인 여성을 혼자서 등에 걸머지고 있었다. 그가 여성의 시신을 어깨에서 내려 천 위의 정확한 위치에 올려놓았다. 그리고 시신의 손을 잡더니 슬픈 얼굴로 무언가를 말했다. 발라는 그에게 말을 걸려다가 그만두었다.

여성 둘이 죽은 흡혈귀를 더 들고 와서 내려놓았다. 그중 한 사람이 다가왔다.

"천 가장자리에 후추파를 발라 났다. 시체 먹는 작은 짐승들이 접근하지 못하게 막아 줄 거다."

문와가 기계인 세 사람에게 말했다.

"큰 짐승은 쇠뇌로 처리할 수 있다. 굴들은 싸울 필요도 없이 원하는 걸 가져갈 수 있을 거다."

"예의 바른 생각이다."

발라도 인정했다. 탁자가 있으면 시체 먹는 짐승들이 시신에 손을 대지 못하도록 막을 수 있을 것이다. 하지만 초원 거인들이 목재를 구할 수 있을 리가 없었다.

"뭘 도와주면 되겠는가?"

문와의 물음에, 발라는 대답했다.

"우리는 당신들과 함께 야간 경비를 하러 왔다."

"당신들은 전투에서 너무 큰 피해를 입었다. 굴은 첫날 밤에는 절대로 오지 않는다. 가서 쉬어라."

"하지만 이건 결국 내 생각에 따른 결과다."

"투를의 생각이었다."

문와가 통보하듯 말했다.

발라는 고개를 끄덕였고, 신중하게 미소를 짓지 않는 쪽을 택했다. 어디까지나 사회적인 관계를 유지하기 위한 관습이었다. '루이스 우는 투를이 바다를 끓이도록 도와주었다.'라고 표현한 것과 비슷한 배려였다.

"저 사람들은 누군가?"

발라가 작은 인류를 가리키며 묻자, 문와가 그들을 불렀다.

"퍼릴랙, 실랙, 마낵, 코리액."

작은 사람 넷이 고개를 들었다.

"이 사람들은 같은 편이다. 케이워브리미스, 발라버질린, 완더노스티라고 한다."

채집자들이 미소를 지으며 고개를 까딱거렸다. 하지만 곧바로 다가오지는 않았다. 초원 거인들이 시체와 천막으로부터 꽤 떨어진 곳에서 조심스럽게 천을 벗어 뒤집은 다음 큰 낫과 쇠뇌를 집어 들고 있었는데, 채집자들은 그쪽으로 자리를 옮겼다. 그들은 오염되어 있는 천을 벗어 버리고 가느다란 칼을 등에 찼다.

비지가 천을 두르지 않고 무장한 채로 다가오더니 말했다.

"수건은 천막에 있다. 민치를 문질러 뒀다. 다들 합류한 것을 환영한다."

채집자들의 키는 기계인의 팔꿈치쯤에 달했다. 비지와 문와의 배꼽 정도였다. 얼굴에는 털이 없고 턱은 뾰족했다. 그들은 입을 활짝 벌리며 웃었는데 조금 심하다 싶을 만큼 이를 드러냈다. 옷은 회갈색 털이 붙은 토끼 가죽을 무두질해 만든 튜닉이었고, 깃털로 화려하게 장식되어 있었다. 여성인 퍼릴랙과 코리액의 깃털 장식은 작은 날개처럼 보였다. 두 여인은 날개가 망가지지 않도록 조금 신경을 쓰면서 걸어야 했다. 마낵과 실랙의 생김새는 여인들과 크게 다르지 않았지만 옷차림은 꽤 차이가 있었다. 그들의 옷에도 깃털이 붙어 있었으나 팔 부분은 휘두르며 싸우기에 용이하게 되어 있었다.

하늘에서 빗방울이 흩뿌리듯 떨어졌다. 기계이들으 비를 피해 천막 안으로 들어갔다. 발라는 바닥에 높이 쌓인 풀 무더기를 보았다. 초원 거인들이 잠잘 때는 깔고 음식으로 먹기도 하는 풀이었다. 발라는 동료들의 앞을 막고 가죽신을 벗은 다음에 들어가라고 지시했다.

이미 해가 졌기 때문에 여러 사람의 얼굴을 제대로 분간하기가 힘들었다. 리샤스라를 시작하기에는 밤이 제격이었다.

하지만 전장에서는 그렇지 않았다.

"지금은 거래하기에 좋은 상황이 아니다."

퍼릴랙이 말했다.

"당신들은 얼마나 죽었나?"

완드가 물었다.

"지금까지 약 이백 명이 죽었다."

"우리는 열 사람밖에 안 죽었다. 넷은 실종 상태지. 지금 위쪽에선 소파신테이와 치타쿠미샤드가 대포 옆에서 보초를 서고 있다. 사바로는 끔찍한 밤을 보내서 쉬는 중이고."

"우리 여왕님을 모시는 남자가 다른 인류와 협상을 하러 투를의 여인과 함께 갔다. 만약에……"

작은 여인이 눈을 깜빡거리더니 말을 이었다.

"밤의 주인들이 아무 말도 안 한다면, 다른 목소리의 주인들이 내일 합류할 거다."

전설에 따르면 굴은 다른 종족이 자신들을 언급하면 모조리 들을 수 있다고 한다. 하지만 대낮에는 들을 수 없다고 하는 사람들도 있었다. 어쩌면 굴들은 지금까지도 오로지 자신들만을 생각할지 모르는 일이었다.

"그쪽 여왕의 남자는 정말로 여행 동료와 리샤스라를 하나?"

케이의 물음에 채집자들이 키득거렸다. 비지와 문와도 웃음을 터뜨렸다. 퍼릴랙이라는 이름의 작은 여인이 케이에게 말했다.

"그런다 해도 초원 거인이 알아챌 수 있을는지 모르겠다. 크기 차이가 있으니까. 하지만 당신이라면, 당신과 우리라면 뭔가 할 수 있을 것 같다."

퍼릴랙과 케이가 똑같은 생각을 하는 것처럼 마주 보았다. 작은 여인이 케이의 팔꿈치를 잡았고, 케이의 팔이 그녀의 깃털을 살짝 스쳤다.

"사용하는 것보다 쌓이는 가죽이 더 많을 것 같은데?"

케이의 물음에, 퍼릴랙이 대답했다.

"아니다. 가죽은 빨리 부패한다. 그래서 교환할 수 있는 양이 많지 않다.

"우리가 부패를 지연시키는 방법을 알려 주면 얘기가 달라지겠지?"

발라는 이따금씩 전장의 냄새가 흘러드는 것 같은 착각이 들어 콧바람을 내뿜었다. 하지만 케이는 그런 낌새를 느끼지 못하는 듯 보였다. 전혀. 그는 완전히 장사꾼이 되어 있었다. 지금 그의 뇌는 숫자 놀음이 승패와 직결되는 세상에 가 있었다. 그 무엇보다 궁핍함이 가장 큰 문제가 되는 세상이었다. 무역 제국은 바로 그런 세상에서, 한 종족의 쓰레기 더미를 다른 종족의 광맥으로 바꾸는 능력 덕분에 살아남을 수 있었다.

밤이 완전히 무르익었다. 하지만 햇빛으로 환한 아치의 원호가 희미하게 빛나는 덕분에 발라는 비지가 씨익 웃는 모습을 볼 수 있었다. 그녀는 초원 거인에게 물었다.

"전에도 거래 현장을 본 적이 있나?"

"있다. 어릴 때 루이스 우를 봤다. 하지만 그는 옛 투를하고만 계약을 맺었지. 붉은 유목인들은 삼십 팔란 전에 우리와 평화 협약을 맺었고, 우리는 서식지에서 짐을 꾸려 떠났다. 이십사 팔란 전에는 붉은 유목인들, 양서인들과 한데 모여 지도를 공유했지. 모든 사람들이 새 영토의 경계를 익혔다. 하지만 다들 초원 거인의 땅이 지나치게 크다고 생각했다."

공손하게 권리를 포기하는 자들은 신뢰를 얻지 못하는 법이었다. 발라는 위로 두 손을 뻗어 초원 거인에게 친밀감을 표했다.

그녀는 밤이 된 뒤로 굴의 소리를 들을 수 있을까 싶어 귀를 기울이고 있었지만 들리는 거라고는 빗소리뿐이었다. 구름이 하늘을 덮자 완전한 어둠이 내려앉았다.

채집자 가운데 한 사람이 물었다.

"그냥 기다리기만 하는 건가? 그럼 굴들이 우리가 예의 바르다고 생각해 주나?"

발라는 질문을 한 사람이 마낵일 거라고 짐작했다. 목 부근의 털이 더 무성했기 때문에 마낵이 우두머리 남성이고 실랙이 이 인자 남성처럼 보였다. 상당수의 인류들이 남성 한 명에게 대표 역할을 맡기곤 했다. 하지만 그녀는 채집자 종족에 대해 아는 바가 거의 없었다.

"마낵, 우리는 이미 여기에 와 있다. 굴의 영토에. 그러니 밤의 주인들을 즐겁게 해 주려고 온 거라고 생각할 수도 있겠지. 리샤 스라를 나눌 건가?"

발라는 비지를 보며 재빨리 덧붙였다.

"비지, 내가 더 큰 쪽을 택하는 건 체형 때문이다. 완드는 먼저 문와와 리샤스라를 하면 좋겠는데……."

하지만 그녀는 케이와 퍼릴랙이 더 이상 사업 얘기를 하지 않는다는 사실을 깨달았다. 생각은 다들 다른 법이었다.

채집자 남성과 리샤스라를 하는 것은 전희 이상의 의미가 없 었다. 반면에 투를의 후예와 리샤스라를 하는 것은 꽤 달랐다. 그 것만으로도 즐거움이 있었다. 그는 컸고 아주 적극적이었다. 자 제력에 대한 자부심도 강했지만, 그의 자제력은 스스로 조종 가 능한 범위의 한계에 머물렀다. 그는 너무나 컸다.

케이는 멋진 밤을 보내고 있는 것 같았다. 적어도 겉으로 보기 에는 그랬다. 그는 이제 문와와 비밀스러운 농담을 주고받고 있 었다. 케이는 훌륭한 상인이었고 남자로서도 그럭저럭 괜찮았다.

발라는 그가 있는 곳을 주시하고 있었다.

사람들은 짝짓기를 마쳤다. 하지만 발라는 그 감정 상태에서 벗어날 수가 없었다. 실은…… 벗어나지 않아야 했다. 리샤스라 잔치를 위해서는 그런 마음가짐이 필요했다. 꾸준하게.

짝짓기는 질서의 문제였다. 먼 옛날부터 진행되어 온 진화는 수많은 인류에게 짝짓기와 관련된 반응들을 심어 놓았다. 접근, 냄새, 자세와 위치, 시각 및 촉각 신호 등등. 짝짓기는 문화 속에도 많은 것을 형성해 놓았다. 춤, 파벌, 양식, 금지되지 않은 단어와 문구 등이 거기에 속했다.

하지만 진화는 종의 경계를 넘는 성은 절대로 건드리지 않았고, 리샤스라는 언제나 일종의 예술형식이었다. 하나의 형식이 적절하지 않으면 다른 형식을 찾을 수 있었다. 참여할 수 없으면 구경할 수도 있고, 야한 조언을 해 줄 수도 있으며…….

바로 그런 이유 때문에 어떤 상인의 육체나 정신이 휴식을 필요로 할 때는 다른 사람이 보초를 서 줄 수도 있었다.

오늘 밤은 아주 고요했다. 하지만 바람 소리가 아닌 속삭임이 들려왔다. 굴들이 어딘가 있는 게 분명했다. 그게 그들의 임무였다. 하지만 어떤 이유로든 시체가 널린 전장이 있다는 소식이 그들에게 전달되지 않았다면, 속삭임의 주인은 흡혈귀일 터였다.

발라는 높이가 세 걸음쯤 되고 초원 거인이 앉아도 문제가 없을 만큼 견고한 의자 위에 앉았다. 그날 밤은 아무것도 걸치지 않아도 될 만큼 따뜻했다. 혹은 그녀의 몸이 그런 건지도 모른다. 하지만 그녀는 장전된 총을 등에 메고 있었다. 전방에 보이는 거라고는 바람에 날리는 빗줄기뿐이었다. 그녀의 등 뒤에서 넘실거리던 흥분은 잠깐 동안 진정된 상태였다.

"우리와 초원 거인들은 서로 사랑한다. 하지만 단순히 공생 관계만 유지하는 건 아니지."

채집자 한 사람이 말하고 있었다.

"옛날 거울꽃 숲이 있었던 지역에는 이제 전부 식물을 먹는 동물들이 살고 있다. 우리가 잡아먹을 수 있는 동물들이지. 우리는 투를의 사람들보다 앞서서 채집을 한다. 우리는 지역을 조사하고, 안내하고, 투를의 사람들에게 지도를 만들어 준다."

얘기를 하는 사람은 마넥이었다. 그는 기계인 여성을 상대하기에도 조금 작은 감이 있었고 서툴기까지 했다. 하지만 충분히 배울 수 있을 것 같았다. 적절한 태도를 금세 배우는 사람이 있는가 하면 죽을 때까지 못 배우는 사람도 있었다.

짝 맺음에는 결과가 뒤따랐다. 짝 맺음에 대한 인류의 반응은 생각만의 문제가 아니었다. 반면에 리샤스라에는 결과가 없었고, 그 때문에 생각이 흐트러질 이유가 없었다. 부끄러움은 적절하지 못한 반응이었다. 웃음은 늘 전염되는 경향이 있었다. 리샤스라는 여흥이고 책략이고 우정이며, 어둠 속에서도 언제든지 무기를 움켜쥘 수 있다는 전제하에 일어나는 행위였다.

이제 케이가 말하고 있었다.

"우리는 부를 늘리고 싶어 한다. 따라서 무역 제국을 확장하는 데에 도움을 주는 사람은 그에 맞는 보상을 받지. 우리 제국은 연료를 공급해 주는 종족들 덕분에 점점 커지는 중이다. 우리는 공동체를 만나면 그들을 설득해서 연료를 만들도록 하고, 그걸 우리에게 팔아 달라고 한다. 그러면 양측 모두 가정을 꾸려 갈 수 있게 되지."

"그런 이득을 얻는 건 당신들뿐이다. 당신들의 거래 대상이 된 종족은 다른 문제를 떠안게 되지. 야망을 잃고 친구와 짝을 잃는 다 말이다 당신네 연료를 마시는 법을 배운 사람은 누구든 환상을 보고 일찍 죽는다."

문와가 말했다.

"그건 그 사람들이 약해서 '이제 그만.'이라는 말을 못 하기 때문이다. 문와, 당신은 분명히 그런 사람보다 더 강할 거다."

"당연하지. 나는 오늘 밤에, 지금 당장이라도 그 말을 할 수 있다. 이제 그만해라, 케이워브리미스!"

발라가 뒤를 돌아보니 크고 작은 사람들이 이를 드러내며 웃고 있었다.

비지가 말했다.

"난 어젯밤에 그 연료라는 걸 적신 수건을 두르고 다녔다. 그랬더니 어지러워서 제대로 겨냥을 할 수가 없었지."

케이는 우아하게 이야기의 주제를 바꿨다.

"대장은 중앙 도시로 돌아가서 짝을 맺고 가정을 꾸릴 계획이 있는 거야?"

"난 이미 짝을 맺었어."

발라의 대답에, 케이는 갑자기 입을 다물고 아무 말도 하지 않았다.

모르고 있었던 건가? 그럼 지금까지 무슨 생각을 했던 거지? 우리가 공식적인 짝이 될 거라고 생각했던 거야? 발라는 잠시 생각했지만 이내 말을 이었다.

"나는 '둥근 곳'에서 온 루이스 우에게 선물을 받은 덕분에 부자가 됐어."

그 방법은 다른 사람이 알 필요 없지. 게다가 불법이었으니까. 발라는 그렇게 생각하며 계속했다.

"짝은 그다음에 맺었지. 타랍의 부모님이 우리 가족하고 친했거든. 문와, 우리 종족에게 그런 건 흔한 일이다. 타랍은 돈이 별로 없었지만 좋은 아버지였고, 내가 사업적 거래에 자유롭게 참여할 수 있도록 해 줬다. 난 어릴 적부터 고집이 셌지. 루이스 우가 나에게 제안했던 게 기억난다. 아니지, 그 사람은 우리가 알코올을 증류하고 남은 침전물로 도구를 만들어 줄 수 있는지 물어봤다. 그걸 플라스틱이라고 부르더군. 그 사람이 갖고 다니던 기계도 그 말은 번역을 못 했지. 나도 그냥 플라스틱이라고 부르고 있다. 루이스 우는 그게 '형체가 없다'는 뜻이라고 했다. 플라스틱은 만드는 사람의 뜻대로 모양이 결정된다. 침전물은 달리 쓸데가 없고 더러웠기 때문에 우리가 그걸 활용하기 위해서 가져가 준다면 고마워할 사람들이 있었지."

발라는 어둠 속에서 어깨를 으쓱했다.

"그래서 화학 실험실을 세웠다. 원래 그런 일은 예상보다 돈이 많이 들게 마련이지만, 그걸 해결하는 법도 알고 있었지. 폐기물 안에 비밀이 있었으니까. 그러다가 어느 날 모아 뒀던 돈이 전부 바닥났다. 내가 다시 먹고살 돈을 벌 때까지 타라블리리아스트와 아이들은 가부장 중심인 우리 집안과 함께 살게 됐고. 코리액, 보초 좀 교대해 주겠나?"

"물론이다. 완더노스티, 그 얘기는 이따가 하자. 발라버질린, 밖은 어떤가?"

"비가 온다. 가끔씩 검고 반짝이는 게 보이기두 하고, 키득거리는 소리도 들리고. 흡혈귀 냄새는 나지 않는다."

"알겠다."

문와는 초원 거인 언어만을 사용해서 농담을 하고 있었다. 비지가 그 농담을 들으며 으르렁거렸다. 새벽이 되어 회색빛이 비치자 채집자들은 입을 모아 얘기를 하더니 밝아오는 대지를 향해 손을 흔들고, 한데 모여서 하나둘씩 잠에 빠졌다.

"그들이 왔을까?"

소파시가 혼잣말처럼 질문을 던지더니 천막 밖으로 나갔다.

완드는 말했다.

"그러든 말든. 잠이나 자자고."

"확실히 왔군."

소파시가 말했다.

발라는 밖으로 걸어 나갔다. 잠시 뒤, 그녀는 천 한 장이 텅 비어 있다는 사실을 깨달았다. 그 천은 왼쪽 멀리 있던…… 여섯 구의 채집자 시체를 덮은 천이었다. 다른 시체들은 그대로였다.

비지가 거대한 낫 모양의 칼을 휘두르며 기운차게 다가왔다.

다른 거인들도 흙벽에서 내려왔다. 그들은 의논을 하더니 굴들이 무슨 짓을 해 놨는지 확인하기 위해 사방으로 흩어졌다.

하지만 발라는 화물칸에서 자기 위해 벽 위로 올라갔다.

발라는 정오가 되어 주린 배를 움켜쥐고 일어났다. 고기 굽는 냄새가 콧구멍을 괴롭히고 있었다. 그녀는 냄새를 따라 천막이 있는 곳으로 내려갔다.

채집자와 기계인이 모여 있었다. 채집자들이 사냥을 해 온 게 분명했다. 그들은 사냥감을 요리하기 위해 불을 피웠고, 사바로와 완드는 그 불과 이 지역의 풀로 빵을 만들었다.

실랙이 발라에게 말했다.

"우리는 하루에 네 번이나 다섯 번 혹은 여섯 번 식사를 한다. 핀트가 그러던데 기계인은 식사를 하루에 한 번만 한다고?"

"맞아. 그 대신에 많이 먹지. 사냥감은 충분히 잡아 온 건가?"

"당신들이 식사를 하러 내려와서 우리 동족들이 다시 사냥하러 갔다. 보이는 건 다 먹어도 된다. 사냥꾼들이 돌아올 테니까."

납작한 빵이 꽤 괜찮았기 때문에 발라는 남자들을 칭찬해 주었다. 조금 얇고 질기긴 했지만 토끼 고기도 좋았다. 채집자들은 최소한 여타 인류와 달리 소금이나 향이 있는 풀이나 산열매를 문질러서 고기의 풍미를 바꾸는 습관은 없었다.

발라는 다른 지역에서 토끼를 기르면 어떨까 생각해 봤지만, 상인이라면 누구든 그 대답을 이미 알고 있었다. 한 종족이 사는 지역에서는 혜택인 무언가가 다른 종족에게는 재앙이 되는 경우가 있었다. 그 지역에 개체 수를 제한해 주는 포식자가 없다면, 토끼는 누군가의 작물을 갉아 먹을 것이고 식량 공급을 넘어서서 개체 수가 늘어나다가 기아로 약해지면서 질병을 퍼뜨릴 것이다.

어쨌든 발라는 눈에 보이는 모든 것을 먹어 치웠다. 채집자와 기계인이 다 같이 그녀를 흥미롭다는 듯 지켜보았다.

실랙이 말을 꺼냈다

"어젯밤에 요란한 활동이 있었다."

"무슨 얘기지?"

발라의 물음에, 케이가 대답해 주었다.

"굴들 얘기야. 장벽과 키 큰 수풀들 사이에 초원 거인의 시체가 하나도 안 남았어. 비지가 그러는데 수풀 속에 뼈가 깔끔하게 쌓여 있었다더군. 흡혈귀는 손도 안 댔고. 오늘 밤에 먹으려고 남겨 둔 것 같아."

"굴들이 신경을 써 줬군."

죽은 자들이 없어졌기 때문에 초원 거인들의 애도도 끝난 셈이었다. 하지만……

"기왕 신경을 써 줄 거면 우리 쪽 사망자도 처리해 줬으면 좋을 것을. 다른 일은 없었나?"

실랙이 손가락으로 바깥을 가리켰다.

비는 더 이상 내리지 않았다. 구름이 높은 곳에서 끝없이 평평한 지붕을 이루었다. 발라는 초원 너머 먼 곳까지 바라볼 수 있었다. 짐승이 끄는 커다란 수레가 초원 거인의 영토로 터벅터벅 접근하는 모습이 눈에 들어왔다.

수레를 끄는 것은 체구가 거대하고 어깨가 넓은 다섯 마리의 짐승이었다. 그것보다는 짐칸이 더 높은 수레가 필요했지만, 짐승이 끄는 수레도 적잖이 컸다.

"해가 떨어지기 전에 여기 도달할 거다. 하지만 당신네 종족이 선잠을 자도 괜찮다면 그럴 시간은 충분하다."

발라는 고개를 끄덕인 다음 더 자기 위해 벽 위로 올라갔다.

파룸은 수레의 안내석에 앉아 있었고, 그 옆에는 몸집이 훨씬 작고 피부가 붉은 남자가 있었다. 수레 뒤쪽의 닫힌 공간에는 붉은 유목인 셋이 타고 있었다.

그들은 장벽 바로 밑, 공터 부근에 수레를 세웠다. 그리고 수레 바닥에서 무언가를 들어 올렸다. 발라는 눈을 찡그리고 바라봤지만 그게 무엇인지는 거의 보이지 않았다. 돈 냄새를 맡은 발라의 본능이 빠르게 꿈틀거리면서 무언가를 계속 속삭였다.

'도시의 몰락'이 일어나던 당시, 하늘에서 추락하는 물체는 대부분 비행 차량들이었다. 지금 발라가 보고 있는 투명하고 구부러진 판은 추락한 차량에서 찾아낼 수 있던 것과 같았다. 그런 판은 보통 산산이 부서져 있게 마련인데, 지금 그녀의 눈앞에 있는 것은 멀쩡했다. 그 가치는 어마어마하리라!

붉은 유목인들이 투명한 판의 귀퉁이를 붙들고 다가왔다. 그들은 하나같이 제 키만큼 큰 칼을 몸에 지니고 있었다. 칼은 가죽 칼집에 갈무리되어 그들의 등에 매달려 있었다. 그들은 남녀를 가리지 않고 염색한 가죽 킬트를 입고 가죽 가방을 등에 멨는데,

여성들의 가죽 제품이 더 밝은색으로 장식되어 있었다. 다들 이가 날카로웠고, 송곳니가 두 줄이었다.

발라와 케이와 문와와 완전히 무장한 투를과 마낵과 코리액은 그들을 맞이하려고 기다렸다. 인원수가 조금 정리된 상태였다.

붉은 유목인 남성이 진지하게 입을 열었다.

"투를, 이건 창문이다. 사는 곳을 벗어날 수 없는 '늪지인'들이 보내는 선물이지. 늪지인들은 계속 번져 나가는 흡혈귀의 재앙에 당하지 않도록 지켜 달라고 애걸했다. 그들은 늪지를 떠나면 죽기 때문에 도망갈 수가 없다."

발라는 투를의 얼굴에 의문이 떠오르는 걸 놓치지 않았다. 그래서 설명하듯 말했다.

"그런 종족들이 있다. 늪에, 사막에, 산의 어느 한쪽 사면에, 한 가지 나무만 자라는 숲에 사는 종족들이 그렇지. 한 가지 음식밖에 소화시킬 수 없는 경우도 있고, 추위나 더위를 못 견디는 경우도 있고, 공기 중에 습기가 너무 적으면 살아남지 못하는 경우도 있고, 습기가 너무 많아서 문제인 경우도 있다. 그래도 이건 엄청난 선물이다."

투를이 말했다.

"맞는 말이다. 우리는 늪지인을 위해 최선을 다하겠다. 이 사람들은 우리와 접촉할 수 있었던 동맹이고……."

그는 정확성에 차이가 있긴 했지만 채집자와 기계인의 이름들을 발음해 가며 천천히 소개해 주었다.

붉은 유목인 남성이 말했다.

"나는 테거 후키-탄다탈이다. 이쪽은 와비아 후키-머프 탄다탈이고, 우리와 같이 온 사람들은 애나크린 후키-완후후와 채이친드 후키-카라식이다."

다른 붉은 유목인 두 명은 수레를 끄는 동물을 돌보기 위해 자리를 비운 상태였다.

투를이 물었다.

"당신네 종족은 리샤스라를 어떻게 하는가?"

"못한다."

와비아는 그렇게만 말하고 더 이상 설명하지 않았다.

파룸이 미소를 지었고 발라도 그를 마주 보며 웃었다. 남성 초원 거인의 얼굴에 금세 실망하는 표정이 떠올랐기 때문이다. 종족 간 소통이 필요했기 때문에 투를이 손님을 맞이한 입장에서 모두를 대변해 이야기를 도맡고 있었다. 하지만 그의 말은 간결했다. 손님 종족의 리샤스라 기술을 상세히 설명하는 건 부질없는 일이었다. 게다가 그중 한 종족은 아예 리샤스라를 할 수 없는 상황이었다. 투를은 곧 입을 다물었고, 테거와 와비아는 그저 고개를 끄덕일 뿐이었다.

다른 붉은 유목인 남자들은 아예 귀를 기울이지도 않았다. 그들은 천 위에 놓인 흡혈귀 시체를 살펴보면서 빠르게 대화를 나누고 있었다.

와비아가 말했다.

"흡혈귀가 이렇게 많이 출현했다는 얘기는 들은 적이 없다."

테거가 그 뒤를 이었다.

"당신들은 흡혈귀 군대를 죽인 거다. 흡혈귀 시체가 사방에 널려 있는 걸 봤다. 이웃 종족들이 틀림없이 기뻐할 거다."

"굴들도 왔는가?"

와비아의 물음에, 투를이 대답했다.

"흡혈귀 군대는 지지난 밤에 몰려왔다. 군대가 물러간 건 태양을 가리던 그림자가 물러났을 때였지. 당신들이 지금 보고 있는 건 흡혈귀들이 버리고 간 시체. 우리 동족의 시체는 굴들이 가져가 버렸다. 죽은 동족의 수는 흡혈귀 시체의 절반이 조금 넘었지. 그리고 채집자 백 명과 기계인 네 명이 죽었다. 흡혈귀는 끔찍한 적이다. 당신들이 온 걸 환영한다."

테거가 말했다.

"우리는 그렇게 끔찍한 일을 겪은 적이 없다. 젊은 사냥꾼들이 사라지는 일은 있었다. 스승님들이 사냥 능력을 잃은 경우도 있었고, 가끔은 무언가가 우리를 먹잇감으로 노리기도 했지. 하지만 그게 다였다. 파룸, 우리가 당신들의 얘기를 못 믿더라도 이해해 주기 바란다."

파룸이 정중하게 고개를 끄덕이자, 투를이 말했다.

"우리가 흡혈귀에 관해 알고 있던 지식 가운데 절반은 오류였다. 때마침 기계인 제국이 와서 우리를 도와주었지."

발라는 그 어떤 초원 거인도 그런 말을 입 밖에 꺼낼 수 없다는 걸 어렴풋이 깨달았다. 부족의 평판을 떨어뜨리는 건 곧 투를의 평판을 떨어뜨리는 행위였다.

투를의 말이 이어졌다.

"당신들은 우리 방어 태세를 봐 둬야 할 필요가 있다. 그런데 식사를 했는가? 당신 종족은 날이 밝을 때 조리를 해야 하나?"

"우리는 고기를 조리하지 않고 먹는다. 우리는 다양한 걸 좋아한다. 초원 거인이 고기를 안 먹는다는 건 아는데, 채집자나 기계인은 어떤가? 우리 음식을 나눠 줘도 되는가? 가져온 걸 보여 주겠다."

그들이 가져온 것은 수레를 끄는 짐승 다섯 마리와 차량 위에 실린 우리였다. 우리 안에 있는 짐승이 사람들의 시선을 느끼고 으르렁거렸다. 발라는 그 동물이 초원 거인만큼이나 크고 살육을 일삼는 종이라는 걸 깨달았다.

그녀가 물었다.

"저게 뭐지?"

테거가 자부심을 드러내며 대답했다

"하카르크라고 한다. '장애물 언덕'의 포식자지. '재배인'들이 우리와 협조하겠다는 의미로 두 마리를 보냈다. 주 서식지 밖에서 잡혔는데, 우리가 쓰러뜨리기 전에도 남자 한 명을 죽인 놈들이다."

그는 자랑을 하고 있었다. '우리는 용맹스러운 사냥꾼이다. 우리는 약한 사냥꾼들을 사냥한다. 우리는 너희가 얘기하는 흡혈귀도 사냥할 것이다.'

발라는 제안을 내놓았다.

"퍼릴랙, 이 짐승을 먹어 봐도 되나? 오늘 밤 말고, 내일 우리 종족이 식사하는 시간에 말이다."

퍼릴랙이 대답했다.

"거래를 하자. 와비아, 오늘 밤에는 수레 *끄는* 짐승을 잡아도 좋다. 내일하고 그 뒤로는 우리가 주인 노릇을 하지. 우리가 식사를 대접할 생각이다. 언제까지냐면⋯⋯."

그림자가 태양의 한쪽 끝을 잠식했지만 그래도 아직은 주변이 밝았다. 퍼릴랙이 말을 이었다.

"죽은 자를 먹는 사람들이 황송하게도 입을 열어 주는 그때까지. 토끼 고기도 맛보면 좋을 거다."

"제안에 감사한다."

피워 놓은 불 말고 다른 빛은 없었다. 요리를 제대로 할 수 있을 만큼 강한 불은 아니었지만, 어쨌든 요리는 끝났다.

다른 붉은 유목인, 즉 애나크린은 노인이고 주름이 있었지만 움직임은 여전히 민첩했다. 채이친드도 남성이었는데, 그의 몸에는 커다란 흉터가 있고 오래전에 벌어진 전투 때문에 팔이 하나 없었다.

그들도 나름의 선물을 가져왔다. 꽤 큰 도자기 단지 안에 들어 있는 독하고 검은 맥주였다. 비교적 괜찮은 술이었다. 발라는 케이도 술에 반응한다는 것을 알아채고 생각했다. 어디, 케이가 거래를 어떻게 하는지 볼까.

케이는 감탄부터 했다.

"직접 만든 술인가? 이런 술을 많이 만드나?"

"그렇다. 거래하고 싶은가?"

"채이친드, 가격만 싸다면 생각해 볼 만한……."

"기계인에 관한 소문이 과장은 아니라는 걸 알겠다."

케이는 당황하고 있었다. 유감스럽지만 발라는 끼어드는 게 낫겠다는 결론을 내렸다.

"케이워브리미스의 말은, 이 술을 원하는 양만큼 증류할 수 있으면 순찰차에 들어갈 연료를 얻을 수도 있을 거란 뜻이다. 우리가 타고 다니는 순찰차는 무기뿐 아니라 짐도 상당히 많이 운반할 수 있다. 그리고 짐승이 끄는 수레보다 빨리 달리지. 하지만 연료가 있어야 움직일 수 있다."

채이친드가 물었다.

"술을 선물로 받고 싶은가?"

그러자 테거가 흥분하며 말했다.

"우리 맥주를 끓여서 연료를 만들겠다는 건가?"

"전쟁을 준비하는 선물이라고 생각하면 좋겠다. 지금은 모든 종족이 힘을 합치고 있으니까. 초원 거인들은 직접 전투에 뛰어들었고 채집자들은 첩자 역을 하고 있으니, 당신들이 연료를 제공하면……."

"우리는 눈으로 돕는다."

"뭐라고?"

"우리 붉은 유목인 종족은 다른 어느 종족보다 멀리까지 볼 수 있다."

"그래, 당신들은 관측을 담당한다는 거군. 우리는 순찰차와 대포와 화염방사기를 제공한다. 흡혈귀와 전쟁을 벌이기 위해 어른

삼백 명의 몸무게에 맞먹는 맥주를 제공할 수 있나? 그걸 증류하면 서른 명의 몸무게에 달하는 연료가 나올 거다. 우리는 간단한 증류기를 갖고 다니고, 그걸 쉽게 만들 수 있다."

와비아가 소리를 질렀다.

"그 정도 양이면 여러 종족을 전부 취하게 만들 수도 있다!"

하지만 테거는 다시 질문을 했다.

"어느 종족 어른의 몸무게를 말하는가?"

하! 발라가 대답했다.

"당신들을 말하는 거다."

테거는 당연한 질문을 한 셈이지만, 그 속에는 동의한다는 뜻이 숨어 있었다. 그리고 성인 기계인은 붉은 유목인보다 여섯 배쯤 무거웠다.

발라가 말을 이었다.

"순찰차는 두 대만 가져갈 생각이다. 나머지 한 대는 여기에 남겨 둘 거다. 남은 순찰차의 연료는 투를에게 맡길 거고."

케이가 그녀에게 말했다.

"그 차량은 완드와 치타에게 맡기는 게 좋겠어."

"그래?"

발라는 그 두 사람이 왜 안 보이는지 궁금하던 참이었다.

"죽을 만큼 고생했잖아, 대장. 소파시는 불안에 떨고 있다고. 사바로도 마찬가지고."

와비아가 말했다.

"적을 제대로 알지 못하면 아무리 공격해 봐야 자살행위밖에 안 된다. 굴들에게는 얘기를 들어 봤나?"

"시체가 몇 구 사라졌지."

투를이 그렇게 말하고 어깨를 으쓱했다.

"선의를 보였으니 보답이 있을 거다."

발라는 말했다. 무릇 장사꾼이라면 요구하는 바를 말속에 담을 때가 언제인지 잘 알아야 했다.

"우리는 해로운 짐승이 시체에 손을 대지 못하도록 지키고 있다. 밤의 주인들이 다 가져갈 때까지. 채집자 종족 사망자는 하루 먼저 죽었기 때문에 가져간 거지."

발라는 그렇게 말하면서도 밤의 주인들이 듣고 있을 거라 생각했다.

오늘 밤에는 케이와 완드가 사바로와 함께 벽 위에 머물렀다. 그들은 대포 옆에서 보초를 서고 있었다. 소파시와 치타가 그들과 교대를 했다.

오늘 밤은 피곤할 일이 적을 것 같지만, 그 대신 즐거움도 적을 터였다. 채집자와 기계인과 체구가 작은, 트웍이라는 이름의 초원 거인 여성은 무언가를 진행시켜 보려고 애를 썼다. 투를은 갑옷을 벗지 않았다. 붉은 유목인 네 사람은 아주 기뻐하면서 손이 닿지 않는 곳에서, 그들만의 언어를 사용해 떠들며 그 광경을 지켜보았다. 그리고 결국 모두가 흩어졌다.

붉은 유목인들은 퉁명스럽지 않았다. 투를이 근처에 있을 때는 조금 뻣뻣하게 굴었지만 다른 사람들 곁에 있을 때는 긴장을 풀고 말이 많아졌다. 소파시와 유목인 세 사람이 이제 이야기를 나누고 있었다. 붉은 유목인들은 결정적인 단점에도 불구하고 다른 인류와 접촉한 경험이 상당했다.

발라는 느긋하게 이야기에 귀를 기울였다. 붉은 유목인들의 행동 양식은 식생활에 종속되어 있었다. 그들은 날고기를 먹었고, 유목인인 동시에 식도락가였다. 기르는 동물은 거의 한 가지 종이었고, 많아도 두 종을 넘지 않았다. 다양한 고기를 먹으려고 여러 종을 사육하는 것보다는 그편이 더 쉬웠기 때문이다. 그들은 지도를 그려 가며 서로의 행적을 공유하고, 그와 동시에 맛있는 음식을 거래했다.

또한 붉은 유목인들은 이야기를 교환하면서 다양한 환경에 사는 인류를 만났다. 그들은 이제 두 종류의 양서인에 관해 얘기하고 있었다. 발라가 익히 알고 있던 양서인 두 부족과는 또 다른 사람들임에 분명했다.

자리에 없는 네 번째 붉은 유목인, 즉 테거는 치타와 함께 보초를 서는 중이었다.

투를은 완전무장을 한 채 자고 있었다. 발라는 그가 리샤스라나 굴 어느 쪽에도 관심이 없는 게 분명하다고 생각했다.

소파시가 천막 기둥에 등을 대고 누워 말했다.

"오늘 같은 밤에 장벽 안은 상황이 어떨지 궁금하군."

발라는 그 문제를 생각해 보고 대답했다.

"투를은 여기 나와 있고 비지가 방어를 위해 그 안에 있지. 그리고 투를이 보지 못한 일은 일어나지 않은 것과 마찬가지라고 하던데."

소파시가 팔꿈치를 땅에 대고 엎드린 채 다가왔다.

"그런 얘기는 어디서 들었어?"

"투를이 한 얘기야. 내가 보기에 남성들은 오늘 밤 잔뜩 짝짓기를 할 테고 싸움도 벌어지겠지. 우리는 재미를 하나도 못 보겠지만……."

"그래도 나는……."

소파시가 말허리를 자르려 했지만 발라는 얘기를 이어 갔다.

"어차피 동족 안에서 제 짝을 찾은 남성들은 리샤스라를 하지 않을 거야. 나는 그러지 못한 남성을 상대하면 되고."

"그건 투를도 마찬가지야. 그런데 지금은 휴화산처럼 자고 있잖아."

소파시가 받아쳤다.

치타가 두 사람을 보며 미소를 짓더니 가벼운 걸음으로 천막을 나섰다. 짙은 안개가 밤을 뒤덮고 있었다. 치타가 저녁상에 있던 뼈를 하나 집어 던졌다. 작은 '톡' 소리가 났다.

은색 거구가 발라의 어깨 뒤에 등장했다. 그녀는 아무 소리도 듣지 못했지만 기척을 느낄 수 있었다. 투를이 콧소리를 내더니 소리 없이, 자연스럽게 쇠뇌를 손에 들었다. 그가 말했다.

"흡혈귀든 '야행인'이든 간에 가까이에 있는 건 아니다. 치타쿠미샤드, 눈에 띈 게 있었나? 냄새는?"

"아무것도 없었다."

투를은 방금까지 자던 사람치고는 놀라우리만치 경계하고 있었다. 그가 투구를 눌러 닫고 밖으로 나섰다. 초원 거인 측 보초인 타룬이 그의 뒤를 따랐다.

소파시가 말했다.

"난 정말 자는 줄 알았어. 그런데 왜……?"

발라가 작은 소리로 대답했다.

"붉은 유목인들 때문이야. 오래전에는 적이었는데 이제 도처에 머무르고 있으니까. 그래서 갑옷을 벗지 않고 자는 척한 거지. 아마 내 말이 맞을걸."

아침이 되어 보니 장벽과 키 큰 수풀 사이에는 단 한 구의 시체도 남아 있지 않았다. 천 위에 놓아둔 시체들만 예외였다. 굴들이 발라의 말을 새겨들은 것 같았다.

채이친드가 혼잣말처럼 물었다.

"하카르크는 어디에 풀어 놓는 게 좋은가?"

코리액이 마냥을 바라보았다. 붉은 유목인 여자가 말했다.

"키 큰 풀이 적은 곳이면 될 거다. 하지만 풀어 놓기 전에 동료들에게 말해 둬야겠다. 발라버질린, 너희도 사냥을 할 건가?"

"안 할 것 같지만 그래도 한번 물어보지."

발라는 동료들에게 이야기를 전했다. 흥미를 보이는 사람은 없었다. 기계인도 고기를 먹지만 포식 동물의 고기는 대개 악취가 났다.

그런데 케이가 말했다.

"사냥에 아무도 안 가면 겁먹은 것처럼 보일 거야."

"그럼 가서 물어봐. 위험해 보이는 짐승이잖아. 많이 알면 알수록 당할 위험이 줄어드는 법이지."

케이는 그런 격언을 들어 본 적이 없었다. 그가 발라를 쳐다보다가 소리를 내어 웃더니 말했다.

"지금 '한번' 참가할 건지 말 건지를 의논하는 거잖아?"

"맞아."

발라는 사냥이 진행되는 동안 잠을 잤다. 그리고 정오에 일어나 식사에 동참했다. 케이의 팔에 할퀸 상처가 나 있었다. 발라는 바보 같은 짓이었다고 생각하면서 연료를 적신 수건으로 상처를 동여매 주었다. 하카르크의 고기에서는 고양이 냄새가 났다.

죽은 사람의 수는 더 줄었지만 천막 부근에 그들의 악취가 떠다녔다. 그리고 무시무시한 밤이 다가오고 있었다.

발라는 굴들이 자신의 말을 들었을 거라 생각했다. 우리는 해로운 짐승들이 시체에 손을 대지 못하도록 지키고 있는 거야. 밤의 주인들이 다 가져갈 때까지.

바로 그 밤이 다가오고 있었다.

| 야행인 |

그림자가 태양을 거의 다 덮었다. 발라는 불 주변에 모여 있는 채집자와 붉은 유목인을 보았다. 채집자들은 식사를 하면서 함께 먹자고 제안했다. 붉은 유목인들은 사냥한 동물을 조리하자마자 먹어 치운 뒤였다.

보슬비가 내리자 석탄이 소리를 냈다. 협상자들은 천막 안으로 물러났다. 협상자란 기계인을 대표하는 발라와 치타와 소파시 그리고 붉은 유목인 셋, 채집자 넷이었다. 애나크린과 투를과 발라가 처음 보는 여성 한 사람이 천막 안에 있었다.

시든 풀은 이미 새것으로 갈아 놓은 뒤였다.

"여러분, 우리 쪽 협상자인 와스트를 소개한다. 와스트가 할 말이 있다고 한다."

투를이 우렁찬 목소리로 입을 열자 다른 대화들이 동시에 마무리되었다.

와스트는 덩치 큰 여인답지 않게 우아한 동작으로 일어섰다.

"파룸과 나는 이틀 전에 걸어서 우현 쪽으로 향했다. 파룸은 여기 참석한 진저로퍼의 붉은 유목인들과 함께 먼저 돌아왔지. 나는 걸어서 붉은 전사들의 보호를 받으며 뒤따랐고, '진흙 강 사람'들과 얘기를 나누게 되었다. 진흙 강 사람들은 이 자리에 참석할 수 없지만 그 대신 우리의 슬픔을 야행인들에게 전해 줄 수 있을 거다."

"그 사람들도 우리와 같은 곤경에 처하게 되겠지."

코리액이 말했다. 그 순간, 알 수 없는 무언가가 발라의 신경을 건드렸다.

와스트가 자리에 앉더니 붉은 유목인들에게 말했다.

"당신들은 리샤스라를 못한다고 했지. 짝짓기는 어떤가?"

"그럴 시기가 아니다."

와비아가 딱딱하게 말했다. 애나크린과 채이친드가 씨익 웃었다. 테거는 화가 난 것 같았다. 물론 일부일처제이며 리샤스라를 하지 않는 인류는 많았다. 테거와 와비아는 짝임이 분명했다.

바람인가? 발라는 생각했다. 그때 투를이 말했다.

"갑옷을 입어야겠다. 뭐가 우리를 찾아올지 모르니까."

유감스러운 말이었다. 여흥을 시작하려고 마음먹은 사람들도 있었을 테니.

음악 소리인가? 발라가 귀를 기울이려는 참에 소파시가 불안한 표정을 지으며 물었다.

"음악 소리가 들리지 않아? 이건 흡혈귀의 음악이 아닌데."

음악 소리는 작았지만 점점 커졌고, 발라가 들을 수 있는 영역의 끝에 도달할 만큼, 듣기 괴로울 정도까지 높아졌다. 머리가 쭈뼛거리고 소름이 척추를 타고 흘러내렸다. 발라의 귀에 들리는 것은 바람과 줄로 연주하는 악기의 소리였고, 둔탁한 타악기의 소리였다. 목소리는 섞여 있지 않았다.

투를이 투구로 얼굴을 가리고 밖으로 나갔다. 쇠뇌를 높이 치켜든 채로. 치타와 실랙은 무기를 쥐고 입구의 양옆에 서 있었다. 천막 안에 있던 다른 사람들도 무장을 하기 시작했다.

체구가 작은 실랙이 뒷걸음질을 치며 천막으로 들어왔다. 냄새가 그의 뒤를 따랐다. 썩은 내와 젖은 털의 냄새였다.

커다란 인간 둘이 안으로 들어섰다. 그다음은 훨씬 더 큰 투를이었다. 그가 우렁찬 목소리로 말했다.

"손님이 왔다."

천막 안은 아무것도 안 보일 만큼 어두웠다. 발라는 그 속에서 번득이는 굴의 눈과 이를 식별할 수 있었다. 구름 사이로 새어 나온, 아주 약간 밝은 아치의 반사광을 배경으로 두 명의 검은 윤곽이 보였다. 발라의 눈은 빛과 어둠의 조화에 익숙해지면서 상대의 모습을 점점 자세히 볼 수 있었다.

남성이 한 명, 여성이 한 명이었다. 두 사람은 거의 전신에 털이 나 있었다. 털은 검고 뻣뻣했으며 비에 젖어 번들거렸다. 입은 지나치리만치 크게 열려 웃고 있었고, 커다란 삽처럼 생긴 이가 들여다보였다. 끈이 달린 주머니를 제외하면 몸에 걸친 것은 없었다. 크고 뭉툭한 손에는 아무것도 들고 있지 않았다. 음식을 먹고 있지도 않았다. 뒷걸음치고 싶은 욕구를 참고 있긴 했지만, 발라는 엄청나게 마음이 놓였다.

당연한 얘기지만 발라를 뺀 다른 사람들은 이전에 굴을 본 적이 없었다. 따라서 불쾌한 반응을 보이는 사람도 있었다. 치타는 문가에서 보초를 서면서도 시선을 다른 곳으로 돌리고 있었다. 소파시는 몸을 웅크리지 않고 일어서 있었지만 그 정도가 자제심의 한계인 것 같았다. 채집자 종족인 실랙과 테거, 채이친드는 눈과 입을 크게 연 채 웅크리며 뒤로 물러섰다.

발라는 뭐든 행동을 해야 한다고 생각했다. 그녀는 일어서서 상체를 숙였다.

"환영한다. 나는 기계인 발라버질린이다. 당신들의 도움을 청하려고 기다리는 중이었다. 이 사람들은 붉은 유목인 애나크린과 와비아, 채집자 종족 퍼릴랙과 마낵, 기계인 치타쿠미샤드와 소파신테이……."

발라가 한 사람씩 소개를 할 때마다 한 명씩 안정을 되찾고 있었다.

굴 남성은 기다리지 않았다.

"여러 종족이 모였다는 사실은 알고 있어요. 내 이름은……."

그가 숨소리와 비슷한 단어를 내뱉었다. 그의 입술은 완전히 닫히지 않았다. 그 점을 제외하면 그는 거래에 사용하는 용어들을 능숙하게 구사했다. 억양은 발라보다 케이와 비슷했다.

"하지만 '하프장이'라고 불러도 좋아요. 내가 연주하는 악기가 하프니까요. 내 짝은……."

하프장이가 여전히 밖에서 들려오는 음악 소리와 다르지 않은 숨소리와 휘파람 소리를 냈다.

"'비탄에 젖은 관'이라고 하죠. 당신들은 리샤스라를 어떻게 하나요?"

계속 위축되어 있던 테거가 갑자기 짝의 옆에 서더니 말했다.

"우리는 리샤스라를 할 수 없다."

굴 여성은 웃음을 반쯤 참는 듯 보였고, 하프장이가 말했다.

"알고 있답니다. 걱정하지 않아도 돼요."

투를이 비탄에 젖은 관에게 직접 말했다.

"내가 이 사람들을 보호하고 있다. 우리 안전을 보장해 준다면 내 갑옷은 벗지. 그러고 나면 남은 문제는 내 체격뿐이다."

그의 말이 끝나자 와스트가 보인 반응은 하프장이를 향해 미소를 짓는 것뿐이었다. 하지만 발라는 그것만으로도 와스트의 배짱이 대단하다고 생각했다.

그다음은 채집자들의 차례였다. 채집자 네 사람은 하나같이 꼿꼿하게 몸을 펴고 서 있었다.

"우리 종족은 리샤스라를 한다."

코리액이 말했다.

발라는 고향이 그리워졌다. 짝과 아이들에게 음식을 만들어 줄 수 있는 장소가 그리웠고, 그녀가 사랑하는 모험이 그리웠고, 잠시 모험을 미뤄 둬도 좋을 만한 사람이 그리웠다. 하지만 이제 그런 걸 갈구하기에는 너무 늦었다.

"우리 제국은 리샤스라로 결속되어 있다."

그녀는 밤의 주인들에게 말했다.

하프장이가 대답했다.

"정확히 말하자면 리샤스라가 연결시켜 주는 건 도시 건설자들의 제국이겠죠. 당신네 제국은 연료가 이어 주는 거고요. 우리도 리샤스라를 하지만 오늘 밤은 안 될 것 같군요. 우리가 보기엔 붉은 유목인들이 불편해하는 듯하고……."

"우리는 그렇게 나약하지 않다."

와비아가 반박하듯 나서자, 하프장이가 말했다.

"……다른 이유도 있어요. 우리에게 요구하는 게 있나요?"

모든 사람들이 동시에 얘기하기 시작했다.

"흡혈귀가……."

"당신들도 그 끔찍한……."

"사망자 수가……."

하지만 투를의 목소리가 모든 이의 말을 단숨에 잘라 버렸다.

"흡혈귀들이 걸어서 열흘 걸리는 영역에 사는 모든 종족들을 황폐하게 만들고 있다. 그들의 위협을 끝내 버리게 도와 다오."

하프장이가 말했다.

"기껏해야 걸어서 이삼일 걸리는 영역이죠. 흡혈귀는 습격을 하고 나면 피난처로 돌아가야 하니까요. 그래도 넓은 영역이긴 해요. 열 개 종족 이상이 거주하고 있고……."

"하지만 우리는 흡혈귀 덕분에 잘 먹을 수 있죠."

비탄에 젖은 관이 온화한 어조로 끼어들었다.

"당신들이 당면한 문제는 흡혈귀가 우리 종족에게 아무 문제가 안 된다는 사실이에요. 어느 종족이든 간에 당신들에게 득이 되는 건 야행인에게도 마찬가지죠. 하지만 흡혈귀들 덕분에 우리는 확실하게 먹을거리를 확보할 수 있어요. 발라버질린, 당신 이웃 종족들이 알코올을 갈구하는 것처럼 확실하게 말이에요. 그래도 당신들이 흡혈귀를 정벌할 수 있다면 그 또한 우리에게는 이득이 되죠.”

그녀의 목소리가 높아질 때는 동료보다 어조가 조금 높았다. 굴들은 단 몇 마디의 연설을 통해 얼마나 많은 사실을 드러냈는지 알고 있는 걸까? 하지만 너무 많은 사람들이 동시에 입을 열었기 때문에 발라는 침묵을 지켰다.

비탄에 젖은 관이 말했다.

“예를 들어 설명하죠. 마낵, 당신네 여왕과 투를의 종족 사이에 불화가 생기는 경우를 상상해 봐요. 그런 상황에서 당신이 투를의 장벽 근처에 있는 죽은 자들을 건드리지 말아 달라고 우리에게 부탁한다면? 그럼 투를은 곧 항복하고 말 거예요.”

마낵이 항의했다.

“하지만 우리와 초원 거인은…… 우리는 절대로…….”

“물론 그런 일은 없겠죠. 하지만 와비아, 당신 종족과 옛 투를은 오십 팔란 전에 전쟁을 벌였어요. 당신네 지도자였던 진저로퍼가 가축을 죽이러 오는 초원 거인을 눈에 띄는 대로 찢어 죽여 달라고 우리에게 애걸했다면 어떻게 됐을까요?”

와비아가 대답했다.

“무슨 얘기인지 잘 알겠다.”

"정말 알아들었나요? 우리 종족은 반목하는 두 인류 중 어느 한쪽도 편들지 말아야 해요. 당신들은 하나같이 우리에게 의존하고 있으니까요. 우리 야행인이 없으면 당신들의 시체는 죽은 자리에 그대로 있을 거고, 질병이 발생해 퍼져 나갈 거고, 당신들이 마시는 물은 오염될 거예요."

굴 여인은 숨소리가 섞인 높은 어조로 노래하듯 말하고 있었다. 전에도 똑같은 얘기를 한 적이 있군. 발라는 생각했다.

비탄에 젖은 관이 말을 이었다.

"우리는 화장을 금지하고 있어요. 하지만 그러지 않는다면 어떻게 될까요? 모든 종족에게 죽은 자를 불태울 연료가 있는 경우를 상상해 봐요. 바다가 끓어오른 뒤로 사십삼 팔란이 지났는데 구름은 아직도 하늘을 덮고 있어요. 그 구름이 죽은 자를 태운 연기이고, 일 팔란이 지날 때마다 그 악취가 점점 심해진다고 생각해 봐요. 일 팔란 동안 각각의 종족에서 얼마나 많은 인류가 죽는지 아나요? 우리는 그 수를 알아요. 그러니까 우리는 어느 한쪽도 편들 수 없답니다."

채이친드의 얼굴이 점점 울긋불긋해졌다.

"어떻게 흡혈귀의 편을 들 수 있는가? 그놈들은 동물이다!"

그의 말에 하프장이가 대꾸했다.

"흡혈귀는 생각을 할 줄 모르고 당신들은 할 수 있다는 얘기군요. 하지만 정말로 그렇다고 확신할 수 있나요? 우리는 아직 사고를 하는 단계에 도달하지 못한 인류를 알고 있어요. 아치의 이쪽 원호를 조금만 따라가 봐도 그런 종족을 여럿 만날 수 있죠.

그중에는 불을 활용할 줄 아는 종족도 있고, 사냥감이 만만치 않을 경우 무리를 짓는 종족도 있어요. 나뭇가지를 꺾어 창을 만든 종족도 있고, 물속에 살기 때문에 불은 사용할 수 없지만 바위를 조각내 칼을 만든 종족도 있죠. 그런 종족은 어떻게 판단할 건가요? 경계를 분명하게 그을 수 있겠어요?"

"흡혈귀는 도구나 불을 쓰지 못한다!"

"불은 못 쓰지만 도구는 쓰죠. 이렇게 오랫동안 비가 오자 흡혈귀들은 사냥감에서 옷을 벗겨 입는 법을 배웠어요. 몸이 다 마르면 옷을 쓰레기처럼 버리고 가기도 해요."

굴 여성이 말했다.

"우리가 당신들의 다른 욕망을 거부해야 한다면 리샤스라도 당연히 거절해야 한다는 점을 알고 있을 거예요."

비탄에 젖은 관은 그 문장이 암시하는 복잡한 감정을 의도적으로 무시하고 있었다.

흠, 내가 나설 수밖에 없겠군. 발라는 그렇게 생각하며 입을 열었다.

"당신네 종족이 도와준다면 엄청난 도움이 될 거다. 물론 그런 도움을 제공할 만한 이유가 있을 때의 얘기겠지. 당신들은 아까 흡혈귀의 약탈 행위가 어디까지 미치는지 얘기한 바 있다. 그놈들은 반드시 소굴로 복귀해야 하며 소굴이 단 하나뿐이라는 얘기도 해 줬지. 더 얘기해 줄 건 없나?"

하프장이가 어깨를 으쓱하는 모습을 보고 발라는 저도 모르게 움찔거렸다. 그의 어깨는 믿을 수 없을 만큼 유연해서 마치 어디에도 연결되지 않은 뼈가 피부 속을 자유롭게 움직이는 것처럼 보였다.

발라는 완강하게 말을 이어 갔다.

"흡혈귀에 관해서 소문인지 우화인지 알 수 없는 이야기를 들은 적이 있다. 기계인들이 흡혈귀가 출몰하는 곳에 갈 때마다 듣는 이야기지. 하지만 우선 기계인의 고객 종족들이 중앙 도시와 먼 곳에 산다는 걸 고려해야 하는데, 흡혈귀가 이렇게 갑자기 많아진 이유를 아는 종족은 하나도 없었다."

"흡혈귀는 번식률이 높아요."

하프장이가 대답하자 비탄에 젖은 관이 설명을 더했다.

"그래요. 게다가 몇 무리가 다른 피난처를 찾으려고 본진에서 이탈했죠. 그렇게 열흘 동안 걷는 거리에 도달했다고 해도 그다지 무리는 아닐 거예요."

이제 다른 사람뿐 아니라 채이친드까지도 발라에게 얘기를 맡겨 두고 있었다. 발라는 계속했다.

"하지만 그것보다 설득력이 떨어지는 소문도 돌고 있다. 흡혈귀에게 당한 자는 죽었다가 다시 살아나서 또 하나의 흡혈귀가 된다는 소문이다."

하프장이가 말했다.

"말도 안 되는 얘기예요!"

당연히 말도 안 되는 얘기였다.

"물론 그렇겠지. 하지만 만약 그게 사실이라면 흡혈귀가 이처럼 빨리 퍼져 나간 것도 설명이 된다. 관점을 바꿔 보지. 예를 들어서…….”

발라는 이제부터 신중해야 한다고 생각하며 말을 이었다.

“……'매달린 사람'* 중에서 미망인이자 어머니의 관점에서 생각해 보자.”

매달린 사람들은 도처에 있었다. 발라는 머리 위에 있는 천막의 들보를 한 손으로 잡고 매달려 발을 든 다음 말했다.

“불쌍하게 죽은 내 남편이 밤에 적이 되어 나타난다면 난 어떡해야 하나? 밤의 주인들은 죽은 자를 태우지 못하게 하지. 하지만 그들도 허가할 때가 있어…….”

비탄에 젖은 관이 말을 잘랐다.

“그런 일은 절대 없어요.”

하지만 발라는 계속했다.

“중앙 도시에서 십이 일 동안 우현 방향으로 걸어가면, 어떤 재난을 기억하는 사람들이 있어…….”

하프장이가 다시 그녀의 말을 끊었다.

“그건 먼 옛날 먼 곳에서 있었던 일이에요. 그때는 우리가 직접 화장터를 설계하고 사용법도 가르쳐 줬죠. 그리고 그곳을 떠났다가 몇 년 뒤 돌아가 보니 재앙은 근절되어 있었어요. '땅 파는 사람'들은 계속 화장을 하고 있었지만 우리가 죽은 자들을 내버려 두라고 설득했죠. 설득은 어렵지 않았어요. 땔나무가 부족했기 때문이죠.”

---

* 나무 위에 사는 종족. 몸집이 작고 팔이 길며 주로 밀림에 거주한다. 견과류와 말린 과일 등을 거래한다.

"당신들도 상황이 위험하다는 걸 알았기 때문에 그런 게 아닌가? 다른 지역에 사는 종족들이 이미 흡혈귀에게 당한 사람들을 태우기 시작했다고 보진 않지만……."

"그런 일은 없어요. 그랬다면 연기가 눈에 보였겠죠."

"어쨌거나 한 종족이 화장을 하기 시작하면 다른 종족도 따를 거다."

"만약 그렇게 된다면, 당연한 얘기지만 우리는 살육의 거래를 할 수밖에 없겠죠."

비탄에 젖은 관이 슬픈 목소리로 말했다.

발라는 몸이 떨리려는 것을 억지로 참았다. 대신에 상체를 살짝 숙이고 물었다.

"그 거래를 지금 흡혈귀를 상대로 해 보는 건 어때?"

비탄에 젖은 관이 생각에 잠겼다가 다시 입을 열었다.

"그건 말처럼 쉬운 일이 아니에요. 그들 역시 밤을 지배하기 때문에……."

그 말을 들은 순간 발라는 눈을 감았다. 이제 뭐가 문제인지 알았겠지? 이건 도전이야. 그리고 너희는 열등한 종족에게 능력을 보여 줘야만 할 거야. 내가 이겼어.

굴들은 천막 바닥에 있던 풀을 치우고 꽤 넓은 공간을 비웠다. 그들이 어둠 속에서 어조가 높은 그들만의 언어로 짹짹거리면서 무언가를 그렸다. 그리고 다른 사람들은 알 수 없는 어떤 요소에 관해 논쟁을 벌이더니 합의를 끝냈다.

하프장이가 일어서며 말했다.

"그림자가 물러나면 이 지도를 확인해 봐요. 지금은 당신들이 알아볼 수 있는 것만 설명하죠. 여기에, 좌현 방향으로 이틀하고도 한나절 동안 돌아간 지점에 고대의 산업 중심이었던 건축물이 지표에서 사람 키 스무 배쯤 되는 높이에 떠 있을 거예요."

"공중 도시가 뭔지는 알고 있다."

발라가 말했다.

"물론 알겠죠. 당신네 중앙 도시 부근에 사람이 살지 않는 건물들이 연결되어 무리를 이루고 있으니까요. 요즘에는 공중 건물이 거의 보이지 않지만, 우리는 도시 건설자들이 이곳에서 기계를 만들었을 거라고 추측해요. 그러다가 시간이 지나면서 아무도 살지 않게 되었겠죠. 흡혈귀들은 여러 세대에 걸쳐서, 수백 팔란 동안 이 공중 건물 밑에서 살고 있어요. 그림자가 사라지지 않는 곳이야말로 흡혈귀가 살기에 완벽한 곳이니까요. 본래 그 지역에 살던 사람들은 오래전에 다른 곳으로 이주했어요. 평화로운 여행자와 이주자들은 그 지역을 피하라는 경고를 듣게 돼요. 전사들도 같은 이유 때문에 심사숙고해야만 하죠. 이곳과 저곳 사이에는, 좌현 쪽으로 산악 지대가 있고 회전 방향으로 '그림자 둥지'가 있어요. 그렇게 거울꽃을 막는 장벽이 자연스럽게 형성되었어요. 반대편에 사는 인류는 그 장벽을 '불꽃 벽'이라고 불러요. 가끔 산마루 부근에서 불이 노니는 걸 볼 수 있기 때문이죠. 아무 일도 없었다면 결국은 거울꽃이 산마루를 넘어서 평상시처럼 그림자 둥지를 태워 버렸을 거예요. 그리고 흡혈귀들은 지평선을 따라 늘어선 광선 때문에 위험에 처했겠죠. 그런데 그때 구름이 나타났어요."

어둠 속에서 여러 사람이 고개를 끄덕였고, 하프장이의 말이 이어졌다.

"흡혈귀의 활동 영역은 하루에 걸을 수 있는 범위만큼 넓어졌어요. 비탄에 젖은 관의 말대로 피해는 그보다 더 심각하죠. 흡혈귀의 수가 늘어난 데다 굶주림을 못 견딘 흡혈귀들이 다른 종족의 영토를 침범하고 있으니까요."

발라는 물었다.

"구름을 날려 버릴 수 있나?"

굴 두 사람이 폭소를 터뜨렸다. 비탄에 젖은 관이 말했다.

"지금 구름을 치워 달라고 한 건가요?"

"간절히 부탁하겠다."

"우리가 구름을 움직일 수 있다고 생각한 이유가 뭐죠?"

여기저기서 웃음을 참는 소리가 점점 커지는 가운데 발라가 대답했다.

"루이스 우는 움직였기 때문이다."

"'잡식하는 땜장이'를 말하는 거군요. 다른 인류와 생김새가 크게 다르지는 않지만 아치에 살지 않고 별에서 온 사람. 그에게는 자신의 말을 증명할 수 있는 도구가 있었지만 구름을 만든 게 그라는 사실은 우리도 몰랐어요."

하프장이의 말에, 투틀이 나섰다.

"정말로 그가 한 일이다! 그와 옛 투틀이 바다를 끓여 머리 위에 구름을 만들었고……."

"그럼 그에게 가서 부탁해요."

"루이스 우는 사라졌다. 옛 투를도 가 버렸고."

하프장이가 웃음기를 거두고 말했다.

"우리는 구름을 움직일 수 없어요. 심히 부끄러운 일이죠. 당신들이 직접 할 수 없는 일은 우리도 어쩔 수 없어요."

"당신들이 그려 준 지도를 이용하지. 대단히 감사하다. 나는 싸움에 참가하는 종족들로 군대를 만들어 이끌 생각이다. 그리고 흡혈귀의 둥지를 파괴할 거다."

"투를, 당신은 갈 수 없어요."

비탄에 젖은 관의 말에 하프장이가 이유를 물었다. 비탄에 젖은 관이 설명을 시작했지만 투를은 끝까지 듣지 않았다.

"나는 나를 따르는 자들의 수호자다! 우리가 싸우면 나는 맨 앞에 서서……."

"갑옷을 입고 가겠죠."

굴 여성이 손가락으로 가리키며 말했다.

"물론이다!"

"하지만 갑옷을 입으면 안 돼요. 냄새가 날아가는 걸 갑옷이 막아 버리니까요. 싸움에 참가하는 자들은 아무것도 입지 말아야 해요. 물을 발견하거든 몸을 씻어야 하고요. 순찰차와 수레의 표면도 모조리 닦아야 하죠. 흡혈귀가 당신들의 냄새를 맡으면 안 된다는 걸 모르겠어요?"

발라는 아차 싶었다.

그때 치타가 말을 꺼냈다.

"연료 공급도 문제가 될 거다. 붉은 유목인들이 맥주를 만드니까 그걸 연료로 변환하면……."

"붉은 유목인들이 가축을 치는 곳을 거쳐서 진군하면 될 거예요. 우리가 당신들이 쓰는 증류기의 설계도를 비밀리에 전달해 줄 수 있어요. 내일요. 당신들은 여기서 가져온 증류기와 썩은 풀을 이용해 연료를 만들고, 붉은 유목인들은 그곳에서 만들게 하면 되겠죠. 그러면 일 팔란이 되기 전에 그림자 둥지와 대면하게될 거예요."

치타가 머릿속으로 바쁘게 계획을 짜면서 고개를 끄덕였다.

"거기까지 순찰차를 두 대 끌고 가서 돌아오려면 연료가……."

"불꽃 벽을 넘어가야만 해요. 내가 보기에 당신네 순찰차는 벽을 넘어갈 수 있을 거예요. 길이 있으니까."

"그러면 연료가 더 필요한데."

"탐험에 쓸 연료든, 수건을 적실 연료든, 화염방사기에 쓸 연료든 당신들이 지금 가진 걸 총동원해서 만들어요. 남겨 둬서 어쩌겠어요? 승리하지 못하면 여기로 돌아올 연료는 필요하지 않을 거예요. 승리하면 남겨 두고 간 세 번째 순찰차가 마중을 나갈 수도 있고, 차를 한 대 두고 와도 되겠죠."

하프장이가 말했다.

"짝을 맺은 자들끼리 함께 가는 게 좋아요. 비탄에 젖은 관과 나도 함께할 거예요. 투를, 당신네 풍습은 알고 있지만 때로는 당신네 종족도 나뉘는 경우가 있었죠. 이번엔 그렇게 해요. 테거,

당신과 와비아가 흡혈귀의 유혹을 이겨 낼 거라고 생각하는 건 알아요. 그럴 수도 있겠지만 다른 이들은 어떨까요? 어쩔 수 없는 경우에는 짝과 교미를 하고, 피를 빠는 것들과는 절대로 리샤스라를 하면 안 돼요. 애나크린, 채이친드, 당신들은 짝이 없으니 고향으로 돌아가야…….”

그리고 논쟁이 시작되었다. 자신이 참가해야 하는 전쟁에서 굴의 작전을 무조건적으로 수용하려는 인류는 하나도 없었다. 하지만 발라는 자신이 얼마나 많은 걸 얻어 냈는지 알기에 입을 다물고 침묵을 지켰다.

그들이 우리와 함께 있어. 농담이 아니라 정말로. 그리고 그들도 몸을 씻을 거야…….

| 거미줄 거주자 |

AD 2892, '직조인' 마을

마법사가 그곳에 얼마나 머물렀는지는 전해지는 바가 없었다. 나이 많은 아이들은 서로 새를 더 많이 잡겠다며 거대한 숲으로 들어가 버렸다. 패럴드가 눈에 띄게 우아한 동작으로 그물을 던졌다. 그의 그물이 모양새를 제일 오래 유지했고 가장 멀리 날아갔지만 그가 잡은 새는 두 마리에 불과했다. 스트릴은 우연히 그를 발견하고 어떻게 말을 걸어야 할지 생각하고 있었다.

마법사가 강으로 나왔다. 그는 어른 남자의 키보다 조금 긴, 두꺼운 동전 모양의 발판에 오른 채 은빛 강물 위 높은 곳에 떠 있었다.

그들은 마법사에게 내려오라고 소리를 질렀다. 마법사가 그들을 알아채고는 나무들 사이로 당당하게 상승하던 것을 멈추고 조금씩 하강했다. 그는 미소를 지으며 알 수 없는 언어로 말을 했다. 그의 몸에는 털이 거의 없었지만 방문객들 중에는 그런 사람이 드물지 않았다.

그들은 마법사를 집으로 데려갔다. 가는 동안 이야기가 끊이지 않았다. 모욕적인 언행을 하면서 마법사의 지식을 시험하는 소년들도 있었다. 스트릴은 거기에 동참하지 않았고, 이내 자신의 판단이 옳았다는 걸 깨달았다.

'플럽'이나 '리샤스라'같은 단어를 제외하면 마법사는 그들의 말을 전혀 배우지 않았다. 하지만 그는 마을에 도착하기 전에 선생처럼 말하는 목걸이를 착용했다.

낯선 종족 사람은 누구든지 선생이 될 수 있었다. 하늘을 날고 마법의 통역기를 부리는 마법사라면 분명 가르쳐 줄 것이 아주 많을 터였다.

루이스 우가 카와레스크센자족과 하르카비파롤린을 떠난 뒤 구 년이 흘렀다. 크미가 지구의 지도를 향해 떠나간 것이 십 년 전이었고, 그들이 '숨은 족장'호를 타고 항해에 나선 것은 십일 년 전의 일이었다. 링월드로 돌아온 것은 십이 년 전이었다. 루이스 우와 종족이 각기 다른 동료들이 정지장의 고치에 둘러싸인 채 초당 천이백삼십 킬로미터의 속도로, 처음으로 불시착한 것은 사십일 년 전의 일이었다.

그들이 처음 만난 인류는 털북숭이 광신도들이었다.

지금 옆에서 떠들고 있는 젊은이들은 그들과 동족이거나 유사한 종족이었다. 그들의 키는 루이스의 턱 높이에 달했고, 몸은 푹신한 금빛 털로 덮여 있었다. 옷은 무두질한 갈색 가죽으로 만든 킬트였다. 그들은 버섯갓 같은 모양으로 퍼져 있는 가지들 밑으로 미로처럼 서 있는 나무줄기 사이를 누비며, 멋진 솜씨로 만든 그물을 능숙하게 던지는 종족이었다.

그들은 우호적이었다. 대양 주변에 사는 종족은 하나같이 이방인에게 우호적이었다. 루이스는 그런 모습에 익숙했다.

나이가 가장 많은 소녀가 물었다.

"세상은 어떻게 생겼어요?"

갑자기 침묵이 밀려들더니 그에게 시선이 집중되었다. 루이스는 생각했다. 이건 시험인가?

"스트릴, 거기에 대답하기보다는 내가 물어보는 게 낫겠구나. 세상은 어떻게 생겼지?"

"끝나는 지점이 없는 원 모양이라고 했어요. '거미줄 거주자'가 그랬죠. 그게 무슨 소리인지는 모르겠어요. 아치가 뭔지는 알아요. 그건……."

스트릴이 손을 뻗어 아래쪽을 가리켰다. 나무들 사이로 작은 원뿔 모양의 지붕들이 보였다. 꽤 큰 마을이 광대한 강을 따라 길쭉하게 자리하고 있었다. 상류 쪽에는 종종 다시 건설되곤 하던 세인트루이스 아치와 비슷한 아치가 있었다. 아치는 하단이 넓고 위로 갈수록 좁아졌다.

"그건 '상류의 문' 같은 거잖아요."

루이스는 그 정도면 나쁘지 않다고 생각하면서 말했다.

"아치란 건 네가 딛고 서 있지 않은 링의 일부란다."

그런데…… 거미줄 거주자라고?

루이스는 여러 겹으로 쌓인 화물 운반용 원반 위에 단단히 손을 얹은 채 걷고 있었다. 원반 더미는 그의 곁에서 공중에 떠 있었다.

화성의 지도 밑에 있는 수리 시설에는 그런 원반이 수백만 개나 있었다. 그는 맨 위에 있는 비행 원반에 필요한 물건들을 용접해 두었다. 필요한 물건이란 여러 개의 손잡이와 등받이 의자와 여분의 옷, 음식을 각각 담을 수 있는 두 개의 통, 작은 자세 제어 엔진, 최후자의 탐사기에 사용할 예비 부품 등이었다. 그리고…… 십일 년 전에 벌어진 전투가 끝난 뒤에야 이미 원반에 붙어 있었다는 사실을 알게 된 물건이 있었다. 그건 바로 틸라 브라운의 구급상자였다.

털이 많은 성인들과 털이 많고 작은 아이들은 새 사냥꾼들이 일찌감치 돌아오는 광경을 바라보았다. 대부분 맡은 일에서 눈을 떼지 않았지만 남자 한 사람과 여자 한 사람이 아치에서 기다리고 있다가 루이스에게 인사를 했다.

스트릴이 소리를 질렀다.

"이 사람은 마법사예요, 키다다 님! 이 사람이 그러는데 세상은 링 모양이래요!"

남자가 비행 원반을 슬쩍 보고는 물었다.

"그게 뭔지 알고 있습니까?"

루이스가 말했다.

"전에 본 적이 있습니다. 나는 둥근 곳에서 온 루이스 우라고 합니다."

그 말이 무슨 뜻인지 아는 사람은 없었겠지만, 어쨌든 나이 든 사람들은 입을 벌렸고 아이들은 소리를 내어 감탄했다.

여자가 말했다.

"둥근 곳에서 온 루이스 우라고요?"

여성의 금빛 털에는 세월의 흐름을 보여 주는 흰색이 섞여 있었다. 남자의 털에는 흰색이 더 많았다. 그들은 무릎까지 내려오는 킬트를 입었는데, 거기에는 어느 문화권의 사람이 봐도 높게 평가할 만큼 정성을 들인 장식이 달려 있었다.

"나는 사워라고 하고 이 사람은 키다다입니다. 둘 다 공동체의 일원이고, 둘 다 직조인입니다. 당신은 아치가 아닌 다른 곳에서 온 거죠? 거미줄 거주자는 당신이 힘과 지혜를 갖췄다고 보증했습니다."

"거미줄 거주자라고요?"

여기 사는 사람들이 그를 어떻게 아는 거지?

키다다가 말했다.

"거미줄 거주자는 분명히 다른 세계에서 왔습니다. 머리가 두 개니까요! 게다가 그와 똑같이 생긴 하인들이 셀 수 없이 많이 있었습니다."

아, 젠장.

"그가 다른 말은 하지 않던가요?"

"그림을 보여 줬습니다. 아치 위쪽의 모습이라고 하더군요."

"어떤 그림이었죠? 흡혈귀였나요?"

"이상하게 생긴 인류가 어두운 곳에서 살고 있었습니다. 그리고 다양한 사람들이 그 인류를 공격하려고 동맹을 맺었죠. 그 일에 관해 얘기해 줄 수 있습니까?

"흡혈귀라면 조금 압니다. 거미줄 거주자는 나보다 더 알고 있겠죠. 하지만 삼십육 팔란 동안 그와 얘기해 본 적이 없습니다."

"당신들은 어떤 식으로 리샤스라를 합니까?"

사워가 물었다. 그녀는 키득거리는 웃음을 참고 있었다.

루이스도 웃으며 대답했다.

"최선을 다합니다. 당신들은요?"

"우리 직조인은 손재주가 좋은 걸로 유명합니다. 방문객들은 우리 털의 감촉이 아주 좋다고 하더군요. 어떻게 생각하시나요. 함께 씻을까요?"

"그거 좋은 생각이군요."

그들은 스스로를 직조인이라고 불렀다.

직조인의 마을은, 다시 말해 그들의 도시는 전혀 붐비지 않았다. 하지만 강 양쪽, 상류와 하류 방향으로 계속해서 확장되는 중이었고 광활한 숲의 나무들 사이로 싹을 틔우고 있었다. 그들이 사는 집은 잔가지를 엮어 만든 껍데기였고 모양은 키가 작은 버섯 같았으며 나무와도 생김새가 비슷했다.

직조인들은 헐벗고 하얀 바위로 이뤄진 수직 절벽 쪽으로 루이스를 안내했다. 키다가가 말했다.

"절벽 면을 따라 물이 흐르는 게 보입니까? 그 밑에서 목욕을 하면 됩니다. 물이 흐르는 동안 햇빛이 조금 데워주죠."

물웅덩이는 길고 좁았다. 수를 놓은 킬트 몇 벌이 얕은 탁자 위에 놓여 있었다. 샤워와 키다다가 입고 있던 킬트를 벗어 이미 쌓여 있던 옷 위에 얹었다. 노인의 털 속으로 둔부를 가로지르는, 평행한 세 줄기 골이 보였다. 오래된 흉터였으며 테두리에는 흰 털이 나 있었다. 루이스는 그 모습을 보고 이 지역의 포식자가 어떤 동물일지 생각해 보았다.

다른 직조인들은 이미 목욕을 하고 있었다. 아이와 노인 들은 서로 달라붙는 경향이 있는 것 같았다. 사춘기를 지난 이들은 각자 떨어져 있었고, 많지는 않지만 짝을 이룬 모습도 보였다. 루이스는 그런 양상을 먼저 파악하는 습관이 몸에 배어 있었다.

물에는 진흙이 섞여 있었다. 수건은 보이지 않았다. 루이스가 입은 것은 이백 광년 떨어진 캐니언에서 입던, 등 주머니가 달린 야영 복장이었다. 그는 옷을 벗어서 탁자 위에 놓고 물속으로 걸어 들어갔다. 뭐, 로마에서는…….

게다가 물은 별로 따뜻하지 않았다.

선생 노릇을 할 외계 방문객 주변으로, 모든 연령대의 직조인 들이 모여들었다. 새로 만난 종족은 항상 똑같은 질문을 던졌다.

"동료들과 나는 거대한 우주선을 대양 연안으로 몰고 갔습니다. 사십 팔란 전의 일이죠. 우리가 도착한 곳은 황량했습니다. 여러분 가운데 가장 나이가 많은 사람이 태어나기 훨씬 전에, 이만 일 동안 걷는 거리에 해당하는 연안을 '신의 주먹'이 성인 키의 사십 배에 해당하는 높이로 밀어 올렸고…….”

　이야기에는 정확하지 않은 부분이 있었다. 루이스의 통역기가 태양계의 단위를 링월드의 기준에 맞춰 옮기고 있었기 때문이다. 링월드의 하루는 삼십 시간, 일 팔란은 칠십오 일이었다. 하지만 하루에 걷는 거리와 성인의 키는 종족마다 달랐다. 루이스는 직조인들이 거리와 시간과 높이에 대해 의견을 나누는 동안 배영 자세로 헤엄을 쳤다. 급할 게 없었다. 그는 전에도 이런 춤을 본 적이 있었다.

　“회전 방향에 사는 사람들은 신의 주먹을 전설로 만들었습니다. 그 어떤 산보다도 큰 무언가가 이 세상을 아래쪽으로부터, 무시무시한 속도로 올려 쳤죠. 삼천오백 팔란 전의 일입니다.”

　루이스는 AD 1200년쯤일 거라고 생각하며 말을 이었다.

　“그 물체는 땅을 밀어 올리면서 불로 만든 공처럼 찢어 버렸습니다. 신의 주먹이 만든 산은 여기서도 볼 수 있죠. 십오만 킬로미터쯤 떨어진 곳에 있습니다. 사막이 그 산을 에워싸고 있고, 대양의 해안은 바다 쪽으로 천오백 킬로미터쯤 밀려났죠. 모든 생명체의 양상이 바뀌어서…….”

　물은 수면이 배꼽에 닿을 정도의 깊이였고, 아이들이 모여 있는 가장자리는 그보다 더 얕았다. 지금 루이스의 주변에서는 일종의 춤사위가 진행되고 있었다. 구애 의식은 아니었지만 그의 주변에 모인 여성들은 짝짓기가 가능한 연령대였다. 같은 연령층의 남자들은 뒤로 물러나고 있었다. 고리 모양을 이루면서. 리샤스라를 하기 위한 춤일까?

루이스는 스트릴의 호의적인 표정과 멋진 미소에 자꾸 눈길이 갔다. 사람들은 질문을 던졌다. 늘 그렇듯 똑같은 질문이었다. 하지만 루이스는 머리 위에 있는 바위투성이 절벽에서 청동색이 반짝거리던 것을 기억하고 있었다. 직조인들의 손이 닿지 않는 곳에 프랙털 모양의 거미줄이 있었고, 그 거미줄은 바위를 타고 흘러내리는 물에도 씻겨 내려오지 않았다.

따라서 보이지 않는 관객이 있다는 뜻이었다.

"우리는 대양 부근에 머물러야 했습니다. 다른 곳에는 먹을 게 없었으니까요. 우리는 이 팔란 동안 해안을 따라 여행하다가 마침내 강어귀에 도달했습니다. 그리고 상류로 거슬러 올라갔죠. 센티 강 계곡 부근의 토양은 비옥했고, 우리는 그 광활한 강 계곡에서 삼십오 팔란 동안 지냈습니다. 도시 건설자 친구들이 나를 하류에 있는 마을에 남겨 두고 떠났죠. 그게 이십 팔란 전의 일입니다."

"왜 그랬죠?"

"아이가 생겼으니까요. 나는 계속 상류 쪽으로 여행했습니다. 어디를 가든 사람들이 친절하게 맞아 주더군요. 내 얘기를 즐겁게 들어 줬고요."

사워가 물었다.

"그게 왜 놀랄 만한 일이죠?"

루이스는 나이 많은 여인을 보며 미소를 지었다.

"방문객이 이 마을에 처음 오면 아마 당신들이 먹는 음식도 안 먹을 테고 당신들이 자는 곳에서는 안 자거나 당신들의 집을 불편하게 여길 겁니다. 이방인은 자신을 받아 주는 주인과 경쟁하지 않죠. 그리고 뭔가를 가르쳐 줄 수도 있을 테고요. 하지만 둥근 곳에서는 어딜 가든 종족이 하나뿐이거든요. 따라서 낯선 방문객 때문에 안 좋은 일이 생길 수도 있답니다."

잠시 동안 어색한 침묵이 흘렀다. 스트릴의 뒤에 있던 체격이 좋은 소년들 가운데 한 명이 그 침묵을 깨고 물었다.

"이걸 할 수 있나요?"

소년이 한 팔을 위로 들고 다른 팔을 아래로 내리더니 두 팔을 등 뒤로 돌리고는 양손의 손목을 마주 잡았다.

루이스 우는 웃었다. 그에게도 그런 동작이 가능했던 시절이 있었다.

"못한단다."

"그럼 다른 사람이 등을 씻어 줘야겠군요."

소년이 그렇게 말하자 다른 사람들도 다 동참하기 시작했다.

링월드의 큰 장점 중 하나는 다양성이었다. 그리고 다양성의 큰 장점 가운데 하나는 리샤스라에 힘든 구애 의식이 필요하지 않다는 점이었다.

리샤스라를 어떻게 행하느냐는 질문에 대한 답은 다양했다.

양서인이 하는 말은 이랬다.

'먼저 성별을 알려 준다면…… 숨을 얼마나 참을 수 있습니까?'

유목인의 반응은 이랬다.

'리샤스라는 못하지만 그에 관해 얘기를 나누는 건 좋아합니

다. 우리가 못한다고 해서 나쁜 뜻이 있다고는 생각하지 말기를.'

도시 건설자들은 이렇게 말했다.

'우리는 리샤스라를 통해 세상을 지배합니다!'

그 밖에도 여러 가지 반응이 있었다.

'지적인 종만 상대합니다. 자, 이 수수께끼를 풀어 보십시오.'

'지적이지 않은 종만 상대합니다. 우리는 관계가 복잡해지는 게 싫으니까요.'

'당신과 동료가 하는 걸 구경할 수 있습니까?'

루이스는 크미가 인류는 아니지만 남성이긴 하다고 설명한 적도 있었다. 그는 머리 위에 있는 청동색 거미줄에 관해 직조인들이 얼마나 알고 있는지 궁금했다. 이제 그들은 둘씩 모여 떠나고 있었다. 다른 사람들이 보는 앞에서는 짝을 짓지 않는 모양이었다. 과연 직조인들은 어떻게 리샤스라를 하는 것일까?

사워가 루이스를 물 밖으로 안내했다. 그녀는 루이스의 도움을 받아 갈색과 흰색이 섞여 있는 털에서 물을 잔뜩 짜냈다. 그리고 루이스가 떠는 것을 보더니 그의 상의로 몸을 닦아 주었다.

루이스는 구운 새고기의 냄새를 맡았다.

두 사람은 옷을 입었다. 사워는 나뭇가지로 엮은 우리가 둥그렇게 모여 있는 곳으로 루이스를 안내했다. 그리고 그 가운데 하나를 가리키며 '공동 주택'이라고 설명해 주었다. 새고기가 야외에 있는 구덩이 위에서 익어 가고 있었다. 냄새가 훌륭했다. 새와 상당히 큰 물고기를 조리하고 있는 것은……

"사워, 저 사람들은 직조인이 아니군요."

"맞습니다. '항해자'와 '고기잡이'죠."

중년 직조인 한 사람이 다른 종족 사람 일곱 명과 함께 구덩이 주변에 모여 있었다. 그들은 여러 종족이었다. 남성 두 사람은 손에 물갈퀴가 있고 발이 평평했다. 기름기가 있고 번들거리는 털이 부드럽게 곡선을 그리며 몸을 덮고 있었다. 나머지 다섯 명은 남성이 셋, 여성이 둘이었고 체격이 좋았다. 그들은 턱을 빼면 직조인과 흡사했으나 더 강인해 보였다. 두 종족은 짝을 맺을 수도 있을 만큼 비슷했다. 일곱 사람들은 하나같이 멋들어진 직조인의 킬트를 입고 있었다.

몸집이 큰 고기잡이가 스스로 '뱀잡이 샨스'라고 밝히면서 다른 이들을 소개해 주었다. 루이스는 그들의 이름을 기억하려고 애썼다. 음절 하나라도 기억해 두면 통역기가 이름을 다시 알려 줄 수 있었다.

샨스가 설명했다.

"우리는 옷을 거래합니다. 그리고 경쟁을 하죠. '바위잠수부 히시타레'와 나는 항해자가 하류에서 잡은 괴물 물고기를 구워 주겠다고 제안했습니다. 항해자들도 제안을 내놨고요. 뭔가 유익한 걸 배우고 싶은데 유감스럽게도 키다다에게 먼저 말을 걸었군요. 낮은 가격을 불러 보시죠."

항해자인 위크가 말했다.

"우리가 잡아 온 물고기를 요리할 방법에 대해 논쟁했습니다. 키다다는 최소한 잡아 온 새를 우리 마음에 들게 요리해 줬죠."

"내가 보기에 새고기는 다 익은 것 같습니다. 하지만 물고기는 전혀 모르겠군요. 요리를 시작한 지 얼마나 됐죠?"

루이스의 물음에 샨스가 대답했다.

"숨을 백 번 쉬면 완벽하게 익을 겁니다. 아래쪽은 항해자가 먹기 좋게 익을 테고 위쪽은 우리가 먹기 좋게 따뜻하겠죠. 당신은 어떤 걸 좋아합니까?"

"아래쪽이 좋습니다."

어느 정도 몸을 말린 직조인들이 식사를 하러 왔다. 사람들은 새고기를 달궈진 바위에서 집어낸 다음 먹기 좋게 찢었다. 물고기는 아직 익는 중이었다. 루이스는 내일 자신이 먹을 야채를 찾아봐야겠다고 생각했다.

그리고 이야기가 시작되었다.

직조인들은 크기가 중간쯤 되는 새와 숲 속에 사는 짐승을 잡기 위해 민첩한 손가락으로 그물을 엮었다. 그리고 강을 여행하는 데 쓸 천도 만들었다. 가장자리에 자수를 놓은 옷, 해먹, 어망, 허리에 차는 주머니와 등에 메는 주머니 등 다양한 종족이 쓸 다양한 물건들이 선을 보였다.

고기잡이와 항해자는 직조인의 킬트를 신고 강을 오르내리면서 훈제하거나 소금에 절인 물고기와 소금과 근채 작물 등을 거래했고……

그들은 흥정을 하는 중이었다. 루이스는 대화에서 빠져나왔다. 그리고 키다다에게 흉터에 관해 물어보았다. 그는 괴물 같은 곰과 싸운 모양이었다. 직조인들은 이미 알고 있는 얘기였기 때문에 귀를 기울이지 않았다. 키다다는 좋은 이야기꾼이었지만,

그의 말이 사실이라면 흉터는 몸의 앞쪽에 있어야 했다.

해 질 녘이 되자 직조인들은 전부 사라진 것 같았다. 사워가 둥글게 모여 있는 천막으로 루이스를 데려갔다. 두 사람의 발밑에서 마른 가지들이 부러지는 소리가 났다.

항해자와 고기잡이들은 식어 가는 석탄 더미 주변에 남아 대화를 이어 갔다. 그들 가운데 한 사람이 루이스에게 조언을 해 주었다.

"돌아다니지 마세요. 밤에 이 부근의 길을 걸어 다니는 건 야행인뿐이니까요."

사워와 그는 나뭇가지로 만든 우리의 입구에서 몸을 숙였다. 사워가 몸을 굴리며 그에게 부딪치더니 곧 잠에 빠졌다. 루이스는 잠깐 화가 났지만, 이내 종족이 다르다는 사실을 떠올렸다.

루이스는 이미 여러 팔란…… 아니, 여러 해 동안 낯선 장소에서 아무렇지도 않게 잠을 잤다. 낯모르던 여인의 품 안에서도 잤고, 커다란 개의 푹신한 털에 얼굴을 문지르며 자기도 했으며, 그 둘 모두와 잔 적도 있었다. 하지만 최후자의 눈이 가까이에 있다고 생각하니 한동안 잠들 수가 없었다.

밤이 되자 루이스는 괴물의 이빨이 다리를 깊이 무는 꿈을 꾸었다. 그는 비명을 참으며 눈을 떴다.

사워가 눈을 뜨지 않은 채 물었다.

"선생, 무슨 일입니까?"

"쥐가 났습니다. 다리에요."

루이스는 몸을 굴려 사워의 품에서 빠져나온 다음 입구 쪽으로 기어갔다.

"나도 쥐가 나는군요. 걸어 보세요."

사워가 졸린 목소리로 말했다.

루이스는 다리를 절며 밖으로 나왔다. 종아리 옆쪽이 비명을 지르고 있었다. 그는 근육 경련이 너무나 싫었다!

항성의 빛을 받은 링월드의 일부가 지구의 보름달보다 더 밝게 빛나고 있었다. 구급상자에 경련을 치료하는 약이 있었지만 조금 걷는 쪽이 효과는 더 빠를 것 같았다.

그의 발밑에서 마른 가지가 부러졌다.

짧고 마른 덤불이 손님용 오두막을 에워싸고 있었다. 직조인들은 우호적이었지만 그렇다고 도둑에 대비하지 않는다는 의미는 아니었다. 이처럼 마른 나뭇가지를 깔아 놓는 것이 그들 나름의 방어책인 것 같았다.

근육 경련은 사라졌지만 잠도 완전히 사라진 뒤였다. 그가 짐을 실어 놓은 원반 더미가 손님용 오두막 바깥에 떠 있었다. 루이스는 원반 위에 올라탔다. 그리고 전혀 소리를 내지 않으면서, 나무줄기들 사이로 흔들흔들 비행하며 덤불로 만든 방어선을 넘어갔다.

직조인들은 야행 성질이 전혀 없었다. 그런 기색을 보이는 사람은 한 명도 없었다. 죽은 것처럼 자면서 도둑은 어떻게 잡겠다는 거지?

직조인 마을을 방문한 타 종족들은 보이지 않았다. 그런데 길고 턱이 얕은 범선의 선수와 선미를 등불이 비추고 있었다. 아까는 보지 못했던 배였다.

몇 분 뒤, 루이스는 아치가 직접 내는 빛과 반사된 빛을 받으며 웅덩이 위에 조용히 떠 있었다.

갑자기 절벽 속에서 뭔가가 움직이고, 그의 얼굴에 한 줄기 빛이 번쩍였다. 그는 눈을 가늘게 뜨고 욕을 내뱉었다. 그리고 섬광 속을 들여다보았다.

그 빛은 가장자리에 솜털이 붙은 창 너머에 있었다. 더러운 눈 같은 것이 인상적인 원뿔 모양의 재를 덮고 있고, 재 안에는 불길이 남아 있었다. 행성에 그런 것이 있다면 대개 화산이라고 불릴 것이다. 하지만 링월드에서는 운석이 밑에서 치고 올라와 생긴 구멍일 수도 있었다. 그것은 진공과 맨살을 드러낸 링월드의 바닥 구조물이 삐죽삐죽하게 둘러싼 신의 주먹과 매우 흡사했다.

최후자가 보낸 전언일까?

루이스가 강을 거슬러 이동한다는 사실을 퍼페티어가 알고 있다면 탐사기를 미리 보내 둘 수도 있었을 것이다. 그러면 분명히 이곳 절벽이나 다른 어딘가에 감시 장치를 뿌려 두었으리라. 그는 직조인에게 말을 건넸을 테고…….

얼마든지 그럴 수는 있지만, 이유가 뭔데? 최후자는 뭘 원하는 거지?

십 초 동안 무언가가 운석 구멍에서 두 번, 세 번 튀어나왔다. 그리고 익숙한 콘트랄토 음색의 목소리가 말했다.

— 육백열 시간 전의 모습입니다. 보십시오.

영상은 세 개의 물체를 확대해서 보여 주었다. 렌즈처럼 생긴 커다란 우주선이었다. 크진 우주선처럼 생겼군. 루이스는 생각했다. 세 물체가 봉우리 바로 위에서 정지하더니 매끄러운 분화구 벽 위로 이삼 미터가량 하강하기 시작했다.

— 전투선들은 아주 느리게 움직이고 있었습니다. 시간을 가속해서 보여 주지요.

전투선들이 활발하게 아래쪽으로 움직였다. 아래쪽 저 먼 곳에서는 구름들이 유선형의 자취를 남기며 뛰어들고 있었다.

— 전투선들은 두 시간 뒤에, 거의 음속에 가까운 속도에 도달하면서 이십 분을 비행했습니다. 거리로 따지면 이천이백 킬로미터에 해당하지요. 크진인치고는 놀랄 만큼 자제한 겁니다. 그리고 전투선들이 흩어지더니…….

구름과 접시 들이 움찔하더니 거의 멈추는 듯했다. 전투선 두 대가 직각으로 급선회하고 세 번째 전투선은 나아가는 방향을 유지했다.

하얀 빛이 깜빡거렸다. 전체적인 화면은 조금 전과 같았지만 세 대의 우주선이 흐릿해지다가 반쯤 녹는 것처럼 보였고, 거울처럼 반짝거렸다. 우주선들은 하강을 시작하더니…… 추락했다.

루이스는 말했다.

"정지장이군. 놈들이 네 광선을 멈춰 버렸어."

— 루이스, 당신이 걱정됩니다. 오 초 동안 두 번이나 틀렸군요. 뇌 기능이 떨어진 거 아닙니까?

루이스는 차분하게 대답했다.

"그런지도 모르지."

— 광선은 아주 강합니다. 형성되기 전에 엄청난 에너지 흐름이 정지장에 갇혀 버린 거지요.

"하지만……."

— 당신들과 네서스는 이와 유사한 공격에서 살아남은 적이 있습니다. 우리 종족이 빠르게 반응하는 방어 체계를 설계했기 때문이지요. 저 크진 전투선은 이제 그냥 폭탄일 뿐입니다. 그리고 저건 링월드의 운석 방어 장치입니다만, 난 저걸 쓰지 않았습니다.

"그래, 그랬군."

— 잘 보십시오.

화면이 순식간에 확대된 항성의 모습으로 바뀌고 밝기가 곧 식별 가능한 수준으로 조절되었다. 영상은 재생 속도가 가속되어 있었다. 액체 폭풍 속에서 한 줄기 연기가 솟아올랐다. 연기는 더 높이, 다시 말해 카메라 쪽으로 수십만 킬로미터나 치솟았다. 연기의 뿌리 부근에서 더 밝은 충격파가 솟아오르고 있었다. 충격파는 연기를 따라가며 채찍질을 하더니 갑자기 어마어마하게 밝아졌다.

— 초고온 레이저 효과입니다. 두말할 필요도 없이 링월드 운석 방어 장치가 벌인 일이지요. 하지만 루이스, 내가 그런 건 아닙니다.

최후자라면 거짓말을 하고도 남을 터였다. 하지만 그가 영역을 침범한 우주선을 격추시킬지는 의문이었다.

— 루이스, 나는 영역을 침범한 우주선을 격추시키지 않습니다! 오히려 그들과 접촉해 보고 싶지요. 하이퍼드라이브 엔진이 있으면 여

기서 벗어날 수 있단 말입니다!

"그 말은 믿어도 될 것 같군. 그런데…… 최후자, 그럼 지금 수리 시설에 너 말고 누가 또 있다는 거야?"

— 내가 세워 놓은 방어 체계가 뚫렸다고는 보지 않습니다. 하지만 루이스, 대양은 하나가 아니라 둘입니다.

루이스는 어느 정도 시간이 흐른 다음에야 최후자가 말하려는 바를 깨달았다.

대양이 하나라면 링월드의 균형은 유지될 수 없었다. 대양에 있는 물은 목성의 거대 위성만큼이나 무거웠다. 따라서 반대편 원호에 비슷한 대양이 있어야만 했다. 그리고 실제로도 그랬다.

최후자와 동료들은 대양에서 수리 시설을 찾았다. 그곳은 화성의 지도 밑에 있었다. 또 하나의 대양은 한 번도 탐험해 본 적이 없었다.

게다가 두 번째 대양은 링월드의 지름 반대쪽 끝에 있었다. 링월드의 지름은 십육 광분이다. 우주선이 신의 주먹을 통해 침투할 경우 두 번째 대양에서는 십육 광분이 지나야 그 모습을 볼 수 있는 것이다. 항성에 영향을 주려면 팔 분이 더 필요했다. 항성에서 플라스마 줄기를 수백만 킬로미터만큼 끌어내리면 그보다 더 긴 시간이 필요했다. 한 시간일 수도 있고 두 시간일 수도 있었다. 그다음에 발사하기까지 걸리는 시간도 있었다. 그 무시무시한 빛의 검이 링월드까지 도달하는 데 또 팔 분이 필요했다.

루이스는 두 시간 이십 분이 적절한 시간일 거라고 짐작했다. 그가 말했다.

"젠장. 링월드 아치 반대편에 태양이 하나 더 있다고 생각하는 게 최선의 결론이겠군. 수호자도 있을 테고."

— 수호자가 있다고 생각하는 이유는 뭡니까? 오해하지 마십시오, 루이스. 나도 그렇게 생각하니까요.

"수호자는 안으로 들어가는 길을 알고 있을 거야. 만약 인류가, 그러니까 양육자가 어쩌다가 안으로 들어갔다면 지금쯤 수호자가 돼 있겠지. 또 하나의 수리 시설도 분명히 생명의 나무에 오염되어 있을 거야. 우리가 봤던 곳도 그랬잖아. 하지만 네가 이것 때문에 날 부르지는 않았을 텐데? 수호자에 대한 지식은 너나 나나 마찬가지잖아. 게다가 여긴 지금 한밤중이라고. 내 머리가 제대로 돌아가지 않는 시간이란 말이야."

— 노화가 당신 두뇌에 영향을 미쳤을 수도 있지요. 어쨌든 대화를 할 필요가 있습니다. 보여 줄 것도 더 있고요. 루이스, 내가 직조인 앞에 나타나서 당신의 권능을 인정하는 편이 나을까요, 그러지 않는 게 좋을까요?

"그것참 사려 깊은 질문이군. 하지만 그 문제는 이미 우리 손을 떠났어."

이 지역 주민들은 자고 있었다. 하지만 고기잡이와 항해자들은 분명히 이 빛을 봤을 테고, 굴들은 근처에 있다 해도 기척을 완전히 감출 수 있었다.

굴은 실제로 가까이에 있을 것이다.

최후자는 루이스가 웃는 모습을 보지 못한 채 말했다.

— 거기 사는 직조인들은 호의적인 것 같더군요.

"대양 주변에 사는 종족들은 그들에게 말실수만 하지 않으면 다 친절해."

— 우리 동료는 어떻게 지내고 있습니까?

"크미는 공격정에 장비를 싣고 떠났어. 크미에게 감시 장치를 붙여 두지 않았나?"

— 그가 땅에 묻어 버렸습니다.

최후자의 대답을 듣고 루이스는 웃었다.

— 필요하면 도로 파내겠지요. 도시 건설자들 쪽은 어떻습니까?

"카와랑 하르키는 아이를 둘 낳아 기르고 있고 세 번째 아이를 가졌지. 우리가 서로 지겨워진 건 아니지만⋯⋯ 흠, 하류 쪽에 있는 마을에 두 사람을 내려 줬어. 상륙정도 한 척 줬고. 두 사람은 그 마을과 건너편 강가에서 사람들을 가르치고 있지. 넌 어때?"

— 그다지 자랑할 만한 상황은 아닙니다.

신의 주먹의 경사면을 따라 튕겨 내려가던 세 개의 은색 흔적은 이윽고 눈의 반사광과 한낮의 햇빛으로 빛나는 산마루에 묻혀 버렸다. 녹색 테두리가 깜빡거리는 점 두 개가 산마루에 있는 틈새 속을 기어올랐다.

— 루이스, 우선 이 문제에 집중하지요. 내가 십 년 전에 보여 주었던⋯⋯.

"기억하고 있어. 그때와 동일한 화면인가?"

— 예. 사흘 전에 흡혈귀 둥지 위에 떠 있는 구조물의 가장자리에서 찍은 영상입니다.

"직조인들에게 이걸 보여 줬던 거야?"

— 예.

확대된 화면에 바퀴가 여섯 개 달린 크고 조악한 차량들이 등장했다. 증기기관을 이용하는 것 같았다. 그 가운데 한 대는 경사면 위쪽을 향해 방향을 바꾸고 있었다. 화면이 또 다른 차량의 운전석을 확대해서 보여 주었다.

— 저건 기계인들입니까?

루이스가 화면을 보고 대답했다

"맞아. 턱수염을 봐. 게다가 기계인들이 몰고 다닐 법한 차량이잖아. 이봐, 너도……."

— 루이스, 내 컴퓨터의 인식 프로그램이…….

"저건 발라야!"

| 눈주자Snowrunner의 길 |

불꽃 벽은 낮았고 기세가 줄어든 것처럼 보였다.

산들을 그런 시각으로 보는 사람은 발라뿐이었다. 둥근 곳에서 온 루이스 우는 그녀에게 이 세상이 가면이라고 가르쳤다. 루이스와 괴상한 친구들은 이 세상의 어두운 아랫면을 들여다보았다고 했다. 그 방향에서 보면 바다는 툭 튀어나와 있고 산맥은 연결된 구덩이라고 했다. 이 세상의 아래쪽에 있는 엄청나게 큰 관이 바다 밑바닥에 쌓인 플럽을 운반하며, 그렇게 운반된 플럽은 링 벽 너머에 있는 '흘러나온 산'으로 간다는 것이었다.

불꽃 벽은 어떤 존재가 심미학적인 충동에 따라 새겨 놓은 것이었다. 그 존재는 여행자들의 편의를 위해 산맥에 길도 새겨 두었다. 여러 붉은 유목인 부족들과 그들이 키우는 가축이 뒤로 물러나는 거울꽃을 따라가며 '눈주자의 길'을 건넜다. 그중 한 부족 출신인 두 사람이 이제 순찰차를 안내하고 있었다.

순찰차가 눈주자의 길의 가장 높은 구역을 지나는 동안 밤이 태양의 끝을 붙어뜯었다. 일행은 한 명의 예외도 없이 실로 여러 해 만에 처음으로 푸른 하늘을 보는 것이었다. 모두들 그 사실을 기뻐했다. 아래쪽에는 틈이 없는 구름이 펼쳐져 있었다.

땅에 눈이 쌓여 있었는데, 그리 깊지는 않았지만 순찰차의 바퀴가 미끄러지기에는 충분했다. 발라는 쉽사리 방향을 틀지 못했다. 좌우에 있는 산들이 불빛을 뿜었고, 눈밭은 직사광선을 반사하고 있었다.

운전석의 아래쪽 뒤편에서 와스트가 누군가에게 얘기했다.

"우리가 여길 지나갈 때는 눈이 없었다. 거울꽃들이 눈을 모조리 태워 버렸으니까."

와스트의 몸에 반쯤 가려져 있는 테거가 말했다.

"거울꽃은 구름을 싫어하지. 그것들은 움직이는 물체를 모조리 태워 버린다. 와스트, 수레를 이렇게 늦은 낮 시간까지 분리해 둬도 괜찮은가?"

"어쨌든 결정을 해야 한다."

와스트가 단호하게 말하자, 붉은 유목인이 인상을 찡그렸다.

"물론 운전자들이 지시를 내릴 거다. 하지만 생각해 봐라. 여러 짝들이 갈라졌다. 발라버질린과 케이워브리미스가 그렇고, 비탄에 젖은 관과 하프장이도 그렇다. 케이워브리미스와 치타쿠미샤드는 둘 다 남성이지. 흡혈귀와 만나면 어떻게 되겠는가? 와비아와 나는 따로 떨어져 있는 편이 안전하다. 비지는 당신과 함께 있고, 파룸은 트웍과 함께 있고, 마낵은 코리액과 함께 있다. 하지만 나머지는 어떡할 건가?"

발라는 그 얘기를 못 들은 척하며, 1호 순찰차의 방향을 틀어 긴 내리막으로 향했다. 붉은 유목인들은 그런 식으로, 다른 사람들이 엿들을 수 있도록 이견을 표했다. 짝이라니! 굽이를 한 번 더 돌자 폭이 넓은 갈색 강이 시야에 들어왔다.

붉은 유목인은 일부일처제를 따랐고 짝도 맺었다. 그들은 떨어져 있는 것을 좋아하지 않았다. 그런데 순찰차는 두 대였고 안내인도 둘이 필요했다. 순찰차마다 운전자가 있어야 하기 때문에 케이와 발라도 떨어져 있어야 했다. 하지만 두 사람은 짝을 맺은 사이가 아니었다!

실랙이 2호 순찰차를 앞서더니 그녀를 따라왔다. 발라는 연료관을 잠그고 순찰차를 세웠다. 채집자들은 바람처럼 빨리 달릴 수 있었다. 실랙이 씨익 웃으면서 그녀를 올려다보고는 잠시 동안 호흡을 가다듬었다. 그가 말했다.

"케이워브리미스가 훨씬 더 위로 가 보고 싶다고 한다."

발라는 뒤를 돌아보았다. 길 왼쪽으로 산 정상이 아주 완만하게 솟아 있었다. 케이는 만년설이 쌓인 곳으로 올라가서 주변을 살펴볼 셈인 것 같았다.

"기다리라는 얘긴가?"

"케이워브리미스는 먼저 가라고 했다. 위험할 것 같으면 순찰차를 세우고. 그러면 우리가 지켜보고 있다가 도우러 갈 거다."

실랙은 그렇게 말하고 가 버렸다.

케이와 같은 차를 탄 동료들이 비탈 위에서 짐을 내리고 있었다. 짐이 상당히 많았기 때문에 파룸과 트월이 없다면 엄청난 시간이 걸릴 작업이었다. 2호 순찰차는 숨을 수십 번 쉴 만한 시간이 흐른 뒤에야 움직이기 시작했다. 케이는 운전석에 있었고 다른 탑승자들은 뒤에서 차를 따라 걸었다. 물론 굴은 예외였다. 비탄에 젖은 관은 해 질 무렵이 돼야 일어날 수 있었다.

이제 케이 일행은 굽이에 가려져 보이지 않았다.

1호 순찰차에는 발라와 사바로, 와스트와 비지, 마낵과 코리액, 테거, 하프장이가 탑승하고 있었다. 다들 하나같이 화물칸에 가까이 가지 않았다. 화물칸은 그 어느 때보다 깨끗했고 아무 냄새도 나지 않았다. 굴인 하프장이는 그처럼 어두운 장소를 좋아할 것이었다. 하지만 다른 사람들과 마찬가지로 천막 아래, 담요를 깔아 둔 발판 위에서 차례를 지키며 머물렀다.

2호 차에 탄 기계인은 둘 다 남성이었다. 발라와 케이는 치타를 데리고 가야 할지 쉽게 결정하지 못했다. 소파시를 데려가는 쪽이 더 좋았지만 임신 중인 소파시의 안전을 보장할 수가 없었다. 흡혈귀가 공격하는 동안 치타를 묶어 놔야 했던 건 사실이지만 그는 영리하고 도구를 능숙하게 다루는 사람이었다.

발라는 크게 걱정하지 않았다. 리샤스라라는 최후의 수단이 있었기 때문이다.

1호 차는 구름 마루 바로 밑에 도달한 상태였다. 하늘이 어두워지는 것으로 보아 태양이 반쯤 가려진 것 같았다. 그렇다면 저 아래쪽에 있는 강에서는 어떤 일이 벌어지고 있을까?

"테거, 뭐가 보이는지 말해 봐. 강 쪽은 상황이 어떻지?"

채집자들은 근시이기 때문에 먼 데를 볼 수가 없었다. 기계인은 시력이 좋지만 붉은 유목인을 따라갈 수는 없었다. 테거가 민첩하게 운전석으로 기어오르더니 손을 눈썹에 대고 흘끗 본 다음 훨씬 더 높은 포탑 위로 올라갔다.

"흡혈귀가 있다. 둘이다. 몸을 숨기고 있군. 발라버질린, 무슨 소리가 들리나?"

"아니."

"노래를 부르고 있는 것 같고…… 검은 물체가 물 위로 나오고 있다. 진흙 강 사람들은 어떻게 생겼지?"

"물에 젖어 있고 검은색이다. 키는 당신과 비슷하지만 몸집이 더 작고 유선형이고……."

"팔이 짧고 손이 크고 물갈퀴가 있지? 다리도 마찬가지고? 흡혈귀가 진흙 강 사람 하나를 꾀어냈다. 그리고 흡혈귀 하나가 하류 쪽으로 이동하고 있다. 아마 성별이 안 맞는 모양인데 여기서는 식별이 어렵다. 저기까지 얼마나 빨리 이동할 수 있나?"

"시간에 맞추지 못할 거다."

진흙 강 사람을 구하기에는 시간이 부족했다. 흡혈귀와 진흙 강 사람이 가까워지고 있었다. 발라는 피부가 창백한 사람 둘과 검은 사람 하나를 보았다.

창백한 사람 하나가 천천히 강가로 이동했다. 검은 사람은 어기적거리면서 남아 있는 흡혈귀에게 다가섰다. 흡혈귀가 두 팔로 그를 껴안고 잠시 뒤 진흙 쪽으로 몸을 내던졌다. 웅크리고 있던 검은 사람이 두 팔을 뻗은 자세로 다시 다가섰다. 흰 사람은 살이 없는 엉덩이를 땅에서 떼지 않고 재빨리 뒤로 물러났다. 그런 다음, 용기를 되찾았는지 배가 고파서인지는 알 수 없지만 상대방의 포옹을 받아들였다. 검은 사람이 흰 사람에게 몸을 비볐다.

발라는 창백한 사람이 야생 고양잇과 동물처럼 울부짖는 소리를 들었다. 그는 검은 사람에게서 빠져나오더니 강가를 따라 상류 쪽으로 도망쳤다. 검은 사람은 흰 사람을 따라잡을 수 없었고, 그대로 서서 울부짖었다. 쓸쓸한 울음이었다.

"저기까지 얼마나 걸리지?"

테거가 다시 물었다.

"해 질 녘이 되기 전에 내려갈 수 있을 거다. 그러면 씻을 수 있겠지. 그다음에는 방어 상태를 확인해야 할 거고. 2호 차가 고지에 남아 있으면 좋을 텐데. 마낵, 듣고 있나? 코리액?"

"듣고 있다. 2호 차는 동이 틀 때까지 높은 곳에 머무를 거다."

코리액이 대답했다.

"케이워브리미스에게 전해라. 2호 차에 남아 있으라고 해! 해가 졌을 때 비탈에 혼자 있지 말라고 전해."

비지가 쇠뇌를 치켜들고 일어서더니 앞으로 나아가다가 오른쪽으로 방향을 바꿨다. 사바로는 포를 살피고 있었고, 테거는 그보다 높은 곳에 앉아 있었다.

검은 사람이 강가의 축축한 진흙 위에 낙담한 채 누워 있다가 몸을 굴렸다. 그는 경사로를 내려오는 순찰차를 발견하고 그대로 기다렸다.

마낵이 발판에서 뛰어내려 앞으로 달려 나아갔다. 발라는 권총을 손에 들고 발사할 채비를 했다.

흡혈귀가 노래를 불렀다.

노래는 흡혈귀의 작품이 분명했다. 발라의 신경 마디마디가 흥분하기 시작했다. 마낵은 경련하듯 발을 멈췄다. 발라가 노리고 있던 목표물이 시야에서 사라졌다.

진흙 강 사람은 느릿느릿 덤불 쪽으로 걸어갔다. 두 번째 흡혈귀가 조심스럽게 걸어 나와 그를 맞이했다. 흡혈귀는 남성이었다. 남자 흡혈귀가 애원하듯 두 팔을 들어 올렸다.

발라는 머릿속에서 미친 듯이 부글거리는 냄새와 음악을 이겨내며 방아쇠를 당겼다. 총알이 흡혈귀의 겨드랑이에 명중했다. 그 충격으로 흡혈귀의 몸이 거칠게 날아갔다. 어둠이 거의 다 내려앉은 상태이다 보니 흡혈귀의 피도 다른 인류의 피처럼 붉어 보였다. 흡혈귀 냄새가 코를 더 강렬하게 자극했다. 발라는 수건을 끌어 올리고 후추파 냄새를 들이마셨다.

마낵은 뒤쪽에서 꼼짝하지 못했다. 진흙 강 사람은 쓰러진 흡혈귀의 몸에 기대고 있었다. 흡혈귀의 몸이 고통 때문에 꿈틀거리다가 축 늘어졌다.

발라는 두 사람 옆에 순찰차를 댔다. 탑승자들이 발판에서 내려섰다.

반들반들한 흑발, 굵고 짧은 팔다리, 커다란 손발, 유선형 신체와…… 옷. 여성 진흙 강 사람의 상체는 다른 생물의 갈색 털로 덮여 있었다. 그녀가 고개를 들고 흡혈귀 남성의 몸을 힘겹게 밀어내더니 말했다.

"반갑다. 내 이름은 워블리추그……."

그녀의 입에서 음절이 액체처럼 흘러나왔고 미소가 뒤를 이었다. 발라가 발음할 수 없는 이름이었다.

발라는 말했다.

"반갑다, 워블. 나는 발라버질린이다. 흡혈귀가 왜 당신을 죽이지 않은 거지?"

"이것 때문이다."

여자가 그렇게 말하면서 복부가 불룩한 몸을 두 손으로 가리켰다. 그녀는 목에 딱딱하게 굳은 옷가지를 두르고 있었다. 양옆으로는 털을 밀어 버린 부드러운 가죽이 있고 남은 부분, 즉 가슴과 등에는 다른 수중 생물에게서 취한 털가죽이 있었다.

"우리는 '깊은 호수'를 떠다니는 포식자에게서 젤을 얻어 온다. 깊은 호수는 땅을 가로질러 반나절쯤 떨어진 곳에 있지. 젤잡이는 침으로 물고기를 쏴서 잡아먹는데, 그 침이 젤 속에 있다. 우리는 수달 모피에 젤을 바른 다음 수영할 때 팔을 붙이는 옆면의 털은 밀어 버린다. 흡혈귀는 침을 싫어하지만, 끝나고 나면 반드시…… 반드시……."

그녀는 마낵을 바라보았다.

"작고 용감한 자여, 수영을 할 수 있는가? 잠시 동안 숨을 참을 수 있는가?"

"나는 물에 빠지면 죽는다."

마낵이 대답했다.

여자가 발라에게 말했다.

"'고향 흐름' 부족에게는 이런 조끼가 네 개밖에 없다. 흡혈귀 때문에 우리는 수많은 팔란이 지나도록 강가로 올라오지 못했지. 하지만 우리 중 누군가가 가끔씩 조끼를 입고 올라와서 흡혈귀에게 우릴 끌어안게 만든다면, 흡혈귀들은 진흙 강 사람들을 건드리지 말아야 한다는 사실을 깨닫게 될 거다. 그러면 우리도 한동안 강가에서 먹이를 구할 수 있겠지."

"보통 용감한 게 아니구나."

"보루블에게 내 용기를 보여 줘야 했다. 그를 내 짝으로 만들고 싶으니까."

"흡혈귀 냄새를 몸에 묻히고 싶은 생각도 있었겠지."

와스트가 여자를 흘겨보며 말했다.

"플립! 쓸데없는 소리는 하지 마라. 거기 당신, 붉은 유목인! 호흡을 몇십 번 참을 동안 물속 깊이 들어갈 수 있는가?"

테거가 고개를 저었다. 같은 질문이 반복되자 싫증이 난 것이다. 여자가 한숨을 쉬었다.

"우리도 리샤스라가 있다는 얘기는 들었지만 한 번도 해 본 적이 없다. 짝을 지어야만 하니까! 난 보루블에게 좋은 소식을 들려줄 생각이다. 손님이 왔다는 것도 알려 주고. 여기 개펄에서 기다리고 있어라. 저 멀리서 흡혈귀가 오지는 않는지 지켜보고."

여자는 발라가 재치 있는 대답을 생각해 내기도 전에 진흙을 가로지르더니 물속으로 사라졌다.

물속에 흡혈귀와는 다른 위험이 존재할 수도 있었다. 일행은 하나같이 손에 날붙이를 들고 몸을 씻었다. 목욕이 끝나자 사바로와 채집자들이 물고기를 잡기 위해 상류로 이동했다. 발라도 그들과 동행하고 싶었지만 남아서 방어 준비를 해야 했다.

1호 차는 개펄에서 밤을 보냈다. 흡혈귀와 진흙 강 사람을 포함해 그들을 방문하는 사람은 아무도 없었다.

발라는 만사가 아주 순조롭게 진행된다고 생각했다. 예측하고 계획한 바에 비하면 훨씬 더 순조로웠다. 바로 그 점 때문에 그녀는 더욱 걱정이 되었다.

그들이 최종적으로 계획을 결정한 것은 사흘 전 밤이었다.

이 싸움에 참여하러 온 붉은 유목인은 넷이었다. 와비아와 테거는 남기로 했다. 하지만 짝을 맺지 않은 남성 두 사람, 즉 애나크린과 채이친드는 설득 끝에 붉은 유목인들의 국경으로 돌아가서 종족 전체의 운명을 좌우할 수도 있는 지시 사항을 전달하기로 했다. 완드는 흡혈귀에게 충분히 시달렸고, 그와 소파시는 아이를 가지게 된 같았다. 두 사람은 남아서 3호 차에 연료를 채우기로 했다. 그 결과 남은 운전자는 발라와 케이였고, 두 사람은 두 대의 차량에 나눠 탑승했다.

어느 쪽에 속할지를 일찍 결정한 탓에 매일 밤 논쟁이 끊이지를 않았다. 초원 거인이 산더미처럼 만들어 놓는 퇴비를 헤치며 여러 날 동안 전진하다 보니 기계인과 타 종족 사이에 진척이 없었다. 발라는 그게 원인이라고 확신했다. 다만 초원 거인의 똥 덕분에 질산칼륨 결정을 여러 통 얻을 수 있었다.

장벽 바깥을 그린 입체지도는 점점 더 정교하게 완성되어 갔다. 굴과 다른 종족이 함께 지도를 만들 수 있을 만큼 적당한 빛이 있는 때는 해 질 녘과 해 뜰 녘뿐이었다. 하지만 그들에게는 일 팔란, 칠십오 일이라는 시간이 있었다. 단순했던 흙은 색이 있는 찰흙으로 대체되었다. 눈으로 지형을 확인한 사람들이 모양새에 동의하고 나면 그 모양대로 석탄을 이용해 흙을 구워 냈고, 차량을 이용할 경우 길로 삼을 수 있을 법한 경로는 나중에 색이 있는 모래로 표시했다. 해가 지면 다들 실내에 모여 경로를 꾸준히 수정해 나갔다.

흡혈귀가 매일 습격해 오지는 않았다. 하지만 일단 공격하면 떼를 지어 몰려왔다. 흡혈귀들은 학습을 하지 못했고 정보를 서로 나누지도 않았다. 문와가 우현 방향으로 굽은 장벽 속에 늪지인이 만든 곡면 창문을 설치해 두었다. 흡혈귀들은 우현 쪽으로부터 공격해 왔고, 네 종족의 전사들은 보이지 않는 방어막의 가장자리 너머로 총과 쇠뇌를 쏘아 흡혈귀를 사살했다.

발라는 여러 날 밤에 걸쳐 싸우면서 쇠뇌의 사용법을 익혔다. 그녀는 무적이 된 것 같은 느낌이 마음에 들었다. 하지만 그 느낌은 거짓이었다. 창문으로는 흡혈귀 냄새를 막을 수 없었기 때문이다.

중심이 되는 건물은 반구형에 가까웠다. 흙벽의 꼭대기로부터 천이 드리워져 있고 가운데에는 기둥이 있었다. 건물은 무지막지하게 크고, 그 안에 무지막지하게 많은 사람들이 모여 있었다. 초원 거인 천오백 명이 한데 모여 뿜어내는 악취가 너무 짙어서 낮

칼로 베어 낼 수 있겠다는 생각이 들 정도였다. 그 천오백 명 속에는 여자가 남자보다 많고, 아이들이 엄청나게 많고, 유아들이 사방에 흩어져 있었다.

웸은 부인들 무리 안에 있었다. 부인들이 손을 써서 웸에게 음식을 먹이고 자신들도 먹었다. 웸은 상황을 즐기고 있는 것처럼 보였다. 사바로가 손을 흔들어 인사하자 웸도 일어서지 않은 채 손을 흔들었다. 흡혈귀 무리 속에 떨어졌던 경험에도 불구하고 두 사람은 잘 회복된 모양이었다. 사바로는 1호 차에 타려 했는데, 발라는 그가 완드와 소파시처럼 빠져나갈 속셈이었는지 아니면 딸을 데려간 흡혈귀를 추격할 작정이었는지 궁금했다.

초원 거인들은 체구가 컸지만 모여 있는 것을 마다하지 않았다. 발라는 기계인 입장에서 볼 때 그들에게 밟히지 않는 게 중요하다는 점을 깨달았다. 붉은 유목인은 짜증을 잘 냈기 때문에 거인들이 그들을 피해 다녔던 것이다.

붉은 유목인과 기계인이 위압감을 느낀다면 그들보다 체구가 작은 채집자들은 당연히 위협을 느끼지 않을까? 하지만 채집자들은 나름대로 전략을 발견한 듯했다. 몇 사람은 아이들과 놀아 주었고 어떤 사람은 성인 거인의 털을 손질해 주었다. 그들은 근시이기 때문에 기생충을 정확히 잡아낼 수 있었다.

투를이 열 명의 부인으로부터 빠져나와 적의 없고 정중한 말투로 발라에게 물었다.

"똥 더미에서 필요한 건 뽑아냈나?"

이제 비밀을 밝힐 때가 됐다는 얘기군.

"그렇다. 허락해 줘서 고맙다. 그 결정에 붉은 유목인들이 모아 온 숯과 황을 섞으면 총알을 밀어내는 추진제가 나올 거다."

"아."

투를이 놀라지 않은 척 연기를 했다. 발라는 속으로 생각했다. 투를은 화약을 만들 수 없을 거야. 혼합 비율을 모르니까. 하지만 이제 적어도 기계인이 성적인 이유로 똥에 집착한다고 생각하지는 않겠지.

그때, 정적 사이로 흡혈귀의 노래가 슬쩍 끼어들었다. 정적은 이내 침묵이 되었다.

하지만 이번에는 흡혈귀의 노래에 기악 반주가 곁들여졌다. 반주가 흡혈귀의 노래에 보조를 맞추다가 점점 커졌다. 발라는 하프장이와 비탄에 젖은 관의 소리는 물론이고 휘파람 관과 둔탁한 진동자의 소리를 구분하는 법을 익혀 두고 있었다. 굴 음악이 소용돌이를 이루면서 흡혈귀의 노래와 차이를 만들더니 사방을 뒤덮었다. 배경처럼 들리던 둔탁한 진동자의 소리가 점점 빨라지고 심장박동이 그 뒤를 따랐다. 이윽고 흡혈귀의 노래는 완전히 사라져 버렸다.

다음 날 새벽, 일행은 내리막을 구르듯이 내려갔다. 그리고 밤이 되자 강 위쪽 절벽에 야영지를 차렸다. 흡혈귀들은 습격해 오지 않았다.

그다음 날 일찍 그들은 진저로퍼 부족과 만났다. 붉은 유목인들이 연료를 준비해 두었다. 그들은 재물을 내주고 먼 곳에서부터 숯과 황을 수입해 왔다. 대가로 얻은 것은 별로 없었다.

순찰차에 짐을 다 싣기 전에 밤이 해를 가렸다. 붉은 유목인들은 차량 주변에 야영지를 마련했다. 흡혈귀가 몰려오자 붉은 유목인 사수들의 머리 위로 포탄이 불을 뿜었다. 동이 틀 때까지 마흔이 넘는 흡혈귀가 죽어 나갔다.

순찰차에는 교역용 상품도 있고 발라가 만든 선물도 있었다. 하지만 다양한 종족을 하나로 만든 건 흡혈귀 시체 사십 구였다.

다시 다음 날, 일행은 눈주자의 길을 통과했다.

낮에 이동한 거리는 지형의 복잡함과 고도와 경사와 종족에 따라 달랐다. 하지만 발라는 일행이 족히 이틀 거리를 이동했다고 추측했다. 내일 정오면 흡혈귀들의 은신처에 도달할 수 있을 것이다. 물론 곧장 그리로 뛰어들 만큼 정신이 나갔을 때에나 해당될 얘기였다.

아침이 되자 2호 차가 내려왔다. 와비아가 포신 위에 앉아 있고 그 위쪽에는 차양이 드리워져 있었다.

트웍이 기분 좋은 목소리로 말했다.

"와스트! 산지를 넘는 길 중에서 눈주자의 길이 제일 쉽다고 했지?"

"붉은 유목인과 굴이 모두 그렇다고 했으니 사실이겠지."

"그럼 흡혈귀도 그렇게 생각하겠네!"

2호 차는 승리를 거둔 일로 소란스러웠다. 심지어 비탄에 젖은 관도 그늘진 얼굴을 들어 빛을 받아들이고 눈을 가늘게 뜨며 괴이한 미소를 지은 다음 도로 고개를 숙였다. 그때만 해도 발라는 와비아가 입을 다물고 있다는 것을 깨닫지 못했다. 붉은 유목인들은 좀처럼 즐거워하는 법이 없었기 때문이다.

소란스러움 탓에 또 다른 종족까지 관심을 주었다. 발라는 축축하고 검은 머리들이 강가를 따라 솟아오르는 것을 보았다. 진흙 강 사람들은 그 이상 다가오지 않았고 발라도 별다른 행동을 취하지 않았다. 그러는 동안 케이와 치타와 트웍과 파룸과 퍼릴랙과 실랙은 서로 무용담을 나누고 있었다.

케이는 2호 차를 길 위쪽 바위 언덕에 세워 두었다. 기대와 달리 구름이 끊임없이 펼쳐져 있었지만 그는 얼마든지 기다릴 생각이었다. 그들은 시내를 건너면서 몸을 씻었다. 사흘 동안 두 번째 목욕이었다. 냄새가 완전히 가시지 않았다 해도 어쨌든 게으름을 피우지는 않은 셈이었다.

이제 일행들은 체취를 풍기면서 웃고 서로 몸을 만지고 먼저 말을 꺼내려고 툭탁거리고 있었다. 발라는 어젯밤 분위기가 어땠는지 짐작할 수 있었다.

머리 위로 어둠이 흘러갔다. 흡혈귀들이 길 위로 지나다니기 시작했다. 비탄에 젖은 관이 망을 보다가 경보를 울렸다.

2호 차에 실어야 하는 무거운 짐들이 아직 길 위에 쌓여 있었다. 짐에서 냄새가 흘러 나간 것이 분명했다. 케이는 짐이 쌓여 있는 곳의 우현 쪽을 포로 겨누고 기다렸다. 그는 포를 세 번 발사했고 흡혈귀 스물을 사살했다.

흡혈귀들은 잠시 동안 길로 들어서지 않았다. 그러다가 다시금 길을 가로지르기 시작했다. 케이와 동승한 사람들이 그 기회를 빌려 사격 연습을 하기도 했지만, 대개는 흡혈귀가 그냥 지나가도록 내버려 두었다. 화살과 총알은 회수해 다시 쓸 수 있었지만 화약은 그럴 수 없으니 아껴야 했다.

시간이 흐르자 흡혈귀들이 다시 모여들었다. 케이는 다시 포를 쏘다가 멈췄다.

"발라, 저것들이 포로를 데리고 있어. 남자들은 덩치가 크고 손도 크고 어깨도 넓고, 여자들은 키가 남자보다 머리 하나 정도 작고 통통해. 하나같이 금발이 버섯처럼 풍성하게 부풀어 있고. 와비아가 더 자세히 봤을 것 같은데. 와비아?"

와비아가 퍼뜩 정신을 차렸다.

"'경작자'에 대해서는 우리가 알고 있다. 풀을 먹는 사람들이다. 뿌리를 먹는 식물을 키우고 동물도 기르지. 붉은 유목인들이 그들과 연합을 맺고 지켜 준다. 어젯밤에는 붉은 유목인을 한 명도 못 봤는데."

파룸이 말했다.

"그자들은 모여 있지도 않고 도망치려고 들지도 않았다. 각자 하나씩 흡혈귀를…… 음, 짝을 데리고 있었지. 흡혈귀만 골라서 쏠 수가 없었다. 그래서 짝이 없는 것들을 몇 놈 쏘고……."

트윅이 끼어들었다.

"우리를 향해서 노래를 불렀다. 비탄에 젖은 관도 악기를 연주했지. 그러자 놀라서 도망쳐 버렸다!"

케이가 말했다.

"포로 때문에 포를 쏠 수가 없었어. 어떤 도움도 줄 수 없었지. 세상에 포로를 데리고 다니는 흡혈귀가 있다니 말이 돼?"

테거도 한마디 했다.

"그건 가축이었다."

그는 와비아를 뚫어져라 쳐다보면서 넋이 나간 사람처럼 말했다. 와비아는 아무도 보고 있지 않았다. 하지만 테거의 말에 숨은 뜻은 추했다. 그냥 추한 것이 아니라 두 배는 추한 생각이었다. 그의 말이 맞다면 거북스럽게도 흡혈귀 중에 지능이 있는 인류가 존재한다는 뜻이었다.

케이가 말했다.

"우리가 느끼기에 해 뜰 녘이 되기 전까지는 바람이 차고 축축했고 공기가 맑았어. 그다음에 흡혈귀들이 다시 길을 건넜지. 그때는 포로가 보이지 않았어. 그놈들은 도망쳤는데 아마 죽은 동족 냄새 때문에 예민해졌을 거야. 사격 결과도 괜찮았지. 그때 바람이 근처에 머물면서 우리도 그놈들 냄새를 맡게 됐어."

비탄에 젖은 관은 차양 밑에서 먼 곳을 감시하며 귀를 기울이고 있었다. 하지만 그녀의 얼굴은 그림자에 가려 전혀 보이지 않았다. 그녀가 말했다.

"케이워브리미스, 나라면 그놈들을 쫓아갔을 거예요. 우리가 연주하는 음악을 들으면 놈들은 혼란에 빠지고 꼼짝도 하지 못하니까요."

케이가 발라를 쳐다보았다.

"알 게 뭐야. 어쨌든 나는 비탄에 젖은 관에게 리샤스라를 하자고 제안했어."

그 말에 숨은 뜻은 이랬다.

'저 굴 여자가 흡혈귀에게 홀릴 뻔했다고!'

"비탄에 젖은 관이 악기를 연주했고 우리는 함께 숨을 줬지. 와비아는 맞서 싸우지 않았다고 나를 질책하는데, 다른 사람들도 그게 어떤 상황인지 곧 깨닫고는……."

다들 웃는 가운데 하프장이가 아주 낮고 뚜렷한 목소리로 속삭였다.

"저 남자 어땠어?"

비탄에 젖은 관이 대답했다.

"영감을 줬어. 파룸도 그랬고."

"우리는 전부……."

케이가 갑자기, 아주 찰나의 순간 말을 멈췄다. 하지만 발라는 그 간격을 알아차렸다.

"우리는 전부 동참했어. 무슨 얘긴지 알겠지, 발라. 놈들을 길에서 쫓아냈다는 얘기야. 사격을 중지하자마자 놈들이 폭 넓은 강에 물이 흐르듯 넘쳐 났다고. 놈들 냄새가 얼마나 진했는지 잘라서 벽돌을 만들었다가 노인들에게 팔 수 있을 정도였다니까."

테거가 짝을 바라보았다. 발라는 와비아가 아무 말도 하지 않아 그의 심기가 불편한 거라고 생각했다. 하지만 테거는 안 좋은 일이 벌어졌을 거라고는 생각 못 한 모양이었다.

케이가 말했다.

"투를은 트웍이 몸집이 작아서 우리와 함께 보냈을 거야. 정확한 판단이었지."

트웍이 그를 보며 환하게 웃었다. 와비아는 얼굴을 딱딱하게 굳힌 채 아주 먼 곳을 바라보고 있었다.

"그렇게 밤의 십분의 일이 지나갔을 거야. 그다음에 바람의 방향이 바뀌었는데, 그걸 깨달은 건 시간이 조금 흐른 뒤였지. 흡혈귀 냄새는 사라졌지만 그 대신 우리가 냄새를 풍기고 있었어. 그때 치타가 뭘 봤냐면……."

치타가 말을 받았다.

"흡혈귀들이 얼음을 넘어서 우리에게 기어오고 있었어. 놈들은 눈과 구분이 되지 않을 정도로 흰색이었지."

"돌풍이 불더니 그치지를 않았어. 놈들은 우리 냄새를 한 모금 들이켜더니 주변을 살폈지. 아마 우리 존재를 알아챘을 거야."

케이의 말에, 파룸이 덧붙였다.

"놈들의 수는 열의 열 배쯤 되었다."

"아침이 다가오자 놈들은 접근을 완전히 멈췄어. 길에는 우리가 죽인 흡혈귀들이 양탄자처럼 깔려 있었지."

다시 케이.

"이 세상에 죽은 흡혈귀 백 놈의 악취보다 더 심한 건 없다. 놈들도 죽은 동족은 피해 다닌다."

트웍이 말하자 발라는 고개를 끄덕였다.

"그건 기억해 둬야겠군."

"해 뜰 녘에 짐과 화살과 총알을 모두 챙겼다. 발라, 우리는 그때 그림자 둥지를 봤다."

"자세히 얘기해 봐."

"와비아?"

트웍의 부름에, 붉은 유목인 여성이 아래를 내려다보지도 않은 채 입을 열었다.

"우리는 여전히 어둠 속에 있었고, 회전 방향에서 낮의 빛이 우리를 향해 흘러왔다. 다들 지쳤지만 나는 포탑 위에서 자리를 지키고 있었지. 그때 구름이 갈라졌고 검은 줄 두 개가 눈에 들어왔다. 거리를 가늠할 수 없고 높이도 알 수 없었지만 구조물이 놓인 검정 판이 위에 떠 있었다. 중심부 높은 곳에서 은빛이 반짝거리고 아래쪽에는 검정 그림자가 평행하게 드리워져 있었다."

"하프장이가 말했던 것과 별반 다르지 않군."

발라가 까다롭게 말하자 와비아의 분노가 반짝이다가 금세 사라졌다.

"은색으로 빛나고 굽이치는 강물이, 그러니까 이 강물이 그림자 속으로 흘러드는 것도 봤다."

"그림자 둥지라면 우리가 알고 있다."

낯선 목소리가 들려왔다. 성별도 알 수 없고 나이도 알 수 없으며 번들거리는 검정 사람이 물 밖으로 미끄러져 나오더니 진흙을 밟고 우뚝 섰다.

"내 이름은 루발라블이다. 고향 흐름에 온 걸 환영한다. 얼마든지 자유롭게 통과해도 좋다. 난 다른 사람보다 공통어the Tougue

를 잘 구사한다. 리샤스라를 원하는 사람은 없다고 들었는데?"

"물속에서는 못한다는 뜻이었다."

발라는 유감스럽다는 듯 말했다. 그럴 수만 있었다면 대성공이었을 텐데.

"그림자 둥지를 안다고 했나, 루발라블?"

"그림자 둥지는 벽이 없는 동굴이다. 검정 지붕은 둘레가 천오백 걸음쯤 되고 사방이 뚫려 있지. 흡혈귀들은 우리 종족이 생기기 전부터 그 지붕 밑에 살며 번식하고 있었다."

하프장이가 차양 밖으로 나오지 않은 채 발라만 들을 수 있도록 말했다.

"둘레가 천오백 걸음이라는 건 지름이 오백 걸음에 못 미친다는 뜻이에요. '수중인'의 걸음으로 말이죠. 초원 거인 걸음으로는 이백, 나머지 종족의 걸음으로는 삼백이에요. 우리도 지름이 삼백 걸음이라고 들었어요."

발라는 물었다.

"루발라블, 지붕은 얼마나 높은가?"

루발라블은 끼익 소리를 빠르게 연달아 주고받으며 물속에 있는 누군가와 대화를 하고 나서 대답했다.

"퍼드가블라들도 그건 모른다고 한다."

끼익 소리가 더 이어지더니 그가 다시 말했다.

"강풍이 불어도 비를 막아 줄 만큼 낮다고 한다. 이해해 주기 바란다. 거기 가 본 사람은 퍼드가블라들이 유일하다."

"그림자 둥지 아래쪽의 고향 흐름은 어떻지? 흡혈귀도 수영을 할 수 있는가?"

끽끽거리는 목소리가 빠르게 재잘댔다. 한 사람이 걸어 나오더니 루발라블과 수다를 떨었다. 그 사람의 머리와 입이 있음 직한 자리에는 하얀 털이 나 있었다.

루발라블이 말했다.

"그곳을 통과할 때는 바다에 배를 대야민 힌다. 이제는 아무도 거기로 가지 않는다. 폐수가 흐르고 홍키가 생길 때도 있기 때문이지. 그리고 흡혈귀는 절대로 수영을 하지 않는다."

'홍키'는 처음 듣는 단어였다.

"홍키란 죽은 자들의 길이에요."

하프장이가 여전히 모습을 숨긴 채 말해 주자 발라는 고개를 끄덕였다.

와비아가 포탑 안으로 들어가 버렸다. 토론 내용이 다양해지는 가운데 발라는 2호 차를 지켜보았다. 와비아는 다시 모습을 드러내지 않았다. 테거도 보이지 않았다.

진흙 강 사람들은 여러 세대에 걸쳐 흡혈귀를 관찰해 왔지만 그 결과는 어디까지나 그들 나름의 관점에서 나온 것이었다. 흡혈귀들은 이따금씩 고향 흐름 속으로 시체를 굴려 넣곤 했다. 한 번에 버리는 시체는 수백 구에 이르렀고, 흡혈귀를 포함해 열 종족에서 스무 종족가량의 시체가 섞여 있었다. 그런 일이 벌어진 다음에는 물고기가 넘쳐 나기 마련이었다. 한때는 그 시기를 알아 두는 게 득이 됐지만, 퍼드가블라들은 나이가 들었고 마지막으로 그림자 둥지에 가 본 뒤 이십 팔란이 넘는 시간이 흘렀다.

물고기를 제외하면 그림자 둥지를 가로질러 넘어갈 만한 이유가 전혀 없는 것이다.

발라는 목소리를 낮추고 물었다.

"하프장이, 고향 흐름에 버려진 시체는 당신들 손에 들어가지 않은 거지?"

"그 시체는 물고기가 먹죠. 그리고 고기잡이들이 물고기를 먹어요. 따라서 최종적으로는 전부 우리 소유가 되는 거예요."

"플립! 너희는 시체를 강탈당하고 있는 거잖아."

"발라버질린, 흡혈귀는 동물이에요. 동물은 훔칠 줄 몰라요."

"그림자 둥지에 갔다가 살아서 돌아올 수 있는 건 진흙 강 사람뿐이다. 그런데 이런 질문들은 왜 하는 거지? 이렇게 많은 종족들이 여기엔 무슨 일로 온 건가?"

루발라블의 질문에, 비지가 발라보다 먼저 대답했다.

"우리는 흡혈귀 문제를 끝장내러 간다. 흡혈귀의 고향을 공격할 예정이지. 흡혈귀 때문에 여행할 수 없는 종족들이 우리를 돕고 있다."

그 얘기를 듣고 진흙 강 사람들이 토론을 시작했다. 발라는 그들이 소리 없이 웃는 것을 보았다. 어쩌면 그건 그녀의 착각일 수도 있었다.

루발라블이 말했다.

"발라버질린, 우리는 너희 무리에 굴이 있는 걸 봤다."

"야행인 두 사람이 함께 여행하는 중이지. 다른 종족들은 친구로서 우리와 함께하고 있고. 루발라블, 굴들은 햇빛을 좋아하지 않아서 나서지 않는 것뿐이다.”

“굴과 흡혈귀는 전부 야행인이다.”

굴과 흡혈귀가 연합하고 있다는 뜻인가?

“두 종족은 같은 지역에서 같은 먹잇감을 두고 경쟁하지. 솔직히 말해 상황은 그보다 더 복잡하지만⋯⋯.”

“굴이 같은 편이라고 확신하는가?”

사실 발라는 일 팔란 내내 굴의 동기가 궁금했다.

“그래, 확실히 믿는다.”

“우리는 너희 여행에 동행할 수 없다.”

“알고 있다.”

“그래도 너희 수레를 고향 흐름과 나란히 몰겠다면 곁에서 따라갈 수는 있다. 퍼드가블라들과 내가 가겠다. 이것저것 설명을 해 주지. 조끼를 입고 하류로 가서 우리가 배운 사실들을 알려 주겠다.”

진흙 강 사람들과 발라 일행은 자세한 계획을 세웠다. 뜻밖의 행운이었다. 발라는 논의에 귀를 기울여야 한다고 생각했지만 테거와 와비아가 보이지 않는다는 사실이 마음에 걸렸다.

| 정령 |

테거는 크고 하얀 바위에 등을 기대고, 엉덩이를 발뒤꿈치 위에 얹은 채 쪼그리고 앉아서 꼼짝도 하지 않았다. 주위가 온통 수풀이라 몸을 숨길 수 있었다.

붉은 유목인들은 그런 식으로 사냥을 했다. 테거는 머릿속으로 사냥을 하고 있었다. 그가 찾는 것은 그 자신이었다. 그는 별다른 생각 없이 두 손으로 칼날 모서리를 훑고 있었다.

테거의 생각은 수면 위에서 노니는 중이었다. 그보다 깊은 곳에는 와비아에 대한 생각이 자리 잡고 있었고, 테거는 그 생각과 마주할 자신이 없다는 걸 잘 알고 있었다.

그는 끊임없이 들려오는 커다란 물소리에 맞춰 머리를 흔들었다. 이런 상태라면 다른 생물이 다가오는 소리를 들을 수 없으리라. 하지만 냄새는 맡을 수 있고 주변의 수풀이 움직이는 것도 알아챌 수 있었다. 칼을 사용하면 제 몸은 충분히 지킬 수 있는 것이다.

움직이는 것들은 전부 강가에 있었다. 어느 순간부턴가 협상이 단체 수영으로 바뀌었다.

칼로 자살할 수도 있지. 칼날이 향하는 방향만 바꾸면 돼. 아니면 바위에 올라가서 뛰어내릴까? 테거의 그런 생각들은 마음의 수면 위를 뛰어다닐 뿐이었다.

"테거 후키-탄다탈."

테거는 깜짝 놀라 바위 위로 뛰어오른 다음 생각을 하기도 전에 칼을 사방으로 휘둘렀다.

흡혈귀는 말을 못하는데. 그럼 도대체……

그 목소리는 강물 소리보다 살짝 크고 너무 낮았기 때문에 테거는 자신이 잘못 들었는지도 모른다고 생각했다.

그때 목소리가 다시 말을 걸었다.

"난 너를 해칠 수 없다, 테거. 하지만 소원은 들어줄 수 있지."

주위에 살아 움직이는 것은 하나도 없었다. 테거가 물었다.

"소원이라고?"

정령이 나를 찾아낸 걸까?

"나는 한때 살아 있는 여인이었다. 지금은 다른 사람이 더 나은 자신으로 탈바꿈하는 걸 돕고 있지. 나에게 부탁할 게 있나?"

"나는 죽고 싶다."

잠깐의 침묵이 지나고 목소리가 말했다.

"쓸데없는 낭비다."

테거는 속삭임 속 깊은 곳에서 힘겹게 삐그덕거리는 소리를 들을 수 있었다. 이유는 몰랐지만 칼을 휘두른들 상대를 당해 내지 못할 것 같았다. 그는 말했다.

"기다려 다오."

"기다리지."

목소리가 한층 더 가까워졌다. 지금까지 아무 생각도 하지 않고 두 번이나 말을 뱉었지만 그래도 순식간에 살해당하지는 않았어. 나는 살고 싶었던 건가? 만약에 소원이 이루어질 수 있다면…….

"어젯밤에 어떤 일이 벌어졌다. 그걸 되돌리고 싶다."

"그건 불가능하다."

2호 차에 탄 남성 모두가, 체형이나 상성이나 먹는 음식 종류와 상관없이 테거의 짝과 짝을 지었다. 테거는 그자들 모두가 죽어야 한다고 생각했다. 그럼 그녀는?

……그 사실을 알고 있는 사람은 단 하나도 예외가 될 수 없었다. 테거는 마음속에서 일어나는 거부 반응에도 불구하고 와비아 역시 마찬가지라고 생각했다.

놈들이 와비아에게 그런 짓을 했기 때문이야. 나에게도. 흡혈귀 놈들! 사람들 절반을 죽여 달라고 소원을 빌어야 할까? 무방비 상태가 되면 나머지 반도 결국은 죽겠지. 진저로퍼 부족 사람들은…….

테거는 흡혈귀 병이 퍼져 나가기 전에 붉은 유목인들이 멸종할 수도 있다는 사실을 불현듯 깨달았다. 서로 믿을 수 없게 된 남녀들은 화를 내며 갈라설 테고, 가족과 부족은 뿔뿔이 흩어질 것이다. 그리고 흡혈귀에게 차례대로 잡아먹히리라.

테거는 말했다.

"이 세상에 있는 흡혈귀를 모조리 죽여 다오."

속삭이는 목소리가 대답했다.

"그럴 만한 힘은 없다."

"그럼 어떤 힘이 있지?"

"테거, 나는 마음이고 목소리다. 나는 여러 가지를 알고 있다. 너보다 먼저 알고 있는 일도 있지. 나는 절대로 거짓말을 하지 않는다."

쓸모없는 생물 같으니라고.

"정령이여, 당신의 의도는 훌륭하지만 능력이 그에 미치지 못하는구나. 그럼 식사용으로 쓸 물고기는 구해 줄 수 있나?"

"그건 가능하다. 기다릴 수 있나?"

"그럴 수 있지만 꼭 그래야 하나?"

"모습을 드러낼 수 없기 때문이다. 하지만 물고기 잡는 법을 가르쳐 주는 건 아주 빨리 끝낼 수 있다."

맞는 말이었다. 물가에는 사람이 많이 모여 있었다.

"이름이 뭐지?"

"원하는 대로 부르면 된다."

"'속삭임'은 어떤가?"

"좋다."

"속삭임, 난 흡혈귀들을 죽이고 싶다."

"그건 네 동료들도 마찬가지다. 그들에게 돌아갈 텐가?"

테거는 몸서리를 쳤다.

"아니."

"앞으로 뭐가 필요하게 될지 생각해 봐라. 지금 네가 알아야 할 건 흡혈귀의 힘이 네 칼보다 훨씬 더 강력하다는……."

테거는 신음을 내고, 고개를 푹 숙이고, 두 손으로 귀를 막았다. 속삭이는 자는 한참을 기다려 주다가 말을 이었다.

"너는 방비를 해야 한다. 그러자면 목록을 만들어야지."

"속삭임, 나는 저자들하고 얘기를 나눌 생각이 전혀 없다."

테거는 투를네 부족과 함께 일 팔란에 걸쳐 밤을 보낸 기억을 떠올리기 시작했다. 그와 와비아는 일부일처 습성 덕분에 다른 사람들보다 흡혈귀의 유혹에 더 강하다는 점을 계속 역설했다. 하지만 다른 종족들은 그 얘기를 듣고 화를 냈다.

속삭임이 말했다.

"첫 번째 차량에는 하프장이밖에 없다. 그는 자고 있고, 설사 잠에서 깬다 해도 너를 방해하지 않을 거다. 가서 앞으로 쓸 것들을 챙겨 와라."

발라는 다른 사람과 진심으로 어울릴 수 있으면 정말 좋겠다고 생각했다.

물이 차가워 체온을 유지하려면 계속 움직여야 했다. 다들 상대방의 몸을 씻어 주는 것 같았다. 사람들은 외모나 리샤스라에 관해 얘기했고, 그러면 상대가 손가락으로 가리키며 답을 대신했다. 루발라블은 치타가 입을 물 밖으로 계속 내밀 수 있도록 연습을 도와주고 있었다. 비지와 트웍은 감시를 하면서 제안을 내놓고 있었다. 벌레는 이미 다 씻겨 내려갔지만 채집자들은 아무 이유 없이 가려운 곳을 찾아내는 재주가 있었다.

사바로가 발라를 쳐다보고 씨익 웃었다. 그가 두 손으로 그녀의 어깨를 잡더니 힘주어 몸을 돌렸다. 그리고 따끔따끔한 해초 비슷한 물체로 그녀의 등을 힘차게 문질렀다.

다들 놀랍도록 친밀한 태도를 보였다. 같은 목표를 두고 경쟁하는 종족들처럼 보이지 않았다. 와비아와 테거가 손을 잡고 화물칸에서 함께 뛰어나오기만 한다면 완벽할 터였다.

발라는 뒤를 돌아보았다. 강물 소리 덕분에 목소리를 낮추면 다른 사람이 엿들을 위험은 없었다.

"사바로, 도와줘야겠어. 당신과 케이와 치타 셋이서."

사바로가 동작을 멈추지 않고 물었다.

"무슨 일인데?"

"내가 2호 차를 살펴보거든 그리로 와."

사바로가 손을 멈추고 주변을 둘러보았다.

"치타를 방해하면 안 되는데."

"그래, 치타가 성공할 것 같아?"

"물에 빠져 죽겠지. 케이는 저쪽에 있군. 보기 드문 광경인데."

케이는 몸의 대부분을 물에 담그고 엎드려 손가락으로 진흙에 지도를 그리고 있었다. 누군지 알 수 없는 진흙 강 사람이 조언을 해 주고 있었다. 발라는 케이의 옆에서 걸음을 멈추고 물었다.

"새로 얻은 정보가 있나?"

"글쎄요."

"사바로하고 같이 잠깐 시간 좀 내주지?"

케이는 주변을 둘러본 다음 발라의 표정을 살피고는 이유를 묻지 않기로 결정했다. 그리고 펄쩍 뛰어 일어서더니 그녀를 잡아당겼다. 그도 발라나 사바로와 마찬가지로 맨몸이었다. 발라는 벗어 놓았던 옷을 가져올 기회를 잡지 못했다.

비가 잦아들 것 같으면 맨몸으로 돌아다니는 것도 괜찮을 것이다. 옷을 입으면 그렇게 위험할까? 청결을 유지하는 것 말고도 고려할 사항이 있었다. 흡혈귀는 천으로 만든 옷이나 무두질한 가죽 냄새에서 피를 감지할 수도 있었다.

발라에게 필요했던 건 옷이 아니라 가방이었다. 하지만 맨몸에 가방을 메면 이상하게 보이겠지.

……아, 전혀 이상하게 보지 않겠군.

세 사람이 아무도 말소리를 들을 수 없는 곳에 이르자 발라가 물었다.

"케이, 와비아가 뭘 했길래……."

"모든 사람하고 리샤스라를 했어."

발라는 발판 위로 올라섰다.

"껄끄러워했나?"

"그래. 여러 차례 밖으로 나가려고 했지. 그냥 우리와 떨어지려고 한 건지도 모르고 흡혈귀에게 가려고 한 건지도 몰라. 어쨌든 결국은 흡혈귀에게 갔을 거야. 와비아가 흡혈귀의 유혹에 면역이라는 주장은 틀렸던 거지."

"케이, 그 주장을 믿는 사람은 아무도 없었……."

"와비아는 믿고 있었어. 난 그녀가 나가게 내버려 둘 수가 없었지. 우리는 해가 뜬 뒤에 그녀를 진정시키려고 애썼어."

케이는 이를 악문 채 말하고 있었다.

"하지만 아무 소용이 없었지. 여자가 있었다면 상황이 달랐을지도 몰라. 하지만 그 자리에 있던 사람은 그녀를 설득할 수가 없었어."

"내가 해 보지."

발라는 그렇게 말하고 자물쇠를 연 다음 화물칸으로 들어갔다. 내부는 그리 어둡지 않았다. 포탑에서 빛이 들어오고 있었다. 발라는 오래 실려 있던 화물의 냄새를 맡으며 눈이 어둠에 적응할 때까지 기다렸다.

화약. 민치와 후추파. 트윅과 파룸이 먹을 엄청난 양의 풀. 우현 쪽 먼 곳에 사는 종족들이 만든 비누라는 이름의 이상한 물건. 발라는 오래전 습격으로부터 피해 있던 사람들이 땀처럼 흘렸던 공포와 부상자의 고통을 느껴 보려고 코를 킁킁거렸다. 하지만 그런 것들은 이미 하나도 남아 있지 않았다. 피 냄새 역시 전혀 나지 않았다.

그녀는 사다리를 밟고 포대로 올라갔다. 테거는 보이지 않았다. 그때, 케이가 그녀의 발목을 건드렸다. 발라는 흐느끼듯 놀라며 말했다.

"오, 플럽! 오, 플럽! 난 온통 피범벅일 줄 알았다고! 테거도 분명히 이런 상황을 짐작했을 텐데 와비아는 뭐라고 둘러댄 거지?

와비아!"

포신이 자리한 틈 앞에 와비아의 발이 무심하게 흔들거리고 있었다. 발라는 입구로 상반신을 집어넣고 물었다.

"와비아, 테거는 어디 갔나?"

와비아는 대답하지 않았다.

"흠, 테거는 어떻게 된 거지?"

와비아가 입을 열었다.

"죽은 사람처럼 돼 버렸다."

"와비아, 우린 소중한 친구 사이다. 당신이 흡혈귀 냄새에 면역이 아니라는 건 다들 알고 있었다."

"테거가 날 죽일 줄 알았다. 그 사람은 상상도 해 본 적이 없을 테니까."

"우리가 테거를 도와줄 수 없는가?"

"아마 혼자 있고 싶을 거다."

"당신은?"

"나도 혼자 있고 싶다."

발라는 미끄러지듯 사다리를 내려왔다.

케이가 말했다.

"길을 못 찾을 리는 없어. 강을 따라올 수도 있고 바퀴 자국을 따라올 수도 있으니까. 아마 그냥 이번 일을 곱씹어 볼 시간이 필요하겠지. 생각할 시간 말이야."

발라도 어둠 속에서 고개를 끄덕였다.

"발라, 차를 이동시켜야 해."

"내가 후미를 맡지."

다른 사람들이 1호 차를 준비하는 동안 테거를 찾아볼 수도 있겠지만 발라는 그 결과가 좋으리라고 생각하지 않았다.

"와비아를 잘 지켜봐. 아니면 내가 와비아를 맡을까?"

"당신이 와비아를 맡아. 대장은 당신이고, 와비아는 시력이 제일 좋⋯⋯."

"그건 그렇지⋯⋯."

"그럴듯한 이유잖아. 그리고 어쩌면 당신에게는 입을 열지도 몰라. 왜냐하면⋯⋯."

케이가 말을 끊었다.

"1호 차에 있는 사람하고는 리샤스라를 하지 않았으니까?"

"그렇겠지."

"케이, 당신은 남자인데⋯⋯."

"대장, 난 지금 테거가 무슨 생각을 하는지 짐작도 못 하겠어. 붉은 유목인들은 이런 일을 겪은 적이 없으니까."

테거는 포탑에서 조용히 뛰어내렸다. 살아 있는 생물은 하나도 보이지 않았다. 그때 귀에 너무나 가까운 곳에서 속삭이는 목소리가 들렸다.

"여행에 필요한 건 다 챙겼나?"

깜짝 놀란 테거는 몸을 웅크린 채 작은 소리로 대답했다.

"수건, 후추파, 비누, 깨끗한 옷, 칼을 챙겼다. 강을 따라갈 거니까 물통은 필요 없지. 그래서 통 안에 연료를 채웠다. 아마 쓸모가 있을 거다."

"마시지 않았으면 좋겠군."

"연료가 있으면 불을 붙일 수 있다."

테거는 생각했다. 마시든 말든 내 맘이야!

"닥치는 대로 죽일 건가? 아니면 더 체계적인 계획이 있나?"

"난 아무것도 모른다. 아는 건 놈들이 공장 도시 밑에 산다는 것뿐이지. 하늘에 떠 있는 커다란 건물 말이다. 속삭임, 만약에 우리가⋯⋯."

"만약에 네가."

"만약 놈들의 은신처를 부수지 못하면 난 해낸 일이 아무것도 없게 된다. 뭔가⋯⋯ 중요한 일, 큰일을 해내지 못한다면⋯⋯."

"명예를 회복하겠다고?"

"그렇다. 와비아가 그러는 바람에⋯⋯ 난 지금 아무것도 아니다. 난 의미 있는 사람이 돼야 한다."

"소원을 빌어라."

"난 그림자 둥지를 부수고 싶다."

"그렇게 될 거다."

"멸망시켜 다오. 박살 내서 땅에 묻어 다오."

"그건 꽤 어려울 거다."

"어렵다고?"

테거는 가방을 어깨에 멨다. 벌거벗은 기계인 셋이 2호 차로 들어가고 있었다. 그것만으로는 별문제가 아니었지만 그들이 다른 차도 뒤져 볼 가능성이 있었다.

테거는 천천히 수풀 속으로 숨어들며 혼잣말을 했다. 어쩌면 허공에 던지는 말일 수도 있었다.

"어렵다니, 그건 불가능한 일이야! 난 흡혈귀 둥지에 침투할 수 없어. 놈들 위로 올라가서 공중 건물에 들어갈 수만 있다면야…… 하지만 난 날 수가 없잖아."

문득 속삭임이 붙었다.

"발라버질린은 뭘 숨기고 있을까?"

뭐라고?

"기계인에게도 나름 비밀이 있겠지."

테거가 대꾸했다.

속삭임의 말이 이어졌다.

"발라버질린은 너와 와비아가 흡혈귀의 유혹을 이기지 못한다는 걸 알고 있었다. 그래도 자신이 이끄는 소규모 인원으로 이길 수 있다는 희망을 버리지 않았지. 혹시 혼자만 아는 비밀이 있는 건 아닐까?"

테거는 정신을 잃을 것만 같았다. 내 목소리가 들릴 거야. 여기 있다는 게 발각될 거라고. 몸이 발작을 일으킨다 해도 정신까지 놓아 버릴 수는 없어. 생각을 집중하자.

그는 시간이 어느 정도 흐른 다음에야 속삭임이 처음으로 내린 진짜 명령이 무엇인지, 어떤 식으로 표현했든 상관없이 논리적으로 유추할 수 있었다.

'둥근 곳 사람'인 루이스 우는 진저로퍼 부족을 방문했다. 발라버질린은 그 사실을 알고 있었고, 루이스 우에 대해서도 잘 알았다. 리샤스라를 잘했기 때문이다. 루이스 우가 그녀에게 뭔가를 알려 주지 않았을까?

테거는 방금 벌거벗은 발라버질린을 봤다는 사실을 떠올렸다.

"발라버질린은 가방도 옷과 함께 벗어 놨을 거다. 속삭임, 그녀의 옷은 어디에 있지?"

"강가를 살펴보면…… 저기군. 개펄에 있는데 막대기를 쓰지 않으면 가져올 수 없다."

"속삭임, 난 도둑이 아니다. 그냥 보기만 하려는 거다."

"발라버질린이 동료에게 힘이 될 지식을 숨기고 있다면 어떡할 거지?"

"정보도 재산이잖아."

목소리는 더 이상 말하지 않았다.

"내가 미친 건가?"

테거는 자신에게 되물었다. 지금까지 정령이 했던 말은 모두 그가 생각해 낼 수 있는 것뿐이었다. 그는 어느 누구든 미치게 만들 수 있는 일을 겪은 뒤였다. '속삭임'이란 자는 정말로 존재하는 걸까?

와비아는 너무나 충격적인 일을 겪었다. 그녀의 정신 상태는 어떨까? 테거는 자신뿐 아니라 와이바 역시 미쳤을 수 있다는 끔찍한 사실을 깨달았다.

그는 포식자가 된 것처럼 기어서 수풀을 통과했다. 그가 노리는 먹잇감은 남의 물건인 가죽 가방이었다.

그는 움직임을 멈추고 수풀이 바스락거리지는 않는지, 속삭임이나 동료들의 소리가 들리지는 않는지 귀를 기울여 보았다. 아무 소리도 들리지 않았다.

　기계인 여성을 의심한다는 사실로 보아 테거는 자신이 이미 미쳐 버린 게 분명하다고 생각했다. 발라버질린은 이번 전쟁을 이끄는 사람이었다. 과대망상증 환자라면 명령권을 손에서 놓지 않았겠지만 그녀는 굴을 참전시켰다. 그녀가 사용하는 무기는 다른 종족의 목숨만큼이나 소중했을 텐데도…….

　그때 발라버질린이 벗어 놓은 옷이 보였다. 빨아서 덤불 위에 널어 둔 옷이었다. 가방도 걸려 있었다. 테거는 눈으로 확인할 수 있었다.

　몸을 드러낼 필요는 없었다. 칼을 쓰면 닿을 수 있었다. 테거는 가방끈 아래로 칼을 밀어 넣고 끌어당겼다. 그리고 엎드린 채 수풀 속으로 되돌아왔다.

　발라버질린의 가방은 테거가 지금까지 보았던 다른 것들과 마찬가지로 아주 쉽게 열렸다. 주머니가 많은 게 다른 점이었다. 가방의 바깥쪽은 가죽이었고 안감은 아주 정교하게 짠 천이었다. 발라버질린의 부싯깃은 그의 것만큼 훌륭했다. 멀리 떨어진 곳에서 물물교환으로 얻은 물건이었다. 안에는 담요와 독특하게 생긴 빈 수통, 젖은 비누가 담긴 상자, 총알, 장전하지 않은 권총이 들어 있었다.

　지금의 테거에게 있어서는 총이야말로 삶과 죽음만큼이나 극명한 차이를 만들어 내는 물건이었다. 총을 어떻게 처리하느냐에 따라 도둑과……. 그와 와비아의 현재 관계를 가리키는 말은 존재하지 않았다. 하지만 도둑이란 말을 모르는 인류는 없었다.

"이건 미친 짓이야."

가방 속 물건들을 확인하자마자 테거는 중얼거리며 도로 집어넣었다. 수상하게 보이지 않으면서 가방을 제자리에 돌려놓을 방법이 있을까?

그는 허공에 대고 속삭였다.

"화약은 기계인들의 물건이야. 그 비밀을 훔쳐 내면 난 도둑이 되겠지."

그러고는 가방을 닫았다가 다시 열었다. '차가운' 감각이 느껴졌기 때문이다.

차가운 것은 안감이었다. 그의 손끝에서는 차가움이 사라지고 있었다. 그는 손가락으로 다시 안감을 만져 보았다. 너무 촘촘한 나머지 아무리 가까이에서 들여다보아도 올을 구분할 수 없었다. 안감은 여러 장의 천으로 이루어져 있었다.

그는 한 장을 뜯어내 잡아당겼다. 조금 덜 튼튼한 물질로 이루어진 실이 터지면서 천 한 장이 분리되어 나왔다. 천은 아주 얇았다. 제자리에 돌려놓을 방법은 없어 보였다.

이게 뭐지?

속삭임은 뭘 노리는 거지?

그는 입고 있는 킬트에 천을 집어넣었다. 자신의 가방에 넣어 두는 것보다는 그편이 들킬 위험이 적었다.

테거는 발라버질린의 가방을 도로 꾸린 다음, 칼을 이용해서 가방이 원래 걸려 있던 나뭇가지에 돌려놓았다. 적어도 그가 보기에는 맞는 나뭇가지인 것 같았다.

옛 동료들이 강가를 돌아다니며 수풀을 향해 다가오고 있었다. 그는 자신을 찾는 일이라 생각하고 예정대로 떠나기로 마음먹었다.

테거는 무릎으로 기어서 덤불을 완전히 통과했다. 그리고 풀 한 포기 없는 진창으로 내달렸다. 점점 짙어지는 안개가 그의 모습을 숨겨 주었다. 강폭이 점점 넓어졌고 강가에 있는 개펄도 넓어졌다. 이제 순찰차는 보이지 않았다.

테거는 진흙 강 사람들을 신경 쓰지 않았다. 물속에서 바깥을 봐야 하는 사람들은 그의 정체를 구분하기 어려웠다. 진흙 강 사람들의 수영 속도는 그가 달리는 속도보다 느렸다. 그들이 걷는 건 불가능에 가까웠기 때문에 순찰차에 알릴 방법도 없었다. 그는 자신이 떠났다는 소식이 전파되는 것보다 더 빠르게 이동하고 있었다.

이제 테거는 혼자였다.

그 사실을 자각하자 가슴이 찢어졌다. 그동안 서로 다른 네 종족과 동료이자 친구 사이로 지냈지만 그 사실은 별 의미가 없었다. 그가 슬픈 건 와비아 때문이었다. 그와 와비아는 유년 시절 짝을 맺은 이래로 며칠 이상 떨어져 지낸 적이 없었다.

아마도 세상이 바뀌어야 다시 와비아를 대면할 수 있으리라.

달리는 동안 지면이 달라졌다. 모래와 자갈이 보였다. 나무 무더기들이 바위밖에 없는 절벽 여기저기를, 물과 맞닿는 곳에 이르기까지 파고들어 있었다.

부근에 폭이 좁은 급류가 흐르고 있었기 때문에 테거는 절벽을 기어올라 돌아갈 수밖에 없었다.

강 건너 절벽 밑의 희미한 그림자 속에 흡혈귀 셋과 갓난아이가 모여 있었다. 그들은 도망치는 테거를 뒤쫓을 생각은 하지 않고 지켜보기만 했다.

테거는 하루 종일 달렸다.

| 와비아가 아니기 때문에 |

한낮 무렵부터 비가 내렸다. 발라는 바위투성이 지역을 넘어가는 길을 찾아봤지만 보이는 거라고는 진흙뿐이었다. 순찰차들은 기울어지고 미끄러지면서도 뒤집히지는 않으면서 상류를 따라 그림자 둥지에 접근하고 있었다.

발라는 밤이 해의 끄트머리를 베어 물기 전부터 군사적 요지를 점찍어 두고 있었다.

강폭은 사백 걸음 정도였다. 그 정도면 루발라블과 퍼드가블라들은 안전할 터였다. 순찰차들이 물탱크를 채운 다음 고지로 이동했다. 근처에 있는 산들은 불꽃 벽으로 이어지는 언덕에 불과했지만 제일 높은 곳에 올라가기만 해도 충분할 것 같았다. 순찰차들은 미끄러지면서 절벽으로부터 멀어지려고 애를 썼다.

흡혈귀들도 우리처럼 비가 오면 이동하기 힘들까? 발라는 더 일찍 야영 준비를 하지 않은 걸 후회했다.

하지만 일행은 해가 지기 전에 그녀가 골라 둔 위치에 도착했다. 발라는 어느 정도 공간을 두고 순찰차 두 대가 꼬리를 맞대도록 배치했다. 음식을 익혀 먹어야 하는 사람들은 해가 지기 전에 차양 밑에서 조리를 했다. 와비아가 커다란 동물을 사냥해서 기계인들과 나눴다. 일행은 해가 완전히 사라지기 전에 몸을 씻고 순찰차에서 떨어진 곳에 수건을 쌓아 두었다.

채집자들은 일과를 끝냈다. 그들은 비를 싫어했고 잠을 잘 필요가 있었다. 다른 사람들은 이야기를 나누거나 수면을 취했으며 나머지 사람들은 아무것도 하지 않고 기다렸다.

발라는 굴의 조언을 듣고 싶었다. 굴들은 그림자 둥지가 보이고 나무가 없는 화강암 봉우리 위에서 쉬고 있었다. 꺼진 모닥불과 다른 종족들에게 등을 돌린 채 그들은 굴 언어로 이야기를 나누었다. 눈으로 확인할 수 있는 굴은 둘뿐이었지만 발라에게는 셋 이상의 목소리가 들리는 것 같았다.

다른 종족들은 기계인의 이야기를 가만히 듣고 있었다. 그럼 그러라지, 뭐. 발라는 입을 열었다.

"여기까지 오는 흡혈귀는 비탈을 오르느라 지쳐 있을 거야. 쌓아 둔 수건에서 냄새가 날 테니 그쪽으로 몰려들 거고, 그럼 처치하기도 아주 쉽겠지."

의견들 좀 내 봐. 뭔가 빠뜨린 게 없나?

"흡혈귀들은 사냥을 끝내고 돌아가는 길일 거야. 이렇게 둥지와 가까운 곳에서 사냥할 생각은 못 할 테고. 먹잇감이 남아 있지 않으니까."

사바로가 말했다.

"그거야 두고 보면 알겠지."

치타였다.

"일단 공격해 오면 수가 엄청날 텐데……."

케이가 말을 꺼내더니 잠시 멈추었다가 뭔가 생각난 듯 뒤를 이었다.

"아, 참! 강에서 자갈을 세 통 모아 왔어, 발라. 그걸 쓸까? 화약도 있지만 절약하면 좋잖아."

"그래, 좋은 생각이야."

"와비아는 상태가 어때?"

케이의 물음에 와비아가 입을 열었다.

"와비아 후키-머프 탄다탈은 직접 얘기할 수 있다, 케이워브리미스. 와비아는 아주 괜찮다. 테거가 어디로 갔는지 아는가?"

그녀의 질문에는 발라가 대답했다.

"물건이 몇 가지 없어졌다. 생필품이 가방 하나만큼 없어졌지. 전부 1호 차에 있던 물건들이다. 난 테거만큼 동작이 빠른 도둑을 본 적이 없다."

발라는 테거가 자신의 가방에도 손댔다는 사실을 알고 있었다. 하지만 도난당한 물건은 없었다. 그녀는 그 사실을 얘기하는 대신에 화제를 돌렸다.

"자, 그럼 내일은 뭘 하지? 하프장이? 비탄에 젖은 관?"

"이리 와 봐요."

비탄에 젖은 관의 목소리였다.

발라는 바위 위로 올라갔다. 바위 위는 평지나 마찬가지였고 차가웠다. 그녀는 와비아가 뒤따른다는 걸 알아채고 팔을 뻗어 붉은 유목인 여성이 올라오도록 도와주었다.

고향 흐름은 하류로 갈수록 여러 줄기로 계속 갈라졌다. 발라는 가장 큰 물줄기를 눈으로 좇았다. 줄기는 그림자 속으로 들어가고 있었다. 공중 건물은 무서울 정도로 가까웠고 거대했다.

비탄에 젖은 관에게서는 젖은 털 냄새를 제외하면 아무 냄새도 나지 않았다. 그녀가 말했다.

"발라버질린, 공중 건물 아래쪽을 볼 수 있나요? 중앙 오른쪽 측면 부근에 고리가 매달린 게 보여요?"

공중 건물은 테거가 설명했던 대로 가운데가 위로 불룩하니 튀어나온 원반이었다. 그 밑은…… 그늘져 있고 가장자리에서 무언가가 쉴 틈 없이 움직이는 것 같았다.

"잘 안 보인다."

발라가 대답하자, 와비아가 말했다.

"난 보인다. 해가 뜨면 그려서 보여 주지."

굴이 그녀에게 말했다.

"와비아, 매달려 있는 나선형 물체는 커다란 기계도 통과할 수 있는 경사면이에요. 한쪽 가장자리에 톱니가 있어서 기계가 미끄러지지 않고, 반대편 가장자리에는 계단이 있죠. 여러 세대 동안 저 물체를 눈으로 본 사람은 아무도 없었어요. 지금 당신이 들은 설명은 회전 방향으로 멀리 떨어진 도서관에 스무 세대 전부터 남아 있던 내용이에요. 나는 그 설명을 투를의 성채에서 며칠 전에 들었죠."

어떻게 들었다는 거지? 하지만 통신 방법이야말로 굴만의 비밀이었다. 그리고 발라가 궁금한 점은 따로 있었다.

"저 공중 건물의 지도가 있나?"

"있어요. 도시들이 몰락하기 전, 수많은 것들이 제대로 작동하던 때에 만들어진 지도예요. 나도 세부 사항은 어제, 우리가 구름 위에 있을 때 전달받았죠."

"그럼……."

발라가 대꾸하려는 순간, 와비아가 불쑥 말했다.

"저 건물은 땅과 이어진 곳이 없다."

비탄에 젖은 관이 고개를 끄덕였다.

"유감스럽게도 맞는 말이에요."

하프장이가 설명했다.

"아주 긴 시간 동안 이렇게 근접한 건 우리가 처음이죠. 루이스 우가 바다를 끓이기 전에는 의미가 없는 일이었고, 그다음에는 너무 위험해서……."

발라는 그의 말을 자르며 물었다.

"와비아, 경사로가 땅에 닿지 않는다고?"

"멀어서 자세히 확인하긴 어렵다, 발라버질린. 하지만 경사로는 공중에 떠 있다. 경사로 밑부분이 삽날처럼 평평하긴 하지만 높이가 그 주변에 있는 흡혈귀 키의 두 배쯤 된다."

"우리도 이럴 줄은 몰랐어요. 우리가 선택한 길을 따라가면 공중 건물에 침투할 수 있을 거라 생각했죠. 그럼 흡혈귀들도 좁은 길로 우리를 추적해 올 테고요. 놈들은 몰려다니기 좋아하니까 저만큼 높은 곳에서 햇볕과 맞닥뜨려야 했을 거예요."

비탄에 젖은 관의 말에 발라는 화가 솟구치는 것을 꾹 참았다. 오랫동안 연습하다 보니 생각보다는 훨씬 쉬운 일이었다.

"그렇군. 하지만 우리도 올라갈 수가 없잖나."

"나도 방법을 모르겠군요. 하지만 여긴 우리 말고 다른 사람들도 있어요. 함께 고민해 보죠."

하프장이가 말했다.

테거는 사력을 다해 달렸다. 안개와 연무를 뚫고, 시선을 발이 닿는 곳에 고정한 채로. 그래서 위험한 요소가 있는지 볼 수는 없었지만 냄새는 맡을 수 있었다. 그는 놀라서 숨을 멈췄다. 와비아와 관련된 추억이 얼굴을 때리는 것만 같았다.

걸음을 멈춘 그는 균형을 되찾고 어깨 너머로 손을 뻗어 무기를 잡았다. 손가락들이 그의 얼굴을 쓰다듬었다. 눈에 보이는 것도 없고 귀에 들리는 것도 없었지만 그는 허리 높이로 칼을 휘두른 다음, 앞으로 내지르고 뽑았다.

그녀의 노랫소리가 고통으로 흐느끼면서 정점에 다다랐다. 테거는 목이 있음 직한 곳을 칼로 찔렀다. 노래가 멈췄다. 그는 두 손으로 귀를 두드리며 다시 달리기 시작했다.

멈추지 않고 계속 달렸다.

익숙한 냄새였다! 그녀가 등 뒤에서 죽어 가고 있었다. 하지만 코로 들어오는 그녀의 냄새 때문에 땅을 두드리는 자신의 발보다도 더 또렷하게 그녀를 볼 수 있었다. 그녀는 체구에 맞지 않게 너무 크고, 너덜거리는 가죽 망토를 두르고 있었다. 그리고 망토를 날개처럼 펼쳐서 벌거벗은 몸을 보여 주었다. 그녀의 노래는 살을 에는 듯 달콤했다. 그녀는 날씬하고 피부가 아주 창백했으며 청년기인 것 같았다. 머리카락은 숱이 많은 백발이었고 송곳니 끝이 붉은 입술 위로 눈에 띄게 삐져나와 있었다.

흡혈귀였다! 흡혈귀들은 매일 밤 투를의 장벽 밖에서 노래를 불렀다. 테거는 흡혈귀의 유혹을 이겨 낼 수 있었고, 이길 수 있다고 혼잣말을 계속해 왔다. 하지만 그때 공기 중에 떠돌던 냄새는 오래전 것이었다. 그건 다름이 아니라 와비아가 가장 우호적인 태도를 보일 때의 냄새였고, 더 강렬했다. 그는 한숨을 내쉬어 그 냄새를 코와 머릿속에서 밀어내면서 달리고 또 달렸다.

테거는 안개를 빠져나온 다음에야 속도를 늦추었고 이내 멈춰 섰다. 그는 사람들이 투를의 영역 바깥에 굽고 빚어 놓은 입체지도를 일 팔란 내내 기억에 넣어 두었다. 이제는 그 입체지도를 눈높이에서 보고 있는 개미와 다르지 않았다.

언덕 위로 기어 올라간 테거는 공중 건물을 둘러싼 생물들과 자신 사이에 바위가 들어오도록 자리 잡은 다음 다시 한 번 바라보았다.

그는 개미탑을 쳐다보는 한 마리 개미였다. 개미탑은 아직도 먼 곳에 있었지만 붉은 유목인은 시력이 좋았다. 탑 주변에서 인간처럼 생긴 것들이 인간처럼 움직이고 있었다. 그것들은 조그만 무리를 지어 모여 있거나 일을 하는 것처럼 보였다. 어떤 놈들은 짐을 옮기고 있었다. 자세로 볼 때 그 짐이란 어린아이였다. 놈들은 거대한 원반의 검정 그림자 속으로 드나들었다. 공중에 떠 있는 원반은 커다란 도시만큼이나 큰 물체였다.

굴들은 그것을 공업단지라고 불렀지만 테거는 도시 건설자들의 도시라고밖에 생각할 수가 없었다. 이제 그 도시는 흡혈귀의 도시였다.

그의 눈에 보이는 흡혈귀는 스물이 전부였다. 그것도 강 쪽에 내려선 흡혈귀까지 포함할 때의 얘기였다. 하지만 공중 건물 그림자 속에는 수천이 있을 게 분명했다. 건물이 떨어지면 저것들 대부분이 깔려 죽을 테고 살아남은 놈들도 옆으로 날아가는 파편에 맞아 죽겠지.

테거는 지지대가 없는 나선형 계단 같은 것이 매달려 있는 것을 보았다. 바닥은 보이지 않았다. 잘하면 올라갈 수도 있을 것 같았다. 올라설 방법이 없을까?

흐르는 안개 너머에서 최대한 관찰한 바에 따르면 공중에 떠 있는 도시는 폭 넓은 개펄을 따라가며 하류 쪽으로 천이백 걸음쯤 떨어진 곳에 있었다. 고향 흐름은 그곳에서부터 여러 갈래로 갈라졌다. 가장 큰 물길이 도시 아래로 흐르고, 다른 것들은 대부분 도시를 우회했다. 흡혈귀들이 강 여기저기에서 햇빛으로 나와 물을 마셨다.

그림자 둥지와 아주 가까운 곳에 엄청나게 크고 기울어진 사각 판이 있었다. 누가 봐도 인공적인 물체임이 분명했다. 물체는 땅에 반쯤 묻혀 있고, 물길들이 그 양쪽으로 흐르고 있었다. 도시가 몰락하던 시절에 남은 유물인 게 틀림없었다. 근처에 있는 흡혈귀들은 딱히 그 물체를 피하지 않는 것 같았다.

수영을 할 수 없어 유감이었다. 수영을 할 수 있었다면 물속을 통과해 하류로 숨어 들어갈 수도 있었을까? 아니면 가다가 얼어 죽었을까? 그것도 아니면 흡혈귀에게 너무 접근한 나머지 냄새의 유혹에 지고 말았을까? 흡혈귀 여성의 냄새는 코뿐 아니라 머릿속에도 남아 있었다.

진흙 강 사람들이 근처에 있을까? 테거는 그들에게 도움을 청할 생각이었다.

눈앞을 가리던 안개가 바람에 날려 가고 가느다란 빗줄기가 그의 몸을 씻어 주었다. 그리고 안개 속의 목소리가 그의 귀에 대고 속삭였다.

"넌 정말 네 생각대로 강인했던 거군."

테거는 코웃음을 치며 생각했다. 무장하지 않은 여성 한 명이었으니 힘들 까닭이 없지. 그냥 단순한 살인이잖아. 그는 죽어 가던 흡혈귀 덕분에 알게 된 자신의 한계를 외면하고 그 대신 다른 문제에 매달렸다.

"속삭임, 당신이 어떻게 나보다 먼저 왔지?"

대답은 들려오지 않았다.

테거는 속삭임이 도시의 몰락 시기 이전부터 남아 있던 기계일 거라고 생각하기 시작했다. 또는 무시무시한 비밀을 간직한 정령일 수도 있었다. 속삭임은 정체를 묻는 질문에는 대답하지 않았다. 그래서 그는 다른 것을 물어보았다.

"공중 건물을 그림자 둥지에 떨어뜨릴 방법이 있나?"

"내가 아는 한은 없다."

속삭임이 대답했다.

"아버지께 들은 얘기가 있다. 도시 건설자들은 은빛 실에 번개를 흘려서 동력을 얻었다고 했지. 그걸 끄면 될 거다! 은빛 실을 찾아서 끊으면 되는 거다!"

"공중 도시의 판은 동력이 없어도 떠 있을 수 있다. 판을 만들려면 동력이 필요하지만. 판은 스크리스를, 그러니까 아치의 바닥을 밀어내게 돼 있다. 실제로 그렇게 작동하지."

그럼 불가능하겠군. 모든 게 다 불가능해. 테거는 조금 쓸쓸한 기분으로 말했다.

"아는 게 아주 많군. 속이는 것도 아주 많고. 당신은 굴인가?"

대답은 돌아오지 않았다.

정령이라면 거리가 무의미하다고 생각할 수도 있었다. 미친 사람의 망상은 생각의 속도만큼이나 빠를 수도 있었다. 채집자들이 붉은 유목인보다 빨리 달릴 수 있다면, 죽을 만큼 겁에 질린 테거보다 빨리 달릴 수 있다면, 채집자보다 빨리 달리는 무언가가 존재할 수도 있다는 얘기였다.

하지만 굴은 그럴 수 없었다. 굴도 속삭임도 속내를 파악할 수 없는 건 비슷했지만, 속삭임의 정체가 무엇인지는 몰라도 굴은 아니었다.

안개가 흐르면서 시야가 뚫렸다가 가로막혔다. 주변은 칠흑처럼 어두웠다. 하지만 테거는 구름의 틈새를 통해 가끔씩 청백색 빛을 볼 수 있었다. 그가 지금 어떤 세계에 와 있는지는 모르지만 적어도 아치만은 변함이 없었다.

공중에 떠 있는 물체 밑에서 움직임이 늘어나고 있었다. 테거의 눈에는 그렇게 보였다. 그리고 점점 더 어두워지는 게 분명했다. 곧 흡혈귀들이 잠에서 깨어날 터였다.

테거는 말했다.

"숨어야겠다."

"그럴 만한 장소가 있긴 하지만…… 네게는 도움이 되지 않을 거다."

"왜?"

테거는 그렇게 묻자마자 양팔을 따라 땀이 흐르고 있다는 사실을 알아챘다. 사실 땀보다는 비가 훨씬 많았지만 그래도 한나절 거리에 있는 흡혈귀들은 그의 냄새를 맡을 수 있으리라.

그는 안개가 시야를 가릴 때까지 기다렸다. 속삭임의 목소리는 더 이상 들리지 않았다. 그는 잔뜩 긴장한 상태로 강 하류 쪽으로 이동했다. 칼은 움직이기 전부터 뽑아 들고 있었다. 갈색 물속에 어떤 생물이 사는지는 알 수 없었다. 그를 건드리고 가는 물고기가 있다면 저녁거리로 정해진 거나 마찬가지였다.

그는 물이 킬트를 적시는 순간 걸음을 멈췄다. 발라버질린의 가방에서 가져온 천 조각을 적셔도 괜찮을까?

그는 킬트 속에서 천을 꺼냈다. 천은 아주 얇고 정교하게 짠 직물이었고 무척 튼튼했다. 처음 발라의 가방에서 꺼냈을 때는 뒤편에 있는 손이 비쳤지만 지금은 너무 어두워서 보이지 않았다. 천이 차가웠기 때문에 그 순간이 기억에 남아 있었다. 하지만 킬트에 집어넣자마자 천의 냉기는 곧바로 사라졌다. 반나절 동안 달리느라 그 사실을 까맣게 잊고 있었다.

테거는 천 끄트머리를 강물에 담가 보았다.

천은 풀어지지 않았다. 좋은 징조였다. 하지만 강물이 다리를 훑고 지나가는 것과 동시에 그가 잡고 있는 천의 위쪽 끝이 즉시 차가워졌다.

그는 물에 몸을 담그고 이끼를 몸에 문지른 다음 재빨리 물 밖으로 나와서 몸을 말렸다. 비바람을 뚫고 달렸을 때는 몸이 따뜻했지만 지금은 달리고 있지 않았다. 그의 가방 안에는 비옷과 부싯깃이 있었다.

발라버질린의 천은 열과 냉기를 전달하는 관과 같았다.

만약에…….

"속삭임, 발라버질린의 천 끝을 불에 넣으면 어떻게 되지? 타 버릴까? 잡을 수 없을 만큼 뜨거워질까?"

진흙밖에 없는 벌판에는 속삭임이 머무를 곳이 없었다.

테거는 불을 피우는 게 미친 짓이라고 생각했다. 인류는 불을 사용한다. 흡혈귀들은 아주 멍청하긴 해도 불이 있는 곳에 인간이 있다는 걸 배웠을 것이다.

그래도 테거는 호기심을 완전히 억누르지 못했다. 그는 얼굴에 수건을 둘렀다가 흡혈귀 여섯이 개펄을 가로질러 달려오는 것을 보고 그냥 던져 버렸다.

흡혈귀들은 노래를 부르지 않았다. 자세를 취하지도 않고 간

청하는 몸짓을 하지도 않았다. 그저 빠른 속도로 접근했다. 테거는 재빨리 칼을 뽑았다.

흡혈귀들은 칼을 보고 겁을 먹지 않았다. 그들은 서로 속도를 맞추며 조금씩 거리를 벌리고 무리를 지어 공격했다. 테거는 왼쪽으로 달리며 베고 또 베었다. 흡혈귀 둘이 여기저기 상처를 입고 물러났다. 테거는 그 정도면 도망갔을 거라고 생각했지만 남은 넷이 포위하고 있었기 때문에 눈으로 확인할 여유는 없었다.

그는 한 걸음씩 내딛고 멈추기를 반복하면서, 칼을 곧게 세운 채 계속 몸을 반대 방향으로 돌리며 조금 숨을 돌렸다. 어릴 적 친구들과 함께 막대기를 들고 비슷한 놀이를 한 적이 있었다. 어른들도 초원 거인을 만나면 이런 식으로 싸웠다.

부상당한 둘이 언덕을 기어오르더니 그림자 쪽으로 도망쳤다. 그를 포위하고 있는 것은 남성 흡혈귀 셋과 여성 하나였다.

흡혈귀들은 먹잇감보다 머릿수가 여섯 배 이상 많으면 번거롭게 유혹을 하거나 노래를 부르거나 냄새를 이용하는 대신 그냥 공격했다. 하지만 테거를 비롯해 흡혈귀를 사냥하러 나온 인류들은 그 사실을 모르고 있었다.

만약 살아남는다면 순찰차가 있는 곳으로 반드시 돌아가야 했다. 가서 동료들에게 전해 줘야만 했다. 설사 와비아의 얼굴을 다시 마주할 수밖에 없더라도.

흡혈귀들은 조금도 서두르지 않았다. 그럴 이유가 없었다. 그림자 둥지에서 흡혈귀들이 조금씩 더 기어 나오고 있었다. 산맥 너머 지역에서도 더 많은 흡혈귀가 돌아오고 있을 터였다. 그리고 어둠이 다가오고 있었다.

테거는 소리를 질렀다.

"속삭임! 날 숨겨 다오!"

아무 소리도 들리지 않았다. 비는 그친 뒤였다. 테거는 넓은 개펄에 서 있었다. 이번에는 정말로 정령이 숨을 곳이 없었다.

냄새는 강하지 않았지만 머릿속으로 들어온 냄새는 밖으로 나가지 않았다. 테거는 자신이 죽였던 흡혈귀를 떠올렸다. 그 흡혈귀를 죽인 건 와비아가 아니었기 때문이다. 테거는 정신이 점점 혼미해지는 걸 느꼈고, 더 기다려야 할 이유를 찾지 못했다.

여인이 두 팔을 벌리고 안아 달라고 애원했다.

테거는 뒤로 펄쩍 뛰어 물러서며 몸을 돌리고 칼을 휘둘렀다. 그의 생각은 적중했다! 여성 흡혈귀가 그의 정신을 붙드는 동안 남성 흡혈귀들이 모여들고 있었던 것이다. 칼이 흡혈귀들의 눈을 긋고 지나갔다. 두 번째 공격은 소득이 없었다. 테거는 칼을 거뒀다가 흡혈귀 한 놈의 목에 효과적으로 꽂아 넣었다. 그리고 여성 흡혈귀가 있음 직한 곳을 찔렀다. 칼이 자루 부분까지 여성 흡혈귀의 몸에 박히면서 그녀와 테거의 몸이 부딪쳤다. 테거는 균형을 잃고 넘어졌고, 흡혈귀의 이빨이 그의 이두박근에 상처를 냈다. 그는 한 팔로 흡혈귀를 뿌리치며 저도 모르게 비명을 질렀다.

남자 흡혈귀 하나가 내장을 쏟아 내며 기어서 뒤로 물러나고 있었다. 다른 하나는 앞을 보지 못했다. 세 번째 흡혈귀는 눈에서 흐르는 피를 닦은 다음 테거가 손을 내뻗는 순간 눈을 떴다. 하지만 테거는 이미 손으로 그 흡혈귀의 목을 잡았고, 그대로 몸을 던져 상대를 진흙 바닥에 내리꽂았다.

그 밖에 보이는 거라고는 안개뿐이었다. 땅에 쓰러진 남자 흡혈귀가 그의 어깨를 붙들고 이빨 쪽으로 잡아당겼다. 테거는 상대의 목을 조르면서 쥐를 붙든 것처럼 흔들었다. 그는 여성 흡혈귀가 상에 거의 다다랐을 때 붙잡아 자신의 칼을 되찾았다. 그리고 걸어가다가 죽은 것처럼 보였던 흡혈귀에게 너무 가까이 다가섰고, 흡혈귀의 이빨이 발목에 다가오는 것을 느끼자 칼을 내리꽂은 다음 계속 걸어갔다. 앞이 보이지 않는 흡혈귀가 냄새를 맡으면서 그에게 다가왔다. 테거는 둔기처럼 날이 무뎌진 칼을 세 번 휘둘러 놈의 목을 잘랐다. 그는 병 걸린 가축처럼 쿵쿵거리고 있었다.

안개가 걷히자 그림자 둥지에서 아래쪽으로 이동하는 무언가가 눈에 들어왔다.

테거는 생각했다. 가방, 가방을 놓고 가면 안 돼. 옳지. 이제 어디로 가지?

"속삭임! 날 숨겨 다오!"

속삭임이 속삭이지 않는 목소리로 말했다.

"이쪽으로 뛰어라!"

그 목소리는 약간 더듬거리긴 했으나 휘두르는 채찍처럼 날카로운 명령조였다. 목소리가 들려온 곳은 그림자 둥지로 곧장 이어지는 먼 하류 쪽이었다.

테거는 달렸다. 백 걸음을 이동해 훨씬 더 가까워졌을 때 목소리가 다시 말했다.

"강으로 들어와!"

테거는 왼쪽으로 방향을 틀고 목소리가 들리는 물속으로 들어갔다. 이쪽에 뭐가 있는 거지? 비와 어둠 속에 안개가 있고, 그 안에 그림자가 있었다. 너무 커서 뚜렷하지 않은 그림자였다. 어둠이 살짝 걷히자…… 섬 같은 것이 보였다.

흡혈귀는 수영을 하지 못했고, 수중인들은 그 사실을 알고 있을 터였다. 테거는 평원에 살았기 때문에 수영을 시도해 본 적도 없었다.

물이 발목을 적시더니 무릎까지 올라왔고…… 테거는 잠시 멈춰 가방을 등에 멨다. 킬트는 물에 들어오기 전에 이미 벗어 버렸다. 그는 등에 매달린 칼집에 칼을 넣었다. 인류가 루발라블과 같은 동작으로 수영을 해야 한다면, 만약 붉은 유목인들도 수영을 할 수 있다면 두 손을 다 사용해야만 했다. 테거는 계속 달렸다. 물은 계속 무릎을 넘지 않다가 얕아지기 시작했다.

멀리서 속삭임이 말했다.

"여기다. 하류 끝으로 가라."

테거는 무릎 깊이의 강을 서른 걸음 걸어서 건너고 살짝 튀어나온 검은 진흙 바닥에 도달했다. 도저히 섬이라고 부를 수는 없는 곳이었다. 흡혈귀들이 강가에 몰려들고 있었다. 그리고 하나씩 물로 뛰어들어 그에게 다가왔다.

테거는 진흙 위를 달려 하류 쪽으로 이동했다. 머리 위에 너무 커서 안개 덩어리라고밖에 볼 수 없는 그림자가 있었다. 그는 발이 물에 잠겨 거북한 흡혈귀도 싸울 수 있는지 궁금했다. 만약 마지막으로 저항할 장소를 고른다면 지금 이곳이 좋을 것 같았다.

테거는 죽는 게 두렵지 않았다. 난 와비아가 아니라는 이유로 여자 흡혈귀를 죽였어. 그는 혼잣말을 했다. 하지만 여섯을 죽이고 나니 와비아를 계속해서 죽이는 것만 같았다. 밤에 그녀가 저지른 일 때문에…… 그는 그런 행동이 자랑스러웠다.

흡혈귀를 더 죽인다면 심지어 와비아에 대한 생각마저도 사라질 것 같았다.

그가 발로 진흙을 밟으며 이동하는 동안 괴물 같은 그림자가 움직였다. 그 그림자는 너무 선명했다. 그렇게 선명한 그림자가 어느 순간 곁에 와 있었다. 테거는 그림자를 향해 칼을 내질렀고 무언가를 후려쳤다. 그리고 주먹으로 상대를 두들겼다.

그건 안개가 아니었다. 상대는 얄팍했고 조금 탄력이 있었다. 마치 망치로 두들긴 금속판을 여러 겹 겹쳐 놓은 것 같았다.

테거는 아주 멀리서 비슷한 걸 본 적이 있었다. 모서리가 각지고 눈에 띄게 인공적이며, 진흙 속에 묻힌 부분까지 계산하면 가로세로가 각각 열다섯 걸음쯤 되는 기울어진 판이었다. 그 물체는 사십 도 각도로 기울어진 채 진흙에 묻혀 있고, 위에 진흙이 쌓여 있었다.

테두리에 끈을 맬 수 있는 자리가 보였다. 가운데에는 굵은 기둥이 튀어나와 있고, 눈에 보이는 모서리 중 한 곳에 도르래처럼 보이는 물체가 달려 있었다. 줄이 있었는지 모르나 지금은 사라지고 없었다.

가장 높은 모서리가 툭 튀어나와 있었다.

속삭임은 별로 말이 없군. 말을 거의 하지 않았어. 문제를 내 손으로 해결하라는 뜻인가 본데. 이유가 뭐지?

이제 흡혈귀 냄새는 나지 않았다.

수백 팔란 전 도시가 몰락했을 때 하늘에서 탈것들이 쏟아져 내렸다는 얘기가 있었다. 탈것들은 대부분 사라지거나 땅에 파묻히거나 부식되어 없어졌다. 다만 비행 차량의 껍질이나 물처럼 투명하고 구부러진 판, 즉 창문이 부서진 채 발견되는 경우가 있었다. 가끔은 그보다 더 큰 물체가 발견되기도 했다.

너무 커서 차에 실을 수 없는 화물을 나르는 커다란 판과 같은 물체가.

안개가 눈앞을 가렸다가 사라졌다. 판의 가장 높은 모서리는 들러붙은 비누 거품들처럼 다면체를 이루며 튀어나와 있었다. 그리고 비누 거품과 마찬가지로 투명했다. 한 면은 기미줄이 덮인 것처럼 잔금이 가 있고 다른 면은 깨끗했다.

테거는 기어오르려 애를 썼지만 피와 진흙 때문에 판이 너무 부드럽고 미끄러웠다. 다른 방법을 시도하는 게 나을 것 같았다. 마지막으로 몰려들었던 흡혈귀들보다는 앞서 있다고 확신하지만 물이 가로막고 있다곤 해도 결국은 따라잡힐 게 분명했다.

그는 몇 걸음 뒤로 물러섰다가 판을 향해 달렸다. 반쯤 올라가자 추진력이 다했다. 그는 아래로 떨어지면서 팔과 다리를 넓게 벌렸다. 그 높이에는 진흙이 없었다. 판은 금속이 아니었고, 적어도 금속으로 덮여 있지는 않았다. 판의 표면은 모래로 덮인 듯 거칠어서 빗물 때문에 미끄러워도 마찰력을 제공했다. 그는 기어

올랐다.

툭 튀어나온 곳은 거품이 하나였다. 거품의 일부는 창이었고 나머지 일부는 채색한 금속이었다. 문이 분명한 물체가 경첩 하나로 매달려 있었다. 테거는 손가락으로 더듬어 입구의 가장자리를 찾아내고 몸을 끌어 올려 안으로 들어갔다.

아래쪽에 흡혈귀 한 놈이 눈에 들어왔다. 여성 흡혈귀가 뒤로 돌더니 그를 마주 보았다.

흡혈귀는 둘이 되고 넷으로 늘어났다.

테거는 매달려 있는 문 쪽으로 손을 뻗었다. 발을 내지르자 무언가가 부서지는 느낌이 들었다. 그 느낌을 무시하고 문을 들어 올렸다. 무겁지는 않았다. 그는 문을 당겨 제자리에 맞추고 잠글 방법을 찾아보았다. 자물쇠는 분명히 존재했지만 작동시키는 방법을 알 수 없었다.

흡혈귀들이 기어오르기 시작했고, 미끄러졌고, 다시 기어올랐다. 문으로는 흡혈귀를 막을 수 없었다. 하지만 경사면이 막아 줄 것 같았다. 그러지 못한다면 툭 튀어나온 부분은 흡혈귀로 가득 찰 터였다.

"속삭임, 이제 어떡해야 하나?"

그는 아무 기대감도 없이 물었다.

역시 아무 대답도 돌아오지 않았다. 속삭임도 아래쪽에 있는 게 분명했다. 흡혈귀들과 함께. 우스운 상황이었지만 그는 지금 속삭임의 안전을 걱정할 처지가 아니었다.

테거는 가방을 벗었다. 빛이 필요했다. 이제는 불을 피워도 전혀 위험하지 않았다. 그는 불꽃을 만들 때까지 부싯깃을 부딪쳤다. 그리고 부서진 물체가 뭐였는지 확인해 보았다.

그는 사냥한 동물이나 가축의 뼈를 본 적이 있고 자신의 뼈 구조가 어떤 느낌을 주는지도 알고 있었다. 조금 전에 발로 걷어찬 것은 뭔가의 갈빗대 같은 느낌이었다.

그 조종사는 알 수 없는 종족이었다. 붉은 유목인들보다 크고 건장했으며 팔도 더 길었다. 옷이라고는 이렇다 할 색이 없는 천 조각뿐이었다. 해골은 너무 쉽게 떨어졌다. 탈것이 진흙 바닥에 추락할 때 목이 부러진 것 같았다. 조종사의 턱뼈는 꽤 컸고, 초식동물의 턱뼈였다.

테거의 눈앞에 있는 것은 인류의 뼈였다. 상상해 보라. 굴들도 손대지 못한 시체였다.

도시가 몰락했을 때 야행인들은 상상할 수 없을 정도로 배부르게 먹느라 바빴을 것이다. 그들은 이 잔해를 기어올라서 조종석에 있는 시체를 손에 넣을 수 없다는 사실을 알고는 포기했을 것이다. 그 누구도 여기까지 올라와서 손대지 못한 시체를 보고는 굴들이 게을러서 일을 깔끔하게 처리하지 못했다고 질책할 수는 없을 거라고 스스로 합리화했으리라.

번쩍이는 불빛만으로는 아래쪽에 있는 흡혈귀를 볼 수가 없었다. 그를 에워싸고 있는 조종석 내부가 밝아졌다. 짐작했듯이 구부러진 창은 거미줄로 덮인 게 아니라 잔뜩 금이 간 상태였다. 하지만 아직은 온전히 모양새를 유지하고 있었다. 다른 것들도 멀쩡했다.

그의 앞에는 손가락 크기에 딱 맞는 레버들이 있었다. 상하 또는 좌우로 움직일 수 있는 레버였다. 그리고 두 뼘 정도 크기의 작은 문이 있고 그보다 두 배는 큰 문이 하나 더 있었다. 하지만 둘 다 열리지 않았다. 기둥에 손잡이가 달려 있었는데, 여섯 방향으로 밀 수 있는 손잡이였다. 그걸 열려면 두 손을 다 쓰고 온 힘을 다 써야만 했다. 그는 모든 레버를 상하좌우로, 가능한 모든 조합으로 움직여 보았다. 하지만 아무것도 달라지지 않았다.

부싯깃의 불꽃이 꺼져 가고 있었지만 주변에 더 태울 만한 물건은 없었다.

와비아가 있다면 이 문제를 해결했을 텐데.

와비아가 여기 있다면, 그렇다면 테거는 단 한 번도 그녀를 의심한 적이 없다고 말하고 싶었다. 와비아, 넌 자발적으로 결혼 관계를 깨뜨리지 않았어. 정신의 틈새로 들어와 마음을 짓밟은 냄새에 압도당했을 뿐이야.

흡혈귀의 노래가 들린 지 얼마나 된 거지?

빛이 점점 사라지면서 테거는 자신을 열심히 들여다보는 삼각형 얼굴을 알아챌 수 있었다.

짐승이었다. 두개골 크기는 테거의 절반밖에 되지 않았다. 그 여성 짐승이 문을 찾아냈다면 그는 이미 죽은 목숨이었으리라. 하지만 테거는 제 손으로 문을 왈칵 열고 싶게끔 만드는 냄새야말로 진짜 위험이라고 생각했다.

"속삭임!"

여성 흡혈귀가 그의 고함에 놀라 아주 잠깐 움찔했다가 노래로 대답했다.

테거는 작은 문 가운데 하나를 선택하고 있는 힘을 다해 주먹을 밀어 넣었다. 문이 소리를 내며 열렸다.

문 너머에 있는 방은 크지 않았지만 테거는 거기서 필요한 것을 발견했다. 얇은 물질로 만든, 바짝 마른 책장으로 두꺼운 책이었다. 책장은 불에 탈 것 같았다.

여성 흡혈귀가 불빛 때문에 뒤로 물러섰다. 여성 흡혈귀와 남성 흡혈귀가 하나씩 더 늘어났다. 흡혈귀들은 조종석 위에서 떨어지지 않도록 균형을 잡으며 기다리고 있었다.

테거는 불붙은 책장을 방 위쪽으로 들어 올렸다. 자신이 낱장을 찢어 낸 두꺼운 지도책과, 말라붙은 곰팡이가 가득 찬 종이 가방과 독특하게 생긴 단검이 보였다. 그는 단검을 집었다. 그게 전부였다.

그래서 그는 다른 문을 후려쳤다. 아프긴 했지만 그래도 문이소리를 내며 열렸다. 문은 손가락 한 마디만큼만 열렸다. 틈새로보이는 것은 용도를 알 수 없는 장난감 손잡이들의 미로였다.

테거는 이곳이 도시 건설자가 쓰는 기계의 내부라고 생각하고작은 손잡이들을 연결하는 은색 실을 찾아보았다. 은색 실이 동력을 전달한다고 들은 적이 있었기 때문이다. 하지만 단 하나도찾을 수 없어 실망했다.

그는 손가락 끝으로 두 지점을 건드려 보았다. 팔근육이 심하게 경련하면서 몸이 의자 위로 날아갔다. 그는 오랫동안 숨 쉬는방법을 생각해 낼 수가 없었다.

번개에 맞으면 이런 느낌일까? 이게 동력이라는 거야! 하지만 잘못하다가는 죽을지도 몰라.

테거는 다른 종이에 불을 붙이고 문틈 위쪽을 비춰 보았다. 먼지가 가늘게 줄지어 작은 손잡이를 연결하고 있었다. 그가 만지는 바람에 다른 먼지들은 뒤섞인 상태였다.

머릿속에서 뭔가 연결되는 것 같다. 테거는 빌라버질린의 천을 꺼냈다. 그의 단검에는 날이 없고 평평한 부분만 있었다. 그는 이가 다 빠진 자신의 칼로 천의 일부를 길게 잘라냈다. 먼지가 이루고 있는 선을 따라 천을 걸쳐야 했기 때문이다.

테거는 발라버질린의 천 조각을 문지르고 재빨리 손잡이 사이에 걸쳤다. 불꽃이 팔 위를 비췄고, 그는 잠깐 동안 움찔거렸다.

흡혈귀의 냄새에는 영원히 저항할 수가 없다. 하지만 지금 당장은 머릿속에서 노래를 부르는 흡혈귀에게 저항할 수 있었다. 그는 흡혈귀들을 노려보며 생각을 이어 가려고 애썼다.

장갑을 쓰면 어떨까? 테거는 수건을 꺼내서 천 조각을 감싸고 쥐어 보았다. 별 효과가 없었다. 하지만 수건으로 단검을 감쌀 수는 있었다.

그는 발라버질린의 천 조각을 문틈으로 던져 넣고 천이 손잡이 두 개와 닿도록 단검 끝으로 밀고 돌렸다. 갑자기 뭔가가 빛을 뿜어냈다.

광원은 조종석 밖에 있었다. 흡혈귀 셋이 갑자기 태양처럼 밝아졌다. 그들은 비명을 지르고 펄쩍 뛰어 빛으로부터 달아나려 했다. 둘은 판에서 미끄러졌고 남성 흡혈귀는 가장자리 너머로 떨어졌다.

반사광이 계속 쏟아져 들어와 더는 불을 피울 필요가 없었다. 그는 처음 만든 천 조각을 그대로 두고 발라버질린의 천을 한 번 더 잘라 내 시험해 보았다. 이를 악무느라 턱이 아팠다. 자신이 훌쩍거리는 소리도 들을 수 있었다. 그는 문을 열고 쏜살같이 밖으로 나가 아래쪽 진흙에 있는 여성 흡혈귀들을 간절히 따라가고 싶었다. 하지만…….

와비아! 와비아, 내가 해냈어! 번개가 흐르게 만들었다고!

그럼 불을 켜는 것 말고 다른 것도 가능하지 않을까?

테거는 그럴 수도 있다고 생각했다. 조명은 도시 건설자의 기술 중에서 가장 쉬운 분야고 가장 최근까지 유지된 기술일 수 있었다. 혹은 조명이 동력을 가장 조금 사용하고, 조종하는 사람이 없는 이 신기한 시설에는 그 정도의 동력만 남아 있는 것일 수도 있었다.

하지만 그는 그렇지 않다고 믿었다. 손을 댔을 때 충격이 엄청났기 때문이다. 어디서 왔는지는 몰라도 동력은 그만큼 남아 있었다. 흡혈귀를 밀어낸 것도 그 동력이었다.

오래된 두개골은 아주 깨끗했다. 두개골에 붙었던 고기를 선점한 존재가 있었던 것이다. 굴일까? 아니면 새일까? 크고 텅 빈 눈구멍이 그를 쳐다보는 것만 같았다.

그는 두개골을 더 큰 방으로 옮겼다. 하지만 문을 닫으려다가 마음을 바꾸고 고대의 조종사에게 말을 걸었다.

"운이 나쁜 날이었다고 생각하나? 나야말로 다른 사람은 상상도 할 수 없을 최악의 날을 보냈다. 넌 아마 숨을 백 번 쉬는 동안······."

하지만 조종사에게는 영원이나 마찬가지였으리라. 주위에 더 작은 탈것들이 구름처럼 모여 있는데 그것들과 같이 추락하면서, 아마도 목소리를 보내는 기계가 고장 난 탓에 도와 달라고 목청껏 비명을 지르는 동안에, 신기하게도 하늘을 나는 운송 장치의 모든 부품이 작동을 멈추고 모든 빛이 사라졌을 것이다.

아!

테거는 움직일 것처럼 보이는 레버를 전부 밀기 시작했다. 그러다가 불들이 꺼졌을 때 그것만 다시 제자리로 당겼다.

성공이야! 그것 하나만 되돌리자 남은 것들은 전부 최고 출력에 도달했다. 테거는 앞서의 실험에서 다른 것들을 모조리 꺼 둔 상태였다. 조명 하나만 제외하고! 비명을 지르던 것들은 전부 강력한 빛에 노출된 게 분명했다!

그의 행동으로 인해 어디선가 타닥거리는 소리가 났고, 무언가가 타는 냄새도 났다. 테거는 자신이 무언가를 망가뜨린 건 아닌지 겁이 났다.

하지만 다음 순간 조종석에 바람이 불었다. 그 덕분에 흡혈귀 냄새가 밖으로 밀려 나갔다. 테거는 머릿속이 맑아지면서 냉정해질 수 있었고 승리의 환호성을 질렀다.

그는 몸을 돌려 기다란 화물 운송 판을 내려다보았다. 흡혈귀들이 있는지는 파악하기 어려웠다. 조명은 조종석 양쪽에 있는 것 같았다. 조명 덕분에 그림자가 생겼고, 흡혈귀들은 그림자를 좋아하는 법이었다. 눈으로 확인할 수 있는 흡혈귀는 다섯이었지만, 그는 실제로 그 두 배에 달하는 흡혈귀가 있을 거라고 짐작했다. 하지만 흡혈귀들은 가까이 다가서지 못했다.

이제 허기를 채울 방법을 생각해 볼 때였다. 또한 근처에 서식하는 동물이 있는지도 생각해 봐야 했다. 바깥은 너무 황량했다. 꼬박 하루는 기다려야 물고기를 잡을 수 있을 것이다. 어쨌든 적어도 오늘 밤은 살아남을 것 같았다.

동력과 번개는 어디서 흘러나온 거지?

테거는 그 답을 전혀 알 수 없었다.

그는 천 조각을 손가락 길이로 더 잘라 내고 시험해 보기 시작했다.

| 친숙한 얼굴들 |

AD 2892, 직조인 마을

루이스는 절벽에 있는 창을 통해 낡은 옷을 입은 나이 많은 여인을 관찰했다. 그녀는 증기로 움직이는 차량을 비탈 아래로 몰고 있었다. 그녀의 옆자리에는 비슷한 외모의 남자가 앉아 있고, 위쪽에는 작고 피부가 붉은 남자가 있었다.

"사흘 전이라고?"

— 정확히 말하자면 아흔 시간 전입니다.

"저게 발라라면 그리 좋아 보이지 않는데."

— 당신도 마찬가지입니다, 루이스. 아마 발라버질린도 부스터스파이스를 사용하지 않았나 보지요.

루이스는 빈정거림을 무시했다.

"발라는 늙은 거야. 십일 년이나……."

루이스 자신도 인간의 노화를 막아 주는 생명공학의 산물 없이 십일 년을 살고 있었다. 발라는 확실히 그 물건에 손을 댄 적이 없었다. 저게 정말 발라일까? 그 점만큼은 확실했다. 루이스는 그녀와 리샤스라까지 한 사이였다!

— 이걸 보니 그럴 확률이 조금 더 높아지는군요. 안 그렇습니까, 루이스?

"그렇다면 발라는 내가 마지막으로 봤던 장소에서 우현 쪽으로 수만 킬로미터 떨어진 곳에 있다는 얘기잖아. 저기서 뭘 하고 있는 거지?"

— 흡혈귀 집단을 공격하고 있는 모양입니다. 저건 발라버질린이지요, 그렇지 않습니까? 내 의도를 알겠습니까? 내가 건강한 인류 열 명을 보여 줬다면 죽은 사람 수천 명 중에서 살아남은 사람일 수도 있을 겁니다. 하지만 내가 보여 준 건 방사선 폭풍이 몰아치기 전에 당신이 알던 인간입니다. 저건 분명 현재의 모습이고요. 자, 그럴 확률이 얼마나 되겠습니까?

루이스는 물에 닳은 바위를 의자 삼아 앉아 있다가 자세를 바꿨다.

"저게 현재의 모습이라고?"

— 사십 시간 전입니다.

루이스는 십일 년 동안 묻어 두었던 질문을 꺼냈다.

"틸라가 거짓말을 했다는 거야? 이유가 뭐지?"

— 틸라는 부족한 정보를 바탕으로 움직였습니다. 지능이 높아졌지만 오만함도 커졌고, 애당초 그녀는 그다지 똑똑하지도 못했지요.

루이스, 내 컴퓨터를 사용했다면 그녀도 나와 같은 일을 해낼 수 있었을 겁니다. 하지만 내가 그랬던 것처럼 항성에서 떼어 낸 플라스마 기둥을 유도하면 된다는 생각은 떠올리지도 못했습니다. 나는 플라스마가 링 벽에 있는 자세제어 엔진 속으로 들어가도록 설정했지요. 플라스마는 링월드의 주 표면을 조금도 뚫지 못했습니다. 그녀가 두려워했던 빙사신은 물론 배경 방사선 수순보다 훨씬 높았습니다만…….

"링 벽이 있었지."

루이스가 말했다. 그는 최후자의 말을 믿기 시작했다.

— 예, 물론 링 벽이 있었습니다.

"그럼 흘러나온 산 사람들은 어떻게 살아남았다고 생각하는 거지?"

— 오 퍼센트의 링 벽과 함께지요. 루이스, 나는 아마 엄청나게 많은 사람을 죽였을 겁니다.

그가 단 한 번도 만나 보지 못한 사람들이 천만 명, 일억 명 이상 죽었다. 종족도 하나가 아니었을 것이다. 그럼에도 불구하고 루이스는 말했다.

"최후자, 너한테 사과해야 할 것 같아."

최후자가 노래 같은 소리를 냈다. 내 말이 녹음됐는지 확인하는 거군. 루이스는 생각했다.

— 그건 별개의 문제입니다. 망을 보는 남자를 주목하십시오. 피부가 붉은 유목인 맞습니까?

"그래, 작고 빨갛고 육식을 하는 종족이지. 링 벽에서 그리 멀지 않은 곳에 살았어. 달리기가 엄청나게 빨랐는데."

거대한 차량이 갑자기 속도를 올리며 내려갔다. 가속된 영상이었다. 구름 그림자가 맹렬하게 흐르고 차는 마하 오의 속도로 돌덩이를 피했다. 그리고 바위들의 미로 속으로 사라졌다.

— 차량이 한동안 시야에서 사라졌습니다. 그리고 열다섯 시간 뒤에 이걸 찾았지요.

작고 붉은 사내가 강가를 달리고 있었다. 마하 십이는 족히 돼 보이는 속도였다. 루이스는 웃었다.

"아주 빠르진 않군."

— 같은 사람입니까?

"모르겠는데. 재생 속도를 늦춰 봐."

붉은 사내가 올림픽 선수가 희망하는 속도 정도로 느려졌다. 루이스는 말했다.

"맞는 것 같군."

— 적외선 모드.

어두운 절벽에 떠올라 있던, 경계가 흐릿한 창에서 분홍색 그림자가 빛을 내더니 빛을 발하는 바위들 속의 검정 강을 따라 달리고 있었다. 반짝거리는 녹색 커서가 그림자를 가리켰다.

— 이건 어떻습니까?

분홍 그림자가 달리고 있었고, 얼핏 또 하나의 그림자가 보였다. 빨간 사람은 꾸준한 속도로 달렸다. 그보다 온도가 더 높은 형체 하나가 바위들 사이로 이리저리 몸을 숨기면서 재빨리 그 뒤를 쫓았다.

"재생 속도를 더 늦춰 봐!"

수풀로 들어간 다음에는 어디로 간 거지?

붉은 유목인도 빨랐지만 또 하나의 형체는 거의 대부분 몸을 드러내지 않으면서 붉은 유목인과의 거리를 유지하고 있었다. 루이스는 뒤따르는 형체의 모습을 알아볼 수 없었다.

— 루이스, 크진의 배 세 척이 불타는 걸 봤잖습니까. 수호자일 수도 있습니다. 또 다른 수호자가 여기 온 걸까요?

"그냥 굴일 수도 있지."

재생 속도가 빨라 쏜살같이 움직이던 붉은 점들이 정상적인 빛으로 변했다. 붉은 유목인은 혼자 달리고 있었다. 근처에서 무언가가 움직이는 기색이 있고, 그는 끊임없이 눈동자를 굴렸다.

갑자기 그의 앞에서 무언가가 튀어나왔다. 그는 칼을 뽑았고, 거기서 화면이 멈췄다. 최후자의 커서가 움직였다.

— 붉은 유목인이 있고 흡혈귀가 있지요. 그 외에도 다른 게 보입니까?

"적외선으로 바꿔 봐."

루이스는 적외선 모드에서 다섯 개의 점을 찾았다. 가시광선 모드에서는……. 커서가 움직였다.

— 이건 유목인이고 이건 흡혈귀입니다. 이것과 이건 굴이지요. 보십시오.

루이스는 굴 종족을 떠올렸다. 굴들은 수풀과 그림자 속에 숨어 있었지만 루이스는 그들의 비쩍 마른 외형을 알고 있었다.

하지만 빛나는 다섯 번째 형체는 굴들조차 속이고 있는 듯했다. 루이스는 다섯 번째 형체의 손이 굴보다 작고 털이 거의 없다는 점을 알아챘다. 관절 부위가 튀어나오고 염증 징후가 보이는 노인의 손이었다.

수호자인가?

"수호자가 왜 관심을 갖는 거지?"

― 그건 모르겠습니다. 하지만 이걸 보십시오.

고속 재생. 여성 흡혈귀가 죽어 쓰러졌다. 유목인이 달리다가 멈추고, 강가에 반짝 나타났다가 갑자기 흡혈귀 대여섯과 싸우기 시작했다. 재생 속도가 엄청나게 느려졌다. 유목인이 칼을 휘두르고…… 여자 흡혈귀 하나가 유목인의 등 뒤에서 몸을 펴고…… 손 하나가 그녀의 발목을 쳤다.

숨어 있던 사람은 진흙을 바른 채여서 진흙과 같은 색이었다. 그가 관절이 튀어나온 손으로 흡혈귀를 살짝 건드린 다음 떨어졌다. 흡혈귀는 손톱을 휘둘렀지만 아무것도 볼 수 없었기에 조금 전 공격하던 대상에게 다시 주의를 돌렸고, 그의 칼에 죽었다.

"최소한의 행동으로 효과를 거두는군."

루이스는 말했다. 어디선가 바스락거리는 소리가 그의 주의를 끌려고 애쓰고 있었다.

― 은밀하기도 하지요.

붉은 유목인은 진흙 바닥을 따라 달렸다. 흡혈귀들이 몰려들더니…… 하나같이 멀리 이동하면서 사라졌다.

― 감시 장비의 범위 밖으로 나갔습니다. 한동안 다시 찾아내지 못했습니다. 숨어 있던 자도 거의 놓쳤지요. 그 점이 마음에 걸립니다. 보십시오.

카메라 화면이 강을 거슬러 올라가 물이 튕기는 장면을 잡아 냈고, 비탈 위로 따라 올라가더니 그림자를 비췄다.

루이스가 말했다.

"잘 못 봤⋯⋯."

— 자, 한 번 더 보십시오. 적외선 모드로 하지요. 가시광선으로는 숨어 있던 자를 볼 수 없습니다.

"그래, 당연히 물속에서 열을 분산했겠지. 어디로 향한 거야? 흡혈귀 둥지로?"

광량을 증폭한 영상이 다시 재생되었다. 첨벙. 무언가가 물속에서 모습을 드러내더니 움찔거리며 규칙성 없는 동작으로 달려 올라갔다. 화면 정지. 또렷한 화면은 아니었지만 형체는 분명히 인류의 것이었다. 그가 다시 달리더니 그림자 속으로 사라졌다.

— 이게 내가 본 마지막 모습입니다. 흡혈귀가 아닌 건 분명하지요. 붉은 유목인을 지켜 주었고 그의 동료도 지켜 준 것 같습니다. 필사적으로 모습을 숨기면서 말입니다.

고기잡이와 항해자들이 물웅덩이 근처의 수풀 속에 줄지어 서서 바스락거리는 소리를 내며 허공에 떠 있는 루이스를 보고 있었다. 그중에는 바위 절벽에 열린 창을 보는 사람도 있고, 화면 속 아주 먼 곳에서 햇볕을 받고 있는 산을 보는 사람도 있었다.

루이스는 물었다.

"다른 건 없나?"

— 세 시간 전부터 흥미로운 건 아무것도 없습니다.

"최후자, 난 잠을 못 자서 뇌가 죽어 갈 지경이야."

— 잠시만요, 루이스. 저 존재는…….

"아치의 곡면을 따라서 삼십오 도 올라간 곳에 있지. 광속으로
오 분 삼십 초 떨어진 곳이기도 하고. 그러니 널 해칠 수 없어.
하지만 네 말이 맞아, 저건 수호자야."

— 루이스! 당신은 의학적인 치료를 받아야 합니다.

"넌 의학적인 치료를 해 줄 수 없잖아. 오토닥을 착륙선에 실
었던 건 기억하지?"

— 선실 주방에 의료 기능이 있습니다. 그걸로 부스터스파이스를
만들 수 있단 말입니다!

"부스터스파이스는 인간을 건강하게 만들어 주지 못해. 젊게
만들 뿐이지."

— 당신은…….

"아니, 난 아픈 게 아냐. 하지만 인간은 병에 걸리는 법이지.
최후자, 난 우리에게 제대로 작동하는 오토닥이 없는 이유를 잊
지 않았어. 크미와 나는, 우리는 이 일에 자원하지 않았어. 넌 우
리가 착륙선을 작동시키지 않을 수도 있다고 생각했지. 그래서
오토닥을 거기에 넣은 거야. 틸라가 그걸 태워 버렸고."

— 하지만…….

"화면은 계속 띄워 둬. 다른 사람들이 우리가 뭔가를 숨긴다고
의심하는 건 싫으니까."

루이스는 일어서서 뒤로 돌았다.

— 루이스, 지긋지긋하게도 말을 안 듣는군요.

루이스는 두 걸음을 더 나아갔다. 하지만 십일 년 동안 최후자의 말을 듣지 않았다는 데 생각이 미쳤다. 사과를 하기에는 너무나 어색하다는 생각도 들었다. 그래서 다시 몸을 돌린 다음 바위에 도로 앉아 말했다.

"어디 들어 보지."

— 내 전용 의료 시설이 있잖습니끼.

"아, 그랬지."

최후자는 분명히 상상할 수 있는 모든 사고나 건강 이상으로부터 스스로를 보호할 준비를 했을 것이다. 링월드에 처음 방문했을 당시 네서스는 머리와 목을 잃었고, 루이스는 그 두 부분이 정상으로 되돌아간 것을 두 눈으로 보았다.

"하지만 퍼페티어용이지. 인간에게는 쓸모가 없잖아?"

— 이 기술은 본래 인간용이었습니다. 우리가 파프니르 행성에서 크진 경찰로부터 사기는 했습니다만 ARM이 이백 년 전에 실험했던 기술로 확인됐지요. 태양계에서 도난당한 겁니다. 이 설비는 나노 기술로 세포의 내부를 직접 고칩니다. 딱 한 대만 존재하고요. 나는 이 설비를 개조해서 인간과 크진인과 우리 종족을 치료할 수 있게 해 놨습니다.

루이스는 웃고 있었다.

"세상에, 세심하기도 하시군."

'화침'호에 실려 있던 장비는 대부분 인간이 생산한 물건이었다. 인간이 만들지 않은 물건은 신중하게 숨겨져 있었다. 최후자가 선원들을 납치하다가 붙잡혔다 해도 세계 선단은 얽혀 들지 않았을 것이다.

"앞으로도 그걸 볼 일은 없을 테니 유감이야."

— 선원용 갑판으로 이동시킬 수 있습니다.

루이스는 강물처럼 차가운 무언가가 척추를 관통하는 느낌을 받았다.

"진지하게 하는 말이 아니겠지, 최후자. 어쨌든 난 너무 피곤해서 머리가 안 돌아가. 잘 자라고."

루이스는 원반 더미를 손님용 건물 옆에 세워 두었다. 원반에서 내려서자 바짝 마른 수풀이 바스락거렸다. 그는 그리 크지 않은 목소리로 밤하늘을 향해 말했다.

"얘기할 준비가 되면 여기서 날 찾으면 될 거야. 수를 놓은 킬트를 입고 오면 되겠네."

밤하늘은 아무 대답도 하지 않았다.

그가 천막으로 기어 들어가자 사워가 살짝 움직였다. 루이스는 금세 잠들었다.

악취가 섞인 바람이 불어와 발라는 반쯤 잠에서 깼다. 뾰족한 손톱들이 팔꿈치를 세게 누르는 바람에 남은 졸음도 날아가 버렸다. 그녀는 비명을 지르며 일어나 앉았다. 하프장이가 얼른 몸을 숙였고, 발라는 간신히 방아쇠를 당기지 않을 수 있었다.

"발라버질린, 와서 봐요."

플럽!

"습격당한 건가?"

"흡혈귀 냄새를 맡을 수 있을 거예요. 아직까지 우리를 찾으러 오지 않았다는 게 놀랍군요. 아마도 다른 관심거리가 있는 것 같아요."

발라는 밖으로 나가 발판을 밟고 섰다.

굵직한 빗방울이 떨어졌다. 차양 덕분에 몸이 다 젖지는 않았지만 그 대신 시야도 좋지 않았다. 반회전 우현 방향으로 번개가 번쩍였다. 흡혈귀 요새가 있는 쪽이었다. 번개 말고 다른 것도 있었다. 강 쪽 내리막 끝에 백색광이 꾸준히 비치고 있었다.

그런 얘기까지 했는데 테거가 불을 피웠다고? 하지만 불은 저런 색이 아니야. 그리고 불은 깜빡거리지.

비탄에 젖은 관이 위쪽 바위에서 보초를 서고 있었다. 하프장이가 물었다.

"와비아를 깨울 건가요?"

"그래야지."

발라는 화물 적재 칸으로 미끄러져 들어갔다. 굳이 다른 사람을 깨울 필요는 없지만, 와비아라면 무언가 다른 것을 발견할 수도 있었다. 그녀라면 문제의 빛을 켠 사람이 테거라는 증거를 발견할지도 몰랐다.

"와비아?"

"자는 거 아니다."

"와서 좀 봐라."

비가 간헐적으로 내리고 멈추기를 반복하면서 문제의 빛이 희끗희끗 보였다. 이제 그 빛이 점이 아니라 기울어진 직선이라는 걸 알 수 있었다. 빛이 꺼졌다가 다시 밝아졌다.

와비아가 말했다.

"테거는 이것저것 건드려 보기를 좋아하지."

"테거가 맞나?"

"내가 어떻게 알지?"

붉은 유목인 여자가 쏘아붙였다.

세 사람은 서로를 돌아보았다. 곧 하프장이가 말했다.

"빛으로 흡혈귀를 쫓아낼 수 있어요. 아주 밝은 빛이라면."

하프장이가 말했지만, 와비아는 쓰러지듯 바위에 몸을 기대고 졸기 시작했다.

발라가 말했다.

"변화가 생기면 깨워라. 나도 여기 있겠다. 우선 담요를 가져와야겠군."

두 장 가져와야지. 그녀는 화물칸으로 기어 들어갔다. 하나는 와비아에게 줘야지.

빛이 흔들리기 시작했다. 발라는 움직임을 멈추고 그 광경을 바라보았다. 기울어진 광선에서 밝은 점이 떨어져 나오더니 곧장 위로 올라가기 시작했다.

운반차가 덜컹거리면서 제힘에 부서질 듯이 흔들렸다. 테거는 의자에 매달려 있었다. 와비아에게 매달리고 싶었던 것과 비슷하게. 그는 한 손을 놓고 접점에 끼워 놓은 발라버질린의 천 조각을 빼낼 수 있을지 생각해 보았다.

그럴 필요가 있을까? 흔들린다고 해서 죽을 것 같진 않았다. 그저 이가 맞부딪치는 것뿐이었다.

운반차는 왜 이렇게 흔들리는 걸까? 모터가 반쯤 망가져서? 혹시 모터는 본래 목적대로 화물 운반차를 밀어 올리려고 애쓰고 있는데, 강바닥에 묻혀서 빠져나오지를 못하는 건가?

테거는 이리저리 생각해 보면서 손가락으로 손잡이들을 만지

작거렸다.

플립! 이건 조명이었지. 저건 아무 효과도 없었고. 저것도 그랬지. 저건 바람을 멈췄다가 다시 불게 만드는 거고. 처음 그 손잡이를 건드렸을 때는 어디선가 귀에 거슬리고 불길한 소리가 났는데 지금은 아무 효과도 없었다.

해골의 무릎이 있었을 자리에 그늘지고 움푹 파인 곳이 있고 거기 무언가가 튀어나와 있었다. 두 부분이 튀어나온 손잡이였는데, 그의 손에는 움직이지 않았다.

테거는 덜덜 떨리는 이를 악물고 무릎에 힘을 주어 몸을 의자에 고정시킨 다음 두 손으로 손잡이를 쥐고 당겼다.

아무 일도 안 생기는군. 좋아, 밀어 보지.

그다음에는 돌려 보았다.

손잡이가 손안에서 움찔거리고 테거는 조종 장치에 머리를 부딪쳤다. 그는 하늘로 솟아오르고 있었다.

천 조각을 빼내야 해! 그는 의자에서 몸을 뗄 엄두를 내지 못했다. 하지만 오히려 그게 다행일 수도 있었다. 밤이라 어두웠지만 멀어지는 강바닥이 보였다. 이 높이에서 추락하면 사망할 터였다.

의자에서 손이나 발을 한쪽만 뗄 수 있다면 조종석의 방향을 바꿀 수 있을 것이다. 옆에서 강이 선회하는 동안 그는 절반쯤 땅에 파묻힌 사각형 판을 흘끗 보았다. 판의 위쪽 모서리에는 파인 곳이 없었다. 그는 운반차에서 조종석만 떼어 낸 셈이었다.

그리고 이제 추락하기 시작했다. 온몸으로 느낄 수 있었다. 떨어지고, 떨어지고…… 다시 급상승. 강으로부터 사람 키의 스무 배에서 서른 배만큼 높은 곳에 떠서, 내륙으로 움직였다. 도시를 향해서 움직이고 있었다.

분명히 조종할 방법이 있을 텐데…….

내가 속삭임을 너무 믿었던 걸까?

날 화물 운반차 쪽으로 이끈 긴 속삭임이었어. 발라버질린의 천을 손에 넣게 만든 것도 속삭임이었지. 내가 직접 실험해 보지 않았다면 속삭임은 어떻게 나왔을까? 하지만 속삭임은 화물차의 방향을 바꿔서 다른 곳으로 가라고 말한 적이 없어. 분리된 조종석의 방향을 바꾸라고 한 적도 없고. 고장 난 기계는 본래 위치했던 공중 격납고로 돌아가고 있는 거겠지.

그러니까 속삭임은 최소한으로 개입해서 바라던 방향으로 날 데려가는 거군. 속삭임을 믿었기 때문에 이렇게 된 거지. 하지만 난 속삭임이 어떤 존재인지도 모르고 속삭임의 동기가 뭔지도 생각해 본 적 없는데…….

창을 따라 흘러내리는 비 때문에 시야가 반쯤 가려졌다. 하지만 깜빡거리는 번개와 살짝 비치는 아치 불빛으로 꼭대기가 평평한 무언가가 가까워지는 것을 볼 수 있었다. 움직이는 물체는 없었다. 그러던 중 빗줄기가 소용돌이치며 돌더니…… 그는 어느 순간 비명을 지르는 거대한 새 떼 속에 있었다.

흡혈귀도 날 수 있나?

하지만 비와 뒤섞인 어둠 속에서도 알아볼 수 있었다. 복부가 파란 매커웨이들이었다. 그가 사는 지역의 매커웨이와 다르지 않았다. 다만 날개 길이는 그가 양팔을 벌린 것보다 길어서 활주 능력이 좋았다. 부리는 맹금류의 것이었다. 매커웨이는 육식을 하고 유목인 아이를 채 갈 수 있을 만큼 컸다.

테거는 매커웨이가 그렇게 많이 몰려 있는 광경을 본 적이 없었다. 매커웨이 떼를 뚫고 이동할 수 없었다. 그는 계속 의자 등받이를 움켜쥔 채 손을 움직이지 않았다.

어느 순간 새들이 소용돌이를 그리면서 물러갔다. 둥근 조종석이 허공에서 정지했다.

테거는 평원에서 살았지만 다른 부족과 물건을 교환하려고 바지선에 탄 적이 있었다. 그래서 선착장에 익숙했다. 그는 조종석 안에서, 아마도 허공에 뜬 강가의 선착장처럼 보이는 장소보다 사람 키만큼 높은 곳에 떠 있었다. 이곳은 가장자리였고, 공중을 나는 배들은 이곳을 완충지대로 삼으며 이동하는 것 같았다. 배는 가장자리 위쪽에 드리워진 밧줄에 묶여 있었을 것이다. 화물은 저 커다란 건물 속에 있었을 테고, 건물의 문 안쪽에는……

새 떼는 이제 흥미를 잃고 보금자리로 돌아가고 있었다. 매커웨이는 야행성이 아니었다.

조종석 문은 선착장과 반대편에 나 있었다. 최소한 문의 방향만이라도 반대편으로 돌릴 수 없을까? 뭔가를 돌려본다면……. 하지만 이처럼 높은 곳에서 실험을 해 보고 싶지는 않았다.

정상적인 경우라면 여기서 무슨 일이 벌어질까? 화물차는 도시에서 착륙하라는 신호가 올 때까지 기다리겠지. 도시 쪽으로 고유한 신호를 직접 보내기도 할 테고. 아마 저 밧줄 중 하나가

뻗쳐 와서 화물차를 붙들고 끌어당길 거야. 하지만 지금은 그렇게 될 리가 없겠지. 도시가 추락하면서 모든 게 정지했고 선착장도 마찬가지니까.

테거는 문을 바라보고, 열려 있다는 사실을 깨달았다.

가방. 칼.

데지는 가느다란 빗속으로 섰어 나가 열린 문의 문턱에 위태롭게 올라섰다. 그리고 조종석의 미끄러운 꼭대기로 뛰어올라 납작 매달렸다. 새들이 선회하면서 다가오더니 그를 지켜보았다.

그는 엎드린 자세로 전진해서 거품형 조종석의 아래쪽으로 향했다. 조금 더 나아가다가 손과 무릎으로 몸을 지탱하고, 조금 더 이동하고, 무릎을 전방으로 내밀었다. 그리고 발에 힘을 준 다음, 미끄러지다가 뛰었다.

그는 턱을 바닥에 짓찧고 다리를 공중에 치켜든 채 철퍽 엎어졌다. 선착장 바닥은 부드러운 나무로 만들어진 느낌이었다.

그는 그대로 가만히 있고 싶었지만 새들이 괴성을 지르며 하강해 왔다. 테거는 몸을 굴리면서 칼을 뽑아 들고 기다렸다. 그리고 새 한 마리가 접근하자 칼을 휘둘렀다.

"테거가 도시 건설자의 물건을 발견한 게 틀림없다. 오래된 자동차 같은 것 말이다. 그걸 작동시켰군. 지금은 저 위에 있고."

와비아는 공중 건물의 끄트머리에서 이글거리는 빛을 뚫어져라 노려보았다. 그녀의 믿음은 발라보다 강했다.

발라가 물었다.

"뭐가 보이지?"

"빛에 가려진 건 볼 수 없다. 빛 근처에는 큰 새들이 돌고 있고, 테거가 뛴 것 같······."

빛이 더 빠르게 약해졌다. 그리고 고통스러울 정도로 밝게 번쩍이더니 꺼졌다.

"테거가 뛰어내렸다."

와비아가 긍정적인 목소리로 말했다.

"발라버질린, 난 쓰러질 것 같다. 해가 뜨면 더 자세하게 설명해 주겠다."

"우리가 해 줄 수 있는 건 없나?"

"발라버질린, 테거에게 갈 길이 있다면 난 뭐든 했을 거다."

"비탄에 젖은 관, 좋은 생각 없나?"

굴이 고개를 저었다.

"우린 기다려야 되겠군. 순찰차를 두기에는 여기가 최적인 걸로 보이니까. 풍경도 멋지고. 여기서 기다리면서 지켜보지."

매커웨이들은 살아 있는 먹잇감을 좋아했지만 그렇다고 썩은 고기를 안 먹는 건 아니었다.

반대로 매커웨이 고기는 맛이 끔찍했다. 그래도 테거는 새고기를 먹어 치운 뒤로 기분이 한결 나아졌다. 허기를 채우고, 발정난 흡혈귀들의 냄새가 사라지고 나니······.

높은 곳에 있는 터라 바람이 차가웠다. 테거는 가방에서 비옷을 꺼내 몸을 꿈틀거리면서 뒤집어썼다. 추위와 통증과 악몽처럼 고생스러웠던 하루가 저물어 가고…… 졸음이 흡혈귀처럼 목에 이빨을 꽂기 시작했다.

테거는 탁 트인 공간에서 잠들 엄두가 나지 않았다. 그는 멍한 상태에서 겁을 집어먹은 채 주변을 살펴보았다. 화물을 적재하는 육면체에 달린 거대한 문은 너무 무거워 보였다. 누가 힘을 쓰든 열 수 없을뿐더러 그런 노력 자체가 엄청난 낭비일 것 같았다.

거대한 문을 지나 모서리를 돌자 그의 키와 높이가 비슷한 문이 보였다. 발로 걷어차 보니 문이 그를 향해 튕겨 나오며 열렸다. 그는 어둠 속으로 들어가 탄력이 있는 물체를 발견하고 그 위로 올라가서 잠들었다.

그는 떠오르는 기억을 두려워하면서 잠에 매달렸다. 그래도 기억은 떠올랐고 쉽사리 눈꺼풀에 달라붙어 흔들거렸다. 그는 그 때문에 깜짝 놀라 잠에서 깨어났다. 사람 한 명이 통과할 수 있는 출입구를 통해 햇빛이 넘쳐 들어왔다.

테거는 썩은 채소 냄새가 살짝 나고 산더미처럼 쌓여 있는 짐짝에서 기어 내려왔다. 햇빛은 그러는 동안에도 점점 약해졌다. 옷감을 만들려고 쌓아 둔 재료일까? 식량이라면 훨씬 더 상태가 나빴을 것이다. 그는 밖으로 걸어 나갔다.

머리 위에서 이리저리 흩어진 구름들이 느릿하게 흘러가고 있었다. 햇빛은 선착장을 따라 수직 광선 같은 형태로 지나갔다. 그는 팔다리로 기어서 끄트머리로 간 다음 아래를 내려다보았다.

우선 새들이 보였다. 그를 이곳까지 태우고 온, 창이 있고 둥그런 탈것은 부서진 채 아래쪽에 있었다. 테거는 그 방향으로 돌아갈 수 없었고, 그럴 생각도 없었다.

무수하게 많은 새들이 햇빛을 받으며 날개를 펼친 채 선회하고 있었다. 그러다가 무언가를 잡기 위해 아래로 곤두박질쳤다. 그처럼 많은 매커웨이라면 아주 많은 먹잇감을 노릴 것이 분명했다. 흡혈귀들이 남긴 것으로 생태계 전체가 돌아가고 있는 것이다. 흡혈귀가 남긴 것이란 바로 피를 빨린 시체들이었다.

이 위쪽에 있는 거라고는 새들뿐인 것 같았다.

아니, 잠깐. 선착장의 세로 면에 거미줄 같은 게 붙어 있잖아. 우현 쪽 바깥 면이군.

테거는 거미줄을 보기 위해 상반신을 한참 내밀어야 했다. 거미줄이 빛을 받자 구릿빛을 발했다. 빛을 받지 못한 경우에는 아예 식별이 되지 않았다. 끄트머리를 확인할 수가 없으니 거미줄의 크기도 가늠할 수 없었다. 초원 거인의 키만큼은 되는 것 같았다. 거미줄 중앙에서 꼼짝도 않고 있는 검은 점은 아마도 굶어 죽은…… 거미인 것 같았다.

그는 지상을 떠난 이후로 곤충을 보지 못했다. 새와 거미가 있다는 건 곤충의 존재를 시사했다. 그러나 새들이 곤충을 전부 먹어 치웠을 가능성도 있었다. 그는 자신도 굶을 수 있다는 사실을 알아챘다. 즉 시간이 무한정 남아 있지는 않다는 얘기였다.

하지만 그 정도는 이미 예상하고 있었다!

테거가 '도시'라고 생각했던 것들은 정작 세부를 들여다보자 어느 한 가지도 낯익은 것이 없었다. 그는 눈에 보이는 것들의 명칭을 거의 알지 못했다. 도시의 지형은 균일하지 않은 오르막이었으며 중심부가 가장 높았다. 그 중심부에 수직으로 선 관이 있었다.

테거는 달리기 시작했다.

이제 두려울 게 없다. 그서 남색을 할 뿐이었다. 그가 달리자 너비가 사람 키 여덟 배에 달하던 선착장이 멀어지면서 점점 좁아졌다. 하지만 사람 키 두 배에 달하는 너비가 될 때까지 선착장은 계속됐다. 그 뒤로는 선착장이라기보다 그저 도시의 테두리에 지나지 않았다.

'테두리 거리'. 건축물들도 테두리를 따라 늘어서 있었다. 문이 달린 건물도 있었다. 여기저기에 있는 골목은 창이 없는 구조물 덩어리 사이로 뻗어 가다가 시야에서 사라졌다. 둥글고 문이 없는 구조물에는 측면을 따라 올라가는 사다리가 있었다.

멈췄던 비가 다시 내리기 시작했다. 이제 발밑을 신경 써야 했다. 하지만 발밑에 느껴지는 바닥은 거칠었고, 빗물은 테두리 거리의 안쪽 끝을 따라 이어지는 배수구 속으로 흘러 들어갔다.

이상한 광경이 눈에 들어왔지만 테거는 그다지 흥분하지 않았다. 넓은 거리가 공중으로 올라가는 경사로와 이어지고 있었다. 그리고 그 끝에는……

테거는 걸음을 멈췄다. 사람이 거주하는 구조물인가? 그는 투를의 천막과 그보다 훨씬 더 작은 진저로퍼의 천막을 직접 보았다. 그들보다 정착성이 강한 인류가 영구적인 구조물을 세우고 사는 것도 본 적이 있었다. 하지만 지금 눈에 보이는 것처럼 밝게 칠해 놓은 사각형 주택과 비슷한 것은 보지 못했다. 그래도 그것들은 집이었다. 사람의 키 높이와 비슷한 문이 나 있고, 둘레에는 나무가 늘어서 있으며, 창문도 보였다.

저건 나중에. 테거는 그렇게 생각하며 계속 달렸다.

이제 테두리 거리에는 집이 더 보이지 않았다. 그 대신 엄청나게 큰 형체들, 단단한 사각형들, 뒤틀린 달걀꼴들, 도관으로 이뤄진 숲들, 납작하고 구부러진 커다란 금속 거미줄들이 보였다. 그는 눈에 보이는 것들이 무엇인지 거의 알아보지 못했다. 대략적인 모습만 머리에 담아 두는 것으로 족했다. 자세한 건 나중에 신경 쓸 일이었다.

테거는 배경이 되는 경치가 아니라 도시를 바라보았다. 하지만 어느새 강이 다시 시야에 들어왔고, 길게 이어지는 돌투성이 절벽과…….

순찰차가 보였다!

붉은 유목인은 그 어느 종족보다 먼 곳까지 내다볼 수 있었다. 그리고 자연적으로 만들어진 것들 중에 기계인의 순찰차와 혼동될 만한 것은 없었다. 잘못 본 게 아니었다. 그가 발견한 것은 암석 봉우리 위에 있는 발라버질린의 교역단이었다.

원정대원 대부분은 가 버린 것 같았다. 테거가 발견한 생명의 징후라고는 일어서서 몸을 펴는 사람처럼 보이는 두어 개의 점이 전부였다. 초원 거인 보초일까?

그는 가장자리로 걸어가서 하늘을 날려는 사람처럼 손을 내저었다. 내 모습이 보일까?

여기 있으면 안 보일 거야. 이상한 형체들이 잔뜩 있으니까. 하지만 하늘을 등지고 설 수만 있다면…….

적당한 기회가 오겠지. 순찰차들은 저 자리를 지킬 테니까.

아무것도 알아볼 수 없을 때 느껴지는 당황스러움은 쉽게 극복되지 않았다.

테두리 거리는 탁 트이면서 더 넓어졌다. 테거가 어젯밤에 발로 차서 열었던 문이 전방 먼 곳에 보였다. 그리고 이곳, 선착장의 우현 회전 방향 끝에 직각으로 꺾어지는 거리가 있었다. 진입로는 어두웠고 폭은 사람 키의 여덟 배쯤 됐으며 가파른 내리막이었다. 내리막길을 제외한 모든 것이 도시 중심부를 향해 치닫고 있었다.

테거는 오른쪽으로 방향을 잡았다. 그리고 어둠 속으로 뛰어들어갔다.

하지만 곧 속도를 늦췄다. 누구라도 걸음을 늦출 수밖에 없는 악취가 났던 것이다. 죽음과 부패의 기운이 느껴졌고 그 밑바닥의 익숙한 무언가도 느껴졌다.

시야가 조금씩 어둠에 익숙해지고 있었다. 길은 오른쪽으로 굽었고, 계속 아래로 내려가면서…….

그는 들어왔을 때보다 더 빠르게 달려 나갔다. 어젯밤에 보았던 나선형 경사로는 생각했던 것보다 훨씬 더 컸다.

순찰차 네 대가 나란히 이동해도 되겠어. 흡혈귀들도 이리로 올라올 수 있을 테고.

테거는 어둠 속을 들여다보고 그리로 가야만 한다는 사실을 깨달았다. 눈이 적응을 끝낼 때까지 기다린 그는 그림자 둥지를 들여다보며 뒤돌아보는 존재가 있는지 확인했다.

아직은 아니었다. 그는 계속 달려갔다.

선착장과 창고…… 커다란 은색 탱크…… 그리고 여기, 햇빛이 유리창에 반사되는 곳까지 길거리는 좁고 경사로는 넓었다. 그 두 가지 모두 기울어진 채 오르막을 그리며 창문이 있는 집들이 층층이 올라가다가 거대한 안구처럼 보이는 곳에 이르고 있었다.

테거는 '계단 거리'에 도달해 올라가기 시작했다.

각 집들의 주변에, 집들 사이에 먼지가 띠를 그리거나 쌓여 있었다. 계단 거리 전역에 걸쳐, 어느 한 집의 정면으로부터 뻗어 나온 널찍한 먼지층이 아래쪽에 있는 집의 평평한 지붕까지 이어지는 모습이 꾸준히 눈에 띄었다.

그런 지면 중에는 물로 뒤덮인 곳도 있었다. 씻겨 내려간 곳이 있는가 하면 수백 팔란 동안 비를 맞아 모래로 변한 곳도 있었다. 어떤 곳에는 풀이 높이 자라고 있었고 어떤 곳에는 아무것도 자라지 않았다. 죽은 나무, 쓰러진 나무, 살아 있는 나무, 과실이 달린 나무가 보였다.

마구잡이로 자란 이과梨果 열매들이 가장 위쪽에 있는 집으로 부터 거의 테두리 거리에 이르기까지 줄지어 있었다. 처음에는 누군가 재배하던 것처럼 보였다. 하지만 제일 위쪽에 있는 나무

두 그루는 죽었고, 가장 아래쪽에 있는 나무들은 사람 머리만 한 열매를 이제 막 만들어 내고 있었다.

테거는 하나의 나무가 씨를 퍼뜨린 덕분에 수만 개의 둥근 열매가 수백 팔란에 걸쳐서 비탈길을 굴러 내려가는 광경을 떠올려 보았다.

차량에 있는 유리창과 달리 평평한 창문도 보였다. 그게는 두 를의 침대와 비슷했다. 멋진 물건이었다. 표면은 불투명했다. 그는 창문 안쪽을 들여다봤지만 내부가 어두웠다.

그 옆집으로 가 보니 거대한 나무가 뿌리째 뽑히는 바람에 벽에 금이 간 상태였다. 그 집에도 동쪽 터를 향해 난 거대한 창문이 있었다. 테거는 땅에 놓인 커다란 돌덩이를 집어 유리를 두들 겨 보았다. 하지만 깨진 건 돌덩이였다.

그 대신 금 간 벽이 있었다.

저 틈으로 비집고 들어갈 수 있을까?

그의 짐작은 들어맞았다.

테거의 기준으로 보자면 커다란 공간이었다. 내부가 천막보다 컸다. 모든 것들이 큼직했지만 그래도 초원 거인들의 물건만큼은 아니었다. 의자에 앉아 보니 발이 공중에 떴다.

전망 창 맞은편에 타원형 침대가 놓여 있었다. 침대에는 다섯 사람의 해골이 있었다. 셋은 성인이고 둘은 아이였다. 가까운 사이 같았고 평화로워 보였다. 그 침대에서 조금 떨어진 곳에 아이의 뼈가 하나 더 있었고, 문으로 손을 뻗은 모습이었다.

문 뒤쪽의 공간은 매우 어두웠다.

테거는 부패한 침구로 횃불을 만들어 안으로 들어갔다. 그곳에는 창이 없었다. 그리고 가구와…… 조종 장치 비슷한 것이 있었다. 벽에는 여러 개의 분출구가 있고, 그 위에 흔들거리는 손잡이들이 보였다. 관의 양쪽 끝에 분출구가 있고 바닥에는 배수구가 있었다. 물이 나와야 하는 구멍들이었지만 실제로 물은 나오지 않았다.

테거는 탐색을 이어 갔다.

창 없는 방이 또 있었다. 성인 크기의 뼈가 야트막한 입구 근처에 누워 있고 입구 안쪽 부근에는 수십 개의 손잡이가 있었다.

여긴 조종 장치가 더 많군. 테거는 가방으로 손을 뻗으며 생각했다. 운반 차량에 있던 오목한 조종판처럼 말이야. 수건이 있고, 날이 쐐기처럼 생긴 칼이 있었다. 발라버질린의 천은 이미 여러 조각 잘라 둔 상태였다. 그는 천 조각을 여기저기 밀어 넣기 시작했다. 이건 소용없고, 여기도 소용없고, 여기도…….

그때 기적이 발생했다. 조명이군.

천장의 한 지점이 쳐다볼 수 없을 정도로 밝게 빛났다. 테거는 그 방을 나왔다. 집 전체에 빛이 가득했다. 그는 조명을 그 상태로 두었다. 아직도 동력이 공급되다니 놀라운 일이었다.

동력은 어디서 얻는 거지? 번개에서? 번개를 끌어와서 동력으로 쓰는 거라면…….

테거는 늘어선 집들을 더 빠른 속도로 지나가면서 창문 안을 들여다보았다.

곳곳에 해골들이 있었다. 전부 실내에만 있고 실외에는 시체가 남아 있지 않았다. 새들의 먹잇감이 된 것이 분명했다.

여기저기서 풀이 무성하게 자라고 있었다. 그중에는 인류가 식용으로 쓰는 것도 있었다. 식물을 장식용으로만 쓴다는 건 납득이 되지 않았다. 하지만 지쪽에 있는, 잎이 크고 보라색인 식물은······?

땅을 조금 파고 당겨 보니 통통한 뿌리가 드러났다. '구름 낀 삼각주' 지역 경작자들이라면 끓여 먹을 법한 뿌리였다.

그곳은 작은 농장이었다!

테거는 흙으로 덮인 지역의 끄트머리에 다리를 꼬고 자리 잡은 다음 흙빛 비옷을 꺼내 그 안으로 몸을 집어넣었다. 그리고 그 지역의 지형지물이라도 된 것처럼 가만히 앉아 비가 흘러내리도록 기다렸다.

손바닥만 한 땅뙈기는 이제 더 이상 농장이 아니었다. 식물들도 줄을 맞춰 선 작물이 아니었다. 당연한 일이지만 도시의 몰락이후 돌보는 사람이 없었기 때문이다. 하지만 이처럼 접근하기 어려운 공간에 사는 사람들이 토끼를 먹이기도 어려울 만큼 좁은 경작지에 씨를 뿌렸다는 것도 이상했다.

테거는 아주 흥미로운 점을 알아챘다.

어젯밤에는 해충이 그를 물어뜯지 않았다. 해충이 도달할 수 있는 영역보다 높이 올라온 것 같았다. 그렇다면 이 지역에 사는 동물이라고는 저 밑에서 먹이를 찾아다니는 매커웨이가 유일할 것이다. 하지만 이곳에 먹이사슬과 유사한 것이 존재한다면, 생장하는 식물이 그 체계의 바탕일 수밖에 없었다. 따라서 그가 사냥할 만한 대상도 있다는 얘기였다.

태거는 그 밖에 기억해 둬야 할 게 있는지 생각해 보았다.

좁은 땅 두 곳에서 자라난 덩굴들이 그의 등 뒤에 있는 집을 집어삼켜 부숴 놓고 있었다. 그 바탕이 되는 것은 분명히 생장하고 있는 식물이어야 했다. 창문과 창틀도 무너진 상태였다. 비를 맞아 망가진 가구도 눈에 들어왔다.

집들은 평면과 직각으로 구성되었다. 하지만 계단 거리의 위쪽에는 창문과 같은 물질로 된 반구형 덮개가 있었다. 덮개는 집 두세 채를 합친 것과 같은 크기였다.

그는 덮개와 안구가 비슷하지 않은가 생각했지만 보이는 거라고는 흰 구름에 비친 모습뿐이었다. 덮개에는 색깔이 없었다. 도시 정상부에 있는 관은 그 덮개보다 높은 곳까지 뻗어 있었다.

태거는 가장 높은 지대에 세워진 집들 사이에 있었다. 그 집들이 이곳에서 가장 컸다. 정원 혹은 농장도 가장 넓었다. 도시 건설자들은 이런 풍경을 좋아한 것 같았다.

전방 아래쪽에 있는 공터는 완벽에 가까운 사각형이었다. 중앙에 조개껍질처럼 생긴 빈 웅덩이가 보였다. 각 꼭짓점 자리에 나무가 하나씩 서 있었다. 하지만 그중 한 그루는 홈을 파며 흐른 빗물 때문에 아래쪽이 깎여 쓰러진 상태였다. 그 나무의 뿌리는 지붕 끄트머리의 뒤쪽에 있는 허공을 향해 뻗어 있었다.

태거는 그 웅덩이가 마음에 들었다. 인공적으로 만들어 놓은 군도의 일부인 것 같았다. 웅덩이의 바닥은 둥글었고 도시 건설자가 사용하는 부드럽고 푸른 물질로 이뤄져 있었다. 안쪽으로 내려가는 계단도 보였다. 심지어 물이 흐르는 폭포도 있고, 한쪽 끝에 있는 돌 더미에서는 물이 솟아 나왔다.

테거는 폭포에서 나온 물과 빗물이 어디로 흐르는지 알 수 있었다. 물은 바닥에 있는 홈으로 전부 모이더니 사라졌다.

웅덩이에도 흙이 있었다. 하지만 그 흙은 웅덩이의 일부가 아닌 게 분명했다. 양이 너무 적었기 때문이다. 흙은 씻겨 내려가다가 거기 쌓인 듯했다. 그럼에도 불구하고 식물들이 그곳에 뿌리를 내렸고, 파란색 바닥을 부수고 있었다.

웅덩이는 수영을 하는 장소였다. 근거는? 웅덩이에서 나오는 계단이 있으니까. 그렇지 않으면 익사할 수도 있었다. 도시 건설자들은 수영을 했을 것이다. 또는 고향 흐름 부족이 방문했을 가능성도 있었다.

하지만 기껏 만들어 놓고 왜 비워 뒀을까?

식물이 분포한 지역에서는 아무 일도 일어나지 않았다.

테거는 밤이 오기 전 어둑한 시간에 사냥을 해야 한다고 생각했다. 포식자를 피하며 살아가는 생물은 빛과 어둠의 경계에서 가장 활발하게 움직이는 법이었다. 그런 사냥감만 있다면 웅덩이로 몰아서 그곳에 가둘 수도 있었다.

하지만…….

그는 풀숲으로 들어간 다음 웅덩이를 향해 걸었다.

진흙이 배수관을 반쯤 막고 있었다. 그리고 진흙에 살짝 덮인 덮개가 보였다.

배수관은 둥글었고 아래쪽으로 배관이 이어져 있었다. 지름이 한 뼘 정도 되는 둥그런 뚜껑이 경첩으로 고정되어 있고, 뚜껑에는 녹슨 사슬이 매달려 있었다.

테거는 사슬이 어디로 이어지는지 따라가 보았다. 위쪽 끄트머리였다. 사슬을 당겨서 뚜껑을 열어 두면 마른 상태를 유지할 수 있을 터였다.

그는 뚜껑을 닫으려 애썼지만 쉽지 않았다. 뚜껑에 올라서자 경첩이 부러졌다. 그는 자유로워진 뚜껑으로 배수관을 덮었다. 뚜껑은 잘 고정되었다.

테거는 웅덩이에 물이 차오르는 광경을 지켜보았다.

| 보초 근무 |

AD 2982, 직조인 마을

  햇빛이 눈꺼풀을 뚫고 들어왔다. 루이스는 옆으로 구르려 애
쓰다가 동작을 멈췄다. 여인을 깨울 수도 있었기 때문이다.

  기억이 조금씩 제자리를 찾아갔다. 샤워. 직조인. 센티 강 협
곡. 최후자, 흡혈귀, 흡혈귀 살해자, 몸을 숨기는 수호자…….

  여인이 그의 품 안에서 뒤척였다. 금빛 털과 은빛 털. 얇은 입
술. 가슴은 거의 부풀지 않았지만 돌출한 젖꼭지가 털을 헤치고
튀어나와 있었다. 여인이 눈을 깜빡거리며 잠에서 깼다. 새까만
눈꺼풀 때문에 갈색 눈이 커 보였다.

  샤워가 그도 일어났는지 확인하려고 살피는 게 느껴졌다. 그
리고 루이스는…… 그녀에게 물어본 적은 없지만 짐작하고 있었
다. 샤워는 아침에 리샤스라를 하는 쪽이었다. 그 역시 리샤스라

를 간절히 원했다. 너무 간절히.

사워는 뭔가 잘못됐다고 느낀 게 분명했다. 몸을 오 센티미터쯤 뗀 그녀가 그의 얼굴을 들여다보다가 물었다.

"당신은 아침에 식사를 하나요?"

"가끔은 그래요."

"뭔가 걱정되는 일이 있군요."

"그랬죠. 아니, 지금도 그렇군요. 미안해요."

사워는 그가 말을 마쳤다는 사실을 확인하고 나서야 다른 질문을 던졌다.

"오늘도 가르칠 건가요?"

"먹을 수 있는 식물을 찾아봐야 해요. 우린 잡식성이라서, 장기에 섬유질을 공급해야 하죠. 저기 큰 아이들이 사냥을 하러 가는데……."

"그렇군요. 우리도 따라가죠. 오두막에서 나에게 배우는 것보다 숲에서 당신에게 배우는 편이 훨씬 나을 거예요. 이걸 받아요. 작별 선물로 주려고 했는데, 지금 당장 필요하겠어요."

사워가 그렇게 말하더니 구석에서 끈이 달린 물건을 꺼냈다. 루이스는 경외감을 보이기 위해 물건을 햇빛 속으로 들었다. 그 물건은 복잡하게 수놓은 직물로 소중한 선물, 즉 뒤로 멜 수 있는 주머니였다.

루이스는 바비큐를 하고 남은 잿더미 속에서 어젯밤에 먹다 남은 물고기를 찾아냈다. 물고기는 나뭇잎에 싸여 있었다. 아침 식사로 먹기에 좋아 보였다.

그는 사위를 따라잡았다. 그녀는 식물과 버섯과 동물과 동물의 발자취에 대해 설명하면서 스무 명 정도 되는 아이들을 한 방향으로 인도하려 애쓰고 있었다.

어제 그는 보랏빛 자루에 달린 불룩한 화살촉 모양의 잎을 보았다. 잎은 나무의 밑동에서 자라고 있었다. 그와 비슷한 것들이 하류에서도 자라고 있었고, 그 잎은 먹을 수 있었다.

잡식성 인류는 일반적으로 다른 인간 종족이 무엇을 먹는지 본 다음 직접 먹어 볼 수도 있고 다른 인류가 안전하다고 판단한 것을 먹어 볼 수도 있었다. 물론 철저하게 고기만 먹는 종족들과 함께 있을 때는 그런 시도를 할 수 없었다.

하지만 루이스의 경우, 자신이 찾은 것을 남과 공유할 필요가 없었다. 식물에 독이 있다면 그에게는 구급상자가 있었다. 한 번에 한 종류 직접 확인해 보면 그만이었다. 독이 그리 강하지 않다면 섬유질이나 칼륨이나 자주 섭취할 수 없는 원소를 체내에 공급하기 위해 먹어야 할 수도 있었다.

아이들은 그가 이것저것 시험하는 모습, 이것은 씹어 보고 저것은 뱉어 버리는가 하면 몇 가지를 주머니에 넣는 것을 지켜보았다. 사위가 그를 도우러 다가왔다. 그녀는 그가 해를 입기 전에 독이 있는 덩굴식물을 가르쳐 주었고, 새들이 좋아하는 파란 열매는 확실히 독이 없으며 레몬 맛이 나고 저녁 식사를 담는 그릇만 한 크기의 버섯을 먹으면 알레르기 반응이 생기고…… 등등을 알려 주었다.

두 사람은 아이들보다 조금 앞서서 연못에 도착했다. 사워가 그의 팔에 손을 얹어 걸음을 늦추게 만들었다. 수면은 흔들림 없이 고요했다.

루이스는 무릎을 꿇으면서 관절과 등에 통증을 느꼈다. 그런데 머리카락이……! 그는 흰 줄이 생긴 자신의 머리를 처음으로 보았다. 눈가에는 주름이 있었다. 그는 자신의 나이를 눈으로 보고 있었다.

루이스는 후회로 고통스러워하며 생각했다. 이 꼴 좀 보라지! 이백 살 생일 때 이렇게 분장을 해야 했는데! 그랬다면 다들 깜짝 놀랐을걸!

사워가 그를 보며 장난꾸러기처럼 웃었다.

"스트릴이 왔으면 좋겠다고 생각하는 건가요?"

루이스는 놀라서 그녀를 쳐다보다가 웃음을 터뜨렸다. 사워는 지금까지 그의 진짜 나이를 감안하고 대했던 게 아니라 자신과 동갑이라고 생각했던 것이다!

다행히 그는 대답을 할 의무에서 벗어날 수 있었다. 아이들이 그들 주변으로 모여들었기 때문이다.

루이스는 궁금한 게 있었다. 그리고 아이들을 가르치면서 그 궁금증을 해결할 수 있었다. 그는 털이 금빛인, 그물을 던지는 아이를 선택했다. 그 아이는 스트릴의 주의를 끌려고 분투하고 있었다.

"패럴드, 옛날에는 모든 인간이 다 똑같이 생겼었다는 걸 알고 있니?"

아이들은 들어서 알고 있는 얘기였다. 하지만 그 얘기를 전적으로 믿지도 않았고, 그렇다고 완전히 불신하는 것도 아니었다.

루이스는 진흙 위에 그림을 그리기 시작했다. 최선을 다해서 호모하빌리스를 실물 크기로 그렸다.

"팩 종족의 양육사란다. 우리 조상들은 내가 태어난 곳과 비슷한 행성에 살았지. 공처럼 둥글지만 별들의 나선상에서 보자면 우리보다 훨씬 더 중심에 가까운 곳이야."

그는 그렇게 말하면서 무늬가 있는 나선을 그렸다. 은하계를 그린 것이었다.

"우리는 여기 있어. 팩 종족은 저기 어딘가에 살았고."

그는 팩이 사는 행성을 그릴 수가 없었다. 실물을 본 사람이 아무도 없었기 때문이다.

"그곳에는 '생명의 나무'라는 식물이 자랐지."

그는 호모하빌리스의 외형을 바꿔 그리기 시작했다. 얼굴은 툭 튀어나오고 비뚤어지게, 관절도 튀어나오게, 피부는 주름지고 접히게, 이가 없는 턱뼈가 잇몸을 통과해 나와 뼈로 이뤄진 주둥이가 되게.

"너희는 아이에서 어른이 되지. 링월드도 생기기 전 얘기인데, 모든 인간이 다 같았을 때는 아이가 있고 아이를 더 많이 만드는 어른들이 있었어. 그리고 아이와 어른 모두를 지켜 주는 세 번째 형태의 존재가 있었지. 당시의 어른들은 생각할 줄을 몰랐어. 하지만 그자들은 나이가 많아지면 생명의 나무를 먹고……."

"그녀들이겠죠."

패럴드가 키득거리며 말했다.

맞아, 이 부족은 일반적으로 여성형 대명사를 썼지. 루이스는 단어를 바꾸었다.

"그녀들은 생명의 나무를 먹고 잠들었지. 자는 동안에 몸이 변형되는 거야. 나비처럼. 성별이 사라지기 때문에 수호자는 남성이든 여성이든 모두 똑같이 생겼지. 턱이 자라서 이를 대신하고, 두개골은 확장되고, 관절이 팽창해서 근육이 더 큰 힘을 얻게 해주고, 피부는 가죽 갑옷처럼 두꺼워져. 변형이 완료되면 더 똑똑해지고 더 강해지는 거야. 그리고 아이들을 보호하는 것 말고는 아무것도 생각할 수 없게 되지. 수호자들은 누구의 아이들을 살릴지 결정하기 위해 끔찍한 전쟁을 치렀어."

"왜 우리는 그런 일을 안 겪을까요?"

스트릴이 물었다.

"아치 밑에 있는 토양에 한 가지 요소가 거의 남아 있지 않거든. 수호자를 만들어 내는 바이러스는 그 요소가 없으면 생존할 수 없지. 하지만 대양에 있는 어떤 섬 밑에는 동굴이 있는데, 거기서 자라는 생명의 나무는 그 바이러스를 뿌리에 품고 있어. 수호자는 끔찍하게도 자신의 핏줄들을 위해서라면 무슨 일이든 하지. 링월드를 만든 사람들은 아무도 손댈 수 없는 곳에 생명의 나무를 숨겨 놓았어. 나무는 화성의 지도 밑에 있는 커다란 농장에서 인공적인 빛을 받으며 자라고 있지. 하지만 누군가 그 나무를 손에 넣고……."

"거미줄 거주자가 그걸 두려워하고 있었어요."

패럴드가 환성을 지르듯 말했다.

"그래. 거미줄 거주자는 자신이 또 하나의 대양에서 수호자를 찾아냈다고 생각하지. 반회전 방향으로 아치를 따라 반쯤 올라가면 수호자가 한 명 있다는 거야. 게다가 링 벽에서 활동하는 수호자들이 너 있나고 생각하고. 거미줄 거주자는 인간 수호자와 아무 관계가 없어. 하지만 수호자들은 본능적으로 그를 적으로 보겠지. 그가 수리 시설에 있는 운석 방어 장치를 조종하니까. 그것만 있으면 원하는 건 뭐든지 태워 버릴 수 있거든. 아치의 어느 장소에 있든 아무 상관없이."

"그럼 우린 어느 쪽을 무서워해야 하나요? 거미줄 거주자인가요, 수호자인가요?"

아이들이 몸을 떨면서 키득거렸다. 그리고 얘기를 나누기 시작했다.

루이스는 귀를 기울였고 새로운 사실을 깨달았다.

아이들은 수호자를 알고 있었다. 전쟁은 소문을 통해서나 들려오는 사건이었지만 그 소문은 수호자처럼 생긴 갑옷을 입고 날아왔다. 그들은 모든 인류가 그렇게 생겼다고 상상하고 있었다. 영웅이든 괴물이든, 세인트 조지*든 그렌델**이든 간에. 그 모습은 초원 거인 가운데 일부가 사용하는 갑옷이기도 했고 우주항에 있는 압력복이기도 했다.

---

* 로마의 순교자, 잉글랜드의 수호성인.
** 서사시 〈베어울프Beowulf〉에 나오는 반인반수의 괴물.

아이들은 열심히 토론한 끝에 최후자 편을 드는 것 같았다. 이방인들은 경쟁자가 아니고, 도둑도 아니고, 성폭행을 하지도 않았다. 그렇다면 거미줄 거주자보다 더 낯선 이방인이 어디 있겠는가.

아이들은 이윽고 수영을 하려고 모조리 호수로 달려갔다.

루이스는 이 근방의 식물을 보고 뿌리가 비트처럼 통통한 어떤 식물을 떠올렸다. 그는 땅을 파기 시작했다.

사워가 곁에서 잠시 바라보다가 물었다.

"음, 루위우, 당신은 혼자서도 먹고살 수 있나요?"

"그럴 거예요. 그런 식으로 살면 비만이 될 수는 없겠지만."

"그런데도 우리와 같이 온 게 즐거운가요?"

"아, 그럼요."

루이스는 그녀의 말에 귀를 기울이고 있지 않았다. 그가 십일 년 전에 내렸던 결정이 이제 무너지고 있었다.

"하지만 당신이 원한 건 스트릴이었잖아요."

그는 한숨을 쉬었다. 스트릴이었다면 기뻤을 것이다. 하지만 지구 시간으로 사십 년가량을 살고 성인이 된 사워와 함께 밤을 보낸 것도 그의 입장에서 본다면 아동을 성적으로 괴롭힌 것과 큰 차이가 없었다.

루이스는 말했다.

"스트릴은 아름답죠. 하지만 사워, 만약에 나를 찾아온 게 스트릴이었다면 그건 좋은 소식이 아니었을 거예요. 나와 천막을 같이 쓰게 되는 여성을 보면 그 문화가 얼마나 부유한지 알 수 있거든요. 난 여기서 일종의 귀중품이잖아요. 가치가 얼마나 되는지 모르지만……."

"높아요."

"……그리고 당신이 내게 찾아왔죠. 하지만 사람들이 굶고 있기니, 포식자들에게 약탈당하고 있거나, 전쟁 중이었다면 내가 어떤 포상을 바라는지 알아내려 했을 거예요. 내 침대에는 눈부시게 아름답고 젊은 여성이 누워 있었겠죠. 그럼 난 문제가 심각하다는 걸 깨닫게 됐을 거고요."

"하지만 당신은 안 그럴 거잖아요."

"맞아요. 내 말은 단순히 생각만 해서는 일이 진행되지 않는다는 거예요."

루이스는 강에 사는 사람들 가운데 무거운 물건을 옮겨야 하는 이들에게 화물용 원반을 두 개 나눠 준 적이 있었다. 그 사실을 알리고 싶지는 않았기 때문에 그는 이렇게만 말했다.

"지식은 리샤스라와 같아요. 지식이 있고 그걸 남에게 준다고 해도 지식은 그대로 남아 있잖아요. 하지만 도구는 줘 버리면 끝이죠."

"오늘 아침엔 왜 그렇게 초조했어요? 수호자 때문인가요?"

루이스는 뿌리 한 토막을 가방에 넣었다. 이제 뿌리는 총 네 개였다.

"수호자에 대해 알아요?"

"어릴 때부터 알고 있었죠. 옛이야기에 영웅으로 등장하거든요. 하지만 이야기가 끝날 때쯤 수호자들은 전투를 벌여서 아치와 이 세상을 함께 파멸시켜요. 키다다와 나는 이제 그 이야기를 더 이상 꺼내지 않고요."

루이스는 그녀의 말에 동의했다.

"그들은 영웅이 맞아요. 링 벽에 있는 사람들 말이죠. 그들은 모터를 수리해서 아치가 제자리에 머물도록 해 줬어요. 다른 수호자들은 침략자를 물리쳤고요. 하지만 수호자도 재앙이 될 수 있어요. 거미줄 거주자가 기록한 바에 따르면, 수호자들은 고향에서 공처럼 생긴 행성 하나에 사는 생물을 모조리 멸종시킨 것 같아요. 양육자에게 더 넓은 세력권을 확보해 주려던 수호자끼리 전쟁을 벌이다가 일어난 일이었죠."

"거미줄 거주자의 기록을 믿으세요?"

"그건 제대로 갖춰진 기록이니까요."

"이제 수영하러 갈까요?"

오후가 중반에 접어들었을 때 소년들이 작은 영양 같은 동물을 사냥했다. 아이들은 막대를 잘라 와서 사냥한 동물을 마을로 가져갔다. 루이스는 맨 앞에 서서 걸었다. 가장 강한 사람이 된 기분은 나쁘지 않았고, 이번이 첫 경험도 아니었다. 링월드에 사는 인류는 평균적으로 루이스보다 작았다.

수중인들은 떠나갔지만 항해자와 그들이 모는 배는 아직 항구에 있었다. 그들은 물고기를 조금 잡고 불을 피우기 시작했다. 저녁 무렵이 되자 영양이 거의 다 익었다.

인구의 절반은 오두막 근처에 머물고 있었다. 오늘 밤 절벽에 있는 창에는 링월드 전체의 모습이 떠올라 있었다. 바둑판무늬가 새겨진 청백색 띠의 양쪽 끝에 검은 하늘이 보였다.

겁 없는 흡혈귀 사냥꾼들은 도대체 어디에 있는 거지?

루이스는 채취한 뿌리들을 한데 모아 굽기 위해 석탄의 끄트 미리에 내려놓았다. 아이들과 어른들이 웅성거리며 질문을 던졌 다. 루이스는 그들에게 말했다.

"이게 아치입니다. 거미줄 거주자는 오늘 밤에 아치의 반대편 끝에 이르기까지 모든 곳을 지켜보는 모양이군요. 잘 보세요. 태 양에도 모서리가 있죠? 밤이 되면 차광판들이 태양을 숨기는데, 저게 그것들 중 하나의 일부랍니다. 하얀 조각들은 전부 구름이 고요. 아뇨, 구름이 움직이는 건 볼 수 없을 겁니다. 구름이 그 정도로 빠르게 이동한다면 바람 때문에 땅이 날아가서 스크리스 바닥이 드러날 테니까요! 저 반짝거리는 점과 곡선과 직선을 식 별할 수 있나 모르겠군요. 그게 바다와 강입니다."

나이가 많은 키다다가 말했다.

"거미줄 거주자는 별도 실제보다 확대해서 보여 주는 거군요. 저기 움직이는 건 뭐죠? 루이스, 거미줄 거주자는 당신에게 무슨 얘기를 하려는 겁니까?"

아치의 가장자리에서 어느 정도 떨어진 곳에 밝은 별들이 다 같이 흐르고 있었다. 가장 밝은 별이 다른 것들을 가로질렀다. 루 이스는 아까부터 그 별을 지켜보고 있었다. 별은 링 벽에 접근하 면서 속도를 낮췄다. 그리고 링 벽에 도달하더니 테두리를 밝은 청백색 선으로 바꿔 놓고…… 사라졌다.

루이스는 말했다.

"아치 밑에 또 다른 침략자가 있다고 말하려는 겁니다."

패럴드가 고기를 잘라서 키다다에게 건네고, 사워에게도 건넸다. 그러자 갑자기 사람들이 몰려들었다. 위크가 루이스에게 물고기 꼬치를 건넸다. 직조인과 항해자들은 식사를 한 다음 오두막을 지나 절벽으로 이동했다.

'링월드에 침략자가 들어왔다는 걸 보여 주겠습니다. 와서 얘기를 해 봅시다. 발라버질린의 생사는 확인해 주지 않겠습니다. 궁금하면 당신이 직접 물어보십시오.'

그게 최후자의 뜻이었다.

루이스는 영양 고기를 한 점 받아 들고 패럴드가 하는 대로 두 손으로 붙들고 먹었다. 직조인들이 탁자나 모래 바닥에 앉아서 그 광경을 지켜보고 있었다. 사워는 탁자에 루이스가 앉을 공간을 만들어 주었다.

거미줄이 만들어 놓은 화면에서 차광판 하나가 태양을 가로질렀다. 그러자 세부가 더 선명하고 또렷하게 드러났다.

링 벽에서 밝은 빛이 타오르고 있었다. 광점은 그 뒤로 몇 분 동안 링월드 표면 위에 떠서 안쪽으로 이동하더니, 흐릿해지고, 사라졌다.

흐릿한 모습이었지만 사람들은 하나같이 지켜보고 있었다. 루이스는 직조인들도 수동적인 놀이에 중독될 수 있는지 궁금했다.

갑자기 구름이 움직이기 시작했다. 화면이 가속되면서 거대한 바람의 형태가 드러났다. 유선형 흐름이 조그마한 모래시계의 양쪽 끝으로 빨려 들었다. 그 옆에 폭풍이 있고 운석이 뚫어 놓은 구멍이 있었던 것이다.

화면이 빠르게 재생되면서 차광판의 테두리 너머로 태양의 홍염이 모습을 드러냈다. 밝은 초록색 충격파 때문에 연기가 피어올랐다. 그리고 불타는 초록색 별이 링 벽을 조심스럽게 건드렸다. 조금 전에 보았던 별이 머무르던 바로 그 지점이었다. 초록별은 링 벽을 벗어났고, 구름과 교차하면서 흐려졌다.

머리 위에서 태양 빛의 마지막 조각이 사라지자 직조인들은 흥분해서 조잘거리다가 가끔씩 하품을 하면서 오두막으로 몰려갔다. 루이스는 조금 놀라서 그들을 바라보았다. 직조인들의 주행성 습관은 너무나 강력했다.

루이스는 최후자가 직접 모습을 드러내고 말을 꺼내기로 결심하기 전에 모닥불 곁으로 돌아갔다. 그리고 석탄 속에 있던 식물 뿌리 두 개를 긁어냈다. 하나는 매웠고 다른 하나는 나쁘지 않았다. 그는 지금처럼 풍족하게 식사하는 경우가 많지 않았다.

항해자들은 아직 남아 있었다. 그중 하나가 루이스에게 다가왔다.

"저건 당신에게 보여 주려는 거죠?"

루이스는 뒤를 돌아보았다. 최후자가 만들어 놓은 창 안에 이제 녹색 별은 보이지 않았다.

"거미줄 거주자에게 뭐라고 말해야 할지 모르겠군요. 위크, 그 사람이 당신에게 직접 말을 건 적이 있나요?"

"아뇨. 겁을 주더군요."

최후자가 하려는 말은 분명했다. 핵융합 엔진을 사용하는 우주선이 쳐들어왔다는 뜻이었다.

ARM과 크진과 세계 선단은 다들 링월드의 존재를 알고 있었다. 그리고 다들 탐사대를 꾸릴 만한 시간을 충분히 가졌다. 하지만 침략자의 정체는 우주선을 타고 돌아온 도시 건설자들일 수도 있었다. 또는 전혀 새로운 존재일 수도 있었다.

침입자가 천천히 움직이면 자동 운석 방어 장치는 작동하지 않는다. 어떤 존재가 능동적으로 우주선들을 파괴하고 있었다.

그 존재에게도 난관은 있었다. 광속이 문제였다. 침입자는 두 번째 대양으로부터 수 광분 떨어진 곳에 착륙했다. 하지만 공격은 여러 시간이 지난 뒤에야 시작되었다. 항성의 플레어는 초고온으로 내뿜어져야만 했다. 그리고 플라스마와 함께 레이저 효과가 증가해야만 했다. 하나같이 시간이 걸리는 작업이었다. 게다가 광속의 한계도 있었다. 목표물은 도망칠 수 있을 것이다.

최후자는 고장 나지 않은 하이퍼드라이브 우주선을 찾으려고 혈안이 되어 있을 것이다.

멀리 떨어진 개울에서 작은 음악 소리가 들려왔다. 위크는 어느새 배로 돌아가고 없었다. 루이스는 모닥불에서 세 번째 뿌리를 끄집어냈다. 그리고 잎을 찢고 끝을 눌러 속을 열었다. 수증기와 함께 고구마와 다르지 않은 냄새가 퍼져 나왔다.

그는 혹시 야생으로 자라는 생명의 나무를 찾아낸 건 아닌지 생각해 보았다. 상관은 없었다. 토양 속에 탈륨이 많지 않을 테니까. 따라서 생명의 나무라 한들 변형을 일으키는 바이러스가 살아남지 못했을 것이다. 익혔으니 바이러스는 결국 죽었을 테고.

루이스는 천천히 뿌리를 먹은 다음 나뭇가지로 만든 샤워의 오두막으로 향했다. 음악 소리가 점점 커지는 것 같았다. 수준 높은 관악과 현악의 울림이 뒤섞인 독특한 음악이었다. 그는 샤워의 오두막 바깥에서 걸음을 멈추고 음악에 귀를 기울였다.

음악이 멈추고, 누군가가 말을 걸었다.

"거미줄 거주자와 이야기를 나누지 않을 건가요?"

"오늘 밤은 그럴 생각이 없는데."

루이스는 그렇게 대답하고 주변을 살펴보았다. 약간 언어장애가 있는 어린아이의 목소리였다. 안개가 끼어 있긴 해도 링월드는 밤이 밝으니까 누구든 간에 모습이 보여야 할 텐데…….

"모습을 드러내는 게 어때?"

야트막한 덤불에서 야행 괴물이 일어섰다. 아주 가까운 곳이었다. 곧은 털이 몸을 덮고 있어 밤과 같은 색깔이었다. 커다란 화살촉 같은 이가 드러나 과장되게 웃는 것처럼 보였다. 팔은 길고 손이 컸다. 그중 한쪽 손에 조그마한 하프를 들고 있었다.

남성 굴인 것 같았지만 킬트 때문에 신체의 특징이 드러나지 않았다. 얼굴에 털이 그리 많지 않고 가슴은 납작했다. 소년인지 소녀인지는 몰라도 어린아이였다.

"킬트가 멋지군."

루이스가 말했다.

"가방이 멋지군요. 센티 강 협곡에 사는 사람들 중 직조인들이 만든 물건을 사랑하지 않는 사람은 없죠."

그 사실은 루이스도 알고 있었다. 수만 킬로미터 떨어진 하류에서도 직조인의 물건을 본 적이 있었다. 그는 물었다.

"네가 직조인들의 보안을 담당하는 건가?"

"보안……?"

"밤에 직조인들의 물건을 지켜 주고 있냐는 얘기야."

"맞아요, 도둑을 막아 주고 있으니까."

"하지만 너희는 일반적인 대가는 안 받잖아. 그러니까……."

쓰레기를 처리해 주고 장례식까지 대행해 주는 걸 뭐라고 부르면 좋지? 루이스가 그렇게 생각하는 동안 아이는 대답 대신 하프의 손잡이 부분을 물고 불면서 손가락으로 구멍을 막아 가며 현을 조절했다. 그는 가볍게 불어 곡조를 연주하고 악기를 퉁기더니 입을 뗐다.

"이걸 가리키는 말이 있나요?"

굴이 물었다.

"하프와 카주*의 사생아쯤 되겠군. 카잡이라고 부를까?"

"그럼 나도 카잡이라고 부르세요. 당신이 루이스 우인가요?"

"그걸 어떻게……?"

"당신이 바다를 끓인 것도 알고 있어요, 아치 저쪽에서."

카잡이 손가락으로 방향을 가리키며 말을 이었다.

"그리고 나서는 사십일 팔란 동안 보이지 않았는데 여기서 만

---

* 장난감 피리.

나는군요.”

“카잡, 너희는 도대체 어떤 방법으로 통신을 보내는 거지? 보통이 아니던데.”

루이스는 대답을 들을 거라 기대하지 않았다. 굴들은 비밀이 많았다.

하지만 카잡이 말했다.

“햇빛과 거울을 이용하죠. 거미줄 거주자는 예전에 당신 친구였나요?”

“동맹이었어, 친구는 아니고. 우린 단순한 관계가 아니야.”

얼굴이 뾰족한 인류가 루이스를 관찰했다. 루이스는 시체를 먹는 자의 입 냄새를 무시하려고 애썼다.

아이가 물었다.

“내 아버지와 얘기해 주겠어요?”

“글쎄. 넌 몇 살이지?”

“거의 사십 팔란쯤 되죠.”

십 년이란 뜻이었다.

“네 아버지는 몇 살이고?”

“백오십.”

“나는 팔란으로 계산하면 천 살쯤 되는데.”

루이스는 굴 아이가 자신을 너무 쉽게 드러낸다고 판단했다. 유인책일까? 아버지라는 존재는 숨어서 엿듣고 있는 건가?

만약 그렇다면 이걸 어떤 식으로 표현하지? 꼭 얘기를 해야만 하나?

그는 천천히 입을 열었다.

"거미줄 거주자가 있었고, 커다란 고양이가 있었고, 도시 건설자 둘 그리고 내가 있었지. 우리가 아치 밑에 존재하는 모든 걸 구했어."

카잡은 아무 말도 하지 않았다. 분명히 엄청난 거짓말을 하는 방랑자들이 있었겠지. 루이스는 그렇게 생각하면서 말을 이었다.

"우린 계획을 세웠지. 하지만 그 계획을 실행으로 옮기면 어느…… 어느 정도 우리가 구하려는 사람들 중 상당수가 죽을 수밖에 없었어. 나는 죄를 지었고 거미줄 거주자도 마찬가지라고 생각했기 때문에 그가 싫었지. 이제 보니 거미줄 거주자는 내가 아는 것보다 더 많은 생명을 구했나 보군."

"그럼 그에게 감사 인사를 하고 사과도 해야 하잖아요."

"이미 했어. 그리고 우린 다시 얘길 하게 될 거야. 하지만 우리 종족은 잠을 자야 해. 카잡, 네 아버지가 나와 얘기를 할 생각이라면…… 굴이니까 날 찾아내는 건 어렵지 않겠지."

루이스는 나뭇가지로 만든 오두막에 들어갈 생각으로 무릎을 꿇었다.

"그래서 뒷맛이 좋지 않던가요?"

루이스는 웃었다. 좋지 않은 뒷맛이라면 누구보다 굴들이 잘 알고 있을 텐데!

하지만 방금 목소리의 주인은 카잡이 아니었다. 루이스는 다시 일어서서 말했다.

"맞아."

"그래도 삼킬 것은 삼켜야 하죠. 이제는 거미줄 거주자가 결정을 내려야 해요. 소중한 동맹과 무례함은…… 나이가 천 팔란이라고 했나요? 거미줄 거주자는 몇 살인가요?"

"짐작만 해 봐도 머리가 아플 만큼 오래 살았지."

아이는 다리를 꼬고 앉은 다음 보이지 않은 곳에서 말하는 인물을 위해 배경 음악을 연주했다.

어른 목소리가 말했다.

"우리는 대략 이백 팔란쯤 살죠. 판단을 잘못해서 고작 사십에서 오십 팔란 정도를 손해 봤다면, 이제부터 태도를 바꾸면 그만큼 이득을 볼 거예요."

"하, 도시 건설자들은 망명을 했고 크미는 사람이 죽는 건 신경도 안 쓴다고! 하지만 난 아직도 죄책감을 느껴. 동의를 했으니까. 나는 더 많은 목숨을 살리겠다는 명분으로 그 사람들을 모조리 죽인 거라고 생각했단 말이야."

"그럼 이제 기뻐하세요."

"잘났다."

루이스는 굴도 숫자를 기준으로 판단하는 경우가 있는지 물어볼 수 없었다. 제정신을 가진 사람이라면 그럴 수 없었다. 링월드에는 지능 수준이 다양한 인류가, 상상할 수 있는 모든 생태학적 지위를 공격하면서 살고 있었다. 소, 수달, 흡혈박쥐, 하이에나, 매 등등…… 대략 삼십조에 해당하는 종이 링월드에 존재했고, 계산상의 오류를 감안하더라도 알려진 우주에 사는 모든 종을 합친 것보다 많았다.

'우리는 그 많은 생명을 거의 대부분 구할 수 있습니다. 항성 표면에 폭발을 일으키고 그걸 링월드 표면으로 돌리는 겁니다. 링 벽에는 얼마 안 되지만 새로 갈아 끼운 자세제어 엔진이 있잖습니까. 거기에 가열한 수소 연료를 공급하면 됩니다. 일조 오천억이 방사선과 열 때문에 죽겠죠. 하지만 어차피 죽을 목숨입니다. 그 대신 스무 배에 달하는 생명을 구하는 거고요.'

최후자는 유연한 첨단 프로그램을 이용해서 행성을 여럿 합친 것보다 더 큰 플라스마 엔진을 정밀하게 조종했다. 결국 그는 일조 오천억을 죽이지 않았다. 사망자의 수는 그 근처에도 가지 않았다.

하지만 루이스는 그들이 죽어야 한다고 결정을 내렸다.

"수리 시설은 생명의 나무로 오염되어 있었어. 생명의 나무는 인류를 전혀 다른 무언가로 바꿔 버리지. 카잡은 당신이 수호자가 되기에 적절한 나이라고 하더군. 나는 그것보다 일곱 배는 나이가 많아. 루이스 우는 나이가 많기 때문에 생명의 나무에 있는 바이러스로 죽을 거라고, 그래서 그 많은 사람을 죽이라고 거미줄 거주자를 혼자 보낸 거야. 그러지 않았다면 얼마나 많은 사람이 살아남았는지 알았겠지. 그렇게 많은 사람을 죽이겠다고 결정했으니 내가 할 수 있는 사과는 죽는 것밖에 없었어."

"하지만 살아 있지 않나요?"

보이지 않는 목소리의 주인이 말했다.

"죽어 가고 있지. 화물용 원반에 있는 구급상자를 써도 일 팔란쯤 지나면 죽을 거야."

굴 아이가 연주하던 음악이 불협화음을 내다가 끊겼다. 그러자 사방이 고요해졌다.

젠장! 난 장수할 수 있었지만 그걸 포기한 것에 불과해. 그런데 이곳 사람들은 그런 선택의 여지조차 없었다고. 난 얼마나 고약한 짓을 저지르려 한 거냔 말이야.

어른 목소리가 말했다.

"그리고 거미줄 거주자와의 우정도 포기했군요."

"엄밀히 말하자면 그에게는 친구라는 게 없어. 아주 정확하게 거래를 하는 거지. 거래의 목적은 예외 없이 자신의 안전을 확보하는 거고. 그는 수단과 방법을 가리지 않고 영원히 살 생각이야. 난 그게 마음에 걸렸어. 지금도 마찬가지고. 또 뭘 희생하려 들지 모르니까."

"동맹이라고요? 그도 당신에게서 얻을 게 있다는 얘긴가요?"

"여행 동반자가 필요한 거겠지. 자기 대신 희생할 목숨도 필요하고. 자신과 다른 의견도. 그에게는 내 수명을 이천 팔란 정도 늘려 줄 힘이 있거든."

루이스는 그거야말로 무서운 일이라고 생각했다.

"혹시, 예를 들어서 나를 그렇게 만들어 줄 수도 있을까요?"

굴에게 영생을 부여한다고?

"아니. 그가 갖고 있는 장비와 프로그램은 그와 나, 커다란 고양이 종족만 고칠 수 있어. 아마 고향 행성을 떠나기 전에 그렇게 설계하고 만들었을 거야. 그리고 이젠 고향으로 돌아갈 수도 없지. 내가 막아 놨으니까. 떠날 수 있었다면 왜 여기 머무르고 있겠어?"

루이스는 다른 것까지 생각하고 있었다. 최후자에게는 인간을 고칠 프로그램이 있고 크진인을 고칠 프로그램도 있어. 하지만 굴을 고치려면 프로그램을 새로 만들어야 하지. 내 목숨을 건 대가가 그토록 컸는데, 또 다른 종족에게 영생을 부여할 수 있는 프로그램을 새로 만든다면 그 대가로 대체 뭘 원하겠어? 그리고 굴 한 사람이 가능하다면 직조인이 안 될 건 뭐야? 도시 건설자는? 그리고 또⋯⋯.

그럴 수는 없었다.

모습을 드러내지 않은 굴은 그 사실을 받아들였다. 혹은 여기 미친 방랑자가 한 사람 더 있다고 판단한 건지도 몰랐다. 카잡이 다시 음악을 연주했다.

루이스는 말했다.

"그렇게 많은 생명을 죽였다고 생각했기 때문에 난⋯⋯ 고전적인 방법으로 늙어 죽겠다고 결심했지. 뭐, 얼마나 나쁘겠어? 사람은 원래 그렇게 죽는 거잖아."

"루위우, 난 백 팔란만큼 젊어질 수 있다면 가진 걸 모두 포기하겠어요."

"거미줄 거주자는 날 그렇게 만들 수 있고 우리 종족을 그렇게 만들 수 있어. 내가 늙으면 다시 그렇게 해 줄 수도 있지. 그럴 때마다 자신이 바라는 걸 요구하면서."

"그때마다 거절할 수 있지 않나요?"

"아니, 바로 그게 내 문제야."

루이스는 어둠 속을 노려보았다.

"당신을 뭐라고 부르면 되지?"

카주와 하프를 결합한 음악에 갑자기 저음이 추가되었다. 루이스는 한동안 귀를 기울였다. 관악기인가? 새로 추가된 악기의 생김새는 추측할 수 없었다.

그는 마음을 정했다.

"'음률가'가 좋겠군. 음률가, 당신과 얘기한 게 도움이 됐어."

"우리는 다른 문제도 의논해야 해요."

"배와 신발과 밀랍 봉인과······."

"수호자에 관해서."

반사광으로 통신하는 굴들은 수호자에 대해 뭘 알고 있을까?

"그런데 내가 지금 완전히 지쳤거든. 내일 밤에 계속하자고."

루이스는 말을 마치고 잠을 자기 위해 기어 들어갔다.

| 젖을 뗀 흡혈귀들 |

테거는 투명한 구형 지붕이 괴상한 주택의 일종일 거라고 예상했지만 그렇지 않았다. 우선 문을 잠글 수 있는 방법이 딱히 보이지 않았다. 실내에는 커다란 방 하나밖에 없었고, 중심을 공유하는 반원형 계단은 초원 거인이 이용하기에도 너무 컸다. 그리고 아래쪽에는 바퀴가 달린 밝은 빛깔의 탁자가 십여 개 놓여 있었다.

그는 방의 용도가 궁금했다. 만약 커다란 계단에 백여 명쯤 되는 인간이 앉는다면 공장 도시와 그 너머에 있는 지대를 한눈에 내려다볼 수 있을 것이다. 회의를 하는 방일까? 그는 잠시 동안 직접 시도해 보다가 자리를 옮겼다.

마지막 계단참 위에 문들이 있었다. 그 안쪽은 깜깜했다. 그는 횃불을 켰다. 그곳은 거주용 공간이 아니었다. 사방이 평평한 면으로, 조그마한 창이 여럿 달린 두꺼운 문이 있고 안쪽에는 조그마한 상자들이 있었다.

답을 모르면 계속 조사해야지.

배수 설비가 된 커다란 물웅덩이가 셋 보였다. 원래 평평했으나 지금은 뒤틀린 나무 탁자도 있었다. 백여 개쯤 되는 갈고리에 기다란 손잡이가 달린 금속 공과 접시가 걸려 있었다. 눈높이보다 높은 곳에 있는 판자 너머로 익숙한 물체가 보였다. 가느다란 먼지로 이어진 조그마한 손잡이들이었다.

그는 먼지가 있던 자리에 발라의 천 조각을 끼우기 시작했다. 그러자 조명이 작동했다. 여섯 군데를 이으니 조명 하나가 작동한 셈이었다. 그렇다면 다른 손잡이들은 어떤 기능을 할까?

뒤쪽에 문이 더 있었다. 그는 횃불을 들고 안으로 들어갔다. 그곳은 창고였다. 문과 서랍과 통 들이 있었다. 오래된 냄새의 자취만으로도 기분이 좋아졌다. 식물 냄새였다. 음식 냄새는 아니었지만 본래 음식이었던 것 같았다. 그는 바짝 마른 식물 찌꺼기를 뒤져 봤지만 아무것도 건지지 못했다. 하다못해 초원 거인이 먹을 만한 것도 남아 있지 않았다.

저 반원형 계단에 앉아서 식사를 한 걸까?

그런 것 같았다. 테거는 조명이 작동한 방으로 돌아갔다. 어쩐지 더 따뜻해진 느낌이 들었다. 그는 평평한 벽면에 몸을 기대고 나서야 상황을 파악했다.

붉은 유목인은 다쳐도 소리를 지르지 않는 법이었다. 테거는 고통 때문에 이를 드러내면서 화상을 입은 팔을 끌어안았다. 그리고 심사숙고한 뒤에 벽면에 침을 뱉기 시작했다. 두 번째로 침을 뱉자 벽에 묻은 침이 소리를 내며 끓어올랐다. 두 개의 상자가 있는 방으로 통하는 문은 손을 댈 수 없을 만큼 뜨거웠다.

그가 있는 곳은 일종의 화학 공장이었다. 다른 인류라면 그 장소의 정체를 더 잘 알 것 같았다.

도시의 정상부에는 크고 땅딸막한 관이 있었다. 관은 가운데가 잘록하게 들어가 있었다. 테거는 나선형 계단을 통해 가장자리로 이동했다. 그리고 왕이라도 된 것처럼 사방을 둘러보았다.

지금까지는 알아채지 못했으나, 그는 도시에서 가장 높은 지점에 도착하고 나서야 한 가지 사실을 깨닫고 깜짝 놀랐다.

지붕들의 색깔이 모두 똑같았다!

사각형 구조물의 평평한 지붕도, 탱크의 곡면 지붕도 하나같이 번쩍거리는 회색이었다. 그중에는 회색 바탕 위에 일렬로 늘어선 문양이 찍힌 곳들도 있었다. 예외는 계단 거리에 있는 집들뿐이었다. 그곳의 평평한 공간은 흙과 웅덩이뿐이었다. 그 대신…… 계단이 번쩍거리는 회색이었다.

하지만 각 사물의 옆면은 색이 다채로웠다. 공업과 관련된 것들은 문자를 제외하면 이렇다 할 장식이 없었다. 그리고 테거가 읽을 수 없는 글자가 보였다. 네모와 곡선과 흘려 쓴 문자가 뒤섞인 글자였다. 간단한 그림도 있었다.

옛 도시 건설자들은 날아다닐 수 있었다. 그렇다면 사물의 윗면에도 이름표를 붙일 수 있다는 얘기였다.

만약 회색 표면들이…… 그러니까…… 플럽! 왜 그 단어가 안 떠오르는 거지? 그건 나중에. 우선……

테거는 어마어마하게 큰 관의 가장자리에 서 있었다. 높이와 지름이 사람 키의 열 배쯤 되는 관이었다. 그는 관의 안쪽을 들여다보았다. 바닥이 사람 키의 열 배보다 훨씬 더 깊었다. 상상했던 것과 달리 재와 화학물질의 냄새가 희미하게 올라왔다. 그곳은 마을 하나를 통째로 태울 만큼 큰 굴뚝이었다.

그것만으로도 공장을 높이 띄울 이유는 충분했다. 그만큼 거대한 규모로 무언가를 소각한다면 연기는 여러 해가 지난 뒤에야 흩어질 게 분명했다. 하지만 이렇게 공장을 띄워 놓으면 적어도 일단 위로 치솟게 할 수가 있었다! 피해를 입을 이웃들도 그 정도라면 진정시킬 수 있을 터였다. 물론 그런 단계까지 도달하기에 앞서, 그 이웃들도 불만을 제기하려면 공중에 떠 있는 공업 지대까지 올라와야만 했다.

테거는 반나절 동안 계단을 오르고 집들을 조사했다. 하지만 순찰차들은 꼼짝도 하지 않았다. 발라버질린은 그 봉우리를 방어 지점으로 선택한 게 분명했다. 보초들이 바위 위를 오가면서 강과 그림자 둥지와 그림자 둥지에 있는 지붕을 감시하고 있었다.

테거는 자신의 피부색을 알아볼 수 있도록 비옷을 벗었다. 그리고 도시에서 가장 높은 곳의 가장자리에서 두 팔을 흔들었다.

와비아, 우리를 연결하는 사랑의 힘으로 날 봐 줘! 발라버질린, 난 훔쳐 낸 천 덕분에 여기까지 왔어! 난 여기서 꼭 뭔가를 이루고 말 거야. 어떻게서든, 무슨 일이 있어도!

나를 본 건가? 테거는 동료들이 자신을 가리키고 있다고 생각했다. 그럼 됐어.

도시가 발밑에서 멀어졌다. 테거는 자신의 현재 위치를 확인하기 위해 선착장을 찾아냈다. 그의 발밑에 있던 집과 계단 들이, 갈지자로 뻗어나간 선을 사이에 두고 양쪽에서 테두리 거리를 향해 이동했다. 그 선은 선착장과 거의 정반대쪽을 향하고 있었다.

그는 자신이 보고 있는 광경을 거의 이해하지 못했다.

하지만 저수조는 알아볼 수 있었다. 도시 여기저기에 균등한 간격을 두고 배치된 원통형 탱크 열여섯 개가 위를 향해 열렸다. 테거는 그 탱크들이 물을 보관하는 저수조라고 추측할 수밖에 없었다. 최소한 투명한 구형 건물과 여러 집에는 물이 필요할 터였다. 그러나 저수조는 하나 예외 없이 비어 있었다. 계단 거리에 있던 웅덩이처럼 다들 비어 있었다.

도시의 몰락이 벌어진 다음에는 아래로 내려갈 교통수단이 전혀 없었을 것이다. 일부는 경사로를 이용해 떠난 게 틀림없었다. 하지만 흡혈귀가 이주해 오고는 그럴 수도 없게 되었으리라. 그들은 고립되었던 것이다.

그리고 물이 필요했을 것이다. 다행히 강이 있었고, 분명히 양수 설비도 있었을 것이다. 그렇지 않다면 공장을 왜 강 위에 세웠겠는가? 하지만 양수 설비는 작동하지 않았고 비가 내릴 시기도 되지 않은 모양이었다.

그런데도 도시의 물을 말려 버렸다고? 왜 그런 짓을 했지? 다들 미쳐 버렸던 걸까?

속삭임은 사라졌고 테거의 추측은 거기서 멈춰 버렸다. 그는 어떡해서든 순찰차를 이곳으로 데려와야 했다.

그날 밤 테거는 투명한 구형 구조물에 있는 계단 위에서 잤다. 안전해 보이기도 했고, 경치가 좋았기 때문이다.

저녁이 되자 흡혈귀 수백이 그림자 둥지에서 몰려나와 고향 흐름의 상류와 산으로 이동했다. 태양의 끝자락마저 사라지자 흡혈귀의 수는 수천에 이르렀다.

발라 일행은 그토록 많은 흡혈귀가 그처럼 가까운 곳을 지나가자 다양하게 반응했다. 채집자들은 흡혈귀를 보지 못했다. 밤에는 자야 했기 때문이다. 발라는 초원 거인을 야간 보초로 쓸 수 없다는 사실을 즉시 깨달았다. 거인들의 용기는 대단했지만 그들이 두려워한다는 것을 누구나 알 수 있었다.

하지만 비지는 달랐다. 다음 투를이 될 후보자는 대체 어떤 훈련을 받는 것일까? 나도 그 방법을 활용할 수 있을까? 발라는 그런 생각을 하면서 다른 사람들을 자라고 들여보내고 그때부터 동족과 굴만 의지했다.

여러 가지 혼란스러운 상황이 있었지만 그들은 흡혈귀에 대해 많은 것을 배워 갔다.

밤이 끝나고 있었다. 두꺼운 먹구름이 비를 쏟아붓는 가운데 흡혈귀들이 무질서하게 집으로 돌아가는 모습이 보였다. 하프장이는 흡혈귀의 수가 조금 줄었으며, 그들이 수십 명에 달하는 포로를 데려오고 있다고 말했다. 밖에 나간 흡혈귀들은 더 호전적으로 변하는 모양이었다.

굴들이 그림자 둥지에 있는 구조물에 관해 보고했다. 그 안에는 오두막이나 허름한 창고 같은 것들이 있었다. 그중 상당수는 허물어진 상태였다. 강 중간쯤에 거대한 구조물이 있었는데, 굴들은 그 꼭대기를 볼 수 없었다. 너무 높았기 때문이다.

올라가는 길이라고는 나선형 경사로밖에 없었다.

그림자 둥지의 좌측 반회전 방향 쪽에 쓰레기 더미가 있었다. 쓰레기 더미란 흡혈귀와 포로의 시체를 쌓은 산이었다. 시체의 산은 오랜 세월에 걸쳐 점점 커지고 있었다. 일단 그 정체를 알고 나자 발라도 시체의 산을 구분할 수 있었다. 시체 더미는 그림자 둥지에 너무 가까워서 굴들에게도 아무 소용이 없었다.

공중 건물 아래에는 흡혈귀가 돌아다니지 않는 곳이 없었다.

태양이 사방을 밝히자 흡혈귀 행렬은 조금밖에 남지 않았다.

"저게 끝나면 강으로 돌아갈 거다."

발라의 말에, 하프장이가 대꾸했다.

"우린 잠을 자야 해요."

"알고 있다. 당신들은 여기에 남아라."

"우리는 목욕할 때가 됐고 정보도 습득해야 해요. 차양 밑에서 잘 테니 강에 도착하면 깨워 주세요."

발라는 강변을 따라 순찰차를 몰았다. 그처럼 큰 물체는 숨길 방법이 없었기 때문에 그러려는 시도조차 하지 않았다.

낮의 햇빛이 비치고 사라지기를 반복했고, 비바람도 몰아쳤다. 전방 아주 가까운 곳에서 그림자 둥지가 어른거렸다. 그녀의 농료 중에는 고대 잔해의 아래쪽에 드리워진 어둠을 꿰뚫어 볼수 있는 사람이 없었다. 하지만 흘러가던 먹구름이 그 지역 위에서 갈라지자 그림자의 끄트머리에서 움직이는 것들이 보였다. 활동하는 흡혈귀가 적어도 몇은 남아 있었다.

때는 한낮이었다. 발라는 경계를 풀지 않고 날씨 변화를 꾸준히 살폈다. 너무 어두워지면 흡혈귀들이 사냥하러 나올 가능성이 있었기 때문이다.

천천히 흐르는 갈색 강물 건너편에 기울어진 판의 모습이 어른거렸다. 그곳까지 도달하기는 쉽지 않아 보였다. 흡혈귀들은 아직 먼 곳에 있었다. 발라는 강가의 진흙에 내려섰다.

물에서 검은 머리 둘이 불쑥 솟아 나오더니 그녀 일행을 향해 헤엄쳐 왔다. 발라는 이쪽을 구분하지 못하는 이방인을 만나는 경우 반복해서 소개하는 게 최선이라는 사실을 알고 있었다.

"나는 발라버질린이고 이쪽은 와비아, 마낵, 비지라고 한다."

사바로와 와스트는 대포를 손질하고 있었다.

"루발라블과 퍼드가블라들이다. 여기는 강이 얕다. 순찰차로 저 섬까지 안전하게 이동할 수 있을 거다. 그러면 공격을 받을 위험도 줄어들 거고."

"우리는 여기 머무를 생각이 없다, 루발라블. 어젯밤에 이 근처에서 움직임이 있었는데……."

"우리에게 찾아 달라고 부탁했던 붉은 동료를 목격했다. 그에게 다가갈 수는 없었지만 그가 싸우는 것도 봤고 날아가는 것도 봤다. 퍼드가블라들은 그에게 동료가 있다고 했다. 나는 못 봤지만……."

와비아가 소리를 버럭 질렀다.

"동료가 있다고? 테거가 어디서 동료를 데려왔다는 거지? 흡혈귀였나?"

"나는 못 봤다. 다른 어떤 종족도 못 봤지. 퍼드가블라들은 잘못 보는 경우가 있다. 테거는 가끔씩 혼잣말을 했는데, 저 기울어진 비행 장치를 보러 다가왔다. 흡혈귀 여섯 놈이 그에게 달려들었지. 그놈들은 테거를 유혹하지 않고 단순히 공격만 했다."

루발라블은 흡혈귀들이 규칙을 어겼다는 듯이 성난 목소리로 말했다. 발라는 그 점을 알아채고 고개를 끄덕였다. 기억해 둘 필요가 있었다. 그 사실을 빼면 진흙 강 사람들이 본 것은 와비아가 순찰차에서 본 것과 큰 차이가 없었다.

발라는 이야기가 다 끝난 다음 물었다.

"당신들은 여기서 안전하게 지내는가?"

"우리는 그렇게 생각한다. 우리도 배우는 중이다. 그림자 둥지 안에 포로가 살고 있다는 건 아는가?"

"그 길로 포로를 데려가는 건 봤다."

와비아가 대답하자 루발라블이 말을 이었다.

"포로 중 몇 사람은 자유롭게 돌아다닌다. 그들에게 다가가 본 건 아니지만 눈으로는 봤지. 동시에 돌아다니는 건 많아야 세 사람씩이다."

"무슨 종족이지?"

"큰 사람 둘이 풀을 먹으러 강으로 갔다가 그림자를 따라 돌아왔다. 초원 거인들이었던 것 같다. 수많은 흡혈귀가 그 두 사람을 맞으러 나왔고 그들과 싸웠다. 그중 몇 놈이 도망갔고 나머지는 초원 거인을 빨아 먹었지. 그 초원 거인들은 살아남지 못했다. 하지만 '회전 방향 삼각주' 지역에 사는 경작자들은 뿌리를 캐서 끓여 먹고 살아서 돌아갔다."

퍼드가블라들이 무언가를 말했다. 진흙 강 사람들은 조금 대화를 나눴다. 그리고 루발라블이 한꺼번에 통역을 쏟아 냈다.

"퍼드가블라들은 붉은 여인을 봤다. 그녀는 한나절 동안 사냥을 했지만 성과는 서툴렀다. 그리고 인내심이 없는지 계속해서 그림자와 그녀의 흡혈귀가 있는 곳으로 돌아갔다. 하지만 흡혈귀는 그녀를 다시 내보냈지. 그녀는 낮이 끝나갈 무렵 물을 마시던 리퍼벅을 발견하고 덤벼들어 목을 부러뜨렸다. 그 짐승을 갖고 그림자로 돌아갔다. 흡혈귀 셋이 다른 흡혈귀를 쫓아 버렸다. 그 세 놈은 짐승의 피를 마시고 붉은 여인과 리샤스라를 했지. 붉은 여인은 리샤스라가 끝나고 리퍼벅을 먹었다. 엄청나게 허기진 것처럼 보였다."

발라는 분노와 수치심으로 뜨거워진 와비아의 얼굴을 의도적으로 외면하고 루발라블에게 물었다.

"내 동족은 하나도 못 봤나?"

진흙 강 사람들이 또 대화를 나눴다.

"젊은 여성을 한 명 봤다. 흡혈귀 남성이 그녀를 지키고 있었다. 발라버질린, 당신들은 수확이 없었는가?"

"테거가 우리를 향해 손을 흔드는 모습을 봤다. 그는 저 위에 올라가서 활동하고 있다. 거기로 올라갈 방법은 아직 못 찾았는데, 사실 우리가 뭘 할 수 있는지도 모르겠다."

"뭘 기대했던 건가?"

와비아가 반쯤 쏘아붙이는 투로 말했다.

"굴들이 계획을 세웠다. 그런데 목표로 삼았던 계단이 내려오질 않은 거다."

발라는 차양 밑에서 성난 목소리가 들려오기를 반쯤 기대했지만 야행인들은 평화를 유지했다.

루발라블이 말했다.

"분명 예전에는 땅에 닿았을 거다. 안 그러면 무슨 소용이 있겠는가?"

도시가 작동할 당시에는 날아다니는 화물 수송선이 있었다. 하지만 땅으로 이동하는 차량을 만드는 비용이 더 적게 들었을 것이다. 그리고 너무 무거워서 공중에 띄울 수 없는 화물도 분명히 있었으리라.

"난 도시의 몰락이 흡혈귀를 불러들인 거라고 생각한다."

발라의 말에, 비지가 물었다.

"왜 그렇게 생각하지?"

발라는 그림자 둥지의 흐릿한 경계선을 바라보면서 생각을 정리한 다음 입을 열었다.

"공업 중심지를 만든 사람들이 아래로 몰려드는 흡혈귀를 그냥 뒀을 리가 없으니까. 그들에겐 흡혈귀가 접근하지 못하게 만드는 수단이 있었을 거다. 그런데 도시가 몰락하면서 그 수단도 멈춘 거지. 흡혈귀는 그림사를 찾아다니니까 계속해서 몰려들었을 테고 어느 날 밤에는 경사로로 올라갔겠지. 그 흡혈귀들이 모든 사람을 죽이지는 않았을 테니 다음 날 밤이 되기 전에 도망 다니던 사람들이 경사로를 끌어 올렸을 테고……."

"어떻게?"

비지가 다시 물었지만 발라는 어깨만 으쓱했다.

루발라블이 진흙 속에서 터지는 거품 같은 소리로 말했다.

"그 대신 그럴 이유가 있는지 생각해 보지. 그자들은 이렇게 큰 비행 판으로도 옮길 수 없을 만큼 큰 화물 때문에 아래쪽에 엄청나게 거대한 길을 만들었다. 그걸 움직일 수 있게, 들어 올릴 수 있게 만들 필요가 있나? 그렇게 생긴…… 세로 다리는 만들기도 어렵고, 끌어 올릴 경우 고장 나기도 쉬울 거다. 우리도 무게와 부피에 대해 조금은 이해하고 있다."

그의 말이 옳았기 때문에 발라는 화가 났다.

"나도 해답은 모른다. 날 수 있는 사람과 그러지 못하는 사람 사이에 전쟁이 벌어진 걸 수도 있지. 그렇다면 다리를 끌어 올려야 했을 테니까."

발라의 동료들이 서로 마주 보았다. 비지가 물었다.

"그런 전쟁이 벌어졌다는 기록을 가진 사람이 있나?"

아무도 대답하지 않았다.

"그럼 혹시 소문이라도?"

"없던 얘기로 하지."

발라가 쏘아붙이자, 마낵이 물었다.

"끌어 올릴 수 있는 경사로를 만들 필요가 있나? 그냥 도시를 조금 끌어 올리면 되잖은가."

그는 제대로 이해할 수 없었지만 발라의 표정에서 무언가를 알아채고 말을 덧붙였다.

"내 말은 신경 쓰지 않아도 된다."

테거가 눈을 떠 보니 주위는 어두웠고, 하늘에 뜬 먹구름이 비를 퍼붓고 있었다. 상황이 허락하자 횃불을 켰지만 그 불빛은 멀리 가지 못했다. 횃불은 아래쪽 길의 특징 없는 부분을 원형으로 밝혀 주었다.

폭풍우가 몰려오는 것처럼 요란한 소리가 들리자 테거는 그 방향으로 걸어갔다. 오른쪽 측면으로 끝까지 가 보니 가슴까지 올라오는 난간이 있었다. 난간 너머를 살펴봤지만 아무것도 발견하지 못했다.

테거는 동료들이 자신을 봤을 거라고 확신했다. 횃불을 싫어할지는 몰라도 눈에 띈 것은 분명했다. 횃불은 아직 아홉 개가 남아 있었다. 그중 하나를 떨어뜨리면 어떻게 될까?

그 생각을 실행에 옮기는 대신에 그는 난간 밖으로 몸을 잔뜩 내밀고 횃불 하나를 세게 던져 밑에 있는 고리 모양의 길에 떨궈 보았다. 그리고 불이 꺼지지 않았는지 확인한 다음 경사로를 조금 더 내려갔다. 한 바퀴 이상을 내려간 셈이었다.

이제 그는 야간 시력을 회복할 수 있었다.

냄새를 맡고 있자니 굴과 이야기를 나누기 위해 기다리면서 동료들과 함께 보내던 밤들이 떠올랐다. 소리는 투를의 천막에서 들리던 것과 비슷했다. 집안일을 하면 발생하는 소음, 중얼거림, 갑작스러운 말다툼, 그 모든 것들이 다른 종족의 언어로 폭포수가 떨어지는 것 같은 소리를 뚫고 들려왔다. 테거는 자신이 상상하고 있는 것보다는 현실 쪽이 더 나을 거라고 생각하며 주변을 살펴보았다.

나선형 경사로의 바닥은 땅 위에 높이 떠 있었다. 문득 상황이 재밌다는 생각이 들었다. 위를 올려다보는 창백한 삼각형의 얼굴들이 보였고, 그 상황 역시 재미있다고 생각했다. 테거는 키득거리기 시작했다.

그림자 속 먼 곳에서 세로로 선 강을 따라 물이 떨어지고 있었다. 엄청나게 큰 폭포였다. 도시에 내린 비 전부가 뭔가 거대하고 검은 물체 위로 쏟아진 다음 고향 흐름으로 흘러 들어갔다.

그는 도시의 끝에 있었다. 폭포는 중앙에 가깝거나 중앙에 있는 게 분명했다. 하지만 굉음은 그가 있는 장소에서도 크게 들렸다. 폭포수는 거대하고 복잡하게 얽힌 구조물 위로, 그 안으로 떨어진 다음 작은 폭포와 흐름으로 나뉘어 고향 흐름으로 들어갔다. 눈에 보이는 것이라고는 온통 어둠뿐이었지만, 그곳에 다른 사람은 말할 것도 없고 고대 도시 건설자들도 상상이나 해 볼 법한 크기의 분수가 있었다.

고향 흐름은 둘로 나뉘어 분수의 양쪽을 따라 돌고 있었다. 분수는 콘크리트로 고정되어 있는 것 같았다. 콘크리트는 그가 머무르는 곳 근처에서 끝났고, 그 자리에 급류가 있었다. 도시에서 떨어진 물이 고향 흐름에 운동량을 더하면서 협곡을 깊이 파냈다. 도시 가장자리를 따라 번쩍이는 햇빛 덕분에 식별할 수 있는 것은 협곡의 벽뿐이었다.

그리고 당연하게도 사방에 흡혈귀가 있었다.

흡혈귀들은 대부분 가족 단위로 꼭 끌어안은 채 자고 있었다. 잠깐, 저건……. 테거는 무언가를 발견했다. 저건 기계인이잖아? 어두워서 확실히 식별하기는 어려웠지만 그 기계인은 콧수염이 나긴 했어도 가슴으로 보건대 여성이었다. 그리고 알몸이었다. 그녀는 원 모양으로 늘어선 흡혈귀들의 한복판에 있었다.

테거가 보기에 그 흡혈귀들은 다른 흡혈귀로부터, 즉 도둑으로부터 여성을 지키고 있었다. 성인 크기의 흡혈귀가 넷, 아이로 보이는 작은 흡혈귀가 둘, 여자 흡혈귀가 팔에 유아를 안고 있었다. 그 정도면 기계인 여성을 지키기에 충분한 수였다.

흡혈귀들이 투를을 공격하는 동안 기계인을 납치한 게 분명했다. 테거는 계속 관찰했다.

아기가 잠에서 깨어나더니 무언가를 빨려고 애를 썼다. 여자 흡혈귀는 반쯤 눈을 뜨더니 아기를 붉은 여성에게 넘겼다. 그러자 붉은 여성이 아기 흡혈귀를 목에 갖다 댔다!

이런, 플럽! 테거는 어둠 속에서 털썩 주저앉아 난간에 몸을 기댔다. 한동안 식사를 하지 못했음에도 불구하고 오래전에 먹은 새고기가 넘어오려 했다.

흡혈귀가 포로를 모으는 이유는 무엇인가?

흡혈귀 아기는 젖을 떼면 어떻게 크는가?

테거는 이제 그 답을 알고 싶지 않았다.

때로는 문제를 외면하는 게 나은 경우도 있었다. 테거는 머리 위에 있는 조명을 향해 손을 뻗다가 갑자기 머릿속에서 모든 것을 연결시켜 해답을 얻었다.

물. 경사로. 조명. 밑에는 흡혈귀가 있었고, 위에는 오도 가도 못하는 도시 건설자들이 있었지. 순찰차!

아직 조사할 것이 남아 있었지만 테거는 이제 뭘 하면 될지 알았다. 그 일을 해결하고 나면, 결국은 도움이 절실히 필요해질 터였다.

공중에 떠 있는 산업 구조물 전반에 걸쳐서 빛이 들어오고 있었다. 발라는 수면이 부족해서 고통스러울 지경이었다. 그래서 곧 자러 갈 생각이었지만 그 광경이 너무나 아름다웠다.

그녀는 생각에 잠겼다.

이 고도에서는 식량을 구하기 힘들었다. 풀도 드물고 사냥할 동물 역시 드물 뿐 아니라 잽싸기까지 했다. 하지만 채집자들에게는 먹을 것이 풍족했다. 진흙 강 사람들도 먹고 보관해 둘 만큼 많은 물고기를 구했다. 1호 순찰차는 상당한 양의 식량을 싣고 돌아간 뒤였다. 굴과 초원 거인을 제외한 나머지 종족은 물고기를 먹을 수 있었다. 기계인은 그것만으로 부족했지만 아직은 괜찮았다.

그림자 둥지의 쓰레기 더미 주변에서 흡혈귀 몇이 사냥을 하고 있었다. 발라는 그들도 배가 고플 거라고 생각했지만 사실 흡혈귀들은 어느 정도 실적을 올리고 있었다. 와비아의 말에 따르면 붉은 유목인은 시체를 먹는 청소부 동물을 본 적이 없다고 했다. 굴들이 경쟁 상대인 청소부 동물들을 최대한 죽여 버린 모양이었다.

퍼드가블라들은 흡혈귀들이 시체를 고향 흐름에 밀어 넣었다고 했다. 흡혈귀의 수는 분명히 그때보다 줄었을 터였다. 이제 흡혈귀들은 시체를 강에서 떨어진 곳에 쌓아 두고 있었다. 청소부 동물들이 시체를 먹으러 다가왔고, 굶주린 흡혈귀들은 그것들을 잡아서 피를 빨았다.

순찰차는 이번에도 뒷면을 맞대고 세워 두었다. 그리고 보초들이 경계를 서고 있었다. 흡혈귀들은 첫날 밤에 발라 일행을 보고도 무시했다. 그들은 하루 종일 인류를 감시할 수 있었지만, 그것은 이쪽도 마찬가지였다.

보관해 둔 풀은 하루나 이틀이면 소진될 터였다. 그러면 거인들은 낮 시간을 이용해 저지대에서 채집을 해야 했고, 동료들이 그들을 지켜 주기 위해 따라가야 했다. 굴들도 먹을 것을 찾아볼 수는 있었다. 흡혈귀가 잡아간 포로들이 집으로 돌아가는 동안 죽을 것이 분명했기 때문이다.

비탄에 젖은 관이 말했다.

"동력은 특별한 물질을 사용해야 전달할 수 있어요."

발라는 놀라지도 않았고 주위를 두리번거리지도 않았다.

"알고 있다."

"특별한 물질이어야 해요. 도시가 몰락했어도 전선들은 남아 있었던 모양이군요. 아니면 그 후에 아치 밑에서 전선이 발견됐거나. 그렇지 않다면 붉은 유목인이 어디서 그런 물질을 찾아냈겠어요?"

"내 가방에서 찾아냈을 거다."

굴들은 모르는 게 없다고 생각하며 발라는 말을 이었다.

"테거에겐 잘된 일이지. 안 그랬으면 강에서 죽었을 테니까."

"맞는 말이에요."

상대가 침묵을 지키자 발라는 말했다.

"루이스 우가 그걸 잔뜩 주고 갔지. 본래 이름은 꽤 길다. '초전도체 천'. 난 그걸로 공중 도시에 있는 도시 건설자 가족과 거래를 했다. 그들은 그걸로 조명과 물 응축기를 고쳤지. 그 결과 난 부자가 됐다. 타라블리리아스트와 짝도 맺었고 아이도 셋 낳았고. 난 루이스 우가 '플라스틱'이라고 불렀던 물질을 만들려고 투자를 했다. 타라블리리아스트는 단 한 번도 우리의 돈을 낭비한다고 비난하지 않았지."

딱 한 번은 그랬지만.

"결국 그건 내 재산이었으니까. 그 사람은 짝을 맺으면서 거의 아무것도 갖고 오지 않았지."

비탄에 젖은 관이 그녀의 발음을 똑같이 흉내 냈다.

"'플라스틱'이라는 것 말인데, 그 물건에 해당하는 우리 말은 없나요?"

"없는 걸로 알고 있다. 루이스는 연료를 만들고 남은 더러운 찌꺼기로 만들어지는 거라고 설명했지. 냄새가 없고 원하는 모양을 마음대로 빚을 수 있는 물질이라고. 그가 플라스틱으로 만든 물건을 두어 개 보여 줬는데, 안 그랬다면 난 추측밖에 할 수 없었겠지. 타바발라 연구실이 결과도 내고 일종의 해답도 얻었지만…… 그중에는 팔 수 있는 게 없었다. 내가 연구를 계속하도록 이리저리 돈을 버는 동안 우리 부모님과 타라블리리아스트가 애들을 돌보고 있다. 난 원정 교역을 하면 돈을 벌 거라고 생각했지. 다른 문화권 인류를 설득해서 알코올을 만들게 하면 그 대가를 내 마음대로 할 수 있으니까. 그것 말고도 교역은 곧 돈이나 마찬가지고."

"떠난 지 얼마나 됐나요?"

"거의 십 팔란쯤."

"너무 오래 지난 것 아닌가요?"

"모르겠다. 난 이미 짝을 맺은 사람이다. 타라블리리아스트는 그런 걸로 대가를 요구하는 사람이 아니고."

발라는 고개를 젓고 말했다.

"자러 간다."

"내가 감시하고 있죠."

| 사육의 법칙 |

AD 2892, 직조인 마을

루이스는 잠에서 깼다. 혼자였고, 배가 고팠다. 그는 잠글 수 있는 형태의 옷을 주워 입고 탁탁거리는 잔솔가지를 통과해 밖으로 걸어 나왔다.

마을에는 아무도 없는 것 같았다.

모닥불의 재에 어젯밤에 피웠던 불의 온기가 남아 있었다. 그는 마지막으로 남겼던 뿌리를 찾아내 반으로 갈랐다. 그것은 거의 가지처럼 변해 있었다. 아침 식사로 나쁘지 않은 편이었다.

태양이 마치 정오인 듯 바로 머리 위에 떠 있었다. 당연한 일이었다. 하지만 정말로 지금이 정오인 것처럼 느껴졌다. 하루의 절반을 낭비한 것처럼. 그는 화물을 쌓아 둔 원반에 올라타고 일어서서 주변을 돌아보았다. 마을 사람들이 보였다. 그는 그 즉시 당연한 일이라는 걸 깨달았다. 커밋 사워가 한 줄로 선 아이들을 인솔해서 상류 쪽 입구를 통과하고 있었다.

루이스는 그들이 입구를 빠져나가는 순간 따라잡았고, 화물 더미를 뒤에 남겨 둔 채 행렬에 끼어들었다.

일행은 강을 따라 걸었다. 루이스는 그들에게 링월드의 지도를 그려서 보여 주었고, 링월드를 건설한 자들과 그들의 나이와 그들의 운명에 대해 얘기해 주었다. 그리고 어디까지가 추측인지 알려 주려고 애썼다. 그는 도시 건설자들의 우주선에 재탑재되었던 이중 초전도체 원뿔을, 다시 말해서 링 벽에 탑재되어 있다가 옮겨진 버사드 램제트를 그려서 보여 주었다. 하지만 남아 있던 램제트의 연료를 다시 채우기 위해 치른 희생에 대해서는 말하지 않았다.

소년 몇이 보이지 않았다. 이제 일행들은 돌아가고 있었다. 그들은 가지가 갈라진 나무에 위치한 새 둥지를 수백 개 발견했다. 루이스와 사워는 천천히 걸었고, 나머지 사람들은 빠른 걸음으로 멀어져 갔다.

사워가 말했다.

"당신의 수면 주기를 모르겠어요."

"어젯밤에는 당신이 한 번도 본 적 없는 두 사람과 오랫동안 얘기를 했죠."

"야행인 말인가요? 그들은 모든 걸 알고 있고 아치 밑에 있는 모든 걸 지배한다면서요. 죽은 자들은 야행인의 소유가 된다고도

하고요. 루이스, 우리는 전에도 야행인과 얘기하는 손님들을 초대한 적이 있어요. 하지만 당신은 왜 그러는 거죠?"

루이스는 인정했다.

"난 대화할 상대를 가리지 않아요, 사워. 오히려 그런 걸 즐기죠. 아마 뭔가 조금 더 배우기도 할 거예요. 내 생각에 굴 아이가 나와 얘기를 하고 싶었는데 그 아이의 아버지는 그걸 막을 만큼 빨리 움직이지 못한 것 같아요. 그리고 음률가는 자신이 알고 있는 것보다 더 많은 걸 알려 줬죠. 덕분에 난 이제 야행인의 제국이 어떻게 그토록 먼 거리와 상관없이 통신할 수 있는지 거의 알게 됐어요."

사워가 질문을 던지려 하자 그는 다급하게 덧붙였다.

"그걸 얘기해 줄 수는 없어요, 사워. 설사 내가 알아냈다 해도 그 비밀은 내 것이 아니니까요. 게다가 그들도 모든 걸 다 알지는 못해요. 그들에게도 문제가 있고, 나도……."

그녀가 날카로운 목소리로 말했다.

"맞아요, 당신은 문제가 있어요. 오늘 아침에 일어나지 못하면서 꿈과 얘기를 나누더군요. 루이스, 도대체 무엇 때문에 괴로워하는 거죠?"

두 사람은 하마터면 갑자기 펼쳐지는 작은 그물들 속으로 걸어 들어갈 뻔했다.

아이들이 작은 숲을 돌아 나오더니 그들을 에워쌌다. 그물들은 하늘을 날고 있었다. 그들은 한 시간 동안 비둘기만 한 새를 놀라울 만큼 많이 잡았다.

직조인들은 새알에 흥미가 없는 것 같았다. 루이스는 알을 십여 개쯤 모았다. 알은 매끈한 플라스틱으로 만든 것처럼 보였고, 무중력 상태에서 음료를 마실 때 쓰는 용기에서 입을 대는 부분만 없앤 것 같은 모양이었다. 생김새뿐 아니라 감촉도 비슷했다. 그는 시험 삼아 먹어 볼 생각이었다.

일행은 한낮이 되자 마을로 돌아왔다. 아이들은 잡은 새의 털을 뽑았고 루이스와 사워는 일행과 떨어진 곳으로 움직였다. 두 사람은 평평한 바위에 앉아서 나이가 더 많은 직조인들이 불을 지피는 광경을 바라보았다.

사워가 다시 물었다.

"당신 같은 선생이 무엇 때문에 괴로워하는 거죠?"

루이스는 웃었다. 선생은 괴로움도 없단 말인가? 하지만 그걸 직조인에게 어떻게 설명하지……?

"난 오래전에 바보짓을 했어요. 거미줄 거주자는 사오 팔란이 지나고 나서야 내가 얼마나 바보 같았는지, 루이스 우가 왜 그와 얘기하지 않으려는 건지 깨달았을 거예요. 하지만 다시 얘기를 하고 있으니 그건 문제가 아니었던 거죠. 사워, 거미줄 거주자는 나와 크미를 하인으로 쓰려고 사로잡았어요. 물론 아주 괘씸한 짓이죠. 하지만 그런 짓을 보상할 만한 선물을 갖고 있었어요. 그가 가지고 있는 씨앗을 씹어 먹으면 나이 든 인간이 젊어질 수 있어요. 크진 종족도 마찬가지죠."

사워가 입술을 살짝 깨물었다.

"흠. 그럴 능력이 있다고 해서 꼭 준다는 건 아니잖아요."

"그에 상응하는 무언가를 받으면 주죠. 그리고 그는 오토닥이라는 기계를 갖고 있어요. 심각한 상처를 치료할 수 있는 기계인데, 흉터도 없애고 잘린 팔다리도 복구할 수 있죠. 그뿐 아니라 부스터스파이스로도 어쩔 수 없는 손상까지 치료할 수 있어요. 사워, 인간을 재생시키려면 엄청난 의료 기술이 필요해요. 거미줄 거주자가 나를 다시 젊게 만들어 줄 수 있다면, 나를 고분고분하게 만들 수도 있을 거예요. 크미와 나는 그다지 좋은 노예가 아니었죠. 최후자는 나를 더 나은 하인으로 바꿔 놓을 수 있어요. 완전한 하인 말이에요. 바로 얼마 전까지는 그의 기계를 사용하지 않을 핑계가 있었어요. 그런데 이제는 그렇지 않군요."

사워가 물었다.

"그의 기계를 전에도 사용한 적이 있나요?"

그거야말로 좋은 질문이었다.

"그는 나를 이 년 동안 동면시켜 놨어요. 어쩌면 그때 뭔가 의학적인 처치를 했을지도 모르죠. 원하는 건 뭐든지 할 수 있었으니까."

"하지만 안 그랬잖아요."

"나도 그렇게 생각해요. 차이점을 느끼지 못하니까."

사워는 더 이상 말을 하지 않았다.

루이스는 갑자기 소리 내 웃고는 돌아서서 그녀를 껴안았다.

"신경 쓰지 말아요. 내가 하이퍼드라이브 엔진을 부숴 놨으니까! 그는 별들로 돌아갈 수 없어요. 그래서 아치를 구해 줄 수밖에 없었던 거고요. 만약에 그가 이미 나를 하인으로 만들었던 거라면, 아주 크게 실수를 한 거죠."

사워도 그를 쳐다보고 큰 소리로 웃었다.

"하지만 루이스, 당신도 스스로를 가둬 놨잖아요!"

"난 약속을 했어요."

그 약속의 대상은 기계인인 발라버질린이었다.

"링월드를 구할 거고 실패하면 죽겠다고 약속했죠."

사워는 대꾸하지 않았다.

"그는 전류 중독자를 손아귀에 넣었다고 생각했어요."

루이스는 통역에 차이가 생기는 것을 알아챘다. 사워의 언어
에는 전류 중독자에 상응하는 말이 없었다.

"그는 내가 어떤 명령에도 따를 거라고 생각했죠. 내 두뇌
의…… 쾌락 중추에 전류만 흘려 넣으면 말이에요. 직조인이라면
뭘 받아야 자유를 팔까요? 알코올? 그는 내가 그 중독에서 벗어
나지 못할 거라고 생각했어요. 이제는 사실을 알고 있지만."

사워가 말했다.

"그가 당신을 젊고 고분고분하게 만들면 어떻게 되죠? 그래도
당신이 그의 명령을 무시하기로 결심하면 되잖아요."

"사워, 그는 내 정신을 바꿀 수 있어요."

"아."

루이스는 잠시 생각에 잠겼다가 입을 열었다.

"난 영리하고 민첩해요. 거미줄 거주자도 그 점을 알고 있죠.
만약에 그가 나를 더 나은 하인으로 바꿔 놓는다면 난 멍청하고
둔해질 수도 있어요. 따라서 그가 바보가 아닌 다음에야 나를 많

이 비꾸지는 않을 거라고 생각해요. 그건 무척이나 유혹적인 판단이죠. 유감스럽게도 난 이 판단을 믿을 것 같아요, 사워."

"그가 약속을 지킬까요?"

그 또한 좋은 질문이었다.

동족에게 외면당했던 네서스…… 네서스는 정신 나간 퍼페티어였고, 링월드에서 복귀하면 최후자를 배필로 삼게 해 달라고 요구했다. 최후자는 동의했고 그 맹세를 지켰다. 하지만 만약 그게 동등한 자 사이의 거래였다면…… 아니, 그렇지 않았다. 네서스는 미친 자 취급을 받았다. 그것도 수 세기 동안.

퍼페티어는 알려진 우주 전역에 걸쳐서 다양한 종족과 계약을 했고, 그것을 지켰다.

"당신의 미친 꿈 같은 소리를 믿는다면, 그는 당신에게 젊음을 줬다가 빼앗아 갔어요."

루이스는 사워의 존재를 잊고 있었기 때문에 그녀의 목소리가 들리자 화들짝 놀랐다. 그녀의 목소리에는 질책이 담겨 있었다.

"하지만 이건 얘기해 줄게요. 난 나이를 먹을수록, 젊어질 수만 있다면 뭐든 내줄 수 있다는 생각이 들어요. 만약에 거미줄 거주자를 두 번 다시 보지 않을 거라면 그걸로 끝이겠죠. 하지만 다시 볼 생각이라면, 늙고 병들 때까지 기다리는 거야말로 제일 바보 같은 짓이에요."

루이스는 그녀의 말이 아주 정확하다고 결론을 내렸다.

그날 밤 그들은 고기를 요리했다. 항해자들은 물고기를 요리했고, 루이스는 모아 온 알과 먹을 수 있다는 걸 확인한 풀풀을 요리했다. 그리고 절벽 아래로 가서 자리를 잡고 앉았다.

루이스는 자신도 모르게 덤불 속에 음률가가 있는지 찾아보았다. 굴이 있다는 증거는 없었지만 아마도 듣고 있을 터였다.

지난번에 확인했을 때만 해도 공중에 떠 있는 공장 지대에는 살아 움직이는 것이 없었다. 하지만 이제 최후자가 열어 놓은 거미줄 화면 속에서는 공장 지대가 밝게 빛나고 있었다.

루이스는 허공에 대고 말했다.

"네가 이겼어. 무슨 일이 벌어진 건지 알아야겠다."

그러자 화면이 바뀌었고……

| 침공 |

뾰족한 손톱들이 그녀의 손목으로 올라왔다. 발라는 속삭이듯 물었다.

"비탄에 젖은 관?"

"하프장이예요. 다른 사람들은 내 짝이 깨우고 있어요. 발라버질린, 와서 저걸 봐요."

발라는 방금에 눈을 붙인 것 같은 기분이었다. 그녀는 담요 밖으로 걸어 나왔다. 중요한 일이 아니면 깨운 걸 후회하게 만들어주겠다고 말하지는 않았다. 종족에 따라 우선순위의 기준이 다르기 때문이었다. 교역을 하려면 그런 사실을 알고 있어야 했다.

밖은 어두운 밤이었고 비가 내리고 있었다. 그림자 둥지가 흐릿한 별자리처럼 보였다. 하프장이는 다시 순찰차로 돌아갔다. 와스트와 비지가 밖으로 나왔고 사바로가 뒤를 따랐다.

사바로가 물었다.

"대장, 무슨 일이야?"

"난 아무것도 안 보여."

와비아가 곁에서 모습을 나타냈다.

"발라버질린, 저 아래쪽은 어둡다."

"알고 있다."

"경사로를 봐라, 발라버질린. 정말 안 보이나? 그냥 경사로만 얘기하는 게 아니다. 도시 전체가 약간 내려앉은 것 같군. 플럽! 마낵의 말이 맞았다!"

2호 순찰차에 있는 사람들이 동시에 쏟아져 나오며 하품을 하고 수다를 떨었다. 그들도 발라와 마찬가지로 별다른 것을 보지는 못했다.

하지만 하프장이가 와비아의 옆에 있다가 말했다.

"우리가 착각한 게 아니에요. 흡혈귀들이 경사로에 뛰어오르려 하고 있어요. 아직은 너무 높지만……."

"그리 오래 지나지 않아서 성공하겠지."

"테거다! 테거가 해낸 거다!"

와비아가 소리쳤다.

"하지만 흡혈귀가 경사로로 몰려들 텐데!"

발라는 그 말이 사실일지 궁금했다. 그런 광경을 볼 수 있는 것은 와비아와 굴뿐이었다. 그리고 그들도 경사로가 내려왔다고는 단언하지 않았다.

그녀는 소리를 질렀다.

"차에 탑승해! 못 탄 사람은 버려두고 간다! 정해진 차에 타고 무장해라! 위로 올라간다!"

테거는 엎드려서 선착장의 끝을 지켜보고 있었다. 흡혈귀는 많이 보이지 않았다. 좋은 사냥터가 아니었기 때문이다. 그들이 사냥할 수 있는 거라고는 그림자 밑에 있는 멍한 상태의 포로들 뿐이었다. 굶주린 짐승 몇 마리가 사냥을 하고 있었고, 흡혈귀들은 동물을 잡아 놓고 피를 빨고 싶어서 안달이 난 상태였다.

아래쪽은 어두운 데다 비 때문에 시야가 흐렸다. 하지만 순찰차는 선명하게 보였다. 그들이 천천히 이동하고 있었다. 순찰차의 커다란 바퀴 밑으로 진흙과 모래가 빨려 들어갔다.

흡혈귀 넷이 채집자처럼 빠르게 첫 번째 순찰차로 몰려가더니 운전석을 향해 기어올랐다.

채집자들은 수건으로 입을 가리고 손에 칼을 든 채 포좌에서 뛰어내렸다. 파룸이 뒤쪽에서 걸어 나오더니 곤봉 같은 것을 휘둘렀다. 잠시 뒤 공격자들은 목숨을 애걸하는 처지가 되었다. 시간이 조금 더 흐르자 둘이 죽었고, 다른 흡혈귀들의 몸은 공중으로 날았다. 파룸의 기다란 곤봉이 허공에서 멈추더니…….

그 순간, 짜릿한 충격이 테거의 척추로 흘렀다. 그가 지금까지 기다리고 있던 현상이었다.

테거는 거의 하루 종일 회로 판을 찾아서 열어 보고, 회로의 기능을 시험해 보았다. 조명을 담당하는 회로 판의 모양새는 이미 익혀 둔 뒤였다. 방금 것은 선착장 쪽 조명을 조종하는 판이었다. 그는 이미 발라의 천을 꼬아 끼워 두었다. 두 개의 스위치를 건드리자 선착장 부근이 대낮처럼 밝아졌다.

테거는 눈을 꽉 감은 채 어둠 속에서 '경사로 거리'로 가는 방향을 가늠했다. 그리고 야간 시력을 회복하기 위해 잠시 기다렸다가 눈을 떴다.

그는 경사로가 땅에 닿는 충격을 느꼈다.

흡혈귀들이 경사로의 연속적인 굽이를 따라 오르고 있었다. 수는 많지 않았다. 냄새로 먹잇감이 많지 않다는 걸 아는 듯했다. 사실 먹잇감이라고는 작고 붉은 유목인 한 사람밖에 없었다.

테거는 인내심을 가지고 횃불을 켜기 시작했다. 횃불이 깜빡거리자 불을 옆으로 치우고 다시 한 번 아래를 내려다보았다.

대략 서른쯤 되는 젊은 어른과 청소년 흡혈귀들이 그리 다급하지 않게 그를 향해 올라오고 있었다. 저놈들은 무슨 생각을 하고 있을까?

'길이 없었는데 생겼다. 하지만 먹잇감의 냄새는 나지 않는다. 길을 따라가 보자. 하지만 맨 앞으로 나서지는 않는 게 좋다. 빛이다! 이런, 아프다…….'

흡혈귀들은 팔로 얼굴을 가린 채 한 층 아래에서 모여들고 있었다.

테거는 조선소의 조명이 흡혈귀를 막을 수 있을지 궁금했다. 흡혈귀 냄새가 얼굴을 향해 파도처럼 밀려왔다. 그의 반사 신경이 뭐든 해 보라고 재촉했다! 그리고 그를 질책했다.

하지만 테거는 행동할 수가 없었다. 꼼짝을 할 수가 없었다. 그는 간신히 횃불을 머리 위로 휘둘러 불덩어리를 아래층으로 던졌다.

창백한 얼굴들이 뒤로 물러서고, 흡혈귀들은 대부분 경사로 아래쪽으로 달려서 돌아갔다. 몇 놈은 횃불과 조선소 조명 사이에 갇혀 있었다.

테거는 도망쳤다. 그리고 선착장 끄트머리에 도착하자 빈 공간으로 몸을 내밀어 맑은 공기를 한껏 들이켰다.

순찰차가 가까운 곳에 와 있었다. 이삼백 번만 호흡하면 다다를 수 있는 거리였다.

흡혈귀들은 순찰차 쪽 사람들을 괴롭히고 있었다. 시간이 지날수록 흡혈귀의 수도 늘어 갔다. 전사들이 발판 위에 일렬로 늘어섰다. 채집자들은 초원 거인의 기둥 같은 발목 사이로 창을 내질렀다. 초원 거인들은 가장 먼 곳에 있는 적에게 쇠뇌를 쏘았다.

테거는 속삭임 같은 강물 소리 위쪽에서 아주 희미한 소리가 들리는 것을 알아챘다. 포탑 위에 있는 굴 두 사람이 연주하는 음악 소리였다.

총은 안 쓰나? 발라버질린이 둥지 쪽을 자극하지 않도록 총을 쓰지 말라고 지시한 건가? 하지만 흡혈귀 수가 늘어 가잖아. 둥지가 침공을 알아채고 움직이는 거라고.

강물은 어둠 속으로 흘렀고, 순찰차들은 강물을 따라갔다.

어둠이 문제였다. 아래쪽은 죄악처럼 캄캄했다. 흡혈귀들은 어둠 속에서 잘 볼 수 있었다. 운전석에 있는 굴들이 소리쳐서 방향을 알려 줄 순 있겠지만, 그래도 다른 사람들은 장님이나 마찬가지일 터였다.

테거가 할 수 있는 일이 있긴 했다. 담력과 칼이 필요한 일이 었다.

발라는 한 손으로 키의 손잡이를 잡고 다른 한 손으로 총을 잡은 채 차를 몰았다. 사바로는 그녀와 나란히 운전석에, 뒤를 향해 앉아 있었다. 발라는 수건을 통해 후추파의 냄새를 맡았다. 투를의 말은 처음부터 틀리지 않았다. 풀 냄새가 연료보다 더 효과적이었다.

발라는 흰 얼굴이 불쑥 튀어나오자 두 손으로 총을 쏜 다음 차가 방향을 바꾸기 전에 다시 키를 잡았다. 다른 총들도 불을 뿜기 시작했다. 사바로가 그녀에게서 총을 받고 장전된 다른 총을 건넸다. 흡혈귀들이 소음을 듣고 뒤로 물러났고 순찰차는 어둠 속으로 계속 이동했다.

공중 건물이 머리 위에서 별자리처럼 빛났다. 그녀는 가장자리 아래쪽이 어떻게 생겼는지 식별할 수 없었다. 하지만 경사로의 위치는 알고 있었다. 그녀의 목표도 그 경사로였다.

흡혈귀만이 잘 볼 수 있는 곳에서 우리가 그것들을 얼마나 막아 낼 수 있을까?

발라는 아치 아래 있는 모든 무덤에서 나는 것과 같은 검정 악취를 향해 차를 몰았다. 구역질이 방어 역할을 할 수도 있으련만 그렇지는 않았다. 정말로 그렇지 않았다. 지금까지 계속 그랬듯 진짜 적은 전장 한복판에서 짝짓기를 하고 싶다는, 점점 커지는 욕망이었다.

하프장이가 으스스한 음악을 멈추고 소리를 질렀다.

"대장! 왼쪽! 왼쪽으로 갔다가 오른쪽으로 꺾어서 경사로로 올라가요. 대장, 경사로에 흡혈귀가 있어요!"

발라는 왼쪽으로, 암흑 쪽으로 진로를 바꿨다.

순찰차들은 위치를 고수하고 있었다. 그들이 싸우는 그림자는 불구가 되어 멈춰 서는 아이들이었고, 노인들이었고, 임산부들이었다. 사냥꾼들과 함께 몰려 나가지 않고 남아 있던 흡혈귀들. 한밤중이다 보니 그들의 경계심은 최고조에 달한 상태였다.

발라는 새벽까지 기다릴까 고민해 보았다. 하지만 동이 트면 사냥을 나갔던 흡혈귀들이 돌아올 테고, 아무리 지쳐 있다 해도 그 수와 힘은 감당할 수 없었다. 그리고 그녀가 지금 싸우고 있는 흡혈귀들은 살아 있을 경우 새벽이 되기 전에 테거에게 접근할 수 있는 놈들이었다.

전방에 운석이 떨어졌다.

그녀와 경사로 사이에서 웅크린 채 기다리던 흡혈귀들이 날카로운 소리를 내며 옆으로 물러섰다. 불덩이가, 다시 말해 횃불들이 떨어졌다. 그중에는 꺼진 것도 있었지만 여섯 개가 남아서 계속 타올랐다. 테거가 보낸 선물이었다.

발라는 경사로에 올라가 있었다. 2호 차가 뒤를 바짝 따랐다. 흡혈귀들은 사방에서 몰려오고 있었다. 한 마리가 조종석 위로 갑자기 올라왔다. 발라는 그놈을 날려 버리고 총을 옆으로 치웠다. 포가 굉음을 뿜었다. 열풍과 돌 부스러기들이 전방의 경사로를 깨끗하게 치워 주었다.

아치에서 태양이 떨어지기라도 한 것처럼 후방이 갑자기 밝게 빛났다. 흡혈귀들이 미친 듯이 밝은 빛 속에서 눈을 가리며 얼어붙어 주저앉았다. 발라의 주변에서는 총성과 쇠뇌 소리가 요란스럽게 울렸다.

운전석이 흔들렸다. 발라는 자신을 미치게 만드는 흡혈귀 냄새 때문에 몸을 돌렸다. 그녀를 지켜 주는 것은 빈총뿐이었다. 기계인들이 일그러진 표정으로 그녀를 돌아보았다. 완전히 미친 것처럼 보이는 포라가 팔다리와 이로 운전석에 매달렸다.

발라는 계속 차를 몰았다. 그리고 계속 회전했다.

빛 속에 있는 그림자가 두 팔로 신호를 보냈다. 한 손으로는 칼을 휘두르고 있었다. 발라는 빛을 향해 돌진했다.

이유는 알 수 없지만 옷을 다 벗어 붉은 몸을 드러낸 테거가 차를 통과시키려고 옆으로 비켜섰다.

발라는 와비아가 차에서 뛰어내리는 것을 보았다. 그녀가 테거와 부딪친 충격으로 칼이 날아가 버렸다. 와비아의 튜닉이 그 뒤를 이어 날아갔다.

동료들의 외침을 듣지 않았어도 발라는 상황을 알 것 같았다. 지금은 축제를 벌일 시간, 즉 리샤스라를 할 시간이었다. 그들을 지켜 주려면 누군가가 그녀의 정신을 유지시켜 줘야만 했다.

발라는 선착장의 흰색 불빛 속에서 몸을 일으켰다. 그러자 싸우는 소리가 들렸다. 흡혈귀인가?

그렇지는 않았다. 말소리가 들려왔다. 포라가 그녀의 아버지를 만난 것이었다. 두 사람은 서로에게 큰 소리로 지독한 욕을 퍼붓고 있었다.

발라는 그들이 서로 죽이지는 않을지 판단해 보려 애썼다. 그들이 잠시 숨을 돌리려고 욕을 멈췄다. 발라는 두 사람의 어깨를 건드려 주의를 끌고 재빨리 뒤로 물러나며 말했다.

"포라, 그런 거 아니야. 사바로, 정말이야. 그건 내 잘못이었어. 우리 모두의 잘못이었다고. 우리 모두 무슨 일이 생길지 짐작할 수 있었단 말이야. 그러니 어느 한 사람만 비난하는 건 그만두면 안 될까?"

아버지와 딸이 충격을 받은 얼굴로 그녀를 바라보았다.

"흡혈귀들이 왔을 때 둘이 함께 있지 말아야 했어. 내가 당신들 둘을 떨어뜨려 놨어야 했어. 내 잘못이었다고. 모르겠어? 우린 다 같이 짝을 지었단 말이야. 어쩔 수가 없었어. 치타와 케이는 아이를 만들었어. 사바로, 그들은 아직도 당신과 포라에 대해 모르잖아?"

사바로가 중얼거렸다.

"아마 그렇겠지."

"하지만 우린 고향으로 돌아갈 수 없다고요!"

포라가 소리쳤다.

"다른 사람하고 리샤스라를 해."

발라는 말했다.

"대장, 정말 모르겠어요?"

"멍청하기는. 당장 해. 파룸이면 관심 가질 만하잖아. 그걸 피에서 빼내야 제대로 생각을 할 수가 있단 말이야. 당장 가!"

포라가 갑자기 웃었다.

"대장은 어떻게 할 건데요?"

"난 이 상황을 정리해야 해. 사바로, 와스트를 찾아서……."

그때 와스트의 목소리가 들렸다. 이미 한 명 이상의 남성이 와스트를 찾은 뒤였다.

"……아니면 다른 사람을 찾아. 어서."

발라는 두 사람을 반대 방향으로 밀었다. 그들은 떠나갔다.

다음은 누구지?

붉은 유목인들은 화해했다. 그 상태를 유지할 수도 있을 것 같았다. 테거도 이제 흡혈귀 냄새가 얼마나 강력한지 아는 게 분명했다. 그 냄새는 아직도 발라의 두뇌와 피 속에서 부글거리고 있었다. 하지만 그녀는 아주 많은 것을 알고 있었기 때문에 버텨 냈다. 흠, 정확히 말하자면 버텨 낸 건 아니지만……

피부가 창백한 아이가 눈앞에 서 있었다. 키는 발라의 절반쯤 되었고 눈은 사팔뜨기였으며 아무 말도 없이 애원하고 있었다.

발라는 앞으로 걸어 나갔다.

그때, 아이의 가슴에 쇠뇌 화살이 꽂혔다. 아이가 울부짖더니 비척거리면서 그림자 속으로 달려갔다.

발라는 뒤를 돌아보았다. 화살을 쏜 건 파룸이었다. 발라는 간신히 입을 열었다.

"총자루를 쓰려고 했는데…… 너무 어려서 냄새를 풍길 수 없으니까."

초원 거인은 그녀의 변명을 받아들여 주기로 한 모양이었다.

"차에 매달려 온 흡혈귀는 하나가 아닐 수도 있다. 하지만 내가 확인한 건 저 아이뿐이다."

"통로는 확인해 봤나?"

"칼에 맞아 죽은 흡혈귀가 넷이었다. 테거가 그런 것 같다."

"잘했군."

"그중 한 놈은 이가 전부 뽑힌 상태였다. 그리고…… 전에 뭐라고 했지? 아, 그 말이 맞다. 흡혈귀들은 동족의 시체가 뿜는 악취를 좋아하지 않는다. 그래서 시체를 넘어 지나가지 않는다."

"그럼 우린 성공했군. 이제 안전해."

"충분히 안전하다."

파룸은 그렇게 말하고 팔로 그녀를 껴안았다.

잔치가 끝나 가고 있었다.

발라는 상황을 알고 싶지 않았다. 그녀는 케이와 리샤스라를 하는 중이었다. 위험하지는 않을 것 같았다. 어쨌든 결국은 하게 됐을 테지만, 발라는 어젯밤에 그런 일을 겪고 나서도 상대를 임신시킬 수 있는 남성은 없을 거라고 생각했다.

태양이 회백색 구름에 가려져 은색으로 뿌옇게 빛났다. 채집자 네 사람은 한데 모여서 자고 있었다. 굴들은 일찌감치 끝을 내고 차양 밑으로 기어 들어갔다. 초원 거인들은 리샤스라에서 벗어나 상대방을 탐색하는 단계에 도달했다. 그녀와 케이가 그랬던 것처럼. 테거와 와비아는 이야기를 나누고 있었다. 그냥 이야기뿐이었다.

케이는 그녀의 품 안에서 힘을 풀고 금세 잠들었다.

발라는 몸을 떼고 케이의 튜닉을 말아서 그의 머리 밑에 괴어주었다. 그리고 다리를 절뚝거리며 선착장을 거닐어 붉은 유목인들에게 다가갔다. 혹시 그들이 오지 말라는 손짓이라도 할까 봐 신경을 쓰면서. 하지만 딱히 거부하는 것 같지 않았다.

발라는 말했다.

"말해 봐라, 테거. 공중 건물은 어떻게 낮춘 거지?"

테거가 자랑스럽게 미소를 지었다. 적어도 발라의 눈에는 그렇게 보였고, 와비아도 같은 생각이었다. 그가 말했다.

"수수께끼 풀이였다. 단서는 사방에 있었지. 수영하는 웅덩이와 저수조가 있었는데 내가 왔을 때는 전부 텅 비어 있었다."

발라는 말이 이어지기를 기다렸다.

"도시 건설자들은 도시의 몰락 이후 여기에 갇혔다. 난 그자들의 뼈를 확인했다. 흡혈귀가 그림자로 이주해 왔다는 건 이미 알고 있었다. 경사로를 따라 올라왔겠지. 그럼 어떻게 했겠는가?"

"우리는 경사로를 들어 올릴 방법이 있을 거라고 의논했다."

테거가 행복한 표정으로 고개를 끄덕였다.

"저수조에는 물이 하나도 없었다. 하지만 도시의 몰락은 루이스 우가 바다를 끓이기 전에 벌어진 일이지. 분명히 물이 필요했겠지만 흡혈귀는 그보다 더 무서웠을 거다. 그래서 물을 다 빼냈고 도시가 떠오르게 된 거다."

"당신은 그래서 저수조를 다 막고……."

"선착장에 큰 금속판들이 있었다. 그걸 마개로 사용했지."

"그다음엔 비가 물을 채워 줄 때까지 기다렸고, 도시가 내려간 거군."

"그렇다."

"빛을 만들어 줘서 고맙다."

테거가 웃었다.

"헤, 좋아할 거라 생각했다. 횃불을 전부 붙여서 아래로 던졌지. 그 위에 연료를 한 통 정도 부었고."

"이젠 어떡하지?"

"이젠 적어도 뭔가 해 볼 수 있는 자리에 왔다. 그리고 뭔가 함께 시도해 볼 수 있는 똑똑한 친구가 열다섯이나 있잖나."

발라는 고개를 끄덕였다. 테거도 답은 몰랐지만 이미 기적을 보여 주지 않았던가.

| 동력 |

완전히 낮이 되어 사방이 밝았다.

테거가 동료들을 이끌고 계단 거리로 올라가 자신이 찾아낸 것을 보여 주었다. 그리고 당황했다. 와비아가 집 안으로, 장식용 식물들이 이루고 있는 밀림 속으로, 물이 반쯤 찬 수영장으로 뛰어다니며 이것저것 물어보았던 것이다. 테거는 그녀를 따라다닐 수 없었다. 다른 사람들과 보조를 맞춰야 했기 때문이다. 채집자들은 그녀보다도 빠르게 움직였고 붉은 유목인이 들어갈 수 없는 곳까지 갔다가 쏜살같이 돌아와 초원 거인들과 수다를 떨었다.

테거가 와스트에게 말했다.

"자, 이 풀이면 당신들에게 맞을 거다."

도움이 될 초원 거인은 그녀뿐이었다. 그녀는 풀을 한 움큼 쥐고 테거를 향해 미소를 지은 다음 입에 넣고 씹으면서 퍼릴랙과 실랙의 뒤를 따라 무너진 집으로 들어갔다.

다음으로 코리액에게 말했다.

"여긴 풀을 먹는 동물이 없는 것 같다. 배설물을 찾아봤는데 하나도 없었다. 아, 그래도 먹을 것은 있을 거다. 정말 아무것도 못 찾으면 거미가 있고. 우리 중에 곤충을 먹는 사람이 있던가?"

그다음은 발라였다.

"식물을 먹는 동물이 있을 거라고 생각하겠지만 내가 본 건 새밖에 없었다. 벌레는 하나도 못 봤다."

발라는 물었다.

"썩은 고기는?"

테거가 그녀의 말뜻을 짐작하고 대답했다.

"오래되고 바짝 마른 뼈는 있었지. 굴이라도 굶어 죽기 전에는 안 먹을 거다. 그 대신 이걸 찾아냈다. 열매다. 열매가 열린 나무가 줄지어 있다. 여기."

발라는 열매 하나를 쪼개서 먹어 보았다. 그거라면 기계인이 한동안 식량으로 쓸 수 있을 듯했다.

"테거, 저 공장들은 뭘 만드는 거지?"

"천이 가득한 창고를 찾았다. 아마 그걸 만들었던 모양이다. 발라버질린, 난 그렇게 자세히 살펴볼 시간이 없었다."

발라는 공장에 관심이 있었다. 그녀의 가방에는 루이스 우의 마법 천이 가득 들어 있으니 모터를 작동시킬 수 있을지도 몰랐다. 기계들의 상태가 너무 안 좋아서 그럴 수 없다고 해도, 도시의 몰락 이전에 만들어져 공장이나 창고에 쌓인 채 선적을 기다리고 있던 신기한 물건을 찾아낼 가능성이 있었다.

하지만 테거도 배가 고플 것이 분명했다. 그녀의 동족들도 지금 당장 뭔가를 먹어야 했다. 장삿속은 나중 문제였다. 그건 내려갈 방법을 찾아낸 다음의 일이었다!

발라 일행은 계단 거리를 올라가 꼭대기에 있는 구형 건물에 도착한 다음 안으로 들어갔다.

테거가 해답을 찾지 못했던 궁금증은 기계인들에겐 아무것도 아니었다. 사바로는 미소를 지으면서 일행을 이끌고 거대한 계단을 오른 다음 뒤쪽으로 이동했다. 그가 단호하게 말했다.

"여긴 연회장이다. 도시 건설자들은 잡식성인 데다 음식을 조리해서 먹었지. 그리고 아주 다양한 요리를 좋아했다. 여기 장비가 얼마나 많은지 보면 안다."

"저 상자와 평면은 뜨거워진다."

테거의 말에, 사바로가 고개를 끄덕였다.

"그렇겠지. 음식 재료를 써는 탁자도 있을 거다."

계단 거리 위쪽에는 굴뚝과 나선형 계단밖에 없었다. 와비아가 굴뚝 가장자리에 앉아 양쪽 발뒤꿈치로 허공을 차면서 공중 건물 도시와 그 밑의 육지를 내려다보았다. 그녀는 아무 걱정 없이 마냥 행복해 보였다.

"진흙 강 사람들이 손을 흔드는 게 보인다. 루발라블이군! 아무나 이리로 올라와 봐라. 우리가 성공했다는 걸 보여 줘야지! 안 그러면 날 테거인 줄 알 거다."

발라는 그녀를 보려고 돌에 붙은 청동색 거미줄을 지나 나선형 계단을 올라갔다. 두 사람은 뒤이어 올라온 코리액, 마낵, 파

붐, 사바로에게 자리를 내주려고 가장자리를 따라 조금 이동했다. 테거가 멈춰 서서 거미줄을 관찰하다가 올라와 그들과 합류했다. 발라는 생각했다. 꼭대기에 올라왔다는 데에는 무언가 의미가 있겠지. 흠, 예를 들어서…… 맨 위에 있는 사람이 명령권자라든지 그런 의미 말이야.

사실상 발라는 가장 관심이 가는 것들을 볼 수 없었다. 아래쪽 그림자 둥지에 떼 지어 모여 있는 흡혈귀들과 그 인근 지역은 육안으로 보이지 않았다. 하지만 저 멀리 산 쪽에서 하얀 흐름이 천천히 길을 따라 움직이고 있었다. 그 흐름은 고향 흐름을 따라가면서 점으로 흩어졌다. 복귀하고 있는 수천 마리의 흡혈귀였다.

강물과 눈이 쌓인 산들이 부분부분 햇빛을 받으며 반짝거렸다. 가까운 곳으로 눈을 돌려 보니 그 반짝거림을 배경으로 웅크리고 있는 검은 사람의 형체 둘이 보였다. 발라 일행이 손을 흔들자 루발라블과 퍼드가블라들이 안심한 듯 물속으로 사라졌다.

발라는 공장 단지 전체를 볼 수 있었다. 테거가 사방의 조명을 켜 둔 덕분이었다. 계단 거리에는 드문드문 끊어진 녹색 선이 있었다. 다른 곳에서는 녹색을 볼 수 없었다. 적어도 굴뚝 부근은 그랬다. 거미는 뭘 먹고 사는 걸까?

창고와 공장의 지붕은 평평했고 저수조의 꼭대기는 둥글었다. 그것들은 하나같이 반짝거리는 회색이었다. 예외는 계단 거리에 있는 집들뿐이었다. 계단 거리에서 평평한 부분은 흙과 물웅덩이였고, 계단들은 반짝거리는 회색이었다.

파룸이 물었다.

"발라버질린, 저 회색 지붕들이 보이나?"

"보인다."

"나는 조명이 아직까지 작동하는 이유가 궁금했다. 그런데 평평하고 태양을 향한 것들은 전부 반짝거리는 회색이군. 저것들이 햇빛을 저장하는 게 분명하다."

"그렇군!"

테거가 탄성을 올리자 파룸이 웃었다.

"당신도 궁금했나?"

"맞다. 하지만 그 얘기를 들으니 확실히……. 생각해 봐라. 이렇게 구름이 끼면 빛을 받을 수 없겠지. 그러나 내가 여기 오기 전까지는 동력을 쓸 데도 없었다. 수백 팔란이나. 그러니까……."

"동력이 떨어질 수도 있겠군. 낮에는 불을 꺼 두는 게 좋겠다."

"화물 수송 판도 저 색깔이었다. 내가 운전석을 떼어 내기 전에는. 그래서 아직도 떠오를 수 있었던 거군. 그럼 번개가 햇빛이고…… 그걸 끈다고? 파룸, 우리가 왜 동력을 남겨 둬야 하나?"

"나도 모른다. 하지만 낭비하는 건 싫다. 그래도 선착장 주변의 빛은 남겨 둬야지. 흡혈귀가 올라올 수도 있으니까. 어쨌든 내 생각은 그렇다."

테거가 어깨를 으쓱했다. 그는 갑자기 지친 것처럼 보였다. 와비아가 그의 귀에 무언가를 속삭이면서 그를 어딘가로 데려갔다.

다른 사람들은 별다른 것을 찾아내지 못했다. 휴가 중인 관광객처럼 여기저기로 흩어졌던 그들은 이제 순찰차 쪽으로 돌아오고 있었다. 대부분 쓰러져 잠들기 직전이었다. 채집자들은 반드시 밤에 자야 했다. 채집자 네 사람은 한낮이 되면서 아주 예민해진 상태였다. 공격에 가담한 자들 중 그런 것은 그들뿐이었다.

발라는 마낵과 코리액을 보초로 정하고 차양 밑으로 기어 들어갔다. 포라가 이미 그곳에 잠들어 있었다. 가련하게도 피로뿐 아니라 피가 부족하기 때문인 것 같았다. 하지만 그녀의 얼굴은 평화로웠다. 발라는 수건을 연료에 담가 파라의 목에 있는 흉측한 상처를 닦아 주었다. 그리고 담요를 편 다음 누웠다.

비지가 안으로 들어오는 바람에 빛이 들이쳐 발라는 눈을 감았다. 그는 갓 베어 온 풀을 한 아름 들고 있다가 빈 공간에 펼쳐 놓았다. 풀 위에 올라가 몸을 웅크린 그가 속삭였다.

"테거가 똑똑한 일을 했군."

"그랬지."

발라는 대답했다.

"어쩌면 그걸 더 밀고 나갈 수도 있을 거다."

"음?"

"물은 더 모을 수 있다. 저 공장 지붕과 저수조 같은 것들에 있는 구멍을 전부 부수는 거다. 지붕이 아닌 경우는 막아서 물이 빠져나가지 않게 하면 되지. 굴뚝은 천으로 막으면 되고. 비가 내리면 물바다가 만들어질 테고 이곳이 더 많이 내려갈 거 아닌가? 그럼 흡혈귀를 눌러 죽일 수 있다."

정말 그럴까? 발라는 너무 피곤해 제대로 생각할 수 없었다.

"그렇게는 안 된다."

"누가 말하는 거지?"

"포라나이들리다. 아래쪽은 평평하지 않다, 비지. 중앙 도시에 있는 관리 시설만큼 큰 구조물이 아래쪽에 있다."

"아, 플럽. 맞다, 당신이 저 밑에 살고 있었다는 걸 잊었군. 포라나이들리, 도대체 그게 뭐지? 조각상이나 건물 같은 건가? 부술 수도 있는 건가?"

포라가 대답하려고 입을 열었다.

발라는 담요를 잡아끌며 햇빛 속으로 걸어 나왔다. 그리고 어두운 화물칸으로 들어가 담요를 펴고……

그때, 어떤 목소리가 들려왔다.

"발라버질린, 지금은 그림자 둥지를 살펴보기 좋은 때예요."

목소리의 주인은 하프장이였다.

"여기 있는 줄 몰랐군."

"우리는 잠들기 전에 탐색을 했어요. 집들이 있고…… 당신도 봤죠? 웅덩이도 있었어요. 좋은 일이죠. 우리가 몸을 말릴 풀도 있더군요."

"알려 줘서 고맙다. 하지만 지금은 잠자기에 좋은 시간이다."

"야행인도 잠을 자요. 낮에 자지만. 나도 자고 싶어요."

날카로운 손톱 하나가 의지를 강조하려는 듯 그녀의 옆구리를 찔렀다.

"흡혈귀도 마찬가지예요. 발라버질린, 놈들은 지금 무기력할 거예요. 그러니 경사로에서 밀어 버리기만 하면 되죠. 내가 진짜로 신경을 쓰고 있는 건 빛의 상태예요. 채집자를 몇 명 데리고 내려가 봐도 될까요?"

발라는 힘겹게 생각을 해 보았다.

"보초를 둘 세워 뒀다. 실랙과 퍼릴랙을 데려가라. 케이워브리미스도 데려가고. 비지에게도 물어보고."

케이는 이미 잠을 잤고, 사건을 다양한 시각으로 볼 필요도 있었다. 투를의 후계자는 무슨 일이든 자원할 터였다. 플럽! 발라는 일어나 앉아 총과 알코올 화염방사기로 손을 뻗었다.

"나도 같이 가지."

모두 여덟 명이었다. 기계인이 두 명, 비지, 채집자가 두 명, 와비아, 굴이 두 명이었다. 발라는 화염방사기의 출력을 낮춰 횃불을 대신했고, 그 횃불이 그리는 빛의 고리 앞에서 굴들이 길을 안내했다. 다른 사람들은 얼굴에 수건을 두르고 반쯤 장님이 된 상태로 뒤를 따랐다.

발라는 네 구의 흡혈귀 시체를 찾아냈다. 발밑을 조심해야 했다. 하지만 그녀는 부주의하게 넘어졌고, 붉은 유목인의 이처럼 날카로운 흡혈귀 이빨 한 움큼이 기다리고 있었다. 그중 한 여인은 이가 하나도 없었다. 파름이 묘사했던 그대로였다. 그리고…… 그 시체는 단순히 칼에 베인 정도가 아니었다. 발라는 몸서리를 쳤다.

비탄에 젖은 관이 시야 밖으로 사라졌다. 발라는 소리쳐 부르려고 숨을 들이켜다가 하프장이도 없다는 사실을 알아챘다. 그녀는 소리를 지르는 대신 화염방사기를 높이 들고 뛰어갔다. 굴들이 아직도 꿈틀거리고 있는 흡혈귀 곁에 서 있었다.

일행은 계속 나아갔다. 숨을 쉬자 진한 악취가 후추파를 뚫고 흘러 들어왔다. 하지만 시야는 정상으로 돌아오고 있었다.

그들은 세 바퀴를 돌아 내려간 다음, 걸음을 멈췄다. 흡혈귀가 가득한 층은 그곳보다 두 바퀴 반 아래였다. 찌그러진 원 모양의 햇빛이 그림자 둥지를 강렬하게 비추고 있었다.

고향 흐름 양쪽에는 흑색 토양이 있었다. 지주가 운영하는 농장 크기만 한 땅이었다. 토지는 좌현 반회전 방향에 있었고, 강이 그 부근에서 그림자로 진입했다. 토지에는 거대한 버섯들이 자라고 있었는데 그 버섯들 밑에 흡혈귀들이 모여 살았다. '그림자 농장'이었다. 흡혈귀들이 들어와 살기 전에는 백여 종의 버섯이 자라던 곳으로, 놈들도 괴물 같은 버섯들은 짓밟아 버리지 못한 것이 분명했다. 그 바로 아래쪽에 기계인들이 도로에 쓰는 것과 비슷한 재료로 포장된 길이 있었다.

"보다시피 빛이 많아요."

비탄에 젖은 관이 희망찬 목소리로 말했다.

"난 바람이 불 때까지 기다리고 싶은데."

하프장이가 이의를 제기했다.

바람이라. 바로 그거야. 발라는 핏속에서 광기가 부글거리는 걸 느꼈다. 짙은 후추파 냄새가 발정 냄새를 북돋우는 향신료 같았다. 바람이 불면 그걸 날려 버릴 수 있으리라. 그녀는 아래쪽에 있는 흡혈귀가 수만은 될 거라고 추측했다. 그것들이 하나둘 위를 올려다보기 시작했다.

와비아가 크게 헐떡거리면서 입으로 숨을 쉬었다. 그녀는 자신의 의지가 버티지 못할 거라는 사실을 알고 있었다. 케이가 발라에게서 물러났다. 지금은 마음이 산란해지지 않게 신경을 써야 했다. 다른 사람들은 괜찮아 보였다. 집중해야 해!

중앙에 있는 구조물은…… 그 분수는 복잡한 구조였다. 경사로를 마주 보는 면에 창들이 나 있고, 난간이 없는 작은 발코니들이 있고, 바깥으로 통하는 계단이 있었다. 거주용 건물이 아니라 사무실이 모여 있는 것 같았다.

분수 바깥 중간쯤에 평평한 공간이 있고, 그 공간이 향한 곳에서 동심원을 그리는 원호가 위로 솟아올랐다. 마치 음식을 만드는 구형 건물의 계단과 비슷한 구조였다. 즉, 그건 좌석이었다. 그곳은 무대가 분명했다! 한구석에서 썩어 가고 있는 무더기는 커튼인 것 같았다. 무너져 가는 평평한 구조물은 소도구임이 틀림없었다. 얇은 벽이 쓰러져 무대 뒷면 같은 벌집 구조가 드러나 있었다. 발라는 다른 사람들도 그 장소의 용도를 파악했는지 궁금했다.

폭포에서 물이 쏟아져 그 주변을 둘러싼 거인들이 흐릿하게 보였다. 물은 구조물의 모든 부분을 휘감으면서 흘렀다. 도시 건설자들의 조각상이 커다란 그릇에 담긴 물을 쏟아붓고 있었다. 그 물은 고정 시설인 뒤쪽 무대의 배경으로 흘러내렸다. 다채롭고 활기에 찬 버섯들은 그렇게 수분을 공급받으면서 사무실 건물 뒤에서 계속 자라고 있었다. 물은 미로처럼 얽힌 배관과 수로를 따라 흐르다가 고향 흐름으로 모였다.

포라의 말이 맞았다. 돌로 만든 그 거대한 건물은 도시 관리소처럼 컸다. 공중 건물의 무게를 버틸 수는 없을 것 같았지만 그래도 발라 일행이 모을 수 있는 물의 무게 정도는 견딜 터였다.

퍼릴랙이 말했다.

"그래, 알았다. 공장을 낮춰서 흡혈귀를 짓누를 수는 없다는 거지. 그럼 옆으로 옮기면 어떤가? 뭔가 공장을 여기 붙들어 두고 있으니까, 그걸 풀어 버린다면? 공장이 옆으로 이동하면 흡혈귀도 따라오겠지. 그럼 공격하기가 더 수월해질 거다."

비탄에 젖은 관이 말했다.

"어느 정도는 맞는 말이에요. 뭔가가 공장을 붙들고 있다, 뭔가가⋯⋯."

그녀는 굴 언어로 말하기 시작했고, 하프장이가 동참했다. 발라는 고개를 돌렸다. 굴이라 해도 공중 도시를 떠내려가게 만들 수는 없었다.

하프장이가 다시 공통어를 사용했다.

"그릇의 바닥 부분. 그러니까 자기력 공간의 낮은 지점 같은 부분이 묶여 있어요. 동력만 충분하다면 그걸로 공중 건물을 밖으로 끌어낼 수 있겠군요. 하지만 증기를 사용하는 순찰차 두 대로는 안 될 거예요. 플립! 당신들이 루이스 우라는 이름을 아예 몰랐으면 좋을 텐데요."

조각상들이 있고, 창들이 줄지어 있고, 무대가 있고, 조각처럼 정교하게 흐르는 물이 있고⋯⋯. 발라는 혼잣말처럼 물었다.

"그럼 뭐가 빠진 거지?"

비탄에 젖은 관이 그 말을 들은 모양이었다.

"발라버질린?"

발라는 말했다.

"눈에 보이는 걸 말해 봐라."

굴 여인이 그녀의 부탁을 들어주었다.

"사무실들, 공적인 일을 처리하는 곳으로 보이네요. 정치 요인들을 번거롭게 위쪽으로 부르지 않으려고 사무실을 전부 아래에 모아 둔 거겠죠. 무대는 연설과 회의에 사용했겠지만 그와 동시에 그냥 무대이기도 해요. 여기는 사회 시설이에요."

"반대편도 둘러보고 싶군요."

하프장이의 말에, 발라는 물었다.

"거기 뭐가 있을 거라고 생각하는가?"

"아마…… 연단이 있겠죠. 이쪽은 공연이나 음악 연주에 쓰이는 공간이지 연설에 적합한 곳이 아니에요. 내가 보기에 이 구조물에 분수를 결합시킨 사람은 상을 받았겠군요. 흡혈귀만 몰아낸다면 얼마나 아름다운 곳일지 생각해 봐요."

"알았다! 빛이야!"

발라는 소리쳤다. 굴들이 눈을 크게 뜨고 그녀를 쳐다보았다.

"빛이다! 공연에, 음악에, 연설에, 이러저런 사무소에, 상을 탈 만한 조각품이라고 했잖은가?"

발라가 지른 소리 때문에 흡혈귀들의 노랫소리가 커졌다. 하지만 발라의 전사들도 그 소리를 듣고 있었다.

"어두운데도 그 모든 일이 일어났다고 상상할 수 있는 건 굴밖에 없을 거다! 와비아, 테거는 어디서 조명을 켜는지 전부 알고 있겠지?"

와비아가 완전히 잠에서 깨어 대답했다.

"이미 다 켜 뒀지 않나."

"플럽."

"스위치는 아마 여기 아래쪽에 있을 거다."

"플럽. 일이 복잡해지겠군."

"무슨 얘기인지 알겠어요. 와비아, 저 꼭대기에 있는 조각상들이 보이죠? 사람 키의 세 배쯤 되는 도시 건설자 전사들의 조각상 말이에요. 다들 손에 창을 들고 있는데⋯⋯."

하프장이가 위를 가리키며 말했다. 하지만 발라가 볼 수 있는 있는 건 위쪽에 있는 희미한 인간 모양의 형체뿐이었다. 햇빛의 고리는 그렇게 높은 곳까지 닿지 않았다.

"내가 보기에는 그냥 커다랗고 검은 점이다."

와비아가 그렇게 말하자 비탄에 젖은 관이 입을 열었다.

"조각상들이 있어요. 맨 위에 있는 조각상은⋯⋯."

하프장이가 말을 받았다.

"다른 것들보다 더 커요. 창은 내 다리만큼 굵지만 뾰족한 끝부분이 없죠. 그냥 지붕으로 곧장 들어가고 있어요. 저 창이 동력을 전달하는 관이군요. 유감이에요."

"플럽. 물을 공급하는 관이 아니라고? 물론 그렇겠지, 물이야 얼마든지 있으니까. 알았다. 그럼 위쪽부터 찾아보지. 그편이 쉬울 거다. 테거를 불러서 알아낸 걸 말해 달라고 해라. 그가 안 찾아본 곳을 뒤져야지."

와비아는 테거를 깨우지 못하게 했다.

"테거는 이미 아는 걸 전부 보여 줬다!"

하프장이와 비탄에 젖은 관은 일찌감치 물러갔다. 다른 인류가 조명 스위치를 어디에 두는지 굴이 짐작할 수 있을 거라 생각하는 사람은 아무도 없었다.

나머지 전사들은 도시 전역으로 흩어졌다. 발라는 한때 아주 소중한 비밀이었던 루이스의 천을 한 장 잘라서 끈으로 만들어 색종이 조각인 것처럼 나눠 주었다. 그들은 테거가 알려 주었던 상자와 스위치를 가지고 놀았고, 이제 도시는 구름 낀 낮의 하늘과 경쟁할 수 있을 만큼 밝아졌다.

번쩍거리는 회색 지붕에서 가느다랗고 번쩍거리는 회색 도선이 나와 건물 옆면을 타고 내려갔다. 일행 중 서너 명은 그 선들이 모이는 곳까지 따라갔다. 트웍이 발라를 그곳에 데려갔고, 발라는 도시의 중심에 있는 구멍을 발견했다. 구멍의 지름은 굴의 다리와 비슷했다. 그녀는 구멍 안에 있는 먼지의 흔적을 조금 만져 냄새를 맡아 보았다. 그 먼지가 삭아 버린 초전도체인지는 확신할 수 없었지만, 용도에 관해서는 의심할 여지가 없었다.

발라는 다음으로 자신이 해야 할 일이 마음에 들지 않았다. 하지만 어쩔 수 없었다. 구멍의 깊이는 사람 키의 스무 배쯤 되었다. 그녀는 갖고 있던 루이스 우의 천을 모조리 길게 자르고 매듭으로 연결해 밧줄을 만들었다. 그리고 그 밧줄을 커다란 벽에 묶은 뒤 어딘가에 닿을 때까지 구멍 속으로 밀어 넣었다.

밧줄은 조각상의 창 자루 아래쪽 끝에서 무엇과 맞닿았을까? 어디에 닿았을까? 그저 조각상의 창 자루 아래쪽 끝일까? 혹시 나 끊어지지 않은 동력 전송선은 아닐까?

어쨌건 이미 최선을 다했다. 발라는 갈라진 나뭇가지를 이용해서 발가락의 위쪽 끝을 은회색 전송선들이 집결하는 곳으로 옮겼다. 하지만 그 지점은 평평해서 그녀가 만든 밧줄을 묶을 곳이 없었다. 그녀는 초원 거인 세 사람이 힘을 합쳐야 들어 올릴 수 있는 돌덩어리로 줄을 눌러 놓았다.

구름이 짙어지더니 비를 지속적으로 쏟아부었다. 탐색에 나섰던 사람들이 최대한 비를 견디다가 여기저기서 선착장 구역으로 돌아왔다. 그들은 경사로 거리를 살펴보고 온 참이었다. 마지막으로 돌아온 종족은 초원 거인이었다. 다른 사람들이 새로 발견한 사실을 이야기하는 동안, 초원 거인들도 타 종족과 마찬가지로 경사로 거리 쪽을 지켜보았다. 그림자 둥지에는 여전히 그림자가 덮여 있었다.

| 첩자들의 거미줄 |

그림자가 빛을 가로지르더니 감고 있는 그의 눈꺼풀 위에 내려앉았다. 테거는 막 잠에서 깨면서 따스함과, 느긋함과, 자신의 가슴 및 배에 닿은 와비아의 등 감촉과, 그녀의 머리 냄새를 즐기고 있었다. 완전히 일어나면 배가 고플 것 같았다.

배고픔이라. 테거는 생각했다. 와비아에게 뭘 먹여야 하지? 시체를 먹는 새들은 소음과 알코올 향과 영웅들 때문에 도망가 버렸다. 흡혈귀가 있긴 하지만……. 테거는 역겨운 기억이 떠올라 몸을 움츠렸다. 육식을 하는 붉은 유목인들이 먹을 만한 게 있을까?

흡혈귀를 몰아내고 내려가서 사냥을 하면 되지.

해가 비치는 시각에는 모든 그림자가 발밑에 모이게 마련이었다. 밤이 된 건 분명했으니 지금 보이는 그림자는 조선소의 조명 때문에 생긴 것들일 터였다. 이 밤에 누가 지나가는 거지? 테거는 그렇게 생각하며 눈을 떴다.

털북숭이 둘이 테두리 거리에서 빛 속을 드나들면서 멀어지고 있었다.

테거는 와비아에게서 천천히 몸을 뗐다. 그리고 담요를 찾아 그녀를 덮어 주었다. 하프장이와 비탄에 젖은 관이 방향을 바꿔 계단 거리로 접어들고 있었다. 테거는 몰래 그들 뒤를 따랐다.

굴은 비밀이 많은 종족이었다. 물론 그들도 나름의 비밀을 가질 권리가 있었다. 하지만 붉은 유목인은 추적자 종족이었다.

야행인들은 환한 인공 불빛 안에서 움직였다. 테거가 찾아내지 못한 스위치는 이미 다른 일행들이 찾아 놓은 뒤였다. 밤이 굴의 영역이긴 했지만 오늘 밤에 반쯤 장님 상태인 쪽은 굴들이었다. 테거는 그렇다고 해서 굴들이 지장을 받을지 궁금했다. 그들은 분명 후각에 크게 의존하고 있었다.

계단 거리의 집들은 서로 어긋나게 배치되어 있었기 때문에 숨을 곳이 많았다. 테거는 단단한 물체와 나무와 벽의 뒤에 안전하게 몸을 숨기면서 생각했다. 굴들이 어디로 갔지?

그들은 고유한 언어로 작게 투덜거리면서 산산조각 난 창문을 통해 밖으로 나오고 있었다. 그곳은 테거가 일가족의 해골을 발견했던 집이었다. 굴들은 썩은 고기 냄새를 맡으며 돌아다니는 건가? 그래 봐야 뼈밖에 없을 텐데.

그들은 계단 거리의 꼭대기에서 거품처럼 생긴 연회장으로 들어갔다. 테거는 그곳에 굴의 관심을 끌 만한 대상이 전혀 없다는 사실을 떠올렸다. 그는 빈 웅덩이에서 테두리 바로 위쪽을 바라보며 기다렸다.

굴들이 밖으로 나와 그림자를 향해 계속 이동했다. 도시의 축을 이루고 있는 굴뚝은 여전히 어두웠다. 자신들의 영토를 둘러보려고 굴뚝으로 올라갈 생각인가? 테거는 이리저리 굽은 계단거리를 뱀장어처럼 흐느적거리며 이동했지만 하늘을 배경으로 드러나는 야행인들의 그림자를 찾을 수가 없었다. 그는 점점 더 신중해졌다.

그러던 중 커다란 소리가 들렸다. 누군가가 금속을 괴롭히고 있었다.

그는 사다리로 올라간 다음 화학약품을 보관하는 탱크의 꼭대기를 지켜보았다. 그의 그림자는 도관으로 이뤄진 미로에 감춰져 보이지 않았다.

굴들은 굴뚝 밑동에 있었다. 그 부근은 여전히 너무 어두워서 그들이 무얼 하는지는 보이지 않았다. 테거는 주기적인 동작으로, 톱을 이용해 벽돌을 자르는 소리를 들었다. 그는 사다리에서 뛰어내린 다음 좌우로 몸을 흔들며 가까이 다가갔다.

굴들은 식량을 찾는 게 아니야. 그럼 뭐지?

테거가 뜨거운 벽에서 조금 이동하는 순간 비탄에 젖은 관이 그의 손목을 붙잡았다. 그는 칼로 손을 뻗지 않도록 최대한 자제하며 속삭였다.

"테거다."

비탄에 젖은 관이 말했다.

"테거군요!"

그녀는 씨익 웃으면서 그의 얼굴을 들여다보았다.

"당신은 몇 가지를 놓쳤네요. 발라버질린은 저 밑에 있는 구조물을 비추는 조명이 있을 거라고 확신하고 그 불을 켜야만 한다고 생각해요. 우리도 같은 생각이죠. 그런데 스위치는 저 밑에 있어요."

"뭐? 저 밑이라니, 분수를 말하는 건가?"

"분수, 무대, 무대 중간에 있는 제어실, 연단. 각각의 조명을 제어하는 조명 장치가 따로 있을 거예요. 발라버질린은 태양 동력을 전송하는 선을 수리해 두었어요."

"그리고 아래로 내려갈 방법도 있어야 할 거예요."

하프장이가 말했다. 그는 아주 조용하게 다가왔다. 굴들은 추적 능력이 테거보다 훨씬 뛰어났다.

"내가 보기에는 계단이 있을 거 같아요. 다른 사람들, 그러니까 손님들이 쓰는 계단 말이죠. 경사로 말고……."

"경사로는 차량용이죠. 거긴 사람이 이동하기에는 위험해요."

비탄에 젖은 관이 끼어들었다.

"그래서 굴뚝 쪽에서 계단을 찾는 거예요. 굴뚝이 저 아래쪽까지 이어진다는 사실을 알고 있으니까. 하지만 비탄에 젖은 관이 더 좋은 걸 생각해 냈죠."

"저 굴뚝은 소각로까지 이어지는데."

테거가 말했다.

"굴뚝은 도시 전역에 있는 소각로로 통해요. 그 통로는 사방의 측면까지 이어지고, 내부를 통해 아래로 내려가죠. 우리가 살펴

봤어요."

하프장이는 커다랗고 네모난 이를 드러내며 웃었다.

"같이 갈 건가요, 아니면 숨어서 따라올 건가요?"

테거가 말했다.

"여긴 재밌는 일이 별로 없다, 배고픈 붉은 유목인이 관심을 가질 만한 것도 없고."

하프장이가 입을 열었다.

"당신은 그 문제를 해결했잖아요. 당신이 먹은 건……."

비탄에 젖은 관이 다급하게 말을 가로막았다.

"그럼 같이 가요. 우리가 당신을 심심하지 않게 만들어 주죠."

그녀가 굴뚝을 등지고 식당 쪽으로 향하는 계단을 걸어 내려 갔다. 그녀는 테거가 빠져나갈 수 없을 만큼 강하게 그의 손목을 잡고 있었다.

"내가 뭘 먹었는지는 잘 알고 있다."

테거가 말했다.

"그렇겠죠. 하지만 그 사실을 누구에게 말할 건가요? 당신 짝 에게?"

"그렇다."

비탄에 젖은 관은 문가에서 멈춰 섰다.

"진심인가요?"

"당연히 와비아에게 말해야 한다."

하프장이가 말했다.

"경사로에 흡혈귀 넷이 있었어요. 당신이 죽인 건 그중 셋이었죠. 당신은 남은 여자 흡혈귀의 이를 모조리 뽑아내고 그녀와 리샤스라를 한 다음 근육 고기를 한 덩어리 잘라 냈어요. 그러니 분명 그걸 먹었겠죠."

테거가 말했다.

"순찰차는 아래쪽에서 그림자 속으로 들어오고 있었다. 운전자에게 조명을 제공하려면 경사로 안으로 들어가야 했지. 난 흡혈귀 냄새 때문에 미쳤고, 배가 고파서 미쳤고, 그렇다 보니 미친 짓을 했다. 그래도 횃불은 떨어뜨려 놓았고 연료도 부었다."

테거의 이야기가 끝나자 고개를 돌리고 외면한 쪽은 하프장이였다.

그들은 거대한 계단을 올라가면서 탁자를 한두 개 넘어뜨렸다. 굴들은 그곳에서 민첩하게 움직이지 못했다.

비탄에 젖은 관이 말했다.

"대장이 빚 얘기를 하는 걸 듣고 나니 그다음으로 필요한 게 무엇일지 생각하게 됐죠. 내 생각에 그건 음식이에요."

하프장이는 먼저 앞으로 나아가서 다른 사람들이 따라오기를 기다렸다.

커다란 방은 숨이 막힐 정도로 뜨거웠다. 테거가 말했다.

"아무것도 만지지 마라. 내가 미처 꺼 두지 못했으니까."

"조명이 아니라 다른 것들을 조종하는 스위치를 기억해야 할 텐데요."

비탄에 젖은 관이 말했다.

테거는 고개를 끄덕였다. 그리고 손잡이를 한 쌍씩 연결시켰던 발라의 천 조각을 뽑아내기 시작했다. 천 조각 하나를 거칠게 빼낼 때마다 태양 동력이 불꽃을 냈다.

하프장이가 말했다.

"사람들은 밑에 있는 사무실에서 일을 했어요. 그들은 무대를 둥그렇게 둘러싸고 앉아 폭포처럼 떨어지는 물을 그저 멍하니 구경했죠. 그 사람들은 음식을 먹으러 갔을까요? 잡식성 인류는 금세 허기지지 않던가요?"

비탄에 젖은 관이 말했다.

"잡식성이 아닌 인류도 그랬겠죠. 아마도 외교적인 절차였을 거예요."

테거가 말했다.

"절차가 너무 번거로워 보인다. 저 먼 아래쪽 지면에서 식량을 가져오고, 키우고, 농장에서 여기까지 옮기다니. 그것도 다가 아니지. 검게 태우고, 자르고, 조미료를 섞지 않나. 그건 좋다 치자. 도대체 왜 여기까지 가져왔다가 도로 내려보낸 거지?"

비탄에 젖은 관이 한숨을 쉬었다.

"붉은 유목인의 말이 맞아."

하프장이가 말했다.

"그래. 그리고 우리는 아무것도 발견하지 못했지. 하지만 여긴 조명이 너무 좋지 않아. 테거, 당신이 최대한 살펴봐요."

그는 다른 문을 열었다.

그곳은 테거가 한번 뒤져 봤던 창고였다. 천장에서 빛이 나오고 있었다. 테거는 각 층에서 문과 서랍을 발견했다. 문은 높이가 양팔을 펼친 길이와 비슷하거나 그것보다 낮았다. 하지만 그는 하프장이처럼 여러 개의 문을 활짝 열어 놓지 않았다. 이제 보니 발라의 교역단 전체가 통과할 수도 있을 것 같았다.

여러 개의 문 너머에 있는 창고 구역에는 보관된 물건이 많지 않았다. 다양한 건초가 있었고, 그 일부는 버섯에 덮여 있고…….

하프장이가 말했다.

"채집자와 초원 거인들이 여기서 마른 뿌리를 조금 발견했지만 다른 음식은 거의 없었죠. 하지만 여긴 빛이 너무 눈부셔서 제대로 볼 수가 없군요. 그렇다고 조명을 끄면 땅에 파묻힌 것처럼 어둡고요."

"하프장이, 당신들은 어둠 속에서도 볼 수 있잖나."

"야행인은 밤에 잘 볼 수 있는 거죠. 아치의 빛으로. 폭풍우가 몰아쳐도 완전히 캄캄해지지는 않으니까요."

벽장문들은 채집자의 키보다도 작았다.

"문은 이게 전부인가요?"

"인류가 이용할 만한 크기의 문은 없다. 매달린 사람들이 쓸 만한 문이라면 어떤가?"

생기 넘치는 목소리가 말했다. 테거는 깜짝 놀랐다. 목소리의 주인이 와비아였던 것이다! 그녀가 쌓여 있는 상자 위에서 그를 내려다보고 있었다.

"와비아! 지금까지 어디 있었던 거야?"

테거가 소리를 질렀다.

와비아는 웃으면서 우쭐댔다.

"당신이 선착장을 떠날 때부터 따라다녔지. 당신이 뒤쫓는 사람들이 멈춰 섰을 때는 물이 있는 웅덩이로 들어가서 들키지 않고 접근했고."

하프장이가 말했다.

"신중했군요. 우리는 당신들이 생각하는 것보다 후각이 뛰어나니까. 그럼 당신도 우리와 함께 문제를 풀 텐가요?"

와비아가 뛰어내렸다. 그녀는 발라의 알코올 화염방사기를 등에 지고 있었다.

"얘기는 다 들었고 문제도 어느 정도 풀었다. 와서 볼 텐가?"

"따라가죠."

와비아는 앞장서서 더운 곳으로 돌아갔다. 그녀가 말했다.

"아마도 손질하지 않은 음식 재료가 선착장에서 이리로 올라왔던 것 같다. 골목을 통해서. 여기서 뭘 했는지는 몰라도 아마 화학적인 과정을 거쳤겠지. 우리 중에는 음식에 그런 짓을 하는 사람이 없지만. 어쨌든 여기서 내려보내는 음식은 작은 덩어리로 나눠졌을 거다."

비탄하는 관이 물었다.

"정말요? 왜죠?"

와비아는 탁자와 뜨거운 표면과 문 사이를 돌아다녔다.

"공연을 보고 있다고 생각해 봐라. 그게 아니라면 강이나 목초지 소유권처럼 중요한 걸 걸고 지배력 경쟁을 하고 있든지. 아니면 우리 측 투를이 종족의 미래에 관해 연설을 하고 있다고 해봐. 그때 저녁 식사가 나왔다. 위블러 반 마리다. 겉은 검게 타고

속은 바삭하게 익었지. 딱 내 입맛처럼. 위블러는 스무 명이 먹을 만한 크기인데, 사람은 스물여섯 명이다. 그럼 어떡할 텐가?"

먼저 답을 찾고 나서 문제를 만들었군. 테거가 생각했다. 와비아는 지금 자신의 역할을 너무나 즐기고 있었다.

"싸워서 내 몫을 지켜야지. 아니면 공평하게 자르든지. 하지만 아마 여섯 사람쯤 서로 자신이 자르겠다고 나설 거다. 이제 공연도 눈에 안 들어오고 고함을 지르고 싸우든 말든 관심도 안 생기고 연설도 흥미를 못 끌겠지. 배우들은 점점 화가 나고, 투들도 그럴 테고. 하지만 처음부터 각자가 먹을 몫이 잘라져서 내려온다면 싸울 필요가 없잖나."

와비아가 말했다.

벽에는 작은 문이 하나 있었다. 그 문은 두꺼웠고 창이 달려 있었으며, 창을 통해 상자 안에 있는 두 개의 선반이 보였다. 와비아는 문을 열고 손을 넣어서…….

테거가 소리쳤다.

"뜨거워!"

"문을 먼저 만져 봤어, 자기야."

와비아가 상자의 뒤쪽을 누르자 상자가 흔들거렸다.

"잘 봐."

그녀는 문을 닫고 스위치를 아래로 내렸다.

상자가 떨어졌고 그 자리에는 아무것도 남지 않았다.

"이제 문이 안 열릴 거야."

그녀는 그렇게 말하고 행동으로 보여 주었다.

하프장이가 물었다.

"어디까지 내려가는 거죠?"

"음식을 배달할 곳까지 가겠지. 아까 당신들 얘기를 들었는데, 사람들이 음식을 갖고 내려갈 필요가 전혀 없다는 걸 깨달았다. 그래서 문을 모조리 만져 보고, 안 뜨거운 문들을 열어 봤지. 그랬더니 이게 나오더군. 그다음에는 발라버질린의 천 조각을 끼울 곳을 찾아봐야 했다."

하프장이는 스위치를 건드려 가운데에 놓았다가 위로 올렸다.

"저 상자에는 사람이 탈 수 없어요."

"나는 탈 수 있을 거다. 선반만 꺼낼 수 있다면."

테거는 어렵지 않게 탈 수 있을 것으로 보였다. 그는 기꺼이 실험 대상이 될 생각이었다. 와비아가 푼 문제였고 와비아가 내린 결론이었다. 붉은 유목인은 영역성이 강한 종족이었다.

선반을 올리고 꺼내는 건 쉬웠다. 옛 도시 건설자들은 구운 위블러 같은 걸 가끔씩 통째로 내려보낸 것 같았다. 와비아는 그렇게 만들어 낸 공간으로 기어 들어가려 했지만 성공하지 못했다.

야행인들이 그녀의 몸을 들어서 공간에 넣었다. 와비아는 옆으로 누워 다리와 팔을 문 너머로 폈다. 그리고 다시 위를 보고 눕고, 얼굴을 묻은 다음…… 하지만 다리가 원하는 만큼 접히지 않았다. 테거는 상자의 윗면을 찢으면 어떨까 생각하면서 그 위에 공간이 있는지 보았다. 마침내 그가 말했다.

"대수술을 받아도 무기를 든 채로 거기 들어가지는 못하겠다."

"그럼 다 벗지, 뭐!"

비탄에 젖은 관이 말했다.

"당신은 여기 맞지 않아요. 이 상자에는 채집자들이 맞을 것 같군요. 시도는 얼마든지 해 봐도 좋아요, 와비아. 급한 일은 아니니까. 하프장이, 우리가 여기서 할 일은 끝났어요. 채집자들은 한낮이 될 때까지 일어나지 않을 테니까."

야행인들은 대화를 나누면서 선착장으로 돌아왔다. 하프장이가 말했다.

"우리가 가기 전에 뭔가를 먼저 내려보내야 해요. 연료 한 병이면 될까요? 흘러넘치게 만들어서? 내려간 사람과 배전함 사이에 흡혈귀가 있을지도 몰라요. 그러니까 즉석에서 불길을 만들어 펑 터뜨리는 거죠."

테거는 얘기를 받아 줄 기분이 아니었고, 와비아는 아예 입을 열지 않았다. 두 사람은 차양 밑으로 기어 들어가서 비탄에 젖은 관과 하프장이가 슬그머니 사라지는 모습을 지켜보았다.

와비아는 테거의 손을 잡고 차양의 반대편으로 미끄러져 나갔다. 두 사람은 선착장이 좁아지다가 테두리 거리로 이어지는 곳까지 조용히 달렸다.

와비아가 속삭였다.

"당신이 자는 동안에 탐색을 했거든. 따라와."

테거는 말했다.

"할 말이 있어."

"경사로에서 있었던 일? 이미 들었어. 당신은 정신이 나갔던 거야. 나도 그랬고. 그래도 우리는 여전히 짝이야. 하지만 내 사랑, 난 어떻게 집으로 돌아갈 수 있을지 모르겠어."

테거는 악몽이 너무나 쉽게 해결되었다는 사실에 마음을 놓고 한숨을 쉬었다.

"어디로 가는 거야?"

"시도해 보고 싶은 게 있어. 가자."

두 사람은 복잡하게 얽힌 골목길을 갈지자로 가로질렀다. 그들은 도관을 통과하거나 따라가면서 가장 높은 곳에 도달하고, 위로 올라가는 길을 찾아보았다.

와비아가 앞장서서 연회장을 넘어간 다음 아래로 내려갔고, 다시 더 높은 곳으로 올라갔다. 그리고 굴뚝을 끼고 돌아 뒤편으로 간 다음 엎드려서 금속성의 소리가 들리는 곳으로 나아갔다.

소리가 멈췄다.

와비아는 테거에게 뒤로 물러나라고 손짓했다. 그리고 일어서서 앞으로 걸어갔다.

"아주 좋다. 자, 이제 어떻게 내려갈 건가?"

하프장이와 비탄에 젖은 관은 커다란 자기 판을 아래로 내리고 뒤집어 놓았다. 이미 그들이 엄지 한 마디보다 얇게 잘라 놓은 판이었다. 와비아는 판이 아주 약할 거라고 추측했다. 판의 앞면에는 청동 거미줄이 복잡한 무늬를 이루고 있었다.

하프장이가 말했다.

"우리는 비밀리에 일을 진행하는 편이 좋아요. 하지만 이 판은 순찰차를 사용하지 않으면 아래로 옮길 수가 없죠. 그러니까 발라버질린에게 말해야 해요. 그래, 당신들은 얼마나 알고 있는 건가요?"

"난 당신들이 이걸 자르는 걸 봤다. 당신들이 테거를 보낸 다음부터 지켜봤지. 이게 뭔가? 이게 왜 필요하지?"

하프장이가 대답했다.

"이건 눈이고 귀이고 다른 감각도 갖고 있는 것 같아요. 우리 생각에는 이 물건의 주인이 루이스 우와 아치 밖에서 온 동료들인 것 같고요."

비탄에 젖은 관이 말했다.

"우리 생각에 태양을 중앙으로 돌려놓은 건 그들이에요. 그들은 그 일을 계기로 막대한 힘을 갖게 됐겠죠. 우린 그들에게 그 힘을 어떻게 사용하는지 얘기해 줄 수 있어요. 그들과 통신할 방법만 있다면…….''

"하지만 루이스 우는 날아다니는 관 같은 것에 잠깐 나타났었죠. 우리 소식통에 따르면 그 관이나 비슷한 관이 그림자 둥지 위를 떠났다고 해요. 다른 곳의 야행인들은 이런 거미줄이 더 있다고 했고요. 분명히 감시 장치겠죠."

와비아가 물었다.

"저기에 말을 걸어 보려고?"

"그럴 생각이에요. 대답이 없으면 우리가 보여 주고 싶은 것을 볼 수 있는 장소로 옮겨 놓을 작정이고요."

와비아가 신중한 목소리로 말했다.

"테거와 난 고향에 갈 수 없다. 하지만 야행인들이 우리를 영웅이라고 소개해 주면 붉은 유목인의 다른 부족에 들어갈 방법이 생길지도 모르지. 그걸 염두에 둔다면 어디로 여행할 생각인가?"

하프장이가 큰 소리로 웃기 시작했다. 비탄에 젖은 관이 그를 꾸짖었다.

"바보 같으니라고! 이 사람들은 여기까지 올 필요가 없었는데도 와 줬단 말이야! 와비아, 우린…… 아니지, 우선 이것부터 대답해 봐요. 더 놀라운 일이 벌어져도 견딜 수 있겠어요?"

와비아가 손짓을 했다. 테거가 보이는 곳으로 나왔다. 하프장이가 너무 심하게 웃고 있었기 때문에 더 이상 숨는다 해도 의미가 없었다. 그가 말했다.

"아직도 우리를 놀라게 만들 수 있다고 생각한다면 어디 한번 해 봐라."

하프장이가 입을 열기 시작했다.

| 어둠과 전쟁을 벌이다 |

엄청나게 크고 기울어진 얼굴들이 바깥쪽을 내다보았다. 붉은 유목인 둘과 체구가 더 큰 야행인 둘이 아무도 듣지 못하게 비밀을 나누고 있었다. 하지만 그들이 원하는 청중은…….

웃고 있는 사람은 루이스 우뿐이었다.

그는 최후자가 벌여 놓은 소동에서 시선을 돌렸다. 지역 주민의 눈에는 신이 자신들의 운명을 결정하는 것으로 보였으리라.

항해자들은 가 버렸다. 음률가나 카잡의 흔적도 찾아볼 수 없었다. 직조인들은 그의 주변에 몰려 있었지만 거의 전부 졸고 있었다. 지친 직조인 아이들이 눈을 뜨려고 애를 썼다. 내일이면 꿈을 꿨다고 생각할 아이들이었다. 루이스는 홀로 남은 상태에서 엄청나게 큰 얼굴들을 보게 되었다.

그는 최후자를 생각해서 공용어Interspeak로 말했다.

"저 굴들은 거미줄눈을 훔치려고 먼 길을 왔군. 너랑 간절하게 얘기하고 싶었나 봐."

화면이 바뀌었다. 눈 깜빡할 사이에 마을 저수지의 적외선 지도가 창에 떠올랐다. 물은 검은색이었고, 야트막한 탁자에서 자고 있는 직조인들의 몸이 희미하게 빛을 내고 있었다. 루이스 우의 맨몸은 더 밝게 빛났고, 그의 뒤쪽에서 레이스 세공품도 빛을 발했다. 비슷한 것이 공동 주택 옆에 또 하나 있었다.

"카잡과 음률가가 키 큰 수풀 속에 숨어 있군. 굴들도 보고 있고. 저들이 자신들을 인식할까?"

거대한 얼굴이 희미해졌다. 어둠이 거미줄눈과 거미줄이 붙어 있던 벽돌을 차츰 덮어 갔다. 이제 절벽에는 검은 바위만이 남아 있었다.

발라는 소란스러움의 원인을 알아보려고 밖으로 나왔다. 길게 찢어지고 희미한 햇빛 조각이 구름 사이로 비쳤다.

붉은 유목인과 굴이 초원 거인 네 사람을 인도하고 있었다. 거인들은 계단 거리에서 잘라 온 벽돌 판을 운반하고 있었다. 움직이는 모습으로 모아 무거운 것 같았다. 그들은 2호 순찰차에 가서 속도를 늦추더니 벽돌 판의 한쪽 모서리를 발판에 내려놓고 쉬었다.

굴들이 이야기를 시작했다. 붉은 유목인들은 도중에 끼어들려 했지만 그럴 만한 기회를 잡지 못했다. 대화가 모두 끝났다. 거미줄이 붙은 벽돌 판은 2호 순찰차의 화물칸 바닥에 놓였다. 졸린 채집자들이 밖으로 나와 흥분한 일행에 합류했다. 졸린 굴들은 차양 밑으로 기어 들어가고 있었다. 그 아래쪽에는 거의 아무것도 없는 것 같았다.

먹구름 너머 어디에선가는 그림자가 밀려나면서 태양이 모습을 드러내고 있겠지. 발라는 생각했다. 폭풍을 뚫고 보이는 빛이라고는 미친 듯이 춤을 추는 번개가 전부였다.

채집자 다섯 명과 그녀는 비를 뚫고 계단 거리에서 가장 높은 곳까지 나아갔다. 그들은 구형 건물로 들어갔다. 굴을 제외한 모든 인류가 뒤를 따랐다. 그들은 커다란 계단을 기어 올라가 신기한 주방으로 향했다.

실랙이 움직이는 상자 안으로 들어갔다. 그가 뽑힌 이유를 아는 사람은 다른 채집자들뿐이었다. 화염방사기는 그의 품에 꼭 맞는 크기였다.

"벽에 쏴. 흡혈귀를 쏴도 돼. 아니면 아무거나 쏴."

마낵이 말했다. 그는 초조해 보였다. 손에는 기계인의 권총을 들었는데 총을 붙잡으려고 두 손을 다 쓰고 있었다.

"이것만 들고 곧장 뒤따라 내려갈게. 내가 내려갔을 때는 빛이 있어야 해. 우리에게 달려드는 것들을 눈으로 봐야 하니까. 문이 열리면 네가 제일 먼저 할 일은 나에게 빛을 만들어 주는 거야."

일행은 실랙의 머리 위에 있는 문을 닫고 스위치를 밑으로 내렸다. 줄이 떨리는 걸 볼 수 있을 만큼의 빛은 있었다. 소음도 줄이 떨린다는 걸 알려 주었다.

이윽고 모터 소리가 멈췄다. 일행은 기다렸다.

마냑이 스위치를 건드려 봤지만 쉽사리 움직이지 않았다. 발라는 그가 억지로 힘을 쓰지 못하게 막았다.

스위치가 소리를 내며 저절로 올라갔다. 줄이 떨리기 시작했다. 일행은 상자가 시야에 들어올 때까지 기다렸다.

실랙이 상자에서 나오더니 크게 숨을 들이켜고 소리쳤다.

"성공했어!"

퍼릴랙이 달려들더니 그를 꼭 끌어안았다. 실랙이 그녀의 어깨 너머로 말했다.

"마냑, 미안해. 하지만 조종판이 바로 거기 있었단 말이야. 난 스위치를 켜고 바로 도망쳐야 할 거라고 예상했는데, 플럽, 내 생각이 맞았다고! 난 모든 조명을 한꺼번에 켰고, 그다음에는……."

퍼릴랙이 울부짖었다.

"불이 켜졌다고?"

"그래."

실랙이 대답했다. 그의 말을 듣고 있던 사람들이 달려 나가기 시작했다.

발라는 숨을 헐떡이고 비틀거리면서 경사로 거리에 도달했다. 채집자들과 붉은 유목인들이 그녀를 포함한 기계인들보다 훨씬 앞서 있었다. 초원 거인들은 뒤에서 쿵쿵대며 움직였다. 경사로 거리의 불빛이 비를 뚫고 불타고 있었다.

일행은 떼를 지어 경사로로 내려갔다. 아래쪽도 밝았다. 그리고 악몽에서 현실로 나온 듯한 혼란이 펼쳐져 있었다. 거대한 중앙 구조물의 무대와 창문과 흐르는 물과 그 일대의 공간에 빛이 무자비하게 쏟아졌다. 이제 그림자 둥지는 흐린 낮 시간보다 더 밝았다. 빛에 갇힌 흡혈귀들이 밖으로 나오려고 애를 썼다. 사냥을 나갔다가 돌아온 흡혈귀들은 안으로 들어가려고 애를 썼다.

실랙이 소리를 질렀다.

"조명이 켜지자마자 흡혈귀들이 사방으로 흩어졌어. 이삼십 정도 되는 놈들이 사무실을 자기네 동굴로 삼았던 거야! 거기 넓은 공간이 있었는데, 한쪽에서는 무대를 바라볼 수 있고 다른 쪽에서는 연단을 볼 수 있었어. 하프장이가 예상한 그대로였지. 그 공간은 사무실과 연결됐어. 흡혈귀들이 세 방향에서 달려들었지. 마냑, 난 밑에 도착한 다음에 이동용 상자로 들어가는 문을 열어 뒀어. 일단 내려가면 빠져나갈 길이라곤 그 상자뿐일 거라 생각했으니까."

"넌 탐욕스러운 놈이야!"

"마냑, 왜 그러는지는 아는데……."

"네가 영광을 독차지했잖아!"

"……난 상자에 올라탈 수 있어서 정말 정말 기뻤다고. 놈들이 들어오길래 불태워 버리고 올라온 거야."

들어가려는 흡혈귀와 나오려는 흡혈귀 사이에 흉악한 싸움이 번지고 있었다. 그중 셋이 위를 올려다보았다. 초원 거인들은 흡혈귀를 응원하기 시작했다. 잠시 뒤면 흡혈귀가 미끼를 물 것이 분명했다.

발라는 일행에게 알렸다.

"잘 들어라! 나가려면 지금이 가장 좋은 순간일 거다. 흡혈귀 대다수는 아직 밖에서 사냥 중이고, 여기 있는 놈들은 앞이 안 보이거나 혼란에 빠졌으니까. 열흘째 되는 날까지 기다리면 나갔던 사냥꾼들이 돌아올 테고 우리도 밤까지 기다려야 한다. 난 배가 고파서 그때까지 못 기다리겠다. 그러니까 지금 나가야 한다!"

내가 흡혈귀에게 홀려서 헛소리를 하는 거라면 누구든지 지적해 줘!

하지만 일행은 입을 다물고 그녀만 쳐다보았다. 그 침묵을 방해하는 건 만 명쯤 되는 흡혈귀들의 새된 소리뿐이었다.

"가자!"

발라가 소리를 지르자 동료들이 달리기 시작했다.

루이스는 항해자 셋이 공동 주택 지붕에서 훔쳐보는 걸 알아챘다. 그들은 용기를 냈지만 그보다 많은 걸 보진 못했다. 절벽에 떠 있는 창은 그저 검정 바위에 불과했다. 최후자의 감시 장비가 바퀴 여섯 달린 차량의 화물 적재 칸 속 어둠에 묻혀 있었기 때문이다.

최후자가 공용어로 말했다.

— 소리는 계속 들을 수 있습니다. 루이스. 냄새도 납니다.

검은 절벽이 검은 창으로 바뀌었다. 퍼페티어 한 명이 춤을 췄다. 그리고 셀 수 없이 많은 퍼페티어들이 그 뒤에서 어떤 모양을 만들었다. 어두운 숲에 외눈박이 뱀이 한 마리 있었다.

루이스는 흥미를 느끼며 물었다.

"어둠 속에서 춤을 추는 건가?"

최후자가 빠르게 돌며 대답했다.

— 민첩성을 시험하는 겁니다. 아주아주 오래전에는 어둠이 흔했지요. 그러니 우리 가운데 누구든 다시 어둠에 빠질 가능성이 아주 없지는 않을 겁니다.

짝 맺음의 우선권을 두고 서로 시험을 한다는 뜻이었다. 지구의 출산 위원회처럼. 최후자는 자신의 기술을 연마하고 있었다.

루이스는 그 얘기를 그만두고 물었다.

"누구의 소리가 들린다는 거지?"

— 발라버질린 동료들의 목소리가 들립니다. 화물 적재 칸의 문은 닫혀 있지만 그래도 목소리는 가려낼 수 있지요. 지금 차량을 방어하려고 역할을 분담하고 있습니다. 이제 차가 움직이는군요. 사방에 흡혈귀가 깔려 있고요. 들어 보겠습니까?

"조금 있다가. 우리 굴 관찰자들이 네 춤을 어떻게 이용해 먹을지 궁금하군."

— 작은 굴은 자리를 계속 바꾸고 있습니다. 큰 쪽은 가만히 있고요. 그를 붙잡을 겁니까?

"……아니."

— 통역기를 거미줄눈 중앙에 갖다 대십시오. 전송하겠습니다.

루이스는 얕은 물을 건너 절벽으로 다가갔다. 절벽에는 경계가 흐릿한 문이 있고, 그 문 안쪽에서 퍼페티어가 황혼을 배경으로 춤추고 있었다. 루이스의 눈앞에 흑투성이 심장처럼 생긴 검은 점이 둥둥 떠올랐다. 루이스는 그곳에 통역기를 대고 눌렀다.

목소리가 들렸다. 인간 목소리가 동물 소리로 바뀌고, 베이스에서 테너를 거쳐 더 높은 음역대로 올라가며 고통과 분노와 다급함이 뒤섞였다. 놀라고 고통스러워하는 고함 소리가 한 번, 누군가를 부르는 소리가 여러 번, 그다음엔 거미줄눈에 뭔가 단단한 것이 떨어지며 부딪치는 소리. 루이스는 소리쳐 명령을 내리는 발라버질린의 목소리를 들었다. 그녀와 함께 있을 때는 들어보지 못한 소리였다. 그 밖에는 혼란스러운 비명이 전부였다.

시간이 몇 분 더 흐르자 흡혈귀의 새된 소리가 잦아들었다. 엄청나게 삐걱대는 소리가 차분하고 음악적이며 설득력 있는 목소리로 바뀌었다. 말소리와는 별로 비슷한 구석이 없는 소리였다. 그리고 갑자기, 섬뜩한 고요함이 뒤를 따랐다.

발라는 일행을 하류 쪽으로 이끌었다. 상류 방향은 사냥을 나갔다가 돌아오는 흡혈귀로 소란스러웠기 때문이다. 그녀는 추적하는 흡혈귀가 안 보일 때까지, 열흘 동안 일행을 계속 이동시켰다. 강에서 번들거리는 검은 머리들이 튀어나왔다. 진흙 강 사람들이 보조를 맞춰 따라오고 있었다.

1호 차가 달리는 동안 비지가 화물칸 문을 열어젖히더니 안으로 들어갔다. 발라는 기다렸다. 무거운 무언가가 밖으로 나왔다. 파룸이었다. 흡혈귀들이 사방에서 파룸에게 달려들어 그를 조각조각 찢어 놓았다. 동료들은 그에게 붙은 흡혈귀를 위아래에서 베어 버렸다. 흡혈귀들은 퍼릴랙도 공격했다.

비지가 그녀의 옆자리로 올라와 말했다.

"파룸은 죽었다. 퍼릴랙은 크게 다치지 않았고. 상처를 연료로 닦아 줬다. 정말 그게 무슨 효과가 있긴 한가?"

발라는 고개를 끄덕였다. 비탄에 젖은 관과 하프장이가 나쁘게 생각하지는 않는지, 파룸의 시신을 동료 야행인이 아니라 모르는 사람들에게 남겨 두는 이유를 이해해 줄는지 걱정하면서. 그녀는 투를의 후계자에게 그런 걱정을 말하지 않았다. 그가 독단적으로 내린 결정이었다.

강 쪽으로부터 초원이 펼쳐졌다. 사냥하기에 좋은 곳이었다. 발라는 여러 종족으로 구성된 일행 모두를 한곳에 모여 있게 하고 수건으로 입을 막으라고 지시했다. 근처에 흡혈귀가 있었다.

그녀는 선착장 창고에서 천을 잔뜩 수거해 두었다. 그리고 가늘고 얇은 천들을 루발라블과 퍼드가블라들에게 주고 그물로 삼아서 물고기를 잡아 달라고 부탁했다. 그들은 대성공을 거두었고, 이제 물고기를 원하는 사람은 얼마든지 먹을 수 있게 되었다.

초원 거인은 강가에서 마음에 드는 풀을 찾았다. 근처에 사냥감도 있었다. 붉은 유목인과 채집자는 불을 피울 때까지 기다릴 필요가 없었다. 기계인들이 준비한 냄비가 막 끓으려는 참이었고, 그 안에는 풀뿌리와 고기가 들어 있었다.

발라의 승무원들이 식사를 하고 있었다. 그녀는 기다리면서 일행을 살펴보았다. 테거는 식사를 하자 훨씬 좋아 보였다. 포라와 사바로는 함께 저녁 식사를 만들고 있었다. 눈으로 봐서는 두 사람이 신체 접촉을 피하는지 알 수 없었다. 비탄에 젖은 관과 하프장이는 사람 키의 스무 배쯤 되는 거리를 두고 떨어져서 무릎을 꿇고 있었다. 다행이었다. 그들도 식사를 하고 있었기 때문이다. 굴들은 경작자 부족 사람을 찾아냈다. 그림자 둥지로 가는 길에 낙오된 흡혈귀의 포로였던 것 같았다. 그들은 야영지까지 시체를 끌고 오지는 않았다.

아직도 길 여기저기에 흡혈귀가 가끔 보였다. 그림자 둥지 주변의 소동이 그들을 끌어낸 것 같았다. 발라는 결국 그곳을 지나가야 한다는 걸 알고 있었다. 그녀의 기분은 점점 가라앉았다. 하지만 그냥 허기 때문에 그런 것 같았다.

발라는 갑자기 장난기가 들어 굴들에게 다가갔다. 비탄에 젖은 관이 그녀를 쳐다보았다. 그녀가 어느 정도 거리를 두고 멈춰 서자 비탄에 젖은 관이 말했다.

"아직 식사를 안 했군요."

"곧 할 거다."

"기분도 나아질 거예요. 우린 빠져나왔어요, 발라버질린. 이제 자유라고요. 그리고 그 어떤 인류보다 대단한 모험을 완성했죠."

"비탄에 젖은 관, 우리가 지금까지 해낸 게 뭐지?"

"무슨 뜻이지 모르겠군요."

"우린 여기까지 왔다. 올라가는 길도 찾아냈다. 그리고 루이스우의 마법 천을 거의 다 써서 내려오는 길도 찾아냈지. 흡혈귀를 조금 죽였고, 남은 것들을 빗속으로 몰아냈다. 순찰차를 한 대 잃었고 파룸이 죽었다. 그 밖에 자랑할 만한 게 있었나?"

"포라나이들리를 구했죠. 그리고 당신은 보존 상태가 좋은 고대 옷감을 사람 몸무게의 열 배쯤 차에 실었어요."

발라는 어깨를 으쓱했다. 맞는 말이었다. 그녀는 선착장에서 가져온 것들로 이익을 남길 수 있었다. 옷감만이 아니었다. 그리고 포라도…… 맞는 말이었다.

굴 여성이 살을 다 발라 먹은 갈비뼈를 버리고 다가섰다.

"우리는 침략하는 흡혈귀를 끝장냈어요."

"아! 비탄에 젖은 관, 우리는 그놈들을 몰아낸 거다. 그러니 이제 놈들이 우리 주변 사방으로 퍼지겠지. 흡혈귀들은 더 심하게 공격하게 될 거다."

굴 여성은 차분하게 말했다.

"한 세대만 지나면 수가 훨씬 줄어들 거예요. 사오십 팔란쯤 지나면. 지금 자랑해 둬요. 그 증거는 나중에 나타날 테니까."

"왜 그래야 하는지 모르겠군."

"발라버질린, 당신은 흡혈귀 냄새가 끌어당기는 힘을 느껴 봤어요. 그 유혹을 이겨 내는 인류는 없죠. 붉은 유목인도 마찬가지예요. 흡혈귀들이 짝을 유혹할 때도 그 향을 분비할 거라는 생각은 못 해 봤나요?"

"뭐라고?"

"흡혈귀는 먹잇감이 근처에 있으면 향을 분비하죠. 음식을 섭취해야 할 때라는 건 새끼를 낳을 때라는 의미이기도 해요. 놈들이 은신처로 쓸 동굴을 찾았다는 건 새끼를 낳을 때라는 뜻이고요. 따라서 그 동굴에는 향이 모이죠. 놈들의 조상이 우리 조상과 비슷했을 때 그 냄새를 짝짓기용으로 썼을 테고, 지금도 그렇게 쓰고 있어요. 하지만 우리는 놈들을 은신처에서 빗속으로 쫓아냈죠. 그 비는 루이스 우가 바다를 끓인 뒤로 한 번도 멈추지 않았던 비예요. 그 비가 놈들의 짝짓기 냄새를 씻어 버리고 있어요."

발라는 여러 번 생각하고 나서야 그 말을 믿을 수 있었다. 그녀는 일어서서 환성을 질렀다.

"이제 새끼를 못 만든다는 얘기군!"

낮이 끝나 가고 있었다. 순찰차는 밤이 되기 전에 흡혈귀가 도달할 수 없는 곳으로 가야 했다. 아침이 되면 2호 차에서 연료를 뽑아 1호 차에 넣고 집으로 가야 할 것이다.

발라는 말했다.

"그리고 당신들은 청동 거미줄을 손에 넣었지."

"아치 밑 어딘가에 루이스 우가 있어요. 그는 거미줄을 이용해 보고 들을 수 있죠. 그 마법사에게 보여 줘야 할 것이 있는데……만약 마법사가 아직도 살아 있고 관심이 있다면, 저 거미줄이 아직도 창처럼 작동한다면 말이에요."

"연료는 다른 곳에서 구해야 할 거다."

비탄에 젖은 관은 차분하게 고개를 끄덕였다.

"우리는 연료가 필요하다는 걸 알릴 거예요. 그럼 야행인들이링 벽까지 가는 길에 연료를 준비해 두겠죠. 테거와 와비아가 이미 얘기했을 거라 생각하는데, 그들은 우리와 함께 갈 거예요."

"나쁘지 않은 생각이다. 붉은 유목인은 없는 곳이 없으니까. 정착할 곳을 찾을 수 있겠지."

"그래요."

"교역용 순찰차에 얼마를 낼 거지?"

비탄에 젖은 관이 눈을 깜빡거렸다.

"아. 기계인들은 전설적인 욕심꾸러기였죠. 발라버질린, 아치 밑에 사는 모든 사람들에게 위험이 될 요소를 제거하려면 2호 차가 필요해요. 당신은 그게 얼마나 심각한 문제인지 알 거예요."

"물론 알지. 하지만 우리 계약에는 그 무거운 감시용 물건을 옮기겠다는 항목은 없었다."

발라는 투를의 장벽 밖에서 합의했던 사실을 떠올리며 미소 지었다. 그녀는 그림자 둥지 습격 작전에 야행인을 끌어들이려고 상당한 노력을 기울였다! 그러니 이제 와서 대포로 협박해 가며 떠나게 만들 수는 없었다.

"당신은 루이스 우의 감시 장치를 손에 넣으려고 애썼지. 그리고 나 몰래 손에 넣을 생각이었을 거다. 하지만 어떻게 그럴 생각이었지?"

굴이 어깨를 으쓱하자 양어깨가 탈골된 것처럼 보였다.

"우리는 단순히 거미줄을 떼어 내서 둘둘 말고 가져가면 될 줄 알았어요. 하지만 벽돌 속에 박혀 있었죠. 그래서 우리 목표물이 뭔지 밝힐 수밖에 없었던 거예요. 발라버질린, 우리가 순찰차를 사겠어요."

비탄에 젖은 관이 가격을 불렀다.

"중앙 도시에 가면 가격을 지불하죠. 이 사실을 알고 있는 지역 야행인이라면 누구든 돈을 낼 거예요. 당신이 돌아가면……."

"팔지."

가격은 허용할 수 있는 최저가였지만 중요한 문제가 아니었다. 비탄에 젖은 관은 발라가 돌아가서 돈을 받는 것보다 훨씬 더 빨리 2호 차를 움직일 연료를 얻게 될 터였다.

"내 윗사람들에게 설명을 해야 할 텐데, 당신 동족들이 증언을 해 줄까?"

"오늘 밤에 몇 가지 사실을 밝힐 생각이니까 당신 동료들도 다 알게 될 거예요. 우리에겐 몇 가지 비밀이 있어요. 하지만 우선 배를 채우죠. 당신 음식은 아직 준비가 안 됐나요?"

포라가 발라의 중앙 도시어로 두 단어를 크게 외쳤다.

"대장, 식사요!"

허기가 날카로운 이빨로 발라의 배를 깨물었다.

"원래 저게 내 이름이다."

발라는 그 한마디를 던지고 자리를 떠났다.

| 비용과 예정 |

AD 2892, 직조인 마을

항해자들조차도 포기하고 물러났다. 이제 남은 것은 수풀 속에 있는 열원 한 쌍과, 남아서 최후자의 춤을 보고 있는 루이스 우뿐이었다.

춤 속도가 빨라졌는데도 최후자의 호흡은 평상시와 똑같았다.

— 아직 끝난 게 아닙니다, 루이스. 붉은 유목인과 나누는 얘기를 들었습니다. 흘러나온 산과 스크리스 표면에 생긴 문제에 관해 얘기하더군요.

"거미줄눈을 사용해. 어디로 가는지 물어보라고."

— 안 됩니다. 그건 비밀로 남겨 둬야 합니다. 한동안 고생하게 됐다가 말을 걸어 보지요. 당신의 관심을 얼마나 절실히 원하는지 지켜볼 생각입니다.

"내 관심?"

— 오, 솜씨가 정교한 루이스 우께서 바다를 끓이셨도다! 저들은 최후자의 존재를 모릅니다. 루이스, 상태 저하를 나타내는 지표가 현저합니다. 의료 시술을 받겠습니까?

"그래."

— 아주 좋습니다. 연료 보급용 탐사기를 당신에게 보내는 건 위험하고 힘든 일이지만 그만큼 보람이 있겠지요. 당신은 자유 결정권이 있었으니까…….

루이스는 손을 내저어 그의 말을 막았다.

"탐사기는 쓰지 마. 나중에 쓸 일이 있을 테니까. 난 왔던 길을 거슬러서 돌아가지. 센티 강 협곡을 되짚어서. 같은 실수를 두 번 하진 않을 테니 시간은 조금 단축될 거야. 여기까지 십일 년이 걸렸지. 돌아가는 길은 구 년 미만이면 될 거야. 그러니까 오토닥을 승무원 선실로 옮길 시간도 충분해."

— 루이스, 연료 재충전용 탐사기에 도약 원반을 실어 놨습니다. 링월드가 한 바퀴 돌 시간이면 탐사기가 거기 도착할 겁니다. 순식간에 이리 올 수 있지요.

"그 탐사기는 네가 쓸 연료원이잖아, 최후자. 나는……."

— 나는 '탐구의 화침'호의 연료를 채워 놨습니다. 여전히 식어 버린 용암 속에 박혀 있긴 하지만요.

"그걸 쓰는 대가로 네가 뭘 요구할 셈인지는 생각도 하고 싶지 않군. 어쨌든 오토닥을 승무원 구역이나 착륙선 선착장으로 옮길 시간이……."

— 이미 옮겨 놨습니다.

창 속 화면이 바뀌었다. 루이스는 십일 년 동안 못 봤던 선실을 다시 보고 있었다. 그와 크미가 운동하던 공간에 거대한 관이 들어서 있었다. 허, 젠장. 최후자가 다급하다는 얘기군.

"난 하류 쪽으로 수천 킬로미터 떨어진 곳에 '숨은 족장'호를 두고 왔어. 네가 거기 도약 원반을 싣지 않았던가? 칠팔 팔란 정도면 도착할 수 있을 거야."

— 이 년을 기다리란 말입니까? 루이스, 상황이 다급하게 돌아가고 있습니다. 링월드에 수호자가 들끓고 있단 말입니다.

"그래?"

루이스 우는 아무것도 모르는 것처럼 굴었다. 하지만 속으로는 점점 더 크게 미소 짓고 있었다. 그래, 결국은 모든 게 수호자 문제로 귀결되지.

— 틸라는 죽기 전에 살아 있는 굴 수호자에게 링 벽 문제를 맡겼다고 했습니다. 그리고 수리 시설이 아직 작동한다는 걸 확인할 수 있습니다.

"보여 줘."

절벽의 창 속 화면이 그보다 천 킬로미터 이상 높은 곳에 있는 벽을 따라 움직였다.

링 벽은 수평으로 띠를 이루었다. 지구의 달과 색깔이 같고 끊김이 없는 벽에 산의 형태가 돋을새김처럼 튀어나와 있었다. 밤의 띠들이 링 벽을 훑고 지나갔지만 그 움직임은 눈으로 확인하기 힘들었다. 흘러나온 산들은 작은 원뿔형이고 높이가 약 팔 킬로미터에서 십 킬로미터였다. 그런 산들이 기저부를 따라 늘어서 있었다. 그렇게 늘어난 링 벽의 꼭대기에 스무 개의 희미한 보라색 불꽃이 달라붙어 별들을 가리키고 있었다.

— 저것들은 링 테두리에 있는 램제트 엔진입니다. 우리가 처음 보았던 당시의 모습이지요. 나는 현재 굴들이 갖고 있는 것과 똑같은 거미줄눈을 시험하고 있었습니다. 이제 오 년이 지나서, 그러니까 지금으로부터 육 년 전에는…….

다음 화면은 같은 풍경이고 시간도 밤이었다. 하지만 희미한 불꽃들이 보이지 않았다.

"링월드가 제자리로 돌아간 뒤군."

— 맞습니다. 하지만 난 계속 추적했습니다. 루이스, 자세제어 엔진이 보입니까?

화면이 확대되자 루이스는 흘러나온 산 위쪽 높은 곳에 있는, 흐르는 관의 검은 입구를 식별할 수 있었다. 희미한 형체는 그가 짐작했던 것보다 훨씬 컸다. 가는 전선으로 만든 이중 원뿔 스물한 개의 조그맣고 잘록한 허리 부분을 구릿빛 고리 여러 쌍이 에워싸고 있었다. 그게 바로 거대한 버사드 램제트의 뼈대였다.

"육 년 전이라고 했나?"

— 내가 알아채기 육 년 전입니다. 춤에 몰두해 있느라…….

최후자는 머뭇거리다가 말을 이었다.

— 일 팔란 정도 추적을 못 했습니다.

외롭다 보니 광기가 생겼고 유령들과 춤을 추느라 정신을 잃었군. 한때 전지전능했던, 군집 본능이 있는 짐승이건만 이제는 불쌍하게도 동족들에게 거부당하고 완전히 혼자가 된 거야.

루이스는 그 생각을 떨쳐 버렸다.

"그러니까 누군가 스물한 번째 엔진을 장착했다는 얘기군. 우리가 우주항에서 발견한 엔진 말이야."

— 그렇습니다. 하지만 먼저 복제를 했습니다. 보십시오. 아직 이 년도 안 된 일입니다만……

엔진은 스물세 개였고 스물네 번째 엔진은 기울어져 있었다. 아직 탑재되지 않은 상태였다. 루이스는 그 엔진이 어떤 방법으로 움직이는지 알 수 없었다. 그가 알 수 있는 거라고는 미세 조정이 진행 중이라는 사실뿐이었다.

— 거미줄눈의 해상도는 이게 한계입니다. 하지만 새로운 엔진들이 생산돼서 링 벽에 탑재되고 있습니다. 그렇다면 수호자가 움직인다는 증거 아닙니까.

"최소한 두 사람 이상이겠지. 제작하고 운송하고 설치하고 감독까지 했으니까."

최후자는 다시 한 번 머뭇거렸다.

— 루이스, 인류는 군집 생활을 하거나 부족을 이루는 경우가 있지만 기록에 따르면 수호자는 그러지 않습니다. 저라면 그 모든 활동을 혼자 해낼 수 있습니다. 수호자도 마찬가지일 겁니다.

"흐음. 방어까지도?

— 두 번째 수호자가 운석 방어 장치로 침공하는 우주선을 파괴하고 있잖습니까!

"정확한 지적이군."

— 그리고 모습을 드러내지 않은 채 붉은 유목인을 뒤따르는 인물도 있습니다.

"그건 아니라고 봐. 다른 굴을 감시하는 굴이지. 지역적인 정치 문제야."

— 루이스, 생각해 보십시오. 그자가 흡혈귀 은신처에 들어가는 걸 봤잖습니까! 흡혈귀 냄새에 영향을 받지 않은 걸로 볼 때 수호자가 분명합니다.

"……그것도 맞는 말이군. 그럼 뭘 하는 거라고 생각하지?"

— 붉은 유목인을 지키는 것으로 보입니다. 어쩌면 붉은 유목인 출신일지도 모릅니다. 다음번에는 강에서 나타날 거라고 생각합니다.

"그래. 그자는 흔적을 직접 지워 버리고 있지. 흡혈귀 냄새를 뒤집어썼다면 그럴 수가 없고. 하지만 우린 그자를 볼 수 없을 거야. 네 카메라가 지금 어느 차량의 화물칸에……."

— 그렇게만 벌써 수호자가 셋입니다, 루이스. 당신 예상이 맞다면 여섯에서 여덟 명이겠지요. 팩 종족 수호자들이 전쟁을 벌였을 때 그들의 고향 행성은 방사성폐기물로 변했습니다.

"무슨 뜻인지는 알겠어."

루이스는 차분하게 말했다.

— 링월드는 분기한 종족의 수호자들 때문에 조각이 나서 항성 간 우주로 날아가 버릴 겁니다. 루이스, 이 년을 기다릴 수는 없습니다! 나는 우주의 수명이 끝날 때까지 정지장에 숨을 수 있습니다. 하지만 당신은 '탐구의 화침'호에 도달할 시간도 없단 말입니다!

"그자들이 서로 협조할 수도 있지. 링월드에 사는 인류는 잘 지내잖아. 종이 다르면 소모하는 자원도 다르거든. 그리고 그 모든 종족들이 굴과 협조하고 있어. 일단 그런 상태에 도달하면 상대가 누구든 잘 지낼 수 있는 거라고."

— 붉은 유목인과 초원 거인은 전쟁을 벌였습니다.

"웃기지 마, 최후자. 그건 양쪽 다 풀을 원하다가 그렇게 된 거잖아!"

— 내가 보기에는 상황이 다급합니다.

루이스는 기지개를 폈다. 관절이 삐걱거렸고 오후에 적당히 운동을 했는데도 힘줄이 당겼다.

"이렇게 해봐. 연료 보급용 탐사기를 내가 '숨은 족장'호를 버려둔 곳으로 보내. 크고 눈에 잘 띄는 목표물이야. 나는 하류 쪽으로 이동해서 도시 건설자 친구들이 한 번 더 동참할지 알아보지. 팔 팔란이면 지구 시간으로 이 년이고 너희 시간으로 일 년이야. 우리가 합의에 도달하면, 너에게 의료 처치를 받도록 하지."

— 합의라고요?

"계약을 체결할 생각이거든."

— 당신은 거래를 요구할 상황이 아닐 텐데요.

"생각이 바뀌면 알려 줘."

루이스는 일어서서 강을 건너면서, 등 뒤에서 음악적인 비명이 들리기를 기다렸다. 하지만 그런 소리는 들리지 않았다.

루이스는 천천히 잠에서 깼다. 수면 부족으로 상태가 말이 아니었다. 하지만 샤워가 그의 몸을 누르며 움직이자 기분이 좋아졌다. 그는 물었다.

"직조인들은 햇빛이 환할 때도 리샤스라를 하나요?"

"그러는 걸 좋아해요."

"그렇군요."

루이스는 팔을 움직여 그녀의 털 속을 문지르기 시작했다.

"좋은데요."

"고마워요."

샤워도 몸을 뻗고 있는 그를 따라 기지개를 켰다. 그녀가 손가락으로 그의 두피를 어루만지면서 남아 있는 머리카락을 손질해주었다. 두 사람은 자연스럽게 리샤스라로 넘어갔다. 루이스는 이렇게 사는 것도 멋지다고 생각했다.

이윽고 샤워가 몸을 떼며 그를 쳐다보았다.

"피곤하건 아니건 긴장은 제대로 풀린 것 같네요."

"드디어 그 녀석에게서 주도권을 빼앗아 왔거든요."

밤이 되었다.

— 계약 내용을 정했습니다.

최후자가 말했다.

"나도 정했어."

루이스는 통역기를 꺼내 들었다.

"메모리에 들어 있어. 거의 다 문서 형태야."

— 나는 읽을 수가 없습니다. 이쪽에서 작업을 해야만 합니다.

갑자기 흑백으로 인쇄된 글줄이 빛을 내며 절벽에 떠올랐다.

그리고 루이스의 키보다 큰 가상 키보드가 추가되었다.

구경꾼들이 감탄하는 소리를 냈다. 마을 사람들 대부분이 루이스의 주변에 앉아 있었다. 루이스는 그들이 이런 광경을 어떻게 생각할지 궁금했다. 그는 오후 내내 요구 조건을 계약서로 작성했다. 최후자가 만든 계약서를 바탕으로 하는 것은 협상의 기본 원칙을 위반하는 행위였다. 루이스는 그럴 생각이 없었다.

하지만 이쪽에 마감 시한이 있다는 걸 절대로 인정하지 않아야 하는 것 역시 협상의 원칙이었다. 루이스는 공용어로 물었다.

"어떻게 하면 되지?"

— 커서를 조작하려면 왼쪽을 가리키고 문자를 입력하려면 오른쪽을 가리키십시오.

루이스는 양손잡이 관현악단 지휘자처럼 팔을 휘두르며 입력을 시작했다. 우선 '필요에 따라 정신 상태를 변경할 수도 있으며'라는 구절을 지우고 '어떤 경우에도 정신 상태를 변경할 수 없으며'라고 고쳐 썼다. '대가' 항목은 적절해 보였다. '최후자는 루이스가 최대 십이 년 동안 활동해 주는 대가로 태양계 병원에서 받을 수 있는 의료 시술을 제공한다.'라고 적혀 있었다.

루이스는 다음 항목을 보고 움찔했다.

"부스터스파이스와 표준 기술은?"

— 절대 안 됩니다.

"그럼 뭐지? 퍼페티어의 실험적 기술?"

— 나는 제공 가능한 기술을 설명해 뒀습니다. 수정된 ARM의 X 프로그램입니다.

"내 활동 가치는 태양계에서 병원에 지불하는 요금과 비교할 수 없어! 대략 계산해 볼 때 네 기술을 이용하면 내 수명이 삼십 년가량 연장되겠지? 그럼 난 오토닥에서 나오는 순간부터 칠 년만 활동하면 돼."

— 십이 년입니다, 루이스! 이 기술이면 당신을 스무 살짜리 인간으로 재탄생시킬 수 있단 말입니다! 그 뒤로 의료 시술을 전혀 안 받아도 오십 년은 더 살 수 있습니다!

"그보다 더한 위험에 날 밀어 넣을 거 아냐. 재수가 좋아 봐야 오십 일도 마음 편하게 못 살걸. 너도 알고 있잖아. 애당초 내가 휴가를 찾아 떠난 것도 그 때문이야. 칠 년으로 해."

— 알겠습니다.

루이스는 왼손 검지로 커서를 가리켰다.

시간은 최후자의 명령에 의해 개별적인 행동을 취한 경우에만 흘러간 것으로 계산한다.

"이건 무슨 헛소리지? 상담 시간은 어떡할 거야? 여행 시간은? 시간이 없어서 너와 의논하지 못하고 행동한 경우에는? 자는 동안 무의식적으로 해답을 찾아낸 경우는?"

— 직접 입력하십시오.

"저의가 의심스럽군. 정직한 법적 주체는 이런 시도를 하지 않을 텐데."

— 루이스, 협상은 이런 식으로 하는 겁니다.

"나한테 협상하는 방법을 가르치겠다 이거야? 좋아."

루이스는 문제가 되는 문장을 삭제하고 한 손가락으로 허공에 글을 적었다.

활동 기간은 이 계약서를 받아들인 순간으로부터 칠 년 뒤에 종료된다.

그는 꽥꽥거리며 괴로워하는 최후자를 무시했다.

"이제 네가 나를 더 나은 하인으로 만들지 못하게 하는 조건이 필요해. 그런 조항이 전혀 안 보이거든."

문구가 저절로 추가되었다. 루이스는 잠시 그 문구를 바라보다가 말했다.

"안 되겠는데."

— 그럼 직접 쓰십시오.

"아니지, 내가 작성한 계약서의 사본을 받을 방법이 있을까?"

— 없습니다.

"그럼 내가 '숨은 족장'호에 갈 때까지 기다려야겠군. 내일 출발하지."

— 잠시만 기다리십시오! 당신을 이리로 데려올 수 있습니다.

"최후자, 내 생각엔 네가 작성한 계약서 말고 내 것을 써야 할 것 같아. 네가 그걸 못 읽으면 제안은 어떻게 할 참이야?"

— 당신이 큰 소리로 읽어 주면 됩니다.

"내일 하지. 지금은 신경 쓰이는 일이 따로 있거든. 항성의 플레어를 끌어내 초고온 레이저 효과를 내려면 얼마나 걸리지?"

— 두 시간이면 되지만 세 시간이 걸리는 경우도 있습니다. 조건에 따라 다릅니다.

"우주선 세 척이 이 부근에서 신의 주먹을 통과했어. 그리고 누군가가 그 우주선들을 요격했지. 하나는 반대편 링월드에 착륙했고 그걸 또 무언가가 날려 버렸어. 그쪽이 더 오래 걸렸을까? 재생 속도를 높여서 관찰한 것만 가지고는 알 수가 없더라고."

— 확인해 보겠습니다.

루이스는 늦잠을 잤다. 사워와 아이들은 보이지 않았다. 어젯밤 먹던 음식은 하나도 남아 있지 않았다. 루이스는 아무것도 없는 불구덩이 옆에서 작업을 했다.

누구도 루이스 우의 사고 양상을 변화시킬 수 없다. 그런 절차를 시행해서도 안 된다. 루이스 우의 의식이 분명하고 정상적인 상태에서 그를 설득하는 경우를 제외하면 상기의 의도로 의학적이거나 화학적인 수단을 사용할 수 없다. 그의 의식이 분명하지 않거나 정상적이지 않은 경우 어떤 협상도 체결할 수 없다.

노예 상태로 지내는 기간은……

루이스는 줄을 그어 '노예 상태'라는 부분을 지웠다.

상호 의존의 기간은 계약 체결 후 칠 년을 넘을 수 없다. 루이스 우는 필요할 때 수면을 취하고, 식사를 하고, 시간을 들여 치료받을 권리가 있다. 긴급사태로 이런 자유 시간이 경감될 경우 상호 의존 기간의 경과는 세 배로 계산한다. 위반 시 불이익은……

상호 합의하에 휴가를 보낼 경우 그 기간만큼 상호 의존 기간이 늘어나……

루이스 우는 주어진 임무가 위험을 동반하거나, 지역 인류의 안전이나 문화나 환경에 해를 끼치거나, 링월드에 전반적인 손해를 끼치거나, 윤리에 명백하게 어긋난 행위일 경우 독자적인 판단에 따라 어떤 명령이든 거부할 수 있다.

여기에 수다스러운 조항을 조금 추가해도 문제가 되지 않을 것이다.

루이스는 극심한 허기를 느꼈다. 어디에 가면 식용 뿌리가 있는지는 알고 있었다. 그는 화물 더미에 올라타고 곧장 길을 찾아 나섰다가 아이들이 센티 강 건너에 있는 고지 숲에서 서성거리는 모습을 보았다.

사위는 종류가 다른 커다란 버섯을 두 가지 찾아 놓았고, 아이들은 크기가 토끼와 비슷하고 육지에 서식하는 토끼만 한 갑각류를 죽여 놓았다. 그들은 루이스가 버섯과 사냥한 동물을 나뭇잎으로 싼 다음 그 위에 젖은 진흙을 바르는 광경을 지켜보았다. 루이스는 화물 더미 위에 놓여 있는 잠금 상자에서 플래시를 꺼냈다. 그는 주파수를 극초단파에 맞추고, 유효 구경을 크게 잡고, 강도를 중간에 맞춘 다음 증기가 나올 때까지 작은 진흙 언덕을 가열했다. 그런 다음 플래시를 주의 깊게 잠금 상자에 집어넣었다. 대충 보관하기에는 위험한 물건이었다.

"스트릴, 패럴드, 사람들이 진흙에 다가가지 못하게 해 줘. 화상을 입을 수 있으니까. 사워, 작별 선물을 만들어 주고 싶군요."

"루이스, 이제 헤어지는 건가요?"

"거미줄 거주자가 절벽에 살충제를 뿌리려고 연료 보급용 탐사기를 보냈어요. 가까운 곳에 있을 거예요. 몇 시간 뒤면 탐사기가 여기 도착해요."

루이스는 원반에서 뛰어내렸다.

"이걸 좀 봐 줘요. 이걸 당신에게 줘야 하는지, 마을 전체에 줘야 하는지는 잘 모르겠지만."

화물 운반용 원반 조종 장치는 가장자리의 우묵한 곳에 있었고, 옮기려면 어느 정도 힘을 줘야 했다. 수호자와 동등한 힘을. 루이스는 두 손으로 가느다란 막대를 쥐고 찔러 넣었다. 그러자 맨 밑에 있던 원반이 떨어져 나오더니 지면의 풀 위로 삼 센티미터 정도 떠올랐다.

사워가 물었다.

"오늘 밤까지는 있을 건가요? 이 물건은 마을이 받는 걸로 할게요. 나와 키다다가 책임을 지죠. 나도 그랬지만 마을 사람들 모두가 놀랄 거예요. 사용법은 키다다와 나에게만 알려 주세요. 마을에 방문한 사람들에게도 알려 주지 말고요."

"그렇게 하죠."

"루이스, 이건 엄청난 선물이에요."

"사워, 난 당신 덕분에 인생을 되찾았어요. 적어도 내 생각엔 그래요."

"아직도 의혹이 남아 있어요?"

"잠깐만요."

루이스는 진흙으로 만든 둔덕의 한쪽을 깨뜨렸다. 생김새로 보나 냄새로 짐작하기에나 그 안에 들어 있는 버섯들은 다 익은 상태였다. 버섯은 맛이 아주 좋았다. 루이스는 진흙을 완전히 깨 버렸다. 짐승 고기도 잘 익어 있었다. 고기는 거의 대부분 짐승의 방적돌기에 모여 있었고, 아이들은 그 부분을 나눠 먹었다. 루이 스와 사워는 꼬리 부분을 한입씩 베어 물었다.

"이제 좀 살겠군요. 난 허기가 심하면 생각을 제대로 할 수가 없거든요. 자, 봐요."

루이스는 땅에 동그라미를 그리며 말을 이었다.

"빛이 링월드를 가로지르고 다시 돌아오려면 삼십이 분이 걸려요."

통역기가 시간과 거리를 환산하는 소리가 들려왔다.

"정말요?"

"날 믿어요. 태양에서 나온 빛이 아치에 닿기까지는 팔 분이 걸리죠. 그러니까 링월드의 지름에 해당하는 거리를 이동하려면 십육 분이 걸리는 셈이에요. 왕복하면 삼십이 분이고요. 자, 대 양 근처 이 부근에 구멍이 있어요. 우주선 세 척이 여길 통과해서 나타났죠. 두 시간 반 뒤에 그 우주선들은 파괴됐어요. 다른 우 주선 한 척은 여기 착륙했다가 두 시간 뒤에 파괴됐고요. 그럼 그 우주선들을 공격한 존재는 어디에 있을까요?"

사워가 그림을 살펴보더니 손가락으로 한 지점을 가리켰다.

"여기요, 아치 반대편. 공격자는 첫 번째 우주선들이 진입하고 삼십 분이 지난 다음에야 볼 수 있었을 거예요."

"공격당한 순간이 세 시간 뒤라면요?"

"그럼 공격자는 여기 있다는 얘기가 되죠. 당신이 대양을 그려 놓은 곳이네요."

"맞아요."

그림자가 태양을 건드렸다. 루이스는 자신을 지키기 위한 계약서를 완성해 놓았다. 물론 퍼페티어가 계약을 존중할 때에나 의미가 있는 행동이기는 했다.

그는 저녁 식사가 조리되는 동안 화물 운반용 원반을 직조인들에게 선물했다. 직조인들은 그를 강력한 마법사, 즉 바슈네슈트라고 부르며 칭송했다. 아이들이 원반에 타려 하자 부모들이 조심하라고 타이르고 있었다. 루이스는 원반이 안전하게 지면에서 육십 센티미터 정도의 고도를 유지하도록 조종하는 방법을 키다다에게 보여 주었다.

키다다는 스트릴을 품에 안고 집들 사이로 질주했고, 스트릴은 환호성을 질렀다. 루이스는 그 광경을 지켜보면서 너무 폭주해 원반을 태워 버리지 않기를 바랐다. 언젠가 무거운 물건을 운반할 때 써야 했기 때문이다.

빛이 사라지고 있었다. 사냥꾼들이 육식동물을 잡아 왔다. 고기에서는 고양이 맛이 강하게 났다. 절벽에서 빛이 나자 직조인들이 고기를 잘라 챙기고 구경하기 위해 자리를 잡았다. 루이스는 여러 겹으로 쌓여 있는 원반 위에 진짜 마법사처럼 자리 잡고 앉아서, 조리한 갈대와 진흙 속에 넣고 플래시로 익힌 식물 뿌리를 조금씩 씹어 먹었다.

퍼페티어들이 소용돌이치는 무지개 안에서 춤을 추고 있었다. 루이스는 다른 사람들과 함께 구경하다가 공용어로 물었다.

"음악이 그렇게 화려하면 제정신을 못 차리는 것 아냐?"

— 이건 사랑스러움을 과시하기 위한 요소입니다. 루이스, 당신이 내 쪽으로 와야 합니다.

"용감한 흡혈귀 처리대는 어떻게 됐지?"

— 내가 확인할 수 있는 건 목소리뿐입니다. 순찰차는 흩어졌지요. 2호 순찰차는 화물 적재 칸에 내 거미줄눈을 실은 채 우현 쪽으로 갔습니다. 붉은 유목인들은 남성 유목인이 속삭임이라고 부르는 존재에 대해 얘기하고 있군요. 테거는 속삭임이 가 버렸다고 생각합니다. 와비아는 그가 꿈을 꾼 거라고 생각하고요. 내가 보기에 속삭임이란 건 실체가 드러나지 않은 수호자입니다. 루이스, 이쪽으로 올 겁니까?

"우선 계약 조항에 대해 합의를 하고……."

— 당신이 작성한 계약서를 받아들이겠…….

"보지도 않고 받아들이겠다고!"

— 지금 이 순간부터 조건이 달라지지 않는다는 전제하에 받아들이겠습니다. 당신이 이 계약을 통해 터무니없는 이득을 볼 수는 없으니 공정하게 작성됐겠죠. 탐사기는 십이 분 내에 도착할 겁니다.

루이스는 하늘을 바라보았다. 아직 아무것도 보이지 않았다.

"나는 어디로 도약하게 되지?"

— 당신이 사용하던 '화침'호 안의 특별실입니다.

특별실이라고? 거긴 칸막이 객실이고, 문도 잠겨 있었어. 그나마 크진인과 나눠 써야 했단 말이야!

"계약에 따르면 긴급 상황에는 시간을 세 배로 계산한다. 난 무장해도 되겠지?"

— 예.

"샤워, 애들에게 물에서 나오라고 해요. 최후자, 탐사기를 물 속에 내려놔. 연료 보급을 위해 탐사기에 실어 놨던 원반을 내가 기어서 통과한 적이 있었지? 그때 엄청나게 좁았거든."

— 내가 바보인 줄 압니까. 이번엔 크기가 적절한 원반을 탐사기 옆에 장착해 놨습니다. 당신과 화물용 원반이 통과할 만큼 큰 원반입니다.

난 늘 그런 사태가 일어날까 봐 대책을 마련해 두지. 퍼페티어에겐 무의미한 일이겠지만. 루이스는 금고에서 레이저 플래시와 가변단도variable-knife를 꺼냈다. 둘 다 강력한 무기였다. 그는 플래시의 출력을 높이고 범위와 거리를 좁혀 두었다. 그리고 칼날을 육십 센티미터까지 늘였다가 사십오 센티미터로 줄였다. 가변 단도를 쥐고 있던 손에서 힘을 **빼면** 와이어로 된 날이 가까이에 있는 것을 베어 버릴 터였다.

절벽 위에서 밝은 보라색 빛이 치솟았다.

연료 보급용 탐사기가 융합 불꽃을 아래로 내뿜으며 떠 있었다. 전면부의 움푹 들어간 부분이 연료 보급 장치였다. 그곳에 수소이온을 통과시키는 필터와 일방통행용 도약 원반이 있었다. 원반의 크기는 루이스의 엉덩이 너비보다 크지 않았다. 측면에는 그보다 훨씬 큰 도약 원반이 탑재되어 있었다. 날개에 추가한 것처럼 보이는 원반이었다.

직조인들은 감탄사를 내며 구경하다가 증기가 뿜어져 나오자 뒤로 물러섰다. 불꽃이 꺼졌다. 루이스는 탐사기 위로 미끄러져 올라갔고, 탐사기는 나팔형 엔진을 밑으로 하고 착수한 다음 천천히 앞으로 이동하면서 물속으로 쓰러졌다. 도약 원반 위에 있는 물이 오목해졌다.

원반이 작동하기 시작했다는 뜻이었다. 루이스는 화물용 원반의 추진력을 끄고 곧장 아래로 떨어졌다. 그리고 주변시를 통해 그림자 하나가 자신을 뒤따라 뛰어들었다는 사실을 알아챘다.

2부

최대한 빠르게 춤을 추면서

| 관절이 튀어나온 자 |

AD 2982, '탐구의 화침'호

'탐구의 화침'호는 제너럴 프로덕트 사GPC의 3번 선체를 기반
으로 만들어진 우주선이었다. '화침'호의 선내 격벽은 퍼페티어
선장과 외계인 선원들 사이를 막고 있었다.

'화침'호는 현재 우주선이라기보다 거주지에 가까웠다. 루이스
우가 십일 년 전에 하이퍼드라이브를 떼어 냈기 때문에 광속을
넘을 수가 없었다. 물론 당시의 상황을 고려한다면 적절한 목적
에 따른 행동이었다. 그리고 우주선 자체 또한 한때 틸라 브라운
이라는 이름으로 불렸던 수호자와 협상을 벌이는 동안 마그마 속
에 갇혀 버리고 말았다.

최후자는 그때부터 지금까지 우주선 이곳저곳과 링월드의 수
리 시설을 비롯한 여러 장소에 도약 원반을 분산해 두었다.

루이스는 자신이 격리된 선실 안에 나타날 거라 예상했다. 하지만 최후자의 입장에서는 루이스에게 곧장 실내로 이동할 거라고 알려 줄 필요도 없었고, 누군가 그런 대화를 엿들을 위험을 감수할 수도 없었다.

공중에 떠 있던 원반이 빠르게 하강했다. 루이스는 무릎을 꿇은 자세로 반동을 최소화했지만 결국 균형을 잃고 말았다. 그가 소리를 질렀다.

"뭔가……."

……내 뒤를 따라 들어왔어, 최후자! 루이스는 말을 잇지 못했다. 그곳에선 여러 가지 일들이 벌어지고 있었다.

퍼페티어 수천이 무대 왼쪽에서 자리를 바꾸고 회전하면서 발을 내질렀다. 눈길을 끄는 광경이어야 했지만 그렇지 않았다. 루이스와 크미는 오래전에 선내의 그쪽 부분을 무시하는 방법을 터득했다. 그곳은 최후자의 영역이었고, 격벽은 유리로 만들어진 것이 아니었다. 격벽은 GPC의 선체와 같은 물질로 제작되어 어떤 충격으로도 부술 수 없었다.

머리가 둘에 다리가 셋이며 갈기를 말고 거기에 공식적인 보석 장식을 매단 외계인 하나가 주방 벽과 관 사이에 자리하고 있었다. 관은 옆에 위치한 이동 부스와 같은 크기였다.

헐렁한 조끼를 입고 몸 여기저기가 울퉁불퉁한 노인이 무릎과 팔꿈치를 세차게 움직이면서 최후자에게 달려가고 있었다.

보이지 않는 도약 원반은 최후자의 선실로 연결되었다. 루이스는 최후자가 원반 근처에 있거나 원반 위에 있을 거라고 추측했다. 그곳에선 모든 위험 요소를 피할 수 있을 터였다.

하지만 본능은 이성보다 훨씬 강했다. 최후자는 원반을 이용하는 대신 등을 돌리고 말았다.

모든 일이 아주 빠르게 진행되었다. 루이스는 여전히 균형을 잡는 중이었다. 최후자가 두 개의 머리를 좌우로 넓게 벌리고 몸을 돌리면서 뒤를 돌아보았다. 그는 마치 삼각대 위에 놓인 쌍안경처럼 시야를 확보하면서 목표를 바라보았다. 그리고 울퉁불퉁한 사람이 공격하려는 순간 앞으로 구부렸던 뒷다리를 곧장 뻗어 반격했다.

최후자의 공격은 훌륭했고, 목표에 직각으로 적중했다. 루이스는 철컹 소리를 들었다. 울퉁불퉁한 사람은 분명 흉갑을 입고 있었다. 일반적인 인류가 그런 공격을 받을 경우 갑옷 착용 여부와 상관없이 기절해야 마땅했다. 울퉁불퉁한 남자는 충격 때문에 몸이 회전하며 공중에 떴다. 최후자는 한 번 더 가격하려고 발을 끌어당겼고, 남자는 한 손으로 그의 발목을 붙잡아 운동량을 빌려 왔다. 그는 최후자의 발굽을 밟고 지나가면서 보석으로 장식한 퍼페티어의 갈기 부근을 주먹으로 강하게 내리쳤다. 두 개의 목이 상체와 만나는 부분이기도 했다.

그곳에는 최후자의 두개골이 위치하고 있었다.

루이스는 플래시를 꺼냈지만 동작이 너무 느리고 둔했으며, 정신을 잃은 퍼페티어가 앞을 가로막고 있었다. 무언가가 그의 오른쪽 손목을 후려쳤고, 다음 순간 레이저 플래시는 하늘을 날고 있었다. 금속 공인가? 그렇게 생각하는 순간 또 다른 무언가가 가변단도를 떨어뜨렸다. 칼이 빙글빙글 돌고 있었다.

루이스는 회전하는 와이어 날을 피해 황급히 몸을 움츠렸다.

최후자가 쓰러지면서 머리와 긴 목을 두 앞다리 사이에 끼우고 몸을 공 모양으로 말았다. 바닥에는 발목 높이까지 물이 차 있었다. 떨어진 플래시는 물에 잠겼지만 그럼에도 불구하고 빛을 발해서 '화침'호의 투명 선체 너머에 있는 용암을 비추었다.

와이어로 된 날이 루이스를 두 동강 내지 않은 것은 어디까지나 행운이었다. 그는 손과 손목이 산산조각 난 것 같은 통증을 느꼈고, 완전히 균형을 잃은 상태였다. 울퉁불퉁한 남자가 그에게 달려오고 있었다. 그는 수호자였다!

루이스는 몸을 굴려 도약 원반에서 빠져나온 다음 구석으로 가서 몸을 일으키기 시작했다. 오른쪽 손목에 고통이 흘러넘치고 있었다. 왼쪽은 여전히 감각이 없었다.

조금 전까지 그가 있던 공간에서 무언가 거대한 것이 사방을 흐릿하게 만들며 출현했다. 그 물체는 똑바로 일어섰다. 주황색 곰처럼 큰 물체가 거대한 한 손에 소형 포를 들고 있었다.

울퉁불퉁한 남자는 몸을 돌리고 굽히면서 몸집이 큰 침입자에게 루이스의 가변단도를 휘둘렀다. 곰 같은 물체는…… 크진인이었다. 크진인의 무기가 커다란 손톱이 달린 손가락들과 함께 하늘을 날았다. 크진인은 몸을 웅크리고 움직이지 않은 채 비명을 참았다. 울퉁불퉁한 남자는 플래시까지 집어 들었다. 위협하겠다는 의도가 명백해 보였다.

그가 말했다.

"움직이지 마라. 거미줄에 사는 자, 당신도. 루이스 우, 움직이지 마라. 당신의 계약에는 목숨을 거는 것까지 포함되나?"

울퉁불퉁한 남자의 입술이 말려 들어가며 잇몸이 드러났다. 잇몸은 뼈처럼 단단해 보였고, 턱뼈는 톱니 모양으로 자란 상태였다. 그의 얼굴 역시 부리처럼 보일 만큼 단단했다. 그는 발음에 장애가 있어 공기가 새듯 불완전하게 말을 했다. 하지만 그 말은 분명 공용어였다. 울퉁불퉁한 사람이 어떻게 공용어를 배운 거지? 최후자를 도청한 건가?

그보다, 계약이라고?

현실감각이 돌아오자 고통이 과거로 밀려났다. 십일 년 만에 처음으로 겪는 위기 상황이었다. 루이스는 시간을 끌어 보려는 의도로 대꾸했다.

"그래, 독자적인 판단에 따라 그럴 만한 상황이라는 결론이 나온다면. 당신도 내 계약 조건을 받아들이겠나?"

"그러지."

울퉁불퉁한 사내가 대답했다.

크진인은 엄지만 남고 나머지 손가락이 전부 잘린 손에서 계속 피를 쏟고 있었다. 그가 반대편 손으로 그 팔을 부여잡고 동맥을 압박해 지혈하려고 애를 썼다. 그의 시선은 루이스에게 고정되어 있었다. 그 역시 공용어로 말했다.

"난 뭘 하지?"

"팔을 머리 위로 들어. 손목은 계속 조이고 혈관을 계속 누르라고. 저항할 생각은 말고. 저자는 수호자야. 최후자, 그걸…….
최후자, 낮잠 시간은 끝났어! 너도 예외는 아니야."

최후자가 몸을 폈다.

"말하십시오, 루이스."

루이스는 검은 관을 바라보았다.

"오토닥을 크진인에 맞게 조정할 수 있다고 했지?"

"그렇습니다만?"

"지금 해. 결과를 알려 주고. 참, 난 지금 시간을 세 배로 계산
하고 있어. 이거야말로 진짜 긴급 상황인 것 같으니까."

최후자는 아직 제정신이 아니었다.

"누군지도 모르는 크진인의 부상을 치료하라는 말입니까?"

"당장 해."

"하지만 루이스……."

"난 지금 계약을 실행하는 거야! 이건 우리에게 이익이 되는
행동이라고. 저게 누군지 모르겠어?"

퍼페티어가 오토닥 앞에 무릎을 꿇고 앉아 입으로 조종하기
시작했다.

수호자는 아직도 플래시와 가변단도를 들고 있었다. 루이스는
그를 어떻게 대해야 할지 생각이 떠오르지 않았다. 갑자기 등장
한 낯선 크진인이나 시야 가장자리에서 꾸준히 깜빡거리면서 춤
을 추는 퍼페티어들도 마찬가지였다.

한 번에 하나씩 해결하자!

우선 크진인부터.

"넌 누구지?"

"종자從者."

"크미의 아들이군."

루이스는 추측했다. 나란히 섰을 때 크진인이 얼마나 커 보이는지 잊고 있었다. 지금 눈앞에 있는 크진인은 나이가 기껏해야 열한 살 정도로, 아직 완전히 성장한 상태가 아니었다.

"진짜 이름은 없나?"

"아직 없다. 나는 크미의 장자다. 난 도전했고, 아버지와 싸웠다. 아버지가 이겼지. 아버지는 지혜를 배우라고 했다. 루이스 우를 추적해서 종자가 되라고 했다."

"이런⋯⋯. 최후자, 오토닥을 크진인의 신진대사에 맞게 조절하려면 얼마나 더 기다려야 하지?"

"몇 분 안 남았습니다, 루이스. 크진인에게 지혈대를 만들어 주십시오."

루이스는 두 손을 수호자가 볼 수 있도록 들고, 천천히 의복 공급 장치 쪽으로 이동했다. 오른쪽 손과 손목이 잔뜩 부어 있었다. 그는 오른팔을 머리 위로 들었다. 왼손은 감각이 없었지만 움직이긴 할 것 같았다.

주방 벽에 크진인과 인간의 요리, 식이 보충제, 알레르기 반응 억제제, 의복 등의 목록이 있었다. 약품 목록은 보이지 않았지만 루이스는 그 항목이 있을 거라는 사실을 믿어 의심치 않았다. 최후자가 예전에 루이스 우라는 인물을 찾아냈을 때 그는 전선대가리였다. 따라서 기분 전환용 화학약품 목록에 접근하지 못하도록 해 뒀을 것이다.

루이스는 '태양계/북방인종/정장'에 다이얼을 맞추고 넥타이를 선택했다. 그리고 유혹에 저항하면서 크진인에게 잘 어울릴 주황색과 노란색의 무늬를 골랐다. 아주 오래전 공급 장치 입구 밑에 테이프로 붙여 둔 슬레이버 채굴 장비에는 눈길도 주지 않았다.

희미하게 크진인의 냄새가 났다. 루이스는 종자가 자신을 추적하기 위해 체취가 나지 않게 씻은 모양이라고 생각했다. 종자의 복부 털 속에는 나란히 솟은 세 개의 흉터가 숨어 있었다. 그 밖의 다른 부분은 핼러윈 분장처럼 보였다. 양쪽 귀 끝에 검정색에 가까운 다크 초콜릿이 묻어 있는 것 같았다. 초콜릿 같은 줄무늬는 등으로 이어져 내려갔고, 더 작은 초콜릿 색 점이 다리와 꼬리에 찍혀 있었다. 그는 크미보다 키가 작아 딱 이백십 센티미터밖에 안 됐지만 어깨너비는 아버지와 비슷했다. 말하자면 일종의 혼혈이었다. 그의 어머니는 크진의 지도에서 태어난 고대 크진 종족일 터였다.

종자가 앉아서 루이스에게 팔을 내밀었다. 루이스는 왼손과 이를 사용해서 종자의 굵은 손목을 넥타이로 묶었다. 출혈이 줄어들면서 피가 방울져 떨어졌다.

크진인이 으르렁거렸다.

"날 공격한 자는 누구지?"

"낸들 아나. 그래도 추측해 본다면…… 그러니까 저기, 울퉁불퉁한 친구?"

"말해라."

"최후자와 나는 수리 시설에 수호자가 한 명 있다고 판단했어. 공격해 오는 우주선을 요격했으니까. 시간을 계산해 보니 거기서 일하는 게 확실했거든. 최후자는 그곳에 도약 원반을 뿌려 뒀지. 수호자라면 원반 프로그램을 수정해서 이 원반이 작동하자마자 연결되게 만들 수 있고……?"

"그렇다."

"……이렇게 내 눈앞에 갑자기 나타날 수도 있지. 시간을 아주 정교하게 맞췄군. 나를 이용해서 주의를 돌렸고 퍼페티어의 반사 신경을 이용했잖아. 흥미로운 사실이 하나 있어, 최후자. 넌 그 순간 도망칠 수도 있었는데 그 대신 발로 찼지?"

"그건 진부한 논쟁거리입니다. 어쨌든 나는 공격하기 위해서 반사적으로 몸을 돌렸습니다. 하지만…… 저자가 이겼지요."

루이스는 웃었다. 이제 고통은 참을 만했지만 그 대신 엔도르핀에 취해 가고 있었다. 그는 말했다.

"종자, 저자는 수호자야. 생긴 걸 잘 봐. 수호자들은 전부 저렇게 울퉁불퉁하지. 그리고 다들 똑똑한 동시에 위험해."

"내 눈엔 다른 인류와 똑같아 보인다."

크진인이 크고 털이 많은 머리를 내저었다.

"날 언제부터 감시했지?"

루이스는 물었다.

"이틀 전이다. 내 모습을 드러내기 전에 우선 학습부터 할 생각이었다."

"지혜를?"

"아버지가 당신 얘기를 했다. 그는 당신에게서 지혜를 배웠다고 믿었다. 그리고 나도 그럴 수 있다고 했지. 그때 시체를 먹는 자 하나가 나를 발견했다."

"어린아이 말인가?"

"그렇다. 당신은 그 소년을 카잡이라고 불렀다."

"난 그 애 아버지와도 얘기를 했는데."

"소년과 나는 얘기를 나눴다. 아이의 아버지도 멀지 않은 곳에서 듣고 있었지. 본인은 숨었다고 생각했겠지만. 난 당신에 대해 아는 걸 말해 줬다. 감출 만큼 중요한 비밀을 알고 있지도 않았지만. 최후자에 관해서는 말하지 않았다."

"그럼 그자들은 우리가 링월드에 어떻게 왔다고 알고 있나?"

"링월드라는 건 아치를 말하는 거겠지? 당신들이 우주선을 가져왔다고 했다. 순간 이동 얘기는 하지 않았다. 아버지 얘기를 믿지 않았으니까. 나는 당신들이 이동용 부스를 연결했을 때……."

"도약 원반이겠지. 이동 부스는 알려진 우주와 크진에서 쓰던 장치야. 도약 원반보다 훨씬 덜 복잡하다고."

"……도약 원반을 연결했을 때 뛰어들었다. 카잡과 그의 아버지는 예상하지 못한 일이었지. 그들은 입을 쩍 벌린 채 보고 있었다. 허를 찌른 거다."

크진인은 그렇게 속삭이고 쓰러졌다. 눈은 감은 상태였다.

"최후자?"

"준비됐습니다. 데려오십시오."

루이스는 종자의 겨드랑이에 어깨를 밀어 넣고 들어 올렸다. 종자가 간신히 힘을 내서 일어섰고, 흐느적거리면서 수술용 구덩이 쪽으로 이동하더니 쓰러지듯 안으로 들어갔다.

루이스는 지혈대를 풀고 크진인의 몸을 조금 반듯하게 펴 주었다. 그는 잘려 나간 크진인의 손을 발견했고, 크진인이 들고 왔으나 반으로 잘려 쓸모가 없어진 중금속 권총의 두 조각도 찾아냈다. 그는 반토막짜리 손을 집어 들었다.

최후자가 입으로 손을 받아 들었다.

"뚜껑을 닫으십시오."

그가 지시한 다음 물고 있던 손을 다른 구멍에 넣었다. 그리고 다리를 접고는 앞다리 사이에 두 개의 머리를 집어넣었다.

이제 쇼크 상태에 빠지고 있군. 루이스는 생각했다.

울퉁불퉁한 남자가 말했다.

"자살하려는 건가?"

퍼페티어가 머리 하나를 들었다.

"무력함을 나타내는 겁니다. 항복한다는 표시지요."

"항복이라. 좋군."

크진인은 오토닥 안에 여러 날 있어야 할 터였다.

루이스는 잠깐 정신을 잃었다가 고통 때문에 일어났다. 수호자가 울퉁불퉁한 손으로 그의 오른쪽 손목뼈를 이동시키고 있었다. 루이스는 왼손으로 수호자의 팔을 움켜쥐었다. 그리고 신음하며 훌쩍거렸다. 고통이 물결치며 퍼지자 현실감이 돌아왔다.

루이스는 수호자가 뒤로 물러서기 전에 무기의 위치를 알아

두자고 생각했다. 그러는 편이 나을 것 같았다. 울퉁불퉁한 사내가 걸친 조끼에는 아주 다양한 주머니가 있었다. 루이스는 그중에서 플래시처럼 생긴 주머니를 발견했다.

자, 다시 기절하기 전에 무슨 일을 해 둘까?

계약 문제가 있었지.

그는 수첩을 꺼내 퍼페티어에게 내밀었다.

"이게 네가 동의한 계약서야. 큰 소리로 읽어야 할 거야. 우리 동료도 자발적으로 계약에 참여했거든."

퍼페티어가 수첩을 받았다. 그는 다른 머리로 울퉁불퉁한 남자를 쳐다보았다.

"왜 이러는 겁니까?"

울퉁불퉁한 남자가 대답했다.

"나는 수호자가 아닌 동료가 필요하다. 수호자들은 서로 죽이니까. 나는 상호 이익을 추구하는 한에서 당신들에게 공식적인 서약을 하겠다. 읽어라."

최후자가 내용을 읽었다.

울퉁불퉁한 남자는…… 아니, 여자일지도 모르지만 사실 성별을 구분할 수 없었다. 그는 수호자로 변한 틸라 브라운보다 키가 조금 작고 조금 더 날씬했다. 몸에 털이 없었고 피부는 가죽 같았으며 관절은 부풀어 있었다. 얼굴은 삼각형, 두개골은 돌출형이었다. 그 모든 특징들 때문에 성별을 알아낼 수가 없었다. 루이스는 남성 생식기의 흔적을 봤다고 생각했지만 확신할 수 없었다.

침투 불가능한 벽 너머에서 퍼페티어 무리의 홀로그램이 춤을 쳤다. 최후자는 발을 잘못 맞추기 전에 동족들 사이로 돌아가고 싶다고 생각하는 게 분명했다.

"만약 독자적인 판단에 의해 임무가 부당한 위험을 초래한다고⋯⋯. 독자적인 판단이라고 적은 것 맞습니까?"

루이스는 미소를 지으며 어깨를 으쓱했다.

"부당한 손해가⋯⋯ 윤리에 크게 어긋난 경우⋯⋯. 독자적인 판단이라고요?"

"최후자, 당신도 동일한 조건에 따라 행동할 건가?"

수호자가 물었다.

최후자는 화가 나서 휘파람 소리를 냈다.

"지금 노예 계약을 맺으라는 겁니까? 도대체 대가를 뭘로 치를 생각입니까? 나는 루이스에게 새 생명을 주기로 하고 계약을 맺었습니다만! 아, 무슨 얘긴지 알겠군요. 계약하겠습니다."

루이스는 더 이상 참을 수가 없어서 물어보았다.

"당신은 도대체 누구지?"

"나는 이름이 필요 없다. 편한 대로 불러라."

"무슨 종족이지?"

"흡혈귀다."

"말도 안 돼."

"사실이다."

루이스는 또 정신을 잃을 것 같았다.

그는 오래전에 최상단에 있는 화물 운반용 원반에 틸라 브라운의 의료 도구가 붙박여 있다는 사실을 알아냈다. 그 도구를 사용하려면 일어서야 했다. 그는 고통 때문에 이를 악물면서 부어오른 오른쪽 손을 진찰대에 밀어 넣었다. 고통이 사라졌다.

화면에 질문이 떠올랐다. 그래, 계속 깨어 있고 싶어. 아니, 여러 가지 의료 물품들은 다시 채워 넣을 수 없어. 불길할 정도로 목록이 길군그래.

오른팔 전체가 사라진 것 같은 느낌이 들면서 더 이상 어디도 아프지 않았다. 루이스는 정신이 또렷해지고 현실을 구성하는 요소들을 마음대로 결합하고 제자리에 돌려놓을 수 있었다. 그는 수호자에게 봉사하겠다는 계약을 맺은 사실을 떠올렸다. 수호자도 그에게 종속된다는 계약을 맺었다. 수호자의 능력이 그보다 우위에 있다는 한계가 있긴 했지만. 그리고 퍼페티어는 자기 자신을 계약으로 구속했으며, 루이스가 맺은 계약에 따라 수호자에게도 종속되었다.

다른 사람들이 나누는 대화 소리가 들렸다. 하지만 단어들이 제대로 머리까지 도달하지 않고 빠져나갔다.

"가장 다급한 상황에서 필요한…… 침입자들이…… 아치 너머에서……."

루이스는 말했다.

"ARM과 크진에서 온 우주선들이 분명해."

정치 세력들은 다른 세계를 침공하게 마련이었다. 그게 그들의 속성이었다. 루이스는 과거에 국제연합 측에 기록을 남기기 위해 링월드를 설명해 준 바 있었다. 크미는 크진의 족장에게 링월드를 알려 주었다. 링월드를 아는 조직이 또 있던가?

"세계 선단도 왔겠군."

퍼페티어가 피리 소리를 냈다.

"우리 우주선은 저렇게 외양이 허름하고 방어가 한심하지 않습니다!"

"그 정치 세력들은 위험한가?"

울퉁불퉁한 남자가 물었다.

퍼페티어는 그들의 위험성에 한계가 없다고 생각했기 때문에 그대로 설명해 주었다. 루이스는 머릿속에서 화학물질들이 부글거리는 바람에 그 말에 동조하지 못했다.

"그자들이 포기할 가능성은 있는가?"

최후자가 대답했다.

"없습니다. 그자들이 이용하는 항성 간 수송선이 어디에 숨어 있는지 보여 줄 수 있습니다. 수송선들은 침공에 가담하지 않을 겁니다. 항성에서 동력을 끌어내는 당신네 초고온 레이저도 그렇게 먼 목표물은 공격할 수 없지요. 하이퍼드라이브 엔진을 장착하지 않은 전투선들만 착륙할 겁니다."

"보여 다오."

"내 선실로 가야 영상을 재생할 수 있습니다."

루이스의 머릿속에서 웃음이 터졌다.

숨겨진 도약 원반은 최후자의 선실로만 이동하게 되어 있었다. 외계인은 통과할 수 없는 원반이었다. 최후자는 파괴 불가능한 벽 너머로 이동하게 될 터였다. 울퉁불퉁한 남자가 과연 그걸 허락하겠는가?

흡혈귀 수호자라. 루이스는 그 말을 떠올리며 억지로 입을 열었다.

"당신은 뭘 먹고 살지?"

울퉁불퉁한 남자가 대답했다.

"야채 죽을 만들어 먹는다. 이십팔 팔란 동안 피를 마시지 않고 지냈지. 내가 굶주려도 당신들은 위험하지 않다."

"그거 다행이군."

루이스는 말을 마치고 잠시 눈을 감았다. 그의 귀로 말소리가 흘러 들어왔다.

"최후자, 당신은 계약 조건을 딱 한 번 어기게 될 거다. 침입자들의 우주선을 전부 보여 다오."

최후자가 초저주파 음역에서 배음에 맞춰 휘파람으로 음악을 연주하며 조잘대듯 대답했다. 루이스는 눈을 번쩍 떴다. 그러자 퍼페티어들이 춤을 추던 자리에 삼차원 우주 지도가 떠올라 회전하는 모습이 시야에 들어왔다.

항성계에 있는 거라고는 링월드와 차광판뿐인 것 같았다. 링월드의 원호에서 멀리 떨어진 곳에 색이 다양한 불빛들이 번쩍이고 있었다. 그리고 더 가까운 곳에 더 작은 불꽃들이 다수 모여 있었다. 루이스는 그 정도의 배율에서 움직이는 물체를 따로 식별할 수 없었지만, 각 불빛들이 그냥 서로의 존재를 확인해 가면서 항성계 주변에 자리를 잡는 것처럼 보인다고 생각했다.

울퉁불퉁한 남자가 말했다.

"아치를 지키러 돌아가야 한다. 당신도 따라와라."

퍼페티어가 뒤로 물러섰다.

"하지만 우주의 지도는 '탐구의 화침'호 내부에서만 볼 수 있습니다!"

"지도는 이제 다 봤다. 따라와라."

루이스는 홀로 남았다.

그들이 깜빡거리며 사라지자 영상도 바뀌었다. 선장실에는 삼차원 회로도가 떠올라 있었고, 그 회로도는 일종의⋯⋯.

이제 그만. 루이스는 그렇게 생각하고는 쌓여 있는 화물 운반용 원반에 다시 머리를 기대고 눈을 감았다.

그는 팔을 의료 도구 속에 넣은 채 화물 운반용 원반 더미에 기대어 졸았다. 그러다가 가끔씩 균형이 무너지면 정신을 차리곤 했다.

선미 쪽 벽 너머에는 착륙선 격납고가 있었다. 틸라 브라운이 착륙선을 태워 버렸기 때문에 거의 비어 있는 공간이었다. 루이스는 그곳에 또 뭐가 있는지 잘 기억이 나지 않았다. 물론 압력복과 장갑복을 넣어 두는 보관함은 있었다. 도약 원반도 쌓여 있었다. 하지만 어딘지 모르게 최후자가 십일 년 동안 시간을 보내면서 변화를 주었다는 느낌이 있었다.

우주선의 좌현과 우현 벽은 검은색이었다. '화침'호가 차갑게 식은 마그마, 즉 현무암 속에 갇혀 있기 때문이었다.

전방 벽 너머에는 선과 점이 복잡하게 연결되어 망구조를 이루는 영상이 떠 있었다. 심부 레이더로 개미굴을 들여다본 것 같은 모습이었다. 루이스는 그 영상이 마음에 걸렸다.

저곳, 저곳, 저곳에 점이 있군. 그중 두 개가 연결되어 있고, 저 세 개도 연결돼 있어. 이쪽에는 열 개가 망구조를 형성하고 있고. 그중 하나가 멀리 떨어져 있는데, 자세히 보니 두 점이 겹쳐 있는 거군. 배경에 있는 개략적인 윤곽선을 보면 지도인 모양인데……

루이스는 깨달은 바가 있었다. 최후자가 그에게 무언가를 보여 주려 하고 있었다.

그는 되살아날 고통보다 방광의 압력이 더 무서워지자 의료 도구에서 손을 빼고 비틀거리면서 화장실로 갔다. 치료가 끝나지 않은 건 분명했다. 그는 볼일을 마치고 물을 일 리터가량 마셨다. 그리고 십일 년 만에 처음으로 제대로 된 시저 샐러드를, 왼손으로 먹었다. 배가 차서 어떤 진수성찬도 더 먹을 수 없을 때까지. 그리고 이윽고 진수성찬을 깨끗이 포기할 지경에 이르렀다.

그는 소박한 만족감을 느끼며 손을 확인해 보았다. 부기는 가라앉았고 뼈도 제대로 붙은 것 같았다.

그는 기계 곁을 두 번 더 떠났다. 재활용 장치를 떠나려는데 영상의 모양새가 그의 눈길을 잡아끌었다.

저건 도약 원반들이잖아!

루이스의 무의식이 결국 해답을 찾아냈다. 그 지도에는 최후자가 배치한 도약 원반의 위치가 표시되어 있었다. 수백만 세제곱미터에 달하는 수리 시설 안에 원반 여러 개가 흩어져 있었다. '탐구의 화침'호 안에는 네 개의 원반이 보였다. 선체 밖에도 하나가 있었다. 겹쳐 있는 불빛은 직조인 마을에 있는 연료 보급용 탐사기가 분명했다. 수송과 수소 운반을 위해 두 개의 원반이 필요할 터였다.

최후자는 루이스에게 의도적으로 지도를 보여 준 것이다. 루이스는 지도를 자세히 뜯어보고 기억에 새겨 두었다. 퍼페티어가 무슨 꿍꿍이인지 의심하면서…….

울퉁불퉁한 남자가 돌아오자 지도가 순식간에 춤추는 퍼페티어들의 모습으로 바뀌었다.

수호자는 손에 무언가를 들고 있었다. 그는 손에 든 물체를 불면서 루이스의 표정을 살폈다. 공기 중에 음악이 흩날렸다. 그가 들고 있는 물체는 목관악기였다.

루이스의 반응이 만족스럽지 않았던지 수호자는 악기를 던져 버렸다. 그리고 원시적인 의사처럼 루이스의 몸을 여기저기 건드리며 아픈 곳을 확인했다.

마침내 그가 말했다.

"곧 나을 거다."

루이스는 생각에 잠겨 있다가 입을 열었다.

"주방 벽을 조정하면 피를 만들어 낼 수 있어."

"먼저 마셔 볼 생각인가?"

"아니, 난 흡혈귀가 아니잖아. 먼저 최후자가 주방 프로그램을 수정해야 해. 아니, 잠깐. 나한테 좋은 생각이 있어."

루이스는 주방 벽으로 다가가 크진 요리를 만들 수 있는 가상 키보드를 띄웠다. 키보드에는 점과 쉼표로 이뤄진 영웅의 언어가 적혀 있었다. 루이스는 영웅의 언어를 조금 알고 있었다. 그는 울퉁불퉁한 남자가 지켜보는 가운데 긴 목록을 훑어보았다. '분더란트 요리' 이건 아니군. '파프니르 요리'? 여긴 없을 거야. '해양 생물' 항목을 볼까? 여기 그 행성의 크진식 이름인 '샤시트'가 있군. '육류', '음료'…… 개별 항목이 너무 많은데. 검색을 해 보지. 육류/음료. 네 가지가 나오는군. 재료로 쓰이는 것까지 포함하면 그 가운데 셋은 수프니까 '시림'만 남는군.

규칙 통합. 관련어: 샤슈트/파프니르어, 지구, 징크스, 소행성대, 서펜트 스윕

둥근 물체가 공급 장치 입구에서 튀어나왔다. 그 안에는 걸쭉하고 빨간 액체가 가득 차 있었다.

울퉁불퉁한 남자가 둥근 물체를 집었다. 남자는 루이스가 반응하기 전에 그의 턱을 움켜쥐었다. 손아귀가 강철처럼 단단했다. 남자가 말했다.

"당신이 먼저 먹어라."

루이스는 순순히 입을 벌렸다. 울퉁불퉁한 남자가 끈적하고 빨간 덩어리를 루이스의 입에 넣었다. 맛은 생경했지만 냄새는 익숙했다. 루이스는 눈을 딱 감고 덩어리를 삼켰다.

울퉁불퉁한 남자가 루이스를 관찰하며 액체를 마셨다.

"당황스럽군. 왜 내게 피를 만들어 준 거지?"

루이스는 십일 년 동안 사냥 가능한 것과 이름 모를 인류가 음

식이라고 내놓은 것들만 먹으면서 살았다.

"맛이 괜찮군."

"그렇지 않을걸."

사실 루이스는 냄새와 맛 때문에 욕지기가 솟구치는 걸 느꼈다. 그가 말했다.

"난 계약 조건을 이행하는 거야. 계약에 따르면 당신에게 이득이 될 행동을 해야 하거든. 그런데 당신은 계약을 어겼지. 내가 인간의 피를 마시는 건 잘못된 행동이라고 봐. 그래서 그렇게 말하기도 했고."

울퉁불퉁한 남자가 말했다.

"의료 도구가 당신의 몸을 다 치료했군, 그렇지? 압력복을 입어라. 그리고 따라와라."

"압력복이라. 어딜 가려고?"

수호자는 아무 말도 하지 않았다.

루이스가 씩 웃고는 투명한 선미 쪽 벽 너머를 가리켰다.

"진공상태에서 써야 하는 장비, 착륙선, 에어록, 그 밖에 크미와 내가 '화침'호 밖으로 나가려면 써야 하는 물건들은 착륙선 격납고에 있어. 난 도약 원반 없이는 그리로 갈 수가 없고. 최후자가 우리를 죄수로 취급했거든."

"계약을 맺지 않았나?"

"그땐 아직 안 맺었지."

"난 도약 원반을 사용하는 법을 배웠다. 이리 와라."

울퉁불퉁한 남자는 단단한 나무로 만든 자물쇠 해제 도구를 갖고 있었다. 그가 원반 앞에 무릎을 꿇고 앉아 가장자리를 들어 올렸다.

루이스는 그가 무슨 일을 하는지 파악할 수 없었다. 수호자는 손가락을 아주 빨리 놀렸다. 루이스는 최후자의 선실에서 도약 원반 지도가 떠올랐다가 사라지는 것을 보았다. 수호자는 원반을 제자리로 돌려놓고, 루이스를 도약 원반 위로 떠민 다음 그의 뒤를 따랐다.

착륙선이 파괴되었기 때문에 격납고는 거의 텅 비어 있었다. 그곳에 인간과 크진인과 퍼페티어가 사용하는 우주복이 있었다. 에어록의 투명한 벽을 열자 수 세제곱킬로미터에 달하는 마그마를 관통하는 통로가 드러났다. 틸라 브라운과 전쟁을 벌인 뒤로 사용한 적이 없는 통로였다.

루이스는 무기고를 흘끗 봤지만 그쪽으로 다가서지는 않았다. 그는 몸에 딱 맞는 압력복을 꺼냈다. 상체와 소매와 다리 부분은 이미 열려 있었다. 허리띠는 필요 없을 것 같았다. 루이스는 압력복 속으로 몸을 집어넣으려다가 고통 때문에 탄식하며 동작을 멈췄다.

수호자는 루이스가 도움을 청하기도 전에 다가왔다. 그는 치료가 덜 끝난 손과 팔을 장갑과 소매 속에 넣도록 루이스를 도와주고, 종자가 지혈대로 썼던 넥타이로 삼각건을 만들어 주었다. 또 루이스의 압력복을 잠가 주고, 헬멧을 목 부위의 링에 맞춰 주고, 공기통을 등에 설치해 주었다. 그들은 압력복이 루이스의 신체 모양에 맞게 압축되는 동안 기다렸다.

울퉁불퉁한 남자가 커다란 도약 원반, 즉 화물 운반용 원반의 조종 장치를 조작했다. 루이스는 점검 목록을 되뇌었다. 헬멧 카메라, 공기 순환, 공기 재활용 장치, 이산화탄소와 수증기 함유…….

울퉁불퉁한 남자가 루이스를 끌어당겼다.

| 브람이 들려준 이야기 |

AD 2892, 수리 시설 내 운석 방어 장치 제어실

화성의 지도는 대양보다 팔십 킬로미터 높은 곳에 위치했다. 북극을 기준으로 일대일 축적에 따라 제작한 장소였다. 화성의 지도란 팔십 킬로미터 높이에 있는, 속이 텅 빈 간이 구조물이었기 때문에 링월드 아랫면에서는 그 존재 여부를 알 수가 없었다.

루이스는 수리 시설 안쪽의 광활한 공간을 본 적이 있었다. 하지만 이쪽 실내는 처음이었다. 이곳은 거대하고 어두웠다. 뼈대로 이뤄진 의자에 긴 팔이 붙어 있고, 그 끝에 무릎에 올릴 수 있는 키보드가 달려 있었다. 십 미터 높이에 있는 타원형 벽이 화면이었다. 화면에서 나오는 빛 외에 다른 조명은 없었다. 곡면 화면에 비치는 것은 그 지역의 하늘이었다.

링월드의 계 안에는 행성이나 소행성이 없었다. 링월드의 건설자들이 전부 치워 버렸거나 건축자재로 활용한 게 분명했다. 링월드의 밤그림자 속에 들어간 테두리가 검은 배경 때문에 희미하게 드러났다. 광량을 증폭한 별들이 빛을 내고 있었고, 조그마한 녹색 원 네 개가 보였다. 그 원들이 커서였다.

"넷을 더 찾아냈습니다."

최후자가 말했다. 그는 흉하고 투박한 빛과 다이얼과 스위치가 있는 벽 쪽에 자리 잡고 있었다. 루이스는 이제야 자신이 어디에 있는지 깨달았다. 이곳이 바로 항성의 자기장을 비트는 조종실이었다. 그는 십일 년 전에 홀로그램 영상에서 이 설비를 보았다. 그때 최후자는 운석 방어 장치를 조작하고 있었다.

이곳 공기는 분명히 생명의 나무 포자가 잔뜩 들어 있어서 걸쭉할 텐데. 꽤 잘 정돈되어 있군. 저기만 빼고. 저건…… 흠?

바닥이 엄청나게 넓었다. 그 너머 거의 암흑처럼 어두운 곳에 그림자가 서 있었다. 움직이지는 않지만 위험해 보이고, 변형된 인간의 그림자가. 그림자는 너무 가늘었고 여기저기가 뾰족했다. 그건 유골이었다. 공격 자세를 취하고 있는 유골.

서 있는 뼈 너머 그림자 속에는 기계 장비들이 마구 흩어져 있었다. 나중에 살펴봐야지. 루이스는 그렇게 생각하며 말했다.

"난 압력복을 더 점검해 봐야겠는데. 지금 당장 볼일이 있나?"

울퉁불퉁한 남자가 말했다.

"아니다. 최후자, 화면을 띄워 봐라."

고리인들은 압력복을 확인하지도 않은 사람을 절대 진공 속으로 쫓아내지 않았다. 그건 살인에 필적할 정도로 야만적인 행동이었다. 수호자는 흘끗 보기만 해도 내 우주복의 상태를 알 수 있는 걸까? 루이스는 그 점이 궁금했다. 내가 어떻게 나올지 시험해 본 건가? 아니면 장비를 시험해 보려고? 그것도 아니면 내 참을성을?

최후자는 화물 운반용 원반에 타고 있었다. 그는 지면에서 삼십 센티미터쯤 떠오른 상태로 조종 장치에 두 개의 얼굴을 묻고 있었다. 조감도 화면이 구체에 가까운 주황색 물체를 목표로 삼아 확대되었다. 그 물체에는 검은 점과 쉼표들이 잔뜩 적혀 있었다. 크진인의 우주선이었다. 수 세기 전에 만든 기체인 것 같았고 하이퍼드라이브를 추가해 개조한 우주선이었다.

화면이 축소되더니 초점을 옮겨 다시 확대되었다. 안개 속에 부패한 감자처럼 생긴 진한 회색 물체가 있었다.

최후자가 말했다.

"링월드 건설자들은 아주 멀리 떨어진 혜성만 남겨 놨습니다. 너무 많아서 전부 다 파괴할 수는 없⋯⋯."

울퉁불퉁한 남자가 그의 말을 잘랐다.

"예비용 공기 보관소다. 링 벽을 넘어 유실된 공기를 보충할 때 사용하지."

"⋯⋯예. 그럼 이걸 보지요."

녹색 원이 초기 혜성에 있는 구멍을 둘러싸고 깜빡거렸다. 화면은 확대된 다음 심부 레이더 모드로 바뀌었다. 구멍 밑의 얼음 속에 흐릿한 구조물이 있었다.

"저건 어떤 종족이 만들었지?"

울퉁불퉁한 남자가 물었다.

"알 수 없습니다. 채굴이 진행되고 있는 곳은 다 저렇게 생겼지요. 식물의 뿌리와 비슷합니다. 하지만 여기는……."

최후자가 한 번 더 손잡이를 돌리자 같은 형태의 우주선이 화면에 등장했다. 측면에는 크기가 작고 날개가 짧으며 낯익은 비행 우주선이 나란히 매달려 있었다.

"이건 루이스의 종족 국제연합 소속 우주선입니다."

루이스는 점검을 끝냈다. 압력복은 수 주에서 길면 수개월까지 그의 생명을 유지시켜 줄 수 있었다.

"잘 알았다. 그럼."

울퉁불퉁한 남자는 그렇게 말한 뒤 다른 화물 운반용 원반에 올라서 위로 떠올랐다. 그는 최후자가 입을 대기 주저하던 조종 장치를 능숙하게 조작했다.

두 번째 화면이 빛을 내면서 조도를 낮춘 태양의 모습을 띄웠다. 수 분이 지났다. 그러자 밝은 불기둥이 솟아오르기 시작했고, 불기둥은 자기장의 영향을 받아 뒤틀렸다.

루이스는 말했다.

"저 사람들을 죽일 생각인가 보군."

"나는 명령을 받았습니다. 저자들은 침입이 목적이고요."

최후자가 대꾸했다.

"우리도 그랬잖아."

"그렇습니다. 몸은 괜찮습니까?"

루이스는 묶여 있는 팔을 흔들어 보았다.

"회복되는 중이야. 네가 준비한 마법의 오토닥에 들어가면 결국 시간 낭비에 지나지 않겠지만. 넌 그동안 뭘 하고 있었지?"

"우리는 수송선 여섯 척과 착륙선 서른두 대로 구성된 함대를 파괴했습니다. 항성에서 가장 가까웠고 가장 약한 우주선들이었지요. 방금 본 우주선들은 너무 먼 곳에 있어서 공격해 봐야 화만 돋울 겁니다. 혜성에 설치된 시설은 무시할까 합니다. 건드려 봐야 얼음을 끓이는 게 전부일 테니까요. 가장 먼 곳에 있는 혜성에는 아웃사이더 우주선이⋯⋯."

"세상에! 이봐, 수호자! 아웃사이더 우주선을 격추시킨 건 아니지?"

"최후자가 반대 의견을 내놓았다."

"다행이군. 그들은 아주 약하지만 우리가 제대로 설명할 수도 없는 기술을 보유하고 있으니까. 그래서 그들은 우리가 가진 걸 원하지 않아. 원하는 게 있으면 구입하지. 아웃사이더를 공격해 봐야 아무 의미가 없다고."

"그들을 좋아하는가?"

그건 조금 놀라운 질문이었다.

"그래."

"그들이 왜 여기 왔다고 생각하나?"

루이스는 압력복 안에서 어깨를 으쓱했다.

"이 우주에 행성은 차고 넘쳐. 하지만 링월드는 하나뿐이지. 아웃사이더 종족은 호기심이 많거든."

항성의 불기둥은 계속 커지고 있었다.

"관찰하고 감상을 말해 봐라."

울퉁불퉁한 남자가 최후자에게 말했다. 호두를 연결한 줄처럼 생긴 손가락이 벽 위에서 춤을 췄다.

최후자는 그 모습을 지켜보며 말했다.

"훌륭하군요."

모든 것이 아주 느긋해 보였다. 불기둥이 완전히 형성되려면 여러 시간이 필요했다. 초고온 레이저 효과는 수 분에 걸쳐 늘어난 다음 불기둥 밖으로 퍼져 나갈 터였다. 목표물들은 광속으로 여러 시간 떨어진 곳에 있었다.

루이스는 마지막 순간에 그들을 구할 수 있다는 생각을 이미 포기해 버렸다. 그는 국제연합이나 ARM에 빚진 것이 전혀 없었다. 크진 우주선을 지켜 줘야 할 의무도 없었다. 무장하지 않았고 부상을 입었기 때문에 그는 어떤 종족의 수호자도 상대할 수 없었다. 아니, 목숨만 부지해도 다행이라는 사실을 알고 있었다. 이제 그는 힘의 놀음판으로 돌아와 있었다. 그가 맺은 계약에는 울퉁불퉁한 남자의 희생양들을 구하지 말라는 규정이 없었다. 무엇보다, 그의 일행 역시 본래 침입자였다.

최후자가 말하고 있었다.

"감시 기지도 화면에 띄워 놨습니다. 내가 세워 둔 것들 가운데 하나입니다. 보수파들이 저걸 놓칠 리가 없으니까요."

"그렇군. 이봐, 수호자. 당신을 드라큘라라고 부르고 싶은데. 드라큘라는 지어낸 이야기에 등장하는 흡혈귀의 원형이야."

"당신 마음대로 불러도 된다."

"아냐, 진부해. 당신은 수호자고 흡혈귀들을 이끄는 존재지. '브람'이라고 부르면 되겠군. 나한테 뭘 원하는 건지 말해 줄 수 있나?"

"내 동족에게 가장 큰 이익이 되는 행동을 해 주기 바란다. 흡혈귀들은 세 가지 위험에 직면해 있다. 그 세 가지는 당신들을 포함해 아치 밑에 살고 있는 모든 존재를 위협하고 있지."

울퉁불퉁한 남자는 말하면서 루이스의 얼굴을 보았다.

"첫째, 흡혈귀 수가 늘어나면 먹잇감이 고갈된다. 그러면 지적인 인류가 우리를 멸종시킬 방법을 찾아 나설 수도 있다. 나는 주의를 너무 많이 끄는 흡혈귀 종족이 없었으면 좋겠다. 당신들도 우리가 퍼져 나가는 건 싫지 않나."

"흡혈귀를 학살한 게 당신들이었나? 아니, 그건 말이 안 되지. 흡혈귀는 당신과 동족이잖아."

"아니다, 루이스. 그들은 우리 종족이 아니었다. 링월드에는 백여 개의 서로 다른 흡혈귀 종족이 있다."

"아. 당신 종족은 어디 살지?"

브람은 그 말을 무시했다.

"루이스, 그림자 둥지 연합은 내가 조직한 게 아니다. 하지만 그들의 해결책은 우아하지 않던가?"

"당신이 보기엔 그렇겠지."

"둘째, 우주의 침입자들은 링월드의 구조에 위협이 된다."

루이스는 고개를 끄덕였다.

"항성 간 여행이 가능한 전함은 언제든지 운석 충돌을 무기로 사용할 수 있지. 혜성이 날아오는 걸 대비해야 할 거야."

"세 번째 위험 요소는 수호자들이다. 그들은 대결을 하니까."

"현재 수호자가 몇 명이나 있는 거지?"

"링 벽 시설을 수리하는 작업에 셋 이상의 수호자가 참여하고 있다. 각자 맡은 임무가 있겠지만, 그래도 감시는 해야 한다."

"각각이 무슨 종족인지 얘기해 줄 수 있나?"

"그건 중요한 질문이군. 흡혈귀 수호자가 다른 자들을 지배해야 한다. 다른 자들은 지역적인 종족 출신이고, 흡혈귀의 하인이 돼야 한다. 루이스, 이론의 여지는 있겠지만……."

"대체 어쩌다 링월드에 흡혈귀 수호자가 잔뜩 생겨난 거지?"

"그 과정은 아주 복잡하다. 하지만 내가 왜 그걸 당신에게 얘기해 줘야 하나?"

루이스는 자신이나 최후자가 비밀을 털어놔야 한다는 조항이 계약서에 포함되지 않도록 조심스럽게 신경을 써 두었다. 그럼에도 불구하고 브람이 자신의 비밀을 터놓도록 만들어야 했다. 그는 말했다.

"잘 생각해 봐. 우선 원하는 게 뭔지 결정해. 우리가 해 줄 수 있는 건지 생각해 보고. 그다음에는 어디까지 얘기해 줘야 우리가 당신 요구를 제대로 들어줄 수 있는지 판단해 봐."

울퉁불퉁한 남자의 손이 벽 위에서 춤을 췄다.

"당신들은 비밀을 말하지 않는데 왜 나는 그래야 하지? 그리고 당신들은 어차피 내 명령에 복종하겠다고 계약하지 않았나."

방법을 바꿔야겠군.

"당신은 우주선을 계속 격침시키고 있었지. 그건 좋아. 하지만 한 대라도 놓치면 어떻게 될까? 침입자가 그다음에 어떻게 행동할지 예상할 방법이 없잖아. 우리 셋은, 그러니까 나와 종자와 최후자는 당신이 즉시 활용할 수 있는 유일한 외계인들이야. 우리를 지켜보고 유추하면 침입자들의 행동을 예측할 수 있겠지. 하지만 아무것도 모르면 우리도 반응을 할 수가 없다고."

항성에서 나온 밝은 기둥은 지금까지 원호를 그리고 있었다. 하지만 점점 곧아지고, 가늘어져 갔다.

브람이 불렀다.

"최후자?"

"홍염이 필요 위치에 거의 도달했습니다."

"작동 과정을 완료시켜라."

"네 곳을 전부 파괴할 겁니까?"

"혜성은 남겨 둬라. 루이스, 감시당하는 상태에서는 정상적으로 반응할 수 없지 않나?"

"나는 감시당할 경우 동시에 상대방을 감시해. 그걸 고려해 보라고. 브람, 당신은 도대체 누구지? 흡혈귀가 어떻게 수리 시설에 들어오게 된 거야?"

"내가 직접 길을 찾아 들어갔다."

루이스는 다음 말을 기다렸다.

"루이스, 기계인이 만든 연료를 마셨을 때 인류가 어떻게 행동하는지 본 적이 있나?"

"난 직접 마셔 보기도 했어."

"난 한 번도 마셔 보지 않았다. 어머니의 젖을 먹기 시작하면서부터 연료를 마셨다고 상상해 봐. 그로부터 십 팔란 뒤 처음으로 술에서 깼다면? 활력과 야망으로 가득 찬 상태에서 술기운이 사라졌다고 상상해 봐. 나는…… 나는 칠천이백 팔란 전에 만들어졌다. 주변에는 시체가 즐비했지. 죽은 지 여러 날이 지나 동족의 시체 수십 구가 주위에 놓여 있었다. 그리고 관절이 전부 튀어나온 이상한 시체도 하나 있었다. 나 역시 관절이 전부 튀어나와 있었고, 성별에 따른 특징이 사라진 상태였지. 나는 추웠고, 배가 고팠고, 싸움 때문에 큰 상처를 입은 채였다. 하지만 나는 이 세상이 거대한 수수께끼라고 생각하고 답을 찾고 있었다. 그리고 나처럼 바뀐 세 사람이 깨어났지."

"수호자를 가둬 놨다는 거야? 흡혈귀는 그럴 만한 지능이 없잖아."

"그자는 태어나면서부터 갇혀 있었고, 하인이 되도록 만들어져 있었다."

누가 그랬다는 거지? 루이스는 궁금해하며 말을 재촉했다.

"계속해 봐."

"그 도시는 수직 절벽과 하나의 거대한 기둥 위에 있었다. 나는 그 그림자 속에서 태어났지. 우리 흡혈귀들은 늘 허기에 시달렸다. 기둥을 휘감으며 올라가는 경사면이 있었고, 위쪽에서는 먹잇감의 냄새가 났다. 하지만 경사면을 올라가거나 암벽을 기어오르려 하면 강철 끈이 우리를 찔렀지. 하늘을 나는 수송선이 오가곤 했다. 경사면은 단 한 번도 사용된 적이 없었다. 우리는 수호자가 된 뒤에 그자들이 흡혈귀들을 그런 식으로 살려 둔 이유를 추측해 봤다. 내 생각에 우리는 방어용……."

"해자 속에 키워 둔 괴물이었군. 침입자들이 진짜 경비원인 수호자와 싸우기 전에 흡혈귀부터 상대하게 만들려고 했던 거야."

"그럴듯한 설명이다. 언제부턴가 도시에서 먹을 것이 날아오지 않았고, 우리는 굶기 시작했다. 우리를 키우던 자들이 전쟁에 졌을 수도 있고, 정치적인 파벌 싸움이 벌어졌을 수도 있고, 이동하는 도중에 도적에게 당했을 수도 있었겠지. 이유가 뭔지는 알수 없었다. 우리 흡혈귀들이 알 수 있었던 건 쓰레기가 극도로 줄었다는 점뿐이다. 물과 하수도 마찬가지였다. 쓰레기를 먹던 동물들이 다른 곳으로 가 버렸고, 그것들의 피를 빨기도 했던 우리같은 자들은 굶기 시작했다. 여러 날이 지나 금속 끈으로 이뤄진장막이 위로 올라가고 경사로에서 커다란 상자들이 굴러 내려왔지. 우리는 힘들게 상자를 열고 그 안에 있는 피를 손에 넣으려했다. 그자들의 탈것은 우리 머리 위에서 움직이고 있었다. 그때환상적인 전사 하나가 그자들의 탈것 부근에서 춤을 추면서 밖으로 나오는 자들을 모조리 죽여 버렸지. 그녀는 차량들이 가 버린다음에도 남아서 뒤를 따르려는 자들을 전부 죽였다. 그녀는 우리의 간청을 받아들이지 않았고……."

"간청?"

"그녀는 우리의 냄새에 영향을 받지 않았고 몸짓도 무시했다. 그래서 우리는 분노했다. 우리는 이전에 수호자를 본 적이 없었지. 우리는 어리석었고 분노했고 그저 배가 고팠다. 결국 관절이 튀어나온 여인을 쓰러뜨렸고, 떼로 달려들었고, 전투에서 흘리고 남은 피를 전부 빨아 먹었다. 그래도 갈망이 멈추지 않아서 우리 가운데 쓰러진 자들의 피를 빨았지. 남은 자들은 쓰러져서 죽은 것처럼 잠들었고, 나도 그랬다. 그리고 눈을 떠보니 몸이 바뀌어 있었다. 하지만 무슨 일이 있었는지 전부 기억이 났다. 그것부터가 새로운 경험이었지. 그날 우리 다수가 수호자의 피를 맛보았다. 자다가 죽은 자들도 있었지만 수호자가 되어 깨어난 건 전부 넷이었다. 나는 냄새로 짝을 선택했고, 우리 둘은 그렇게 서로를 알게 되었다."

"궁금한 게 있어. 흡혈귀는 일부일처제인가?"

"무슨 뜻이지?"

"한 사람만 짝으로 삼느냐고."

"아니다, 루이스. 냄새를 풍기지 않는 인류는 우리의 먹잇감이다. 나는 리샤스라를 하면 상대 여성의 피를 모조리 빨아 먹는다. 그러면 그녀는 냄새를 갖게 되고 나는 그녀를 동족 여자로 인식할 수 있다. 그리고 그녀는 안전해진다. 하지만 그때 우리는 굶주린 상태였다, 루이스. 그녀와 나는, 내 짝은, 난 그녀를 뭐라고 불러야……."

루이스는 놀랐다. 과거를 털어놓는 게 마음에 걸렸을 텐데 브람은 너무 열심히 이야기하고 있었다. 그동안 이야기를 들어 준 사람이 아무도 없었던가?

"'앤'이라고 부르면 어때?"

"앤과 나는 짝을 짓는 동안 의도적으로 입을 다물었다. 물론 변신하고 깨어난 뒤로는 단 한 번도 짝을 지은 적이 없다. 하지만 두 사람 다 서로 신뢰했다는 사실을 기억하고 있었지."

루이스는 과거의 기억 때문에 깜짝 놀라 몸서리를 쳤다. 흡혈귀를 신뢰한다고? 십이 년 전에 그를 공격했던 흡혈귀는 발정한 천사 같았고 초자연적인 매력을 발산했다. 그는 그녀의 은색을 띤 금발 속에 손을 넣었고, 머리숱이 엄청나게 많을 뿐 두개골 용량은 너무 적다는 사실을 알아챘다. 다른 종족인 인류가 링월드에 사는 흡혈귀의 진짜 정체를 판단하는 건 불가능했다.

루이스는 최후자가 귀를 기울이고 있다는 걸 알아챘다. 최후자의 머리 하나가 브람과 자신 쪽으로 길게 늘어나 있고, 다른 머리는 조종판을 들여다보고 있었던 것이다.

"그랬군. 얘기를 계속해 봐."

"우리 넷은 탐험을 했다. 너무 어려서 변신할 수 없었던 양육자 열 명과 함께. 나는 이동하는 동안 머릿속으로 지도를 만들었지. '쐐기 도시'는 삼각형이었다. 아래쪽은 암벽이 받쳐 주었고, 뾰족한 부분은 거대한 기둥 위에 있었고, 기둥은 더 높은 곳까지 솟으면서 탑을 이루었다. 우리는 문을 때려 부수고 창문을 깼다. 하지만 그 도시에 남은 인류는 탑에 갇혀 있는 자들뿐이었지. 우리 측 양육자들은 배를 채웠고, 그들이 허기를 극복한 다음 우리는 냄새를 따라 수비가 더 견고한 장소로 이동했다. 그곳에 수호자가 두 사람 살고 있었고, 그 밑에는 노란 식물들을 보관해 둔 비밀 공간이 있었다. 그 식물을 알고 있나?"

"생명의 나무군."

"우리는 그 식물의 정체를 알아냈다. 앤과 나는 그 식물이 우리의 피 속에 들어 있다는 것도 알게 되었다. 그게 없었으면 굶어 죽었겠지. 우리는 다른 수호자들을 죽였다."

"아까 얘기한 첫 번째 수호자 말인데……."

"나는 그녀의 몸을 확인해 봤다. 그녀는 나보다 체구가 작았다. 턱은 컸고 특정 지역에서 자라는 질긴 나뭇가지를 씹을 수 있도록 발달해 있었다. 그녀는 원시적인 도구를 사용했지. 하지만 자신이 속한 지역 종족의 양육자들을 구출했고, 그들이 도시에서 빠져나가 흡혈귀를 뚫고 갈 수 있도록 싸우면서 퇴로를 확보했다. 그리고 그 과정에서 자신의 목숨을 희생했다. 루이스, 생물 대다수는, 동물 대다수는, 인류 대다수는 오직 한 지역에서만 살 수 있다. 네 종족이 특정 강 주변이나 특정 숲, 고립되어 있는 골짜기, 늪 혹은 사막에서만 살 수 있다고 생각해 봐라. 수호자라면 다른 지역에서도 살 수 있겠지. 하지만 당신이 돌봐야 할 자들이 전부 한 지역에만 묶여 있는 거다. 제약을 덜 받는 수호자라면 명령에 복종하지 않는 자들을 모조리 살육할 수도 있다."

"한 번이라도 그런 징후를 본 적이……."

"물론 봤다. 단서는 사방에 널려 있었지. 그들은 우리 목을 물려고 어깨 위로 기어올랐단 말이다! 식물을 보존해 둔 집에는 두 수호자가 살고 있었다. 그중 하나는 다른 하나의 명령에 따랐다. 우리는 시체를 발견했다. 하인 수호자의 양육자들이었지. 주인 수호자는 종족이 달랐고 거의 팔만 팔란 동안이나 살아온 존재였다. 그가 지키던 종족은 달라졌거나 멸종했다. 나는 수천 팔란 뒤에 그의 냄새를 맡을 수 있었지. 그는 배고픔 때문에 쐐기 도시에서 나갔다. 하인 수호자는 동족을 구하기 위해 남았고."

"당신은 하인 수호자의 피로 수호자가 된 거군."

"그건 확실하다."

"바이러스야. 생명의 나무에는 유전자를 변형시키는 바이러스가 들어 있거든. 그게 수호자의 피에도 있었고."

루이스는 흥미로운 사실을 깨달았다. 흡혈귀들은 불멸자의 피를 마시고 불멸의 존재가 된 거였어! 하지만 자신의 목숨이 흡혈귀 수호자의 손아귀에 있다는 점은 흥미롭지 않았다.

항성에서 나온 불기둥은 이제 우주를 향해 수천만 킬로미터만큼 뻗어 나와 있었다. 최후자는 화물 운반용 원반을 타고 둥근 지붕 근처에 뜬 채로, 대화 내용을 듣기 위해 머리 하나를 쑥 내밀고 있었다. 너무 멀어서 소리가 잘 들리지 않는 것이 분명했다. 혹은…… 지향성마이크를 사용하는 걸 수도 있었다.

루이스는 한 번 더 물었다.

"수리 시설에는 어떻게 들어간 거지?"

"그 식물은 백 팔란 정도 먹으면 끝이었다. 그게 바닥날 경우 다른 식량을 찾지 못하면 죽을 수밖에 없었지. 앤과 나는 서로 읽는 법을 가르쳤다. 우리는 쐐기 도시에 있는 기록 덕에 도서관이 있는 도시들의 위치를 알 수 있었고 추운 지역을 선택했다. 옷을 입으면 정체를 숨길 수 있을 테니까. 사람들은 우리가 먼 곳에서 찾아온 방문객이라고 생각했지. 우리는 세금을 내고, 땅을 사고, 마침내 델타인의 도서관을 이용할 수 있는 시민권을 손에 넣었다. 그리고 도서관에서 화성의 지도 밑에 수리 시설 같은 게 있다는 사실을 알아냈다. 결국 우리는 대양에 도달했고, 횡단했다. 화성 지도의 표면 위를 걷기 위해서는 부풀어 오른 원통이 필요했지. 나는 당신들이 사용하는 압력복을 더 선호하지만. 어쨌든 우리는 살아서 그곳에 들어갔다."

"그리고 서로 죽이지 않았다 이거지."

"그렇다. 흡혈귀는 마음이 없다, 루이스 우. 하지만 흡혈귀 수호자는 지적인 상태로 새롭게 태어나지. 그리고 선입관이나 옛 충성심이나 약속에 얽매이지 않는다. 어떤 인류가 제 종족의 수호자를 선택할 수 없을 경우 흡혈귀가 가장 좋은 대안일 거다."

하지만 생명의 나무가 딱 하나 남았을 때는 분명히 서로 죽이려 들었을 텐데. 루이스는 그 생각을 입 밖으로 꺼내지 않았다. 자신의 짐작을 확신할 수 없었기 때문이다.

"당신은 주인 수호자를 찾아냈군. 어떻게 찾아낸 거지? 그리고 왜 싸운 거야?"

"우리는 아치와 그 밑에 사는 모든 존재를 가장 잘 지켜 줄 수 있는 자가 되기 위해 싸웠다."

"하지만 그자는 훌륭한 업적을 남겼잖아? 종족 전체가 진화하고 그가 살아 있는 동안에 멸종했을 테지만, 그래도 문명이 생겨나고 번성했으니까……."

"하지만 이긴 건 우리였지. 앤과 내가 이겼다."

브람은 고개를 돌렸다.

"최후자, 진척 상황은?"

루이스는 어두운 곳에 서 있는 뼈를 쳐다보았다. 그리고 그게 누구의 뼈일지 추측해 보았다.

"그자를 어떻게 만난 거지? 팔만 팔란 동안 살아온 수호자였다면서."

팔만 팔란은 링월드가 백만 번 회전하는 시간이었다. 지구 시간으로 일 년은 이십 팔란에 해당했다.

"그렇게 오랜 시간을 살아왔는데, 당신은 그제야 세상에 나온 거였잖아."

"그는 우리에게 올 수밖에 없었다. 최후자?"

최후자가 아래를 내려다보며 대답했다.

"세 개의 목표를 상대로 운석 방어 장치를 가동했습니다. 결과는 두 시간이 지나야 나올 겁니다. 혜성에 있는 시설이 그 사실을 관측하고 반응하려면 세 시간이 걸릴 겁니다. 그 밖의 다른 자들이 움직이려면 여러 시간이 걸리겠지요. 하지만 광선을 피할 수는 없을 겁니다."

"당신 종족은 어떻게 움직이지?"

"우리 종족은 다른 종족이 원하는 걸 손에 넣도록 만들어서 목적을 달성하는 편을 선호합니다."

최후자가 대답했다.

"루이스 우, 이제 말해 봐라."

루이스는 입을 열었다.

"당신은 당신 힘으로 멈출 수 없는 걸 시작해 버렸어. 두 종족의 전투 선단을 공격했잖아. 세계 선단까지 계산에 넣으면 세 종족이지. 브람, 정치적 조직은 시간이 오래 지나면 사라져. 하지만 정보는 절대로 사라지지 않아. 저장 기술이 많이 발달했거든. 핵이 존재하는 한 분명 누군가 링월드의 방어 태세를 시험해 보는 날이 올 거야.”

“그렇다면 아치에는 수호자가 있어야만 한다, 핵이 존재하는 한은.”

“최소한 한 명은 있어야겠지. 침입자들은 영토만 확보하고 끝내지 않을 거야. 링월드를 건드리고 시험하겠지. 뭔가를 망쳐 버릴지도 몰라. 도시 건설자들이 링 벽에 있는 자세제어 엔진을 떼다가 항성 간 우주선을 만들려고 했던 것처럼.”

울퉁불퉁한 남자는 묵묵히 이어지는 말을 기다렸다.

“흡혈귀 수호자를 선택하는 건 실수일 수도 있어.”

“지금 여기 흡혈귀 수호자가 있다. 그와 싸우는 건 훨씬 더 큰 실수일 거다.”

루이스는 생각을 곱씹으면서 잠시 입을 다물었다.

브람이 조끼에서 무언가를 꺼냈다. 나무를 깎아 만든 피리였다. 이전에 불던 것보다 더 큰 악기였다. 관악기는 더 깊고 더 풍성한 소리를 냈다. 브람이 피리의 몸통을 손가락으로 두드리면서 타악기 소리를 추가했다.

그 소리는 귀에 거슬리면서도 마음을 가라앉혀 주었다. 루이스는 구슬픈 관악기 소리가 멈출 때까지 기다렸다가 말했다.

“링월드의 바닥 면에도 운석을 감시하는 장비가 필요해. 그건 어떻게 해결하는 거지? 항성을 이용한 방어 장치로는 링월드 바닥 면 뒤쪽에 숨은 걸 절대로 요격할 수 없는데."

브람이 말했다.

"날 따라와라. 최후자, 당신도 따라오고. 우리 공격에서 빠져
나간 자들이 있다면 나중에 돌아와서 확인하면 된다."

울퉁불퉁한 남자의 손은 한 줌의 대리석처럼 느껴졌다. 그가
다치지 않은 손목을 붙들자 루이스는 저항할 수가 없었다. 그는
어느새 빠른 걸음으로 이동하고 있었다. 루이스는 공격 자세로
멈춰 있는 뼈를 한 번 더 돌아보았다. 브람이 그를 잡아끌더니 도
약 원반 위로 밀었다.

그들은 '화침'호의 화물칸에 나타났다.

울퉁불퉁한 남자는 루이스가 압력복에서 빠져나오도록 도와
줬다. 부상당한 팔에 신경을 써 주고, 표면에 붙어 있을지도 모르
는 포자가 터지지 않도록 조심하면서. 최후자는 어디 있는 거지?
루이스는 생각했다.

브람은 루이스를 다른 원반으로 데려갔다. 그들은 순식간에
승무원 선실 속으로 들어갔다. 루이스는 단 한순간도 저항할 생
각을 하지 않았다. 브람이 절대적으로 강하기 때문이었다.

흡혈귀 수호자가 아무것도 없는 벽 앞에 무릎을 꿇었다.

"퍼페티어는 이곳을 조종해서 자신의 숙소 쪽으로 영상을 보
냈다. 내가 제대로 관찰한 건지 알아보도록 하지."

그는 나무로 만든 만능열쇠를 꺼내더니 작업에 들어갔다.

도표가 나타났다. 도약 원반의 지도였다. 그리고 직조인 마을

의 전경이 떠올랐다.

최후자가 착륙선 격납고를 거쳐 승무원 선실에 나타났다.

"늦어서 미안합니다."

그를 보고 브람이 말했다.

"내 보안을 확인해 보고 있었나, 최후자? 이제 크진인을 깨워라. 그다음에는 다른 수호자들이 일하는 링 벽을 더 자세히 보고 싶다. 연료 보급용 탐사기를 보내라."

최후자는 오토닥 덮개의 화면을 슬쩍 쳐다보고는 무언가를 건드렸고, 덮개가 열리자 뒤로 물러섰다.

크진인이 흐르는 듯한 동작 한 번으로 일어섰다. 그는 혼자서 군대라도 상대할 수 있을 것 같은 상태였다.

울퉁불퉁한 남자는 이제 플래시와 가변단도로 무장하고 있었다. 하지만 루이스는 그가 움직이는 걸 보지 못했다. 브람은 종자가 긴장을 풀 때까지 기다렸다가 물었다.

"종자, 루이스 우는 나와 계약을 맺었다. 동일한 조건으로 계약하겠나?"

크진인이 몸을 돌렸다. 흉터는 보이지 않았고 손도 정상으로 돌아와 있었다.

"루이스 우, 내가 이 계약을 맺어야 하나?"

루이스는 반대하고 싶었으나 꾹 참고 말했다.

"그래."

"계약 조건을 받아들이지."

"오토닥에서 나와라."

종자는 브람이 시키는 대로 따랐다. 브람은 루이스를 커다란 오토닥으로 데려가더니 안으로 들어가도록 도왔다.

최후자는 다른 곳에서 바삐 움직이고 있었다. 선장실에서 다채로운 점과 무지갯빛 원호들이 퍼페티어의 음악에 맞춰 소용돌이치며 움직였다. 최후자가 갑자기 화음에 어긋나는 휘파람을 불었다.

"탐사기가!"

"무슨 일이지?"

브람이 물었다.

"저걸 보십시오! 연료 보급용 탐사기에 있던 도약 원반이 떨어져 나갔습니다! 잠시만······."

퍼페티어가 벽을 두드렸다. 물에 반쯤 잠긴 탐사기에서 보내오던 영상이 절벽에 있는 거미줄눈에서 잡은 모습으로 바뀌었다.

"저깁니다! 보십시오, 저기 있습니다!"

탐사기의 측면에 탑재되어 있던 순간 이동 장치가 공동 주택 옆의 강기슭에 평평하게 놓여 있었다.

루이스는 말했다.

"숨겨 둔 게 아니잖아. 탐사기 앞부분에 달린 중수소 여과기가 멀쩡한가?"

최후자가 그를 바라보았다.

"이거 원, 부끄러울 지경이군. 누군가 나를 돌아오게 만들려고 저런 거야."

"저건 절도입니다!"

"맞는 말이긴 하지만 그냥 둬. 탐사기를 이리 가져와서 다른 원반을 다시 장착하는 게 낫겠어. 종자, 최후자가 너에게 계약서 내용을 읽어 줄 거야. 여기 있는 둘은 공격하지 마. 오토닥이 나를 다 치료하면 깨워 주고. 주방에 크진인의 음식을 만드는 설정이 돼 있어. 브람도 그걸 사용할 테고. 괜찮겠나?"

"그렇다."

"그럼 됐군."

루이스는 일말의 두려움도 없이 관처럼 생긴 오토닥에 들어가 누웠다. 덮개가 닫혔다.

| 물리 수업 |

AD 2983, 공중 썰매 환승장

그들은 목적지에 도달하려면 여러 날이 걸릴 거라 생각했다. 그 목적지는 어마어마하게 먼 곳에 있는 우현 방향 링 벽을 배경으로 삼아 검정색 직선처럼 보였다.

더 가까이 접근하자 검정 직선은 엄청나게 크고 인공적이며 사막 위에 솟아 있는 그림자가 되었다. 그 그림자는 솟아오른 플랫폼이었고, 중앙에 툭 튀어나온 물체들이 모여 있었다.

시간이 흐르고 더 가까워지자 붉은 유목인들은 솟아오른 부분의 아래쪽에 햇빛이 비치는 걸 볼 수 있었다. 그쯤 되자 와비아도 알아챘다. 그곳이 바로 야행인들의 목적지였고, '사막인'들의 묘지였다.

일행은 메마른 지대를 가로지르고 있었다. 모래는 모터에 좋지 않았다. 그들은 며칠 동안 굶주리며 여행을 하다가 사막인을 만났다.

사막인은 파스텔 톤의 옷으로 몸을 감싸고 있었다. 체구가 작고 탄탄해 보이는 짐승들이 열두 마리 단위로 모여 사막인의 수레를 끌었다. 사막인들은 그 짐승을 식량으로도 이용했다. 붉은 유목인과 기계인들은 사막인이 육식을 한다는 사실에 크게 기뻐했다.

일행은 그림자 둥지에서 가져온 옷감을 선물로 주었다. 사막인들은 짐승 두 마리를 잡아 만찬을 열었다. 다양한 종족들이 지식과 이야기를 최대한 공유했다. 상대가 이해할 수 있을 만큼 교역용 언어를 능숙하게 구사하는 것은 카커라는 사람뿐이었고, 단어 하나마다 통역이 필요했다.

리샤스라는 통역이 필요 없었다. 몸짓만으로 충분했다. 옷을 벗은 사막인의 신체는 작고 탄탄했다. 그들은 채집자들처럼 키가 작았지만 어깨가 더 넓고 팔다리는 더 가늘었다.

하프장이와 비탄에 젖은 관은 화물칸에서 나오지 않았다.

순찰차는 동이 트기 직전에 출발했다.

와비아는 운전석 밑에 있는 굴들이 식사를 하지 못했다는 사실을 알고 있었기에 마음이 불편했다. 하지만 그들이 원하는 목적지가 시야에 들어오고 있었다.

일행은 환한 한낮에 그곳에 도착했다.

고대에 만들어진 길은 모래에 반쯤 덮여 있었고 점점 솟아오르면서 플랫폼의 중심축까지 이어졌다. 플랫폼의 중심으로부터 백이십 도 간격으로 벌어진 팔이 뻗어 나왔다. 팔은 쐐기처럼 생긴 또 다른 플랫폼으로, 지지대가 없이 공중에 떠 있었다.

중앙부는 탈것을 묶어 두는 기둥과 금속 울타리와 도르래와 밧줄이 뒤엉킨 숲이었다. 그 구조물 위에는 지붕이 덮인 건물들이 얹혀 있었는데, 나중에 추가로 건축된 것으로 보였다. 그 건물들은 텅 빈 창고와 연회장과 숙소였으며, 하나같이 오랜 시간에 걸쳐 모래에 갈려 나간 상태였다. 플랫폼의 중심축에는 깊은 우물이 있고, 그 아래쪽에는 깨끗한 물이 고여 있었다.

사막인들은 건물들 사이에 있는 넓은 길 한쪽에 죽은 동족들을 눕혀 놓고 있었다. 여러 세대에 걸쳐 계속된 작업인 것 같았다. 유골은 수백 구가 넘었다. 중앙 쪽 끝에 있는 두 무더기의 유골은 뼈라기보다 미라에 가까웠다. 하지만 비교적 최근 것으로 보이는 시신도 있었다.

"카커가 말한 그대로군. 와비아, 카커가 너한테 얘기……."

사바로의 말에, 와비아가 대꾸했다.

"카커는 비명쟁이 서식지를 찾는 방법을 알려 줬다. 사막인들은 비명쟁이를 먹지 않더군. 하지만 우리는 먹을 수 있다고 얘기해 놨다."

"그건 짐작이겠지?"

"흠, 선택의 여지가 없지 않은가. 장례터에서 반회전 방향으로 가면……."

와비아는 반회전 방향을 가리키며 손짓을 하고는 다시 한 번 쳐다보았다. 그들이 서 있는 지면은 평평했지만 그곳에서 채 서

418

른 걸음도 떨어지지 않은 곳부터 둔덕들이 듬성듬성 솟아 있었다. 마치 무너진 도시의 축소판처럼 보이는 광경이었다.

사바로가 결정을 내렸다.

"굴들은 깨우지 말자. 냄새를 맡으면 알아서 일어나겠지."

일행은 줄지어 있는 시신들로부터 그리 가깝지 않은, 묘지의 높은 지대에 차를 세우고 비명쟁이 서식지를 살펴보기 위해 밖으로 나섰다.

와비아는 그것보다 더 이상한 광경을 본 적이 있었지만, 그렇다고 해서 이상하다는 느낌이 사라지지는 않았다.

평평한 평원에 사각형 둔덕이 수백 개 놓여 있었다. 키가 발크기쯤 되는 사람들이 세운 도시가 반쯤 녹은 것 같은 모습이었다. 각 둔덕에는 문이 있고, 문들은 하나같이 도시 중앙의 반대편을 향해 나 있었다.

흡혈귀 사냥꾼들이 둔덕을 향해 걸어가자 곳곳에 있는 구멍에서 군대가 쏟아져 나와 자리를 잡았다.

저 비명쟁이를 다 잡으면 하루 분량의 식사가 되겠군. 와비아가 생각했다. 비명쟁이의 얼굴에는 표정이 없었다. 그들은 사방에서 튀어나온 다음 몸을 곧추세우고, 싸움보다는 땅굴을 파기에 적합해 보이는 커다란 발톱을 드러내며 비명을 질렀다. 와비아는 고음 때문에 귀가 아팠다.

"막대기를 가져오는 게 좋겠다."

포라가 제안했다.

테거가 손짓으로 그녀의 제안을 막았다.

"그냥 뛰어들어 두들겨 패기 시작하면 떼로 몰려들 거다. 차를 세워 둔 곳에 밧줄이 잔뜩 있었다. 거기서 그물을 본 것 같다."

파수꾼들이 자신들의 도시를 지키려고 다시 자리를 잡고 있었다. 사바로와 테거는 그물을 던졌다. 그물은 화물을 끌어 올리는 데에 쓰던 물건으로 굵고 튼튼했다. 도시를 지키는 비명쟁이들이 거의 전부 기어 나와서 공격했다. 붉은 유목인과 기계인들은 그때를 기다렸다가 달리면서 그물을 끌었다. 그리고 걸음을 멈춘 다음 그물을 뒤집어 파수꾼 몇을 가뒀다. 다른 비명쟁이들은 움직임을 멈추고 침입자들을 향해 비명을 지른 다음 본래 자리로 돌아갔다.

그물 속에는 커다란 비명쟁이 넷이 잡혀 있었다.

붉은 유목인들은 식사를 끝냈고 기계인들은 잡은 것을 요리했다. 그리고 그림자가 태양을 가로막았다. 야행인들이 모습을 보이더니 주변을 살피고는 냄새를 따라 이동했다. 와비아와 테거는 화물칸으로 들어가 잠을 청했다.

동이 틀 때쯤 하프장이가 말했다.

"대부분 미라가 됐어요. 극단적인 비상시에도 먹기 어려운 상태죠. 늙어 죽은 시체군요. 사막인들은 건강하고 행복하게 사는 모양이에요. 걱정할 필요는 없어요. 저기……."

비탄에 젖은 관이 하프장이의 말을 대신 맺어 주었다.

"유목인 시체가 한 구 있으니까요. 키우던 짐승에게 살해당한 시체인 것 같더군요. 우리가 굶는 경우는 거의 없어요."

"그거 잘됐군."

와비아가 말했다.

야행인들은 아직 약한 햇빛마저도 버거워했다. 다른 사람들이 햇빛에 흠뻑 젖어서 따뜻한 아침을 기다리는 동안 그들은 차양 밑에 앉아 있었다.

포라가 말했다.

"사막인에게 여기가 어떤 곳인지 물어봤다. 저들은 그림자 속에서 나고 자란다고 하더군. 하지만 장례터로 쓴다는 것 말고는 아는 게 없었다."

하프장이가 말했다.

"그것보다 훨씬 더 큰 의미가 있죠. 이제 순찰차에 올라가서 잘 묶어 둬야 해요. 당신들 네 사람이 닷새 동안 먹을 식량을 구해야 하고……."

사바로가 말했다.

"우린 여기서 당신들과 헤어지겠다."

와비아와 테거는 이런 날이 올 거라고 짐작하고 있었다. 와비아가 말했다.

"이렇게 오랫동안 함께 있어 줘서 고맙다. 우리는 이제 이상해 보이겠군. 붉은 유목인이 기계인의 순찰차를 몰 테니까. 계획은 바꿨나?"

"우린 좌현 방향으로 돌아갈 거다. 이야기와 지식을 팔아서 통행권을 얻을 거고 가면서 만나는 부족들에게 연료를 만드는 방법을 가르칠 생각이다."

사바로는 딸의 팔을 꽉 움켜쥐었다.

"기계인들이 사는 곳에 도착할 때쯤이면 포라에게 지참금을 만들어 줄 만한 재화를 손에 넣고 있겠지."

"우리에게 여러 가지를 가르쳐 준 것도 고맙게 생각한다."

테거가 조심스럽게 말했다.

포라는 도발적인 미소를 지으며 그에게 호감을 표했다.

"당신은 가르치기 쉽더군!"

그녀는 아버지를 흘끗 쳐다보았다.

"아, 아직 한 번도 얘기하지 않은 게 있는데……."

"청혼을 말하는 거다."

사바로가 끼어들자 포라가 말을 이었다.

"그래, 청혼하는 법을 잊지 마라. 인류에게는 대개 청혼 의식이 있다. 그게 어떤 걸지 미리 짐작하지 말고 당신만의 방식으로 청혼하는 게 좋다. 그러면 당신도 마음이 편할 테고, 다른 사람들도 즐거워할 거다. 청혼이 뭔지 기억할 수 있겠는가?"

"조금은."

와비아가 대답하자 테거가 말을 더했다.

"우리는 간단하게 청혼하고 우선 교섭부터 한다. 다른 인류가 우리를 보면 부끄럼이 많다거나 냉정하다고 생각하겠지."

"흐음, 맞아……."

"시간이 없어요. 차를 올려놔야 해요. 사바로카레시, 포라나이

들리, 떠나기 전에 우리를 도와줄 수 있나요?"

비탄에 젖은 관이 단호하게 말을 자르며 물었다.

"그럴 생각이다. 가축도 찾았으니까. 차는 왜 올리려는 거지?"

"우현 쪽 플랫폼 끝에 있는 탈것에 차를 단단히 실어야 해요."

"저게 탈것이라고?"

비탄에 젖은 관이 말한 것은 공중에 떠 있는 기다란 세 개의 플랫폼 가운데 하나였다. 테거는 그 플랫폼이 덮개가 있는 무도장이나 경기장이나 사격장일 거라 생각하고 있었다. 지붕은 투명했다. 바닥은 평평했고, 순찰차 길이의 다섯 배에 달하는 크기였다. 그리고 테거의 상체만큼 크고 단단해 보이는 알루미늄 고리들이 바닥에 고정되어 있었다.

일행은 순찰차를 플랫폼의 중앙으로 이동시켰다. 하프장이와 비탄에 젖은 관이 차양 밑에서 작업을 감독했고 다른 사람들은 밧줄을 알루미늄 고리에 통과시킨 다음 철로 된 화물칸에 감았다. 그들은 아치가 가하는 힘 때문에 차가 움직이지 않을 때까지 도르래를 이용해 밧줄을 팽팽하게 당겼다.

작업은 오후가 무르익은 다음에야 끝났다. 사바로와 포라는 두 사람만의 여행을 떠나기 위해 짐을 챙기기 시작했다.

테거가 말했다.

"식량이 필요할 텐데. 비명쟁이들을 훈제로 만들어 줄까?"

"그거 좋군. 그리고 내가 하나 알아낸 게 있다."

사바로는 찾아낸 것을 보여 주기 위해 일행을 이끌었다. 그가 가리킨 것은 길이가 사람 키의 세 배이고 너비가 두 배인 야트막한 받침대였다. 받침대의 모서리에 구멍이 있고, 그 구멍에서 줄이 뻗어 나와 있었다. 그는 받침대를 손쉽게 들어 올렸다.

와비아가 웃었다.

"좋은 생각이다! 이걸 끌고 다니면 되겠군!"

"그래. 하지만 우선……."

비명쟁이 파수꾼들이 모습을 드러내더니 대형을 형성했다.

네 사람은 우선 그물을 이용해서 파수꾼들을 거의 다 퍼 올린후 그물을 비틀어서 옆으로 치워 두었다.

그리고 받침대의 모서리를 단단하지 않은 모래에 꽂은 다음밀고, 흔들고, 다시 밀어서 지면 속에 집어넣었다. 밧줄을 당기자 받침대의 모서리들이 모래 밖으로 나왔다. 일행은 비명쟁이도시의 일부를 받침대 위에 옮겨 담은 셈이었다.

비명쟁이 파수꾼들이 그물에서 빠져나오려고 애를 쓰다가 그광경을 보고는 분노했다. 비명쟁이 떼가 받침대 위에 있는 도시속으로 곧장 파고들었다. 그들은 도시의 일부가 사라질까 봐 제정신이 아니었다. 남은 비명쟁이들이 초승달 모양으로 진형을 짜고 소리를 질렀다.

받침대는 네 사람이 온 힘을 다해야 들어 올릴 수 있었다. 하지만 서른 걸음 정도 들고 옮기는 걸로도 충분했다. 밧줄과 도르래를 이용해서 받침대를 묘지 높이까지 들어 올리자 그다음부터는 난간에 있는 회전 막대에 얹으면 되었다. 그들은 받침대를 순찰차 뒷면에 내려놓은 후 흙 밑에서 잡아 뺐다.

그물에서 빠져나오지 못하고 버둥거리던 비명쟁이 네 마리는 풀려나고, 살해당하고, 옮겨진 다음 사바로가 무너진 건물에서 뽑아낸 나무 위에서 훈제되었다. 기계인들은 작업을 하면서 물을 최대한 많이 배 속에 넣었다. 그들은 밤이 되기 전에 떠났다.

와비아와 테거는 작업을 지켜보던 야행인들과 이야기를 나누고 있었다.

"솔직히 말하면 당신들도 지금보다 일찍 떠날 거라고 생각했어요."

하프장이가 말했다. 그는 좌현 회전 방향으로 아주 작아진 포라와 사바로의 그림자를 쳐다보고 있었다.

사막인들은 다른 부족이 사는 곳으로 가는 길을 지도에 표시해 주었다. 도시 건설자들이 밤에 이동할 경우 천막 도시 두 곳을 경유한 다음 다시 한 번 녹지에 도달할 수 있을 터였다.

와비아는 그 시점에서 붉은 유목인 두 사람이 어디로 가야 할지 생각해 보았다.

그녀가 설명했다.

"붉은 유목인은 멀리까지 여행한다. 이십 일 동안 걷는 건 애들 장난이지. 우리가 정착하면 소문과 질문이 끊이질 않을 텐데 우린 거짓말을 잘 못 한다, 하프장이. 그래서 더 멀리 가야 하지. 아무 질문도 안 받는 게 가장 좋으니까."

테거가 말했다.

"우린 이십 일 동안 걸어서 이동하면서 기계인, 건조지역 농부, 사막인과 리샤스라를 했다."

와비아는 그래도 자신의 경험이 더 많다는 사실을 떠올렸다. 그 사실을 입에 올리는 사람은 없었다. 하프장이도 마찬가지였다. 그는 그저 미소를 지으며 말했다.

"하지만 '씨앗 수집자'나 굴하고는 안 해 봤지. 까다롭더군."

와비아는 시선을 아래로 내렸다. 리샤스라는 할 생각이었지만 굴과 하기는 싫었다. 테거도 마찬가지였다.

테거가 말했다.

"그래도 우린 흡혈귀 냄새의 도움을 받지 않고 움직였다. 우린 불안했지만…… 나만 불안했던 건가?"

와비아가 단호하게 말했다.

"두 사람 다 그랬어. 우린 짝을 맺었지만 이제 더 이상 일대일 관계만 맺은 상태는 아니지. 그래도 분명히 우리만의 관습으로 돌아갈 수 있을……."

"하지만 여행하면서 만나는 모든 종족과 리샤스라를 하는 붉은 유목인이 있다는 소문이 들리지 않는 곳까지 이동해야만 해! 우린 기계인 제국의 끄트머리에 온 셈이니까 조금만 더 가면……."

"닷새라고 했지. 이 물건은 어떻게 움직이는 건가?"

굴들이 거대한 투명 덮개의 뒤쪽 끝을 닫고 있었다. 와비아는 폐소공포증을 느끼기 시작했다. 그녀는 테거와 자신이 가고 있는 곳에 대해 아는 바가 거의 없다는 사실이 마음에 걸렸다.

그녀는 굴들이 대답해 주지 않을 거라고 생각했다. 그때 하프장이가 말했다.

"이렇게 하면 되죠."

그는 두 팔과 등에 힘을 잔뜩 주고 손잡이를 움직였다. 그러자 플랫폼이 선착장에서 분리되기 시작했다.

움직임은 크게 눈에 띄지 않았고 너무나 부드러웠다. 하지만 플랫폼은 분명히 떠서 이동하고 있었다.

"얼마나 멀리 갈 거지?"

테거가 물었다.

"아, 소문이 당신들을 따라잡지 못할 만큼 멀리 가는 건 분명해요."

하프장이가 미소를 지었다.

비탄에 젖은 관이 차량의 몸체를 돌아보았다.

"사바로가 이렇게 해 놓은 건가요? 솜씨가 좋군요. 테거, 와비아, 우리는 링 벽까지 갈 거예요. 원한다면 다음 선착장에서 내려 주죠. 그게 아니라면 우리와 함께 갔다가 돌아오는 길에 헤어져도 되고요."

테거가 믿을 수 없다는 듯 웃었다.

"링 벽에 도착하기도 전에 늙어서 죽을 텐데!"

"그럼 다음 선착장에서 내리는 걸로 알죠."

하프장이가 기분 좋게 말했다.

비탄에 젖은 관은 화가 나서 이를 맞부딪치며 휘파람 소리를 냈다. 하프장이가 웃더니 그녀를 흉내 내며 잇새로 상스럽게 휘파람을 불었다.

그가 붉은 유목인들에게 말했다.

"비탄에 젖은 관은 당신들이 필요하다고 말하는군요. 그녀는 햇빛 속에서 얼굴을 들고 다닐 수 있는 사람들과 여행해야 한다고 생각하죠."

"우리는 기계인의 세력권만 벗어나면 되는데."

테거가 말했다.

"언제든지 원할 때 떠나도 좋아요. 하지만 생각해 봐요! 우리는 심각한 일을 하고 있어요. 흘러나온 산으로 올라갈 예정이지만 그보다 멀리 가야 하죠. 붉은 유목인 가운데 그처럼 엄청난 일을 해낸 사람은 없어요. 나중에 정착하고 나면 할 얘기가 아주 많아질 테고, 리샤스라 얘기를 할 생각은 들지도 않을 거예요."

사막이 부드럽고 빠르게 스쳐 지나가고 있었다. 와비아가 물었다.

"지금 우리가 타고 있는 게 뭐지?"

"건설자들이 만든 물건이죠. 나도 지금까지는 얘기만 들어 봤을 뿐이에요. 야행인들은 아주 다급하지 않으면 공중 썰매를 이용하지 않아요. 하지만 우리는 허가도 받았고 지시받은 바도 있어요."

"이건 얼마나 빨리 움직이나?"

주변 풍경이 더 빠르게 이동하고 있었다. 그들이 떠나온 선착장은 이제 점이 되었다. 튼튼한 돌벽을 통해 들리는 바람 소리 같은 소음이 점점 커졌다.

"빠르죠. 닷새 뒤면 흘러나온 산 밑에 도착할 거예요."

"그럴 리가."

"나는 그렇다고 들었어요. 하지만 다음 선착장은 사흘만 가면 돼요."

"겁이 나는군."

와비아는 순식간에 스쳐 지나가는 세상을 보느라 눈이 아프기 시작했다.

"와비아, 땅 밑에는 선들이 있어요. 그걸 그려 보면 벌집 모양이 되죠. 그 선들이 건설자가 만든 물건을 밀어 올리고 움직이는 거예요. 우리는 선이 교차하는 곳에서만 멈출 수 있어요."

"사흘만 가면 돼요."

비탄에 젖은 관이 같은 말을 되풀이했다.

사막 저편에서 인류와 짐승으로 구성된 상인 무리가 나타났다가 아주 빠르게 사라졌다. 와비아는 그들이 어떤 종족인지 구분조차 할 수 없었다. 공중 썰매는 속도를 계속 높였다.

화물칸에서는 굴 냄새가 났다. 그리고 윙윙 소리도 났다. 와비아는 어둠 속에서 몸을 웅크리고 테거에게 기댄 채 밖에서 벌어지는 일에 대해서는 한마디도 하지 않았다. 두 사람은 공포심 때문에 강렬하게 짝을 지었다. 와비아는 그러는 동안 자신이 있는 장소를 완전히 잊을 수 있었다. 짝짓기가 끝나자 이동 때문에 발생하는 소음이 되돌아왔지만 어둠 속에서 들리는 테거의 목소리가 그 소음을 몰아내 주었다.

"카커는 어땠어?"

"강했어. 손으로 붙잡기가 힘들었고. 이상하게 생겼거든."

"여기가……?"

"아니, 거기 말고. 그는 몸통이 넓었어. 어깨와 배와 엉덩이가. 난 모든 남자가 다 그렇게 생긴 줄 알았는데. 그리고 대화를 정말 좋아하더라고. 교역용 언어 실력을 늘리고 싶어 했지."

"대화만 했어?"

와비아가 키득댔다.

"리샤스라도 했어. 내가 처음이라더라. 상상해 봐, 테거! 내가 선생이었다니까!"

"혹시 그 사람한테 사랑한다는 말도……."

"물론 했지. 나는 카커와 리샤스라를 한 유일한 붉은 유목인이었잖아. 게다가 밤새도록 그와 지냈어. 너무 좋아하더라고. 당신은 누구와 함께 있었어?"

"헨…… 아니지, 한셔브라는 사람이었어. 이름을 제대로 가르쳐 달라고 했으니까 맞을 거야. 키가 나만큼 큰 여자가 있었지? 그 사람이야."

와비아가 테거의 말을 듣고 웃었다. 테거가 말했다.

"한셔브는 이전 지도자의 미망인이었어. 하지만 나이는 나와 비슷했지. 물론 우리는 대화를 할 수 없었어. 어둠 속에서 리샤스라를 하려고 했는데, 그러면 몸짓이 안 보이잖아. 그래서 밖으로 나가서 아치의 빛을 받으며 했지."

"야행인들이 그걸 보고 있었을까?"

"나도 그게 궁금했어."

빠른 이동속도 때문에 생긴 기분 나쁜 속삭임이 두 사람의 귀와 정신 속으로 파고들었다. 두 사람은 졸았다. 그러다가 상대가 잠들지 못한다는 걸 알자 한 번 더 짝을 짓고는 잠을 청했다.

문틈으로 하얀 빛이 새어 들어오자 와비아가 물었다.

"배고파?"

"응. 밖으로 나갈까?"

"아니."

어슴푸레한 여명이 비칠 때 문이 열렸다. 굴들이 비틀거리며 들어왔다. 문이 닫혔다.

"우리는 제대로 이동하는 중이에요."

하프장이가 말했다. 테거는 그의 목소리에 안도감과 피로가 섞여 있다는 걸 알았다.

"와비아, 테거, 당신들은 괜찮은가요?"

와비아가 대답했다.

"무섭군."

테거가 말했다.

"누가 남아서 조종해야 하는 거 아닌가?"

비탄에 젖은 관이 말했다.

"공중 썰매는 스크리스 속에 묻혀 있는 선을 따라 움직이죠. 길을 잘못 들 리가 없어요."

테거가 말했다.

"공중 썰매가 길에서 벗어나면 우린 그 사실을 알아챌 새도 없이 죽겠지."

"점점 익숙해질 거예요."

"그걸 어떻게 아나?"

하프장이는 대답 대신에 으르렁거렸고, 비탄에 젖은 관이 말했다.

"그만 자도록 하죠."

흡혈귀 지역을 떠난 이래 야행인들은 화물칸에서 수면을 취해왔다. 따라서 실내에는 굴의 냄새가 가득했다. 와비아는 짝에게 몸을 붙이고 웅크린 채 굴의 냄새와 허기와 자신을 에워싼 금속의 진동을 잊으려고 애썼다.

그녀는 몸을 펴고 일어섰다.

"먹을거리를 가져와야겠어. 좀 가져다줄까?"

"그래."

그들이 떠나온 영원한 구름은 아주 먼 곳에 있었다. 한낮이 불타올랐다. 와비아의 시선은 빠르게 흘러가는 지면에 이끌렸다. 그녀는 순찰차에서 뛰어내린 다음 눈길을 자신의 발끝에 고정한 채 쌓여 있는 모래를 향해 큰 걸음으로 다가갔다.

비명쟁이 파수꾼은 단 한 마리도 밖으로 나오지 않았다.

와비아는 구멍을 발견하고 막대기로 쑤셨다. 살찐 비명쟁이 한 마리가 튀어나오더니 그녀에게 비명을 질렀다. 그녀는 비명쟁이를 낚아채서 목을 부러뜨리고 게걸스럽게 먹었다.

그녀는 풍경을 계속 외면할 수가 없었다. 대지는 이제 광활한 숲이 되어 있었다. 거대한 나무들의 꼭대기는 하나같이 아래쪽 먼 곳에 있었고, 한데 모였다가 공중 썰매의 뒤로 사라졌다. 그녀는 썰매의 움직임 때문에 어지러움을 느끼면서 균형을 잃었다.

그녀는 화물 운반용 받침대 주위를 돌다가 다른 구멍을 건드렸다. 도시를 지키려는 비명쟁이가 한 마리 나타났고, 그녀는 그 생물을 낚아채서 치마폭으로 감쌌다.

그녀가 발판에 올라섰을 때 누군가 그녀의 이름을 속삭였다.

비명쟁이는 땅에 떨어지더니 허둥지둥 도망쳤다. 그녀는 펄쩍 뛰어 뒤로 물러나면서 상대를 죽이기 위해 창을 겨눴다.

목소리의 주인은 테거가 아니었다. 그리고 굴은 금세 잠드는 종족이었다. 바닥에는 아무도 없었다. 그녀에게 말을 건 자는 순찰차에 타고 있는 게 분명했다.

그게 아니라면 아래쪽에 있나? 순찰차 아래쪽의 공간은 어두웠다. 와비아는 자세를 바꾸며 차와 조금 더 거리를 두었다. 혹시 내가 착각한 건가……?

"나와라!"

"와비아, 난 그럴 수가 없다. 난 속삭임이다."

속삭임이라고?

"테거는 당신을 정령이라고 불렀지. 상상 속에서 만들어 낸 존재라고 했다고."

목소리가 말했다.

"나는 테거에게 다시 말을 걸지 않을 생각이다. 와비아, 테거나 야행인들에게 나에 대해 떠들지 않았으면 좋겠다. 나는 죽을 수도 있는 존재다. 나라는 존재가 있다는 게 알려지면 아치가 무너질 수도 있다."

"그래, 내 짝이 당신은 은밀하게 움직인다고 했지. 속삭임, 나에게 말을 건 이유가 뭐지?"

"잠깐 얘기 좀 해도 될까?"

"난 안에 들어가고 싶은데."

"그건 안다. 와비아, 우리는 소리의 빠르기에 조금 못 미치는 속도로 이동하고 있다. 하지만 그건 빠른 축에 들지도 않지. 저 바깥에서 날아온 물체가 이 세상에 충돌하는 경우가 있는데, 그런 물체는 이 탈것보다 삼백 배나 빨리 움직인다. 그 물체가 가진 에너지는 구천 배나 많다."

"그럴 수가."

와비아는 속삭임의 말에 충격을 받았다. 그런데 나는 왜 놀라는 거지? 그동안 소리가 무한히 빠르다고 생각하고 있었던가?

"빛은 소리보다 훨씬 더 빠르다. 너도 경험한 적이 있겠지. 번개가 먼저 치고 천둥소리는 나중에 들렸을 거다."

와비아는 정령의 말을 의심해 봐야 한다는 생각이 들지 않았다. 그런 일들을 얘기하는 존재라면 그녀가 지금 던지려는 질문의 답도 잘 알고 있을 터였다. 그녀는 물었다.

"왜 소리보다 빨리 이동하지 않는 거지? 그랬다가는 다른 사람의 목소리를 들을 수 없어서 그런가?"

"그건 공기 중에서 소리가 이동하는 속도와 관련이 있다. 만약 공기를 우리와 함께 움직이게 만들 수 있다면 소리도 그 안에서 우리와 함께 움직이지."

"아."

"공중 썰매는 우주의 명령에 따라 움직여야만 한다. 썰매는 오직 한 곳을 향해서만 움직일 수 있지. 일단 도착하면 깃털처럼 부드럽게 착륙할 거다."

와비아는 한 번 더 물었다.

"그걸 왜 나에게 얘기하는 거지?"

"일이 돌아가는 원리를 알면 무섭지 않을 테니까. 물론 예외도 있지만 공중 썰매는 그 예외에 해당하지 않는다. 이 탈것은, 말하자면 보이지 않는 홈을 따라 움직이고 있다. 그 홈이란 건 자기장이 이루고 있는 틀이다. 썰매는 거기서 빠져나올 수 없다.

"뭐가 이루고 있는 틀이라고?"

"자석과 중력과 관성력이 뭔지 알려 주지. 관성력은 회전하는 링 쪽으로 우리를 잡아당겨서 태양의 중력이 우리를 잡아당기지 못하게 하는 힘이고⋯⋯."

"그럼 야행인들의 말이 사실이라는 거야? 아치가 링이라는 얘기 말이야."

"그렇다. 중력은 실제로 거의 느끼지 못할 거다. 하지만 태양은 중력이 있기 때문에 뭉쳐서 불타오르지. 자석을 이용하면 태양의 껍질을 조종해, 저 바깥쪽에서 떨어지는 물체로부터 아치를 보호할 수 있다. 낮에 밖에 나온다면 더 많은 걸 가르쳐 주마."

"이유가 뭐지?"

"너와 테거가 겁을 먹고 있기 때문이다. 여기서 무슨 일이 벌어지는 건지 이해한다면 공포심은 사라질 거다. 네가 겁먹지 않

으면 테거도 마찬가지일 테고. 그러면 너희 두 사람은 미치지 않
아도 된다."

"테거……."

와비아는 그렇게 말하고 주변을 둘러보았다.

"테거는 배가 많이 고플 거야."

그녀가 떨어뜨린 비명쟁이는 보이지 않았다. 그녀는 바닥에
눈을 고정한 채 비명쟁이 마을로 돌아갔다. 소리의 속도와 맞먹
는다니. 소리는 하루에 몇 걸음이나 이동하는 거지?

그녀가 막대기로 땅굴 입구를 건드리자 비명쟁이 한 마리가
모습을 드러냈다. 그녀는 비명쟁이를 붙잡았다. 그리고 화물칸으
로 기어 올라갔다.

가지 말라고 속삭이는 목소리는 들리지 않았다.

| 연결망 |

AD 2893, '탐구의 확침'호

……관 속이잖아!

루이스는 덮개를 밀어 올리려고 힘을 줬다. 하지만 덮개는 생각만큼 빨리 움직이지 않았다. 그는 무릎을 끌어 올려서 덮개에 발을 대고 위쪽으로 힘을 주었다. 그런 다음 반쯤 위로 올라간 덮개 밑으로 몸을 굴려 빠져나와 바닥으로 떨어졌다. 그리고 계속 몸을 굴리다가 웅크린 자세로 일어섰다.

그제야 자신이 관 속에 있지 않았다는 사실이 기억났다. 하지만 아드레날린이 치솟은 상태였고 계속 움직여야 할 이유도 충분했다. 내가 오토닥에 있는 동안 도대체 무슨 일이 벌어진 거지? 뭔가를 걷어찬 것처럼 발목이 아팠지만 루이스 그 사실을 무시하기로 했다. 깨어나면서 받았던 느낌이 무엇보다 가장 이상했다.

루이스와 십여 명의 친구들은 이십 세기 초반에 우연히 고대 무술 프로그램을 배운 적이 있었다. 그중 몇은 컴퓨터가 서로 얼굴을 때리라고 명령했을 때 그만두었다. 하지만 루이스는 꾸준히 남아서 십 개월 동안 격투를 연습했다. 그 후로는 모든 종류의 격투가 지겨워졌다. 그런데 이백 년이 지난 지금에 와서……

물속에서 정신을 차리거나 수술에서 깨어난 것과는 느낌이 달랐다. 루이스는 이길 수 있다는 걸 알고 있는 요가술 대결을 반쯤 진행한 투사가 된 기분이었다. 완전히 충전된 상태였다. 몸 안에서 아드레날린과 힘이 요동치고 있었다. 좋았어! 다 덤벼 봐!

움직임이다! 그는 몸을 홱 돌렸다. 두 손이 벌거벗고 있는 듯한 느낌이 들었다. 전방 벽 너머를 보니 바위투성이 지형이 양쪽으로 순식간에 흘러가고 있었다. 속도가 너무 빨라서 자세한 모습은 확인할 수 없었다. '화침'호가 지면 위에서 초음속 셔틀처럼 이동하는 게 분명했다. 화면은 선장실을 향해 놓여 있었고……

갑자기 모든 게 멈췄다. 거대한 바위들 중 굴러 와서 그를 뭉개 버리려는 것은 하나도 없었다. 좌우에 현무암 벽이 있고, 뒤에는 착륙선 격납고가 있었다. 그 어디에도 움직이는 것은 없었다.

루이스가 걷어찬 것은 승무원 선실의 전방 우현 쪽 구석에 있는 돌덩이였다. 처음 보는 물체였다. 혼자 힘으로는 꼼짝도 할 수 없고 아무 해도 끼치지 않는 물체였다. 돌덩이는 화강암으로, 거칠게 깎아 낸 입방체였으며 높이가 그의 무릎 정도에 이르렀다.

그는 혼자였다.

브람이 직접 상대할 수 있기 전까지 종자를 고의적인 의식불

명 상태에 빠뜨린 이유는 이해할 수 있었다. 크진인은 혼자 깨어나면 함정과 장애물을 설치하거나 옷장과 주방 설비를 이용해 무기를 만들어 낼 수 있는 것이다. 하지만 루이스는 브람이 자신을 혼자 깨어나도록 내버려 둔 이유를 알 수가 없었다.

수호자는 학습 능력이 얼마나 뛰어난 거지? 브람은 나를 얼마나 관찰…… 흠. 사흘 동안 관찰했겠군. 직조인 마을에 있던 거미줄눈 카메라를 훔쳐봤다면 말이야. 브람은 나를 신용할 수 있다는 걸 이미 알았단 얘긴가?

그럴 리가 없지! 이건 브람이 한 짓이 아니야. 분명히 내 시술이 끝나면 오토닥이 알아서 열리도록 최후자가 재설정을 해 놨을 테니까. 그렇다면 최후자는 나에게 뭘 보여 주려 한 거지? 수호자는 최후자가 여기서 어떤 쇼를 벌이는지 알고 있을까?

홀로그램 화면이 그의 옆으로 지나갔다. 먼 곳에 있는 나무들이 깜빡거리면서 이동했다. 소나무와 비슷한 나무들로 이뤄진 광활한 숲이었다. 정면에는 무한히 먼 것 같은 산과 구름의 무늬가 놓여 있었다. 최후자는 선장실에 무엇이든 숨겨 놓을 수 있었지만, 그가 데리고 있는 승무원에게는 이처럼 흔들거리고 편집된 홀로그램 영상만 보여 주었다. 어쩌면 그게 핵심일 수도 있었다.

흔들거리는 풍경의 아래쪽 경계선은 어두운 빛깔의 나무였다. 그건 바로 알코올을 연료로 사용하는 기계인 순찰차의 앞면이었다. 그 밑으로 구부러져 있고 번쩍거리는 금속 혹은 플라스틱의 일부가 보였다. 굴들이 기계인 순찰차에 탑재해 둔 거미줄눈 카메라가 지금은 날아가는 탈것에 실려 있는 것이다.

숲 가장자리에 입방체 모양 바위들이 튀어나와 있었다. 그 탈것은 육십 미터를 넘지 않는 높이에서 날아가고 있었다. 속도는 음속에 못 미쳤지만 큰 차이는 나지 않았다.

저 속도를 견뎌 낼 만한 인류는 어떤 종일까? 루이스는 궁금했다. '디즈니 포트'에서도 그렇게 빠른 탈것은 본 적 없었다. 링월드에 사는 인류 대다수는 지역 생태계를 벗어나 여행하기만 해도 죽고 말 것이다. 그처럼 빠르게 이동하면 심장이 멈출 수 있었다.

이 사실을 바탕으로 내가 할 수 있는 일은 뭐지?

내가 뭐든 해 볼 수 있는 시간은 얼마나 되지?

루이스는 지하 수 킬로미터 깊이에서 식어 버린 용암 속 자그마한 공간에 갇혀 있었다. 따라서 자유로운 몸과는 거리가 아주 멀었다. 도약 원반을 이용하면 밖으로 나갈 수 있지만 그래 봐야 주인이 기다리는 곳으로 돌아가는 게 전부였다.

그는 자신이 주인의 뜻을 추측하는 착한 개처럼 반응하고 있을 뿐, 아무 행동도 못 하고 있다는 걸 깨달았다. 되찾은 젊음이 부글거리며 끓어오르는데 할 수 있는 일은 하나도 없었다.

우선 앉자. 그리고 긴장을 풀자. 나 자신에게 집중하고.

뭣 좀 먹어 볼까? 주방의 음식 목록은 작동하고 있었다. 크진인용 목록과 그림이 떠올랐다. 해물의 일종이었다. 외계인용 회라니! 안 먹는 게 낫겠어. 루이스는 인간의 신진대사에 맞도록 주방 설비를 조정하고 태양계, 지구, 프랑스의 프렌치토스트를 만든 다음 카페오레를 추가해 아침 식사라고 이름을 붙였다. 그리고 기다리는 동안, 생각에 잠겼다. 도약 원반을 사용하면 더 이상 선택의 여지가 없을 텐데. 원반을 검사해 보면…….

그는 브람이 그랬던 것처럼 원반의 테두리를 들어 올렸다.

스쳐 지나가던 풍경이 깜빡거리더니 추상적인 그림으로 바뀌었다. 그림은 도약 원반 연결망의 지도였다. 연결 지점이 늘어나 있었다. 그리고 여러 개의 연결선이 한데 모였다. 승무원 선신에서 선장실로 가는 제한적인 연결은 여전히 분리되어 있고, 그런 연결선들이 몇 개 더 있었다. 하지만 최후자는 몇 가지 보안을 해제해서 편의성을 더 확보해 두었다. 브람이 시킨 게 분명했다.

지도는 로그함수 비율로 거리가 표시되어 있었다. '화침'호 주변은 승무원 선실과 착륙선 격납고를 구분할 수 있을 만큼 세부적으로 묘사되었다. 원반은 수리 시설 전역에 있었다.

루이스는 수십만 킬로미터 떨어진 직조인 마을을 선택했다. '화침'호의 위치에서 우현 쪽으로 멀리 떨어진 지점이 있었다. 그곳은 링 벽과 멀지 않았고, 거리는 이백만 킬로미터 정도였다. 가장 먼 곳은 링월드 원주의 삼분의 일쯤 되는 지점이었다. 거리는 수억 킬로미터에 달했다.

더 밝은 선들은 현재 이용 가능한 연결인 것 같았다. 그의 해석이 맞다면, 도약 원반들은 '화침'호의 승무원 선실에서 착륙선 격납고를 지나 대양 근처에 있는 먼 지점까지 이어져 있었다. 브람은 그 연결을 이용해 탐험하고 있는 게 분명했다.

그가 최후자를 데려갔을까? 아니면 최후자는 선장실로 돌아갔을까?

그 질문의 답을 알면 최후자와 브람 사이에 신뢰가 얼마나 생겨났는지 알 수 있을 것이다. 최후자는 선장실에 있을 때 거의 무적에 가까웠다. GPC에서 만든 선체용 물질이 적으로부터 보호해 주기 때문이다. 최후자는 몸단장 도구를 쓸 수 없을 경우 지저분해질 테고, 불편할 테니…….

땡. 메이플 시럽을 얹은 프렌치토스트가 완성되었다. 잠시 후 뜨겁게 가열된 유유 거품을 추가한 커피가 나왔다. 그는 재빨리 식사를 마쳤다.

루이스는 포크로 도약 원반 조종 장치를 건드려 보았다. 포크가 휘더니 부러졌다. 그는 휘파람을 불면서 주방 설비를 '지구, 일본, 모둠회'로 맞췄다. 젓가락을 만져 보니 나무 같았다. 심지어 나뭇결도 있었다. 결을 따라 젓가락 하나를 부러뜨리자 날카로운 나뭇조각을 얻을 수 있었다.

그는 도약 원반 조종 장치에서 움직일 수 있는 것은 모조리 건드려 보았다. 더 밝은 선들이 어두워지고 다른 것들이 밝아졌다. 연결이 열리고 닫히는 것 같았다. 한 부분을 옆으로 밀자 모든 것이 꺼졌다. 그 부분을 원래대로 돌리자 선들이 중간 밝기로 바뀌며 깜빡거렸다. 도약 원반 장치가 그의 지시를 기다리고 있었다.

그는 조종 장치를 계속 만져 보았다. 일곱 개의 밝은 선이 고리 형태를 이루게 됐고, 가상의 시계가 떠올랐고, 괴상한 음악이 흘러나왔다. 그는 음악 같은 퍼페티어 언어를 이해할 수 없었고, 세계 선단의 시계도 읽을 수 없었다. 하지만 시간이 빨리 흐르도록 설정하는 방법은 알 수 있었다.

그의 판단이 맞다면 그 상태에서 도약 원반을 사용할 경우 착룩선 격납고를 경유하고 직조인 마을로 가서 그동안 어떤 점이 바뀌었는지 확인할 수 있을 터였다. 운석 방어 제어실로 이동해서 생명의 나무 냄새를 들이켜지 않으려면 잠긴 보관함 안에 있는 압력복을 챙겨 입어야 했다. 그다음에는 화성 지도의 표면에 나타났다가 지도상에서 가장 먼 지점, 즉 링 벽 위처럼 보이는 곳으로 이동할 수 있었다. 마지막으로 정체를 알 수 없는 저 멀리 대양의 해변에 들르면 '화침'호로 다시 돌아올 수 있다.

다른 경로를 설정해 볼까? 현재 경로를 다 돌아봐야 채 몇 분도 걸리지 않을 텐데. 도중에 흥미로운 일이 생기지 않는다면 말이지만.

루이스는 회 접시를 도약 원반 위에 올려놓았다. 아무 일도 벌어지지 않았다. 그건 당연했다. 도약 원반 테두리가 아직 올라와 있고, 조종 장치가 밖으로 드러난 채였다. 그는 테두리를 눌러서 닫았다. 그러자 회 접시가 사라졌다. 도약 원반의 지도도 깜빡거렸다.

루이스는 부끄럽게도 놀라서 움찔거렸다. 풍경이 다시 내달리며 그 너머에 있는 산들도 움직였다. 흘러나온 산과 링 벽의 모습역시 다시 나타나서 배경 역할을 했다. 링월드 기준으로 보자면 그것들은 가까운 곳에 있었다. 거리라고 해 봐야 고작 수만 킬로미터에 불과했다.

그는 우주선의 컴퓨터를 조작할 수 있다면 뭘 조사하고 싶은지 생각해 보았다. 나중에 최후자를 만나면 알아봐 달라고 부탁해야 했다. 수호자들에 대해 알려진 바를 반드시 확인할 필요가 있었다.

회 접시는 지금 어디 있는 거지? 요가를 배운 덕분에 루이스는 조급함을 억누를 수 있었다. 얼마 만에 돌아와야 빠르다고 할 수 있는 거지? 그러나 사십오 분이 지나도 회 접시는 돌아오지 않았다. 동료가 도약 원반 연결 지점에 있는 모양이군. 아마 그렇겠지. 종자가 회 접시를 낚아챘을 거야. 그래도 모르는 일이니까 다시 생각해 보자.

그때 지도에서 먼 곳에 있는 지점이 살짝 움직였다. 살짝 움직였다 이거지. 루이스는 숨이 턱 막히는 바람에 헐떡거렸다. 축척이 로그함수니까 아치를 따라서 삼억 킬로미터 떨어진 곳인데, 움직였다고? 그렇다면 그 지점은 항성 사이를 여행하는 저속선과 같은 속도로 움직인다는 얘기잖아. 초당 수백 킬로미터는 되겠군. 그렇게 움직이고 있는 물체라면 당연히 연료 보급용 탐사기였다. 탐사기가 측면에 새 도약 원반을 장착하고 링 벽을 따라 설정된 궤도에 맞춰 이동하는 게 분명했다. 회 접시는 운석처럼 불타 버렸으리라.

루이스는 원반을 들어 올리고 조종 장치를 열었다. 그리고 조종 장치를 재설정하기 시작했다. 그는 작업 내내 욕을 하고 혼잣말을 하면서 음악 소리를 무시하기 위해 애썼다.

"이걸 만지면 저 연결이 초기화될 테고…… 젠장. 왜 안 되지? 오, 그래. 어두워지면 꺼진 거지. 이제 이걸 건드리면……."

그는 주방 설비를 조종해서 빵을 만든 다음 도약 원반 위에 올려놓았다. 찰칵.

그가 동료들과 '화침'호를 차단한 뒤 한 시간 십 분이 흘렀다. 그동안 그들은 수리 시설 어디에도 진입할 수 없었다. 그 사실이 드러나면 전면전이 시작되고 계약도 파기될 터였다.

하지만 그런다 한들 어쩌겠어?

루이스는 웃고 싶었지만 그러지 못했다. 퍼페티어가 어떤 종족인지 알기 때문이다. 최후자는 수술로 보조 조종 장치를 이식해 두었을 것이다. 루이스는 도약 원반을 재설정할 시점을 잘 선택해야 한다는 걸 알고 있었다. 최후자라면 그의 속임수를 참고 넘길 수 있었지만 브람이 분노하는 상황은 만들고 싶지 않았다.

빵이 되돌아왔다.

순찰차는 수면 위를 날고 있었다. 산들은 이제 왼쪽에 있었고, 조금씩 우현 쪽으로 이동하고 있었다. 순찰차가 올라가 있는 플랫폼이 회전했군. ……육십 도 회전했어. 루이스는 그렇게 생각하며 천천히 미소를 띠었다.

그 탈것은 초전도체 격자를 따라 움직이고 있었다!

초전도체 선은 링월드 바닥 면 속에 하나의 층을 이루며 깔려 있었고, 직경이 팔만 킬로미터인 육각 형태였다. 초전도체 선은 자기장을 유도하고, 그 자기장으로 항성의 홍염을 조종할 수 있었다. 순찰차는 자기 부상 탈것 위에 있는 게 분명했다. 도시 건설자들이 탈것을 작동시켰을 수도 있지만 링월드 자체만큼이나 나이가 많은 무언가가 그랬을 확률이 더 높았다.

최후자는 이 사실을 알고 있을까?

나는 아직도 행동하지 않고 반응만 하고 있군. 루이스가 그렇게 생각할 때 빵이 다시 돌아왔다. 모험을 해 봐야 할까?

그는 도약 원반 위로 걸어 올라갔다.

착륙선 격납고에서 사라진 압력복들이 있었다. 최후자용 압력복 한 벌, 크미를 위해 준비된 여분 압력복, 루이스용 압력복 한 벌이 보이지 않았다. 그렇다고 해서 브람의 승무원들이 진공 속에 나가 있다는 뜻은 아니었다. 수호자가 신중을 기하기 위해서 압력복을 갑옷처럼 사용하는 것일 수도 있었다.

루이스는 원반에서 내려선 다음 압력복 한 벌과 허리띠와 헬멧과 공기통을 팔로 끌어안고는 직조인 마을로 도약했다.

루이스는 균형을 잃으면서 나타났다. 구르면서 들고 있던 물건들을 모조리 떨어뜨렸다. 그리고 창피함을 느끼며 신중하게 주변을 살펴보았다.

화창한 낮 시간이었다. 도약 원반은 직조인들이 목욕을 하는 강물의 진흙 강변에 비스듬히 놓여 있었다. 물웅덩이에는 아무도 없었다. 루이스는 아이들이 있는지 귀를 기울여 봤지만 아무 소리도 들리지 않았다. 그는 몸을 숙이고 원반을 검사해 보았다.

그때, 뒤쪽 가까운 곳에서 심술궂은 목소리가 들려왔다.

"안녕하십니까! 당신은 어떤 종족인가요?"

목소리는 땅에 떨어진 헬멧에서 흘러나왔다. 루이스는 일어선 다음 대답했다.

"둥근 곳에 사는 종족입니다. 당신은 키다다인가요?"

"그렇습니다. 당신은 루이스 우와 같은 종족입니까?"

나이 많은 직조인이 자신 없는 얼굴로 그를 바라보았다.

"그래요, 키다다. 루이스 우는 언제 떠났죠?"

"당신은 젊어진 루이스 우군요!"

루이스는 입을 쩍 벌리고 쳐다보는 키다다 때문에 마음이 편치 않았다.

"맞습니다, 키다다. 난 오랫동안 잠들어 있었죠. 직조인들은 잘 지내나요?"

"우리는 번성했습니다. 교역도 했고요. 손님들이 오가고 있죠. 사워는 여러 날 전에 병을 앓다가 죽었습니다. 그 뒤로 하늘이 스물두 번 돌았고······."

"사워가 죽었다고요?"

"당신이 전설에 나오는 털북숭이 생물들을 뒤에 달고 사라진 밤부터 지금까지 하늘이 스물두 번 돌았죠. 그 광경을 본 건 굴어린아이뿐이었지만요. 그래요, 사워는 죽었습니다. 나도 살날이 얼마 남지 않았고, 두 아이가 죽었죠. 손님들이 치명적인 질병을 묻혀 오는 경우가 있습니다. 본인들에게는 아무 영향이 없는 병이겠지만 말입니다."

"사워와 얘기를 할 수 있을 거라 생각했는데······."

키다다가 음산하게 웃었다.

"대답을 들을 수는 없겠죠."

"사워는 조언을 잘해 줬거든요."

절박해질 때까지 기다리지 말았어야 하는 건데!

"사위는 당신이 사라진 다음에야 당신의 문제가 뭔지 말해 줬습니다."

"그건 해결했습니다. 해결했다고 '생각'하는 거긴 합니다만. 그렇지 않다면 노예 상태라는 뜻이니까요."

"노예 상태라. 그래도 수십 팔란 만에 자유를 찾았군요."

키다다가 피곤하고 씁쓸한 목소리로 말했다.

루이스는 문득 자신이 절실하게 사위와 대화하고 싶었다는 사실을 깨달았다. 시간만 있다면 남아서 조의를 표하고 싶었다.

시간이라. 하늘이 스물두 번 돌았다고 했으니까…… 이 팔란이 넘었다는 얘기군. 링월드의 하루는 삼십 시간이니 백육십오일이 지났다는 뜻이고. 나를 지구 시간으로 반년 동안 오토닥 안에 내버려 뒀단 거잖아!

이제 그는 그 시간을 따라잡는 중이었다.

"키다다, 도약 원반은 누가 옮겼습니까?"

"무슨 뜻인지 모르겠군요. 이걸 얘기하는 겁니까? 이건 당신이 사라진 날 아침부터 여기 있었습니다. 우리는 그대로 내버려뒀죠."

원반 가장자리에 진흙이 묻어 있었다. 루이스는 커다란 지문과 손톱자국을 보았다. 어떤 인류가 방문해서 설정을 바꾸려 한 게 분명했다. 직조인들과 달리 손이 큰 종족이었다.

굴이군. 그는 어느 정도 짐작하고 있었다. 그리고 낮에 이곳에 나타나서 다행이라고 생각했다. 야행인들은 그가 왔다는 사실을 모를 것이다.

루이스는 압력복을 입었다.

"아이들에게 내 인사를 전해 주십시오."

그는 그렇게 말한 다음 사라졌다.

어두웠다.

루이스는 헬멧에 달린 전등을 켰다. 반쯤 모습을 드러낸 유골이 그를 바라보고 있었다. 그는 운석 방어 제어실에 있었고, 화면들은 꺼진 상태였다. 그가 켠 전등만이 유일한 조명이었다.

유골은 과거에 연구 목적으로 옮겨진 것이었다. 관절은 붙어 있지 않고 누군가 손을 댄 흔적도 거의 없었으며 가느다란 금속 막대로 구성된 틀에 고정되어 있었다. 유골의 키는 그보다 삼십 센티미터 정도 작았다.

뼈들이 하나같이 풍화작용 때문에 마모되어 있었다. 갈비뼈는 거짓말처럼 가늘었고 손가락뼈는 거의 남아 있지 않았다. 골격 구조는 긴 시간 때문에 무너졌다. 하지만 주먹은 여전히 컸고, 관절들은 예외 없이 거대했으며 크게 부풀어 있었다. 커다란 턱뼈에서 부식된 상태로 튀어나와 있는 것은 이가 아니었다. 그건 나중에 자라난 뼈였다.

유골의 주인은 수호자였다.

루이스는 손가락 끝으로 유골의 얼굴을 만져 보았다. 뼈는 가루처럼 부서졌고 부드러웠다. 시간 때문에 부드러워진 뼈의 표면이 천천히 먼지로 변하고 있었다. 침식성 환경 때문에 그리된 게 아니었다. 그 뼈들은 최소한 천 년 전의 것이었다. 우측 골반은 산산이 부서졌고, 그 뼛조각들은 다른 곳에 흩어져 있었다. 왼쪽 어깨와 팔꿈치와 목도 금이 가거나 깨진 상태였다. 유골의 주인은 추락사했거나 전투 도중에 맞아 죽은 게 분명했다.

팩 종족의 고향은 은하핵 어딘가에 있었다. 그들이 지구에 만든 식민지는 실패했다. 생명의 나무도 실패했고, 식민지에는 수호자가 한 명도 남지 않았다. 하지만 팩 종족은 아프리카와 아시아에 있는 착륙 지점으로부터 지구 전역으로 퍼져 나갔다. 그들의 뼈는 호모하빌리스라는 이름하에 박물관에 보존되어 있었다. 그들의 후손은 진화해서 지성체가 되었다. 고전적인 유형 성숙의 예였다.

스미스소니언협회에는 미라가 된 팩 수호자가 있었다. 수 세기 전에 화성 사막 밑에서 발굴한 미라였다. 루이스는 일반 생물학 과정 때 접한 홀로그램 영상을 제외하면 그 미라를 단 한 번도 본 적이 없었다.

이 생물은 기형 팩 종족일 수도 있겠군. 루이스는 생각했다. 하지만 특징적인 큰 턱은 그대로 남아 있었다. 수호자들은 이가 없어지게 마련이었다. 유감스러운 일이었다. 이가 남아 있으면 많은 걸 알아낼 수 있기 때문이다. 하지만 턱은 다른 생물의 뼈를 부술 정도로 튼튼했다. 상체는 표준적인 팩 종족으로 보기에 너무 길었다. 따라서 유골의 주인은 완전한 팩 종족이 아니었다. 굴도 아니었다.

루이스는 그가 죽은 시기를 추측할 수 있었지만 태어난 시점은 알 수 없었다. 스미스소니언에 있는 수호자는 삼만 년이 넘는 시간에 걸쳐 은하핵에서 지구로 여행했다. 그 정도 규모의 원정에 필요한 장비를 갖추는 데는 역시 비슷한 시간이 걸릴 터였다. 수호자들은 아주 오래 살 수 있었다.

그리스의 신들 가운데 가장 나이 많은 신은 크로노스였다. 크로노스는 자식들을 죽였고, 그중 몇이 살아남아서 크로노스를 죽였다. 루이스는 은하핵에서 지구로 온 수호자를 크로노스라 부르기로 마음먹었다. 흡혈귀 떼가 죽인 수호자는 분명 크로노스가 포기한 하인이었다.

브람과 앤은 그 뒤 여러 해에 걸쳐서 주인의 뒤를 쫓았을 것이다. 수년, 수 세기, 수천 년 동안. 인간의 조상인 팩 양육자와 흡혈귀들은 수호자들이 은하핵을 떠나기 전부터 이미 뛰어다닐 수 있는 사냥꾼들이었다.

늙은 크로노스는 흡혈귀 수호자들을 대수롭지 않게 여겼으리라. 흡혈귀란 결국 교미 습성과 식성이 역겹고 지능이 없는 동물이었다. 그리고 크로노스는 자극받을 만한 성욕 자체가 없는 초지성 생물이었다.

브람도 결국은 흡혈귀지. 따라서 약점이 있을 거야. 그걸 찾을 수 있다면 말이지만. 부러진 곳은 오른쪽 골반, 왼팔, 어깨군. 두개골은 금이 갔고. 사망 당시에 난 상처겠지. 다른 곳에 있는 골절 흔적은 오래됐고 치료한 흔적이 있어. 크로노스는 유골 주인이 사망하기 오래전에 척추를 부러뜨렸군. 수호자의 척수는 재생

되는 건가? 오른쪽 무릎에 있는 오래된 상처는 치유되지 않았고, 무릎 자체가 하나로 붙어 버렸군.

척추에는 이상한 점이 더 있었다. 하지만 루이스는 두개골을 다시 살펴본 뒤에야 어떤 점이 이상한지 깨달을 수 있었다. 두개골은 이마 부위가 튀어나와 있었지만 이마뼈와 맨 위에 있는 돌출부는 두개골의 다른 부분보다 나중에 형성되었다. 턱뼈에서 톱니 모양으로 자라나며 솟은 부분에 아직도 마모된 이의 모양새가 남아 있었다. 그것들은 최근에 자라난 부위였다. 척추도 마찬가지였다. 척추는 재생 기간을 거쳐 형성되었다.

크로노스가 마지막 전투에서 승리했다면, 다시 치유되었을 것이다.

이 문제를 살인 사건 수사라고 생각해 보자. 살인자의 정체는 이미 알고 있어. 하지만 법정에서 유죄판결을 끌어내려면 세부 사항과 미묘한 의미들을 알아야 해. 브람은 이 뼈들을 왜 모은 거지? 적은 죽었고 복수하러 올 자도 남아 있지 않은데……. 브람과 앤은 크로노스 같은 자들이 더 있기 때문에 두려워한 건가?

유골 하나가 서 있고, 그 뒤편의 어둠 속에 장비들이 쌓여 있었다. 브람은 루이스가 그 장비들에 접근하지 못하게 막았다.

장비들은 무작위로 흩어져 있는 것처럼 보였다. 그건 맞는 표현이기도 했고 틀린 표현이기도 했다. 장비들은 조사를 위해 정돈된 채 펼쳐져 있었고, 뭔가가 그 사이를 헤집고 지나간 것 같았다. 흡혈귀 수호자가 분노에 차서 발길질이라도 한 모양이었다. 어떤 것들은 그냥 분해되어 있었고, 일부는 어떤 원칙에 따라 정리되어 있었다.

멋진 털 코트와 앞섶을 여밀 수 있는 허리띠가 보였다. 코트에서는 악취가 났다. 오래 묵은 가죽 냄새의 흔적과 수천 년 동안 씻지 않은 굴의 체취였다. 루이스는 가죽 면이 드러난 코트 안쪽에서 모양새가 각기 다른 가죽 주머니 수십 개의 흔적을 발견했다. 이제는 하나도 남아 있지 않은 주머니들이었다.

무기도 있었다. 검게 녹슨 오래된 금속 칼은 길이가 삼십 센티미터쯤이고 길쭉했다. 뼈로 만든 칼 두 자루는 검지보다 짧았다. 투척용 칼은 돌로 만들었음에도 모양새가 거의 똑같았고, 갓 만들어졌을 당시와 마찬가지로 위험해 보였다. 튼튼하고 기다란 금속 합금 막대는 끝부분이 끌처럼 날카롭게 갈려 있었다.

먼지 속에 굵은 끈이 달린 나무 신발의 잔해가 남아 있었다. 잘 만든 쇠뇌와 십여 개의 화살도 보였다. 화살은 하나같이 조금씩 차이가 있었다. 이 조그마한 상자는…… 부싯돌인가? 루이스는 상자를 시험해 봤지만 불을 일으킬 수 없었다. 여기 쌓여 있는 건…… 종이나 양피지군. 지도였을까?

망원경도 있었다. 그 망원경은 서투른 구석도 있었지만 모양새가 아주 정교했고 광택이 남아 있었으며, 별도로 보관되어 있었다. 그 옆에는 도구를 관리하는 공구가 있었다. 숫돌과 작은 칼과……. 브람 혹은 브람과 앤이 크로노스의 망원경을 복제하려고 공구 가게를 차려 둔 것 같았다.

크기가 그의 주먹과 비슷하고 단단하며 검은 덩어리가 있었다. 루이스는 허리를 숙이고 덩어리의 냄새를 맡아 보았다. 말린 고기인가? 유효 기간이 천 년쯤 지나긴 했지만, 그래도 육포라는 건 고기의 맛과 냄새를 늘 간직하는 법이었다. 굴들이라면 좋아할 것 같았다.

크로노스는 언제 죽은 거지? 한번 물어볼까?

루이스는 자신이 추적 놀음을 한다는 걸 알고 있었다. 물어보면 더 많은 걸 알 수 있지만……. 브람은 모든 걸 가르쳐 주지는 않을 게 분명했다. 그리고 루이스에게는 시간이 많지 않았다.

그는 크로노스의 어깨뼈를 두드렸다.

"날 믿어."

그리고 사라졌다.

루이스는 밝은 빛 때문에 앞이 보이지 않아 비틀거렸다.

말미잘처럼 허우적거리던 그는 단단한 바닥으로 몸을 지탱하려고 무릎 사이에 손을 넣었다. 강렬한 햇빛 때문에 눈을 질끈 감은 채였다. 그는 장갑을 낀 손가락으로 무언가를 문질러 본 다음 손을 움켜쥐었다. 잔뜩 기울어진 도약 원반이 그의 발밑에서 한 걸음 정도 미끄러졌다. 그는 원반의 끝을 움켜잡고 놓치지 않으려 애썼다. 그의 몸이 완전히 정지했다.

감광 기능이 있는 안면 보호판이 탁한 회색으로 변했다. 그는 도약 원반의 끝을 붙잡고 몸을 웅크린 채 주변을 돌아보았다.

화성의 지도는 그다지 정확한 지도가 아니었다. 백여 개의 붉은 그림자들이 움직이지 않고 멈춰 있었다. 하지만 하늘은 지구의 고지대에서 본 것처럼 파랗고 어두웠다. 태양 빛도 화성이라고 보기에는 너무 밝았다. 중력 역시 어쩔 도리가 없었다.

화성인들에게는 별 상관이 없는 문제일 수도 있었다. 그들은 너무 고와서 점성이 있는 유체처럼 움직이는 모래 밑에 살기에 햇빛에 영향을 받지 않았다. 모래가 부력을 생성하기 때문에 링월드의 중력에 반해서 떠오를 수도 있을 것 같았다.

루이스는 자신이 올림푸스 몬스 산으로 이동할 거라 예측했고, 짐작이 맞은 것 같았다. 그는 아주 높은 곳에 있었다. 도약 원반은 사십오 도 각도를 이루며 쌓인 부드러운 흙더미의 꼭대기 부근에 놓여 있었다. 그리고 원반이 다시 미끄러지기 시작했다.

원반을 여기에 놓다니, 최후자는 무슨 생각을 한 거지?

아, 그랬군. 이건 화성인이 한 짓이야. 함정이군.

원반은 안정성을 완전히 상실하고 더 빠르게 미끄러지고 있었다. 지면까지는 아주 멀었다. 수 킬로미터에 달하는 거리였다! 흙은 꾸준히 부는 바람 때문에, 즉 대양의 성층권 바람 때문에 꾸준히 쌓인 게 분명했다. 그런 기후 양상은 여러 개의 행성보다 더 규모가 컸다. 화성 지도가 제대로 구현하지 못한 또 하나의 요소였다.

원반이 썰매로 바뀌었기 때문에 루이스는 몸을 낮추고 납작하게 엎드렸다. 원반은 속도를 높이고 그를 날려 버릴 것처럼 요동쳤다. 그는 죽을힘을 다해 원반을 붙들고 있었고, 장화를 신은 발까지 동원하려고 애를 썼다. 환경 계획도시만 한 크기의 바위가 원반의 진로를 가로막고 있었다. 그는 방향을 바꾸기 위해 왼쪽으로 몸을 기울였지만 소용없었다. 곧 내동댕이쳐질 것 같았다.

다음 순간 그는 다른 장소에 나타났다.

루이스는 더욱 죽을 듯이 손을 움켜쥐었다. 검은 허공 속으로 떨어지고 있었기 때문이다.

고음의 비명 소리가 뚝뚝 끊어졌다. 설정을 바꿔 놨는데! 바꿨다고! 바꿨다니까!

그는 우아하게 구부러져 있는 시가 담배 모양의 물체에 부착된 도약 원반에 매달려 있었다. 최후자가 사용하는 연료 보급용 탐사기였다. 검은 하늘이 그를 에워싸고 있었고, 그 속에서 별들이 빛났다.

도약 원반과 탐사기의 선체가 모조리 빛나고 있었다. 뒤쪽에 광원이 있는 게 분명했다. 루이스는 도약 원반을 붙든 발과 손을 놓치지 않으면서 몸을 돌려 뒤를 바라보았다.

링월드가 뒤쪽과 아래쪽에 떠 있었다. 그는 링월드를 자세히 볼 수 있었다. 몸을 꼬고 있는 뱀 같은 강들이 보였고, 해저 지형이 보였고, 기계인들이 만든 고속도로로 추정되는 검정 직선이 보였다.

전신을 완전히 드러낸 항성이 그를 굽고 있었다. 큰 문제는 아니었다. 압력복이 땀을 배출할 수 있었으니까. 그보다는 밤이 더 문제였다. 그는 방한복이 필요할 거라고는 예상하지 못했다.

루이스는 링 벽 꼭대기와 같은 높이에서 원뿔 모양의 흘러나온 산들과 산의 아래쪽에서 흘러나오는 강들을 내려다보고 있었다. 천오백 킬로미터에 달하는 고도였다. 그는 정면 먼 곳에서 기다랗게 이중나선을 형성하고 있는 가느다란 선을 식별할 수 있었다. 그게 바로 자세제어 엔진이었다.

루이스는 자신이 버사드 램제트라고 생각했던 두 개의 쌍둥이 원뿔 곡면을 볼 수 있었다. 하지만 그것들은 작았고, 더 커다란 무언가의 잘록한 허리 부분에 해당했다. 링월드의 자세제어 엔진은 아주 가느다란 선으로 되어 있었기 때문에 그의 시야에 들어왔다가 나가기를 반복했다. 그것은 태양풍의 흐름을 유도하는 일종의 우리였다.

루이스가 보고 있는 엔진은 아직 링월드에 장착되지 않은 상태라 엉뚱한 방향을 향하고 있었다.

그는 이백 년 동안 그와 같은 공포심을 느껴 본 적이 없었다.

빵은 제대로 돌아왔잖아!

탐사기는 관성으로 이동하고 있었고…… 제힘으로 움직이지 않았다. 거기에 링월드가 아래쪽에서 초속 천이백 킬로미터의 속도로 회전하고 있었다.

도약 원반의 연결망이 재설정된 거야. 난 이 원반을 연결에서 분리시켰지만 그게 재설정된 거라고. 최후자의 프로그래밍언어를 이해하지 못했으니까. 그것 말고 내가 실수한 게 또 있을까?

회 접시는 왜 사라진 거지? 그 문제라면 어렵지 않았다. 접시는 원반에서 너무 멀리 벗어났던 게 분명했다. 빵은 그렇지 않았다. 빵은 원반이 작동할 때 아직 유효범위 안에 있었던 것이다.

루이스는 매달린 채 버티고 버텼으며…….

원반이 튀어 올라 그의 안면 보호판을 때렸다.

그는 눈을 감고 매달렸다. 지금은 어떤 적이든, 어떤 생물이든 맞서 싸울 수 있는 상황이 아니었다. 그는 몇 초만 지나면 자신이 홀로 안전하게 '탐구의 화침'호에 타고 있을 거라고 생각했다.

손톱이 달려 있고 커다란 손이 그의 어깨를 붙잡고 그의 몸을 뒤집었다.

| 달리기 수업 |

AD 2893, '숨은 족장'호

크진인이 그를 당겨 똑바로 세워 놓았다. 루이스는 헐떡거리면서 몸을 떨었다. 그의 헬멧이 닫혀 있었기 때문에 종자는 말을 걸 수 없었다. 루이스는 다행이라고 생각했다.

그는 '숨은 족장'호의 선미에 있었다. 젠장, 또 놀랄 만한 일이 벌어진 건가. 그는 센티 강에 천오백미터 길이의 범선을 남겨 둔 적이 있었다. 그게 왜 여기 있는 거지?

종자가 그에게 질문을 던지고 있었다. 종자가 손에 들고 있는 것은……. 아, 젠장! 루이스는 헬멧을 비틀어 열었다.

종자가 말했다.

"배의 뒤쪽에서 서성거리고 있을 때 이게 도약 원반 위에 나타났다. 방문 선물인가, 루이스? 보존 처리된 물고기가?"

루이스는 회 접시를 받았다. 만져 보니 저민 생선 살점들은 부풀어 있고 바삭바삭했다.

그가 말했다.

"진공상태에 있었거든. 빵 덩어리도 들렀다 갔나?"

"그건 그냥 내버려 뒀지. 루이스, 당신에게서 공포의 냄새가 난다."

난 여기서 뭘 해야 하지? 루이스는 생각했다. 조금만 더 있으면 안전하게 '탐구의 화침'호로 돌아갈 수 있었다. 그러면 침상 사이에 떠서 떨리는 몸이 진정되는 동안 정신을 차리고, 새로 알게 된 사실과 아직 모르고 있는 사실을 정리할 수 있을 터였다.

종자는 이미 그를 목격했다. 종자를 설득해서 입을 다물라고 하면…… 하지만 그건 안 될 말이었다. 수호자는 이미 반년에 걸쳐 종자의 몸짓을 관찰한 뒤였다. 따라서 종자는 아무것도 숨길 수가 없었다. 루이스는 설득을 포기하고 입을 열었다.

"내 공포심은 죽은 사람도 알아챌 수 있을걸."

그는 헬멧과 공기통을 내려놓고 지퍼를 열기 시작했다.

"도약 원반의 설정법을 알아낸 줄 알았지. 그런데 내 생각이 틀렸어! 아, 화성인들은 함정까지 파 놨더군. 하마터면 거기서도 죽을 뻔했지."

해치 위로 반쯤 벗어진 사춘기 소년의 머리가 튀어나왔다. 도시 건설자 소년이었다. 그가 놀라서 눈을 크게 뜨더니 시야에서 사라졌다.

크진인이 물었다.

"화성인이라고?"

루이스는 압력복을 벗기 시작했다.

"그 얘긴 됐어. 난 에너지를 소비해야 한다고. 달리기는 할 줄 알지?"

크진인이 털을 세웠다.

"나는 아버지와 싸운 다음에 달리기로 이긴 적이 있다."

"선수까지 경주하지."

종자가 길게 울부짖으며 뛰어 나갔다.

압력복이 루이스의 발목에 감겼다. 크진인의 울음소리를 듣고 근육이 일순 경직되는 바람에 루이스는 넘어지고 말았다. 아주 멋진 전투 함성이군! 그는 고대의 욕을 중얼거리면서 압력복을 완전히 벗고 일어나 달리기 시작했다.

종자는 그보다 훨씬 빨리 움직였지만 아직 시야에 있었다. 그 때 배가 갑자기 방향을 바꿨고, 종자의 모습이 사라졌다.

루이스는 '숨은 족장'호에서 거의 이 년을 살았기 때문에 길을 잃을 걱정은 없었다. 그는 열심히 달렸다. 경쟁 상대는 자신뿐이었다. 뛰어야 할 거리는 천오백 미터나 남아 있었다.

"루이이이!"

목소리는 희미하고 이상했다. 목소리가 들려오는 곳은 머리 위 저 높은…… 퍼페티어가 배의 뒤쪽 돛대 위에 있는 망대에 자리하고 있었다.

루이스는 고함을 쳤다.

"안녀어엉!"

"잠깐 기다리십시오!"

목소리가 말했다.

"못 기다려!"

루이스는 기분이 좋았다. 사각형에 가까운 그림자가 내려왔지만 그는 계속해서 달렸다. 그림자가 옆으로 다가오더니 그와 보조를 맞췄다. 그림자에는 수리 시설에 있던, 가로대가 달린 화물 운반용 받침대가 붙어 있었다. 루이스는 말했다.

"저리 가. 지금 경주 중이라고."

"무슨 말인지 모르겠습니다."

"이건…… 지능 시험이 아니란 얘기야."

"기분은 어떻습니까?"

"아주 좋아. 목표는 상실했고. 난 살아 있다고! 최후자, 올림푸스에 있는 도약 원반은 사용하지 마."

"이유가 뭡니까?"

"화성인들이 함정을 설치해 놨어. 그들은 살아 있어."

루이스는 숨을 깊이 들이마시고 내쉬었다. 혀에서 소금기가 느껴지는 바람의 맛이 났다. 이거 멋지군! 그의 폐와 다리는 아직 버티고 있었다. 루이스는 더 빨리 뛰었다.

"다른 함정도 파 놨을 거야."

"우리도 당하고만 있을 순 없습니다. 도약 원반을 바다에 던져 넣고 바닷물을 올림푸스 몬스로 보내면 어떻게 될까요?"

"내가 그걸 어떻게 알아. 아무것도 멸종, 시키지는 마. 나중에,

필요할지도 모르니까. 너희가 크진 종족을, 다 죽이지 않은 것
도, 그런 이유 때문이잖아."

"그렇다고 볼 수도 있겠지요."

최후자가 인정했다. 그는 눈이 하나뿐인 머리를 돌려 앞쪽 먼
곳에서 중간 갑판 최상층을 따라 이동하며 잠깐 나타났다가 사라
진 주황색 물체를 흘끗 보았다. 그 물체는 종자였다.

"루이스, 당신은 딱 좋은 순간에 나타났습니다. 따라잡아야 할
게 아주 많습니다."

"브람은 어디 있지?"

"저녁 식사를 요리하고 있습니다."

루이스는 현실감각을 되찾으려고 목을 구부려 주변을 둘러보
았다. 무슨 뜻이지? 최후자가 지금 농담을 한 건가? 퍼페티어식
우스갯소리일 수도 있지만…… 사실일 수도 있겠군.

"브람은 후각이 뛰어납니다."

최후자가 덧붙였다.

"춤은 잘돼 가나?"

"춤이라! 춤은 내가 없어도 진행됩니다. 루이스, 난 당신네 재
활용 장치를 쓰느라 신물이 날 지경입니다! 그걸 재설계할 시간
도 없고요."

"그건 고마운 소식이군."

루이스는 최후자가 심각하지 않은 태도를 고수하기 바랐다.
하지만 브람이 최후자를 의심한 나머지 정상적인 운동을 금지하
거나 퍼페티어용 화장실과 목욕 시설을 못 쓰게 한다면…….

그러면 최후자는 브람의 목숨을 빼앗을 준비를 했을 것이다.

루이스는 중간 갑판 최상층의 끝에 도달했다. 그는 사다리와 통로를 기어 올라갔다. 크진식 사다리는 경사가 상당했고 가로대 간의 간격이 아주 넓었다. 하지만 루이스는 스테로이드 주사를 맞은 원숭이처럼 사다리를 오르내렸다. 그는 종자를 앞지를 수 있다는 희망을 버리지 않았다. 종자가 벽감 속에 숨어 있다가 뛰쳐나와서 덤볐으면 좋겠다는 생각마저 하고 있었다. 그는 높은 곳에서 이동을 멈췄다.

루이스는 머릿속으로 정원을 통과할 경로를 그려 보았다. 시간이 너무 오래 걸릴 것 같았다. 그는 통로의 끝에서 단단한 나무로 만든 일련의 계단으로 내달려 벽의 꼭대기로 올라갔다. 그리고 멋진 가시가 달린 크고 노란 먼지버섯 덤불을 피해 벽 위로 이동하다가 삼십 미터 아래에 있는 흙바닥으로 뛰어내렸다.

그곳은 크진인의 사냥터였다. 루이스와 도시 건설자들은 이 년 동안 그곳에 있는 식물들을 관리했다. 다시 돌아와 보니 그곳의 식물들은 거칠게 자라나 있었다. 크진인 선원들이 먹을 동물 떼가 그 식물을 먹잇감으로 삼은 게 분명했다. 이제 동물 떼는 남아 있지 않았기 때문에 루이스는 동물을 볼 수 있을 거라고 기대하지 않았다. 물론 종자가 감귤류 덤불에 숨어서 기다리고 있다면 그건 다른 얘기였다. 하지만 그는 크진인을 보지 못했다.

엄청나게 큰 돛대가 여덟 개였고 돛은 셀 수 없을 만큼 많았다. 그것들을 조종할 수 있는 윈치는 크진인만이 다룰 수 있었다. 수호자도 할 수 있을까? 루이스는 꼭대기에 선수용 망대가 달려 있는 앞 돛대에 도착해 숨을 거칠게 몰아쉬었다. 다리가 너무 많이 익힌 국수로 변한 것 같았다.

선수에서 그를 기다리는 사람이 있었다. 루이스는 욕으고 욕을 했다. 입 밖으로 욕을 꺼낼 수 없을 정도로 숨이 찼기 때문에.

그리고 잠시 뒤 기다리는 사람이 수호자라는 걸 알아챘다. 루이스는 속도를 늦췄다. 브람이 동상처럼 기다리고 있었다. 이자가 숨은 쉬고 있는 건가?

루이스는 헐떡이며 말했다.

"당신이 이긴 것 같군."

"우리가 경주를 하고 있었나?"

브람은 도시 건설자 소년이 주방에서 루이스를 발견하기 전까지 침입자가 있다는 사실을 몰랐으리라. 혹은 머리 위에 있는 갑판에서 누군가 발을 구르는 소리를 듣고 알았을 수도 있었다. 어쨌든 그는 분명히 달렸을 것이다.

루이스는 말했다.

"그건 상관없어. 난 운동을 해야 했거든."

전방에 산맥이 펼쳐져 있었다. 지구에서는 볼 수 없는 산맥이었다. 산들은 원뿔형이었고, 간격이 매우 넓었고, 크기가 다양했으며, 왼쪽에서 오른쪽으로 늘어서 있었다. 지평선이 없었기 때문에 절대적인 크기는 가늠할 수 없었다. 산들은 대부분 정상에 흰 눈이 덮여 있을 만큼 높았지만, 눈 밑은 하나같이 녹지였다.

루이스의 눈과 정신이 산맥 위에 희미하게 보이는 대상을 인식한 건 그다음이었다. 그 대상과 비교하면 산들은 아주 작았다.

루이스는 차분히 생각해 보았다. 링 벽의 높이는 천오백 킬로미터 정도였다. 산이라고 부를 수 있는 것은 스물에서 서른 개쯤 되었다. 그리고 링 벽과 붙어 있는 구릉에 불과한 것이 대여섯 개쯤이었다. 하지만 그중 두세 개는 에베레스트와 맞먹을 만큼 높았다.

최후자가 선수 쪽을 향해 둥실거리며 다가왔다. 그의 뒤에서 빠르게 움직이는 주황색 물체가 나타났다. 크진인은 터벅터벅 걷고 있었다. 그리고 완전히 지쳐 헐떡거렸다.

루이스는 말했다.

"고마워, 종자. 난 이런 운동이 간절히 필요했거든. 전쟁을 벌여도 될 만큼 아드레날린이 넘치고 있었지."

크진인이 숨을 거칠게 내쉬며 말했다.

"아버지는…… 내가 이기게 해 줬다. 나를 죽일 생각이, 없었으니까."

"아."

"당신은 어떻게, 앞지른 거지?"

"그건 당연한 결과야. 아마 정원에서 앞질렀을걸."

"어떻게?"

"브람, 달리기에 적합한 사냥꾼 종족에 대해 알고 있겠지?"

"그런 건 모른다."

수호자가 대답했다.

"흠. 종자, 사냥을 하는 생물은 아홉 번 먹잇감에 달려들면 여덟 번은 놓쳐. 먹잇감이 도망치면 더 느린 상대를 선택하지. 육식 동물 가운데 한번 노린 대상이 지칠 때까지 따라갈 수 있는 좋은 소수에 불과해. 늑대가 그런 경우에 해당하고 인간도 그렇지. 대형 고양잇과 동물들은 그러지 못해. 크진인도 마찬가지고. 너희 조상은 먹잇감의 흔적을 추적하거나 나중에 기습하는 편이 낫다는 걸 배웠어. 하지만 그거야 어디까지나 이성적인 판단일 뿐이지. 너희는 그 판단에 따를 만큼 진화하지 못해서⋯⋯."

 "이길 거라는 걸 알고 있었군."

 "그래."

 크진인이 그를 보며 눈을 깜빡거렸다.

 "목적지를 정원으로 잡았다면?"

 "네가 이겼을 거야."

 "가르침을 고맙게 받아들이겠다."

 "나도 고마워."

 멋진 문장인데. 루이스는 생각했다. 저런 건 누가 가르쳤지?

 "루이스, 주변을 돌아보고 반응해 봐라."

 브람이 말했다. 반응하라고?

 "인상적이네. 저 녹지를 좀 봐! 구릉에서 동결 한계선까지 전부 녹색이잖아. 이렇게 놀랄 일은 아닌지도 모르겠군. 저 산들은 해저에 있던 오물이니까 하나같이 비료 역할을 할 수 있잖아."

 "그게 전부인가?"

 "플럽을 배출하던 도관 중 일부는 작동을 멈췄어. 그래서 저렇게 낮은 산도 생겼겠지. 지금쯤이면 남은 것들은 꽤 단단한 바위가 됐을 거야. 가장 높은 산에는 얼음이 아주 많겠지. 적어도 봉우리에는 그럴 거야. 구릉에서 흘러내리는 강들도 보이는군. 저 산에는 앞으로 정기적인 지진이 발생할 거야. 링월드에서 정기적으로 생기는 지진은 그게 유일하겠지."

"척박한 환경이란 말인가?"

"내 생각은 그래. 브람, 우리는 저런 풍경을 이미 오십 팔란 전에 봤어. 저 산에 생물이 살고 있는지 확인해 봤나?"

"저 산까지 이르는 거리는 당신이 태어난 행성의 둘레와 비슷할 거다. 그래, 우리는 생물이 살고 있다는 걸 확인했다. 루이스, 난 음식을 조리해야 한다. 최후자, 종자, 루이스를 식당으로 데려가라. 가서 보여 줘라."

최후자는 식당의 사면 벽에 거미줄눈을 뿌려 두었다.

그중 하나는 청동 거미줄만 있을 뿐 작동하지 않았다. 물이 넘치는 수영장처럼 생긴 화면은 각자 흰색 망토를 두르고 늘어선 어두운 녹색 원뿔들을 내려다보고 있었다. 다른 화면에는 천천히 스쳐 지나가는 링 벽의 테두리가 잡혔다. 연료 보급용 탐사기에서 찍은 영상이었다.

또 다른 화면에서는 털이 많고 근육질인 사람들이 방 여섯 개짜리 단층집 바닥을 만들 수 있을 만큼 커다란 사각형 판을 밧줄로 끌고 있었다. 사각형 판은 그들의 머리 위에 떠 있었는데, 커다란 화물 운반용 받침대나 공중 건물의 일부분인 것 같았다. 그들이 판을 끌며 이쪽으로 다가왔다. 즉 기계인 순찰차와 그 승무원들이 훔쳐서 사용하고 있는 거미줄눈 쪽으로 다가온 것이다.

최후자가 말했다.

"당신이 깨어나면 볼 수 있도록 엿새 전에 촬영한 영상을 남겨뒀습니다. 하지만 이건 실시간 영상입니다."

"지금 뭘 하고 있는 거지?"

"온갖 수단을 써서 링 벽에 접근하고 있다."

크진인이 대답했다.

"이유가 뭔데?"

"그건 아직 모르겠다. 브람은 알지도 모른다. 당신이 처치를 받는 동안 브람이 당신의 도시 건설자 친구들을 찾아내서 '숨은 족장'호에 태웠다. 그들은 아버지의 노예들이 주인에게 복종하듯 브람에게 복종하고 있다. 그리고 하루 동안 우현 쪽으로 이동하도록 배를 조종해 두었지. 브람은 지금 링 벽을 관찰하고 있다."

루이스는 다시 물었다.

"이유가 뭔데?"

"브람은 얘기해 주지 않았다."

종자가 말하자 최후자가 뒤를 이었다.

"지금까지 브람이 두려워하는 걸 본 적은 없습니다만, 내 생각에 그는 수호자들을 두려워하는 것 같습니다."

루이스는 연관성이 뭔지 알아챘다.

"링월드가 중심에서 벗어나려고 해서 자세제어 엔진을 교체해야 하는 상황이라고 가정해 봐. 그 사실을 알아챈 수호자가 있다면 링 벽에 자세제어 엔진을 장착하려고 모습을 드러내겠지?"

"가정이 맞다면 그러겠지요."

"브람은 왜 그러지 않는 거지?"

퍼페티어가 클라리넷을 물고 재채기를 하는 것처럼 짧고 날카로운 소리를 냈다.

"이 세계에 속하지 않은 종족 셋이 침입하기 시작했고 또 다른 종족이 그 결과를 보기 위해 먼 곳에서 궤도를 돌고 있다면, 그들은 링 벽으로 가는 대신 화성의 지도로 몰려들 겁니다."

"거기 가면 성능이 좋은 망원경이라도 있나? 아니지, 그래도 수호자들은 링 벽에…… 아."

"'아'라니요?"

"브람도 링 벽에 가야만 해. 그래서 준비를 하는 거군. 다른 수호자들은 가능하다면 그를 죽일 테니까."

퍼페티어의 머리 둘이 마주 보았다. 그가 말했다.

"어쨌든 우리는 '숨은 족장'호에서 특정 지역의 링 벽을 볼 수 있습니다. 연료 보급용 탐사기는 현재 일 팔란이 넘는 기간 동안 링 벽에 바짝 붙은 채 항성 궤도를 돌면서 녹화를 하고 있고요. 그 결과 아주 많은 걸 알아냈습니다, 루이스."

최후자가 아주 짧게 떨리는 휘파람 소리를 냈다. 세 개의 화면이 천천히 확대되기 시작했다.

'숨은 족장'호의 선수에 있는 망대에서 본 화면은 흘러나온 산 가운데 단 하나가 화면을 채울 때까지 확대되었다. 희미한 녹색과 어두운 녹색과 잔디와 숲이 흰 얼음이 있는 곳까지 이어져 있었다. 최정상에는 검은 안개가 매듭처럼 뭉친 곳이 있고, 검은 선이 그 속으로 들어가고 있었다. 해저 오물들이 천오백 킬로미터 높이에 있는 오물 관으로부터 끊임없이 떨어져 내렸다.

탐사기에서 본 화면에는 희미하게 스쳐 지나가는 링 벽이 떠 있었다. 루이스는 그 모습을 보지 않으려 애썼다. 도난당한 기미 줄눈에서 본 광경은……. 그는 웃기 시작했다.

기계인 순찰차가 육 미터 높이에서 부드럽게 흔들리고 있었다. 공중 받침대의 가장자리 너머로 흔들거리는 풍경이 보였다. 커다란 괴물 천여 마리가 잠들어 있는 것처럼 보이는 언덕들이 눈에 들어왔다.

여러 개의 밧줄이 화물 운반용 받침대를 끌고 있었다. 루이스가 처음 보는 종족의 독특하게 생긴 남자 서른 명이 그 밧줄에 붙어 있었다. 그들은 가벼워 보이는 짐을 빼면 아무것도 걸치지 않았다. 검은 직모가 그들의 머리에서 등을 거쳐 엉덩이 아래까지 드리워져 있었다. 머리카락만 있으면 체온을 유지할 수 있는 것 같았다.

그들은 능선을 향해 비탈을 올라갔다. 능선 밑에서 털북숭이 여성들이 손을 흔들며 소리 질러 그들을 격려했다. 그중에는 체구가 작고 피부가 붉은 여인이 있었다. 그 붉은 유목인이 팔을 크게 휘두르며 무리를 인도하려 애를 썼다.

경사가 점점 심해졌다. 남자들은 더 이상 달리지 않았다. 그들이 정상에 가까워지자 여자들이 곁에서 함께 이동했다. 여자들도 남자만큼 털이 않았다. 그들은 꽤 자연스럽게 하나둘씩 동참해서 밧줄을 끌기 시작했다. 사람들은 숨을 헐떡이면서도 평범하게 웃고 짧게나마 대화를 나눴다.

이제 여자들도 줄을 끌고 있었다. 몇 사람은 뒤로 달려갔다. 루이스는 여자들도 남자들만큼 다리가 튼튼하다는 점을 알아챘다. 그들은 정상을 넘어서 아래로 내려가기 시작했다. 달리던 사람들은 이제 화면 너머에서 순찰차의 속도를 늦추려고 애쓰고 있었다. 붉은 유목인이 달려가서 밧줄 한 가닥을 낚아채더니 거기 올라탔다.

화면은 점점 더 빨리 움직이며 완곡한 지형을 비췄다. 이제 모든 사람들이 손을 놓은 게 분명했다. 전방의 언덕들이 점점 커지면서 산처럼 보였다. 산 사이로 흐르던 강물이 앞쪽에서 한데 모이고 있었다.

루이스는 자신이 보는 곳이 흘러나온 산의 기슭이라는 사실을 깨달았다. 흔들리는 받침대 때문에 멀미가 났다. 그가 말했다.

"저러다가 힘이 다 빠질 텐데."

종자가 길게 울부짖었다. 크진인이 비웃을 때 내는 소리였다.

"나는 저 사람들이 제정신이라고 생각하지 않습니다."

최후자가 말했다.

'숨은 족장'호의 선수에서 바라보는 화면도 확대되고 있었다. 이제 흘러나온 산의 봉우리는 위쪽으로 사라져 보이지 않았다. 루이스는 위쪽으로 삼분의 일쯤 되는 지점에서 색깔이 있는 점과 깜빡거리는 빛들을 발견했다. 깜빡거리는 빛이라고?

"햇빛을 반사하는 신호기군."

"통찰력이 대단하군요, 루이스."

"굴 어린애가 그런 얘기를 했어. 딴에는 수수께끼를 내듯이 말했지. 굴 제국 전체가 흘러나온 산에 있는 일광 신호기를 통해서 연결되어 있을 거야. 어떻게 그럴 수 있다고 생각해? 굴은 햇빛을 못 견디는데."

"밤에는 낮 지역 산에서 거울에 반사되어 온 빛을 볼 수 있습니다. 그럴 경우 빛을 받는 건 쉽지만 보내는 방법은 뭘까요? 루이스, 굴들은 지역 주민에게 대가를 지불하고 통신을 이용하는 게 분명합니다."

"뭔가 방법이 있겠지. 흘러나온 산 주민들과도 거래하는 방법이 있을 테고. 리샤스라는 분명 아닐 거야."

"거래를 많이 할 필요는 없습니다. 흘러나온 산 중에서 빛이 반짝이는 곳은 얼마 안 되니까요. 지면에 통신 기지를 수천 개 정도만 두면 굴 제국 전역을 이을 수 있을 겁니다."

"그러면 다른 문제가…… 저건 뭐지? 풍선인가?"

최후자가 한 번 더 떨리는 목소리로 휘파람을 불었다. 그러자 확대가 멈추고, 산들이 옆으로 이동하기 시작했다. 스무 개쯤 되는 다채로운 점들이 얼음을 배경 삼아 위로 일이 킬로미터 정도 움직였다. 루이스는 산 사이에 있는 넓은 공간에 그런 점들이 더 많이 자리하고 있다는 걸 알아챘다.

"열기구입니다, 루이스. 어디를 보든 흘러나온 산 사이에 열기구들이 떠다니고 있습니다."

"얼마나 다양한……."

하르키와 카와가 커다란 접시를 들고 들어오다가 그를 보고 걸음을 멈췄다.

최후자가 휘파람을 불었다. 빠르게 움직이던 링 벽과 위아래로 흔들리던 언덕들이 청동 거미줄눈 속으로 사라졌다.

저 도시 건설자들이 손에 들고 있던 걸 모조리 떨어뜨리고 비명을 지르며 도망치지 않은 것만 해도 놀라운 일이군. 하지만 하르키는 아직도 그를 노려보고 있었고, 카와는 그녀를 관찰하며 미소를 지었다. 루이스는 말했다.

"나 맞아. 의학적인 처치를 좀 받고 왔거든."

하르키가 짝을 보고 입을 열었다. 루이스의 통역기에서 말이 흘러나왔다.

"넌 알고 있었구나!"

"젤즈가 말해 줬거든."

"내 그 녀석을 가만두나 봐라."

하지만 하르키는 웃고 있었다. 카와도 마찬가지였다. 두 사람이 접시를 내려놓았다. 접시에는 황갈색 식물 뿌리가 잔뜩 쌓여 있고 분홍색 액체가 든 그릇도 있었다.

하르키가 루이스의 무릎에 앉더니 그의 얼굴을 바짝 들여다보면서 관찰했다. 그녀가 말했다.

"우린 외로웠다."

늘 그래 왔던 것처럼 자연스러운 동작이었다. 루이스는 집에 돌아온 기분을 느끼며 말했다.

"나와 헤어질 당시에는 외롭지 않았잖아."

"우린 이리 오라는 지시를 받았지."

그녀가 주방 쪽으로 고갯짓을 했다. 그들은 그동안 수호자에게 복종하고 있었다. 그것 역시 아주 자연스러운 일이었음이 분명했다.

루이스는 물었다.

"지시 사항이 정확히 뭐였어?"

그녀가 어깨를 으쓱했다.

"우현 쪽으로 항해하라고 했다. 가끔씩 와서는 주변을 살피고 항로를 변경하라고 지시했고, 바람과 물의 흐름을 알려 줬고, 물고기와 피가 따뜻한 동물을 잡아서 요리하는 방법과 정원을 손질하는 방법도 가르쳐 줬지. 우리가 붉은 고기를 너무 조금 먹는다는 얘기도 해 줬고."

"그건 혈통 때문에 한 말일 거야."

"루이스, 당신은 카와만큼 젊어 보인다. 그렇다면⋯⋯."

"둥근 곳에 사는 사람과 둥근 곳에 사는 크진인만 가능합니다. 이곳에 사는 인류나 크진인이나 다른 종족을 치료하려면 우리 동족 천 명이 평생에 걸쳐서 연구하고 시험을 해 봐야 하지요."

최후자의 말에, 하르키가 인상을 찡그렸다.

카와와 브람이 접시를 더 들고 들어왔다. 유난히 못생긴 심해 물고기가 여섯 마리가 담긴 접시들이었다. 그중 두 마리는 아직도 꿈틀거리고 있었고 나머지는 이상하게 생긴 식물을 곁들인 구이 요리였다. 이상하게 생긴 식물이란 크진 채소였다. 다른 그릇에 담긴, 익히지 않은 채소 역시 크진인 사냥터에서 뽑아 온 것들이었다.

또 다른 그릇을 보고 루이스는 물었다.

"그건 물고기 피인가?"

브람이 대답했다.

"고래 피와 야채 퓌레다. 이걸 오래 먹을 수는 없겠지만. 당신네 주방은 놀라운 장소다."

그들은 자리를 잡고 앉았다. 카와가 밖으로 나갔다가 태어난지 이삼 년쯤 된 아이를 데리고 돌아왔다. 그 아이의 머리는 주황빛 도는 금발로 완전히 덮여 있었다. 사전 지식 없이 만났다면 도시 건설자로 볼 수 없는 외모였다. 나이가 더 많은 소년은 보이지 않았다.

브람이 만든 요리는 조금 낯설기는 했지만 아주 훌륭했다. 브람은 사냥터에서 뽑은 식물로 도시 건설자의 입맛에 맞는 음식을 만든 게 분명했다. 아주 중요한 성분이 빠져 있을 테지만, 그건 단순히 공급이 부족한 탓일 수도 있었다.

루이스는 물었다.

"이걸 먹으면 난 얼마나 살 수 있지?"

"일 팔란 뒤면 행동에 장애가 올 거다."

브람이 그렇게 대답한 다음, 예의 바른 동작으로 액체를 한 모금 마셨다.

종자는 이미 날생선 한 마리를 처리한 뒤였다. 루이스는 그에게 물었다.

"아직도 배가 고픈가?"

"이걸로 충분하다. 배가 부를 때까지 먹으면 살이 찌고 동작이 둔해진다."

자그마한 소녀는 탁자 끝으로 기어가고 있었다. 루이스가 아이를 가리키자 하르키가 돌아보았다. 아이는 탁자 모서리에 도달하더니 그대로 떨어져 손가락으로 매달렸다. 그 아이는 원숭이나 매달리는 사람들과 악력이 비슷했다.

"떨어질 거라고 생각했나 보지? 이 아이는 다른 종족이다."

도시 건설자 여인이 루이스를 보며 웃다가 갑자기 수호자에게 질문을 던졌다.

"루이스와 시간을 더 보내도 될까?"

브람은 대답하기 전에 짧은 시간 동안 다른 사람들의 얼굴을 모조리 훑어보고, 판단하고, 결정을 내렸다. 그가 말했다.

"내일 한낮까지 함께 있어도 좋다. 루이스, 우리는 곧 '화침'호로 돌아가야 한다. 탐사기를 링 벽 너머로 이동시켜야 더 많은 정보를 얻을 수 있으니까. 최후자, 당신도 그 이유 때문에 루이스를 깨운 건가?"

"물론입니다. 그에게 상황을 설명할 기회가 없었으니까요."

브람은 또 한 번 모든 사람을 눈으로 관찰하고는 말했다.

"나는 흘러나온 산과 링 벽의 상황을 반드시 알아내야 한다. 링 벽에 있는 수호자들은 나에 대해 알지 못해야 하고. 중요한 건 수호자들에 관한 사항이다. 난 그들이 어디에 있는지, 수는 얼마나 되는지, 어떤 종족인지, 의도와 수단과 목적이 무엇인지를 알아내야 한다. 활동하지 않고 조사할 수 있는 건 전부 알아냈다.

그리고 최대한 주의를 끌지 않게 애썼지. 도난당한 거미줄눈은 링 벽에 아주 가까이 접근했다. 굴들은 우리에게 뭔가를 보여 주려는 속셈임이 분명하다. 카와레스크센자족, 하르카비파롤린, 당신들은 작업 지역에서 멀리 떨어진 흘러나온 산에서 어떤 활동이 벌어지는지 보여 주었다. 둥근 곳에서 온 당신들은 우주항 한 곳에서 녹화한 영상을 보여 주었고. 이제 나는 예측했던 필요성을 능가하는 수준까지 링 벽에 대해 알게 되었지. 나는 곧 모습을 드러내야 한다. 조언을 해 다오."

종자가 입을 열었다.

"다른 자들이 탐사기를 본다면 항성 간 여행을 해 온 침입자가 있다고 예상할 거다. 그러니 수리 시설을 방어할 준비를 해야만 하고……."

"그래, 하지만 탐사기는 퍼페티어의 존재를 암시한다. 내가 아니지. 그 문제는 준비하고 있다. 최후자의 조언은 뭔가?"

루이스는 생각하고 있었다. 브람은 종자를 아주 심하게 상처 입혔어. 종자는 왜 그걸 순순히 받아들인 거지?

최후자는 아무 말도 하지 않았다.

크미의 아들은 내 제자가 되겠다고 찾아왔어. 하지만 브람은 그에게 감명을 줄 시간이 아주 많았지. 난 아마 제자를 잃은 모양이군. 나 자신이 종자의 존경을 바라는 줄도 몰랐지만…….

제대로 경주를 해서 종자를 이길 수도 있었는데. 하! 그다음엔 어쩌겠다고?

브람이 물었다.

"하르카비파롤린, 당신은 수호자에 대해 아는 게 있나?"

하르키는 공중 도시 도서관에서 선생으로 지냈다. 카와는 그 곳에서 학생이었다. 그녀가 말했다.

"우리가 있던 곳으로부터 수만 일 동안 걸어가야 도달할 수 있는 영역에서 수집한 갑옷의 그림을 본 적이 있다. 그 갑옷들은 모양새가 전부 달랐고, 서로 다른 종족의 체구에 맞춰져 있었지. 하지만 장식이 있는 투구와 부풀어 오른 관절은 공통적이었다. 비현실적인 옛이야기 중에는 바라보는 것조차 두려운 선원들과 파괴자들이 언급되고 있었고, 그들은 얼굴이 갑옷 같고 어깨가 넓고 무릎과 팔꿈치가 튀어나왔다고 했지. 그들과 맞서 싸우거나 그들을 유혹할 수 있는 남성이나 여성은 없다고 했다. 브람, 그 옛이야기가 궁금한가?"

브람이 말했다.

"어떤 이야기를 들어야 하는지 알게 되면, 그때 가서 배울 수 있을 거다. 내가 뭘 빠뜨렸는지 당신들에게 물어본다면 그때 유용한 대답을 얻기를 바랄 따름이다. 루이스?"

루이스는 어깨를 으쓱했다.

"난 아직도 다른 사람들보다 이 팔란은 뒤처져 있다고."

브람이 다른 이들을 돌아보았다. 딱딱하게 굳은 얼굴에 별다른 표정은 떠오르지 않았다. 최후자와 도시 건설자들은 근심스럽게 그를 바라보았다. 종자는 긴장하지도 않았고 오히려 지루한 것 같았다.

브람이 의자를 들더니 활용하지 않던 구석에 놓여 있는, 뼈대로 이뤄진 구조물 쪽으로 옮겼다. 관과 금속 덮개와 선들이 나무로 만든 중심축에 고정되어 있었다. 실용적인 기능은 없어 보였지만, 그렇다고 해서 무작위적인 구조도 아니었다. 주의를 분산시키는 것들이 너무 많았지만 제대로 들여다보니 루이스는 그 구조물의 생김새가 고대에 잠깐 유행했던 조각 양식과 비슷하다는 사실을 알 수 있었다. 구조물에는 그렇게 생각할 만한 미학적 통일성이 있었다.

하지만 브람이 그 물체를 두 무릎 사이에 놓더니 줄들을 뜨으면서……

"모차르트의 〈진혼곡〉은 끝냈습니까?"

최후자가 물었다.

"한번 확인해 보지. 녹음해라."

퍼페티어가 표제음악의 화음을 휘파람으로 연주해서 네 번째 거미줄눈에 지시를 내렸다.

루이스는 무릎에 앉아 있는 하르키를 보며 눈썹을 치켜 올렸다. 함께 지내는 동안 이렇게 말도 안 되는 짓을 하며 시간을 보냈단 말인가? 하지만 도시 건설자 여인이 그에게 속삭였다.

"들어 봐라."

수호자의 손가락이 움직임을 파악할 수 없을 정도로 빨리 움직이자 공기 중에서 음악이 폭발했다.

종자는 문밖으로 사라져 버렸다.

수호자가 연주하는 음악은 낯설고 풍부하고 정확했다. 퍼페티어가 입으로 반주를 맞췄지만 브람은 음악의 구조를 유지했다.

루이스는 그것과 조금이라도 비슷한 음악을 들어 본 적이 없었다. 그 음악은 인간의 신경 속도에 맞는, 인간의 것이었다. 외계인이 만들어 낸 소리라면 루이스의 중추신경계에 그 정도로 작용할 리가 없었다. 그는 폭발하는 낙관주의를 느꼈고…… 신처럼 평온해지면서…… 간절한 염원이 생기고…… 여러 세계를 정복하거나 감동시킬 수 있는 힘이 발생하는 느낌을 받았다.

루이스가 알고 있는 음악은 전부 컴퓨터로 제작된 것들이었다. 그는 길게 늘인 사물의 표면이나 청동 판을 발톱으로 부드럽게 차거나 두드리고, 손톱으로 현을 퉁기고, 입술이 없는 입으로 구멍이 난 관을 불어 만들어 내는 음악을 들어 본 적이 없었다.

그는 음악을 들으며 성적으로 엄청나게 흥분했다. 그의 무릎에 앉은 하르키도 반쯤 녹아내리고 있었다. 그는 하르키의 말이 맞다고 생각했다. 하지만 그 말을 속삭이겠다는 생각조차 떠오르지 않았다. 그는 진동이 휩쓸고 지나가도록 등을 기대고 자리를 잡았다.

마침내 음악이 잦아들었지만 루이스는 꼼짝도 할 수 없었다.

"이 정도면 된 것 같군."

브람이 관현악용 조각품을 옆으로 치웠다.

"최후자, 고맙다. 루이스, 음악이 어떤 효과를 일으켰는지 설명할 수 있겠나?"

"충격적이군. 나는, 아…… 아니지. 미안해, 브람. 말로 표현할 수가 없어."

"외교 수단으로 사용할 수 있을까?"

루이스는 고개를 저었다.

"젠장, 그걸 내가 어떻게 알아. 브람, 신의 주먹 분화구 속에 거미줄눈을 설치하겠다는 생각은 안 해 봤나?"

"왜 그래야 하지? 아, 아래쪽을 감시하겠다는 얘기군."

"그래. 아치 면에서 볼 때 아래쪽, 바깥쪽 말이야. 신의 주먹은 내부가 비어 있고 크기가 달에 육박하는…… 흠, 아주 큰 원뿔이고 정상에 구멍이 나 있잖아. 그러니까 그 안에 꽤 큰 기지를 만들 수 있을 거야. 링월드의 바닥을 구성하는 물질에 고정시킬 수만 있다면……."

"스크리스를 말하는 거군."

"그래, 스크리스. 거기에는 수리 시설의 십분의 일에 해당하는 공간이 있을 테고 최소한 적이 찾아내기 어렵다는 이점이 있지."

"신의 주먹 내부에서 아치 면을 방어하라는 건가?"

루이스는 대답을 머뭇거렸다.

"거기서 감시를 할 수 있다는 건 확실해. 방어? 침입자라면 예외 없이 링월드의 그림자에 숨겠다고 생각할 텐데 그걸 방어할 수 있을지 모르겠군. 하지만 링 벽에서 싸울 작정이라 해도 마찬가지 문제가 생기지. 운석 방어 장치는 스크리스를 관통할 수 없잖아?"

브람이 결론을 내렸다.

"수비력을 분산할 수는 없다. 나는 링 벽과 다른 수호자들을 장악해야 한다. 내일 연료 보급용 탐사기를 필요한 위치로 옮기지. 루이스, 그런 생각은 언제 떠올랐나?"

"그냥 갑자기 생각이 났어. 음악에 정신이 팔린 동안 뇌가 저 혼자 계속 돌아간 건지도 모르지."

"그 두뇌가 다른 건 떠올리지 않았나?"

"난 수호자에 대해 아는 게 별로 없어. 당신은 내가 운석 방어 장치 제어실에 있는 유골에 접근하지 못하게 했지. 그거 수호자 맞나?"

"내일 보여 주지. 탐사기를 제 위치에 놓은 다음에."

기계인의 순찰차는 이제 조종이 불가능한 썰매였다. 차가 갑자기 방향을 바꾸더니 녹색 언덕의 측면을 올라갔다. 아주 위험해 보였다. 루이스는 위아래로 흔들리는 받침대의 위쪽을 흘끗 보았다. 흘러나온 산과의 거리는 더 늘어난 상태였다. 만년설의 경계선 위쪽에서 깜빡거리는 빛이 그의 눈에 들어왔다. 야행인 제국은 그곳까지 손을 뻗치고 있었다.

| 유골 |

그들은 구름에 가로막힌 햇빛 속에 있다가 순식간에 '화침'호 착륙선 격납고의 분홍색 인공조명 안에 나타났다. 그리고 다시 선실로 이동했다. 거미줄눈을 통해 전송되는 화면 속에서는 링 벽이 진공 속에서 무섭게 내리쬐는 햇빛을 받으며 빠르게 스쳐 지나가고 있었다.

브람이 마지막으로 도착했다. 그는 루이스가 압력복 구성품들을 내려놓은 자리에 관현악 조각품을 둔 다음 곧장 주방에 있는 자동 조리 장치 쪽으로 이동했다.

"최후자, 탐사기에 관한 정보를 갱신해라. 착륙하려면 시간이 얼마나 남았지?"

최후자가 휘파람으로 관현악곡 같은 화음을 연주했다. 공용어에서 사용하는 기호들이 공중에 나타나며 방정식이 펼쳐졌다.

"지금부터 2G로 감속할 수 있습니다. 그러면 열다섯 시간 삼십 분 뒤에 착륙하게 됩니다."

"10G까지 낼 수 있다고 하지 않았나."

"나는 오차 범위를 계산에 넣는 편입니다."

"최후자, 탐사기는 엔진 출력이 강력하기 때문에 눈에 띄게 엑스선을 방출한다. 그러니 적이 추적할 수 있는 시간을 최대한 줄여야 한다. 잠깐, 10G로 감속해라."

"추진력을 높이면 핵융합 엔진이 더 밝아집니다. 그러면 눈에 더 잘 띌 텐데요."

브람은 아무 말도 하지 않았다.

"잠깐, 알겠습니다. 명령대로 하지요. 여섯 시간 내에 10G로 감속을 시작하겠습니다. 그러면 아홉 시간을 조금 넘겨서 착륙할 수 있습니다. 내 방에 돌아가서 먹고 씻고 춤을 추고 자도 되겠습니까?"

수호자는 주머니에 들어 있던 액체를 마셨다. 크진인이 코에 주름을 만들었다. 하지만 루이스는 아무 냄새도 맡을 수 없었다.

브람이 말했다.

"그런 건 여기서도 전부 할 수 있다."

"브람, 탐사기를 감속할 때가 되면 선장실에 꼭 들어가야 합니다. 그러니 지금 가게 해 주십시오."

"당신 선실을 보여 다오."

최후자가 휘파람으로 새소리를 냈다. 링 벽의 모습이 희미해지더니 그가 머무는 선실의 모습이 떠올랐다.

조명은 주황빛을 띤 노란색이었다. 하지만 냉대기후의 녹색 숲이 무한히 펼쳐져 실내를 장식하고 있었다. 방의 구석은 보이지 않았고 모서리도 없었다. 바닥과 벽과 탁자가 놓인 공간과 저장 공간에 이르기까지 모든 곳이 곡면으로 이뤄져 있었다.

브람이 지시를 내렸다.

"당신 선실을 이 상태로 둔 채 목욕하고 수면을 취해라. 춤을 출 경우 혼자 추고……."

최후자는 화난 호른 연주자 같은 콧소리를 냈다.

"당신이 있어야 할 자리에 홀로그램이 보인다면 나도 조치를 취하겠다. 당신 역시 내가 위험한 상황이라고 판단하는 건 원하지 않겠지."

브람은 멈춰 서서 무릎을 꿇고 화강암 덩어리 위로 몸을 숙였다. 그는 화강암을 들어 올리더니 몸을 돌린 다음 내려놓았다.

루이스는 그 모습을 눈여겨보았다.

최후자가 화강암이 있던 자리로 걸어갔다. 그리고 칸막이 벽저 너머에 등장했다.

그가 움직이자 선장실 내부의 구조가 바뀌었다. 바닥이 복숭아를 연상시키는 형태의 그릇으로 변했다. 퍼페티어는 고상한 걸음으로 그 안에 들어갔다. 그릇이 꽃처럼 변하면서 윗부분이 거의 닫히기에 이르렀다. 루이스는 월면 도시 사람들이 사용하던 아주 깊숙한 욕조를 떠올렸다.

그가 그 광경에 몰두하는 것을 보고 브람이 물었다.

"뭐가 떠올랐나, 루이스?"

루이스는 최후자가 자신에게 별 도움이 안 될 거라는 생각을 하고 있었다. 브람은 아주 많은 시간을 들여서 최후자를 협박해 둔 뒤였다. 그래서 루이스는 다른 대답을 내놓았다.

"알아챈 게 있어. 최후자의 선실을 보고 떠오른 게 없나?"

"자궁과 비슷한 것 같다."

"동물의 내부와 비슷하진 않고?"

"지금 말장난을 하는 건가?"

"그 두 가지는 서로 달라. 그게 중요한 점일 수도 있지. 여성 퍼페티어는 자궁이 없거든. 음…… 실은 아주 오래전에 먹잇감이 던 동물이 공생자로 진화한 거야. 다들 그걸 보고 여성 퍼페티어 라고 생각하지만 실은 그렇지가 않아. 네서스에게는 산란 기관이 있었지. 브람, 최후자가 보유하고 있는 기록에 접근해서 나나니 벌에 관한 항목이 있나 찾아봐."

브람이 말했다.

"나나니벌이라. 알겠다. 우리에게는 아홉 시간에 달하는 여유 가 있다. 당신은 전에 수호자에 관한 강의를 하려고 했지."

루이스는 대답 대신 물었다.

"유골을 살펴봐도 될까?"

브람이 말했다.

"강의를 시작해라."

루이스는 그의 말에 따랐다.

"팩 양육자가 우리 조상이었어. 팩 종족은 은하핵 부근에 있는 행성에서 진화했지. 은하핵은 여기서 광속으로 십삼만 팔란만큼 떨어진 곳에 있고."

그건 삼만 광년이 조금 넘는 거리였다.

　"그들 가운데 몇이 내 고향 행성에, 그러니까 지구에 식민지를 만들려고 했어. 오래전에. 하지만 거기에는 노란색 식물 속에서 자라는 바이러스가 생존할 만큼 탈륨이 많지 않았지. 그래서 양육자는 수호자가 된 거야. 수호자는 멸종했어. 그러기 전에 양육자가 번성할 공간을 확보하려고 포식자 몇 종류를 없애 버렸겠지. 미성숙한 팩 종족들은, 그러니까 양육자들은 나름대로 진화를 했어. 여기서도 그랬잖아. 그들은 아프리카와 아시아에 착륙한 뒤에 지구 전역으로 퍼져 나갔지."

　"추측인가?"

　루이스가 대답했다.

　"올두바이 협곡을 비롯한 여러 장소에서 팩 양육자의 유골이 발견됐어. 스미스소니언에는 팩 수호자의 미라도 있지. 화성 사막 속에서 발굴한 미라야. 난 직접 본 적 없지만. 내 나이 정도만 돼도 할 수 없는 일이라는 게 있거든. 하지만 일반 생물학 과정에서 홀로그램을 통해 그 미라를 공부했지."

　"그래서 뭘 알아냈나?"

　"그 수호자는 옛 식민지를 구하러 온 거였어. 이건 말하자면 증언을 통해 알게 된 사실이야, 브람. 노란 식물을 먹은 고리인이 그런 얘길 했지. 하지만 최후자는 그 일을 기억하고 있을지도 몰라. 우주선 부품이 있고, 고리인의 이야기가 있고, 미라를 해부해 봤고, 화학적인……."

　"최후자는 저대로 내버려 두지. 미라를 공부했다고 했나?"

"그래."

"그럼 유골을 보러 가자."

울퉁불퉁한 남자의 손은 한 줌의 대리석 같은 느낌이었다. 그는 엄청난 힘으로 루이스의 손목을 움켜쥐었다. 종자가 압력복을 입지 않은 채 그들 뒤를 따랐다. 크진인은 생명의 나무의 냄새를 겁낼 이유가 없었다. 루이스는 어느새 증폭된 별빛 속에서 어른거리는 유골을 향해 빠르게 걷고 있었다.

브람이 다른 이들을 마주 보며 뒷걸음으로 걷다가 말했다.

"반응을 보여 봐라."

종자는 유골의 주위를 돌아보았다.

"싸우다가 죽었다."

그가 중얼거렸다. 그는 냄새를 쫓아가더니 크로노스의 도구와 옷이 늘어서 있는 곳으로 이동했다.

루이스는 부러진 뼈의 마모된 가장자리를 손가락으로 만져 보았다. 브람은 내가 이걸 이미 이걸 살펴봤다고 추측하는 걸까?

그가 말했다.

"흠, 수천 팔란은 된 것 같군."

"약 칠천 팔란이다."

브람이 확인해 주었다.

"맞아 죽었는데, 당신이 그랬나?"

"나와 앤이 그랬다."

종자가 귀를 세우고 돌아보았다.

"그 얘기를 듣고 싶다. 그가 여기서 당신들에게 도전했나?"

"아니, 우리는 존재를 숨겼지."

"그를 어떻게 찾아냈나? 어떤 방법으로 유인한 거지?"

"그는 우리가 있는 곳으로 와야만 했다. 우리는 기다렸다."

크진인은 이어지는 이야기를 기다렸다. 하지만 브람은 다시 입을 열지 않았다.

루이스는 말했다.

"이 유골의 주인은 기형 팩 수호자라고 불러도 될 정도야. 아직 턱은 육식동물 그대로지만. 두개골의 눈 위쪽 부위는 별로 튀어나오지 않았군. 상체는 평균적인 팩 종족과 비교할 때 너무 길고. 브람, 난 이 유골의 주인이 썩은 고기를 먹는 사람이었다고 생각해."

종자는 루이스가 하는 말에 다시 귀를 기울였다.

브람이 물었다.

"근거가 뭐지?"

"이런 구조의 턱은 뼈를 부술 수 있어. 포식자라면 대동맥이나 복부를 찢어 버릴 수 있는 이빨이 있었겠지. 상체가 길다는 건 소화가 잘 안 되는 음식을 먹고 살았기 때문에 내장이 길었다는 뜻이고. 눈 위쪽 뼈가 튀어나오지 않았다는 건…… 흠, 아마 밤에만 외출할 수 있었을 거야. 그게 아니면 눈썹이 무성해서 차양 역할을 했는지도 모르지. 하지만……."

"그냥 야행인 수호자일 가능성도 있지 않나? 두개골은 변형되고 관절은 팽창된."

종자의 말에, 루이스는 고개를 저었다.

"직조인 마을에서 굴 아이를 본 적이 있어. '겁 없는 흡혈귀 사냥꾼' 무리에 동참한 성인 굴도 본 적이 있고, 옛날에 공중 도시 밑에 있는 버섯 농장에서 성인 굴을 여럿 보기도 했지. 확신하건대 그들은 전부 같은 종족이었어. 하지만 이 뼈의 주인은 그렇지 않아. 자세히 얘기해 볼까. 버섯 농장에 있던 굴들은 키가 나와 비슷했어. 이자는 십 센티미터 정도 작지. 물론 이도 없고. 하지만 손을 잘 봐. 굴은 손이 더 크고, 더 두꺼워. 그래서 뭐든 잡고 찢을 수 있지. 종자, 현존하는 굴들은 삼억 킬로미터 정도 떨어져 살고 있어도 완전히 똑같아. 그러니까 내 생각이 맞을 확률은 더 높아지지."

종자는 유골을 쳐다보며 아무 말도 하지 않았다. 크진인이 그토록 조용한 건 드문 일이었다.

브람은 참을성 있게 말했다.

"이자는 야행인의 선조인 게 확실하군."

"크로노스가?"

"그건 그리스 신들의 선조 이름인가?"

루이스는 저도 모르게 깜짝 놀랐다.

"그동안 조사를 해 왔군."

젠장, 그러다가 음악을 배운 거였어!

"저 종족은 간섭을 좋아하지 않던가. 퍼페티어 말이다. 최후자는 백 세대에 걸친 인간의 문학작품과 크진인의 구전 역사와 크다트인의 촉각 조각품을 저장해 두고 있다. 심지어 트리녹 종족의 복수 이야기까지 갖고 있지. 난 브람 스토커의 ≪드라큘라≫에 기반을 두고 십구 세기에서 이십 세기에 걸쳐 만들어진 인간의 오락물을 살펴봤다. 그중에는 프레드 새버하겐과 앤 라이스의 작품 등이 있었다.[*] 거기에 왜 크로노스라는 이름은 없는 거지? 이자는 첫 번째일 리가 없다, 루이스. 어렴풋하나마 말로 설명을 해 보지. 팔만 팔란 전에 죽은 팩 수호자가 있었다. 그는 죽을 당시 이미 나이가 수백 팔란쯤 됐을 거다. 우리가 알고 있는 사실을 종합해 보면 그는 아치 건설을 도와주었다. 그자를 크로노스라고 불러야 한다. 고대 야행인들이 그의 살을 먹었겠지. 수호자의 고기가 야행인에게 변화를 일으켰을 수도 있고, 혹은 수호자가 갖고 다니던 노란 식물을 야행인들이 발견했을 가능성도 있다. 그들은 수호자가 되었다. 수호자가 여럿 있었다 해도 머지않아 한 명만 남게 되었을 거다."

루이스는 손바닥으로 죽은 수호자의 갈빗대를 쳤다. 먼지가 일었다.

"브람, 우리가 아는 한은 이자가 가장 오래 된 수호자야. 크로노스보다 먼저 태어난 신이 있었는지도 모르지. 그리스인들은 그 존재를 몰랐을지도……."

브람이 고개를 끄덕였다.

"당신 생각대로 크로노스라고 부르도록 하지."

"흠. 크로노스의 종족은 신의 주먹을 생성한 충돌 같은 일이

---

[*] 브람 스토커, 프레드 새버하겐, 앤 라이스는 모두 뱀파이어가 등장하는 소설의 작가들이다.

생긴 이래 수천 년 동안 시체를 먹으면서 살았을 테고……."

"분명한 사실을 전부 다 입으로 말해야 하나? 아, 제자에게 가르치려는 거군. 종자, 루이스가 하는 얘기의 핵심을 알겠나?"

"사실 깨달은 바가 몇 가지 있다. 누군가 굴들을 한 방향으로 인도해서 먼, 아주 먼 거리를 여행하게 만든 게 아니라면 개체 수가 너무 비정상적이다. 게다가 단일 제국 아닌가. 굴들은 약 삼억 킬로미터에 걸쳐 퍼져 있는데 종족은 하나뿐이다. 그들은 아마 링월드 전체에 분포하고 있을 거다."

종자가 말했다.

"그래! 크로노스가 목동처럼 동족을 돌본 거야. 브람, 수호자는 자신의 유전자형을 보전하려고 애를 쓰지?"

"그렇다! 크로노스가 자신의 자손들을 어떻게 인도했겠나? 좋은 변화도 나쁜 냄새를 풍길 수 있잖은가. 아니, 잠깐. 크로노스가 유사하지만 다른, 썩은 고기 먹는 종족을 선택했다면? 그럴 리는 없겠군. 그랬다가는 새로 선택한 종족이 자신의 자손을 배척할 테니까!"

크진인이 그의 말을 거들었다. 종자는 수수께끼를 푸는 방법을 습득하고 있었다.

"그는 굴이었다. 썩은 고기 먹는 종족의 후각은 진화 원리에 따라 변한다. 어떤 대상에게 접근할 건지, 뭘 만질 건지, 뭘 입에 집어넣을 건지, 그 모든 판단이 의식적인 선택이지. 굴은 다른 수호자들보다 더 자유로울 수 있다. 그리고 자신이 완벽하다고 판단하는 목표를 향해 동족을 인도할 수도 있다."

브람이 말했다.

그들은 오래된 유골을 바라보았다. 루이스는 생각했다. 브람이 아까 분명히 말했어. 이 사람은 와야만 했다고. 약 칠천 팔란이라는 말도 했지. 천칠백 년이라는 얘기잖아? 내 의심에 조금이라도 진실이 깃들어 있다면, 직접적으로 묻지 않는 게 좋겠군. 대신 간접적으로 시험해 보지.

"당신 짝은 아직도 여기 있나?"

"앤은 죽은 것 같다. 우리는 아치의 자전 궤도면이 불안하다는 사실을 알았고, 링 벽에 자세제어 엔진이 있을 거라 추측했다. 앤은 그걸 수리하러 떠났지. 그녀의 행적을 추적할 수 있었던 건 잠깐뿐이었다. 링 벽에서 작업을 하던 다른 수호자들이 그녀를 죽였을 거다."

"브람, 그녀가 필요에 의해서 다른 수호자들을 만들어 냈을지도 몰라."

"앤은 떠날 당시 그 정도로 다급하지 않았다. 따라서 혼자 임무를 수행했을 거다. 나중에 수가 잔뜩 늘어난 수호자를 만든 건 최근에 수호자가 된 자다. 둥근 곳에서 온 수호자……."

"틸라를 얘기하는 거군."

"틸라 브라운, 네 짝이지. 최후자는 그녀에 관한 기록도 보관하고 있었다."

"틸라가 왔을 때 넌 여기 있었나?"

"그렇다. 최후자보다는 그녀가 내 존재를 모르도록 하는 게 더 어려웠지. 나는 그녀가 운석 방어 장치의 사용법을 배우는 동안 지켜보고 있었다. 그녀가 수호자의 임무를 다하려고 한다는 걸 확신했으니까. 그녀는 아치가 항성과 충돌하는 걸 막을 생각이었다. 그녀의 진의는 무엇이었나, 루이스?"

"틸라는 수호자였어. 난 수호자가 어떤 식으로 생각하는지 모른다고."

"혹시 그녀가 다른 사람의 뜻에 따라 움직였을 가능성은? 그렇다면 그건 누구였을까?"

"당신도 기록을 봤다면서. 틸라는 이상한 사람이었어."

"수리 시설에 들어온 건 둘이었다. 그들은 식물 뿌리를 먹었지. 하나가 죽었다. 남은 한 사람은 혼수상태에 빠졌고 수호자 상태로 진입했다. 나는 시간 여유가 있어서 내 존재를 숨기고 그녀를 관찰할 수단을 준비했다. 틸라는 수리 시설 안을 방황했지. 그녀를 관찰하는 건 즐거웠다. 그녀는 내가 알아채지 못했던 것들을 발견했고, 마침내 이곳에 도달했다. 그녀는 운석 방어 장치와 망원 화면을 갖고 놀았다. 그리고 떠났지. 나는 잠시 동안 그녀를 추적할 수 있었다. 그녀는 링 벽으로 접근했고 링 벽에서는 우리가 사용했던 것보다 훨씬 더 빠른 자기 운송 수단을 이용했다. 더 뛰어난 압력복을 갖추고서."

"그게 언제였지?"

"어떤 외항성계 천체가 항성과 충돌하고 이십이 팔란이 지난 뒤였다. 아원자 입자들의 폭풍이 아치의 균형을 무너뜨렸지. 루이스, 틸라 브라운은 아주 다급한 상태였다."

이십이 팔란 전이라. 링월드의 균형이 무너지기 시작한 건 '탐구의 화침호'가 돌아오기 오 년 전의 일이었어.

루이스는 말했다.

"틸라는 지구에서 교육받았어. 수호자의 두뇌에 기초 물리 지식이 더해졌으니 상황을 아주 빨리 파악했겠지. 그다음엔 자세제어 엔진을 고치러 갔고. 거기서 뭘 발견했을까? 앤을 만났을까?"

"앤은 숨어서 틸라를 감시했을 거다. 무능하다는 증거가 보였다면 그 즉시 틸라를 죽였겠지."

"흐음."

"당신은 그녀를 알······."

"여성이라는 면만 알고 있었지. 브람, 틸라를 정말로 아는 사람은 아무도 없어. 그녀는 통계에 기반을 둔 행운 그 자체였어. 행운이 필요할 때마다 늘 운이 따르는 여성이었지. 그러다가 네서스가 조직한 링월드 탐사대에 참여하게 됐고. 그녀는 절대로 평범한 인생을 살 수 없었을 거야."

종자가 입을 열었다.

"아버지가 가끔씩 틸라에 관해 얘기했다. 아버지는 단 한 번도 그녀가 어떤 사람인지 판단을 내리지 못했다. 퍼페티어는 그녀를 번식 계획의 일부로 여겼지. 운이 좋은 인간을 만드는 계획 말이다. 아버지는 그들이 성공했다고 믿었다."

"그렇지 않다."

브람의 말에, 루이스는 반박했다.

"그녀는 죽었어, 브람. 네게 위험을 끼칠 수가 없다고."

"수호자가 자신이 지향하던 미래를 만들기 위해 어떤 준비를 할 수 있을 거라 생각하나. 우리는 아주 먼 미래까지 구상한다. 루이스, 이제 원하는 걸 충분히 봤나?"

"그래."

브람이 나타나 말했다.

"최후자, 일어나라!"

하지만 최후자는 이미 일어나 자신의 선실에서 춤을 추고 있었다. 그는 유령 같은 퍼페티어 셋과 함께 춤을 추고 있었다. 퍼페티어들의 영상은 반투명이었기 때문에 그의 모습이 드러나 보였다.

"브람, 난 깜찍한 일을 생각해 냈습니다. 한 시간 전에 탐사기를 잠깐 가속시켜서 링 벽 아래쪽으로 이동시켰지요. 침입자들의 우주선에서는 볼 수 없는 곳입니다."

"수치를 보여 다오."

최후자가 휘파람을 불었다. 방정식들이 무지갯빛 줄을 이루며 떠올랐다.

브람은 방정식을 살펴보았다. 루이스는 그가 그처럼 멈춰 있는 광경을 처음 보았다. 하지만 방정식은 아주 복잡해 보였고, 루이스는 그 뜻을 전혀 이해할 수 없었다.

브람이 말했다.

"잘했다. 이제 감속을 시작해라."

최후자가 새소리를 냈다. 그의 뒤쪽에서 빠르게 움직이는 링 벽이 떠올랐다.

"어떻습니까?"

"그래, 좋다. 그걸 이용해서 내게서 몸을 숨긴다면 얘기가 다르지만."

링 벽은 빠른 속도로 움직이느라 희미해 보였다. 벽의 테두리는 아주 높은 곳에 있었고, 흘러나온 산들의 정상은 아래쪽 먼 곳에 있었다. 루이스는 탐사기가 약 오백 킬로미터 상공에 있을 거라 확신했다.

최후자가 새소리를 냈다. 루이스는 어떤 변화가 생기는지 관찰했지만 알 수가 없…… 알 수 있었다. 밤그림자를 뒤집어쓴 채 지나가는 링 벽에 파랗고 강렬한 빛이 비쳤다. 소형 핵융합 엔진의 반사광이었다. 공중에 떠 있는 방정식들이 그 상황을 더 잘 알려 주었다. 숫자 일부가 감소하고 있었다.

유령 퍼페티어 셋은 아직도 최후자와 춤을 추고 있었다. 그 셋은 하나같이 루이스가 아는 인물이었다. 각각 머리 모양이 다르긴 했지만 유령들은 전부 네서스였다.

종자는 붉은 액체가 떨어지는 무언가를 씹고 있었다. 그다지 식욕이 돋는 광경은 아니었지만 루이스는 갑자기 배가 고파졌다. 그는 홀로그램들을 곁눈질로 지켜보면서 주방 벽을 두드렸다.

브람이 물었다.

"최후자, 틸라 브라운에 대해서 아는 게 있나?"

최후자는 청동으로 만든 종이 울리는 것 같은 소리를 냈다. 그의 뒤편에서 세 번째 홀로그램 영상이 떠올랐다. 루이스는 그게 목차일 거라 짐작했다.

최후자의 선실이 각종 그림으로 가득 찼다.

브람이 분노를 터뜨렸다.

"이리 와라. 당장!"

최후자는 주저함이 없었다. 그는 도약 원반 위로 걸어 올라갔고 다른 일행의 뒤쪽에 나타났다.

"악의는 전혀 없었습니다."

"당신은 여기 있는 게 낫겠다. 루이스, 최후자, 종자, 나는 머릿속에서 수호자라는 존재를 그려 보고 있다. 크로노스에 관해서는 어렴풋하나마 이해했고 앤은 나와 가까운 사이였다. 하지만 틸라 브라운은 외계인 수호자였지. 우리는 곧 외계인 수호자들과 대면해야 한다. 최후자, 아까 보여 준 게 뭐지?"

"행운의 인간 만들기 프로젝트에 관한 기록입니다. 우리 종족의 행정관들은 인간과 동맹을 맺으면 이득이 될 거라 생각했습니다. 인간들은 운이 좋으니까요. 우리는 그들의 운을 더 강화해서 효율을 높일 생각이었습니다. 그래서 특정 행성을 대상으로 실험을 했지요. 그게 바로 지구였습니다. 우리는 출산권을 획득하기 위해 필요한 공식적인 자격에 추첨을 추가했고 운이 좋게 태어난 아기들을 계속 추적했습니다. 그렇게 탄생한 아이들이 만나고 번식할 수 있는 사회적 관계망을 재정적으로 지원했고요."

"틸라 브라운은 운이 좋았나?"

루이스는 그 이야기를 듣고 싶지 않았다. 정말로 들을 생각이 없었다. 그가 링월드에서 벗어나기 위해 싸웠을 때 틸라는 자신의 의지에 따라 뒤로 물러나 있었다. 그는 사십 년 동안 그녀를 떠올리지 않으려 애쓰며 지내왔다.

"그녀는 여섯 번 연속으로 추첨에 당첨된 혈통이었지요. 하지만 퍼페티어에게 행운을 가져다주는 사람은 아니었습니다. 동료들에게도 마찬가지였고요. 그녀 자신도 행운의 덕을 보지 못했다고 생각합니다. 모든 생물은 항상성을 추구하게 마련이잖습니까. 그런데 틸라는 짝을 잃었고, 성적 정체성과 외모도 잃었고, 결국 목숨까지 잃었습니다. 물론 본래 행운이라는 게 해석에 따라 달라지는 개념이긴 합니다만."

"틸라는 목숨을 걸 만한 무언가를 추구했던 거 아닌가?"

종자의 말에 루이스는 입을 쩍 벌렸다. 종자가 덧붙였다.

"그게 아니라면 그녀는 단순히 지능이 더 높아지고 싶었을지도 모른다. 내 아버지처럼. 나처럼. 그리고 운이 좋아서 지능을 손에 넣었던 거지."

"루이스, 당신 생각은?"

브람이 물었다.

"그럴지도 모르지. 흥미로운 해석인데."

열한 살짜리 고양이가 쉽게 알아낸 걸 나는 사십 년 동안 짐작도 못 했단 말인가!

"그게 전부인가?"

루이스는 눈을 감았다. 손을 뻗으면 만질 수 있을 것처럼 틸라의 모습이 생생하게 떠올랐다.

"그녀는 돌발적인 사고 때문에 우리와 헤어졌어. 그게 바로 행운이었지. 다시 만났을 때 그녀는 탐색자를 만난 뒤였어. 탐색자는 체구가 크고 건장한 탐험가 타입이었고, 훌륭한 안내인이었지. 나는 그녀가 그를 사랑하기도 했을 거라고 봐."

"그녀는 당신의 짝이었나, 아니면 탐색자의 짝이었나?"

"순차적인 일처다부였다고 할까. 그 얘긴 그만두고……."

"탐색자를 만나서 당신과 헤어진 건가?"

"탐색자 때문만은 아니지. 브람, 그녀는 이걸 찾아낸 거야. 이렇게 거대한 장난감을. 틸라는 그 장난감이 너무 커서 자신의 능력으로는 갖고 놀 수 없다는 생각을 단 한 번도 해 보지 않았을 거야. 자신의 능력이 부족할 수 있다는 생각 자체를 해 본 적이 없겠지."

"아치를 갖고 놀고 싶었다는 건가? 물론 부숴 버리지 않고 갖고 논다는 뜻이지. 그리고 그럴 수 있는 존재는 수호자뿐이었다는 건가?"

루이스는 손으로 두 눈을 문질렀다.

"그래서 당신은 그녀를 링월드에 남겨 두고 떠났다. 그다음에는 어떻게 됐지?"

"탐색자는 분명 그녀를 화성의 지도로 데려갔을 거야. 그게 아니라면 그녀가 모든 걸 추측할 수 있도록 정보를 제공했거나. 그녀는 그곳에 이상한 장소가, 비밀스러운 장소가 있다는 걸 알고 들어간 거지. 틸라는…… 어디 보자…… 정신을 차리고 보니 수호자가 돼 있었어. 탐색자는 죽었고. 그녀는 수호자가 돼서 수리 시설에 들어갔지. 돌아다니면서 놀았고. 그러다가 항성의 플레어를 초고온 레이저로 바꾸는 방법을 알아냈어. 혜성을 몇 개쯤 날려 버리지 않았을까?"

"실제로 그랬다."

"틸라는 운석 방어 시설에 있던 망원 화면 사용법도 익혔지. 그리고 링월드가 흔들렸다는 걸 알아챘어. 링 벽에 자세제어 엔진이 있다는 것도 알았지만, 남은 게 별로 없었지. 수호자라면 그게 어떤 의미인지 알 수 있었을 테고. 그래서 링 벽으로 간 거야. 브람, 틸라는 노란 뿌리를 갖고 갔나?"

"뿌리와 종자식물 하나와 산화탈륨을 갖고 있었다."

"틸라는 링 벽 자세제어 엔진 부근에 조립되어 있는 도시 건설자의 우주선들을 발견했어. 앤은 아마도 그중 몇 대를…… 그렇군. 앤이 뭘 했느냐 하면, 도시 건설자들의 우주선이 항성 여행을 마치고 돌아올 때마다 가로채서 버사드 램제트를 뜯어낸 다음 링 벽에 장착한 거야. 하르로프릴라라는 그 사실을 내게 얘기해 주지 않았지. 그녀와 동료 승무원들은 우주선에서 쫓겨났을 거야. 화가 난 수호자가 링 벽을 통해서 그들을 돌려보냈고."

브람은 이어지는 말을 기다렸다.

"불쌍한 프릴, 그런 일을 겪었으니 정신이 이상해지는 것도 당연하군."

브람은 계속 기다렸다.

"그래서 자세제어 엔진 몇 기가 이미 제 위치로 돌아가 있었지. 하지만 틸라의 눈에는 우주선을 만든 자들이 아직 가져가지 못한 걸로 보였을 뿐이야. 그녀는 앤이 하던 일을 이어받았어. 급한 일이었으니까. 그녀는 양육자 몇 사람을 수호자로 변신시켰지. 그 얘기를 내게 해 준 적이 있어. 흘러나온 산에 사는 사람 하나, 흡혈귀 하나, 굴 하나라고 했지. 그들은 복귀한 우주선에서 엔진을 떼어 내고 재장착하는 작업을 시작했어. 스무 기를 다시 설치하고 나니 남은 우주선이 없었어. 하지만 스무 기의 엔진으로는 필요한 출력을 얻을 수 없었지. 틸라는 다른 수호자들에게 엔진 관리를 맡기고 떠났어. 그리고 수리 시설로 돌아왔지. 그 다음에 뭘 해야 할지 알고 있었을 거야. 그녀는 수리 시설에 있는 망원경을 다시 작동시켰고, 그 뒤에야 '탐구의 화침'호가 오는 걸 봤을 거야."

"그녀는 분명 링 벽 위에 망원경을 설치해 놨을 거다, 루이스." 종자가 말했다.

"그랬겠지. 커다란 도시 수호자의 우주선들이 돌아오는 걸 볼 수 있을 만큼 성능이 좋은 망원경 말이야. '화침'호는 그것보다 훨씬 작았고."

"그녀가 '화침'호를 알아봤을까?"

"GPC 3번 선체잖아. 당연히 알아봤겠지."

"그녀가 '화침'호를 보고 계획을 바꾼 건가?"

브람이 물었다.

"브람, 나는 수호자의 사고방식을 이해하지 못한다고 얘기했잖아."

"그래도 추측해 봐라."

루이스는 추측하고 싶지 않았다.

"틸라가 해 준 얘기가 있어. 삼십 조의 생명을 구하는 일이라고 해도 제 손으로 일조를 죽일 수가 없다고 했지. 수호자의 지성과 틸라 브라운이라는 인간의 동정심 때문에 그들의 죽음에 공감할 수 있었거든. 하지만 그게 반드시 해야 하는 일이라는 것도 알고 있었어. 그리고 나와 크미와 최후자가 해결법을 찾으리라는 것도 알았지. 그러면서도 우리가 그 일을 하게 내버려 둘 수가 없었던 거야. 그녀는 자신을 죽일 수 있도록 우리를 초대할 생각이었어, 브람."

"그녀가 싸우는 광경을 봤다. 나라면 죽은 상태라 해도 그것보다는 잘 싸울 수 있었다."

"그러시겠지. 나는 목숨을 걸고 싸웠지만, 어차피 수호자를 이길 수 있는 사람은 없으니까."

"링 벽에 있는 플라스마 엔진을 갖고 놀 수 없다는 걸 알았다면, 그녀는 왜 수리 시설로 돌아온 거지?"

어리석은 질문이었기 때문에 브람은 대답을 기대하지 않았다.

"그녀가 정말로 바란 건 뭔가?"

루이스는 고개를 저었다.

"수호자가 원하는 게 뭐냐고 묻는 거야? 우리가 수호자에 관해 알아낸 건 딱 그거 하나뿐이야. 당신들이 행동하는 동기는 유전자에 새겨져 있어. 당신들은 혈통을 수호하지. 혈통이 끊기면 당신들은 음식을 먹지 않고 죽어. 틸라는 링월드에 후손이 없었어. 그 대신 여기에는 여러 인류가 있었지. 한쪽 눈을 감고 곁눈질로 슬쩍 보면 동족이라고 생각할 수도 있는 인류가. 그녀는 그들을 구해야만 했어. 지체할 이유도 없었지. 링월드의 균형이 무너졌으니까……."

브람이 손을 내저어 반대한다는 뜻을 표했다.

"그녀는 '탐구의 화침'호를 기다렸다. 퍼페티어 기술로 만든 컴퓨터 프로그램을 얻으려고. 나는 당신들이 그 프로그램을 사용하는 걸 지켜봤다. 그리고 그때 내가 방해하지 않아서 다행이라고 생각했지."

그랬단 말이군. 루이스는 생각했다.

"그냥 그랬다고 말하지 그랬어? 이런 젠장, 싸울 필요가 없었잖아."

잠깐만, 그렇다면…….

"브람, 앤은 당신이 크로노스를 죽이자마자 떠났나?"

"여러 날 동안 준비를 했지."

"그게 칠천 팔란이 조금 못 되는 과거에 있었던 일이라고?"

"그렇다."

"지구 달력으로 치면 AD 1200년경이군. 앤은 뿌리를 갖고 갔나? 나중에 뿌리를 더 가지러 돌아와야만 했나?"

"앤은 뿌리 여러 개와 꽃이 피는 식물과 산화탈륨을 가져갔다. 그녀는 생명의 나무를 심었지만 시간이 지난 뒤 재배에 실패했지. 그래서 약 오천 팔란 전에 돌아왔다. 그녀는 나와 함께 잠깐 머물렀다. 그 뒤로는 그녀를 보지 못했다. 정원을 제대로 꾸몄든가 죽었을 거다."

"그래. 틸라도 같은 생각을 했겠지? 뿌리와 식물과 산화탈륨. 그걸 전부 심을 만큼 괜찮은 장소가 있다면, 앤이 만든 정원도 거기 있을 거야. 틸라는 그게 뭔지 알아봤을 테고."

"앤은 잘 숨겨 놨을 거다."

"식물을 햇빛이 들지 않는 곳에 숨길 순 없잖아. 그렇다고 어떤 인류가 지나가다가 냄새를 맡을 수도 있는 장소에 둘 수도 없었겠지. 그리고 손이 닿는 곳에 두고 싶었을 거야. 흘러나온 산 위에, 열기구를 이용해도 침입할 수 없는 곳에. 아마도 균열 지역이나 가파른 협곡이겠지. 이제 우리는 틸라가 그 장소를 봤는지 알아내야 해."

"틸라가 그 장소를 찾아냈다면?"

루이스는 한숨을 쉬었다.

"브람, 살아 있는 수호자에게서 얻을 수 있는 게 뭐겠나?"

"최후자, 루이스에게 보여 줘라. 나는 목욕을 해야겠다."

탐사기는 흘러나온 산 정상으로부터 백오십 킬로미터쯤 되는 높이에서 가속했다. 링월드가 여러 개의 행성보다 큰 얼어붙은 강물처럼 탐사기 쪽으로 다가왔다가 지나갔다. 하지만 그 속도는 초속 천이백삼십 킬로미터를 넘지 못했다. 탐사기가 링월드의 속도를 따라잡고 있었다.

루이스는 퍼페티어에게 물었다.

"네가 날려 버리지 않은 혜성 내 시설을 볼 수 있나?"

"예, 링월드의 자전 면을 기준으로 하면 아주 높은 곳에 있긴 합니다만 빛이 혜성에 도달하기 전에 착륙한 모습을 볼 수 있을 겁니다."

종자가 누웠다. 그는 체구가 컸고, 입을 다물고 있었다. 크미는 가르침을 받으라고 아들을 루이스에게 보냈다. 그리고 그 아들은 백육십오 일 동안 브람에게 가르침을 받았다. 종자에게 지혜를 가르치다니, 그것 참 대단한 생각이군. 루이스가 생각했다. 수호자는 지능이 엄청나게 높지. 하지만 지혜도 풍부할까? 크진인이 지능과 지혜의 차이를 구분할 수 있나?

"그걸 제외하면 우리를 관찰할 수 있는 건 전부 날려 버렸다이거지."

"그렇습니다."

"알았어. 링 벽을 보자고."

"수호자들의 모습은 보여 줄 수 없습니다, 루이스. 브람도 같은 걸 요구했지만 그 정도로 확대할 수가 없었습니다."

"그럼 가능한 건 뭐지?"

최후자는 수개월 동안, 수 팔란 동안 링 벽과 흘러나온 산을 관찰해 왔다. 깜빡거리는 일광 신호기는 링 벽 위뿐 아니라 어디든 존재했다. 탐사기가 굴과 계약을 맺은 종족들이 평지에서 반사해 보내는 ─그건 추측이긴 했지만─ 햇빛을 여러 차례 포착했다.

마을 하나가 스쳐 지나갔다. 최후자는 마을을 관찰하기 위해 영상을 정지시켰다. 엄청나게 큰 폭포의 측면에 천여 채의 집이 세워져 있었다. 폭포의 높이는 이천오백 미터에서 삼천 미터 정도였다. 폭포의 반대쪽 측면에 열기구를 만드는 작업장이 있었다. 뒤쪽에 있는 절벽에 밝은 주황색 도료가 튀어 있어서 작업장은 눈에 띄었다. 작업장 아래쪽에 공장과 창고가 모여 있었다. 공장과 창고는 얼음과 바위 들을 지나 또 하나의 커다란 주황색 바위와 저지대에 있는 착륙장까지 이어졌다. 위쪽과 아래쪽에서 오는 여행자들이 피난처로 삼기에 좋은 곳이었다.

최후자는 그곳으로부터 팔백만 킬로미터 떨어진 다른 마을을 화면에 띄웠다. 경사가 가파르지 않은 녹지 언덕에 펼쳐진 마을이었다. 집들은 지붕이 기울어져 있었고, 지붕에 뗏장이 덮여 있었다. 산업용 제작 시설들이 세로로 줄지어 있고, 위와 아래에는 주황색으로 표시된 착륙장들이 있었다.

루이스가 말했다.

"종자, 넌 이런 마을을 나보다 훨씬 더 많이 봤겠지. 내가 못 보고 지나칠 만한 게 있을까?"

"그게 뭔지 짐작이 되질 않는다, 루이스. 저자들은 물고기 떼만큼이나 걱정 없이 살고 있다. 문제라고 해 봐야 쓰레기 처리 정도지. 그리고……."

루이스가 이를 하얗게 드러내며 크게 웃었다. 종자는 웃음이 그칠 때까지 기다렸다.

"집의 모양새는 다르지만 위치 선정에는 규칙이 있다. 기구와 공장은 어디를 가든 똑같지. 브람과 나는 야행인들의 거울 신호를 통해 설계도와 지도와 날씨 예보 같은 것들이 전달된다는 결론을 내렸다. 작곡한 음악도 전달하는 것 같다. 말하자면 생각을 거래한다는 얘기다."

"별들 사이의 교역도 그것과 비슷하지."

링 벽은 끊임없이 이어지는 스크리스 판이었다. 스크리스는 링월드의 바닥을 구성하는 물질이었고, 원자핵을 유지시키는 힘만큼이나 튼튼했다. 그런 힘도 링월드와 같은 속도로 움직이는 유성체를 이겨 내지는 못했다. 루이스는 링 벽 높은 곳에 있는 구멍에 주목했다. 구멍은 또 하나의 대양에서 반회전 방향으로 수백만 킬로미터 떨어진 곳에 있었다. 한편 단조로운 링 벽을 따라 서로 오백만 킬로미터씩 떨어진, 크고 사람이 아무도 없는 시설물들도 있었다. 링 벽 꼭대기에서 전체 길이의 삼분의 일 정도를 따라가며 이어진 가느다란 선도 보였다. 루이스 일행은 십일 년 전에 그 선을 본 적이 있었다. 공사가 영원히 중단된 자기 부상 선로였다.

현재 스물세 개의 시설물에 엔진이 탑재되어 있었다. 최대로 확대해 보니 자그마한 원뿔 한 쌍을 간신히 식별할 수 있었다.

"이게 분사하는 엔진의 모습입니다."

최후자가 화면을 전환하며 가속시켰다.

크게 달라지는 건 없었다. 수소를 융합하면 방사되는 것은 대부분 엑스선이었다. 핵융합 엔진은 온도가 높기 때문에 가시광선을 뿜었다. 추진력을 높이기 위해 추가한 연료의 총량 때문이기도 했다. 링 벽에 있는 엔진이 분사를 시작하면 엔진을 구성하는 전선이 백열광을 냈고, 플라스마의 자기장 때문에 풀어졌다. 원뿔들은 모래시계 형태를 이루며 하얗게 가열된 전선 속에서 말벌의 허리처럼 조여들었다. 그리고 흐릿한 남색 불꽃이 중심축을 따라 분사되었다. 그런 엔진 스물두 개가 일렬로 늘어서 있었다.

최후자는 스물세 번째 엔진 부근을 연이어 화면에 띄웠다. 눈으로 식별이 가능할 만큼 커다란 기중기와 전선이 보였다. 자기 부상에 사용하는 것으로 보이는 평판도 있었다. 하지만 인간 크기의 물체는 흔적조차 보이시 않았다.

하지만 루이스의 머릿속은 오로지 브람이 대화를 엿들을 수 없는 장소를 찾아야 한다는 생각만으로 가득했다.

수호자는 승무원 선실에 있는 목욕 설비를 사용하고 있었다. 그 설비 덕분에 크미와 루이스가 제정신을 유지하고 있다는 데에는 의심의 여지가 없었다. 하르키와 카와도 마찬가지였다. 하지만 그 설비는 비좁았고 사용하기 복잡했으며 원시적이었다. 루이스 일행은 벽을 통해 물줄기가 흐르는 소리를 들을 수 있었다.

루이스는 시험 삼아 말해 보았다.

"브람이 정말로 목욕이라는 걸 하고 사는지는 모르겠지만, 그가 네 선실을 이용하지 않는 건 놀라운 일이군."

"루이스, 정말로 당신에게 내 선실을 보여 줄 수 있으면 좋겠습니다. 하지만 그곳에 있는 도약 원반은 설계가 고정되어 있습니다. 그래서 다른 종족이 이용할 수 없습니다."

크진인이 으르렁거렸다.

"당신은 사생활을 아주 중요시하는군."

최후자가 말했다.

"그게 다가 아니라는 건 알고 있을 텐데요. 난 동료가 필요합니다. 동족에게 둘러싸일 수 없다면 그게 루이스여도 좋고 당신이어도 상관없습니다. 우리는 두려움을 기준으로 행동합니다. 나는 내 두려움을 기준으로 삼고 이 우주선을 만들었지요."

"브람이 그 점을 납득했나?"

"그랬기를 바랍니다. 사실이니까요."

탐사기가 링월드의 회전속도를 따라잡으려면 한 시간이 더 필요했다. 루이스는 말했다.

"아마 압력복을 입어야 할 거야. 그러니 준비하러 가자고."

"내 압력복은 제대로 준비되어 있습니다."

퍼페티어가 말했다.

"그렇군. 그럼 나와 종자를 착륙선 격납고로 보내 줘."

최후자가 말했다.

"나도 가겠습니다. 살펴봐야 할 장비가 더 있으니까요."

그들은 순식간에 사라졌다.

"여기라면 브람이 엿들을 수 없습니다."

최후자가 자신 있게 말했다. 종자는 코웃음을 쳤다.

루이스는 말했다.

"수호자처럼 지능이 높은 존재가 정말로 우리 얘기를 엿들으려 할까?"

"그건 아닐 겁니다, 루이스. 나는 당신과 크미를 감시하려 했지만……."

하르키는 감시할 필요가 없다고 생각했다는 뜻이었다.

"난 여기를 도청 기지로 쓸 수 있도록 해 놨습니다. 누구든지 착륙선 격납고에 감시 장치를 설치하면 경보가 날아오게 돼 있습니다."

불가능한 얘기는 아니겠지.

"최후자, 넌 선장실에 있을 경우 안전하지?"

"브람은 내가 거기 있어도 공격할 수 있습니다."

"그걸 막을 수 있나?"

"그가 어떤 방법으로 공격할지 알아내지 못했습니다."

"허풍 아닐까? 브람은 너를 오랫동안 연구해 왔잖아. 그동안 겁에 질리게 만든 거지."

최후자의 눈들이 루이스에게 집중되었다. 최후자는 일 미터 높이를 기준선으로 삼는 양안시*로 루이스를 바라보았다.

"당신은 우리 종족을 단 한 번도 제대로 이해한 적이 없었지요. 나는 처음부터 숨어 있는 수호자가 두려웠습니다. 아직도 두렵고요. 당신이 브람을 함정에 빠뜨리기 위해 어떤 계획을 세우든지 간에, 나는 받아들일 수도 있고 거절할 수도 있습니다. 그 기준은 오직 확률뿐이지요. 위험 요소에 대한 내 생각은 바뀌지 않을 겁니다. 나는 계약을 파기할 생각이 없습니다."

"끝내주는군."

인간용으로 제작된 압력복과 산소 공급 장치들이 있었다. 루이스와 브람이 있었기 때문에 모든 장비가 두 개씩 필요했다. 루이스는 압력복과 공기통을 점검했다. 오물 재활용 저장소를 비우고, 영양분 저장소를 채우고, 압력복 내부와 공기통과 물통을 씻고, 공기를 가득 채우고, 배터리를 충전했다.

종자는 자신의 압력복을 손보고 있었다. 최후자는 쌓여 있는 도약 원반들을 조사했다.

---

* 양쪽 눈의 망막에 맺힌 대상물을 각각이 아닌 하나로 보게 하고, 입체적으로 보게 하는 눈의 기능.

루이스는 말했다.

"난 틸라 브라운이 죽은 이유를 알고 있어."

최후자가 말했다.

"수호자들은 꽤 잘 죽는 편입니다. 자신이 존재할 필요성이 없어졌다고 판단하면……."

루이스는 고개를 내저었다.

"틸라는 뭔가 발견한 거야. 앤의 정원을 봤을 수도 있고, 링 벽엔진에서 지문을 찾아냈을지도 몰라. 어쨌든 그녀는 수리 시설에 수호자가 있다는 걸 알았어. '화침'호를 화성 지도로 가져가야만했지. 하지만 그러면서 우리를 인질로 삼았잖아. 우리의 안전을보장하려면 자신이 죽는 수밖에 없는데도……."

"루이스, 시간이 없습니다. 원하는 게 뭡니까?"

"브람이 모르게 도약 원반의 설정을 바꿔 줘. 아마 그다음에는설정을 돌려놔야 할 거야. 아직 내 생각이 맞는지는 모르겠지만.기본 설정이 필요해."

크진인이 물었다.

"기본 설정이 뭐지?"

최후자가 대답했다.

"결정을 내릴 시간이 없을 때를 대비해서 미리 결정을 내려 두는 거지요."

루이스는 말했다.

"크진 단검인 우차이로 싸울 때 처음으로 취하는 동작을 배웠겠지? 네가 생각도 하기 전에 공격을 받았을 경우, 그렇게 훈련했던 동작이 튀어나오잖아."

"적의 내장을 꺼내는 것 말이군."

"뭐든 상관없어. 그냥 그런 게 있다는 걸 알 뿐이지. 에페[*]를 쓰든, 권총을 쓰든, 맨손으로 격투를 하든, 요가술을 쓰든 전부 마찬가지야. 그런 동작을 연습해서 네 신경 속 바사궁에 새겨 놓으면 공격당하는 동안에 결정을 내릴 필요가 없는 거지. 컴퓨터에 별도의 지시 사항이 없을 경우 할 일을 정해 놓는 것도 마찬가지고."

"영리한 개념이군."

크진인이 말했다.

"최후자, 난 도약 원반의 연결 상태를 제대로 이해 못하고 있지만……."

그들은 토론을 했다. 도약 원반 연결망은 휘파람이나 별도 입력으로 수정이 가해질 때 확인을 거치도록 되어 있었다. 그럴 경우 도약 원반의 가장자리를 눌러야 했다.

"좋았어. 이제 상대가 알아채지 못하게 설정을 바꿀 수 있다이거지. 우리에게 거부권이 생긴 셈이군. 종자, 네가 브람의 시선을 끌어 줘야겠는데."

"자세히 설명해 봐라."

종자가 말했다.

"나도 어떻게 해야 할지는 전혀 모르겠어. 그냥 숨을 두 번 쉴

---

[*] 펜싱 경기에서 사용하는 칼.

만한 시간만 벌어주면 돼."

루이스 일행은 순식간에 선실로 돌아왔다. 최후자가 말을 하고 있었다.

"루이스, 당신이 죽어 가고 있었다는 건 알고 있습니까?"

루이스는 희미하게 미소를 지었다.

"누구든 죽어 가는 게 전통이잖아. 퍼페티어나 수호자는 예외를 만들 수 있겠지만. 아, 브람. 상황에 변화라도 있나?"

브람은 분노하고 있었다.

"최후자, 광량을 증폭하고 확대해라. 마을 말이다!"

탐사기가 그림자 속을 통과하고 있었고, 멀리서 햇빛의 띠가 다가왔다. 하지만 그것보다 훨씬 더 가까운 곳에서 지나가는 흘러가는 산의 만년설 위를 덮고 있는 무늬가 희끗 눈에 띄었다.

최후자는 플루트와 현악기 소리를 냈다. 무늬가 밝아지면서 확대되기 시작했다.

흘러나온 산의 마을은 바로 위쪽에서 내려다본, 얼룩덜룩한 십자가 같았다. 집들은 쌓여 있는 눈에서 반사된 빛 때문에 음영이 서로 다른 흰색으로 보였다. 기울어진 지붕에 눈이 담요처럼 덮여 있었다. 집들은 벌거벗은 바위와 어두운 길가에 들러붙은 눈을 배경으로 삼십 킬로미터 이상 되는 거리에 걸쳐 암반 위에 쭉 놓여 있었고, 공장과 창고 들이 그 띠 모양의 지역을 수직으로 교차하고 있었다. 공장과 창고는 집들보다 더 밀접하게 모여 있었으며, 그 길이는 이삼 킬로미터에 달했다. 십자가 모양의 가장 위쪽과 아래쪽에 밝은 주황색 얼룩들이 둥글게 묻어 있고, 다른 색깔 얼룩도 조금씩 눈에 띄었다.

브람은 분노를 제대로 억누르고 있었다.

"당신은 필요할 때 자리를 비웠다. 난 당신이 돌아오기 전에 탐사기가 지나갈까 봐 걱정하고 있었지. 그게 왜 문제가 되는지 알겠나?"

"아니…… 아, 알겠군요."

루이스도 문제점을 알아챘다. 세 개의 밝은 회색 사각형이 눈에 들어왔다. 그것들은 엄청나게 큰 화물 운반용 받침대였다. 첫 번째 받침대에는 아무것도 없었다. 두 번째 받침대 위에는 화물이 있었지만 어떤 화물인지 식별할 수 없었다. 세 번째 받침대 위에는 테두리가 밝은 갈색 사각형이 있었다. 그 사각형은 아직도 화물 운반용 받침대 위에 놓인 기계인들의 순찰차였다. 세 번째 받침대는 밝은 주황색으로 도색되어 있고 바위가 훤히 드러난 절벽 옆에 있는 위쪽 탑승장에 묶여 있었다. 그리고 노란색과 주황색과 군청색이 뒤섞인 두 개의 천에 묶여 있었다. 그 천은 바람이 빠진 풍선이었다.

"빨리 이동했군."

루이스가 말했다.

햇빛이 초속 천이백 킬로미터의 속도로 그 지역을 쓸고 지나갔다. 화면은 밝게 번쩍이다가 어두워지며 제 색깔을 되찾았다.

종자가 다른 이들이 잊고 있던 사실을 일깨웠다.

"저기도 거미줄눈이 있을 텐데."

최후자는 탐사기 화면 옆에 또 하나의 화면을 띄웠다. 이제 화면이 총 네 개였다. 루이스 일행은 순찰차 앞면에 붙은 거미줄눈이 전송한 화면을 보고 있었다.

붉은 유목인들은 회색과 흰색 줄무늬가 있는 아름다운 털가죽을 두르고 있었다. 루이스가 볼 수 있는 거라고는 길고 헐렁한 소매 끝으로 삐져나온 붉은 손과 후드 속 깊은 곳에 있는 납작한 코와 검정 눈동자가 전부였다. 하지만 다른 사람일 리가 없었다. 그들은 바로 '겁 없는 흡혈귀 사냥꾼'들이었다. 체구가 더 크고 털이 많은 사람들은 흘러나온 산 사람들일 터였다. 그들은 손이 크고 손가락이 짧고 굵었다. 후드 속으로 얼핏 보이는 얼굴들은 손과 마찬가지로 은회색이었다.

그들은 일을 하는 동안 숨을 헐떡거리면서 입김을 뿜었다. 붉은 손과 갈색 손들이 흐릿한 화면 가장자리를 붙들자 시야가 흔들렸다.

최후자가 말했다.

"감속을 시작한다 해도 탐사기가 한참 지나간 뒤일 겁니다. 탐사기를 되돌려서 시야를 하나 더 확보할까요?"

브람이 말했다.

"그럴 필요가 있나? 이미 보고 있지 않은가. 최후자, 우리는 링 벽 수송 선로의 뒤쪽 끝에서 접근하고 있다. 그러면 발각될 위험이 있겠지. 가능한 때가 되면 탐사기를 벽 너머로 보내라."

"말대로 하겠습니다. 십이 분 남았습니다."

탐사기가 이제 햇빛 속으로 완전히 들어갔다. 마을은 뒤쪽 먼 곳에 있었다. 차체에서 분리된 거미줄눈이 급격하게 흔들리면서, 바위를 파서 만든 발판과 난간을 따라 이동했다. 화면들이 서로 겹쳤다.

브람이 물었다.

"어딜 갔다 온 거지?"

루이스가 대답했다.

"압력복을 점검하려면……."

"알겠다. 결과를 보고해라."

"……진공에 뛰어들기 전에 해 둬야……."

"넌 목록을 만들고 점검하겠지만 나는 기억력을 이용한다."

"그러다가 실수하면 결과가 아주 멋지겠지."

"보고해라."

"난 퍼페티어의 압력복은 몰라. 우리 압력복은 이 팔란 동안 생명을 유지시켜 줄 수 있지. 채우고 충전할 수 있는 건 전부 다 해 놨어. 최후자가 아직 사용하지 않은 도약 원반은 총 여섯 개고, 지금 사용하고 있는 도약 원반도 일부는 재활용할 수 있지. 어디든지 장착할 수 있는 거미줄눈도 있고. 착륙선 격납고에는 무기가 하나도 없어. 아마 당신이 어딘가 다른 곳에 보관해 뒀겠지. 운반할 물건은 당신이 결정할 거고, 우리가 생각할 수 있는 점검 목록은 그게 전부야."

브람은 아무 말도 하지 않았다.

'숨은 족장'호의 망대에서 보는 광경에는 아무 변화도 없었다. 최후자가 휘파람으로 큰 소리를 내어 그 화면을 꺼 버렸다. 연료 보급용 탐사기는 약간 보라색을 띠면서 링 벽을 따라 이동하고 있었다. 그 옆에 있는 화면은 이제 바위를 기어오른다기보다 제대로 된 길을 따라 경사로를 내려가며 사각형 눈밭으로 접근하는 중이었다.

최후자가 말했다.

"당신은 죽어 가고 있었습니다."

"저거 봤…… 아니, 신경 쓰지 마. 진료 결과를 보여 줘."

루이스의 말에 퍼페티어가 종소리를 냈다. 루이스 우의 진료 기록이 두 화면을 조금씩 가렸다.

"보십시오. 공용어로 돼 있습니다."

화학 조성…… 주요 재조정 요소…… 게실증…… 젠장.

"최후자, 나이를 먹으면서 생기는 증상은 적응할 수 있어. 노인들이 하는 말이 있지. '아침에 일어났는데 아픈 곳이 하나도 없으면 밤에 죽었다는 뜻이다.'"

"재미없는 농담입니다."

"하지만 소변을 보는데 가스가 같이 나오기 시작하면 바보라도 뭔가 잘못됐다는 걸 알 수 있겠지."

"그런 순간에 관찰하는 건 무례한 행동이라고 생각합니다."

"그거 참 마음이 놓이는 얘기군. 설사 관찰했다 해도 넌 몰랐을걸."

루이스는 기록을 더 읽었다.

"게실증에 걸렸다는 건 결장 조직 일부가 조금 튀어나왔다는 거야. 게실이 생기면 여러 가지 증상이 생길 수 있지. 내 경우에는 게실이 너무 커서 방광에 들러붙은 것 같고. 그래서 감염이 발생하고 터진 거야. 그리고 결장과 방광을 잇는 관이 생겼지. 누관 말이야."

"그런 사실을 알고 무슨 생각이 들었습니까?"

"의료 도구가 있었잖아. 그 덕분에 항생제를 얻을 수 있었지. 이틀 정도 지나면 아마…… 흠, 박테리아는 인간의 방광에 들어가서 가스를 생성할 수 있어. 하지만 또 항생제를 이용하면 그걸 깨끗이 정리할 수 있지. 난 배관공이 필요하다는 사실을 알고 있었어."

종자는 다른 사람을 똑바로 보는 경우가 많지 않았다. 하지만 지금은 그러고 있었다. 그의 귀는 드러나지 않게 접혀 있었다.

"죽어 가고 있었다고? 최후자의 제안을 거절했으면 죽었을 거란 말인가?"

"그래. 최후자, 네가 그 사실을 미리 알았다면 내가 제시한 계약 조건을 받아들였을까?"

"그건 진지한 질문이 아니군요, 루이스. 나는 지금 존경을 표하고 있는 겁니다. 당신은 무시무시한 교섭자입니다."

"그거 고마운 얘기군."

브람이 말했다.

"탐사기 쪽 화면을 다시 띄워 다오. ……고맙군. 육 분 뒤면 링벽을 넘어서 바깥쪽으로 가게 될 거다. 그래도 통신이 끊기는 일은 없을 거라 생각한다. 안 그런가, 최후자?"

"스크리스는 뉴트리노를 일정 비율로 차단합니다. 링월드 바닥 면 속에서 모종의 핵반응이 진행된다는 뜻입니다만, 신호 감소는 예상 범위 안에 있으니 보정할 수 있습니다."

브람이 말했다.

"잘됐군. 당신 압력복은 제대로 작동하나?"

루이스가 말했다.

"그것도 결국 내가 쓰도록 준비됐던 여분의 압력복이라고. 아무거나 행운이 따를 것 같은 압력복을 골라서 입어. 난 남은 걸 쓸 테니."

탐사기는 점점 더 속도를 늦추고 있었다.

"지금인가?"

"지금이야."

| 작업장 |

AD 2893, '최고지'

순찰차와 화물 운반용 받침대가 밤공기 속에서 위로 상승했다. 와비아와 테거는 화물 적재 칸 속에서 꼭 끌어안았다. 고소공포증은 끔찍했다. 두 사람은 충격을 느끼자 비명을 질렀고, 아직 살아 있다는 걸 확인하고는 웃었다.

안전하게 느껴지는 화물 적재 칸에서 밖으로 나오는 건 엄청난 시련이었다. 그들은 숨을 헐떡이면서 희박하고 차가운 공기 속에서 몸을 떨었다. 태양이 차광판 가장자리에서 얼굴을 빼꼼 내밀고 있었다.

굴들은 점점 밝아오는 햇빛 때문에 눈을 깜빡거리면서 수면을 취하기 위해 화물칸 안으로 기어 들어갔다.

주황색 도료가 칠해진 두 개의 절벽 높은 곳에 그들을 내려놓은 건 하프장이었다. 그는 공중에 떠오를 수 있는 받침대와 찌그러진 풍선에 연결된 바구니 세 개까지 갖고 왔다.

마을은 시끌벅적했다. 내리막길과 마을 측면에는 지붕에 눈이 쌓인 집들이 있고, 털이 있는 사람들이 뒤쪽 기울어진 대지에서 채집을 하기 위해 집에서 밖으로 나오고 있었다.

테거는 유목인이었지만 그의 눈에도 이 마을은 커 보이지 않았다. 하지만 그와 동시에 외부에서 찾아내기 어려운 곳이기도 했다. 주변이 눈밭이었으며 사각형 지붕 위에도 눈이 덮여 있었기 때문이다. 건물의 모습이 드러나는 건 그림자 때문이었다.

지역 주민 다섯 명이 아래쪽에서 온 방문객을 만나기 위해 무거운 걸음으로 비탈을 오르고 있었다. 부리가 맹금류처럼 생긴 새가 그들의 주위를 선회했다. 붉은 유목인들은 그들이 다가오는 모습을 지켜보았다. 주민들은 털가죽으로 외모를 완전히 감춘 채 물주머니와 털가죽을 들고 있었다.

물은 따뜻했다. 맛도 아주 좋았다. 와비아와 테거는 황급하게 털가죽 속으로 몸을 집어넣은 다음 코를 제외한 전신을 그 속에 묻었다. 흘러나온 산 사람들은 그들의 그런 모습과 헐떡이는 광경을 보며 즐거워하는 것 같았다.

"뭐 이런 걸 갖고 그러나. 오늘은 날씨가 아주 좋군!"

사론이 거의 알아들을 수 없을 만큼 강한 억양으로 노래하듯 말했다.

"눈보라를 뚫고 왔으니 산을 존경하는 마음이 생겼을 거다!"

그들은 순찰차가 놓여 있는 공중 부양 받침대는 전혀 신경 쓰지 않고, 나무와 철로 만든 순찰차 주위를 돌아보았다.

흘러나온 산 사람 다섯 명은 회색과 흰색 줄무늬가 있는 털가죽을 덮어 둔 불룩한 통처럼 보였다. 사론의 털가죽은 다른 사람과 달리 흰색과 녹갈색 줄무늬였고, 후드는 이름 모를 맹수의 머리였다. 테거는 사론이 지위가 높으며 여성일 거라고 판단했다. 다섯 사람 가운데 체구가 제일 작았기 때문이다. 목소리로는 성별을 구분할 수 없었고, 그들의 신체적인 특징은 모조리 털가죽 속에 감춰져 있었다.

사론이 청동 거미줄과 거미줄이 붙어 있는 돌을 관찰하더니 물었다.

"이게 그 눈인가?"

와비아가 대답했다.

"맞다, 사론. 우린 이제 뭘 해야 할지 모르겠다."

"야행인이 올 거라고 들었다. 그들은 어디 있지?"

"자고 있다. 아직 밤이 아니니까."

사론이 웃었다.

"우리 어머니는 그게 그냥 표현 방법에 지나지 않는다고 했지. 밤이 되면 밖으로 나오는 건가?"

붉은 유목인들이 고개를 끄덕였다.

머리 위에서 바람을 타고 활공하던 새가 갑자기 경사면을 따라 한참 강하했다. 새는 우선 발톱으로 무언가를 후려치더니 바동거리는 생물을 부리에 물고 상승했다.

뎁이 물었다.

"거미줄눈에 무얼 보여 주면 되나?"

테거와 와비아는 그 질문에 대한 답을 알지 못했다. 뎁은 답이 너무 뻔하다고 생각하고 제 입으로 말했다.

"거울과 길을 보여 주면 되겠군. 거미줄눈을 갖고 이동하지. 저 눈은 말도 할 수 있나?"

"아니."

"그럼 본다는 건 어떻게 알지?"

"그건 하프장이와 비탄에 젖은 관에게 물어봐라."

와비아가 말했다.

"그 두 사람에게 덮을 걸 갖다 줘야겠다. 이런 날씨라면 얼어 죽을 수도 있지."

"그거 좋은 생각이다."

제나월이 말했다. 그들은 털가죽을 들고 화물 적재 칸으로 향했다.

하리드와 바라예가 청동 거미줄과 거미줄이 붙은 암석을 차에서 내려놓고 있었다. 테거는 그들이 남자라고 판단했다. 그들은 후드 너머로 붉은 유목인들을 훔쳐보면서 드러내 놓고 놀랐지만 입을 열지는 않았다. 말을 하는 건 여성들뿐인 것 같았다.

테거는 그들을 돕고 싶었다. 그래서 허둥지둥 측면으로 달려가 거미줄이 붙어 있는 암석의 모서리를 붙들었지만 산소가 부족해 헐떡거리기 시작했다. 뎁과 제나월이 그를 도우려고 움직였다. 테거는 호흡을 고르려고 죽을힘을 다하면서 그들의 진로에서 벗어났다.

"체력이 약하군."

사론이 단정하듯 말하자 테거는 호흡을 진정시키며 대꾸했다.

"걸을 수는 있다."

"당신 폐가 필요한 공기를 빨아들이지 못하는 거다. 내일이면 강해지겠지. 오늘은 쉬어야 한다."

네 사람은 거미줄을 들고, 아래쪽으로 몸을 굽히고, 지붕에 눈이 덮인 집들이 있는 쪽으로 경사면을 오르기 시작했다. 사론이 앞으로 걸어 나와서 와비아와 테거를 보며 발을 디딜 곳을 가리켜 주었다. 그리고 그들이 미끄러질 경우 붙잡아 줄 준비를 하고 있었다.

날아다니던 새가 뎁의 어깨에 걸려 있는 가죽띠에 내려앉았다. 뎁은 비틀거리면서 이방인의 언어로 새에게 욕을 했다. 그러자 새가 다시 날아올랐다.

흘러나온 산 사람들의 발걸음은 믿을 수 없이 탄탄했다.

테거와 와비아는 두 팔로 부둥켜안고 몸을 곧추세우려 애를 쓰며 걸었다. 그들은 너무 긴 시간 동안 활동하고 있었다. 발밑에서 산이 흔들거리는 것 같았다. 바람은 털가죽에 있는 가장 작은 틈까지 놓치지 않고 파고들었다. 테거는 실눈을 뜨고, 눈물을 털어내려고 눈을 깜빡거리면서 후드 밖을 살펴보았다.

그가 호흡을 조금 회복하고 뎁에게 물었다.

"그게 당신네 언어인가? 교역용 언어는 어떻게 배웠지?"

뎁이 사용하는 모음과 자음은 왜곡되어 있었다. 테거는 날카로운 바람 소리 때문에 말뜻을 추측해야 했다.

"야행인들이 당신들에게는 전부 얘기해 주라고 했다. 하지만 당신들은 평지에서 온 비슈니슈티에게 아무것도 말하면 안 된다. 우리 비밀을 지켜 주기 바란다. 알겠나?"

테거는 그 단어가 무슨 뜻인지 이해하지 못했지만 와비아는 알아들었다. 그녀는 그 단어를 제대로 발음해 들려주었다.

"바슈네슈트를 말하는 거야."

그리고 다른 사람들을 향해 대답했다.

"알았다."

바슈네슈트는 수호자를 가리키는 단어였다. 즉 뎁의 말은 흘러나온 산 아래쪽에서 온 수호자들에게 비밀을 발설하지 말라는 뜻이었다.

"알았다."

테거도 대답하자 뎁이 입을 열었다.

"틸라 브라운은 저 밑에서, 평지에서 왔다. 이상한 사람이었지. 관절이 울퉁불퉁했고 레슈트라를 할 수 없었다. 레슈트라가 뭔지는 알고 있겠지. 틸라는 그걸 할 수 없었다. 그럴 수 있는 신체 기관이 없었으니까. 그녀가 우리에게 직접 보여 줬다. 그녀는 우리에게 언어를 가르쳤다. 우리는 거울 언어를 알고 있었지만 잘못 사용하고 있었지. 그녀는 우리를 가르친 다음 기구를 타는 사람들을 가르치라고 했다. 그러고 나서 통로를 이용해 내려갔다가 칠십 팔란 뒤에 돌아왔다. 그녀는 하나도 달라지지 않았다. 우리는 그녀가 비슈니슈티라고 생각했지. 하지만 이제는 진실을 알고 있다."

일행은 이제 집들 사이를 가로지르고 있었다. 나무로 만들어진 집들이 일직선으로 늘어서 있었다. 집을 만드는 데에 사용한 나무는 아래쪽 숲에서 수입한 것이 분명했다. 호기심 많은 아이들이 일행의 뒤를 따랐다. 아이들은 후드 속에서 그들을 훔쳐보면서, 입김을 내뿜으며 수다를 떨었다. 와비아는 그들의 질문에 대답하려 노력했다.

테거가 물었다.

"틸라라는 사람과 얘기할 수 있나?"

뎁이 대답했다.

"틸라는 다시 내려갔다. 그 뒤로 사십 팔란이 흘렀지."

사론이 담담하게 말했다.

"그것보다 더 됐다."

제나윌이 물었다.

"레슈트라에 대해 알고 있나?"

테거는 와비아를 바라보았다. 와비아가 머뭇거리다가 말했다.

"너희는 리샤스라를 어떻게 알고 있지? 아래쪽에서 방문객들이 오는 건가?"

주민들이 웃었다. 심지어 남자들까지 웃었다. 뎁이 말했다.

"아래쪽에서 오는 손님은 없다. 그 대신 옆에서 오지! 가까운 산에 사는 사람들이 방문해서……."

"하지만 그 사람들도 전부 흘러나온 산 사람들 아닌가?"

"와이르비아, 산사람들은 단일 종족이 아니다. 우리는 최고지 부족이지. 사론은……."

일행이 문 앞에 도착했다. 테거는 팔을 풀고 와비아가 앞으로 나아가도록 했다. 그녀가 안으로 들어가자 새가 뎁의 어깨에 앉았다.

그곳은 길고 좁은 공간이었으며 제대로 된 집이 아니었다. 갈고리가 달린 밧줄이 털가죽을 붙들고 있고 나무 기둥이 지지해 주고 있는 조그마한 휴게실에 불과했다. 반대편의 문들은 서로 반대 방향으로 열려 있었다.

최고지 사람들은 상반신 전체가 넓고, 얼굴이 크고, 입은 작고 눈이 움푹 들어가 있었다. 머리카락과 남성의 턱수염은 검은 곱슬이었다. 그들은 팔꿈치부터 시작해 상반신 전체와 무릎까지 감싸는 옷을 털가죽 속에 입고 있었다. 소매 속으로 풍성한 곱슬 털이 보였다.

뎁은 튼튼한 중년 여성이었다. 그녀는 새의 주인이었고, 새의 이름은 스크리푸였다. 스크리푸는 생김새가 똑같은 젊은 남성들, 즉 하리드와 바라예의 소유이기도 했다. 그들은 뎁의 아들이었다. 제나월은 바라예와 짝을 맺은 젊은 여성이었다.

사론은 목소리가 굵고 나이가 많고 주름이 많은 여성이었다. 그녀의 턱과 손에는 독특한 면이 있었다. 와비아가 물었다.

"당신도 최고지 부족인가?"

"아니다. 나는 '두 봉우리'에서 왔다. 우리는 기구를 타고 최고지에 왔지. 본래는 '짧은 산'에 가려 했지만 바람이 원치 않는 방향으로 부는 바람에 그곳을 한참 지나 여기 도착했다. 그리고 돌아갈 수가 없었다. 나머지 사람들은 탐험을 하며 계속 날아갔지만 나는 짝인 마크레이에게 설득당했지. 그는 더 이상 자식을 가질 수 없고 나는 이미 자식이 있었으니 안 그럴 이유도 없었다."

뎁이 털가죽 옷을 벗어 걸어 두었다. 그동안 스크리푸는 가죽 띠에 매달려 있었다. 사론이 일행을 제대로 된 집으로 안내하자 커다란 스크리푸가 날아오르더니 그들의 뒤를 따랐다.

천장은 높았다. 가구는 꼭 필요한 것밖에 없었다. 새가 앉을 수 있는 높다란 횃대와 두 개의 얕은 탁자가 전부였고 의자는 없었다. 손님용 집은 긴 휴게실로 양분되어 있었고, 그중 한쪽에 있는 거라고는 횃대와 탁자뿐이었다. 테거는 반대편에 살고 있는 손님을 만나 볼 수 있는지 궁금했다.

남자들이 벽에 거미줄눈을 기대어 놓았다. 그 작업이 끝나자 '최고지인'들은 손님이 앉을 공간만 남긴 채 책상다리를 하고 둥글게 모여 앉았다.

사론이 말했다.

"여기서 머물면 된다. 손님용 집이다. 우리를 찾아오는 손님들은 이 정도면 충분히 따뜻하다고 했다. 그래도 추우면 털가죽을 덮고 자면 된다."

제나월이 손짓으로 주변을 가리켰다.

"우리는 최고지인이다. 회전 방향에는 '독수리 부족'이라는 이웃이 있지. 코가 부리처럼 생긴 사람들이다. 독수리 부족 사람들은 우리보다 몸집이 작고 우리만큼 강하지도 않다. 하지만 우리가 본 것 중 가장 좋은 기구를 사용하지. 그들은 다른 부족에게 기구를 판매한다. 우리는 그들과 힘을 합쳐 아이를 낳을 수 있다. 하지만 우리가 안전하게 레슈트라를 하는 경우는 아주 드물다. 반회전 방향에는 '얼음 사람'들이 있다. 그들은 우리보다 높은 곳에 살고 추위에도 더 강하지. 마자레스츠는 얼음 사람 남성과 함께 남자 아이를 만들었다. 마자레스츠는 그들이 산도 움직일 만큼 격렬하게 레슈트라를 한다고 했다. 그녀의 아이인 자스는 또래 아이들 중에서 가장 높은 곳까지 올라가 채집을 할 수 있다. 손님들은 회전 방향과 반회전 방향을 가리지 않고 아주 먼 곳에서 찾아온다. 우리는 그들을 하나같이 환영하고 그들과 레슈트라도 한다. 하지만 그런 사람들과는 아이를 만들 수 없지. 그건 그들도 마찬가지라고 들었다. 레슈트라는 서로 다른 종족끼리 하는 행위이고 짝짓기는 같은 종족 두 사람 간에 하는 행위다. 인근 산에 사는 사람들끼리는 짝을 지을 수 있지만 멀리 떨어진 사람들끼리는 그럴 수 없다. 틸라 브라운은 우리 조상들이 산에서 산으로 여행한 게 분명하다고 말했다. 우리가 그렇게 여행하면서 달라졌다는 뜻이다. 당신들은 어떤가?"

와비아는 말을 할 수 없을 정도로 크게 웃고 있었다. 테거는 그녀가 즐거워서 웃는 게 아니라 부끄러워서 그러는 거라고 생각했다. 그는 대답을 정리하려고 애썼다.

"평지에서는 여행이 쉽다. 우리는 모든 종족이 섞여 있지. 그리고 리샤스라를 하는 방법을 전부 알고 있다. 우리 붉은 유목인은 키우는 동물을 데리고 여행한다. 그 동물로 삶을 유지하니까. 우리는 리샤스라를 할 수 없다. 짝을 단 한 번만 맺기 때문이지."

그는 최고지 사람들이 어떤 반응을 보이는지 알 수가 없었다. 얼굴 모양새가 너무 낯설었기 때문이다. 그가 말을 이었다.

"하지만 즐거움을 얻으려고 리샤스라를 하는 사람도 있고, 교역 계약을 성사시키려고 하는 사람들도 있고, 전쟁을 끝내거나 출산을 뒤로 미루려고 하는 사람도 있다. '씨앗 수집자' 종족에 대한 소문을 들은 적이 있는데, 그들은 어리석은 종족이지만 리샤스라를 아주 잘한다고 하지. 시간을 들여서 구……혼을 하지 않으려는 사람이라면 그런 방식이 편리할 수도 있을 거다. 수중인들은 숨을 아주 오래 참을 수 있는 남녀라면 누구든 리샤스라 상대로 삼는다. 아주 드물긴 해도……."

"수중인은 어떤 사람들이지?"

"녹아 있는 물속에 사는 사람들이다. 당신들 중에는 그런 사람이 별로 없을 것 같지만."

웃음이 일었다. 제나월이 와비아에게 물었다.

"리샤스라를 안 한다니, 그러면 듣기만 하는 건가?"

"방문객들이 왔을 때 우리 종족이 할 수 있는 일은 그것뿐이지. 하지만 더 자세히 알고 싶으면 야행인들이 잠에서 깼을 때 물어봐라."

테거는 제나월이 무표정한 얼굴을 애써 유지한다는 사실을 알아챘다.

사론이 말했다.

"부디 이해해 주기 바란다. 우리는 가까운 산에서 사는 부족들과 레슈트라를 할 수밖에 없다. 우리는 전부 흘러나온 산 종족이고, 설사 함께 아이를 가질 수 없다고 해도 아주 비슷한 부족들이다. 당신들은…….”

그녀는 적절한 단어를 고르다가 끝내 입을 다물었다.

조금 다르다는 걸까? 아주 괴상하다는 걸까? 산 밑에서 온 악마라는 걸까? 와비아는 침묵이 점점 퍼지고 더 불편해지기 전에 입을 열었다.

“수호자들 앞에서는 아무것도 숨길 수 없다고 들었다. 그런데 어떻게 비밀을 지키라는 거지?”

뎁이 대답했다.

“평지 비슈니슈티들에게 비밀을 지켜 달라는 뜻이다.”

사론이 설명했다.

“비슈니슈티는 위험하다. 틸라 브라운도 그렇다고 말했고 야행인들도 그랬고 전설에도 그렇다는 이야기가 있다. 하지만 통로는 최고지인의 소유다. 비슈니슈티들은 통로에 관심을 갖고 있지. 통로는 링 벽을 관통하고, 비슈니슈티들은 풍선 옷을 입고 창문이 달린 투구를 쓰면 통로를 지나 세상의 바깥으로 나갈 수 있다. 야행인들은 비슈니슈티의 주의를 끌고 싶어 하지 않는다.”

“여기 수호자가 있나?”

사론이 테거와 와비아뿐 아니라 청동 거미줄에게도 얘기하고 있는 건 분명해 보였다.

“통로는 평지에서 온 비슈니슈티 셋이 지키고 있다. 그게 다가 아니다. 그들은 전에 우리 가운데 나이가 많은 사람들을 데려갔고, 그 가운데 몇 사람이 비슈니슈티가 되어 돌아왔지. 죽음의 빛이 드리워졌을 때 평지 비슈니슈티들은 숨는 방법을 가르쳐 주었다. 그 빛은 털가죽과 피부는 뚫을 수 있지만 뗏장이나 바위는 뚫을 수 없었다. 하지만 통로 안에 숨는 게 가장 좋았지. 매크레이는 죽음의 빛이 쏟아졌을 때 사냥을 하고 있었다. 그는 피난처에서 하나절 걸리는 곳에 있었고, 그에게 피난처로 와야 한다고 말해 준 비슈니슈티는 한 사람도 없었다."

뎁이 말했다.

"많은 사람들이 사냥을 나가거나 죽음의 빛에 붙잡혔다. 우리 가운데 삼분의 일이 죽었다. 그 뒤로 이상하게 생기거나 나약한 아이들이 태어났지. 근처 산에 사는 사람들도 같은 얘기를 했다. 그리고 비슈니슈티가 경고를 해 준 건 우리를 비롯해 가까운 산에 사는 부족들뿐이었다. 평지에서 온 비슈니슈티들은 극악하지 않았다."

테거가 물었다.

"죽음의 빛이라고?"

하지만 그의 말에 귀 기울이는 사람은 아무도 없었다. 테거도 더 이상은 묻지 않았다.

사론이 말했다.

"최고지 출신 비슈니슈티들은 평지 비슈니슈티의 지시에 따라 우리를 안전하게 보호했다. 하지만 그들은 평지 비슈니슈티들에게 거울의 존재를 알려 주지 않았다. 평지 비슈니슈티들은 그 사실을 알아내지 못했지. 그들은 비밀을 잘 찾아내는 존재지만 산은 그들이 아니라 우리의 것이니까."

와비아는 한숨을 쉬었다.

"야행인들이 당신들에게 답을 들으면 아주 기뻐할 거다. 우리는 해답을 찾아서 아주 먼 거리를 여행했으니까. 그들은 분명히 중요한 질문을 할 거다."

뎁이 말했다.

"루이스 우도 그러겠지. 루이스 우라는 인물은 사람들이 지어낸 존재인가?"

"그 이름은 어디서 들었지?"

"일광 신호기를 통해 들었고 틸라 브라운에게도 들었다."

테거가 말했다.

"루이스 우는 바다를 끓였지. 도시 건설자인 하르로프릴라라는 그와 교역을 하고 리샤스라를 했다. 루이스 우는 실존하는 인물이다. 하지만 그가 거미줄눈을 통해 이 얘기를 듣고 있는지는 모르겠다. 뎁, 난 잠을 좀 자야겠다."

와비아가 말했다.

"나도!"

제나윌이 다른 사람들의 놀라움을 대변했다.

"이제 겨우 한낮인데."

와비아가 말했다.

"우리는 밤새 일했다. 여기서는 숨을 쉬는 게 곧 노동이잖나."

사론이 지시를 내렸다.

"지금 잘 수 있게 해 주지. 우리는 나가도록 하고. 티그르, 와이르비아, 야행인들이 잠에서 깨어나면 너희도 일어날 건가?"

테거는 정신을 집중하기도 어려웠고 눈을 뜨기도 힘들었다.

"우리도 그랬으면 좋겠다."

"음식은 저 문 안에 있다. 이런, 그 생각을 못 했군! 당신들은 어떤 음식을 먹지?"

"갓 잡은 짐승 고기를 먹는다."

와비아가 말했다.

"저쪽에 있는 작은 문 뒤에…… 아니다, 그건 신경 쓰지 마라. 스크리푸가 너희 먹을거리를 찾아올 거다. 잘 자라."

최고지인들은 밖으로 몰려 나갔다.

그들은 사론이 말했던 작은 문의 뒤에 무엇이 있는지 확인할 수밖에 없었다. 문을 열자 집의 열기 절반이 빠져나갔다. 문 뒤에는 음식이 있었다. 방문객용으로 마련해 놓은 식물과 오래된 고기였다. 붉은 유목인들이 먹는 음식은 아니었다. 그리고 나무로 만든 널빤지 틈으로 설원의 풍경이 보였다. 널빤지들이 포식자의 접근을 막아 주었고, 드넓은 실외로 연결되다 보니 음식이 차게 보존될 수 있었다.

와비아와 테거는 함께 몸을 웅크리고, 털가죽을 바닥에 깔고 몸 위에도 덮었다. 본래 입고 있던 옷은 널어 두었다. 두 사람은 따뜻하게 누워 있었다. 하지만 테거는 코끝이 시렸다. 그는 벽을 두드리는 소리를 들었다. 최고지인들이 털가죽을 입느라 내는 소리였다.

그가 거의 잠들 무렵 와비아가 말했다.

"속삭임이라면 더 괜찮은 걸 물어봤을 텐데."

테거가 말했다.

"속삭임은 그냥 내 망상이었다니까."

"내 망상이기도 해. 속삭임이 내게 가르쳐 준 건……."

"뭐?"

와비아가 그에게 귓속말을 했다.

"속삭임은 우리와 같이 공중 썰매에 타고 있었어. 순찰차 밑에 있었지. 그녀가 속도에 대해 가르쳐 줬어. 그 덕분에 그렇게 빨리 움직여도 제정신을 차릴 수 있었던 거야. 그녀는 자신의 존재를 비밀에 부쳐 달라고 했어, 테거. 이 얘기는 거미줄눈에게 들려주고 싶지 않아."

거미줄눈은 벽에 기댄 채 수직으로 서 있었다. 테거는 거미줄눈이 방 안을 전부 바라볼 수 있는 위치에서 벽에 기댄 채 똑바로 놓여 있는 것을 보고 웃었다.

"저게 그냥 석판에 불과하다면……."

"우린 하나같이 바보 같은 짓을 하고 있는 거지."

"속삭임은 어떻게 생겼어?"

"나도 본 적은 없어. 어쩌면 육체가 아예 없는 정령인지도 모르지."

"우리가 리샤스라를 할 수 없다는 얘기는 왜 했어? 저자들이 당신을 쳐다보는 눈길 때문에?"

"아니야. 저 사람들은 사막인만큼이나 다르잖아. 제나월의 품에 안겨 있는 모습이 떠올라서 그랬던 거야. 강가로 나온 물고기처럼 헐떡거리면서…….”

와비아는 그의 귀에 대고 아주 즐겁게 웃었다.

“그러다가 저자들이 굴 제국과 이야기를 나눈다는…… 굴 제국에 이야기를 제공한다는 사실이 떠올랐지. 우리는 유명해질 거야. 언젠가는 아치 밑에 사는 모든 종족과 리샤스라를 한 붉은 유목인의 소문을 들어 보지 못한 유목인들이 있는 곳에 정착하고 싶어 하지 않았어?”

“우린 그런 적이 없잖아!”

“소문이란 건 퍼질수록 과장되기 마련이야. 굴 제국 사람들은 엄청난 이야기꾼이잖아. 흘러나온 산 사람들은 그들에게 이야기를 제공하고. 게다가 당신과 난 아치 밑에서 가장 큰 흡혈귀 둥지를 파괴한 사람들이라고.”

“그렇지.”

“당신 생각엔…….”

“저 사람들도 이런 일은 처음이야. 아주 비슷한 사람들하고만 리샤스라를 해 왔으니까. 내 사랑, 저 사람들에게 딱 한 번만 리샤스라를 가르쳐 주고 싶지 않아?”

두 사람은 잠에 빠져들었다.

| 러브크래프트 |

탐사기는 몸체를 기울이고 10G의 속도로 수직 상승을 하면서 링 벽에 접근했다. 파란 빛이 한곳으로 모였다가 사라졌다. 탐사기는 관성으로 계속 상승했다.

링월드의 가장자리는 좁았다. 탐사기는 백여 미터 더 상승하고는 원호를 그리며 하강했다. 그리고 핵융합 엔진 불꽃을 한 번 내뿜어 정지하고는, 우주까지 이어져 있는 것처럼 보이는 검정 벽의 그늘진 뒷면으로 계속 이동했다.

탐사기는 속도를 늦추고 떠내려가다가 다시 불꽃을 내뿜었다.

새 화면이 다른 화면을 가리며 떠오르더니 남색 불꽃을 계속 뿜으며 떠가는 탐사기의 모습을 보여 주었다. 탐사기는 하강하며 사라져 버렸고, 화면에는 별빛만이 남아 있었다.

최후자가 말했다.

"거미줄눈으로 링 벽 뒤쪽의 모습을 보여 주겠습니다."

브람이 지시를 내렸다.

"아래쪽에서 본 화면이 필요하다. 준비해라."

"지시에 따르지요."

하지만 최후자는 아무 동작도 취하지 않았다.

"최후자!"

"이미 탐사기에 명령을 내려 뒀습니다. 엔진을 끄고 회전하고 화면을 띄우라고 명령했습니다."

탐사기는 하강하면서 회전하고 있었다. 화면도 따라서 회전했다. 검은 링 벽과 강렬한 햇빛과 우주가 떠오르더니…… 하강하는 탐사기 아래쪽에서 별을 뿌려 놓은 암흑을 배경으로 삼으며 은색 줄이 빛을 내고 있었다.

루이스가 말했다.

"저거 봤어? 분사하지 않으면 충돌할 거라고."

"분사라, 지시에 따르지요."

최후자가 목관악기 소리를 내고는 물었다.

"저게 뭡니까?"

"우주항은 아니야. 너무 좁거든."

일행은 광속의 한계로 인한 지연시간 동안 기다렸다. 은빛 줄이 더 커지고 더 선명해졌다. 그 줄은 이제 은색 지렁이 같은 띠로 보였다. 십일 분이 지나면……

탐사기가 회전을 멈췄다. 화면이 살짝 떨렸다. 탐사기는 엑스선을 강하게 방사하면서 가속했다.

홀로그램 화면에서 신성이 폭발하는 것 같은 빛이 쏟아져 나왔다.

루이스는 팔을 들어 눈을 가린 채 지옥에서 흘러나오는 음악을 들었다. 인간적인 특징이 모조리 사라진 목소리가 그 뒤를 이었다.

"내 연료 보급원이 파괴됐습니다!"

브람이 침착하게 말했다.

"내가 궁금한 건 우리를 요격한 적의 정체다."

"적이 도전해 왔다! 나를 무장시키고 전송해라!"

종자가 광기에 휩싸여 짐승처럼 포효했다. 루이스는 생각했다. 종자는 저런 식으로 브람의 주의를 끌려는 걸까? 그게 아니면 우리는 미친 크진인과 함께 여기 갇혀 버린 걸까?

최후자가 애원했다.

"선장실로 들어가게 해 주십시오. 어떤 기능이 남아 있는지 확인해야만 합니다."

"남아 있는 기능은 없을 거다. 탐사기는 파괴됐고 우리는 공격을 받았다. 정체가 드러난 거다. 침입자들이 그렇게 빨리 대응할 수 있나? 수호자가 공격한 건가?"

"최소한 도약 원반들은 무사할 겁니다."

루이스는 눈을 떴다.

"어떤 근거로 그런 말을 하지?"

최후자가 우는소리로 말했다.

"난 바보가 아닙니다! 링 벽을 넘어갈 때 도약 원반 연결망을 열어 뒀습니다. 플라스마 공격이든, 물리적인 무기든, 적의 공격은 고스란히 통과했을 겁니다."

"고스란히 통과해서 어디 도달했다는 거지?"

루이스는 눈을 깜빡거렸다. 그는 아직 빈틈을 노리고 있었다.

"올림푸스 몬스 지도에 있는 도약 원반으로 연결해 뒀습니다."

루이스가 웃었다. 그는 천 명에 달하는 화성인들이 새 함정을 설치하는 동안 항성의 열을 품은 플라스마가 도약 원반에서 쏟아져 나와 그들을 덮치는 광경을 상상해 보았다. 그런 일이 일어나길 바라는 건 도가 지나쳤지만……

커다란 손톱들이 그의 어깨를 움켜쥐었다. 그의 얼굴 옆에서 뜨끈한 붉은 고기의 냄새가 느껴졌다.

"전쟁이다, 루이스 우! 지금은 딴 데 정신을 팔 때가 아니다!"

딴 데 정신을 팔다니, 젠장.

"종자, 가서 압력복을 입어. 내 것도 가져오고, 거미줄눈 분사기도 가져와. 화물 운반용 원반들도. 브람이 가는 곳…… 브람?"

브람이 말했다.

"'숨은 족장'호의 식당에 있다."

"최후자, 브람부터 보내. 브람, 종자에게 무기를 갖다 줘. 탐사기에 있는 도약 원반이 작동하고 있다면 그걸 써야만 해."

브람이 말했다.

"출발해라."

최후자는 딱딱, 딩동, 뎅그렁 소리를 냈다. 종자가 도약 원반을 밟고 사라졌다. 최후자는 화강암 덩어리가 놓여 있던 곳을 밟고 자취를 감췄다. 그는 자신의 선실로 가서 외계인용 체스보드처럼 생긴 가상 키보드를 혀로 핥았다. 그가 머리 하나를 들더니 말했다.

"연결이 살아 있군요. 도약 원반이 작동하고 있습니다."

"거미줄눈 분사기를 사용해 봐라."

브람이 지시했다.

"어디에 분사하라는 겁니까?"

"허공에."

십일 분 뒤 꺼져 있던 화면이 다시 밝아졌다. 별과 우주가 회전하고 화면이 천천히 물결치고 있었다. 루이스는 거미줄눈이 진공 속에서 자유낙하를 하고 조금 회전하면서 탐사기로부터 천천히 멀어지는 광경을 떠올려 보았다. 탐사기도 회전하고 있는 걸까? 수호자가 크진인을 걱정하고 퍼페티어의 움직임과 홀로그램 화면 네 개를 감시하는 동안 루이스는 도약 원반 옆에서 무릎을 꿇고 테두리를 들어 올렸다.

원반 위로 빛을 내는 조그마한 막대기들의 홀로그램이 떠올랐다. 도약 원반 연결망의 지도였다. 최후자가 들키지 않도록 크기를 줄여 놓은 지도. 루이스는 빠른 동작으로 연결 상태를 변경한 다음 테두리를 재빨리 눌렀다.

"화면을 보고 있습니까?"

"최후자, 저걸 왜 지금까지 못 봤는지 이유를 설명해라!"

브람과 최후자는 루이스를 지켜보고 있지 않은 게 분명했다. 루이스는 몸을 돌렸다.

자유낙하 중인 거미줄눈이 보내오는 화면 속에서 은색 줄이 은색 띠로 변했다. 띠의 가장자리는 위로 솟아 있었다. 띠는 링월드 자체의 축소 모형과 크게 다르지 않은, 깊이가 얕은 물통 형태였다. 가느다란 원뿔들이 그 위에서 원호를 그리고 있었다.

그 물체는 두말할 나위 없이 수송 장치였다. 다시 말해 링 벽 꼭대기에 벽 길이의 삼분의 일가량을 따라 설치된 자기 부상 선로인 것이다. 틸라의 수리반원들은 그 선로를 링 벽 너머까지 연장해서 바깥쪽으로 이어 놓은 것이 분명했다.

루이스가 말했다.

"흠, 난 족히 반년 동안 링 벽을 지켜보지 않았다고."

"더 가까이에서 관찰해야 했습니다."

최후자가 말했다.

은빛 선로가 스쳐 지나갔다. 이제 보이는 거라고는 별과 우주뿐이었다. 펄럭거리는 거미줄눈이 링월드 바닥 밑으로 내려가서 우주를 향해 추락하고 있었다.

루이스가 말했다.

"나도 어느 정도 짐작은 하고 있었어. 브람, 당신도 그랬을걸. 틸라의 수리반원들에게는 되찾아온 램제트를 운반할 수단이 필요했잖아."

"선로의 종점은 회전 방향으로 먼 곳에 있다. 아마 우주항일 테지. 우리는 엉뚱한 곳에서 공장을 찾고 있었군."

화물 운반용 원반 더미가 나타났다. 압력복과 거미줄눈이 루이스의 잡동사니에 추가되어 있었다. 루이스는 공중에 떠 있는 물건들을 어깨로 밀어 치우고 종자가 나타날 공간을 확보했다.

크진인이 동심원 형태로 구성된 깨끗한 풍선들과 어항 같은 헬멧을 비롯해 압력복을 완전히 갖춰 입고 나타났다. 그가 손가락으로 헬멧을 튕겨 올리고 물었다.

"준비됐나?"

루이스는 흔들거리는 우주의 모습을 가리켰다.

"저기로 뛰어들고 싶어?"

최후자가 불쑥 끼어들었다.

"도약 원반이 아직 열려 있습니다. 움직임은 멈췄습니다."

루이스가 말했다.

"그게 무슨……."

브람이 그의 말을 가로챘다.

"플라스마 불꽃을 뒤집어쓰고 이천 킬로미터를 추락했는데도 작동하고 있다는 건가? 불가능하다!"

루이스는 화물 운반용 원반 더미에서 거미줄눈 분사기를 집어들었다.

"시험해 보지."

모두가 그를 쳐다보았다. 그들은 루이스의 말뜻을 알아듣지 못하고 있었다. 그가 말했다.

"최후자, 도약 원반 연결을 통해서 거미줄눈을 분사하고 싶은데. 그렇게 설정해 줘. 거미줄눈이 어디에 들러붙는지 보자고."

최후자가 휘파람을 불고 말했다.

"해 보지요."

루이스는 청동 그물을 도약 원반에 뿌렸다. 그물이 사라졌다.

그들은 기다렸다. 종자는 그 틈을 이용해 샤워를 했다. 링월드 원주의 삼십오 도에 해당하는 거리를 이동하려면 오 분 삼십 초가 걸렸다. 그리고 다시 그만큼 시간이 흘러야 물건이 목적지에 도달했다는 사실을 확인할 수 있었다. 전송 부스는 광속보다 빨리 동작할 수 없었고, 도약 원반도 그 점은 마찬가지인 것처럼 보였다.

"신호가 옵니다."

최후자가 다른 머리에 있는 혀를 날름거리며 말했다.

다섯 번째 화면이 떠올랐다. 일행은 별들을 가리고 있는 링 벽을 볼 수 있었다. 화면 가장자리에 있는 윤곽이 흐릿한 덩어리는 탐사기의 몸체인 것 같았다. 영상의 화질은 좋지 않았다. 하지만 탐사기는 추락하고 있지 않았다. 자그마한 목표물, 즉 자기 부상선로 위에 착륙한 상태였다.

브람이 말했다.

"종자, 분사기를 챙겨라. 그리고 도약해라. 가서 뭐든지 눈에 띄는 것이 있으면 영상을 전송할 수 있도록 카메라를 분사해. 그리고 즉시 돌아와서 보고해라. 위험한 상황이 벌어질 때까지 기다리지 마라. 이미 저곳이 위험하다는 건 알고 있으니까."

너무 급하잖아. 루이스는 겨우 압력복을 입기 시작했다. 다 갖춰 입기 전에 종자가 출발할 것 같았다. 그가 말했다.

"잠깐만. 브람, 종자는 무장을 하고 가야 해!"

"이미 현장에 수호자들이 있지 않나. 나는 종자가 무장하지 않았다는 사실을 보여 주고 싶다. 종자, 출발해라."

크진인이 사라졌다.

루이스는 압력복을 다 입었다. 이제 십일 분을 기다려야만 했다. 크미는 나 같은 늙은이가 열한 살 된 크진 남성을 말리고 보호할 수 있을 거라 생각한 건가?

사 분이 지나자 화면에 무언가가 떠올랐다.

루이스 일행은 희미한 화면 가장자리 부근에서 검고 흐릿한 물체가 움직이는 것을 보았다. 그 물체는 탐사기를 마음껏 조사했다. 그러더니 갑자기 다가오면서 형체가 분명해졌다. 그것은 외계인의 우아한 압력복이었다. 압력복에는 거품형 헬멧이 달려 있고, 그 안에 삼각형에 가까운 얼굴이 있었다. 입은 뼈만 남아 있었다. 손가락 하나가 화면으로 다가오더니 루이스는 볼 수 없는 곡면을 따라 움직였다. 그 외계인은 거미줄눈의 존재를 알고 있었다.

외계인이 엄청나게 빠른 속도로 고개를 돌렸다. 하지만 그보다 더 빠른 존재가 있었다. 아주 빠르고 검은 물체가 외계인을 스치더니 시야에서 사라졌다.

침입자의 우아한 압력복 좌측이 뭔가에 의해 베어지고 벌어졌다. 외계인은 구식 화학 로켓엔진처럼 생긴 무기를 들었다. 보랏빛을 띤 흰색 불꽃이 공격자가 사라진 방향으로 분사되었다. 불꽃은 목표를 맞히지 못했다. 우아한 압력복의 주인이 한 손으로 찢어진 부위를 여민 채 상대를 따라 뛰어오르면서 한 발을 더 발사했다. 얼음 결정들이 희미한 흔적을 남기며 그의 뒤를 따랐다.

브람이 말했다.

"앤이군."

"어느 쪽이?"

"죽이려고 공격한 쪽이 앤이다. 루이스. 둘 다 흡혈귀 수호자이지만 나는 앤의 몸놀림을 기억하고 있다."

"어떡하면 종자에게 경고할 수 있지?"

"불가능하다."

루이스는 이를 갈다가 멈췄다. 종자는 그 어느 곳에도 존재하지 않았다. 그는 지금 하나의 신호였고, 하나의 점이었고, 한 수호자가 다른 수호자를 죽인 다음 그보다 더한 짓을 저지르려고 준비 중인 장소를 향해 광속으로 움직이는 양자 에너지였다.

브람이 말했다.

"당신의 짝이었던 틸라 브라운은 남을 너무 잘 믿었다. 그녀는 흡혈귀 한 사람을 수호자로 만들었고, 그 수호자가 그녀의 손에 죽기 전에 다른 동족들을 변형시킨 게 분명하다. 하지만 앤과 나는 그들과 다른 종족이다."

"신호가 옵니다."

최후자가 다른 머리로 혀를 날름거리며 말했다. 이제 두 개의 화면이 자기 부상 선로 위쪽을 보여 주었다.

종자는 그곳에 도착해서 거미줄눈을 뿌려 두었다. 루이스는 거미줄눈이 어디에 붙어 있는지 알 수 없었다. 거미줄눈은 위쪽 어딘가에 고정되어 있었다. 다른 침입자가 있다는 징조는 보이지 않았다. 크진인이 바로 뒤편에 탐사기가 보이도록 자세를 취했다. 탐사기는 반쯤 녹은 상태였고 세월의 흔적이 묻어 있었다. 그리고 선로를 가로막고 있었다.

수호자라면 누구든지 탐사기를 치우려 들 것이 분명했다.

종자, 도망쳐! 루이스는 속으로 외쳤다.

선로는 뒤쪽으로 무한히 이어지는 것처럼 보였다. 선로의 폭은 오십 미터가 넘는 것 같았고, 기하학적으로 직선을 이루고 있었다.

종자가 선로 전체를 바라보면서 천천히 돌아섰다. 그는 거미줄눈을 하나 더 뿌린 다음 탐사기 쪽으로 걸어가더니 사라졌다.

최후자가 말했다.

"종자가 도약했습니다."

"흠, 그래서 지금 어디에 있지?"

"내가 선장실에 융합 플라스마가 난무하도록 내버려 둘 거라고 생각합니까?"

"그럼 어디로 도약한 거지? 종자를 어디로 보낸 거야?"

최후자는 대답하지 않았다. 루이스는 그 질문에 대한 답을 깨달았다.

"올림푸스 몬스로 보냈군, 너 이 자식."

루이스는 도약 원반으로 달려가다가 걸음을 멈췄다. 그리고 화물 운반용 원반 더미로 재빨리 이동했다. 그는 줄 한 가닥을 꺼내어 손잡이 부분에 통과시킨 다음 도구가 들어 있는 허리띠에 감았다. 가난한 자가 사용하는 안전장치였다.

"크미가 내 귀를 자르고 내장을 뽑아내려 들 텐데!"

루이스는 화물용 원반 더미를 공중에 띄우고 도약 원반 위에 놓았다. 그리고 도약했다.

별들이 검은 하늘의 절반가량을 덮고 있었다. 발밑에는 섬세한 프랙털 모양의 은색 선들이 그려져 있고 그 밑으로 별들이 보였다.

멋지군.

루이스는 자기 부상 선로의 위쪽과 아래쪽을 살펴보았다. 주변이 지옥처럼 평화로웠다. 움직이는 것은 전혀 없었다.

은색 선 세공이라. 내가 이런 프랙털 무늬를 어디서 봤지? 그는 자기 부상 선로가 단단한 홈통일 거라 예상하고 있었지만 실제로는 그물조직을 통해 별을 볼 수 있었다.

아하! 이건 풍차군. 지구와 달과 고리 간에 커다란 화물을 운반할 때 사용하고 있는 구식 궤도 밧줄과 같은 거야. 프랙털 구조가 부하를 분산시키기에는 더 유리하지. 하지만 그게 문제가 아니라……

"브람, 최후자, 자기 부상 선로는 망구조물이야. 볼 수 있나? 분사기를 가져왔으면 지금 거미줄눈을 여기 뿌려 둘 텐데. 망구조물을 통해서 링월드 그림자에 숨는 것들을 지켜볼 수 있다고."

그가 한 말은 오 분 삼십 초가 지난 뒤 전달될 터였다. '탐구의 화침'호는 광속으로 그만큼 멀리 떨어진 곳에 있었다.

검은 얼룩이 가장자리를 넘어오더니 루이스를 향해 걸어왔다. 검정색 도료를 칠한 감자 부대 같은 물체였다. 그 물체는 한 손에 나팔처럼 생긴 종을 여유롭게 들고 있었다.

루이스는 화물 운반용 원반의 부상 고도를 올렸다.

원반은 움직이지 않았다. 아래쪽에 자기 부상 선로가 있었지만 필요한 부상력을 얻을 수가 없었다.

루이스가 말했다.

"지금 내 눈앞에 ARM 무기가 있는데."

루이스는 다른 일행들이 그 얘기를 듣는 순간 상황을 전부 추측할 수 있을 거라 생각했다. ARM이 우주항에 착륙했다가 수호자들을 만난 게 분명했다.

도약 원반에서 내려가지 않고 작동시키는 방법이 뭐지? 내가 한 말을 적이 다 듣게 되면 내 목숨도 끝이군. 관현악단을 데려오든지, 아니면 명령어를 녹음해 오기라도 했어야 하는 건데.

살인자인 수호자가 주인 같은 태도로 루이스 우를 관찰했다. 앤은 체형이 늘씬했다. 그녀가 입고 있는 압력복은 부풀어 있었고, 키가 조금 더 크고 몸통이 더 넓은 인물에게 맞도록 설계된 물건이었다. 그녀는 턱 부근에 떠올라 있는 보고용 화면 너머에서 움푹 들어간 눈으로 루이스를 바라보았다.

찰칵.

루이스는 거꾸로 뒤집힌 채 붉은 빛 속에서 추락하고 있었다. 주변에 온통 붉은 바위밖에 없었다. 바위는 머리 위에도 있었다. 백여 미터에 달하는 부드러운 용암이 아래로, 아래로 흐르고 있었다. 화물 운반용 원반이 위쪽으로 솟아오르는 바람에 루이스는 붉은 바위들에 거꾸로 매달렸다. 그는 밧줄이 미끄러진다는 사실을 느꼈다. 잠시 후 원반들이 내장되어 있던 안정성을 발휘하면서 그의 몸을 곧추서게 만들었다.

루이스의 두뇌와 위장과 귓속이 소용돌이쳤다. 그는 잠시 후에야 눈의 초점을 맞출 수 있었다.

그를 지켜보는 화성인은 없었다.

그는 표면이 유리처럼 매끄럽고 거의 수직에 가깝게 삼백 미터가량 떨어지다가 스키 점프를 하듯 지평선을 향해 날아가는 용암의 옆에 떠 있었다. 지면에 있는 주황색 점이 눈에 띄었다. 반투명 압력복을 입고 있는 종자였다. 그러면 이 정도 높이에서 추락해도 생존할 가능성이 있었지만…… 그렇지 못할 가능성도 있었다.

루이스는 화성인을 두려워할 이유가 없다는 결론을 내렸다.

이번에 화성인들은 주변에서 가장 높은 절벽 꼭대기에 도약 원반을 뒤집어 장착해 두었다. 그리고 최후자의 연료 보급용 탐사기를 부숴 버렸던 불꽃이 도약 원반을 통해 쏟아져 나왔다. 자신들이 판 함정을 지켜보던 화성인들은 모조리 통구이가 된 게 분명했다. 절벽 측면은 그때 녹아 흘러서 미끄러운 활주 면을 형성하고 있었다.

루이스는 화물용 받침대를 착륙시키고, 줄을 푼 다음, 뛰어내렸다.

종자는 붉고 뜨거운 바위 위에 기울어진 채 누워 있었다.

루이스는 크진인을 어깨로 부축했다. 하지만 그것만으로는 자세가 불안했기 때문에 그의 몸을 잡아당긴 다음 어깨에 걸쳤다. 종자는 제힘으로 움직일 수 없는 상태였다. 루이스는 그의 갈빗대가 부러져 움직이는 것을 느낄 수 있었다.

진짜 화성의 중력에서라면 일이 더 수월했을 것이다.

루이스는 복부 근육과 무릎과 등에 힘을 주고 신음을 내면서 일어섰다. 제발 좀 일어서자고! 거의 다 성장한 크진 남성과 압력복과 기타 물품들의 무게 때문에 화물용 원반까지 굴러갈 수 있을 만큼 들어 올리는 게 한계였다.

루이스는 원반에 올라탄 다음 몸을 웅크리고 크진인의 몸을 화물용 원반 아래쪽에 묶었다. 그리고 원반을 띄웠다. 그는 조그마한 추진 장치를 이용해서 종자를 도약 원반 밑으로 옮겼다. 그리고 자신의 어깨가 도약 원반에 닿을 때까지 밀어 올렸다.

찰칵.

두 사람은 아래쪽에 화물 운반용 받침대를 깔고, 거꾸로 '화침' 호에 나타났다.

남은 일은 브람이 처리했다. 그는 화물 운반용 받침대를 잡아당기고, 크진인의 압력복을 조이고 있던 잠금장치를 전부 연 다음 그를 끄집어냈다. 크진인이 눈을 깜빡거리면서 초점을 맞추고 루이스를 보았다. 그가 움직일 수 있는 곳은 눈뿐인 것 같았다.

브람이 루이스의 압력복을 벗기고 그를 종자 옆에 눕혔다. 그런 다음 그의 몸을 검사했다. 루이스는 통증을 느꼈다.

브람이 말했다.

"근육과 힘줄 일부가 끊어졌다. 오토닥을 사용해서 치료해야 하지만 크진인의 상태가 더 심각하다."

루이스는 말했다.

"종자 먼저 치료해."

종자가 죽으면 무슨 낯으로 크미를 볼 수 있겠어?

브람이 크진인을 손쉽게 들어 올리더니 오토닥에 굴려 넣고 덮개를 닫았다. 루이스는 이상한 점을 발견했다. 브람이 내 허락을 받으려고 기다렸던 건가?

하지만 크게 이상한 일은 아니었다. 루이스는 이제 본격적인 통증을 느끼고 있었고, 브람은 그런 통증까지 알아챌 수가 없었다. 루이스는 인류였고 종자는 그렇지 않았다. 따라서 수호자는 외계 종족을 먼저 치료하기 전에 양육자의 허가를 받을 필요가 있었는지도 모르는 일이었다.

브람은 부드러운 동작 한 번으로 루이스를 들어 올리고 화물 운반용 받침대에 올려놓았다. 짧은 통증이 전신을 훑고 지나가는 바람에 루이스는 숨을 쉴 수 없었고, 비명도 지르지 못하고 끽끽거렸다. 브람이 틸라의 휴대용 의료 장비에서 전선과 관을 끄집어내며 말했다.

"다수의 비축 물품을 보충해야 한다, 최후자. 오토닥을 사용해서 약품을 만들 수 있나?"

"주방에서 약제를 만들 수 있습니다."

좌현과 우현 벽이 주황색으로 달아오르면서 빛을 냈다.

루이스는 다른 화면에서 검고 헐렁한 그림자가 자기 부상 선로의 가장자리를 넘어 이동하는 모습을 보았다. 그림자는 곧 사라졌고, 남은 것은 무한히 이어지는 은색 선로뿐이었다.

통증이 줄어들고 있었다. 루이스는 이제 자신의 머리가 제대로 돌아가지 않을 거라고 생각했다.

가늘고 울퉁불퉁한 팔이 그를 에워쌌다. 단단한 손가락이 그의 몸 이곳저곳을 검사했다. 갈비뼈에서 희미한 통증이 느껴지더니 곧 사라졌다. 등이 아팠고, 아픈 부위가 아래로 내려가더니 고관절이 아팠고, 오른쪽 무릎이 아팠다.

브람이 루이스의 귀 근처에서 말을 했다. 하지만 그 말을 들어야 할 사람은 루이스가 아니었다.

"야행인들은 고생을 해 가며 흘러나온 산의 어느 마을을 우리에게 보여 줬다. 수만 개의 마을 가운데 특정한 마을 하나를. 이유가 뭐지?"

최후자가 대답했다.

"못 봤는지 모르겠지만 거기에서는……."

루이스는 그 말까지 듣고 잠에 빠졌다.

| 통로 |

"너도 느꼈어?"

"응."

와비아가 말했다.

방이 흔들리고 있었다. 사방의 벽뿐 아니라 아래에 있는 바위까지 미세하게 진동하고 있었다.

두 사람은 괴이한 기계를 타고 오느라 어지러웠고 방향감각을 상실했다. 하지만 그런 상태에서 벗어날 만큼 충분히 수면을 취한 뒤였다. 그들이 느끼는 진동은 전혀 다른 종류였다. 테거도 처음에는 진동을 알아채지 못했다. 이제 그가 어두운 방 안에서 느낄 수 있는 감각은 와비아의 호흡과 끊이지 않는 미세한 진동뿐이었다.

"저게 뭐……."

"바다 바닥에 쌓였던 퇴적물이야. 그게 산봉우리로 쏟아지는 거지. 우리는 여기서 그 진동을 계속 느끼는 거고."

테거는 어둠 속에 있는 와비아를 바라보았다.

와비아가 말했다.

"관이 링 벽 뒤쪽에서 퇴적물을 끌어 올려. 퇴적물은 링 벽 끄트머리에서 오십 일 동안 걷는 거리만큼 떨어지고. 그게 모든 흘러나온 산 위로 떨어지는 거야. 사실 흘러나온 산 자체가 그렇게 만들어진 거래. 그런 과정이 없으면 아치 밑에 있는 흙들은 전부 바다 밑에 쌓이고 말 거야. 속삭임이 전부 알려 줬어."

"당신은 속삭임에게서 나보다 더 많은 걸 얻어 냈구나."

"그녀는 지금 어디 있을까?"

"그녀라고?"

와비아가 손가락으로 테거의 턱을 매만졌다.

"내 생각은 그래. 성별을 물어봤지만 대답해 주지 않더라고. 해저 퇴적물을 뭐라고 부르는지 알아?"

"뭐라고 부르는데?"

"플럽."

테거는 배를 움켜잡고 웃었다.

"뭐라고? 그러면 다들 지금까지…… 플럽! 내가 아는 사람들은 전부 플럽이란 말이 무슨 뜻인지 알고 쓴다고 생각한단 말이야. 그런데 해저 퇴적물이라고?"

"이 산은 거기서 퍼 온 물질로 이뤄져 있어. 그 물질은 압력 때문에 바위가 됐고……."

흰 빛이 두 사람을 덮쳤다. 그리고 목소리가 말했다.

— 안녕하십니까.

두 사람은 털가죽을 몸에 두른 채 벌떡 일어섰다. 최고지인들이 남겨 두고 간 털가죽은 사론의 것과 비슷하게 머리 부분이 손상되고 녹색 점이 박힌 늘보의 유물이었다. 그 털가죽은 와비아와 아주 잘 어울렸다.

와비아는 달리 신경 쓰이는 점이 있었다. 그녀가 속삭였다.

"최고지인 억양이 하나도 안 들어 있는데……."

— 안녕하십니까? 나는 루이스 우라고 합니다. 당신들과 얘기를 좀 할 수 있을까요?

테거는 강렬한 빛을 바라보며 눈을 깜빡였다. 분명히 식별할 수는 없었지만 남성의 모습과 무언가 낯선 물체가 보였다.

그가 말했다.

"당신은 지금 사생활을 방해하고 있습니다."

— 안 자고 있었던 걸 압니다. 당신들이 그렇게 오랫동안 갖고 다닌 거미줄은 우리가 쓰는 감시 장치였죠. 지금 얘기하기 싫으면 나중에 다시 올까요?

가죽으로 만든 문 옆에서 나무를 두드리는 소리가 들렸다. 여성의 목소리가 두 사람을 불렀다.

"테그어? 와이르비아?"

"플럽! 들어와라."

테거가 명령했다.

가죽 문을 통해 제나월과 바라예와 피 냄새가 들어왔다. 젊은 여성이 말했다.

"무슨 목소리가 들렸는데……. 우린 이걸 휴게실에 두고 가려고 왔다. 그월이다. 스크리푸가 너희에게 주려고 잡아 온 거지."

그월이란 커다란 도마뱀이었다. 도마뱀의 꼬리는 아직도 꿈틀거리고 있었다.

"마침 잘 왔다."

테거가 말했다. 그는 그월을 들어 올렸다. 그월의 가죽은 아주 단단했다. 가죽을 벗겨 내야 할 것 같았다. 그는 거미줄에서 뿜어져 나오는 강렬한 빛과 그 안에 있는 괴물에게 말했다.

"최고지인인 제나월과 바라예에게 얘기해 보십시오. 우리는 추측밖에 못하지만 이 두 사람은 사실을 알고 있으니까요. 제나월, 바라예, 우린 마침내 루이스 우를 만났다."

루이스는 휴대용 오토딕에 턱을 대고 졸다가, 누군가 자신의 목소리로 말하고 있다는 사실을 깨달았다.

"난 루이스 우라고 합니다. 당신들이 만나고 있는 건 내 동료인 브람과 거미줄 거주자죠. 우리는 적대 세력 때문에 그동안 침묵을 지키고 있었습니다."

— 우리는 와비아와 테거라고 합니다.

이방인이 고음으로 말했다. 루이스는 눈을 떴다. 그리고 피부가 붉은 흡혈귀 사냥꾼들을 알아보았다.

— 왜 이제 와서 침묵을 깬 거죠?

"물어볼 게 있기 때문이죠."

그렇게 말한 것은 루이스 우의 목소리였다. 그건 상관없었지만 그 목소리를 내는 건 최후자였다.

최고지인 남성이 말했다.

— 우리는 숨겨진 거울과 링 벽을 통과하는 통로를 비롯해 당신이 원하는 걸 모두 보여 줄 생각입니다.

"고맙군요. 통로를 지나갈 준비는 됐나요?"

제나월은 깜짝 놀랐다.

— 그건 안 됩니다! 비슈니슈티들이…….

루이스의 통역기가 잠깐 멈칫거렸다.

— ……수호자들이 끊임없이 통로로 지나다니고 있으니까요.

루이스는 입을 열지 않기로 했다. 그는 온화해지고 바보가 된 것 같은 기분을 느끼고 있었다. 하지만 그런 느낌을 적극적으로 원했다가는 고통이 습격해 올 것 같았다. 게다가 지금 끼어들면 맥락을 망가뜨릴 것이 분명했다. '루이스 우의 목소리'가 둘이라면 아무 도움도 되지 않을 것이다.

최후자가 말했다.

"수호자에 대해 아는 걸 얘기해 주세요."

— 그들은 두 종족으로 나뉘어 있습니다. 우리 종족 수호자는 우리를 보호해 줄 테지만, 그러면서도 평지 수호자들의 지시에 따르고…….

"최고지 종족 수호자와 얘기를 하고 싶은데요."

— 평지 수호자들에게 무언가를 숨기는 건 불가능할 겁니다. 그리고 수호자의 행동은 금세 눈에 띄죠. 하지만 물어볼 수는 있습니다.

퍼페티어가 말했다.

"속삭임이 우리와 얘기를 할까요?"

뭔 소리야?

붉은 유목인들이 서로 마주 보았다. 그리고 여성 유목인이 단호하게 말했다.

— 속삭임은 당신들과 얘기하지 않을 겁니다.

"속삭임에 대해 알려 줄 수 있나요?"

— 알려 줄 게 없습니다.

"통로 끝에는 뭐가 있죠?"

바라예가 대답했다.

— 우리는 그 너머에 독이 있을 거라 생각합니다.

제나월이 설명했다.

— 수호자들은 통로를 지나갈 때면 전신을 가려 주는 옷을 입습니다. 그리고 아주 부피가 큰 도구를 갖고 통로를 드나들죠. 그들이 통로 바깥쪽에 무언가 무시무시한 걸 만들고 있다는 소문도 있습니다.

피부가 붉은 여인이 말했다.

— 루이스 우. 거미줄눈을 이리 가져올 수 있었던 건 야행인 무리가 힘을 합친 덕분이었습니다. 밤에 다시 찾아오면 그들과 얘기할 수 있을 겁니다.

"밤이 되려면 얼마나 남았죠?"

제나월이 대답했다.

— 십분의 이가 남았습니다.

"그럼 기다리죠."

루이스 우의 목소리가 그렇게 말한 다음 베이스 현악사중주 같은 소리를 냈다.

브람이 물었다.

"잘 들었나, 루이스?"

"다 듣지는 못했어. 연기가 괜찮군, 최후자. 분장은 더 잘해야 겠지만."

최후자가 말했다.

"루이스 우는 바슈네슈트입니다. 마법사라는 거지요. 그러니 눈에 보이지 않아야 합니다. 그 대신 괴상한 하인들이 그를 대변해야 합니다."

"알았어. 속삭임은 누구지?"

브람이 말했다.

"앤이 속삭임이다. 나는 붉은 자들을 인도하는 속삭임의 영상을 봤다. 그녀는 순찰차의 변속기에 숨어 있었다."

"속삭임이라. 앤에게 어울리는 이름이군."

루이스는 말했다.

최후자가 화면에서 눈을 떼더니 물었다.

"루이스, 당신 생각은 어떻습니까? 속삭임은 지금 어디 있을까요? 그녀가 개입할까요?"

루이스는 화면 속 사람들을 보고 있었다. 그의 몸속에 혼수상태에 빠지게 만들 만큼 많은 마취제가 들어 있지는 않았다.

"브람, 여기서 그녀의 목적을 짐작할 수 있는 사람은 당신밖에 없어."

"맞는 말이다."

"난 너무 피곤해서 제대로 생각을 할 수가 없어. 그리고 내 목소리도 되찾고 싶은데."

"원하는 대로 하시지요."

최후자가 말했다.

와비아는 칼로 그월의 가죽을 벗겼다. 테거가 말했다.

"붉은 유목인은 갓 잡은 고기를 먹어야 한다. 보기에 힘든 모습일지도 모르겠군."

와비아가 그월을 찢어 테거에게 건넸다. 두 사람은 고기를 먹었다. 최고지인 남녀는 그 모습에 넋을 놓고 매료된 것 같았다. 테거는 그들이 아직도 방에서 나가지 않는 이유를 알 수 없었다. 이제는 화면도 청동 거미줄의 모습으로 되돌아갔기 때문이다.

두 사람은 고기를 다 먹었고 남은 건 뼈뿐이었다. 테거는 입을 열지 않고 눈빛으로 질문을 던졌다. 바라예가 손가락으로 그릇을 가리켰다.

제나월이 말했다.

"테거, 와르비아, 너희는 털가죽으로 가려진 우리 몸을 보고 나서야 레슈트라 얘기를 꺼냈지."

아, 그것 때문인가. 테거는 생각했다.

"우리는 평생 딱 한 번 짝을 맺는다."

와비아가 그렇게 말하고는 자신의 짝을 바라보았다. 두 사람은 말없이 눈짓을 교환했다. 와비아는 말을 이었다.

"우리는 어떤 일을 겪고 나서 달라졌지. 하지만 우리는 리샤스라를 할 필요가 없다. 우리에게 생긴 변화라는 건, 선택할 힘이 생겼다는 거다."

테거는 그 문제에 관해 이미 생각해 본 뒤였다.

"바라예, 제나월, 리샤스라를 하는 붉은 유목인이라는 건 아무 데도 없었다. 만약에 당신들이 사용하는 말하는 거울을 통해서 그런 유목인이 있다는 얘기가 평지 전역에 퍼진다면 어떻게 될까? 우리는 아무 데서도 살 수가 없고 우리 아이들은 짝을 못 찾게 될 거다."

최고지인들이 서로 마주 보자 와비아가 말했다.

"야행인을 본 적 있지, 제나월? 만약 당신이 아래쪽에서 온 피부가 붉은 손님들과 리샤스라를 했다는 얘기가 돌면 어떻겠는가? 야행인들은 그 얘기를 듣고 뭘 기대할까?"

바라예가 고개를 끄덕였다.

"그러면 우리와 레슈트라를 하려고 생각하겠지. 우리가 그렇게 호기심이 많은 사람들이었나, 내 사랑?"

제나월이 손을 쫙 펴서 바라예의 널따란 어깨를 가볍게 두드리며 웃었다. 테거는 그 동작이 부정적인 반응이라고 생각했다.

"저 사람들의 모양새뿐 아니라 냄새도 궁금한데!"

바라예가 안심을 시켜 주듯 제나월의 엉덩이를 톡톡 치며 말했다.

"흠, 그러면 지켜야 할 비밀이 하나 더 늘어난 셈이네."

재밌는 일이군. 루이스는 조금 음란한 기분이 되어 그 광경을 지켜보았다. 이런 광경을 알려진 우주 내 모든 행성의 유료 채널에서 방영하면 큰돈을 벌겠어. 물론 처음부터 녹화되고 있었지만……. 그리고 보니 거미줄눈은 몇 가지 감각을 기록할 수 있는 거지? 영상과 음향은 물론 되겠지만, 냄새는? 물리적인 운동도 감지할 수 있는 건가?

루이스는 그런 생각을 하다가 잠이 들었다.

그리고 여러 시간이 지났을 거라 생각하며 잠에서 깬 그는 눈앞에서 또 하나의 자신이 떠다니는 것을 보고 깜짝 놀랐다.

하지만 자세히 보니 떠 있는 것은 압력복이었다. 압력복은 인간이 입었다면 부드러웠을 부분이 뼈라도 부러진 것처럼 꺾여 있었다. 브람이 헬멧을 뒤로 젖히고 그에게 물었다.

"몸은 괜찮나?"

"여기저기 꽤 아픈데."

의료 도구가 그의 몸 안으로 여러 가지 물질을 집어넣고 있었다. 하지만 그는 진통제가 효과를 발휘하는 부분이 어디인지 알 수 있었다.

"갈비뼈 두 대가 어긋났길래 바로잡았다. 골절은 없었다. 당신은 근육을 무리하게 썼고 근섬유와 장간막이 파손됐지. 삐져나온 추간판은 제자리로 돌려놓았다. 당신 치료에 사용할 수 있는 건 당신 자신의 재생 능력과 휴대용 의료 도구뿐이다."

"내 압력복은 왜 입고 있는 거야?"

"전술적인 이유 때문이다."

"너무 복잡한 얘기라 나한테 들려줘 봐야 이해를 못할 거라 이 건가? 그럼 됐어. 아직 찾아올 손님이 남았다는 건 당신도 알게 되겠지. 당신이 내 연결을 끊으면 루이스 우의 목소리 주인이 정체를 드러낼 거야."

최후자와 브람은 루이스의 양쪽에서, 약간 뒤로 물러난 채 서 있었다. 거미줄눈의 반대편에는 털가죽을 두른 유목인들이 보였다. 그들은 굴들에게 중앙 무대를 양보하고 있었다.

굴들은 몸을 심하게 떨고 있었다. 빼빼 마른 여성이 말했다.

— 여긴 너무 춥군요! 흠. 나는 비탄에 젖은 관이에요. 이 사람은 하프장이죠. 당신들이 사용하는 상자가 내 뜻을 제대로 전달하나요?

"잘 전달해 주고 있어요. 내 통역기는 어떻게 아는 거죠?"

— 당신 동료인 음률가가 이미 떠난 것 같지만, 그의 아들인 카잡이 당신이 직조인 마을을 방문했던 얘기를 들려줬죠.

"카잡에게 안부 전해 줘요. 비탄에 젖은 관, 당신들은 음률가를 통해 내게 말을 걸 수 있었는데 왜 두 사람의 체중에 해당하는 돌덩이를 그렇게 먼 곳까지 가져간 거죠?"

굴들이 이를 지나치게 많이 드러내며 웃었다.

— 말을 걸 수는 있었죠. 하지만 할 말이 없었어요. 링 벽이 잘못된 자들의 손에 들어갔다는 사실은 모르고 있었으니까. 당신은 바슈네슈트인가요?

통역기는 그 단어를 수호자로 번역했다.

브람이 말했다.

"그렇다."

테거가 일어서려 하자 와비아가 그를 도로 앉혔다. 굴들도 움찔거렸다. 하지만 하프장이는 수호자에게 말을 걸었다.

— 우리가 무력하다는 사실은 아주 잘 알고 있어요. 저자들은 흡혈귀 수호자들이죠. 저자들은 최고지 부족을 가축으로 삼고 고기로 써요. 그들 중에는 수호자가 돼서 돌아온 자도 있지만 대부분은 그냥 실종돼 버렸어요.

브람이 말했다.

"그들은 아치를 수리하고 있다."

— 그러면 우리에게 위험을 끼치는 것보다 더 많은 도움을 주고 있다는 얘긴가요?

"그렇다. 수호자가 너무 많기 때문에 수리가 끝나고 나면 서로 싸우기 시작할 거다. 우리는 그 균형 잡기를 도울 생각이지."

— 어떤 방법으로 돕겠다는 건가요?

"정보가 더 필요하다. 최대한 많은 걸 알려 다오."

하프장이가 큰 동작으로 어깨를 으쓱했다.

— 우리가 아는 건 당신도 전부 알고 있어요. 그리고 최고지인들이 더 많은 걸 알려 줄 거예요. 동이 트거든 다시 얘기해 보세요.

최후자가 휘파람을 불자 화면이 작아지며 시야에서 물러났다. 그가 말했다.

"기다려야겠습니다. 루이스, 앞서 나눈 대화를 기록해 뒀습니다. 저자들은 수호자와 틸라 브라운에 대해 잘 알고 있더군요. 우리가 설명해 줄까요?"

브람은 '숨은 족장'호에서 가져온 악기 꾸러미를 찾고 있었다.

루이스는 정중하게 말했다.

"저녁 식사에 음악을 조금 곁들여 준다면 좋겠어. 난 배가 아주 많이 고프거든."

루이스는 몸을 이리저리 움직여 보았다. 종자를 들고 옮기느라 근육과 힘줄 일부가 심하게 늘어났기 때문이다. 브람의 치료는 효과가 있었지만 그래도 조심스럽게 움직여야 했다.

긴 시간이 지났다. 그동안 최고지를 비추는 화면은 이리저리 흔들리고 회전하면서 밤에 뒤덮인 산의 풍경을 보여 주고 있었다. 다양한 부족 사람들이 오래된 마을길에서 바퀴를 굴리듯 훔쳐 간 거미줄눈을 굴리고 있었다. 그들이 마을을 벗어난 다음 바위를 타고 올라가기 시작하자 화면이 격렬하게 흔들렸고, 루이스는 속이 거북해졌다.

그는 거미줄눈에 흥미로운 사실이 잡히면 동료들이 알려 줄 거라고 믿으며 화면에서 등을 돌렸다.

종자는 왜 이리 오래 걸리는 거지? 어디가 됐든 알려진 우주에 들어갈 수만 있다면 나는 적어도 오토닥을 사용할 수 있었을 텐데! 의료 도구로 할 수 있는 건 화학약품을 주사하는 것뿐이잖아. 루이스는 몇 분 뒤면 그 화학약품이 또 필요하게 될 거라는 사실을 알고 있었다.

최고지인 네 사람이 거미줄과 석판을 들고 날랐다. 그들은 칠

흑 같은 밤에 산을 기어 올라갔다. 사론이 붉은 유목인과 야행인들보다 앞에 서서 발 디딜 곳을 알려 주었다.

굴들은 석판 운반에 힘을 보태려 했지만 결국 호흡을 유지하는 것도 벅차다는 사실을 깨달았다.

와비아가 굴 여인에게 말했다.

"곧 해가 나올 텐데 어떡할 거지?"

"통로에 도착할 거라고 들었어요. 거기를 피난처로 삼으면 되겠죠."

그곳엔 길이 없었다. 길이라고 부를 수 있는 것은 단단한 흙과 바위 위로 발을 끌고 걸었던 흔적뿐이었다. 최고지인들은 무한히 뻗은 평지의 수 킬로미터 위에서, 기울어진 땅 위를 꾸준히, 계속해서 올라갔다.

회전 방향에서 종단 선과 햇빛이 다가오고 있었다.

흘러내리는 산들에 바짝 접근하자 아래쪽 대지가 입체지도처럼 보였다. 굴들이 초원 거인의 커다란 건물 밖에서 만들었던 지도와 비슷했다. 그들은 이런 광경을 봤기 때문에 입체지도를 만들겠다는 생각을 하게 된 것 같았다. 시선을 먼 곳에 둘수록 세부가 구분되지 않았다. 물웅덩이들을 연결하고 있는 은색 선은 고향 흐름일 것 같았다. 아니면 또는 다른 강이거나 전혀 다른 지형이거나.

와비아도 비슷한 생각을 하는 것 같았다.

"붉은 유목인들이 거쳐 온 땅들은 눈으로 볼 수 있을 만큼 클까? 우리는 어떻게 해야 다시 붉은 유목인을 만날 수 있을까?"

하프장이가 대답했다.

"그건 전혀 어려울 게 없……."

비탄에 젖은 관이 끼어들었다.

"우리 종족 사람들은 붉은 유목인들이 사는 곳으로 가는 길을 알고 있어요. 그들이 지도를…… 잠깐, 미안해요."

그녀는 숨을 고르기 위해 걸음을 멈췄다.

"그들이 일광 신호기로, 지도를, 그려 줄 거예요. 당신들은 새로 살 곳을 찾을 수 있겠죠. 여기 온 것만큼이나 빠르게."

"오, 그거 좋군."

와비아는 그렇게 말하고 웃었다.

"당신들의 해결책은 극단적이야! 우리는 그렇게 멀리까지 갈 필요가 없다."

테거는 와비아가 있는 곳에서 약한 모습을 보이고 싶지 않았다. 그는 힘이 빠지는 가운데 사론의 뒤를 따랐다. 나이가 많은 사론은 이제 더 천천히 이동하고 있었다. 테거는 다른 최고지인들이 거미줄과 석판을 들고 언덕을 오르면서 헐떡거리는 소리를 들었다.

낮의 햇빛이 회전 방향에서 그들을 향해 몰려오고 있었다. 태양의 첫 끄트머리가 밤그림자 너머로 고개를 내밀자 하프장이는 챙이 엄청나게 크고 위로 말려 올라간 모자 두 개를 가방에서 꺼냈다. 이제 야행인들만이 그림자 속에서 걷고 있었다.

와비아가 말했다.

"우리는 붉은 유목인 세력권 경계에 머물러야 해. 이미 퍼져 버린 소문이 들리지 않는 한에서 최대한 가까이."

하프장이가 말했다.

"그렇지 않아요, 와비아. 붉은 유목인도 완전한 단일 종족은
아니니까요."

"뭐? 우린 당연히 단일 종족이다!"

테거가 말했다.

"우리는 몰고 다니던 동물 떼끼리 만나면 만찬을 연다. 그때
다른 부족에서 온 짝에게 구혼을 하지. 그런 관습이 언제 시작됐
는지 기억하는 사람은 이제 남아 있지 않지만."

하프장이가 말했다.

"좋은 생각이……."

비탄에 젖은 관이 말했다.

"하지만 늘 그런 건 아니에요. 당신과 와비아는 억양이 같지
만……."

"맞다. 우리 둘 다 진저로퍼 부족 출신이니까. 하지만 다른 사
람들은 경계를 넘어서 짝을 맺지."

"그걸 포기한 부족도 있어요. 강요하지 않는 부족도 있고요.
진저로퍼의 사람들이 바로 그런 경우죠. 테거, 진저로퍼의 부족
에게서 멀어질수록 당신의 자식들은 아이를 낳을 수 있는 짝을
만나기 힘들어질 거예요. 평생 짝을 맺지 않을 생각이라면 그게
큰 문제는 아니지만."

"플럽!"

테거가 중얼거렸다.

부서져 가는 바위로 이뤄진 장애물을 우회하자 무언가가 그들을 향해 번쩍거리는 빛을 쏘았다.

테거는 지금까지 거울이 어떤 물건인지 상상하려고 애를 써 왔다. 그런데 이제는 그걸 눈으로 볼 수가 없었다. 그가 본 것은 자신과 와비아와 굴들과 최고지인들과 하늘과 링 벽이었다. 거울은 보는 이의 등 뒤에 있는 것을 보여 주는 평평한 창문이었다. 그 창문의 높이는 붉은 유목인 남성의 키와 같았고 너비는 남성 세 사람과 같았다.

일행은 거미줄과 석판을 조심스럽게, 거울과 평행이 되도록 내려놓았다. 사론과 남자들이 거울의 끝 쪽으로 이동했고 야행인들은 그 뒤를 따랐다.

하프장이가 자음을 내뱉으며 얘기하기 시작했다. 마치 군중을 지휘하는 것 같았다.

남자들이 거울을 위아래로 기울이기 시작했다. 거울에는 경첩이 붙어 있었다. 제나월이 테거의 뒤에 서서 손가락으로 링 벽의 테두리를 가리켰다.

그리고 옆에 있는 또 하나의 흘러나온 산을 가리켰다.

남자들이 거울을 기울이자 밝은 빛이 옆 산의 측면을 오르내렸다.

테거가 물었다.

"어떻게 활용하는 거지?"

제나월이 웃었다.

"아, 야행인들이 다 얘기해 주지 않은 모양이군! 우리와 야행인들이 정해 놓은 부호에 맞춰서 태양 거울로 빛을 보내는 거다. 산에 사는 사람들은 그렇게 거울로 소식을 주고받지. 평지에서 산으로, 산에서 평지로 소식을 전하기도 한다."

테거는 설명을 들으며 많은 의문점을 해소할 수 있었다. 굴들은 그런 방법으로 날씨와 그림자 둥지와 청동 거미줄눈에 이르기까지 아주 많은 것들을 항상 알고 있었다.

네 사람은 루이스 우의 눈을 다시 들어 올렸다.

사론이 말했다.

"여기 바위가 튀어나온 곳 부근에 내려놔라. 위쪽을 향해서."

"비탄에 젖은 관과 나는 당신들 문제에 관해 의논했어요. 이제 해답을 얻은 것 같군요."

하프장이가 말했다.

테거도 계속 생각해 오고 있었다.

"꼭 달려오는 두 마리 황소 사이에 끼인 것 같은 기분이다. 너무 멀리 가면 우리 애들의 미래가 암담해지겠지. 그렇다고 진저로퍼 구역에 너무 가까이 정착하면 우리 자신에 대한 소문을 듣게 될 테고."

와비아가 말했다.

"우리는 너무 눈에 띄고 남들이 알아보기도 쉽다. 방문객들이 리샤스라를 배운 흡혈귀 학살자 얘기를 하면 그게 곧 우리일 테니까."

하프장이는 송곳니를 모조리 드러내며 웃고 있었다. 그가 말했다.

"이런 옛날이야기가 있다고 생각해 봐요. 옛날 옛적에는 인류가 모두 일부일처제를 따랐어요. 모든 남자는 자신의 짝이 아닌 여성을 바라보지 않았죠. 여성도 그에게서 눈을 떼 지 않았고요. 서로 다른 인류가 만나면 전쟁이 벌어졌어요. 그때 영웅 두 사람이 서로 다른 인류가 꼭 그런 식으로 살지 않아도 된다는 걸 알아냈어요. 그들은 리샤스라를 발명했고 전쟁을 끝냈죠. 그리고 리샤스라를 퍼뜨렸어요. 마치 성직자가……."

와비아가 소리를 질렀다.

"하프장이, 그런 이야기가 정말로 있는 건가?"

"아직은 없어요."

"아."

"야행인은 얘기를 나눌 상대를 고르는 편이죠. 하지만 우리가 침묵을 지킨다고 생각해서는 안 돼요. 당신들은 태양 거울을 봤어요. 그게 우리의 목소리예요. 성직자라면 죽은 자를 처리하는 방법을 반드시 알아야 하고, 당신들도 그 점을 알고 있을 거예요. 성직자들은 반드시 우리에게 말을 걸어야 하죠."

길의 경사가 더 심해졌다. 이제는 모두가 씩씩거리고 있었다.

비탄에 젖은 관이 말했다.

"우리는 여러 방향으로 그 이야기를 퍼뜨릴 수 있어요. 전설을 기억하는 건 나이 많은 여성과 나이 많은 남성뿐이죠. 우리가 각 종족의 영웅이 리샤스라를 발명해서 전쟁을 끝냈다는 이야기를 퍼뜨리는 거예요. 각 종족이 처음부터 자체적으로 리샤스라를 시행했다는 얘기도 포함해서. 세부적인 이야기는 종족들마다 달라지겠죠. 그렇게 다양한 이야기들 속에 붉은 유목인들이 전쟁을 끝내고 동맹을 모아서 흡혈귀에게 대적했다는 대목이 있으면……."

"그건 그냥 이야기잖나."

테거가 웃었다. 그러면서도 그 방법이 효과를 볼 거라고 믿기 시작했다.

"그저 이야기일 뿐이지. 와비아, 당신 생각은 어때?"

와비아가 대답했다."

"어쩌면 그럴 수도 있지만, 해 볼 만한 일이야. 내 사랑, 우리는 거짓말을 할 수 있어. 우리가 서로에게 거짓말을 하지만 않으면 돼."

가장 높은 도시 건물만큼 커다란 바위가 세로로 쪼개져 있었다. 최고지인들은 그 바위틈으로 나머지 일행을 인도했다. 바위틈에는 색이 다채로운 띠가 드리워져 있었다.

뎁이 말했다.

"얼음 사람들이 해 놓은 일이다. 물이 바위 속으로 스몄다가 얼고 녹기를 반복했지."

얼음장처럼 차가운 바람이 날카로운 소리를 내고 불면서 밖으로 드러난 피부를 아프게 스쳤다. 눈도 찢어지는 것 같았다. 테거는 눈을 감고 감각으로 방향을 짐작하면서 와비아의 뒤를 따라 걸었다. 하지만 그녀 역시 눈을 감고 있었다.

커다란 손이 그의 가슴을 가로막아 걸음을 멈추게 만들었다. 그는 실눈을 떴다.

그는 마침내 그곳에, 바람이 닿지 않는 장소에 도착했다. 산속으로 바위 굴이 뚫려 있었다. 하지만 일행은 쪼개진 틈 안에서 멈춰 섰다. 굴의 입구가 간신히 보이는 위치였다. 바위틈으로부터 형성된 비탈길이 부서진 바위를 따라가다가 표면이 거친 바위 굴의 입구로 이어졌다.

바라예가 처음으로 입을 열었다.

"테그르, 저건 피난처가 아니다."

테거가 물었다.

"아니라고? 안에 괴물이라도 있는가?"

"그렇다. 비슈니슈티가 있다."

일행은 거미줄과 석판을 세우고 동굴 입구를 마주 보게 놓았다. 바라예는 다시 입을 다물고 있었다. 사론이 말했다.

"루이스 우, 저게 보입니까?"

청동 거미줄이 말했다.

— 그래요, 희미하긴 하지만. 저 굴은 얼마나 깊죠?

"우리가 보기에 이 통로는 높은 산을 관통하고 있습니다. 하지만 끝까지 가 본 사람은 아직 없죠."

— 안에 들어가 본 적이 있나요?

뎁이 대답했다.

"죽음의 빛이 쏟아졌을 때 최고지인 대부분과 하늘로 날아온 방문객들 백여 명이 저 통로 안에 숨었습니다. 사냥은 밤에만 할

수 있었죠. 죽음의 빛이 사라진 뒤 우리는 쫓겨났고 다시 돌아오
는 것도 금지됐습니다."

숨소리가 섞인 목소리가 말했다.

— 비슈니슈티에 관해 설명해 봐라.

테거와 와비아가 마주 보았다. 그 목소리는 거미줄 속에 있는
바슈네슈트, 즉 브람의 목소리가 분명했다. 그런데 속삭임과 목
소리가 아주 비슷했다.

뎁이 말했다.

"비슈니슈티는 우리를 보살폈습니다. 하지만 그를 직접 본 사
람은 한 명도 없죠."

— 단 한 번도 없다는 건가?

"가끔씩 동족이 한 명씩 사라지긴 했습니다. 하지만 우리가 들
어갈 수 있는 통로의 깊이에는 한계가 있었죠. 통로에 들어가면
죽을 수도 있다는 건 알았지만, 바깥도 위험하기는 마찬가지였습
니다."

— 피난처를 직접 만들 수는 없었나? 바위는 방사선…… 죽음의
빛을 막아 줄 수 있는데.

"그건 우리도 알고 있었습니다. 비슈니슈티들은 동굴에 숨으
라고 말했죠. 하지만 바위로 집을 만들려 했다가는 산이 흔들리
고 바위가 우리 머리 위로 쏟아졌을 겁니다!"

루이스 우의 목소리가 말했다.

— 지금 내 동료들이 당신들 위쪽으로 수십 일 동안 걸어가야 도
달할 수 있는 곳에서 관찰한 광경을 보여 주고 있어요. 뎁, 당신들이

아주 멀리 갔을 때 얼마나 많은 걸 볼 수 있는지 알면 놀랄 겁니다. 당신들이 사는 산은 납작한 원뿔 형태라고 생각하면 돼요. 하지만 그 동굴 주변은 관이 튀어나온 벽에 붙어 있는 모래성과 비슷하죠.

테거 일행은 루이스 우가 더 알기 쉽게 설명해 줄 때까지 기다렸다.

— 흠음. 다시 설명해 보죠. 통로는 산보다 더 오래전에 형성됐고 훨씬 더 튼튼해요. 분명히 스크리스로 만들어졌을 겁니다. 산은 자체 무게 때문에 조금씩 눌렸을 테지만 통로는 지금 그 자리에서 조금도 움직이지 않았죠. 따라서 비슈니슈티들은 통로의 입구를 다시 파내야만 했겠죠. 나를 안으로 데려가 줄 수 있을까요?

"그건 안 됩니다!"

바라예와 사론과 제나윌이 말했다.

뎁이 말했다.

"우리는 쫓겨났습니다! 다시 그들의 눈에 띄면 우리 모두 죽을 겁니다!"

사론이 말했다.

"우리는 쪼개진 바위에 머물러 왔습니다. 발자국도 남기지 않고 냄새도 남기지 않았죠. 만약 이걸 갖고 왔다는 걸 비슈니슈티가 알면 우리는 죽을 겁니다."

그 말에 반대한 건 하프장이였다.

"루이스 우의 눈은 이렇게 먼 곳까지 왔는데 본 게 거의 없잖아요."

"지금까지는 그렇지. 하리드, 넌 여기 남아라. 우리가 왔다는 흔적이 보이거든 감추고. 하프장이, 당신은 하리드를 대신할 만큼 튼튼한가?"

그때 어떤 목소리가 말했다.

"거미줄을 여기에 두고 가라."

아홉 명의 인류가 동작을 멈췄다. 테거는 목소리의 주인을 볼 수 없었다. 그 인물은 속삭임이 아니었고, 수호자인 브람도 아니었다. 하지만 숨소리가 말에 섞여 발음이 분명치 않은 점은 똑같았다.

최고지인들이 조용히 물러나서 바위틈으로 돌아간 다음 아래로 내려갔다. 테거와 와비아는 그들을 따르면서 굴들을 인도했다. 굴들은 모자의 검은 그림자 때문에 앞을 거의 볼 수 없었다. 그들은 청동 거미줄을 바위틈에 세워 두고는 뒤도 돌아보지 않고 떠났다.

| 콜리어 |

'탐구의 화침'호 선실에는 네 명이 있었다. 브람과 최후자와 루이스 우와 종자였다. 종자는 한때 운동 공간으로 활용되던 곳에 놓인 커다란 검정 관 속에 있었다. 그들은 목욕 시설과 주방 기능이 있는 벽을 공유했다.

취침은 전혀 문제가 없었다. 최후자가 침상을 내 달라고 했지만 그건 어렵지 않았다. 일행은 화물 운반용 받침대를 물침대 옆에 두었다. 루이스가 그 자리를 차지했다.

그는 오르내리는 받침대 위에 책상다리를 하고 앉아서 바삭거리고 영양가는 없는 음식을 먹고 있었다. 지루하다 보니 그는 음식을 너무 많이 먹고 진통제도 남용하고 있었다.

브람은 그가 혼자 착륙선 격납고에서 운동하도록 허락하지 않았다. 치료가 충분히 진행되어 그는 운동을 하고 싶었다. 루이스는 브람에게 함께 가자고 제안해 보았다. 요가를 비롯해 격투 기술까지 가르쳐 주겠다고 말해 보았다. 하지만 브람은 거절했다. 그는 때가 됐을 때 선실에 있을 생각이었다.

도대체 브람은 뭘 기다리는 거지? 루이스는 그 점을 알 수가 없었다. 그는 이틀이 다 지나도록 망가진 연료 보급용 탐사기만 바라보고 있었다. 탐사기는 부서진 채로 자기 부상 선로 위에 놓여 있었고, 그 모습을 비추는 화면이 다른 여섯 개의 화면을 가린 채 떠올라 있었다. 지금 뒤로 밀려난 화면의 수는 다섯 개로 줄어든 상태였다. 브람은 그 화면 앞에 서서 계속 지켜보았다.

루이스는 폐소공포증을 느끼고 있었다.

우주선의 좌현과 우현 쪽에 있던 희미한 석탄 불빛은 이미 꺼져 버렸고, 그 자리에는 검고 차가운 현무암이 자리하고 있었다. 별이 있음 직한 공간에 무한한 우주가 양쪽으로 뻗어 있었다.

젠장, 별이 있긴 하겠지. 루이스는 생각했다. 거미줄눈 하나가 자기 부상 선로 위에 놓인 채 선 세공으로 만들어진 듯한 표면을 통해 우주를 관찰하고 있었다. 또 다른 우주 풍경을 보여 주던 거미줄눈, 즉 루이스가 진공 속으로 분사했던 거미줄눈의 시야는 수 시간 전에 뿌옇게 변하고 말았다.

다른 화면 속에서는 도난당한 거미줄눈이 매끈하게 뚫린 터널 속을 이동하고 있었다. 화면은 에어로큄임에 분명한 곳에서 수 시간 동안 멈춰 있다가 다시 움직이면서 문을 여러 개 통과했고, 희미하게 빛을 내는 이상한 장비 더미를 지나 다시 멈춰 섰다. 루이스는 그 거미줄눈을 운반하는 존재의 모습을 한 번도 보지 못했고, 목소리도 다시 듣지 못했다.

조종실에는 여러 화면이 다시 여러 화면과 겹쳐 있었다. 조종실은 두 눈을 사팔뜨기로 만들고 안구를 비틀어 버릴 만큼 복잡한 투시도와 비슷했다. 또 다른 화면에서는 산맥처럼 생긴 그래프가 계속 흔들리고 있었다. 용도는 알 수 없었다. 세 개의 화면이 각각 녹화된 영상을 재생하고 있었다. 최고지 산을 스쳐 지나가는 탐사기에서 본 영상, 탐사기가 이동하다가 보라색 빛에 맞아 부서지는 영상, 수호자 하나가 죽고 그의 압력복이 찢어져 진공에 노출되는 영상이었다.

망가진 탐사기가 자기 부상 선로에 놓여 있는 화면에서는 아무 일도 일어나지 않았다. 브람은 달리가 그린 〈저물어 가는 밤의 그림자Shades of Night Descending〉 속에 있는 어두운 그림자처럼 그 화면을 보며 꼼짝도 하지 않았다.

루이스는 눈을 감고 물침대 위에 누웠다.

그리고 눈을 번쩍 떴다. 여러 화면 가운데 하나에서 청백색 빛이 번득이는 걸 봤기 때문이다.

그 빛은 화면에서 사라진 뒤였다. 하지만 부서진 탐사기가 선홍빛을 냈다. 자그마한 물체가 아주 먼 곳으로부터 자기 부상 선로를 따라 화면이 있는 방향으로 곧장 달려오고 있었다.

그 물체는 천문학적인 속도로 이동했다. 한 발을 선로에 올려놓은 모양새가 마치 공중에 뜬 썰매 같았다. 그 물체는 거칠게 감속했고 뒤쪽에서 인간 같은 형체가 뛰어내려 화면 밖으로 사라졌다. 그가 타고 온 운송 수단은 급히 속도를 줄이더니 거미줄눈에서 십여 센티미터 떨어진 곳에서 멈춰 섰다.

최후자는 브람의 옆에서 자세를 바꿨다.

탐사기가 온도가 내려가면서 희미하게 붉은색을 띠다가 점점 어두워지고 검게 변했다.

운송 수단은 썰매가 아니라 그리 깊지 않은 상자였다. 상자의 바닥은 연철처럼 검은색이었다. 측면은 식별하기 어려울 정도로 투명했다. 하지만 루이스는 고정용 손잡이가 붙어 있는 것을 확인하고 측면이 있다는 걸 알아챘다. 상자의 측면에 여러 가닥의 줄이 있고, 그 줄이 도구들을 고정시키고 있었다. 손잡이가 달린 막대는 실톱인 것 같았다. 입 부분이 넓은 물체는 총이거나 로켓 발사기거나 에너지 무기로 보였다. 그 밖에도 쇠 지렛대가 있고, 상자 더미가 있고, 뼈대로 구성된 금속 물체가 있었다.

그 뒤의 화면에는 우주가 떠 있었고, 거의 아무것도 없는 평면이 떠오르며 화면 안으로 들어왔다. 루이스는 그 화면을 노려보다가 다른 쪽으로 시선을 옮겼다. 도난당한 거미줄눈은 통로를 빠져나간 뒤 벽이 없는 엘리베이터 안으로 들어갔다. 가장 좋지 않은 순간에 일어난 변화였다.

루이스의 귀에 일행의 대화가 들려왔다.

"나는 전쟁이 뭔지 모른다. 하지만 루이스는 아는 것 같다."

"지금은 약에 취해 있는데?"

"직접 물어봐라."

"루이스, 정신을 차리고 있나?"

"당연히 정신을 차리고 있다, 브람!"

"이건 수호자들 간의 대결인데……."

"중세 일본인들은 숨어서 기습을 했어. 이기기 위해서 수단과 방법을 안 가렸지. 유럽인들처럼 대결하지 않았다고."

루이스가 잠긴 목소리로 말했다. 대답과 달리 그는 약물 때문에 자고 싶었다.

"그래, 당신도 상황을 이해하고 있군. 두 번째 침입자가 아직 살아 있는 이유를 알겠나?"

"아니…… 잠깐만."

새로 나타난 자가 몸을 웅크리고 발작적으로 움직이며 활보했다. 그는 고철로 변한 탐사기를 살펴보았다. 그가 입고 있는 것은 관절 부위가 튀어나온 링월드 압력복이었다. 압력복의 상체는 속삭임이 입고 있던 것처럼 넓었다. 하지만 헐렁하지 않고 착용자의 몸에 딱 맞았다.

새로 나타난 자가 탐사기에 도약 원반이 장착되어 있던 위치를 찾아냈다. 그는 고개를 빠르게 젖히더니 순식간에 사라졌다.

하지만 루이스는 그 인물의 얼굴을 흘끗 볼 수 있었다.

"흘러나온 산의 수호자군. 속삭임도 분명히 저걸 봤을 거야. 저건 하인이야. 그렇지, 브람? 분명히 주인이 있을 거야. 자기 부상 선로를 담당하는 수호자말이야. 주인이 보낸 거야."

화면 하나가 갑자기 기울더니 빙글빙글 돌았다. 그 화면에는 링월드의 검은 아랫면이 떠올라 있었다. 화면은 이윽고 물 흐르듯 이동하더니 링월드와 별들을 비추고…….

수호자의 하인이 망가진 탐사기를 우주 쪽으로 굴려서 자기 부상 선로 위를 청소했다.

주 화면은 이제 뒤로 이동하고 있었다. 흘러나온 산의 수호자가 자유낙하를 시도했다.

루이스는 말했다.

"죽은 첫 번째 인물은 선로에 자기 부상 썰매를 남겨 놨어. 종자가 그 썰매에 거미줄눈을 부착했지. 우리가 보고 있는 건 그 눈에서 날아오는 영상이야. 누군가 탐사기와 썰매를 선로에서 치워야 했겠지. 그래서 흘러나온 산의 수호자 하나가 탐사기를 내다 버리고, 첫 번째 썰매를 제자리로 돌려보낸 거야. 제자리라는 건 우주항이겠지. 문제가 해결됐으니 그자는 자신이 타고 왔던 썰매에 탑승했고…… 썰매는 선로를 따라 그자가 왔던 곳으로 가고 있는 거야."

브람이 말했다.

"잘 이해했군."

"속삭임은 자신의 힘으로 멈출 수 없는 일을 시작했어."

브람이 말을 이었다.

"그녀는 탐사기를 보낸 게 나라고 추측한 거다. 내 적들이 탐사기를 조사하지 못하도록 조치한 거지."

"그녀는 적이 얼마나 많은지 몰라."

"추론으로 알아냈을 거다. 틸라 브라운부터 시작해서……."

"물론 그러시겠지. 당신 말에 따르면 모든 게 틸라 때문에 시작됐으니까."

이제 고통은 거의 느껴지지 않았다. 루이스는 허공에 붕 뜬 것 같은 기분이었다. 의료 도구를 끄고 정신을 맑게 만드는 게 좋을 것 같았다.

거미줄눈 화면이 움직임을 멈췄다. 그 화면도 선로를 따라 이동하기 시작했다. 속삭임은 다른 썰매를 따라잡기 위해 그것을 이용하고 있었다.

브람이 말했다.

"틸라 브라운은 수호자들을 동원해서 엔진을 장착했지. 흘러나온 산의 수호자는 신뢰할 수 있었을 거다. 틸라 브라운이 그의 종족을 인질로 삼을 수 있었을 테니까. 굴 수호자는 자신의 종족이 이미 아치 밑에 있는 모든 것을 소유했다고 생각하고 그걸 보존하는 행동만 했겠지. 반면에 흡혈귀 수호자는……."

"완전히 새로 시작했지. 머릿속이 텅 빈 상태로 태어난 수호자였으니까. 틸라가 바로 옆에서 가르쳤고. 그건 당신이 이미 얘기해 준 사실이야."

"그렇다. 그 수호자를 드라큘라라고 부르면 되겠나?"

"메리 셸리라고 하지."

"내가 약물에 취해서 멍청해진 양육자에게 설명까지 해 줘야 하나?"

"틸라는 여성을 수호자로 선택했을 거야. 세 명의 여성이 존재하게 된 거지."

브람은 큰 동작으로 어깨를 으쓱했다.

"그렇군. 그 이름이 뭘 뜻하는지 모르겠지만, 어쨌든 알겠다. 메리 셸리는 친자식을 만들었다. 동족 수호자를 만든 거지. 그리고 그들의 존재를 틸라 브라운에게 알리지 않았다. 틸라 브라운이 화성의 지도로 되돌아가자 수호자 둘이 그 뒤를 따랐다. 굴만이 링 벽에 남았고. 메리 셸리는 자신의 핏줄들이 굴 수호자를 죽이고 그 자리를 차지할 거라는 사실을 분명히 알았을 거다. 그녀는 핏줄을 이용해서 링 벽을 지배할 생각이었겠지. 흘러나온 산의 수호자는 틸라 브라운이 태양에서 뽑아 온 불꽃으로 링 벽을 뒤덮을 거란 사실을 추측했을 거다. 그는 동족을 지키기 위해 싸웠다. 하지만 틸라 브라운은 양측을 모두 죽여 버렸지. 중요한 의문점은 이거다. 메리 셸리의 자손은 몇 명이나 되는가."

최후자가 입을 열었다.

"생산, 획득, 수송, 장착, 보급이 필요했을 겁니다."

브람이 말했다.

"내 생각엔 셋이다. 생산은 우주항에 이미 마련된 수리 시설을 이용하면 된다. 우주선이 우주항으로 오면 획득은 곧 생산이 되니까. 보급을 놓고 보자면, 필요한 물품 확보를 다른 종족에게 맡길 수호자는 없다. 그렇지 않나? 따라서 셋이면 된다. 러브크래프트가 만들고, 콜리어가 운반하고, 킹이 모든 걸 관리하면서 엔진을 장착한 거다."

루이스는 미소를 지었다. 브람은 메리 셸리가 누군지 기억하고 있었군!*

최후자가 말했다.

---

* 수호자들의 이름은 각각 브람 스토커, 앤 라이스, 메리 셸리, H. P. 러브크래프트, 존 콜리어, 스티븐 킹에서 따온 것으로, 이들은 모두 괴기/공포 소설 작가들이다.

"우리 종족이라면 강인한 자들을 백 명 모아서 단일체를 만들고 거기에 봉사할 겁니다……."

브람이 말했다.

"우리 종족은 각자 자신의 도움이 없어도 지속될 수 있는 독자적인 영역을 기획할 거다. 나는 지금 당장 흘러나온 산 사람들을 이용할 수 있다. 러브크래프트와 콜리어와 킹이 공격하려고 숨어 있는 동안 그들에게 엔진을 만들고 운반하고 장착하라고 지시해야겠다."

루이스가 물었다.

"그 세 사람이 속삭임의 존재를 예상하고 있을까?"

"속삭임이든, 세 사람 가운데 나머지 둘이든, 나든, 우주에서 침략해 오는 자들이든 전부 예상하고 있을 거다. 우리가 멍청해서 우주를 보고 난 뒤에도 행성의 존재를 유추할 수 없을 거라고 생각하나? 앤은 링 벽에 있는 수호자들이 하나같이 그녀를 죽일 생각이라는 걸 알고 있다. 그녀가 지금 어디에 있든 지금까지 무얼 해 왔든 간에, 그녀는 나와 저자들이 눈치채지 못하게 링 벽에 도달했다. 그리고 이미 러브크래프트를 죽였지."

"하지만 지금은 콜리어의 목표물이 되기 딱 좋은 상태잖아. 최후자, 거미줄눈의 뒤쪽을 볼 수 있나?"

"루이스, 그게 무슨 뜻인지 모르…… 유리를 얘기하는 거군요. 거미줄눈이 유리면에 붙어 있으니까요."

고통스러워하는 파이프오르간 소리가 들렸다.

"됐습니다. 하지만 십일 분을 기다려야 합니다."

십일 분이 지나자 갑자기 거미줄눈의 뒤쪽에 있는 자기 부상 선로와 썰매의 바닥이 화면에 떠올랐다.

루이스는 공구처럼 보이는 희미한 형체를 식별해 냈다. 수호자가 몸을 숨길 만큼 커다란 물체는 없었다. 그럼 속삭임은 어디 있는 거지?

화면이 한 번 더 반전되었고…… 첫 번째 썰매가 속도를 낮추고 있었다.

두 번째 썰매도 느려지기 시작했다.

루이스는 목관악기의 고음을 들었다. 최후자가 두 개의 머리를 거칠게 위로 치켜 올렸다. 그 소리는 최후자가 부른 노래가 아니었다. 브람이 음악 조각품을 연주하는 소리였다. 그는 이미 연주를 끝내고 조각품을 치우고 있었다. 그가 도약 원반 위로 걸어가더니 사라졌다.

루이스는 물었다.

"너도 봤나?"

최후자가 대답했다.

"브람은 가 버렸습니다."

"어디로 간 거지? 이유가 뭐야?"

"나도 모릅니다. 루이스 우는 결투를 잘 이해한다고 하지 않았습니까? 뭣 좀 먹겠습니까?"

최후자가 그에게 다가와서 물병을 내밀었다.

루이스는 병을 받아 안에 든 것을 마셨다. 묽은 수프였다.

"맛이 좋군."

그는 자신의 정신 상태를 점검해 보았다. 우주선의 좌현과 우현 쪽은 다시 화강암으로 가로막혀 있었고, 최후자는 승무원 선실에 갇혀 있었으며 그건 루이스 자신도 마찬가지였다.

그는 말했다.

"어딘지는 몰라도 압력복이 필요한 곳으로 갔어. 아직은 그 어디에도 도착하지 않았을 테고. 최후자, 도약 원반 전체를 꺼 버리면 브람은 어디로 가지?"

"안전장치 때문에 그럴 수 없습니다."

"도약 원반 제어장치를 레이저 플래시로 날려 버리면? 젠장, 그럴 수가 없군. 브람이 플래시와 가변단도를 가져갔으니……."

"루이스, 제어장치는 선체 안에 들어 있습니다."

"그럼 브람이 올림푸스 몬스로 가게 만들어! 그런데 도대체 어디로 갈 생각인 거지? 이미 도착했겠군. 지도를 띄워 봐."

최후자가 음악을 연주했다.

하지만 아무 일도 생기지 않았다.

"조종할 수가 없습니다. 브람이 내 프로그래밍언어를 학습했군요. 그는 내게서 도약 원반 제어권을 빼앗아 갔습니다."

그는 다리를 접어 넣었다. 그리고 앞다리 사이에 두 개의 얼굴을 묻었다.

루이스는 도약 원반의 테두리를 들어 봤지만 움직이지 않았다. 브람이 도약 원반을 완전히 장악하고 있는 것이다. 그는 지금까지 여흥을 위해 음악을 연주한 게 아니었다. 수제 악기로 최후자의 음악 언어를 흉내 낼 수 있을 때까지 연습에 연습을 거듭한 것이다.

상황이 변하고 있었다. 거미줄눈 화면이 진동하며 크게 흔들렸다. 루이스는 고함을 쳤다.

"최후자! 화면을 돌려 봐! 엉뚱한 방향을 향하고 있잖아!"

퍼페티어는 움직이지 않았다.

화면이 옆으로 기울어지더니 선로의 측면에 충돌했다. 그리고 튕겨 나오면서 회전했다. 썰매를 공격한 자가 효과를 거두고 있었다.

퍼페티어가 접었던 몸을 천천히 폈다.

반대쪽 벽이 자기 부상 선로와 강하게 충돌했다. 화면이 진동하더니 미끄러졌다. 마침내 화면이 이동을 멈췄다. 보이는 것은 은색 선 세공뿐이었다.

퍼페티어가 휘파람을 불자 화면이 반전되었다. 별빛 덕분에 산산이 부서진 투명 벽이 보였다. 썰매는 탄환에 맞아 찌그러져 있고, 바닥에 있던 도구들은 유리 조각을 뒤집어쓰고 있었다.

도구 대부분은 형체를 알아볼 수 없었다. 이제 그것들은 쓰레기나 다름없었다. 예외는 하나뿐이었다.

루이스는 생각했다. 속삭임은 종자가 나타나고 사라지는 걸 보면서 도약 원반의 존재를 알아챈 거야. 탐사기에서 도약 원반을 떼어 낸 다음 그걸 썰매 바닥에 넣어 둔 거지. 손상되지 않고 남아 있던 도구는 바로 도약 원반이었다.

압력복 세 개가 동시에 썰매 안으로 뛰어들었다. 그중 둘이 커다란 물체들을 향해 탄환을 난사했다. 그리고 내던질 수 있는 것들을 모조리 내던지면서 잔해 속에 숨어 있을지도 모르는 수호자를 빠르게 수색했다. 하지만 속삭임은 보이지 않았다.

수호자 둘이 도약 원반을 집어 들더니 옆으로 세웠다. 세 번째 수호자가 원반의 밑면을 살펴보았다. 그리고 윗면을 볼 수 있도록 원반을 돌렸다. 흡혈귀 수호자는 원반이 유용하기보다는 위험한 물건이라고 판단한 게 분명했다. 그는 무기를 조정하더니 밝고 가느다란 광선을 원반에 발사했다.

광선이 승무원 선실에 있는 주 원반을 흔들며 솟아오르더니 천장을 태우기 시작했다.

루이스는 자신도 기억하지 못하는 사이에 재활용 장치가 있는 벽 너머에서, 최후자와 함께 몸을 웅크린 채 끌어안고 있었다. 최후자는 몸을 펼 생각이 없는 것처럼 보였다.

루이스는 머리를 들어 사방을 살펴보았다.

흡혈귀 수호자가 도약 원반을 집어 들고 선로 밖으로 던지려고 애를 쓰고 있었다.

원반이 갑자기 무거워졌다. 공격자의 체중이 원반에 실렸기 때문이다.

공격자는 브람이었다! 그는 상대를 후려쳤고, 또 다른 수호자가 펄쩍 뛰며 물러났다. 아마도 콜리어로 짐작되는 그 수호자는 땅에 떨어지더니 정지장 안에 들어 있는 이 미터 길이의 전선에 의해 두 동강이 났다. 양쪽으로 갈라진 수호자의 시체에서 피가 뿜어져 나왔다. 하지만 콜리어의 상체에는 아직 두 팔이 달려 있었고, 그중 하나가 커다란 광선 무기를 들고 움직였다.

하지만 브람이 가변단도를 한 번 더 휘두르자 광선 무기가 땅에 떨어졌다.

속삭임이 어디 있는지 추측할 실마리는 없었지만, 어쨌든 그녀는 그곳에 있었다. 흘러나온 산에서 온 수호자 둘과 흡혈귀 수호자 둘이 대적하고 있는 것이다.

퍼페티어는 아직도 일종의 긴장증 상태에서 빠져나오지 못하고 있었다. 루이스는 거미줄눈 화면을 보며 상황이 어떻게 바뀌는지 파악하려 했지만 쉽지 않았다.

흘러나온 산의 수호자들은 공격을 하지 않았다.

속삭임은 그들의 압력복을 입고 있었다. 그녀는 그들과 대화를 나눌 수 있었던 것이다. 루이스는 방금 격렬하게 움직인 탓에 헐떡거리는 브람의 숨소리를 들을 수 있었다. 하지만 그는 말을 하지 않았다. 그의 압력복에는 무선으로 말을 전달할 만한 장치가 없었다.

그가 속삭임을 보며 헬멧의 전등을 깜빡였다.

젠장, 저건 굴들이 사용하는 일광 통신 언어가 분명해! 루이스는 생각했다. 이제 다른 자들도 헬멧 전등을 이용하고 있군.

빛을 이용한 통신은 계속되었다. 그리고 어떤 협약이 도출되었다.

흘러나온 산의 수호자들이 망가진 썰매를 조금 힘겹게 들어 올렸다. 브람은 무기를 속삭임에게 건넨 다음 그들과 힘을 합쳐 썰매를 들더니 링 벽 너머와 우주 공간을 향해 내던졌다.

그들은 도약 원반을 손상되지 않은 자기 부상 썰매 속에 던져 넣었다. 흡혈귀 수호자 두 사람이 썰매에 탑승했고 흘러나온 산의 수호자들이 그 뒤를 따랐다. 썰매가 선로를 거슬러 돌아가기 시작했다. 브람은 썰매가 움직이자 선로와 썰매에 각각 하나씩 거미줄눈을 분사했다.

그리고 적의 총격을 받으면서 관현악곡을 노래했다.

그는 도약 원반으로 올라가 도약했다. 루이스는 거미줄눈 화면에서 그가 사라지는 것을 목격했고, 헬멧을 벗으며 선실에 있는 도약 원반에서 걸어 나오는 것을 보았다. 브람은 단단한 부리 안에 불룩한 나무 플루트 같은 것을 물고 있었다.

퍼페티어는 화가 나면 자제력을 잃고 말을 하지 못했다. 하지만 감정은 표현할 수 있었다. 최후자가 풍경처럼 순수한 음악을 연주했다.

"당신은 내 프로그래밍언어를 학습했습니다."

브람이 플루트를 제자리에 집어넣었다.

"그러면 안 된다는 계약 사항은 없었잖나."

"활동에 방해를 받았습니다."

"상황을 보고, 이해했나? 못 했다고? 우리는 메리 셸리의 친자식들 중에서 러브크래프트와 콜리어를 죽였다. 콜리어의 하인들은 러브크래프트의 하인들이 화물을 선적할 준비를 끝냈다고 했지. 우리는 그들이 협조할 거라고 기대하고 있다. 이제 남은 건 킹뿐이다. 킹이 죽으면 속삭임은 링 벽을 손에 넣고 나는 수리 시설을 손에 넣겠지. 그럼 우린 목적을 달성할 수 있을 거다."

주방 설비에서 물병이 나왔다. 브람은 병을 들고 크게 한 모금을 들이켰다. 루이스는 그가 커다란 광선 무기를 들고 있다는 사실을 알아챘다. 그 무기를 사용하면 선실에 있는 이들을 모조리 죽일 수 있었다.

브람이 그를 바라보았다.

"루이스 우, 당신이라면 이제 어떡하겠나?"

"흠, 그녀는 킹을 죽여야 해. 다른 일을 도모하기에는 너무 늦었으니까. 나라면 어떡하겠느냐고? 압력복을 이용하면 이 팔란은 살 수 있으니까 썰매를 타고 선로를 따라서 초속 천삼백 킬로미터로 이동하면서 킹이 나를 쏴 죽이게 만들 필요는 없겠지. 나라면 링 벽의 이쪽 면으로 돌아간 다음 벽을 기어 올라갈 거야."

"그러면 기습을 할 수가 없다."

"킹은 그래도……."

브람이 손을 내저어 그의 말을 막았다.

"앤의 압력복은 그때까지 버티지 못한다."

"흐음."

루이스는 브람이 화물에 대해 언급했던 것을 떠올렸다.

"킹이 원하는 물건을 내가 갖고 있다면, 그걸 갖고 썰매에 탈수 있겠지. 물론 그 물건이 내게 있다는 걸 킹이 알아야 할 테고. 킹이 원하는 게 뭐지?"

"그건 의미가 없다, 루이스. 다른 관점에서 생각해 보는 게 좋겠다."

브람은 도약 원반 제어장치를 향해 휘파람을 분 다음 어디론가 사라졌다.

"이번엔 어디로 간 거지? 최후자, 아직도 원반을 조종할 수가 없나?"

"원반을 사용할 수는 없지만 브람의 위치는 알 수 있습니다."

"그렇게 해."

두 개의 화면에 물결무늬가 나타났다. 전투 중에 부서진 거미줄눈들이었다. 최후자는 노래를 불러서 무용지물이 된 두 개의 화면을 끈 다음 그 자리에 다른 화면을 띄웠다. 그 화면은 다른 화면보다 앞쪽에 떠오르더니 깜빡거리기 시작했다. 직조인 마을의 모습이 보였고 '숨은 족장'호의 앞쪽 망대에 있는 거미줄눈이 보낸 화면도 스쳐 지나갔다.

최후자가 플루트 소리와 타악기 소리를 냈다. 그가 말했다.

"수색 프로그램을 돌렸습니다. 침입자들이 잘 알려진 수송 장치를 이용하면 몇 분 안에 알 수 있을 겁니다."

"좋아."

루이스는 그 화면에 반쯤 가려진 다른 화면을 가리켰다.

"저걸 녹화했으면 좋겠는데."

"하고 있습니다."

도난당한 거미줄눈은 우주항에 도착해 있었다. 별빛을 받고 있는 자그마한 압력복이 진공 속을 걸어가며 어떤 구조물로 향하는 중이었다. 그 구조물은 너무 거대해서 화면으로는 일부밖에 볼 수 없었다. 구조물의 곡면을 따라 이동하기까지 엄청나게 긴 시간이 필요했다.

하지만 그 구조물보다 더 큰 것이 보였다. 높다란 기중기 위에 금빛 원뿔 한 쌍이 탑재되어 있었다. 루이스는 잠시 시간을 들여 원뿔의 다른 부분을 살펴보았다.

원뿔에서 뻗어 나온 선들이 성장하는 식물처럼 펼쳐져 있었다. 선은 점점 가늘어지다가 끝부분에 이르러서는 눈으로 가늠하기 힘든 지경에 이르렀다.

"그렇군. 정말로 새 엔진을 만들고 있었어."

최후자가 말했다.

"선으로 만든 틀이 새로운 것인지는 의문입니다. 기록으로는 원뿔만 파악할 수 있습니다."

"흥미로운 지적이군. 하지만 도시 건설자들은 원뿔만 가져갔을 거야. 저런 선이 달려 있다면 우주선을 착륙시키기가 어려울 테니까."

화면이 바뀌더니 '숨은 족장'호의 선미에 있는 망대가 나타났다. 그다음에는 주방과 두 명의 도시 건설자 성인과 어린아이 셋이 떠올랐다. 루이스는 자신이 보지 못한, 나이가 더 많은 두 아이가 어디에 숨어 있었는지 궁금했다. 그들은 하나같이 문밖으로 나가고 있었다. 그러더니 브람과 잡담을 나누며 함께 돌아왔다.

브람은 압력복을 벗은 모습이었다. 그는 긴 의자에 몸을 눕혔다. 하르키와 카와가 그의 몸을 주무르기 시작했다.

브람의 몸은 뼈와 부풀어 오른 관절로 이뤄져 있었고 지방은 하나도 보이지 않았다. 루이스가 말했다.

"이제는 그야말로 뼈처럼 보이는군."

브람은 잠든 것 같았다.

"브람이 저럴 여유가 있다고 생각했다면 실제로 그렇겠지. 최후자, 종자를 상자에서 꺼내고 내가 들어가게 해 줘."

최후자가 휘파람을 불어 화면을 띄웠다.

"루이스, 나노 기술을 이용한 장비들은 아직 종자의 척추 손상을 치료하고 있습니다. 앞으로 몇 시간 동안은 그 상태로 둬야 합니다."

"젠장!"

"그대로 둘까요?"

"그래!"

루이스는 물침대에 누워서 몸을 웅크렸다.

"나도 잔다."

| 킹 |

 루이스는 천천히 몸을 폈다. 고통은 위대한 스승이었다. 하지만 이제 지난 나흘보다 더 편하게 움직일 수 있었다. 그는 의료 도구를 통해 양분을 공급받고 있었다. 진통제 투입은 중단한 상태였다. 그는 의료 도구를 떼어 내고 선수 쪽 벽으로 다가갔다.

 '숨은 족장'호의 식당을 비추는 화면 속에서 브람이 도시 건설자들에게 얘기를 하고 있었다. 벽 속에 있는 거미줄눈 화면은 정상적으로 작동하는 중이었다.

 두 번째 화면을 전송하는 거미줄눈도 마찬가지였다. 두 번째 화면에는 너비가 광대한 우주항의 모습이 떠올라 있었다. 거의 마무리됐던 링 벽 엔진은 보이지 않았다. 완성된 후 어딘가로 수송된 게 분명했다. 뼈대로 이뤄진 탑들과 외계인의 원격조종 장비를 구석에 실은 거대한 썰매가 공중에 뜬 채 스쳐 지나갔다.

그 탑에는 나선형 장식물이……. 그건 단순한 장식이 아니었다. 나선은 은색 촉수처럼 구부러져 있고, 촉수의 끝이 무한하게 갈라져 나갔다. 그 촉수가 선별된 도시 건설자 우주선의 선체를 감싼 다음 들어 올렸다. 우주항 끄트머리 너머에는 수직으로 선고리들이 일렬로 늘어서 있었다 진입하는 우주선들이 감속하는 통로였다.

희미한 자기 부상 선로를 통해 별들이 흐릿하게 보이는 화면도 있었다. 루이스는 속삭임이 자신이 이용한 썰매가 이동하도록 설정해 둔 것이 분명하다고 판단했다. 그가 잠들어 있는 동안 속도는 상당한 수준에 도달해 있었다. 그렇게 해 놓은 것은 확실히 속삭임이었다. 그녀 말고는 거미줄눈을 설치해 둘 자가 없었다.

우주의 모습이 자기 부상 선로의 선 세공을 통해 천천히 흘러가는 화면에서 자그마한 녹색 커서가 깜빡거렸다.

"우주선을 발견했습니다."

최후자가 말했다.

"보여 줘."

퍼페티어가 노래를 부르자 화면이 크게 확대되었고 우주선이라기보다는 쇠 지렛대에 더 가까운 물체가 흐릿하게 드러났다. 작은 날개가 달려 있는 우주선은 길쭉한 모양새였고 나뭇가지에 붙은 진딧물을 연상시켰다. 뒤쪽 끝에서 커다란 원뿔형 엔진, 또는 플라스마 포 같은 것이 떠서 지나가고 있었다.

루이스는 말했다.

"ARM 우주선이 새로 등장했군. 잘 찾아냈어."

브람은 이미 식당을 떠난 뒤였다.

최후자가 자기 부상 선로를 따라 움직이는 물체를 발견하고 종소리를 냈다.

화면이 반전되더니 속삭임이 부착해 둔 거미줄눈의 반대편 모습이 떠올랐다. 그 물체는 속삭임이 이용했던 썰매가 아니었다. 그것은 검고 거대한 비행기였다. 굵기와 곡률이 다양한 전선이 고리를 이루며 솟아 동맥처럼 가지를 뻗고 있었다. 전선은 동체를 감싸고 화면의 경계를 넘어 위아래로 뻗어 나갔다. 중심부에 가느다란 기둥이 솟아올라 있었다. 속삭임은 가장 가느다란 고리를 붙들고 있었다. 그녀는 가장 앞쪽에 떠 있었고, 자신의 주먹만큼 굵은 전선을 한 손으로 붙잡은 상태였다.

그 광경에는 고대 서적의 표지 그림처럼 환상적인 면이 있었다. 루이스가 식별할 수 있는 물체는 속삭임의 뒤에 바짝 붙어 있는 것뿐이었다. 그 물체는 탐사기에서 떼어 낸 도약 원반이었다.

루이스는 주방 벽을 향해 움직이다가 등과 사타구니의 근육과 오른쪽 오금과 갈비뼈 밑에 있는 가로근육 일부에서 통증을 느꼈다. 완전히 성숙하진 않았다 해도 크진인을 들어 올렸으니…….

"잊지 마. 난 숙련된 전문가야. 지구 중력에서는 그렇게 무모한 짓을 하지 말라고."

그는 중얼거리며 오믈렛과 파파야와 그레이프프루트와 빵을 뒤섞은 음식을 만들기 위해 주방 설비를 조작했다.

"루이스, 무슨 일입니까?"

"아무것도 아냐. 종자는 이제 나와도 되나?"

최후자가 그를 쳐다보았다.

"예……."

"잠깐만. 포유류의 엉덩이 살로 종자를 진정시켜 보자고."

그는 주문을 입력했다.

종자가 재빨리 자리를 잡고 앉아 사슴 갈비 덩어리를 쳐다보았다. 그는 고기를 붙들고 등 뒤에 최후자가 서 있는 것을 알아챘다. 그가 말했다.

"당신은 전설로 남아도 될 만큼 관대한 집주인이다."

그리고 갈비뼈를 분해하기 시작했다.

최후자가 말했다.

"당신 아버지는 대사 자격으로 우리와 만났습니다. 당신을 아주 잘 가르쳤군요."

종자는 두 귀를 흔들며 식사를 계속했다.

퍼페티어는 커다란 그릇에 가득 채소를 만들어 냈다. 하지만 한 번에 한입씩만 먹었다. 그는 종자에게 도움이 되도록 노래를 불러 영상을 불러내고 자기 부상 선로에서 일어난 살인에 관해 설명했다. 루이스가 가끔씩 말을 덧붙여 이야기를 보충했다. 퍼페티어는 전술까지는 설명하지 못했다.

종자는 브람이 외계인 하인들을 죄수처럼 취급하기 시작했다는 점을 빼고 모든 이야기를 들었다. 그가 크고 하얀 가짜 뼈를 재활용 장치에 집어넣으며 물었다.

"루이스, 당신은 건강한가?"

"너와 다시 경주할 준비는 안 됐어. 아직은."

"당신은 잘해 줬다. 덕분에……. 당신은 잘해 줬다. 난 주 신경 줄기가 끊어졌던 모양이다. 당신을 들어서 오토닥에 넣어 주면 되겠나?"

"아냐, 아냐, 지금이 가장 중요한 순간이라고! 잘 봐……."

루이스는 거미줄눈 화면을 손짓으로 가리켰다. 속삭임이 무한히 펼쳐진 초전도체 평면 위에 꼼짝도 하지 않고 떠 있었다. 루이스는 이제 그처럼 기이한 광경을 어느 정도 이해했기 때문에 퍼페티어와 크진 청년을 대신해서 입을 열었다.

"속삭임은 자유낙하 상태야. 즉 우리가 지금 보는 운송 수단이 초속 천삼백 킬로미터로, 반회전 방향으로 이동하고 있다는 뜻이지. 자기 부상 선로의 폭을 넘어서긴 했지만 어쨌든 저건 운송 수단이야. 폭은 아마 이백 미터를 넘을 거야. 저 고리들은……. 종자, 네가 오토닥에 들어가 있는 동안 브람은 여기저기 단서를 남기고 다녔어. 지금 네가 보고 있는 건 덮개를 씌우지 않은 링 벽 램제트의 가장자리야. 러브크래프트 일당이 이미 램제트 하나를 만들어서 옮겼지. 속삭임은 그걸 인질로 붙잡고 있는 거야."

속삭임은 뒤에 있는 거미줄눈을 바라보고 있었다. 브람이 이미 그게 뭔지 알려 준 게 분명했다.

브람이 나타났다. 헬멧을 뒤로 젖힌 채 루이스의 압력복을 입은 모습이었다. 그는 자신의 동맹이 떠올라 있는 화면을 흘끗 보고는 몸을 돌려 주방으로 향했다.

"루이스, 종자, 최후자, 달라진 상황이 있나?"

최후자가 대답했다.

"보이는 게 전부입니다. ARM 수송선이 링월드 아랫면에서 일억 삼천만 킬로미터 떨어진 곳에서 궤도를 돌고 있습니다. 그걸 어떻게 처리할 계획입니까?"

"아직은 손대지 않는다."

브람이 화면을 다시 바라보았다. 속삭임은 이제 겁먹은 원숭이처럼 초전도체 고리에 매달려 있었다.

"그녀는 감속하기 시작했다. 종자, 상황을 이해했나? 우리는 킹이 링 벽 램제트와 커다란 썰매를 부수는 게 너무 아깝다고 생각하길 바라고 있다."

"루이스가 설명해 줬다."

"속삭임은 나를 기다리고 있다. 내가 떠나기 전에 해 줄 일은 없나?"

브람의 말에, 최후자가 우는소리로 호소했다.

"도약 원반 제어권을 돌려주십시오!"

"아직은 안 된다, 최후자."

루이스는 물었다.

"못 돌려주는 이유가……?"

"킹은 긴 보급선을 보유하고 있다. 산 수호자 몇 명이 그의 하인이겠지. 그는 하인들을 자주 교대시킬 거다. 그러지 않으면 죽을 테니까. 그들은 동족의 냄새를 식별할 수 있는 게 분명하다. 그래야 지킬 대상을 알 수 있으니까. 그런 대상이 없다면 아치 밑에 사는 모든 자들을 지켜야 하지. 킹은 모든 자를 지키는 중일 거다."

"그럼 하인이 많지 않겠군."

"하나도 안 남았을지 모른다. 그렇다면 킹은 스스로 자신을 지켜야겠지. 링 벽 램제트 엔진은 근육으로 움직일 수 있는 물건이 아니다. 어쨌든 나는 최고지 수호자들을 두려워하지 않는다. 그들은 승패가 확실히 결정됐다고 생각하면 패자를 죽일 거다. 승자는 그들의 보호를 받아야 할 자들을 인질로 잡겠지."

루이스는 말했다.

"단서를 좀 줘. 당신과 속삭임이 죽으면 우린 뭘 해야 하지?"

"계약을 준수해라. 아치 밑에 사는 모든 존재를 지켜라."

브람은 헬멧의 안면 보호판을 내리고 고정시켰다. 그리고 사라졌다. 가상 입자 하나가 움직이더니 좌현과 우현에 있는 벽이 운동량 교환으로 발생한 열을 받아 밝은 주황색으로 빛났다.

주방에 자그마한 약병들이 나타났다. 최후자가 화물 운반용 원반 더미 위에 있는 작은 의료 도구 안에 약병을 하나씩 집어넣으며 말했다.

"항생제입니다."

"고마워, 최후자. 난 아마 깨끗해졌을 거야."

최후자가 다른 약병을 추가했다.

"이건 진통제입니다."

속삭임은 화물차 위에 있지 않았다. 그녀는 지금까지 자신의 존재를 빤히 드러내고 있었다. 그녀의 모습은 킹이 사용하는 망원경에도 보였을 것이고, 그녀가 배경으로 삼은 거대한 보물 역시 잘 보였을 터다. 하지만 지금은 보이지 않았다.

루이스는 그녀가 무슨 일을 꾸미는지 궁금했다. 초전도체 전선으로 이뤄진 원뿔의 꼭대기에 있는 걸까? 흡혈귀는 산을 얼마나 잘 타는 거지? 그게 아니라면 자기 부상 화물차 밑에 있나?

전방의 풍경은 달라지지 않았다. 선로가 끝없이 이어졌다. 화물선과 거추장스러운 화물은 감속하고 있는 것 같았다. 하지만 높은 중력가속도로 감속한다 해도 시간이 꽤 걸릴 터였다. 루이스는 속삭임이 종점을 들이받을 생각인지 궁금했다. 킹도 같은 의문을 품을 수 있었다.

그건 아니지. 초속 천삼백 킬로미터로 열 시간을 달리면 이동한 거리는 약 사천만 킬로미터야. 하지만 선로의 길이는 삼억 킬로미터 정도인데, 그 긴 거리 중에서 목표물이 어디 있다는 거지? 킹에게 그렇게 시간을 많이 주면 저격당할 텐데.

그러고 보니 킹은 어디 있는 거야? 최고지 수호자들에게 램제트를 장착하는 방법을 알려 주고 훈련시켰다면 자리를 비우고 어디든 갈 수 있겠지.

저게 뭐야?

선로가 광활하다 보니 주의를 기울이지 않으면 잘 보이지 않는 자기 부상 썰매 한 대가 눈에 띄었다. 썰매는 화면을 향해 곧장 접근했다. 그 썰매가 좌우로 방향을 급히 틀며 감속하더니…… 화물차와 속도를 맞추고…… 접촉했다.

루이스가 눈을 한 번 깜빡거리기도 전에 똑같이 생긴 압력복

다섯 개가 거미줄눈 앞을 스쳐 지나갔다. 최후자는 휘파람으로 종소리를 냈고, 화면이 반전됐고…… 그들은 보이지 않았다. 이미 코일이 만들어 낸 미로 속으로 사라진 뒤였다.

똑같이 생긴 압력복 다섯 개라는 건 흘러나온 산 수호자 다섯 명이 왔다는 뜻이겠지? 그들이 램제트를 지키는 거야. 전투가 벌어지면서 램제트까지 손상을 입을까 봐 어느 편도 들지 않고서.

킹의 입장에서 보면 그들을 유인책으로 활용할 수도 있을 거야. 저렇게 마술 같은 움직임을 본 사람이라면 그중 하나가 킹일 거라고 짐작하겠지. 그의 압력복은 추가로 가져온 무기나 갑옷 때문에 부풀어 올랐을 테고. 그들은 지금 어디에 있는 거지?

후미 쪽에서 움직임이 있었다. 루이스는 무슨 일이 벌어졌는지 가려낼 수가 없었다. 결과가 실망스럽겠군.

그는 크진인을 흘끗 보았다. 종자가 겁을 집어먹은 건가? 하지만 크진인은 쥐구멍을 지키는 고양이처럼 끈기 있게 화면을 지켜보고 있었다.

움직임의 흔적이 있고, 희미한 빛이 반짝거렸고…… 자기 부상 썰매 두 대가 코일 속에서 요동하고 있었다!

그 움직임을 따라 가끔씩 섬광이 일었다. 섬광들은 화면 밑으로 내려갔다가 위로 올라갔다. 그중 하나가 코일을 때리고 튕겨나오면서 화학적인 폭발을 일으킨 다음 다른 코일에 부딪쳐 밖으로, 선로의 끝 너머로 나가 버렸다. 또 하나의 섬광이…….

"영리하군."

루이스는 그렇게 중얼거리며 화물차 바닥으로 시선을 내렸다.

하지만 그곳에는 아무것도 없었다.

최후자가 물었다.

"루이스?"

"속삭임은 화물차 뒤에 작은 썰매들이 따라오게 배치해 뒀어. 킹이 보지 못하도록 우측 후미 쪽에 둔 거지. 나도 두 개밖에는 못 봤어. 하지만 그게 다가 아니었을 거야. 작은 썰매들은 전부 그녀가 타고 있는 썰매에 맞춰 움직였지. 그게 어떤 방식인지는 모르겠지만. 속삭임은 썰매들을 아래로 내리고 전진하다가 다시 위로 올려 보냈어. 킹이 공격할 수 있도록. 지금쯤이면 킹도 그 사실을 알았겠지만 그 덕분에 속삭임은 이리저리 이동하면서 킹의 위치를 알아냈을 거야. 하지만 내 생각이 완전히 틀린 건지도 모르지."

"화물차는 곧 정지할 겁니다. 그러면 전투 현장이 확대되겠지요. 그렇지 않습니까, 루이스?"

"그래, 맞는 말이야. 만약에……."

브람이 나타났다. 그가 있던 자리를 광선이 가로질렀다. 하지만 그는 초전도체 고리 속에서 루이스의 레이저 플래시로 반격했다. 고리들 속에서 빛이 번득였고 에너지 광선이 휘몰아쳤다.

브람은 한 손으로 압력복을 움켜쥐고 일어섰다. 첫 번째 광선은 빗나가지 않았다. 그 광선은 엄청나게 강력했고, 루이스의 압력복에 있던 레이저 보호막을 관통했다.

이제 자그마한 인간형 존재 둘이 고리 속으로 무기를 발사한 다음 뛰어오르고 다시 발사하면서 램제트를 엉망으로 만들고 있었다.

"난 방금……."

루이스는 거기서 입을 닫았다.

"우리에게도 말해라."

종자가 짧게 내뱉었다.

"광선으로는 초전도체를 부술 수 없어. 저 셋은 전부 광선 무기를 사용하고 있지. 킹이 그 사실을 알았다면……."

안전한 곳으로 빨리 도망치지 않으면 브람은 곧 죽을 운명이었다. 그는 굵은 램제트 고리 뒤에 숨어서 상황을 지켜보고 있었다. 그 밖의 아무 행동도 하지 않았다.

루이스는 브람도 자신처럼 별다른 묘책이 없을 거라 생각했다. 그는 인간 형태를 한 존재들 중 누가 속삭임이고 누가 킹인지 구분할 수 없었다. 그는 이미 최선을 다한 뒤였다.

싸우던 두 사람 가운데 한 명이 태양처럼 빛을 내더니 녹아 버렸다. 남은 한 사람은 더 밝게 빛나고 더 빨리 사라졌다. 인간 형체를 한 네 명이 벼룩처럼 뛰고 협력하면서 브람에게 접근했다.

루이스는 웃기 시작했다.

브람이 도약 원반을 향해 달렸다. 그는 태양처럼 불타더니 사라졌고, 헬멧을 집어 던지고 큰 소리로 헐떡거리면서 공기를 들이마셨고, 도약 원반에서 걸어 나왔다. 그의 압력복 이곳저곳이 희미하고 붉은 빛을 발했다. 그는 압력복을 벗기 시작했고, 완전히 빠져나올 때까지 장갑을 벗지 않았다. 그는 압력복을 샤워 설비에 던져 넣고 작동시켰다.

루이스는 아직도 웃고 있었다.

종자도 크게 미소를 짓는 것 같았다. 하지만 크진인은 그런 식으로 웃지 않았다. 그가 말했다.

"무슨 일이 벌어진 건지 아무나 나에게 얘기해 줘야 할 거다."

브람이 입을 열었다.

"속삭임은 죽었고 나는 혼자 남았다. 더 알고 싶나? 킹의 하인 수호자들은 우리가 싸우는 동안 램제트와 화물차를 지켜야 했다. 하지만 우리 셋은 초전도체 바닥 위에서, 초전도체 코일 밑에서 전투를 벌이게 됐지. 우리는 전부 에너지 무기를 쓰고 있었다. 알겠나, 종자? 아치는 링 벽에 있는 램제트가 있어야 유지될 수 있다! 그리고 우리는 수호자란 말이다!"

"알아들었다."

종자가 말했다.

"하인 수호자 넷은 우리 세 사람 가운데 누구도 화물차나 램제트에 피해를 입힐 수 없다는 걸 알았지. 속삭임과 나는 그들이 패자를 죽일 거라 생각했다. 하지만 하인들은 둘이 죽고 하나가 약해진 상태라는 걸 알았다. 그리고 우리로부터 완전히 자유로워질 수 있다는 사실을 깨달은 거다! 난 분명 손쉬운 먹잇감으로 보였겠지. 어리석은 것들. 내가 도약해서 나타난 걸 봤으면 같은 방법으로 사라질 수 있다는 점도 예상해야 하는 것 아닌가?"

브람은 최후자의 선실에서 빛나고 있는 거미줄눈 화면을 쳐다보았다. 최고지인들의 압력복을 입은 수호자 넷이 도약 원반 주위에 모여 있었다. 그들이 헬멧에 달린 전등을 일광 신호처럼 깜빡거렸다. 그중 하나가 눈을 들어 화면을 바라보았다. 그리고 넷이 모두 화면 밖으로 물러섰다. 화면에 물결무늬가 떠올랐다.

"그런다고 살아남지는 못할 거다."

브람이 그렇게 말하며 돌아섰다.

"최후자, 왜 직조인 마을과 운석 방어 제어실이 연결되어 있는 거지?"

퍼페티어가 대답했다.

"루이스 우에게 물어보십시오."

"루이스?"

그 순간 퍼페티어가 겁쟁이라고 나무라는 자는 아무도 없었다. 루이스도 최후자를 아주 잠깐 곁눈으로 쳐다보았을 뿐이다.

"계약서에 명기된 도덕 조항 때문이야, 브람. 나는 당신이 링월드를 지배할 자격이 없다고 판단했어."

브람이 손으로 루이스의 왼쪽 어깨를 강하게 움켜쥔 다음 그의 몸을 들어 올렸다. 루이스는 종자가 털을 세우는 걸 알 수 있었다. 언제 끼어들지 생각하고 있는 것이다.

수호자가 말했다.

"양육자 주제에 어울리지도 않게 오만해서는……. 틸라 브라운이군. 그렇지?"

"뭐라고?"

"그녀는 너로 하여금 자신을 죽이도록 몰아세웠다. 그녀는 네가 흘러나온 산 부족 수억 명을 죽여서 아치를 제자리로 돌려놓게 만들었다. 물론 그녀는 너에게 넘긴 인질들을 구하기 위해 죽을 수밖에 없었지. 링 벽에 있는 램제트 엔진에 플라스마를 공급하지 않았으면 아치는 항성과 충돌했을 테니까. 하지만 틸라 브라운은 도대체 왜 그런 임무를 네게 부여한 거지?"

"그러게 말이야. 이유가 뭘까?"

브람은 루이스를 바닥에 내려놓았다. 하지만 어깨를 붙든 손은 풀지 않았다.

"나는 우주선 컴퓨터에서 너에 관한 기록을 찾아 읽었다. 넌 문제를 일으키고, 그걸 포기하고……."

루이스는 죽을 준비가 됐다고 생각하고 있었다. 그런데 상황이 묘하게 바뀌었다.

"무슨 문제를 말하는 거지, 브람?"

"넌 항성 간 우주에서 위험한 외계인 종족들을 찾아냈다. 넌 협상을 했고, 그들이 너희 행성을 찾아가게 만들었고, 그들을 상대하도록 전문적인 대사를 파견했지. 틸라 브라운을 링월드로 데려온 건 너였다. 다른 사람의 보호를 받도록 남겨 둔 것도……."

"이런 염병할. 브람, 틸라는 직접 결정을 내린 거야!"

"하르로프릴라라를 지구로 데려간 것도 너였지. ARM이 그녀를 데려가도록 가만히 있었던 것도. 그녀는 죽었다."

루이스는 아무 말도 하지 않았다.

"틸라 브라운이 그렇게까지 했음에도 불구하고 넌 사십삼 팔란 동안 책임을 외면했다. 네가 돌아온 건 순전히 죽음이 무서웠기 때문이지. 하지만 넌 그녀의 뜻을 잘 알고 있었다. 그렇지 않나, 루이스?"

"그건 말도 안 되는……."

"넌 링월드의 안전을 위해 결단을 내려야 한다. 그녀는 너의 지혜를 믿었다, 루이스. 자신의 지혜가 아니라. 그녀는 반만 옳았고, 반만 지혜로웠다."

최후자가 주방 벽 뒤에 안전하게 숨어서 말했다.

"틸라 브라운은 지혜롭지 않았습니다. 수호자들도 지혜롭지 않았지요. 그들은 전뇌의 판단에 따라 움직이지 않았습니다. 루이스, 그 사실을 알아챘다는 점만 놓고 보면 그녀는 현명했는지도 모릅니다."

루이스는 말했다.

"최후자, 그건 말도 안 돼. 브람, 나는 원래 오만한 사람이야. 당신은 지능이 높다 보니 너무 앞서 나간 거지. 지혜로운 자들은 자주 그런 실수를 해."

"내 짝을 죽인 수호자들은 어떻게 처리하면 좋겠나?"

"최고지인들에게 제발 수호자와 얘기하게 해 달라고 부탁해야지. 그리고 링 벽을 책임지라고 말하면 돼. 브람, 흘러나온 산의 수호자들에게는 링월드에 위험이 발생하지 않도록 하는 것만이 유일한 관심사야. 링월드에 무슨 일이 생기면 우선 링 벽부터 손상을 입을 텐데, 그자들이야말로 그걸 제일 잘 알고 있잖아."

브람이 눈을 깜빡거렸다.

"맞는 말이군. 이제 다른 문제가 남았다. 나는 칠천 팔란이 넘도록 수리 시설을 점령하고 있었다. 그런데 넌 무슨 근거로 나를 판단하……."

"난 당신이 무슨 짓을 했는지 알고 있어, 브람. 날짜를 보면 알지. 당신은 그걸 숨길 생각조차 하지 않았어!"

"넌 아주 많은 종족을 만났고 아주 먼 곳까지 여행했다. 그런데 내가 어떻게 속일 수 있겠나? 넌 알아챌 수 있었을 거다."

종자가 말했다.

"난 무슨 소린지 모르겠다."

루이스는 크진인의 존재를 거의 잊고 있었다.

"브람과 속삭임은 정체를 알 수 없는 주인 수호자를 찾아다녔어. 브람, 얼마나 오래 찾아다녔지? 수백 팔란? 하지만 그걸로는 충분하지 않았어. 수리 시설에 있는 망원 화면을 이용해도 찾지 못했지. 링월드는 너무 크니까. 하지만 수호자가 앞으로 어느 장소에 나타날지 알고 있으면 먼저 가서 기다릴 수 있잖아. 수호자는 재난이 일어나면 모습을 드러내니까. 지금 브람도 마찬가지야. 당신은 새로 나타난 ARM 우주선을 어떻게든 처리해야 해. 안 그래, 브람?"

"그렇다."

"속삭임과 브람은 커다란 질량체가 링월드를 향해 접근하는 걸 알았어. 그거면 충분했지. 크로노스는 그 문제를 어떡해서든 해결해야 했으니까. 그는 수리 시설로 갔어. 속삭임과 브람은 먼저 도착해서 준비하고 있었지. 내 말이 맞나, 브람?"

브람은 대답하지 않았다.

"크로노스는 충돌을 예방할 방법을 알고 있었을 거야. 브람과 속삭임은 일이 해결될 때까지 기다렸을 테고. 그런데 브람은 뭔가 잘못됐다는 사실을 알았⋯⋯."

"루이스, 우리는 그게 크로노스의 습관이라고 생각한다. 그는 가장 먼저 방어를 준비했다. 우리는⋯⋯ 우리는 어쩔 수 없었지. 어쩔 수 없었단 말이다."

브람의 손가락이 어깨 속으로 파고들자 피가 방울져 떨어졌다. 루이스는 말했다.

"당신은 작업을 마치기도 전에 그를 죽여 버렸어."

"우리는 너무 늦게 움직였다! 그와 우리는 서로를 추적했지. 그와 우리는 이 광대한 공간의 지도를 만들고 함정을 팠다."

브람은 이제 그런 이야기를 좋아할 만한 인물, 즉 종자에게 결투 얘기를 하고 있었다.

"앤은 평생 불구로 지냈지. 난 아직도 그가 어둠 속에서 어떻게 내 다리와 골반을 부쉈는지 알지 못한다. 우린 그를 죽였다."

루이스는 물었다.

"그다음에는?"

"그도 몰랐다, 루이스. 우리는 그의 도구를 뒤져 봤다. 그는 아무것도 갖고 오지 않았다."

"그가 뭘 갖고 왔든 사용할 수가 없었겠지. 당신과 속삭임은 그게 뭔지 전혀 몰랐을 테고."

브람이 불렀다.

"종자⋯⋯."

"당신은 신의 주먹이 링월드와 충돌하게 내버려 뒀어!"

"종자! 운석 방어 제어실에서 적이 나를 기다리고 있다. 여기

네 우차이가 있다. 가서 내 적을 죽여라."

"알겠다."

종자가 대답했다.

브람은 독특하게 생긴 플루트에 대고 떨리는 소리로 휘파람을 불었다. 크진인이 원반 위로 걸어 올라가 사라졌다. 루이스는 그 뒤를 따르려 했지만 브람의 손가락이 그의 어깨 속으로 깊이 파고들어 있었다.

루이스가 말했다.

"너 이 얼어 죽을 새끼."

"넌 내가 있어야 할 곳을 알 거다. 하지만 다른 것은 내가 결정한다. 가자."

브람과 루이스는 도약 원반 위로 올라간 다음 사라졌다.

| 링월드의 왕좌 |

그들은 어둑한 운석 방어 제어실에 나타났다. 그리고 루이스우는 내던져져 날아가고 있었다.

그는 구르며 착지할 생각이었다. 브람이 플루트와 오보에 소리를 미친 듯이 쏟아 내며 사라지는 모습이 흘끗 눈에 들어왔다. 뭔가 소름 끼치고 흐릿한 것이 그에게 달려들었다. 그리고 그보다 훨씬 더 빠른 무언가가 둘을 향해 다가왔다.

루이스는 오른쪽 어깨를 바닥에 부딪치며 착지했다. 흡혈귀수호자가 더러운 손톱을 힘줄과 근육 속으로 깊이 박아 넣었던 바로 그 부위였다. 루이스는 비명을 지르며 계속 몸을 굴렸고, 첫번째로 달려온 자는 거의 정확히 그의 몸 위로 떨어졌다. 두 번째 형체는 주황색 털로 뒤덮인 다리의 반사적인 공격을 막아 내고 도약 원반 위로 올라갔다. 그는 플루트와 오보에 소리를 짧게 내고 사라졌다.

첫 번째 형체가 루이스를 밀쳤고, 둘은 그림자 속으로 삼 미터 정도 굴러갔다.

"루이스?"

루이스의 어깨는 고통으로 비명을 지르고 있었다. 그는 공기를 한 가득 들이마셨다. 콧속이 크진인의 냄새로 가득 찼다.

"종자."

"나는 브람을 죽일 생각이었다."

크진인이 말했다.

"벌써 죽었는지도 몰라."

크진인 냄새 말고 다른 냄새도 나는군. 무슨 냄새지?

"다른 자가 너를 죽이려 들었나? 너는 그자의 주의를 끌고 죽게 되어 있었다. 나도 마찬가지였겠지."

"나는 그자가 덮쳐 오기 전까지 냄새를 맡을 수 없었다. 그는 내가 무해하다고 판단한 게 분명하다."

"공격을 당했나?"

"루이스, 브람은 어디에 있지?"

"그건 알 수 없어. 브람이 도약 원반을 제어하고 있으니까. 수리 시설 전역에 설치된 도약 원반만 해도 스무 개가 넘을 거야."

"그렇다, 브람은 휘파람으로 원반을 조종하지. 하지만 브람이 연결을 바꾸기 전에 다른 자가 침투해 왔다. 그렇지 않나?"

"내 생각에 브람은 도약한 다음 연결이 올림푸스 몬스로 이어지도록 바꿔 놨을 거야. 아니면 링 벽이나 지옥으로 연결했을지도 모르지. 두 번째 인물은 브람의 명령 방법을 베껴 내서 연결을 원래대로 돌려놓은 거고."

"그렇다면 멋진 전투 장면을 못 볼 거란 얘기군."

이게 무슨 냄새지? 루이스는 꽃이나 꽃과 비슷한 냄새가 주의를 끄는 바람에 제대로 생각할 수가 없었다. 크진인의 냄새가 훨씬 더 강하긴 했지만…… 종자의 털 속에 딱딱한 혹들이 있었다. 잠깐, 저건 투척용 칼이군. 그리고 저건 끝부분을 끌처럼 갈아 둔 기다란 금속 막대잖아.

루이스는 말했다.

"넌 브람을 죽이지 못할 거야. 그러고 보니 그가 너를 가르치지 않았나?"

"루이스, 스승을 죽이면 안 되나?"

"그 질문은 잘 기억해 두지."

루이스는 일어나 앉았다.

"당신을 죽이겠다는 게 아니다, 루이스! 나는 당신에게 지혜를 배우러 왔다. 그런데 브람이 나를 하인으로 만들었지. 나는 브람의 말을 들으며 배웠고, 나 자신을 해방시키면서 배울 준비가 될 때까지 기다렸다. 봐라, 이걸 가져왔다."

종자가 가리킨 것은 크로노스의 무기들이었다.

루이스는 말했다.

"지금 상황에서는 가장 좋은 선택이군. 하지만 브람은……."

그때 브람이 천장에서 떨어졌다. 그는 십 미터를 추락해 바닥에 세게 부딪치고 옆으로 구른 다음 육십 센티미터 길이의 칼을 발견했다. 그가 칼끝으로 바닥을 누르며 균형을 잡으려는 순간,

인간처럼 생긴 두 번째 형체가 그를 향해 떨어졌다.

두 번째 형체가 앞으로 팔을 휘둘렀다. 브람은 펄쩍 뛰어 뒤로 물러났고, 날카로운 물체들이 소리를 내며 바닥에 떨어졌다. 루이스는 그 물체들이 표창일 거라 짐작했다. 브람이 들고 있던 칼이 땅에 떨어졌다, 브람의 적은 바닥과 충돌한 다음 구르고 두 발로 일어섰다. 그는 관절이 튀어나왔고 브람보다 컸으며, 한 손으로 가슴을 움켜쥐고 다른 손에는 날카로운 금속을 쥐고 있었다.

루이스는 상황을 제대로 파악하려고 애를 썼다.

브람은 두 번째 도약 원반을 뒤집어서 천장에 부착한 게 분명했다. 화성인의 속임수를 따라 한 건가? 흡혈귀 수호자는 첫 번째 도약 원반에 거의 도달했고, 그보다 덩치가 큰 공격자는 아직 제법 먼 곳에 있었다. 그때 종자가 숨어 있던 곳에서 뛰쳐나왔다. 그리고 쇠막대로 브람의 갈빗대를 가격했다.

브람은 돌아보지 않았다. 그저 즉시 멈춰 섰다. 막대는 그의 배꼽을 지나갔고, 그는 막대의 끝을 붙잡았다. 그가 잡아당기고 비틀자 쇠막대가 구부러지더니 반대편 끝이 종자의 이마를 세게 때렸다.

그 탓에 브람은 시간을 잃었다. 두 번째 형체가 그에게 달려들었다. 그는 브람의 손목을 짧게 베고는 자신의 얼굴로 날아오는 발과 팔꿈치와 다른 발과 다른 팔을 연속으로 베었다.

브람은 사지의 뼈나 힘줄이 끊어지는 바람에 그 자리에서 쓰러졌다.

그를 공격한 형체는 사라졌다. 그자가 직조인 마을 인근에서 사용하는 교역용 언어로 말하기 시작했다. 그의 말은 여타 수호자가 그렇듯 숨이 새고 왜곡되어 들렸다. 루이스가 사용하는 통역기는 아주 약간 시간 차를 두고 번역을 할 수 있었다.

"털북숭이 인간들, 당신들은 이제 물러나 있어야 해요. 당신들은 만족을 얻었겠지만, 지금이야말로 얘기하기에 좋은 순간이니까요."

종자는 멍한 표정으로 일어나 앉고 있었다.

"루이스?"

두 번째 수호자가 아직 브람을 겁내고 있다면 그건 루이스도 마찬가지였다. 루이스에게는 종자를 안전한 곳으로 유도할 방법이 없었다. 그 역시 안전한 곳에 있지는 않았지만, 지금 누운 곳에 남아 있기로 마음을 먹었다.

루이스는 지시했다.

"물러나, 종자. 저자는 내가 데려온 거야."

"그래요."

브람을 공격한 인물이 말했다. 그의 목소리가 벽에 반사되다 보니 정확한 위치는 알 수 없었다.

"루이스 우, 당신은 왜 나를 이리 데려왔죠?"

브람은 점점 넓어지는 피 웅덩이에 앉아 있었다. 그는 지혈대를 만들어 맬 수도 있었지만 그러지 않았다. 무기도 내려놓고 있었다. 루이스는 그에게 무슨 일이 벌어졌든지 간에 그가 이제부터 음식을 먹지 않고, 곧 죽을 거라는 사실을 깨달았다. 수호자들은 삶의 이유가 사라지면 그렇게 행동했다.

루이스는 어둠을 향해 말했다.

"당신은 '음률가'지?"

"당신은 대양을 끓인 루이스 우겠군요. 그런데 당신은 왜 음률가를 이런 상황으로 끌어들인 거죠?"

브람이 끼어들었다.

"난 시간이 얼마 없다. 당신들 시간을 빌려 써도 되겠나? 이리와라. 당신들을 해치지 않겠다고 맹세하지. 루이스, 나도 음률가와 같은 점이 궁금하다. 당신은 왜 도약 원반을 열어서 한 번도 본 적 없는 굴을 끌어들였나?"

"미안하게 됐다."

루이스는 정신을 집중하기가 힘들었다. 꽃 냄새 때문이었다! 그는 브람에게 다가가지 않고 그 자리에서 옆으로 누워 다친 어깨를 치료하며 말했다.

"브람, 당신과 앤이 수리 시설을 운영하기에 적합하지 않다고 판단한 이유는 알고 있지? 당신은 내 판단이 틀렸다고 말한 적이 없어. 음률가가 듣고 있으니 여기서 토론을 하고 그가 결정하게 해 보지?"

루이스는 아무 대답도 들을 수 없었다.

"음률가, 유골을 살펴봤나?"

"그래요."

"나는 그 유골의 주인을 크로노스라고 부르고 있어. 크로노스는 당신의 조상이지. 아마 브람도 그 연관성을 알아챘을걸. 크로노스는 팔만 팔란 동안 유전적인 후예들을 양육하면서 자신이 원하는 특질이 발현되도록 했어. 그는 아치 전역을 아우르는 통신 방법으로 제국을 만들었고……."

"아치가 아니라 링이에요, 링."

음률가가 말했다.

"크로노스는 말로 표현할 수 없을 만큼 광대한 영역으로 양육 계획을 확대했어. 야행인의 수는 분명 수백억에 이르겠지. 그들은 전부 단일 종족이야. 흡혈귀는 그렇지 않지만. 크로노스는 당신들을 이상적인 수호자로 만든 거지."

"나는 개선해야 할 점을 발견했죠."

"그런가? 저기 있는 브람은 흡혈귀 수호자야. 건강 상태가 더 좋을 때 브람이 어땠는지 녹화해 뒀으니 나중에 확인해 보라고. 당신은 그보다 확실히 우월해. 뇌 용적이 크고, 융통성도 있지. 반사적으로 행동하기보다는 여러 가능성을 고려하고. 브람?"

브람이 다시 입을 열었다.

"그는 나를 이겼다. 뇌가 더 크다고 했나? 그는 지능이 높은 양육자였으니 당연히 지금은 뇌가 더 크겠지. 루이스, 그는 아무것도 모른다. 침입자들이 링월드를 위협하고 있다. 당신은 그를 훈련시킬 의무가 있다!"

"나도 알아, 브람……."

"계약을 어기든 말든 당신은 그를 가르쳐야 한다. 음률가, 루이스의 의도를 신뢰하되 그의 판단에는 의문을 품어라. 거미줄 거주자에게 배우되 그가 당신에게 계약서를 주기 전까지는 그를 믿지 마라."

루이스는 물었다.

"이제 내가 얘기해도 되나?"

"얘기해라."

"음률가, 수호자들이 싸우면 엄청난 피해가 발생해. 브람과 그의 짝은 한 가지 문제를 해결해 놨지. 그리고 현재 링 벽을 책임지는 수호자들은 흘러나온 산의 지역민 출신이야. 그들은 거기서 임무를 수행해야 해. 우주선에 돌아가면……."

냄새가 루이스의 말을 방해했다.

"이유를 보여 주지."

그건 생명의 나무 냄새였다.

"음률가, 날 여기서 데리고 나가. 난 여기 있으면 안 된다고!"

"루이스 우, 당신은 너무 어려서 뿌리의 냄새에 반응하지 않을 거예요. 게다가 여긴 냄새가 아주 약하고요."

"난 나이가 너무 많아! 뿌리 냄새를 맡으면 죽는단 말이야!"

루이스는 몸을 돌려 무릎을 꿇었다. 그는 오른팔을 쓸 수가 없었다.

"지난번에 이 냄새를 맡았을 땐 간신히 도망쳤다고."

그는 종자의 부축을 받으며 일어서서 비틀거리며 도약 원반으로 다가갔다.

루이스는 전류 중독을 한 번 이겨 낸 적이 있었다. 생명의 나무 냄새 때문에 잠깐 의식을 잃은 적이 있긴 하지만 그 역시 이겨 냈다. 십일 년 전의 냄새는 훨씬 더 강렬했다. 그는 재활에 성공한 전류 중독자였기 때문에 그 유혹을 이겨 낼 수 있었다.

한 줌의 호두처럼 생긴 손이 그의 손목을 잡았다.

"루이스 우, 나는 브람이 세 가지 화음을 이용하는 걸 들었고 그때마다 그의 뒤를 따라갔어요. 첫 번째 화음은 함정과 무기고로 인도했고, 두 번째 화음은 천장에서 떨어지게 만들었고, 세 번째 화음은 우리가 싸웠던 장소로 이끌었죠. 그곳에는 생명의 나무가 잔뜩 자라고 있었고 인공 태양이……."

루이스는 웃기 시작했다. 그의 머릿속에 생명의 나무 냄새가 있었고, 거기서 나갈 수 있는 길은 그가 틸라 브라운과 싸웠던 곳으로 통했다!

음률가가 그를 바라보다가 말했다.

"나이가 너무 많다니, 당신 몸에 무슨 짓을 한 거군요."

브람도 웃으려 했지만 기괴한 소리만 났을 뿐이다.

"나는 기록을 봤다. 나노 기술이겠지. 지구가 도난당한 실험성 기술이 한 번 더 도난당했고, GPC가 파프니르에 있는 도적에게서 구입했지. 그게 바로 퍼페티어의 오토닥이다, 루이스!"

그의 목소리는 웃기에 적절하지 않았고 그의 폐는 죽어 가고 있었다. 하지만 그는 웃었다.

"팔십 팔란이다, 루이스. 길어 봐야 구십 팔란이 한계지. 내 말을 잊지 마라!"

음률가와 종자는 하나같이 루이스 우를 바라보고 있었다.

생명의 나무 냄새가 코에 머물렀지만 이제는 그를 끌어당기고 있지 않았다. 그의 정신도 온전했다. 하지만 그렇다는 건…….

그가 일행에게 말했다.

"난 상태가 심각했지. 오토닥이 나를 완전히 치료한 게 분명하군. 모든 걸 바꿔 버린 거야. 세포 하나하나까지."

브람의 말이 맞았다. 남은 시간은 이십 년이 전부였다. 길어 봐야 이십오 년이 한계였다.

"당신은 수호자가 될 수도 있었어요."

음률가가 말했다.

"이건 내 선택이야."

브람은 죽었다. 수호자는 원하는 대로 심장을 멈출 수도 있는 것 같았다. 그렇지 않고서는 마지막 말을 그토록 시의적절하게 남기고 죽을 수가 없었다.

"이건 내가 선택한 결과라고."

루이스는 같은 말을 되풀이했다. 하지만 목소리에서 힘이 빠져나가고 있었다.

"당신은 지금 아파요."

음률가가 말했다.

크진인은 루이스가 눕도록 도와주었다. 음률가가 울퉁불퉁한 손으로 그를 진찰했다. 휴대용 의료 도구는 마법처럼 모든 병을 고쳐 주지 못했다. 힘줄, 가로근육, 오금이 손상되었다. 그의 어깨는 심하게 부풀어 올랐고 다섯 개의 상처가 깊숙이 나 있었다. 음률가의 팔은 더 심각하게 부어 있었고 삼각건으로 고정되어 움직일 수 없었지만, 그는 수호자답게 자신의 상처를 무시했다.

"나는 당신 종족에 관해 알지 못해요. 하지만 내가 보기에 걷는 건 무리 같군요. 그리고 곧 열이 날 거예요. 루이스, 보통 어떤 약을 쓰죠?"

"우주선으로 데려다줘. 그리고 오토닥에 넣어 줘. 그럼 전부 치료될 거야."

음률가가 크진인을 데리고 사라졌다. 그리고 금세 돌아왔다. 그들은 루이스를 들어 올렸다가 다시 내려놓았다. 루이스는 수평으로 누운 채 위로 떠올랐다.

"이렇게 하면 이동할 수 있을 거예요. 마법 문에 신호를 보내세요."

굴 수호자가 들것을 만들어 낸 건가? 아니군. 화물 운반용 받침대와 그걸 잡아끌 밧줄을 가져온 거야. 루이스는 말했다.

"난 최후자의 프로그래밍언어를 연주할 수 없어."

"우린 갇힌 건가요?"

"꼭 그런 건 아니야."

그들은 루이스를 내려놓았다. 음률가가 말했다.

"루이스, 어떡해야 내 아들을 찾을 수 있죠?"

"아…… 젠장. 카잡을 내내 잊고 있었군. 직조인 마을 부근에 머물고 있지 않을까? 그쪽에 친지는 없나?"

"내가 그쪽에 나타났을 때 야행인들이 있었어요. 그들이라면 카잡을 엄마에게 돌려보낼 수 있겠죠. 나는 카잡이 날 따라다녔을까 봐 걱정이 되는 거예요."

"아, 이런! 아니, 잠깐만. 당신은 아들의 냄새를 맡을 수 있어. 유전 계통을 식별하는 능력이 뇌에 새겨져 있으니까. 음률가, 그는 나를 알아볼 거야. 내가 가는 게 낫겠군. 당신이 가지 말고."

"아들은 나를 보면 겁을 먹을 거예요. 루이스, 아무 화음이나 불러 봐도 될까요?"

"어떻게 시험해 보려고? 브람이 함정을 파 놨잖아. 음률가, 우린 도약 원반을 이용하지 않아도 돼. 난 전에도 일행과 함께 '화침'초로 돌아갔어. 걸어서. 최후자의 도움 없이, 굴을 팠거든. 그건 아직도 남아 있다고."

"얼마나 걸리나요?"

"며칠 걸려. 나를 끌고 가야 할 거야. 물과 식량도 필요하고."

음률가가 말했다.

"생명의 나무 농장에 물이 있어요. 식량은……."

그와 종자는 브람의 시체로 다가가다가 걸음을 멈췄다. 음률가가 말했다.

"나는 남에게 음식 먹는 모습을 보이지 말라고 배웠어요."

"브람은 아직 썩은 고기가 아니다."

종자가 말했다.

"내 스승의 친구 중에 야행인의 요리에 대해 논의한 자는 거의 없었어요. 하지만 당신은 흥미가 있는 것 같으니 알려 주죠. 우리는 갓 죽은 시체도 먹을 수 있어요. 그걸 선호하는 경우도 있고요. 하지만 죽은 지 얼마 안 됐을 때는 너무 질겨서 먹을 수 없는 시체도 있어요. 게다가 저건 수호자의 시체잖아요. 두 번째 화물 운반용 받침대에 올려놓고 더 긴 밧줄로 끌고 다니다가……."

"난 지금 배가 고프다, 음률가. 먹는 것 때문에 당신을 면전에서 공격하지는 않겠다."

"원하는 대로 먹어요."

루이스는 등을 돌리고 그 뒤로 일어난 일을 외면했다. 하지만 웃음을 참을 수 없었다. 그는 소리만 들어도 어떤 일이 벌어지는지 상상할 수 있었다. 새끼 고양이 시절의 크진인은 보통 싸워서 먹을 것을 확보해야 했다. 종자는 브람의 신체에서 힘들게 얻은 부분을 뜯어내려고 애쓰는 중이었다. 그는 우차이를 사용했다. 고기가 뜯기는 소리가 나더니 그가 손에 넣은 부분을 갖고 물러났다.

음률가는 루이스에게 다가와서 책상다리를 하고 앉았다.

"어릴 적 습관은 쉽게 변하지 않죠. 앞으로 종자가 내 말을 들을 것 같나요?"

"바로 그 문제부터 해결하면 되겠군."

"루이스 우, 당신이 먹을 음식도 있어요. 생명의 나무 뿌리를 끓여 먹으면 아무 해가 없을 거예요."

루이스는 그 말을 듣고 움찔거렸지만 입을 열었다.

"참마와 고구마는 거의 같은 종이라고 볼 수 있지. 지구인은 그걸 구워 먹어."

"그렇다는 건?"

"우선 불을 피워. 그리고 뿌리를 석탄에 넣어. 너무 뜨겁지 않은 곳에."

"생명의 나무 농장에 가서 땔감을 구해 오죠."

음률가가 이를 가는 소리를 내고 분노에 차서 울부짖는 소리를 냈다. 크진인은 아직도 수호자의 시체에 들러붙어 먹을거리를 씹느라 애쓰고 있었다.

"종자, 생명의 나무 농장에 가면 먹잇감이 있어요. 작고 빠른 동물들 말이죠. 야행인 수호자 말고 브람의 시체를 먹을 사람은 없을 거예요. 오늘은 더욱 그럴 테고요."

"흠, 그렇다면 사냥하게 해 다오!"

"돌아오려면 나와 같이 가야 할 거예요."

음률가가 플루트 소리를 냈고 둘은 함께 사라졌다.

음률가는 노란 식물 뿌리를 한 아름 안고 돌아왔다.

"종자는 혼자 사냥을 하고 있어요. 그가 원할 때 사용할 수 있도록 여기로 돌아오는 신호를 입력해 뒀고요."

그가 뿌리를 불에 집어넣었다.

"물은 어떻게 해서 마시죠?"

"깨끗하면 돼. 온도는 별로 상관없고."

"차가워도 되나요?"

"물론이지."

음률가는 사라졌다가 얼음덩어리를 갖고 돌아왔다.

"쓸 만한 그릇을 구하기보다 이러는 편이 나을 것 같아서요."

"그건 어디서 갖고 왔어?"

"우리가 있는 곳에서 위로 몇 킬로미터 떨어진 곳에서요. 공기가 희박하고 차가웠어요."

음률가는 작은 천 조각을 떨어지는 얼음물에 적신 다음 루이스의 목 부근에서 쥐어짰다.

"생명의 나무는 얼마나 익히면 될까요?"

"한 시간이면 돼."

루이스가 말했다. 그는 음률가에게 손의 피부에 있는 시계를 보여 주었다.

"이걸 보면 조석 시각도 알 수 있어. 여기선 쓸모가 없지만. 이건 계산기야. 이건 게임이지. 숫자들을 이동시켜서…… 젠장, 빨리도 배우는군."

종자가 입에 피를 묻히고 나타났다. 그의 손에서 뭔가가 떨어지고 있었다. 그는 우차이를 사용할 준비를 마쳤다.

"지구의 지도를 닥치는 대로 뒤졌다. 원하는 걸 찾을 순 없었지만 이 정도면 토끼와 비슷하지 않나?"

그는 잡아 온 짐승을 씻고 가죽을 벗긴 다음 나비가 날개를 펴듯 펼쳐 놓았다. 그리고 석탄 위에 올려 구웠다.

루이스가 말했다.

"재미있었나 보군."

종자는 그의 말을 곱씹어 보았다.

"그렇다. 하지만 난 다치지 않았다."

종자는 이마가 부풀어 있고 노란 털이 피로 젖어 있었다. 루이스가 말했다.

"우린 전부 다쳤어. 하지만 승자는 거기까지 신경 쓸 필요가 없지. 종자, 네 이야기를 좀 해 봐."

"당신이 먼저 해라. 당신은 행운을 몰고 다니는 수호자와 싸웠잖은가. 틸라 브라운 말이다."

"그건 자랑할 만한 이야기가 아니야. 바다를 어떻게 끓였는지 얘기해 주지."

루이스는 그 일을 말해 주었다. 종자는 아버지 얘기를 했다. 크미는 크진 공격정에 퍼페티어의 도구를 싣고 지구 지도에 도착했다. 그리고 전쟁이 있었다. 친구와 적이 생겼고 죽음이 발생했다. 동맹을 형성하기 위해 짝짓기가 벌어졌다.

크미는 여성과 얘기를 나누는 법을 배웠다. 그리고 크진의 지도에 몇 주 머물면서 세 아이의 아버지가 되었다. 지역 영주 하나가 그의 아이들을 키워 주는 것으로 계약을 맺었다. 크미는 때가 되자 카탁트에서 평화적으로 장남을 데려왔고, 그를 지구의 지도로 데려갔다. 종자는 태어난 뒤 십이 팔란 만에 처음으로 인간을 보았다.

영주의 맏아들은 힘들게 수련했다. 그는 적과 친구에 관해 배웠고, 누구를 감시해야 하는지 배웠고, 신뢰해도 좋은 상대를 고르는 방법을 배웠고, 잠재적인 짝에게 말을 거는 법을 배웠다. 여성 외교관에게는 말을 걸지 말라는 것도 배웠다. 그들은 가죽을 벗겨 가기 때문에…….

음률가가 말했다.

"슬슬 지겨워지는군요."

종자가 말했다.

"맞는 말이다. 나도 그랬지. 점점 지겨워진 나머지 고함을 지르고 싶었다. 어느 날인가 나는 도전을 뜻하는 고함을 지르고 아버지와 싸웠다. 아버지는 나를 떠나게 해 줬지. 나는 부상당했고 굶었고 흡혈귀 수호자의 노예가 되었다. 하지만 외교 따위를 내 삶에서 쫓아낼 수 있었다. 당신 이야기도 해 봐라, 음률가."

"노래로 하죠. 노래가 끝나면 자야 해요. 일어나면 루이스가 우리를 안전한 곳으로 인도할 수 있을 거예요."

음률가는 노래를 통해 이야기를 들려주었다. 루이스 우라는 인물은 불 마법을 더 이상 사용하지 않았다. 그는 바다를 끓였던 인물이기도 했다. 아주 대담한 야행인 다섯 명이 마법 문을 본래 있던 자리에서 떼어 냈다. 그들은 그 문을 이용해 어디로 갈 수 있는지도 몰랐고, 작동시키는 방법도 알 수 없었다.

어느 날 밤 다섯 명 가운데 한 사람인 '종소리'가 사라졌다.

남은 야행인들은 음률가의 아들이 따라오지 못하도록 하겠다고 약속했다. 음률가는 홀로 마법 문을 통과했다. 어떤 냄새가 그를 이끌었다. 그에게 그 냄새는 낙원으로 이끄는 약속처럼 느껴질 뿐이었다.

그는 생명의 나무가 있는 정원에서 정신을 차렸다. 마법 문을 통해 그보다 먼저 도착했던 여성은 시체가 되어 옆에 누워 있었다. 종소리는 나이가 너무 많았던 것이다.

음률가는 주변을 탐험했다. 그리고 운석 방어 시설과 망원경을 발견했다. 그는 자신이 발견한 것을 이해하기 위해 물리 이론을 만들어 냈다. 그와 루이스는 그 이론에 대해 토론했고 종자는 귀를 기울였다. 음률가는 이미 행성뿐 아니라 블랙홀의 존재까지 유추해 놓았다. 그는 다른 수호자들의 존재와 본성도 추측하고 있었다.

"뭘 먹고 살았지? 죽은 토끼?"

"흠, 물론 종소리를 먹었죠. 하지만 나는 아주 오랫동안 정신을 잃고 있었기 때문에 깨어났을 때는 배가 많이 고팠어요."

루이스는 수호자가 지금 당장 알아야 하는 사실을 열심히 설명했다. 침입자들의 우주선이 나타났으니 포로를 몇 명 잡아서 그들이 정말로 어떤 정책을 펼칠지 알아내야 했다. 그는 '숨은 족장'호와 거기 타고 있는 승무원에 대해서도 말했다. 도시 건설자들은 어디든 있었고, 찾아내기도 쉬웠다. 아이들은 곧 짝이 필요하게 될 터였다. 거미줄 거주자는……

"계약이란 건 애매한 구석이 없는 약속 아닌가요, 루이스. 그렇다면 거미줄 거주자가 왜 내게 계약을 제안하겠어요?"

종자가 대답했다.

"공포심을 심어 주면 된다. 하지만 그는 공포에 너무 예민하게 반응하는 경향이 있다."

루이스가 말했다.

"그가 원하는 걸 거는 쪽이 더 낫지. 음률가, 그에게 사백한 번째 링 벽 램제트를 주겠다고 약속할 수 있겠어?"

루이스가 먹을 저녁 식사가 완성되었다. 그는 먹으면서 설명했다. 버사드 램제트와 자세제어 엔진과 수소 융합에 대해서.

음률가는 이미 반작용 법칙과 링월드의 안정성에 관해 알고 있었다.

"현재 탑재된 엔진은 사백 개뿐이잖아. 사백한 번째 엔진을 만들면 '탐구의 화침'호에 장착할 수 있어. GPC 선체로 만든 우주선이니까 방사선에는 피해를 입지 않거든. 아광속으로 이동하면 최후자가 세계 선단을 따라잡을 때까지 천 년가량 걸리겠지만……."

종자가 정치의 냄새를 맡고 뒤로 물러섰다.

루이스는 말했다.

"내 생각에 그 정도 문제는 신경 쓰지 않을 거야. 세계 선단을 장악하고 있는 건 보수파니까 아무것도 바뀌지 않을 테고. 보수파가 최후자의 귀환을 바라기나 할지 모르겠군. 어쨌든 제안은 해 볼 수 있잖아."

"그는 권력 놀음을 좋아하는군요."

"바로 그거야."

"그렇다면 놀게 해 주죠. 그가 더 많은 힘을 손에 넣으면 더 많은 램제트를 제안하면 되고요. 어차피 모든 게 해결되면 그건 우리에게 하등 쓸모가 없으니까. 종자, 당신이 어떻게 살아났는지 궁금한가요?"

종자가 제자리로 돌아왔다. 음률가는 유골과 크로노스의 무기를 발견한 일을 노래로 불렀다. 그는 그곳에서 실마리를 통해 크로노스가 공격받았다는 사실을 알아냈다. 그리고 크로노스가 숨어 있던 위치에서 기다렸다.

괴물처럼 생긴 주황색 털 뭉치가 나타났다가 급히 사라지자 음률가는 그의 뒤를 따랐다. 하지만 그는 종자를 따라다니면서 위험하다는 생각을 하지 않았다.

"아무래도 우리는 당신 종족의 냄새를 위험한 징조로 생각할 만큼 성장하지 못한 모양이네요."

종자는 그 말의 뜻을 잘 생각해 보았다. 음률가가 말했다.

"하지만 나는 이제 적이 다른 이를 미끼로 쓸 수도 있다는 걸 알고 있어요. 인류 둘이 나타나고 그중 하나가 다른 쪽을 던져 버리면……."

그때 최후자가 나타났다.

최후자는 부서진 피아노처럼 괴상한 소리를 지르더니 즉시 사라졌다. 하지만 음률가가 그보다 빨랐다. 그는 도약 원반으로 달려갔고 크진인이 뒤를 바짝 따랐다.

루이스가 소리를 질렀다.

"기다려! 올림푸스 몬스로 가면 어쩌려고?"

그는 다리를 쭉 뻗어 봤지만 다른 이들은 이미 사라진 뒤였다. 루이스는 말했다.

"얼간이들."

그는 절뚝거리며 도약 원반으로 다가갔고 어디에 나타날지 모르는 채로 사라졌다.

음률가는 기괴하게 몸을 흔들며 일종의 방어 자세를 취하고 있었다. 종자는 그다지 멀리 떨어지지 않은 곳에서, 안전을 확보하지 못한 채 말로 그를 진정시키고 있었다. 음률가는 크진인을 무시했다.

"당신네 지도자와 얘기하고 싶어요."

그가 단호하게 말했다.

다리가 셋이고 머리가 둘인 생물들이 선실의 앞쪽 벽을 통해 그를 지켜보고 있었다.

그중 하나가 말했다.

"우리는 지도자를 최후자라고 부릅니다. 내가 최후자지요. 원하는 바를 말하십시오."

"내게 가르침을 주세요."

화강암 덩어리는 옆으로 치워 놓은 상태였다.

루이스는 절룩거리며 크진인과 수호자를 지나갔다. 어깨 통증 때문에 더욱 화가 났다. 그는 최후자에게 물었다.

"저건 어떻게 치웠어?"

"앞다리를 벽에 대고 뒷다리로 밀었습니다. 브람은 내 뒷다리 힘을 느껴 본 적이 있는데도 예상을 못 했나 봅니다."

"우린 운이 좋았……."

"브람은 어디 있습니까?"

"우리가 죽였어. 음률가, 여기 '탐구의 화침'호에 있는 건 전부 교재가 될 거야. 특히 저 그림들이 그렇지. 저건 청동 거미줄에서 보내온 영상이야. 직조인 마을의 절벽에 붙어 있던 거미줄은 기억하겠지."

음률가가 말했다.

"나는 브람의 조언을 따르겠어요. 거미줄 거주자, 나를 가르쳐 주세요. 나는 계약을 맺기 전까지 당신을 믿지 않을 거예요."

"우리 종족이 사용하는 표준 용역 계약서를 인쇄하겠습니다."

"내가 기뻐할 항목만 있기를 바라요. 루이스, 내 아들을……."

음률가는 루이스를 한 번 더 바라보았다.

"루이스, 당장 오토닥에 들어가세요. 이게 그건가요?"

종자가 그를 들어 올리고 있었다. 루이스는 커다란 상자에 들어갔고 음률가는 미심쩍은 듯 화면을 조사했다.

"기간은 어떻게 하죠?"

굴 수호자가 묻자, 최후자가 대답했다.

"사흘이면 될 겁니다. 그보다는 일찍 끝나겠지만."

루이스는 다급하게 말했다.

"내가 나올 때까지는 아무도 계약서에 서명하면 안 돼. 최후자, 난 야행인이 어떤 음식을 먹는지 몰라. 오래된 고기를 줘 봐. 치즈도 주고. 음률가, ARM이 극단적인 행동을 하기 전에는 그들의 우주선을 파괴하지 않았으면 좋겠⋯⋯."

"이 우주에서 가장 가까운 미래의 짝들이 거기 타고 있기 때문인가요?"

"음⋯⋯ 그럴 수도 있겠지. 최고지 수호자들은 현재 링 벽을 맡고 있어. 그리고 지금쯤이면 정신이 나갈 정도로 겁을 먹고 있겠지. 저기 검은 하늘과 크고 이상한 형체가 떠 있는 화면 보이지? 그걸로 그들에게 말을 걸어. 굴들은 거미줄눈을 그림자 둥지에서 훔쳐 내 약 삼십이만 킬로미터 이상을 운반한 다음 수직으로 삼천이백 미터 높이에⋯⋯."

"그 얘기는 일광 통신으로 들었어요."

"흘러나온 산 수호자들에게 책임지고 링 벽을 관리하라고 해. 중요한 얘기라고!"

종자가 커다란 상자의 덮개를 닫고 있었다. 루이스는 갑자기 웃었다.

"어이, 이거 어디서 본 광경 아니야?"

그는 자신의 목소리가 털이 없고 피부가 붉은 유목인에게 말하는 것을 들었다.

"우리는 수호자와 얘기하고 싶어요. 부탁합니다. 우리는 계약을 맺고 싶어요."

그리고 덮개가 완전히 닫혔다.

루이스는 이제 쉴 수 있었다.

《링월드의 왕좌》 끝